苏雪林文编

第一卷

苏雪林 著

中央编译出版社

图书在版编目（CIP）数据

苏雪林文编 / 苏雪林著. —北京：中央编译出版社，2019.8
ISBN 978-7-5117-3715-1

Ⅰ.①苏⋯
Ⅱ.①苏⋯
Ⅲ.①中国文学 – 古典文学研究 – 文集
Ⅳ.① I206.2-53

中国版本图书馆 CIP 数据核字 (2018) 第 300353 号

本书中文简体字版由台湾商务印书馆股份有限公司授权

苏雪林文编

出 版 人：	葛海彦
出版统筹：	贾宇琰
责任编辑：	王　琳　朱瑞雪　景淑娥
责任印制：	尹　珺
出版发行：	中央编译出版社
地　　址：	北京市西城区车公庄大街乙 5 号鸿儒大厦 B 座（100044）
电　　话：	（010）52612345（总编室）　（010）52612341（编辑室）
	（010）52612316（发行部）　（010）52612346（馆配部）
传　　真：	（010）66515838
经　　销：	全国新华书店
印　　刷：	河北下花园光华印刷有限责任公司
开　　本：	850 毫米 ×1168 毫米　1/32
字　　数：	612 千字
印　　张：	38.5
版　　次：	2019 年 8 月第 1 版
印　　次：	2019 年 8 月第 1 次印刷
定　　价：	180.00 元（全四卷）
网　　址：	www.cctphome.com　　邮箱：cctp@cctphome.com
新浪微博：	@中央编译出版社　　微信：中央编译出版社（ID:cctphome）
淘宝店铺：	中央编译出版社直销店（http://shop108367160.taobao.com）
	（010）55626985

本社常年法律顾问：北京市吴栾赵阎律师事务所律师　闫军　梁勤
凡有印装质量问题，本社负责调换，电话：010-55626985

出版说明

苏雪林的文学创作和古典文学研究，贯穿了她102岁生命中的八十多个春秋，在新文化运动以来整个20世纪的中国文坛留下了深刻的印记。苏雪林是最早使用白话文进行文学创作的作家之一，始终以"五四人"自勉，又毕生尽瘁于中国古典文学的教学、研究和著述，为中国古典文学研究和现代文学研究都留下了弥足珍贵的篇章。

《苏雪林文编》汇辑了苏雪林在不同时期针对中国古典文学进行研究的四部文学评论专著——《诗经杂俎》《唐诗概论》《玉溪诗谜正续合编》《辽金元文学》，以及吸收域外文化创作的两部戏剧作品《鸠那罗的眼睛》和《玫瑰与春》。文编四卷，共计50万字，均以台湾商务印书馆的版本为基础。

第一卷《诗经杂俎》的内容始于1965年苏雪林在新加坡南洋大学讲授《诗经》时的整理和研究，初版于1995年，是苏雪林生前出版的最后一部学术专著。第二卷《唐诗概论》初版于1933年，是新文化运动之后较早从现代文学视角系统评述唐诗的一部著作。第三卷《玉溪诗谜正续合编》将1927年出版的《李商隐恋爱事迹考》与作者晚年增补修订的李商隐恋史考证文字合为一卷，按作者的说法，以旧作为"正"，新撰为"续"。第四卷《辽金元文学》初版于1934年，《鸠那罗的眼睛》则是1936年发表于《文学》第5卷第5号的一部三幕戏剧，《玫瑰与春》是1927年发表于《北新》半月刊的一出独幕童话剧，三者篇幅较短，合为一卷。

在文编整理编辑过程中，大致掌握以下处理原则：

一、所收作品原属繁体字者，一律改为简体字。

二、所收作品，尽量保持原貌，只对个别异体字进行技术规范性处理，对明显的笔误进行更正，各卷之间也不作硬性统一。

三、所收作品因创作于不同历史时期，体例差异较大，保留原著的标题层级和序号样式，各卷之间不强求统一。

四、对于作者的习惯性用词及译名，给予最大程度的尊重。但个别与古籍记载明显不符的，则作修改。

五、所收作品引用的古典文学作品如《诗经》、唐诗、元曲中的词句，因作者未明确标示所引版本，字词悉从作者；但对于个别前后文引述不一致的，按现今通行版本统一处理。

六、所收作品中1949年之前的民国纪年，尊重作者用法；1949年及其之后则采用公元纪年。以上纪年方式均使用汉字。

编　者

2019年7月

总目

第一卷　唐诗杂俎
第二卷　唐诗概论
第三卷　玉溪诗谜正续合编
第四卷　辽金元文学
　　　　鸠那罗的眼睛
　　　　玫瑰与春

自序

我国先秦时代仅有两部文艺品：一为《诗》三百，一为屈赋。历代研究者人数之多，真是指不胜屈。而《诗》之地位似更在屈赋之上。其实以屈赋文采之瑰丽，情感之深挚，叙事之曲折尽致，哲理之幽邃奥曲，《诗》三百篇万所不及。人们以如此眼光看待者，其故实有数端：其一，《诗》三百时代较古；其二，《诗》与我国惟一大圣人孔子发生关系；其三，《诗》在春秋时代曾成为外交宝典；其四，当时各国君主教其胄子必授以《春秋》《礼记》，《诗》亦为其必修教科书之一；其五，硕学鸿儒或宣扬教义，或教诲生徒，开口即引《诗》数句为证。浸假而《诗》得列经部，称为"葩经"。学者每抱着非常虔敬的心理来研究它，非常庄重的态度来探讨它，这就使屈赋瞠乎其后，望尘莫及了！

　　《诗》传至汉代，研究《诗经》者有大小毛公，有齐、韩、鲁诸家，闹出无数花样，什么六义四始，正变美刺，《诗序》《诗谱》等等，把原来匹夫匹妇采兰赠芍、桑间濮上的情歌都变作文王之化、后妃之德，反而把《诗》的意义弄得晦涩不堪，遂有"《诗》无达诂"之叹。历魏晋六朝至唐代，孔颖达的《毛诗正义》虽论列较详，亦不出毛序郑笺范围，诗的研究殊少进步。直至宋代朱熹等出来，《诗》的真面始渐呈露。毛序郑笺亦于民间男女情歌著"淫女""淫奔"字样，究竟不多，至朱子《集传》，对于郑卫及其他风谣，则毫不客气地直指"此为淫奔者之辞""此为淫女怨所欢见绝之辞"，连篇累牍，言之不已。后人对晦庵之语，则大生反感，说果如其言，则孔子所谓"《诗》三百，一言以蔽之，曰：'思无邪。'"又作何解？且孔子删诗，淫诗何以不删？盖他们总觉得《诗》得列于经，应该十分庄重，不容存一毫亵渎的观念之故。清代研究《诗经》之人更为众多，我们随便举几个如：王夫之、毛奇龄、丁晏、阮元、惠栋、陈奂等都是很有研究成绩的《诗经》学者，但其中最为杰出且为我深爱的则为崔述的《读风偶识》，方玉润的《诗经原始》。崔著价值暂勿论，方书显浅明了，不作那些穿凿附会之谈。他二人著作，倒颇将《诗经》上面所蒙灰尘扫去了一层，所盘绕的藤葛斩除了不少。近代即五四运动之后，学者思想解放，不为古囿，又多受科学训练，能运用精确严密的方法，清冷质直的客观精神来研究学术，其成绩当然远远超过前人了。那些二三十年代的陆侃如、冯沅君、郭沫若、闻一多等仅有一部分关于《诗经》的论述，并无专著，都可以不论。最近十余年间，有屈万里《诗经释义》，考证精审，要言不烦，嘉惠后学，靡有穷已。糜文开、裴普贤夫妇合著的《诗经的欣赏与研究》四巨册，凡数百万言，可谓堂堂乎巨著。王静芝的《诗经通释》二册，亦颇精彩。又刘明仪女士，国学湛深，用"江宁"笔名，在《中国语文》那个刊物上，历届发表《诗经》的选译，甚为优美，虽其所译有许多增益字句之处，乃翻译之所难免，但辞句鲜活，情趣溢洋，为《诗经》译界之翘楚。她已出版《诗经欣赏选例》一书，将来《诗经》翻译全部告成，功不在糜氏夫妇之下。

我个人一生尽瘁于屈赋研究，对《诗经》从来无暇也无力问津。1963年我教授于成功大学已满七年，照例有一年休假，适新加坡南洋大学再度来函相聘，便赴狮城任教。学校要我在中文系教《诗经》《孟子》《史记》。我要求开《楚辞》一课，每周三小时；《史记》暂缓开。南大教《诗经》者原为台湾师大同事高鸿缙先生，他曾留美，精文字之学，在南大教《诗经》极得学生欢迎。高先生不幸病殁海外，我接受他的课，始正式与《诗经》接触。南大图书馆藏书甚多，关于《诗经》参考资料亦甚丰富，我借出多种，加以钻研，获益匪浅；本书《诗经通论》一篇即当时授《诗经》课时所作。学生得之颇喜，谓读我此文，可获全部关于《诗经》的常识，胜读其他关于《诗经》的论著数十部。

我假满回台湾，仍在成功大学任教，继续申请长科会辅助，每年所缴论文，因屈赋资料已罄，便改题为《诗经》了。缴了数年，二南及十三国风都已批注完毕，尚未及二雅三颂。1973年，我适龄办退休，当然没资格再请长科会的辅助了。（我申请长科会的辅助，前后仅有五年。缴屈赋论文往往一次即八九万字，或二十余万字不等。其已在报刊发表文字，绝不改头换面，拿来混充，故仅数年便罄，不得不改题。）我的关于《诗经》的论文，也寥寥可数。因我的文禤文债甚多，有时便写些《诗经》论文应付。像本书中的《〈诗经〉可补历史资料的缺失》《〈诗经〉所显示社会各阶层的状况》《〈诗经〉里的神话》《〈诗经〉虚字的用法》《〈诗经〉所供给的典故、词汇及成语》等，皆在《畅流》等杂志上发表过，便不拿来当作长科会应缴论文了。

至于《论二南》《邶鄘有目无诗说》《商颂非商诗说》，乃退休后为一个甚有价值的大型杂志《中国国学》所撰。

不过这本《诗经杂俎》虽仅及二南国风而止，也常论及二雅及三颂，虽不完全也算完全。又此书对《诗经》也有若干新发现，可补时下流行颇广诗学之缺失，譬如陆侃如夫妇所著《诗史》，坚主二南为楚风，即如胡适之大师亦为所惑，以二南中有"江汉""长江"诸语，谓周民族虽在长江流域分封子姓，未几时那些国家即尽为楚国所灭，所谓"江汉诸姬，楚实尽之"即是，故二南应为楚风。陆侃如惯为早计，如陈国后为楚灭，他即把陈风当作楚风即其一例。而不悟《召南》中有《甘棠》一首，称美召伯虎，楚国有召伯吗？《何彼秾矣》有"平王之孙，齐侯之子"，明明是周平王以孙女降齐襄公之事，史有明文，楚国有这件大事吗？此种文字明明摆在目前，他们却都睁着眼睛看不见，居然乱说，实为可怪！又如清末阮元说《诗》之周商鲁"三颂"，乃音乐歌唱跳舞之全动作，为容。容、用、羕，一音之转，变为颂。颂者由容来，即"样子"之意。极为博学如梁任公亦从其说，不惜曲搜各种证据以证实之。我谓颂有"赞颂""颂敬""颂扬"诸义，惟祭天祭祖时用之，等于西洋宗教之赞美诗，极其庄严与隆重，岂可轻轻以"样子"二字名之？故阮元虽自负其说新颖，我则不取。

就其小者言之，则周宣王之后宣姜，乃历史有名贤后，西汉刘向著《列女传》称她为齐人，其实她乃申国人，申人亦姓姜，申伯与周宣王乃郎舅之亲，读《诗经·崧高》即可知，《诗》称申伯为宣王之元舅，又曰王舅。宣王之后乃申伯之妹也。而二千数百年来，人皆沿刘向之误，昧然不觉，岂不可叹！拙著连二千年前汉人所说的话都校正了，能不沾沾自得。独怪《崧高》诗说得明明白白，班固何以不知？想他不知申亦姓姜的缘故吧！

笔者本非专门《诗经》之研究者，所有贡献，实微不足道，所以本书题为《诗经杂俎》，而不敢冒《诗经通释》或《诗经研究》之名，厥维此故。

篇末附录《〈诗经〉与尹吉甫》一篇，乃针对七十年代李辰冬博士所著《诗经通释》一书之评议。今日附于《诗经杂俎》之末者，虽谓以本书字数太少，用以凑足，实亦对原著之诸多疑窦有所指正，兼且我对《诗经》意见，借此文亦可发挥而已。

李辰冬博士探讨《诗经》，二十年中孜孜矻矻，不舍昼夜，研究学术的精神实为可佩。他于有关《诗经》的论著，搜罗殆遍，旁及吉金文、钟鼎文、甲骨文，亦不惮以垂暮之年殷勤学习。再于各种地理书、人名钞、经史子集，靡不浏览，所谓"取精多，用物宏"，始能成此伟著，虽《诗经》三百五篇皆尹吉甫一人所作之说，万难成立，而他对《诗经》各篇字义之注解，则极其精审、周详，于学诗之人，甚有裨益。我虽反对他的大前题，惟对他仍存敬意者在此。若谓我有对不起李先生之处，则学者著书立说，旨在发掘真理，真理所在，势必力争，友谊亲情，在所不顾，想读者不河汉斯言。今日发表此文，所谓"刻画无盐，唐突西子"，故人地下有知，尚望曲恕！

一九九四年十一月写于古都之春晖山馆

目　录

卷　一
诗经通论——诗经的正反
　　两方面的常识 / 1
甲部　否定的方面 / 3
乙部　肯定的方面 / 32

卷　二
诗经可补正历史缺失的资料 / 61
诗经里的神话 / 72
诗经所显示社会各阶层的状况 / 85

卷　三
论四诗名义 / 102
论二南 / 102
论国风 / 121
论雅 / 133

论颂 / 139
商颂非商诗说 / 146
邶鄘有目无诗说 / 152

卷 四

诗经虚字的用法 / 165
诗经所供给的典故、词汇及成语 / 182

卷 五

国风十五篇析说 / 205
葛覃（周南）/ 205
卷耳（周南）/ 211
汉广（周南）/ 216
凯风（邶风）/ 223
谷风（邶风）/ 229
载驰（鄘风）/ 237
黍离（王风）/ 248
陟岵（魏风）/ 253
伐檀（魏风）/ 256
硕鼠（魏风）/ 260
蒹葭（秦风）/ 262
黄鸟（秦风）/ 267

七月（豳风）/ 271
鸱鸮（豳风）/ 281

附　录

《诗经》与尹吉甫——李著《诗经通释》评论上篇 / 289

甲、尹吉甫的传奇 / 292
乙、尹吉甫的三大役 / 303
丙、尹吉甫与仲氏的恋史 / 319
丁、尹吉甫的传后论 / 331

《诗经》与尹吉甫的各种关系——李著《诗经通释》评论下篇 / 338

甲、诗经史实问题 / 338
乙、诗经里的文物制度问题 / 355
丙、李著中的原理法则问题 / 368

结论 / 382
跋 / 388

卷一

诗经通论——诗经的正反两方面的常识

《诗经》是中国一部最古老的诗歌总集,为什么说它古老?因为在《诗经》之前,那些号称伏羲、神农、祝融、葛天都是靠不住的假古董,只有《诗》三百篇,才是真实的作品。古代经典总不免有若干后人伪造的分子羼入其间,或加以窜乱增益,《诗经》却篇篇都是本来面目,所以最为纯粹。《诗经》又是中国一部文学宝藏,因为无数的词汇、无数的成语、无数的典故,均出于这个总集。《诗经》又是中国古文化史重要的参考资料,因为古代的典章制度、人情风土,均可由此书考出。因此《诗经》的价值,当然非常之高,凡是想研究中国文学文化的人,当然非研究《诗经》不可。

不过，因为孔子颇重视《诗经》，《诗经》又有曾经孔子删定之说，《礼记》又有所谓"诗教"，与《易》《书》《礼》《乐》《春秋》并列，《诗》遂列于五经，成为神圣的经典。《孟子·离娄篇》曰："王者之迹息而《诗》亡，《诗》亡而后《春秋》作。"宋陈鹏飞进一步亦谓："春秋之亡以《礼》废，秦之亡以《诗》废。"《诗》竟与王道相终始，《诗》亡则国亦随之而亡。汉人以三百篇当"谏书"，传为佳语，《诗》地位之尊崇，遂达于无以复加的地步。

为了《诗经》地位的尊崇，中国二千年来无数学者绞尽了心血来阐释《诗经》，探讨《诗经》，著了几屋子的书，不但没有把《诗经》的真正意义显露出来，反而愈加汩没，无怪姚际恒要喟然叹息道："诸经中，《诗》之教独大，而释《诗》者较诸经为独难。"释《诗》果然这么难么？倒也未必，可是二千余年来蒙蔽于《诗经》上面的昏烟浊雾果然太厚，若不一层一层扫去，《诗》的真正意义是不容易看出的。现在我这个《诗经通论》，也可以说是《诗经》概论，分为甲乙两部：甲部的意义是否定的，反面的，仅将研究《诗经》若干比较重大的障碍问题，提出叙说一下，使学者不必再在这些问题上耗费无谓的脑力。

同时这些问题也是有关《诗经》的常识，虽今日已成告朔之饩羊，可是研究《诗经》者也应该知道的。乙部的意义是肯定的，正面的，指示研究《诗经》比较正确的方法，使学者明白《诗经》真正的地位与价值，然后研读《诗经》时，才能欣赏它真醇朴素，而又风趣洋溢的意味，才能享受这个文学宝库所给予的一切。

甲部　否定的方面

一、太史采诗说

全部《诗经》共三百十一篇，亡佚《南陔》《白华》等六篇，现存三百零五篇。这些诗是怎样收集的？以前有太史采诗之说。

（1）《礼记·王制》："天子五年一巡守。岁二月，东巡守，觐诸侯……命师陈诗，以观民风。"

（2）《汉书·艺文志》："古有采诗之官，王者所以观风俗，知得失，自考正也。"

（3）《汉书·食货志》："孟春之月，行人振木铎徇于路，以采诗献之。太史比其音律，以闻于天子。"

（4）何休《公羊解诂》："男女有所怨恨，相从而歌，饥者歌其食，劳者歌其事。男年六十，女年五十，无子者，官衣食之，使之民间求诗。乡移之邑，邑移之国，以闻于天子。"

采诗的作用何在呢？《王制疏》："太师各陈其国之风，以观其政令之善恶。若政善则诗辞亦善，若政恶则诗辞亦恶；观其诗则知君政之善恶。"又如《汉书·艺文志》："王者所以观风俗，知得失，自考正。"何休《公羊解诂》："王者不出户牖，尽知天下所苦，不下堂而知四方。"

此说流传二千余年，无人敢于非议，清崔述始疑之，于《读风偶识》中论之曰："旧谓太史掌列国之风，今自《邶》《鄘》以下十二国风，皆周太史巡行之所采也。余按克商之后，下逮陈灵近五百年，何以前三百年所采殊少，后二百年所采甚多？周之诸侯千八百国，何以独此九国有风可采，而其余皆无之？……且十二国中东迁以后诗居其大半。而《春秋》之策，王人至鲁，虽微贱无不书者，何以绝不见采风之使？至《左传》之广搜博采亦无之。则此言出于后人臆度无疑也……"崔述对于诗之结集问题，断为人们的传诵，说道："盖凡文章一道，美斯爱，爱斯传，乃天下之常理。故有作者,即有传者。但世近则人多诵习,世远则渐就湮没。其国崇尚文学而鲜忌讳则传者多,反是则传者少。小邦弱国,偶遇文学之士,录而传之,亦有行于世者,否则遂失传耳。不然,两汉、六朝、唐、宋以来,并无采风太史,何其诗亦传于后世也?大抵汉以降之言诗者,多揣度而为之说,其初本无的据,而递相沿袭,递相祖述,遂成牢不可破之解,无复有人肯考其首尾,而正其失者。"

采诗之说,崔述指为后人之臆度,何以后人有此臆度,他没有说出原因。陆侃如谓系汉人"以今度古"搞出来的。汉武帝确采过诗,《汉书·郊祀志》云:"乃立乐府,采诗夜诵,有赵代秦楚之讴。以李延年为协律都尉,多举司马相如等造为诗赋,略论律吕,以合八音之调,作十九章之歌。"陆氏遂为结论道:"在汉代,民间歌谣及文人作品大都被采入乐府,故汉人误认周代也必如此,于是便生出那种'臆度',却不知道在《春秋》和《左传》里都找不出一点根据来!"(《中国诗史·诗经时代》)

不过诗之集合为一个集子,若说由于太史之采,当然无甚根据;如崔述之说由于人们的传诵,恐亦未必然;如陆侃如之说,汉人"以今度古",也不见得。反之,我们看了汉武帝采诗之事，更相信诗是采来的。不然，诗歌是无生命无意识的东西，怎能自动集合呢？不过采之者非太史而为乐官。当时周室原保有雅颂，或有爱好乐歌的君主不以此数为满足，乐官为迎合上意便采些民间歌谣来凑数，这便是所谓国风。这是乐官们私人之事，他们去采诗，是无定期的，也是无政治目的的。但看大国如晋、楚无诗，小国如桧、曹反有诗；即如崔述所说时间和地域的不平均，便可证实此说。若如《王制》所谓"天子五年一巡狩"，命太师"陈诗以观民风"；又说"孟春之月，行人振木铎徇于路以采诗"；又说政府委任年老无子女的男女专在民间采访，则所采之诗莫说三千篇，再多些也有。

　　《左传·襄公二十九年》（公元前五四三），吴季札至鲁观乐，乐工为他歌二南、风、雅、颂，次序与今本《诗经》无殊。他所观的称为"周乐"，好像来自周室的乐府，故前人有《诗》"掌之王朝，颁之侯服"之语。其实颁到侯服以后，列国乐官增增减减，周天子哪里管得许多？像鲁僖公的鲁颂，宋襄公的商颂，作成之后竟送到周王朝请求核定；或同时要求周乐官为配乐吗？我想这话是不能说的。

二、孔子删诗说

孔子删《诗》之说，始见于《史记·孔子世家》："古者《诗》三千余篇，及至孔子，去其重，取其可施于礼义，上采契、后稷，中述殷、周之盛，至幽、厉之缺……三百五篇，孔子皆弦歌之，以求合韶武、雅颂之音，礼乐自此可得而述，以备王道，成六艺。"班固《汉书·艺文志》赞成史迁之说，曰："……孔子取周诗，上采殷，下取鲁，凡三百五篇，遭秦火而不亡者，以其讽诵不独在竹帛故也。"王充《论衡·正说篇》："《诗经》旧时亦数千篇，孔子删去其重，正而存三百篇。"

以后赞成此说者甚多，如陆德明、欧阳修、马端临、王应麟、成伯瑜、王崧、顾炎武等皆是。他们以为周太史如此有规例地采诗，诗之有三千余篇，乃事理之常。又以为散见经传的"逸诗"颇多，当是孔子所删余，故删《诗》说可信。不过他们大多数主张孔子删《诗》，全篇删去者不论，尚有篇删其章，章删其句，句删其字者。欧阳修《诗本义》云："唐棣之华，偏其反而，岂不尔思，室是远而"，此《小雅·常棣》之诗，夫子谓其以室为远，有害于兄弟之义，故篇删其章也。"衣锦尚䌹"，文之著者也，此《鄘风·偕老》之诗，夫子谓其文饰之过，其流而不返，故章删其句也。"谁能秉国成，不自为政,卒劳百姓",此《小雅·节南山》之诗,夫子以"能"字为意之害,故句删其字也。王应麟《困学纪闻》亦从欧说。朱熹在其《诗集传序》文里固言:"孔子生于其时,既不得位,无以行劝惩黜陟之政,于是特举其籍而讨论之,去其重复,正其纷乱,而其善之不足为法,恶之不足为戒者,则亦刊而去之,以示简约,示久远。"可见朱子是赞同删《诗》说的。但他在别处又说孔子并未删《诗》,只是刊定。当时史官收诗时,已各有编次,但至孔子时已经散失,故孔子重整一番,未见得删与不删。(《语录》)王崧固说古诗三千余篇,太史弃其不协律者,余则存以备用。孔子正乐时,又厘订汰黜,定为此数以教门人。史迁言孔子删《诗》者或由于属词未密,或由于文句脱误云云。是则皆谓《诗经》经过二度删定,太史一次,孔子一次。

反对删诗说者,最早有孔安国,以后有孔颖达、郑樵、叶适、朱彝尊、赵翼、江永、崔述等。其意见可分为以下数端:

(1) 孔子删《诗》不容十去其九　孔安国谓古诗不至有三千篇,孔子不容十删其九(《吕氏家塾读诗记》引)。孔颖达《毛诗正义》云:"按《书传》所引之诗,见存者多，亡逸者少。则孔子所录，不容十去其九，迁言未可信也。"郑樵《删诗辨》亦如此说。

（2）孔子删《诗》何以去盛存衰　崔述《读风偶识》曰："……然成康之世，治化大行，刑措不用，诸侯贤者必多，其民岂无称功颂德之词，何以尽删其盛，而独存其衰？伯禽之治，郇伯之功，亦卓卓者，岂尚不如郑、卫，而反删此存彼，意何居焉？"

（3）孔子删《诗》何以不去淫诗　孔子平生最恶郑声，何以《国风》存郑？崔述曰："孔子删《诗》，孰言之？孔子未尝自言也，《史记》言之耳。孔子曰：'郑声淫'，是郑多淫风也。"又曰："孔子所删者何诗也哉？郑、卫之风，淫靡之作，孔子未尝删也……"江永《乡党图考》曰："夫子未尝删《诗》，《诗》亦自有淫声。而《世家》云古诗三千余篇，孔子去其重，取其可施于礼义者三百余篇，孔子皆弦歌之，以求合于韶武之音，此史迁之妄说。"顾炎武为此事辩护云："孔子删《诗》，所以存列国之风也。有善，有不善，兼而陈之，犹古之太师陈诗以观民风，而季札听之，以知其国之盛衰……《桑中》之篇，《溱洧》之作，夫子不删，志淫风也……淫奔之诗，录之不一而足者,所以志其风之甚也。"(《日知录》)此语谓其巧于设词则可,谓其真能窥见孔子之用心则非。盖若谓录淫诗以垂戒,则《桑间》《濮上》有二三首也就够了,何以连篇累牍录之不已呢?

(4) 孔子删《诗》以何为标准　郑樵《诗辨妄》云:"……夫'翘翘车乘,招我以弓,岂不欲往,畏我友朋。'如斯等语亦不俚也,胡为而删之乎?《墙有茨》《桑中》等语至俚,又胡为而不删乎?则知删《诗》之说,与《春秋》始隐,终于获麟,皆汉儒倡之也。"朱彝尊《经义解》曾说:"且如《肆夏》《采齐》,乐诗所教之乐仪也,此何不可施于礼而删之?《驺虞》《狸首》《采蘩》《采蘋》,射之节也,何故于《狸首》则去之?燕礼升歌《鹿鸣》,下管《新宫》,大射仪乃歌《鹿鸣》三终,乃管《新宫》三终,而孔子于《鹿鸣》则存之,于《新宫》则去之……正考父校《商颂》十二篇于周太师,孔子何故删其七,存其五?《祈招》之诗,孔子既善其义矣,何又删之?"

反对方面又有几个理由证明删《诗》说之不能成立。

第一,所谓逸诗并不多。赵翼曾作过严密的统计,他说:"今以《国语》《左传》所引诗校之:《国语》引诗凡三十一条,逸诗仅二条。《左传》引诗二百十七条,其中左丘明自引及述孔子之言,所引诗共四十八条,逸诗不过三条;列国公卿引诗共一百一条,而逸诗不过五条;列国宴享歌诗赠答七十条,而逸诗亦不过五条。若使古诗有三千余,则所引逸诗宜多于删存之诗十倍;岂有古诗则十倍于删存诗,而所引逸诗,反不及删存诗二、三十分之一。以此而推,知古诗三千之说,不足凭也。"(《陔余丛考》)

第二,孔子无删《诗》之权。叶适曰:"周以诗为教,置学立师,诸侯之风,陈于太师,其所去所取,皆当时朝廷之意;孔子生数百年后,无位于王朝,而以一代所教之《诗》,删落高下,十不存一,为皆出其手,岂非学者之随声承误,失于考订而然乎?"又曰:"季孙行父请命于周,而史克作颂,则是以天子之命列于颂也,非孔子之所能裁定也。"(《原诗》)朱彝尊亦曰:"《诗》者掌之王朝,颁之侯服,小学大学之所讽诵,冬夏之所教,故盟会、聘问、燕享、列国之大夫赋诗见志,不尽操其土风。使孔子一人取而删之,王朝列国之臣,其孰信而从之者?诗至三千篇,则輶轩之所采定,不止十三国矣,而季札观乐于鲁,所歌风诗,无出十三国外者……况诗多至三千,乐师蒙瞍，安能遍其讽诵？窃疑当时掌之王朝，颁之侯服，亦止三百余篇而已。"

第三，《诗》原来只有三百余篇。《论语·为政》："《诗》三百，一言以蔽之，曰：'思无邪。'"子路："子曰：诵《诗》三百，授之以政，不达；使于四方，不能专对，虽多亦奚为？"这是孔子自己说的话。叶适说，这是孔子指古人已具之诗，非指其自定者，这话甚是。《墨子·公孟篇》："儒者诵《诗》三百，弦《诗》三百，歌《诗》三百，舞《诗》三百。"并非说《诗》有一千二百篇，不过儒者所诵、所歌、所弦、所舞，仅此三百篇诗而已。

孔子所诵习之《诗》不过三百余篇，我们现在可以信为事实了。然则今本《诗经》三百五篇的内容与孔子所诵习的是否绝对相同呢？这则颇难断定。据季札观乐的事来看，南风雅颂的次第与今本大概相同。据春秋列国人士所引《诗》篇来看，诗句的内容也无甚差异。不过《古史辨》一派人说，孔子所用《诗经》的本子不见得与今本一无差异，其散佚者，后人增补难免，惟增补之事当亦甚古罢了。

三、六义与四始

(一) 六义

《周礼·春官·大宗伯》："太师教六诗，曰风、曰赋、曰比、曰兴、曰雅、曰颂。以六德为之本，以六律为之音。"《诗大序》所言六义与《周礼》同。《大序》于风、雅、颂三字的意义都有解释，于风尤详，而于赋、比、兴则完全缺如。可见《大序》六义的次序是囫囵抄袭《周礼》。

《周礼》相传为周公所作，实则是战国儒家所撰，各种典章制度，一半依据古礼，一半恐出杜撰，是儒家的乌托邦，理想国。其书于西汉时始出，可靠性尤值怀疑。但伪书中的资料往往不伪。它对《诗》六义的排列法，如此错综，像是六种平行的诗体，于今风、雅、颂我们是有的，赋、比、兴却不见，真是怪事。

张逸问郑玄："何诗近于赋、比、兴？"答曰："赋、比、兴吴季札观乐时已不歌也，孔子录诗时，已合风、雅、颂中，难复摘别。"（《毛诗正义》引郑志）郑玄似乎认六义为六种诗体，赋比兴三种诗原是有的，却给孔子混入了风雅颂了。

孔颖达说："然则风、雅、颂者，诗篇之异体，赋、比、兴者，诗篇之异辞耳。大小不同，而得并为六义者，赋、比、兴是诗之所用，风、雅、颂是诗之成形，用彼三事，成此三事，是故同称为义，非别有篇卷也。"（《毛诗正义》）可见孔氏是认风、雅、颂为诗的体裁，赋、比、兴为诗的作法。

朱熹意见亦同乎孔氏。他有三经三纬的说法,曰:"三经是赋比兴,是作诗的骨子,无诗不有,才无不成诗,盖不是赋,便是比;不是比,便是兴。风、雅、颂是里面横串的,故谓之三纬。"(《朱子全书·诗部·诗纲领》)

程颢则谓六义全系作诗之法。说风为讽刺,雅为陈理,颂为称美,赋为直陈,比为比喻,兴为托物。(《吕氏家塾读书记》引)

章炳麟则认为《周礼》的六义全是诗的体裁,其解释风、雅、颂与前人同,而于赋认为即后代之赋,比为《驾辩》《九辩》之辩,兴读为𡹔,与诔相似。(《检论六诗说》)

章说虽新颖,证据则薄弱,因为赋在古代固是一种不歌而诵的诗体,比、兴则实少见。《驾辩》见《楚辞·大招》:"伏羲驾辩,楚劳商只。"《九辩》屡见屈赋,今所传《九辩》相传为宋玉作,皆楚人所言,楚人所作,与中原文化无甚关系。兴之为诔,亦甚牵强。

笔者则认为,倒是程颢六种作诗法有点意思。虽风、雅、颂为《诗经》之所固有,我们不能说风非国风,雅非二雅,颂非三颂。但所以名为风、雅、颂者也有其意义,《诗大序》所谓风者为何,雅者如何,颂者又如何,则虽属体裁,亦未始不可兼指作法而言。若此，则《周礼》六诗，《大序》六义平行的缘故，可以得到解释。况所谓六义的这个"义"字，我们也该注意。义无非是"意义"的意思，与形式对立，我们总不能说意义与形式可以互通吧。

（二）四始

四始说开始见于《史记·孔子世家》："《关雎》之乱，以为风始；《鹿鸣》为小雅始；《文王》为大雅始；《清庙》为颂始。"《诗大序》："《关雎》，后妃之德也，风之始也。风，风也，教也，风以动之，教以化之。雅者正也，言王政所由兴废也。政有小大，故有小雅焉，有大雅焉。颂者，美盛德之形容，以其成功告于神明者也。是谓四始，诗之至也。"郑笺曰："始者，王道兴废之所由。"孔颖达《毛诗正义》："四始者，郑答张逸云：'风也，小雅也，大雅也，颂也，此四者，人君行之则兴，废之则衰。'"这是《毛诗》之说，但《史记》的四始，则本之《鲁诗》。

此外韩齐二家说又不同。

《韩诗外传》："子夏问曰：'《关雎》何以为风始也？'子曰：'《关雎》至矣乎，天地之间，生民之属，王道之原，不外此矣。'"魏源遂以为《诗》之涉及文武者为始，不仅《关雎》为风始，自《关雎》以下十一篇皆为风始。

不仅《鹿鸣》为小雅始,《鹿鸣》以下十六篇皆小雅始。不仅《文王》为大雅始,自《文王》以下十四篇皆大雅始。不仅《清庙》为颂始,自清庙以下颂文武之德者皆颂始。(《诗古微》)

《齐诗》涉及谶纬之学,言多怪诞不可解。《诗纬·汎历枢》论四始云:"《大明》在亥,水始也。《四牡》在寅,木始也。《嘉鱼》在巳,火始也。《鸣雁》在申,金始也。"

四、正变与美刺

(一)正变

正变之说始见于《诗大序》,曰:"治世之音安以乐,其政和。乱世之音怨以怒,其政乖。亡国之音哀以思,其民困……至于王道衰,礼义废,政教失,国异政,家殊俗,而'变风''变雅'作矣。"

孔颖达曰:"变风、变雅,必王道衰乃作者,夫天下有道,则庶人不议;治平累世,则美刺不兴,何则?未见其善,则不知善为善,未见其恶,则不知恶为恶。太平则无所更善,道绝则无所复讥,人情之常也。故初变恶俗则民歌之,风雅正经是也。始得太平则民颂之,《周颂》诸篇是也。若其王纲绝纽,礼义消亡,民皆逃死,政尽昏乱,《易》称'天地闭,贤人隐'。于此时也,虽有智者,无复讥刺。成王太平之后，其美不异于前，故颂声止也。陈灵公淫乱之后，其恶不复可言，故变风息也。班固云：'成康没而颂声寝，王泽衰而诗不作。'此之谓也。然则变风、变雅之作，皆王道始衰，政教初失，尚可匡而革之，追而复之，故执彼旧章，绳此新失，觊望其自悔其心，更遵正道……《谱》云：'夷身失礼，懿始受谮。'则周道之衰，自夷懿始矣……王道衰，诸侯有变风，王道盛，诸侯无正风者；王道明盛，政出一人，太平非诸侯之力，不得有正风。王道既衰，政出诸侯，善恶在于己身，不由天子之命，恶则民怨，善则民喜，故各从其国，有美刺之变风也。"（《毛诗正义》）

欧阳修曰："风之变以夷、懿始，雅之变自幽、厉始。霸者兴，变风息焉。王道废，诗不作焉。"（《诗本义》）

但十三国风中亦不乏美君颂上之作，一概指以为变，实难服人，故郑樵又有"变而正"之说。曰："《邶》《鄘》之诗谓之变风可也，《缁衣》之美武公，《驷驖》《小戎》之美襄公，亦可谓之变风乎？必不得已，从先儒正变之说，则当如《穀梁春秋》书'筑王姬之馆于外'，书'秋盟于首戴'，皆曰变之正也。盖言事虽变常，而终合乎正也。《河广》之诗，欲往而不往；《大车》之诗，畏之而不敢；

《氓》之诗,反之而自悔,此之谓变之正也……"其实人民对诸侯无论美也罢,刺也罢,都属之变,"诸侯无正风",孔颖达已详说了,郑樵想必一时疏略吧。

旧以《周南》《召南》二十五篇为正风。十三国风(连有目无诗之《邶》《鄘》在内)一百三十五篇为变风;《鹿鸣》至《菁菁者莪》二十二篇(中缺六篇,实为十六篇)为正小雅,《六月》至《何草不黄》五十八篇为变小雅;《文王》至《卷阿》十八篇为正大雅,《民劳》至《召旻》十三篇为变大雅。是皆《毛诗》学者之通说。

朱熹于《诗集传序》中似赞同正变之说,曰:"惟《周南》《召南》亲被文王之化以成德,而人皆有以得其性情之正,故其发于言者,乐而不过于淫,哀而不及于伤,是以二南独为风诗之正经。自《邶》以下则其国之治乱不同,人之贤否亦异,其所感而发者有邪正是非之不齐,而所谓先王之风者,于此变矣。若乎雅颂之篇,则皆成周之世,朝廷郊庙乐歌之辞,其语和而庄,其义宽而密,其作者往往圣人之徒,固所以为万世法程而不可易者也。至于雅之变者,亦一时贤人君子,悯时病俗之所为,而圣人取之。其忠厚恻怛之心,陈善闭邪之意,尤非后世能言之士所能及之。"不过朱子注《诗大序》则又说:"然正变之说,绝无明文……"则见他也有些怀疑。

姚际恒于其《诗经通论》，崔述于其《读风偶识》皆极力反对正变之说。姚之言曰："《诗》无正变。孔子曰'《诗》三百，一言以蔽之曰：思无邪。'变则必邪，今皆无邪，何变之有？且曰'可以群，可以怨'，未尝言变也。季札论诗，论其得失，亦未尝言变也……故谓风雅有正变者，此自后人之说，质之圣人，无是也。"崔之言曰："说《毛诗》者，以二南为正风，十三国为变风。余按《七月》一篇乃周王业之所自基，《东山》《破斧》，敌王所忾，劳而不怨，非盛治之世，安能有此，此固不得谓之变也。"（以下引风雅各诗证明正变之谬，从略。）

（二）美刺

所谓美刺之发明权亦应归之汉人，《毛诗序》共有二十余条，举例于下：

1. 美　"《甘棠》，美召伯也。召伯之教，行于南国……"
2. 刺　"《雄雉》，刺卫宣公也……""《谷风》，刺夫妇失道也。"
3. 恶　"《野有死麕》，恶无礼也……"
4. 劝　"《殷其雷》，劝以义也……"
5. 思　"《匪风》，思周道也……"

6. 闵　"《硕人》，闵庄姜也……""《扬之水》，闵无君也……"

7. 伤　"《荡》，召穆公伤周室大坏也……"

8. 疾　"《东门之枌》，疾乱也……"

9. 怨　"《击鼓》，怨州吁也……"

10. 责　"《旄丘》，责卫伯也……"

11. 惧　"《采葛》，惧谗也……"

12. 戒　"《公刘》，召康公戒成王也……""《终南》，戒襄公也……"

13. 哀　"《黄鸟》，哀三良也……"

14. 忧　"《防有鹊巢》，忧谗贼也……"

15. 诱　"《衡门》，诱僖公也。愿而无立志，故作是诗以诱掖之……"

16. 嘉　"《假乐》，嘉成王也……"

17. 规　"《沔水》，规宣王也……"

18. 诲　"《鸱鸮》，诲宣王也……"

19. 告　"《酌》，告成大武也……"

20. 乐　"《菁菁者莪》，乐育才也……"

21. 陈　"《七月》，陈王业也……"

22. 救　"《鸱鸮》，周公救乱也……"

23. 劳　"《四牡》，劳使臣之来也……"
24. 悔　"《无将大车》，大夫悔将小人也……"
25. 警　"《抑》，卫武公自警也……"
26. 颂　"《泮水》，颂僖公能修泮宫也……"

按《诗》有美刺，固然，由美刺生出这许多花样，则是汉儒玩出来的，实为可厌。故范浚云："'高山仰止，景行行止。'夫子曰：'诗之好仁如此。''天生烝民，有物有则'，夫子曰：'为此诗者，其知道乎？'凡夫子为诗之说，率不过以明大义，后世深求曲取，穿凿迁就之论，而诗之论始，始不明矣。"即以刺论，《诗序》亦用之太滥，言之太过。故朱熹曰："大率古人作诗，其间亦自有感物道情，吟咏情性，几时尽是讥刺他人？只缘序者篇篇作美刺说，将诗人意思尽穿凿坏了。且见今人才做事便作一诗歌美之，或讥刺之，是什么道理？如此，一似里巷无知之人，胡乱称颂谀说，何以见先王之泽？何以为性情之正？"（《朱子全书·诗部·诗纲领》）

五、诗序

所谓《诗序》，韩、鲁、齐三家诗也都有序，今三家诗既失传，序亦残缺，仅于古籍见其一二而已。《毛诗》独流传至今，故序亦完全存在。

《毛诗》有《大序》,又有《小序》。《大序》相传是子夏作。此序现收于《昭明文选》,题目是"毛诗序",作者署名为"卜子夏"。序之开端有"《关雎》,后妃之德也,风之始也。"结尾又说:"是以《关雎》乐得淑女以配君子,爱在进贤不淫其色,哀窈窕,思贤才,而无伤善之心焉,是《关雎》之义也。"孔颖达《毛诗正义》谓旧说本序自开端的"《关雎》,后妃之德也"至"用之邦国焉。"名为《关雎序》,谓之《小序》,自"风,风也",迄末,名为《大序》,但孔氏之意则"此序总论诗之纲领,无大小之异解"。

宋朱熹因此序中有总论诗之纲领者数条,以为宜引之以冠经首,使学者有所考,遂将"《诗》者志之所之也"迄于"《诗》之至也"约二百字割出,置之全部《诗经》之前,为《诗大序》,而以其余为《关雎序》。《毛诗》三百余篇每篇均有一段说明,谓之《小序》。《大序》《小序》合称为《诗序》。

《诗序》究为何人所作,古人说法纷歧,分述于下:
(1)以《诗序》为子夏作者 王肃注《家语》云:"子夏所序《诗》,即今之《毛诗序》。"陆机《毛诗草木鸟兽虫鱼疏》:"孔子删《诗》授卜商,商为之《序》。"孔颖达曰:"《诗》三百十一篇,子夏作《序》。"陈奂《毛诗传疏》亦言:"卜子子夏亲受业于孔子之门,遂隐括诗人本志为三百十一篇作《序》。"据孔氏、陈氏之说,连《小序》也是子夏所作。

(2) 以《大序》为子夏作,《小序》子夏毛公合作者　郑玄《诗谱》谓:"《大序》为子夏作,《小序》是子夏毛公合作。卜商意有不尽,毛更足成之。"成伯瑜云:"今学者以为《诗序》皆作于子夏,未能无惑……一句之下,当是毛公所加,非子夏明矣。"

(3) 以《诗序》为卫宏续者　程大昌云:"凡诗发序两语如'《关雎》,后妃之德也。'世人谓之《小序》者,古序也。两语以下,续而伸之,世人谓之《后序》者,宏语也。"何楷云:"《毛诗》至卫宏为之《序》,郑玄为之笺,而毛序之学盛行……命篇小序当是当时采诗太史所题,而题下之序,则卫宏从谢曼卿受诗说而为之也。"

(4) 以《诗序》为孔子作者　程颢曰:"《大序》文似系辞,分明为孔子作,以教学者,盖夫子虑后人不知《诗》也。"王得臣曰:"《诗序》非出于子夏。圣人删次风、雅、颂，其曰美、曰刺、曰恶、曰规、曰诲、曰诱、曰惧之类，盖出于孔子，非门弟子所能为也。若'《关雎》，后妃之德也。''《葛覃》，后妃之本也。'此二句孔子所题，此后乃毛公发明之。"范处义云："观《赉》序合于《论语》；《柏舟》《淇澳》诸篇合于《孔丛子》者多，以是知《诗序》为孔子之言也。"

（5）以《诗序》为国史所题者　程颢既以《大序》为孔子作，《小序》则以为国史所题。故曰："《小序》何人所作，但看《大序》即可见。序中明言国史明乎得失之迹。如非国史，则何以知其所美所刺之人？使当时无《小序》，虽圣人亦辨不得。"又曰："国史得《诗》，必载其事，然后其义始知，今《小序》之首是也，其下则说诗者之词也。"郑樵亦说："《诗》之有《序》，非一世一人之所能为。采诗之官，本其得于何地，审其出于何人，究其主于何事，具有实状，然后致之大师，上之国史。国史于是察案所以，缀辞其端，而藏诸有司。是以有发端两语，而后世目为古序者也。"

（6）以《诗序》为诗人所自作者　王安石曰："《诗序》

诗人所自制。"王柏亦云："世传以为序诗者子夏也。夫《诗》上及文王、高宗、成汤，如《江有汜》之美媵，《那》之为祭成汤，《殷武》之为祀高宗，方其作诗无序以垂后世，则虽孔子亦不得而知，况子夏乎？"

此外尚有许多辩论，不及细述。综上六派说法讨论一下，谓《大序》为孔子作，则朱熹、郑樵均曾著论辩之。谓子夏作，则韩愈、欧阳修、郑樵均不信。但皆不如崔述、范家相持论之切实有力。崔氏谓当时子夏之门人多在鲁国，鲁齐既传其《诗》，亦必并传其《序》；但后世所传《鲁诗遗序》与《齐诗解说》，皆与《毛诗》义绝异，可见《毛诗序》非出子夏之手。范氏谓《汉志》但云《毛诗》源流出子夏，未尝谓子夏作《序》。且《序》中之说，见闻异辞，纪录错误，使子夏为之，必不如此。谓《大序》为子夏作，《小序》子夏与毛公合作，我们既相信子夏与《诗序》根本未曾发生关系，此说当然不必理会。谓《诗序》为国史所题或诗人自作，更系凿空之谈。

然则《诗》的大小《序》究竟是谁作的呢？曰《大序》恐系毛公所作。那个《大序》文理夹杂不清，说它是《关雎序》，偏又有几大段话泛论作诗的道理及发挥风、雅、颂的意义；说它不是《关雎序》，开端和结尾又专论《关雎》。子夏若写出这样的文章,该被孔子打手心三百,因为他枉作圣门高弟!何况"情动于中,故形于言"与《乐记》"情动于中,故形于声"同;"言之不足,故嗟叹之;嗟叹之不足,故咏歌之;咏歌之不足,不知手之舞之,足之蹈之也",与《乐记》"言之不足,故长言之;长言之不足,故嗟叹之;嗟叹之不足,故不知手之舞之,足之蹈之也"又完全相似。《乐记》这篇文字乃战国儒家所作。

《小序》一部分当亦系毛公所作,另一部分则卫宏所续。盖《诗》在西汉时,鲁、齐、韩三家诗并传,《毛诗》晚出,想与三家抗争,自非找出一个重要根据不可。他见孔子门人里,子夏与孔子谈过《诗》,孔子并曾称赞子夏说:"起予者商也,始可与言《诗》矣。"毛派遂造作子夏传《诗》之说。这块金字招牌在毛家店挂起之后,开始尚不甚为人注意——未得立于学官——以后生意日益兴隆,居然门庭若市,三家诗均被打倒,《毛诗》遂成独霸天下之势了。

卫宏续《序》之证,如《鸱鸮》引《尚书·金滕》;《清人》《硕人》《载驰》《黄鸟》《皇矣》引《左传》;《北山》《烝民》引《孟子》;"自微子至于戴公,其间礼乐崩坏",其文全出《国语》;"古者长子衣服不贰,从容有常,以齐其民",其文全出《公孙龙子》。此类书皆西汉末始流行，惟东汉的卫宏可以看得见，毛公恐怕还不知道。《诗序》尚有极不通者，如程大昌所指《大雅·荡之什》的《荡》是因为全诗以"荡荡上帝"开端，故以《荡》为诗篇名，《小序》乃云"见天下荡无纲纪"；《召旻》以"旻天疾威"发端，故诗篇名《召旻》，《小序》乃云："旻，闵也。闵天下无召公之臣也。"岂不太可笑吗？

六、诗谱

《诗谱》者，考《诗经》的时代、地理及其作家之书。《韩诗》有谱，见《隋书·经籍志》，其书久佚。古人书间引齐、鲁、韩之说，按之经典，多所不合。《毛诗》后出，郑玄据之作笺，又据司马迁《史记年表》及《春秋》，编纂而为《诗谱》，玄自序有云："夷厉以上，岁数不明。太史年表，自共和始，历宣王而至春秋，次第以立斯谱。欲知源流清浊之所处，则循上而省之；欲知风化芳臭气泽之所及，则旁行而观之，此《诗》之大纲也。举一纲而万目张，解一卷而万目明，于力则鲜，于思则寡，其诸君子亦有乐于是欤？"

唐孔颖达《毛诗正义》以郑谱冠于各篇之首，而其旁行之谱寝以失传，即行所载谱文，亦多残缺。宋欧阳修得不全之郑谱，费了一番校正补订的工夫，名《诗谱补亡》，但自周公以上皆缺，反不如孔氏《正义》之完。清代学者戴震、丁晏，重加补缀，未臻至善。胡元仪《毛诗谱》则比较周密。

《诗谱》将诗时代并人物一一举出，如说二南为文武时人作，其地域则自近及远。如《关雎》至《螽斯》，为后妃亲身之事。《桃夭》《兔罝》《芣苢》，则为后妃德化之所及。《江汉》《汝坟》，则文王之化及远。《召南》的《鹊巢》《采蘩》，乃夫人身事，以下则为夫人之所化。总之，据《诗谱》所言，三百篇无一篇不与历史有关。我们现且举孔氏《正义》以郑谱论郑风为例：

案《左传》及《郑世家》，武公生庄公，庄公生太子忽，是为昭公；又生公子突，是为厉公；又生公子亹、公子仪。《春秋》桓十一年夏五月，庄公卒，昭公立；其年九月奔卫，厉公立。桓十五年夏，奔蔡。六月，昭公入。桓十七年，高渠弥弑昭公，立子亹。十八年，齐人杀子亹，郑人立子仪。庄十四年，傅瑕杀子仪，立厉公。厉公前立四年出奔，至此复入，庄二十一年卒，前后在位凡十一年。子文公踕立，四十五年卒，此其君世之次也。

《缁衣序》云美武公,则武公诗也。

《将仲子》《叔于田》《大叔于田》,序皆云刺庄公,而《清人》下有《羔裘》《遵大路》《女曰鸡鸣》。《遵大路序》云"庄公失道",则此三篇通上《将仲子》等六篇,皆刺庄公诗也。

《有女同车》《山有扶苏》《蘀兮》《狡童》及《扬之水》,皆云刺忽,则《褰裳》《丰》《东门之墠》《风雨》《子衿》在其间,皆为昭公诗也。

《有女同车序》云"至是见逐",则为被逐而作,是忽前立时事。《山有扶苏》《蘀兮》《狡童》刺忽所美非贤,权臣擅命,忽前立时月浅,则此三篇后立时事也。

《褰裳》是突前篡之初,国人欲以邻国正之,宜是突初年事。

《丰》《东门之墠》《风雨》《子衿》,直云"刺乱世",或当突篡时,或当忽入后,其时难知,要是忽为其主,虽当突前篡之时,亦宜系忽,故序于《扬之水》,又言忽以明之。

《诗》云"终鲜兄弟",则兄弟已争,是后立之事。《出其东门序》云"公子五争",《野有蔓草序》云"民穷于兵革",《溱洧序》云"兵革不息",皆三公子既争之后事也。公子五争，实在最后得之，则此二篇厉公诗也。

《清人》刺文公，文公诗也。

其他各国风及雅颂类推。顾颉刚曰："要问《诗经》上许多诗篇作的人是谁，这个问题可是没法回答……汉代的经学家因为要显出自己的聪明，硬把三百篇的故事制造完备，结果徒然闹了许多笑话。"这话当指郑氏《诗谱》而言。

七、四家诗

（1）《鲁诗》 鲁申培所传。《汉书·楚元王传》："元王少时，尝与鲁穆生、白生、申公，俱受《诗》于浮丘伯。文帝时，闻申公为《诗》最精，以为博士。申公始为《诗传》，号《鲁诗》。"

《史记·儒林传》，武帝时"使使束帛加璧，安车蒲轮，驾驷迎申公，至时已八十余。以为大中大夫，病免归"。《史记·儒林传》言："申公以《诗》教，弟子自远方至，受业者百余人。"此百余人中为博士者十余人，如王臧、孔安国、周霸、夏宽、杨鲁赐、徐偃、兰陵缪生、阙门庆忌，皆官至太守、内史。弟子大江公独得其传，徒众最盛。江传韦贤，贤传子少翁。

申公以诗为训以教,疑者则阙不传。其他三家《诗》咸取《春秋》,采杂说,傅合为文,虽多趣,而实非诗义,申公诗派独免此弊。《鲁诗》亡于西晋,今所传"鲁申培诗"乃明人伪作。

(2)《齐诗》 齐人辕固生作《诗传》,号《齐诗》。传夏侯始昌,始昌传后苍,苍传翼奉及萧望之、匡衡……《隋书·经籍志》言《齐诗》亡于魏。

(3)《韩诗》 燕人韩婴推诗意作《内外传》数万言,号曰《韩诗》。

《韩诗》在三家中亡最后,直至北宋始绝。今存《韩诗外传》一卷。

三家《诗》虽亡,宋王应麟自群书所征引者辑为《诗考》一卷,但所采有欠周备。清范家相有《三家诗拾遗》,丁晏有《三家诗补注》,冯登府有《三家诗异文疏证》,阮元有《三家诗补遗》,陈乔枞有《三家诗遗说考》,以陈氏书为最富赡。

(4)《毛诗》 《毛诗》在三家《诗》后为晚出。《史记·儒林传》曾介绍三家,而未及《毛诗》。班固《汉书·艺文志》始云:"鲁韩齐三家皆列于学官,又有毛公之学,自谓子夏所传,而河间献王好之,未得立。"《汉书·儒林传》:"毛公,赵人也。治《诗》,为河间献王博士。"但徐整则谓子夏以《诗》授高行子,数传至河间人大毛公(亨),大毛公以授赵人小毛公,是为苌,为献王博士者乃小毛公也。数传至谢曼卿,曼卿传卫宏。郑众、贾逵传《毛诗》,有名。马融作《毛诗注》,郑玄作《毛诗笺》,申明毛义,以难其他三家,于是三家遂废。

乙部　肯定的方面

一、诗经的时代

关于《诗经》时代问题是颇不易考定的,因为去今太远,书缺有间,何况三百篇十九为无名作家所作,其事实不见于史传,我们不能由此而考出作品的年代。但既思研究《诗》而对于《诗》的时代竟昧然不晓,也是说不过去的事。幸而古今学者在这上面已做了不少工作,我们现在不妨引用一下。

现在我们要问,《诗经》开始于什么时代?司马迁在《孔子世家》里说:"上采契、后稷,至于幽、厉之缺。"契与稷皆虞舜之臣,时代未免太古,史迁不过以《大雅·生民》有后稷故事，《商颂》有"有娀方将，帝立子生商"，系指契，遂以为诗始稷、契，那当然是错误，不必辩。《毛序》说《商颂》里的《那》是祭成汤的；《烈祖》是祭中宗（帝太戊）的；《玄鸟》是祭武丁的。我们既不信《商颂》出于商代，这笔账当然无须计算。但我们从周代研究起也有困难。有人说《诗》始周文王时，举孟子《灵台》为例。《吕览·古乐篇》又云："周文王处岐……散宜生曰：'殷可伐也。'文王勿许，周公旦乃作诗曰：'文王在上，于昭于天，周虽旧邦，其命维新'……"至于《关雎》《麟趾》，汉儒指为文王时诗，更不待论了。但《灵台》虽收于《大雅·文王之什》内，孟子却没有明说是文王时人作。《吕览》所引诗既为《大雅·文王之什》的第一篇，我们就承认是姬旦所撰的吧，也该在文王已逝之后，决不能在文王处岐之时。一则诗不该直称文王之谥，二则文王已在天上享受其光荣，怎能说他未死？三则"殷之未丧节，克配上帝"，及"仪刑文王，万邦作孚"，明是克商以后口气。吕不韦广延门客，撰成《吕览》后，悬之咸阳国门，有能增损一字者予以千金，这段话所损者不止十几个字，惜时人畏其权势，不敢提出，致沿误至今。

《关雎》《麟趾》，时代更晚，和文王毫无关系，不必细述。《诗》既非始于文王时，姑假定始武王克商以后，那就在公元前一一二二年。

现在我们又要问《诗》在什么时候完结的了？孟子说："王者之迹息而《诗》亡，《诗》亡然后《春秋》作。"平王东迁后四十九年即春秋的开始，春秋时诗亦甚多，孟子的话全不可信。风诗最后作品为《陈风》的《株林》《泽陂》（按《泽陂》一诗不过普通男女相悦之诗，与陈灵本来无关。惟《诗序》云："《泽陂》，刺时也。言灵公君臣淫于其国，男女相说，忧思感伤焉。"故古人无以《泽陂》与《株林》并论指为陈灵时诗。）夏征舒弑灵公在周定王八年（公元前五九九），故昔人公认《诗》止于此时，如苏辙、吕祖谦、王应麟等人之说是。不过也有《诗经》学者反对此说，如皮锡瑞则说据三家诗说，《燕燕》为卫定姜送归妾之诗，又在陈灵之后，则当云变风终于卫献（据《史记·十三诸侯年表》卫献公在位年数为公元前五七六至前五五八），而三家之说多不传，或更有后于卫献者，未可执变风终于陈灵以断之也。（《经学通论·诗经》）但我们也可说据《毛诗》送归妾者为卫庄姜，则时代更应比陈灵被弑提前。其实《燕燕》一诗与二姜都无关系，我们何必信古人的瞎说。

假定《诗经》时代始于克商,止于《株林》《泽陂》,则《诗经》在世之活动约有五百余载。现请再将《诗经》各部分时代略为叙述。

《周颂》和《大雅》 时代最早。《颂》是以成功告之神明的,当作于克商以后。《大雅》纪念文王,且有几首出于周公手笔,想皆在文王崩后十余年间。凡这些庙乐史诗,均西周产品。

《小雅》 一部分燕飨及军事诗在东迁前,军事诗与史实有关,时代易考。如《采薇》中有尹吉甫之名,乃周宣王征玁狁的纪事;《采芑》有方叔之名,是伐荆蛮的纪事;《江汉》中有召虎之名,乃征淮夷的纪事;《常武》中有皇父之名,乃讨徐淮的纪事:皆周宣王在位时事。此外则《节南山》说及平王时大师尹氏,《正月》有"赫赫宗周,褒姒灭之"的话及种种民间疾痛的呼号,均在东迁后。

《豳风》 《七月》与《鸱鸮》虽非周公作,但《东山》《破斧》,当是周公征管蔡时的产品。这是在成王三年间(公元前一一一三)之事。

《桧风》 郑玄笺《羔裘》《素冠》,谓周夷王、厉王时,桧公不务政事,而好洁其衣服,诗人作此刺之。其大夫去之,桧之变风遂作。此言固不可靠,但桧之始衰想在此时。

周平王时，桧便被郑武公灭掉了。诗既题为《桧风》，想是未亡时的作品，时代姑定为公元前八七八至前八二七。

《秦风》 秦之始强，在迁于汧渭之后（平王十年，公元前七六一），《小戎》《驷驖》，前人指为美襄公，实则无非所以纪念那时秦民族的立国精神。但《黄鸟》诗则作于春秋时代。（此诗系哀从穆公葬之三良。穆公薨于周襄王三十一年，公元前六二一。）

《王风》 东迁后十二年，故有《扬之水》，王朝以兵戍申、许、吕怨叹之诗。

《卫风》 《淇澳》美武公（武公薨于公元前七五八），《载驰》为许穆夫人作。狄人杀卫懿公（公元前六六〇）卫迁于漕邑，夫人归唁卫侯在公元前六五九。

《唐风》 大约与王、卫两国之风同时。

《齐风》 其中有刺齐襄、文姜之诗。齐襄害死鲁桓公在周庄王三年（公元前六九四）。

《魏风》 魏本系周之同姓，封于周初。周惠王十六年（前六六一）为晋献公所灭，诗或作于魏未亡时。

《郑风》 郑诗多言男女之情，颇难窥见其正确时代。虽《缁衣》旧指美武公，《叔于田》旧指刺庄公，我看两诗是赞美太叔段。惟《清人》一首有历史可考。据《左传》

郑文公恶高克，使将清邑之兵，御狄于河上，久而不召，师散而归。《清人》即指河上之师。此事在周惠王十七年（前六六〇）。

《曹风》 《候人》一诗，魏源谓讥共公女宠之多。共公立于周惠王二十五年（前六五二），《下泉》《鸤鸠》，又有人谓为颂扬齐桓晋文之诗，大约产生于前六、七世纪之间。

《商颂》 据《史记》，《商颂》系宋襄公欲修行仁义为盟主，其大夫正考父美之，作颂云云。王国维考证，《左传》称正考父曾佐宋之戴、武、宣三公，戴公与襄公相距一百十六年，考父若事过戴公，及襄公时尚未死，恐无是理。但《商颂》出于宋襄公时代，则系事实。考襄公兵败于楚，事在周襄王十三年（前六三九），其修行仁义谅在败前，则当公元前六百四五十年顷。

《鲁颂》 当系僖公时代的产品。《泮水》之诗云："明明鲁侯，克明其德。既作泮宫，淮夷攸服。"僖公之伐淮夷，无可考。惟《书·费誓》系伐淮夷事，旧谓伯禽时事，近人已证《费誓》非西周文，当作于僖公时代，则与《泮水》正相表里。僖公在位三十一年，春秋有"公会齐侯、宋公、陈侯、卫侯、郑伯、许男、曹伯于咸"。传曰："会于咸，淮夷病杞故，且谋王室也。"此为僖公十二年事，当公元前六四七年。

以上各诗时代虽根据史传勉强考出，但各国之风，上下每数百年，实不能以一诗之时代，概括各诗之时代，又各国风排列的次序，都是暂时的，读者不可拘泥。

二、诗经的地域

关于这个问题，可考察郑玄《诗谱》(《毛诗正义》所保留的数据)、欧阳修《诗谱补亡》、丁晏《诗谱考正》、王应麟《诗地理考》，今照各家解释而以现今中国省县名附之于下。

《周颂》与《大雅》 产生于镐与洛邑之间。按文王都于丰，武王克商后改都于镐，谓之宗周，又曰西都，在今陕西长安县西南。《大雅·文王有声》"镐京辟雍"，"考卜维王，宅是镐京"，可见《大雅》一部分作于武王都镐以后。

周成王使周公营洛邑为新都，在今河南洛阳县西五里，又曰"王城"。《周颂》既最古，当作于镐京，但一部分作于洛邑。旧谓周公成洛邑而朝诸侯，因率之以祀文王。《书·洛诰》："戊辰，王在新邑，烝祭岁，文王骍牛一，武王骍牛一。"这位王，便是成王，他在洛邑祭祖，必有歌舞之乐,《周颂》里有若干成王祭文武之诗,相传为周公作,则成于洛邑。

《鲁颂》　鲁地为《禹贡》徐州蒙羽之地,成王以封周公长子伯禽者。鲁之首都为今山东曲阜县。

《商颂》　宋都商邱,在今河南商邱县东南。

《豳风》　豳国名,地在《禹贡》雍州岐山之北。在今陕西北部,首都故址在今陕西邠县。

《王风》　王城即洛邑。

《小雅》　和《周颂》一样,一部分产生于镐,一部分产生于洛邑。

《桧风》与《郑风》　郑邑本在西都畿内咸林之地,即今陕西华县境。郑武公时灭桧而有其地,迁而都之,号曰新郑,即今河南郑州。

《秦风》　产生地为《禹贡》雍州,今陕西甘肃一带之地。

《陈风》　产生地为《禹贡》豫州。陈都宛丘,即今河南淮阳。

《齐风》　产生地为《禹贡》青州,东至于海,西至于河,南至于穆陵,北至于无棣。但姜太公始封时,都营丘,即今山东临淄县。

《魏风》 产生地为《禹贡》冀州。晋献公灭魏，以封大夫毕万，故城在今山西芮城县东北。

《唐风》 产生地为《禹贡》冀州，相传为尧都，在今山西太原县北。

《邶》《鄘》《卫风》 《邶》《鄘》有目无诗，《诗经》所有《邶》《鄘》诗实则皆为卫诗。卫地在《禹贡》冀州，今河南直隶一带。

《曹风》 产生地为《禹贡》兖州。曹都定陶，在今山东定陶县西北。

以上各地均属黄河流域。

"二南" 旧指为文王时代作品，于是疑其产于陕西凤翔一带，以为这也不出黄河流域。但诗言汉水，汝坟。《韩诗》云"二南"为南郡与南阳，则在今湖北荆州与河南之间，已在扬子江流域。

以上地名，我们也不可执著，因为各国在五百年中迁徙不定，版图屡改。我们若以某一年为标准，遍考各国国都之所在，亦非不可能之事。但一则过于烦琐，二则仍不能与诗之时代相呼应，只贡献一个大概观念便算了。尤其国都二字更不可拘泥，因为所有诗歌没有都产于某国首都之理。

三、诗与音乐的关系

诗乃当时的乐歌,孔子要他儿子为《周南》《召南》,"为"便是奏乐之意。孔子又说:"师挚之始,《关雎》之乱,洋洋乎盈耳。"又说"吾自卫返鲁,然后乐正,雅颂各得其所。"《史记·孔子世家》:"《诗》三百五篇,孔子皆弦歌之,以求合韶武雅颂之音。"《荀子》:"诗者,中声之所止也。"郑玄:"诗,弦歌讽谕之声也。"王逸:"诗赋,雅乐也。"孔颖达:"诗是乐歌。"但皆不如郑樵所言之详。《通志·乐略》云:"礼非乐不行,乐非礼不举,自后夔以来,乐以诗为本,诗以声为用——仲尼编《诗》,为燕享祭祀之时用以歌,而非用以说义也。古之诗,今之词曲也。若不能歌,但能诵其文而说其义,可乎?"郑樵又说:"当汉之初,去三代未远,虽经生学者不识诗,而太乐氏以声歌肄业,往往仲尼三百篇,瞽史之徒,例能歌也。"他的《正声法论》亦谓:"……凡律其声则谓之歌,作诗未有不歌者也。"再三发明诗在声不在义之旨。

《诗》之分为风、雅、颂及二南,似乎不是完全根据内容,而是根据音乐——当然内容关系要占大半。

宋程大昌谓风、雅、颂的乐名,若今乐曲之在某宫。近代学者亦谓风雅颂南四者之别,如汉乐府之横吹、铙吹、清、商……这话也不能说没有道理。我们但看风、雅、颂、南里的诗，分类很不纯粹，往往同一性质的作品，却分做两处，性质不同的又收在一处。譬如《周颂》里的《有客》和小雅里的《白驹》，立意遣词都很相像，但一首竟编入《颂》，一首竟编入《雅》了。又如《周颂》的《闵予小子》，和《小雅》的《蓼莪》同是哀悼亡亲之作，但也分在两个不同的部分。古人以颂系祭告神明的性质，于是强作解释，遂将《白驹》派作微子助祭，《闵予小子》，派作成王告庙，实为可笑。况且雅中有风，颂中有雅，更指不胜屈，古人也常给闹糊涂了——如吕祖谦之论风、雅、颂，即曰："风非无雅，雅非无颂。"严粲论大小雅曰："纯乎雅之体为雅之大，杂乎风之体为雅之小……"皆不明音乐关系的缘故。惟朱熹深明其由，言曰："诗，古之乐也，亦如今之歌曲，乐名不同……若大雅、小雅则亦如今之商调宫调，作歌者亦案其腔调而作耳。"

我们现请引《左传》襄公二十九年季札观乐，以证此说。

吴季札来聘……请观于周乐，使工为之歌《周南》《召南》，曰："美哉，始基之矣，犹未也，然勤而不怨矣。"为之歌《邶》《鄘》《卫》，曰："美哉，渊乎，忧而不困者也。吾闻卫康叔武公之德如是，是其《卫风》乎？"

为之歌《王》,曰:"美哉,思而不惧,其周之东乎!"为之歌《郑》,曰:"美哉,其细已甚,民弗堪也,是其先亡乎!"为之歌《齐》,曰:"美哉,泱泱乎大风也哉!表东海者,其太公乎,国未可量也。"为之歌《豳》,曰:"美哉,荡乎乐而不淫,其周公之东乎!"为之歌《秦》,曰:"此之谓夏声,夫能夏则大,大之至乎,其周之旧也。"为之歌《魏》,曰:"美哉,沨沨乎,大而婉,险而易行之明辅,此则明主也。"为之歌《唐》,曰:"思深哉,其有陶唐氏之遗民乎!不然,何忧之远也,非令德之后,谁能若是?"为之歌《陈》,曰:"国无主,其能久乎!"自《郐》以下,无讥焉。

为之歌《小雅》,曰:"美哉,思而不贰,怨而不言,其周德之衰乎,犹有先王之遗民焉。"为之歌《大雅》,曰:"广哉,熙熙乎,曲而有直体,其文王之德乎!"为之歌《颂》,曰:"至矣哉,直而不倨,曲而不屈,迩而不偪,远而不携,迁而不淫,复而不厌,哀而不愁,乐而不荒,用而不匮,广而不宣,施而不费,取而不贪,处而不底,行而不流。五声和,八风平,节有度,守有序,盛德之所同也。"……

季札对《南》《风》《雅》《颂》的批评，大概以内容与音乐并论，但题目是"观乐"，乐工为他一一奏乐歌唱，则乐的成分又偏重。但观"渊渊乎""熙熙乎""讽讽乎""此之谓夏声"，指音乐而言，谁也没法否认。季札对颂的乐调最为欣赏，说了许多赞美的话，而"五声和，八风平"其指音乐更不待论。

《乐记》师乙与子贡谈乐，亦有"宽而静，柔而正者，宜歌《颂》；广而静，疏达而信者，宜歌《大雅》；恭俭而好礼者，宜歌《小雅》；正直而静，廉而谦者，宜歌《风》"的话。

《左传》与《礼记》撰述时期较晚，惟其中资料大半均有来历，我们未可因其晚出而一概抹煞。《诗经》各部分音乐之美，未必尽如季札、师乙所言，可是，其不同则可见。

四、孔子于《诗》及所谓《诗》教

我们固不信孔子删《诗》之说，但孔子于《诗》，却确有关系，而且关系深而且大，这在《论语》可见：

> 子所雅言，《诗》《书》执礼，皆雅言也。（《述而》）
> 子曰："《诗》三百，一言以蔽之，曰：'思无邪'。"（《为

政》）

子曰："兴于《诗》，立于《礼》，成于《乐》。"（《泰伯》）

子曰："小子何莫学乎《诗》，《诗》可以兴，可以观，可以群，可以怨，迩之事父，远之事君，多识于鸟兽草木之名。"（《阳货》）

子曰："诵《诗》三百，授之以政，不达；使于四方，未能专对，虽多亦奚为？"（《子路》）

陈亢问于伯鱼曰："子亦有异闻乎？"对曰："未也。常独立，鲤趋而过庭，曰：'学《诗》乎？'对曰：'未也。''不学《诗》，无以言。'鲤退而学《诗》。他日，又独立，鲤趋而过庭，曰：'学《礼》乎？'对曰：'未也。''不学《礼》，无以立。'鲤退而学《礼》。闻斯二者。"……（《季氏》）

子谓伯鱼曰："女为《周南》《召南》矣乎？人而不为《周南》《召南》，其犹正面墙而立也欤？"（《阳货》）

孔子又喜与门人讨论《诗》，下面有例：

子贡曰："贫而无谄，富而无骄，如何？"子曰："未若贫而乐，富而好礼者也。"子贡曰："《诗》云'如切如磋，如琢如磨。'其斯之谓欤？"子曰："赐也，始可与言《诗》矣，告诸往而知来者。"（《学而》）

子夏问曰："'巧笑倩兮，美目盼兮，素以为绚兮'，何谓也？"子曰："绘事后素。"曰："礼后乎？"子曰："起予者商也，始可与言《诗》已矣。"（《八佾》）

子曰："《关雎》乐而不淫，哀而不伤。"（《八佾》）

子曰："师挚之始，《关雎》之乱，洋洋乎盈耳哉！"（《泰伯》）

正因孔子与《诗》有这样的关系，于是有所谓"《诗》教"者出。《诗》教二字见于《礼记·经解篇》：

孔子曰："入其国，其教可知也，温柔敦厚，《诗》教也；疏通知远，《书》教也；广博易良，《乐》教也；絜静精微，《易》教也；恭俭庄敬，《礼》教也；属辞比事，《春秋》教也。故《诗》之失，愚；《书》之失，诬；《乐》之失，奢；《易》之失，贼；《礼》之失，烦；《春秋》之失，乱。其为人，温柔敦厚而不愚，则深于《诗》者也；疏通知远而不诬，则深于《书》者也；广博易良而不奢,则深于《乐》者也;絜静精微而不贼,则深于《易》者也;恭俭庄敬而不烦,则深于《礼》者也;属辞比事而不乱,则深于《春秋》者也。"

经解篇这番话,是否孔子所说,今无法断定。此文似系战国儒家所为,所引诸语,即说真的出于孔子,语亦寻常。但后世儒家认孔子的话无一不是金科玉律,天经地义。孔子既赞美"二南","二南"便成为"正始之道,王化之基"了。(《诗大序》语)"二南"是"周公所作以教人者"。(程子语)"《诗》有二南,犹《易》之有乾坤",二十五篇都应列之正风了。见孔子屡提《关雎》,便说《关雎》是赞扬"后妃之德"(《诗大序》语),宋人且指《关雎》男主角乃是文王,那个淑女是文王未婚妻太姒了(朱熹《诗集传》语)。因孔子曾说过:"《诗》三百,一言以蔽之,曰:'思无邪。'"于是《诗》篇篇都是"止乎礼义",郑卫之诗也变成了不淫,有人主为淫,便被喷得一头狗血,连孔子"放郑声""恶郑声",也忘记了。

《诗》教是"温柔敦厚",后人遂将这四个字当做作《诗》的惟一信条。温柔敦厚是怎样呢?是要"喜怒哀乐,发皆中节",是要"含蓄不露",就是像焦循所说的"不质直言而比兴言之;不言理而言情;不务胜人而务感人"(《毛诗补疏序》语）。从前淮南王刘安批评屈原《离骚》，本说它"《国风》好色而不淫，《小雅》怨诽而不乱"，等于说《离骚》大有得于我夫子温柔敦厚的《诗》教之旨，班固却表示反对，谓刘安"斯语似过其真"屈大夫"露才扬己，怨怼沈江"，仅足称为"妙才"，而非"明智之器"，距离《诗》教远得很呀！朱熹亦说："如屈原之怀沙赴水"，贾谊言："历九州而相其君，何必怀此都也？"都是"过当"，过当便是欠含蓄，便是有失七情发而皆中节之道，大大违背了孔子的《诗》教。

《诗》教不但影响了二千数百年来中国的诗风，且影响了整个中国的民族性，其关系不算小吧。

五、春秋时诗在外交方面的运用

孔子固言："不学《诗》，无以言"，"诵《诗》三百，使于四方，不能专对，虽多亦奚为！"都是指外交方面运用《诗》为工具的话。《诗》何以忽成为外交辞令？此事始于何时，迄于何时？倒也值得研讨一下。

春秋时列国并立，交际频繁，使节苽止，飨宴难免，有飨宴必有乐歌助兴。主方点某一首诗，使乐工奏唱，叫作"赋诗"。客方为礼貌起见，也回敬一首。开始时，不过取其音节之美者歌之。但春秋时国际间利害的冲突虽不至于像战国时的尖锐化,但大小强弱之间,需要交涉的事件也不少。外交辞令径直说出,则无回旋余地,以富有弹性者为宜。不知哪位聪明的使臣发明了"赋诗言志"的方法,把所愿望的、所祈请的、所忧虑的借所赋诗暗示出来。对方明白其意,也针锋相对地回答一首。于是一件外交大事便在觥筹交错、宾主欢洽的空气里解决了。就说想恭维对方吧,借所赋诗转个弯子,比直接说话,容易得多,受之者心里一样舒服。这方法果然巧妙,因此,大家彼此揣摩,把赋诗言志这件事运用得十分纯熟,十分灵活,竟成了一时风气。

"赋诗言志"之事,若以《左传》为根据,最早为僖公二十三年(前六三七),经文、宣、成、襄、昭至定公四年(前五〇五)共七公,一百四十余年之久。春秋起鲁隐公元年(前七二二),迄哀公十四年(前四八一),共二百四十二年,亦有算至越灭吴而止者(前四七三),不过增加了七八年。这赋诗言志共占春秋时代的大半。我们若以襄、昭、定三公为准,则也有七十余年。

当时知识阶级都把诗三百篇读得烂熟,但想声入心通,并灵活运用,却也不很容易,能此者便称为"文",称为"有辞"。我们看僖公二十三年《传》,晋公子重耳流亡到秦国,秦穆享之。重耳知道筵席上定要赋诗,挑选侍从的臣子，初选舅犯，舅犯说："吾不如衰之文也，请以衰从"。筵席上，重耳赋《河水》，穆公赋《六月》，赵衰便叫"重耳拜赐"。原来《六月》是记周宣王命尹吉甫帅师伐狎狁，穆公想重耳将来也学吉甫辅佐周天子，期望如此之殷，重耳当然要降拜稽首了。

我们再看襄公三十一年《传》，北宫文子相襄公如楚，过郑，受郑的款待。文子赞美郑国人才众多，因子产善于择能而使，如某人"善为辞令"，某人会"应对宾客"。郑子产自己也是一个擅长辞令的人，同年《传》："晋侯见郑伯，有加礼，厚其宴好而归之，乃筑诸侯之馆。叔向曰：'辞之不可以已也如是夫！子产有辞，诸侯赖之，若之何而释辞也！'"

使臣到了某一国，主方赋诗，他若不懂诗意，是很丢脸的事，主方甚至会乘机侮辱他一顿。如襄二十七年《传》："齐庆封来聘……叔孙与庆封食，不敬，为赋《相鼠》亦不知也。"那《相鼠》的诗辞是"相鼠有皮，人而无仪！人而无仪，不死何为！"这样刻薄的讥刺，对方居然一无所觉，果然不配出使。又昭十二年《传》："宋华定来聘，公享之，为赋《蓼萧》，弗知，又不答赋。昭子曰：'必亡！宴语之不怀，宠光之不宣，令德之不知，同福之不受，将何以在?'"即为了不懂赋诗,而蒙"必亡"之考语,可见这件事当时看得何等重大。

为赋诗有时还会闹出干戈相见的事,如襄十六年《传》:"晋侯与诸侯宴于温,使诸大夫舞,曰:'歌诗必类,齐高厚之诗不类。'荀偃怒,且曰:'诸侯有异志矣。'使诸大夫盟高厚,高厚逃归。于是叔孙豹、晋荀偃、宋向戌、卫宁殖、郑公孙虿、小邾之大夫,盟曰:'同讨不庭。'"后果与齐打了一仗。

我们再看《左传》有名的赋诗故事,看那些宾主间赋些什么,所赋诗又象征些什么?先看襄二十七年《传》:

郑伯享赵孟(晋赵武)于垂陇,子展、伯有、子西、子产、子太叔、二子石从。赵孟曰:"七子从君,以宠武也,请皆赋诗以卒君贶;武亦以观七子之志。"子展赋《草虫》,赵武曰:"善哉,民之主也。抑武也,不足以当之。"伯有赋《鹑之贲贲》,赵孟曰:"床第之言不踰阈,况在野乎!非使臣之所得闻也!"子西赋《黍苗》之四章,赵孟曰:"寡君在,武何能焉。"子产赋《隰桑》,赵孟曰:"武请受其卒章。"子太叔赋《野有蔓草》,赵孟曰:"吾子之惠也。"印段赋《蟋蟀》,赵孟曰:"善哉,保家之主也，吾有望矣。"公孙段赋《桑扈》，赵孟曰："'匪交匪敖，福将焉往'，若保是言也，欲辞福禄，得乎！"

卒享，文子告叔向曰："伯有将为戮矣。诗以言志，志诬其上，而公怨之，以为宾荣，其能久乎？"

为方便起见，借顾颉刚氏的解释："这一次的赋诗，《草虫》《隰桑》都是思慕君子。子展、子产借此表示他们对于赵孟的思慕。《黍苗》是赞美召伯的功劳，子西借此表示他看赵孟是召伯一流人物。《蟋蟀》说：'好乐无荒，良士瞿瞿。'印段的意思是说赵孟不荒淫，而赵孟也因为他赋诗的宗旨在不荒淫，就称赞他是：'保家之主。'《桑扈》称颂君子'受天之祜'，为'万邦之屏'，末句为'匪交匪敖，万福来求'，所以赵孟有这几句的答话。看这一次赋诗，他们只是称颂赵孟，赵孟对于他们的称颂，有的是谦而不受，有的是回敬几句好话。单是伯有赋《鹑之贲贲》是特异的事。《鹑之贲贲》一诗主要的话是'人之无良，我以为兄'，'人之无良，我以为君'，内中只有怨愤的意思，全没有和乐的气象，所以赵孟说：'床笫之言不逾阈'，意谓怨愤是私室的话，不是在宴会中可以公布的。"（《古史辨·〈诗经〉在春秋战国间的地位》）

昭元年《传》：

夏四月，赵孟、叔孙豹、曹大夫入于郑，郑伯享之……子皮赋《野有死麕》之卒章，赵孟赋《常棣》，且曰："吾兄弟比以安，尨也可使无吠。"子皮及曹大夫，兴拜，举兕觥曰："小国赖子，知免于戾矣。"饮酒乐。

我们再看郑六卿为晋国韩宣子赋诗的事，事见昭十六年传：

郑六卿饯宣子于郊。宣子曰："二三子请皆赋，起亦以知郑志。"子䲣赋《野有蔓草》，宣子曰："孺子善哉，吾有望矣。"子产赋《郑风·羔裘》，宣子曰："起不堪也！"子太叔赋《褰裳》，宣子曰："起在此，敢勤子至于他人乎！"子太叔拜；宣子曰："善哉，子之言是，不有是事，其能终乎！"子游赋《风雨》；子旗赋《有女同车》；子柳赋《箨兮》，宣子喜曰："郑其庶乎！二三子以君命贶起，赋不出郑志，皆昵燕好也。二三君子，数世之主也，可以无惧矣。"宣子皆献马焉，而赋《我将》。子产拜，使五卿皆拜，曰："吾子靖乱，敢不拜德。"

在赵孟故事里,《野有蔓草》是男女幽会之诗,"逅邂相遇,适我愿兮。""逅邂相遇,与子偕臧!"淫荡之极,而赵孟却说:"吾子之惠也。"就是说蒙贵(郑)国看承得我们起,两国邦交将更臻巩固了。《野有死麕》,也是男女偷情之诗,女嘱所欢,慢慢地悄悄地进来呀,莫摇动我的门帏,莫闹醒我的狗,让它鸣吠!当时郑弱晋强,一心唯晋是靠,赵孟便赋兄弟和睦的《常棣》,安慰郑人说:"别急,我们现兄弟一般互相保护,不会再有边疆警报(尨吠)的。"子皮和曹大夫一闻此言,当然喜出望外,而奉觞再拜称谢。在韩宣子故事里,郑方又赋《野有蔓草》,宣子说:"你的诗赋得好,我们有希望和贵国敦交了。"至于《褰裳》是:"子惠思我,褰裳涉溱,子不我思,岂无他人,狂童之狂也且!"原是荡女骂恶少的口吻,说:"你不要我,我难道就没有别人吗?"淫浪的态度,跃然如见。子太叔赋这诗是表示郑国愿意从晋,倘使晋国拒绝,也只好另觅友邦。韩宣子便说:"我在这里,怎会让郑国去寻求他国的支援呢?"

这类淫荡不堪的诗居然大歌于庙堂坛坫之上,真是咄咄怪事。可是这事在当时实视同寻常。一则春秋时代人礼教观念,没有后世之重;二则当时赋诗言志,本来是"断章取义",于某一篇《诗经》取其一、二章而加以象征化,已与原来诗意不同。(断章的话见襄二十八年《传》,齐卢蒲癸娶庆舍女,同姓。或讥其不避同宗之嫌,他说:"宗不辟余,余独恶辟之?赋诗断章,余取所求焉。")

我们读《左传》,赋诗言志这玩意儿,郑国特多,也许与"子产有辞"有点关系吧。

现在我们要问,春秋外交上所用《诗经》已编成像今日一样的集子了吗?曰:"赋诗言志"的风气,实以襄、昭二代为盛,定公时尚有尾声(公元前五七一至前五五〇)。若以此三公为准,则诗集当已编成了。而且我尚怀疑三百篇之编成是鲁人的事,以周室所颁雅颂及若干国风为基础,增加新资料,《鲁颂》《商颂》想是僖公时加入的,以后历有增加,至孔子时三百篇已完成了。

六、古人引用诗经之多

《周礼》:"太师教六诗。"诗在古代为知识阶级所必修。《国语·楚语》,楚庄王使士亹傅太子箴。士亹问申叔时应取的课程。申叔时举出春秋(非孔子所著)、世(先王之世系也)、诗、礼、令、语、故志、训典共九项。其于诗的一项,则曰:"教之诗,为之导广显德,以耀明其志。"再则曰:"且夫诵诗以辅相之。"《庄子·天下篇》论及儒家必修的课程,也有"《诗》以道志、《书》以道事、《礼》以道行、《乐》以道和、《易》以道阴阳、《春秋》以道名分";《天运篇》又有"孔子谓老聃曰:'丘治《诗》《书》《礼》《乐》《易》《春秋》六经,自以为久矣,孰(熟)知其故矣,以奸七十二君,论先王之道,而明周、召之迹,一君无所钩用,甚矣夫人之难说也'"的话。《荀子·劝学篇》谈到为学之道,说道:"故《书》者,政事之纪也;《诗》者,中声之所止也;《礼》者,法之大分,类之纲纪也。""《礼》之敬文也,《乐》之中和也,《诗》《书》之博也(杨倞注:博谓广记土风鸟兽草木及政事也),《春秋》之微也,在天地之间者毕矣。"又说假如为学而不得贤师,则"《诗》《书》故而不切"(杨倞注:《诗》《书》但论先王事,而不委曲切近于人,故曰学《诗》三百,使于四方不能专对也);"上不能好其人,下不能隆礼,安特将学杂识志,顺《诗》《书》而已耳,则末世穷年不免为陋儒而已。"《荣辱篇》:"夫《诗》《书》《礼》《乐》之分,固非庸人之所也。"《儒效篇》:"圣人者,道之管(管,枢要也,见杨注)也。天下之道,管是矣。百年之道,一是矣。故《诗》《书》《礼》《乐》之归是矣。《诗》言是其志也,《书》言是其事也,《礼》言是其行也,《乐》言是其和也,《春秋》言是其征也。故《风》之所以不逐者,取是以节之也;《小雅》之所以为小雅者,取是而文之也;《大雅》之所以为大雅者,取是而光之也;《颂》之所以为至者,取是而通之也。天下之道毕是矣。乡之者臧(善也),倍是者亡,乡是而不臧,倍是如不亡者,自古及今,未尝有也。"

受过教育的说话动喜引经据典,以矜渊博,并增加说话技术上的文雅程度。古人又何尝不是如此?但古代书籍没有后世的丰富,所读仅寥寥可数的几部书,《诗》《书》便是古人所最喜引用的。二者中用《诗》尤多。

古人引《诗》如顾颉刚氏在《〈诗经〉在春秋战国间的地位》中所说有以下几种:(一)言语中用诗,来发挥自己的情感;(二)用诗句批评许多事件;(三)做辩论的根据;(四)诗作为成语用。但上几项理由又可用一句话来包括,便是引《诗》来增强说话的效果。

今存之《诗》,《左传》所引者二百零六条,逸诗十三条。《国语》所引者三十一条,逸诗一条。(根据赵翼《陔余丛考》)《礼记》所引者十条,逸诗三条。孔子所引者已见前文,尚有"暴虎冯河,死而无悔"(《述而》),出于《小雅·小旻》;"鄙哉硁硁乎,莫己知也,斯己而已矣。深则厉，浅则揭。"（《宪问》）深厉、浅揭二语，出《邶风·匏有苦叶》。《孟子》七篇，引诗二十条；《荀子》三十二篇，引诗五十四条，逸诗数条。

子书如《墨子》《吕览》亦尝引诗，但比之《孟》《荀》，则非其伦。

七、结论

读了我对于《诗经》正反两方面的议论，才知道《诗经》的这一部古典文学为什么得列于五经之一，为什么得到中国知识阶级普遍的重视，不外四个原因：第一，它和孔子发生关系；第二，春秋时代，它曾成为外交宝典，着实热闹过一阵；第三，所有古代典籍引《诗》不可计数，而一代大儒开口说话便要引几句《诗》；第四，《诗》至汉代给那些头脑迂腐的经生一批注，正变美刺，喧腾一时，王道王化，脍炙众口，《诗》又和政治伦理打成了一片。《韩诗》现已失传，但我们看《外传》，教训的意味，还不够浓重吗？无怪王式要以三百篇当谏书了。有了这四大原因，于是《诗》的一字一句铭泐于中华民族的脑海；《诗》的一音一节回响于中华民族的耳畔；《诗》的意义和训示，浸渍于中华民族的心灵，一共经过了二千数百年之久。二千数百年，在人类历史上是一段悠长的时间，《诗经》之得到这样崇高的地位是不足为怪的!

其实《诗》三百篇除了雅、颂一类算是知识阶级作品外,其他列国国风,大都是匹夫匹妇喜怒哀乐的表现,其价值比之今日流传民间的山歌樵唱高不了几多,有些男女情诗,甚至猥亵得不能出口。然而为了上述的几种原因,我们一样以极端尊敬的眼光来看待。一部《诗经》竟成了中国文学的老祖母,后代任何文学都要拜倒她的膝前,以做她的子孙为荣。譬如《楚辞》分明是南方新兴文学,文采光芒远在《诗经》之上,人们偏要说:"取镕经意,自铸伟辞";两汉的赋分明出于《楚辞》,人们偏要说:"六义附庸,蔚为大国";汉以后五言诗系由民歌变出,又说:"《召南》《行露》,始肇半章",又说六言、七言、八言、九言之诗无不出于《诗经》。甚至宋词、元曲和《诗经》半点干系没有,人们也要到《诗经》里搜出长短相类的句子,表明是那位巍然高坐的老祖母一脉所传,这是《诗经》的幸运,却是中国文学史的厄运呀!

我们现在把话头再带到本文开端那一段上去。《诗经》究竟是中国一部最古老、最纯粹的诗歌总集,是一座最丰富的文学宝藏。二三千年以来中华民族的心灵,受着她的灌溉、培养,那益处是无法计算的。对于这位老祖母,我们是应该给她以应得的尊敬和感谢的。

对于《诗经》研究，我们应取的态度，我个人的意见也不外于顾颉刚、傅斯年两位先生所曾说过的话：

顾说："《诗经》是一部文学书，就该用文学的眼光去批评它，用文学书的惯例去注解它。"又说："《诗经》像一座有价值的古碑，无奈数千年来被藤萝盘满了，要将这些藤萝一概斩去，始能认出碑上的字迹。"（《〈诗经〉在春秋战国间的地位》）

傅说："我们研究《诗经》应当有三个态度：一、欣赏它的文辞；二、拿它当一堆极有价值的历史材料去整理；三、拿它当一部极有价值的古代言语学材料书。"傅氏主张研究《诗经》，言语学、考证学的功夫是基本条件，"而一切以《诗经》本文为断，只拿它当作古代留遗的文词，既不涉伦理，也不谈政治，这样似乎才可以济事。"（《诗经讲义》）

/ 卷二 /

诗经可补正历史缺失的资料

《诗经》原属文艺品，小大"二雅"虽为史诗，文艺气氛仍甚浓厚，我们不能以纯粹正史目之，《鲁颂》《商颂》语及先烈，肆意夸张，更糅杂了许多神话与传说，距离正史的标准更远了。不过《诗经》中有些数据可以矫正正史的失误，更有若干篇可补正史的残缺，却是非常珍贵的。

一、周先世之事迹

商、周本是两个大民族，周民族根据地在中国的西疆，比殷商为后起，先世曾否臣服于商，难于考证，但到太王时代就与殷商对立了，这有以下的证据：

（一）周自称为王 太王、王季、文王均及身称王，后人以为追谥,是误信文王尚臣纣的谬说。《周颂·天作》篇、《大雅·绵》篇、《鲁颂·閟宫》均有"太王"的称号。太王即古公亶父,或曰公亶父。《大雅·大明》篇有"王季"的称号,王季即季历。至于文王,《诗经》里多得不可胜数。

(二)太王翦商 《鲁颂·閟宫》篇称太王道:"后稷之孙,实维太王,居岐之阳,实始翦商。"翦商即对商侵略之意。顾炎武《日知录》云:"太王当武丁祖甲之世,殷道未衰,何从有翦商之事?作诗之人,特本其王迹所基而侈言之耳。犹《秦誓》之言'命我王考,肃将天威'也;犹《康诰》言'天乃大命,文王殪戎夷'也,亦后人追言之也。张子曰:'一日之间,天命未绝,犹是君臣。'"这是何等迂腐之见。

翦商是用剪子剪的意思,对商的土地仅是零碎的蚕食,到了武王时就拿起大刀来砍绝殷商的国命,变蚕食而为鲸吞了。这时又有一个名词,曰"割殷",见《周书·多士》。

(三)商周联姻 周民族到季历时,国势愈益强盛,商王朝为了怀柔周人,只好与之联姻,为买取平和之计,这就是后来所谓的"和亲"政策。太王儿子季历所娶便是殷妇,《大雅·大明》篇:"自彼殷商,来嫁于周……乃及王季，维德之行，大任有身，生此文王。"大任是挚国的中女，挚国在殷畿内，或是殷商的宗国，挚女当就殷之宗女。

到了文王，商又与联姻。《大明》篇又云："文王初载，天作之合。在洽之阳，在渭之涘。文王嘉止，大邦有子。大邦有子，俔天之妹。文定厥祥，亲迎于渭。"周人称殷商为大邦，《周书·多士》篇称之为"大邑商""大邦殷"，殷商亡后尚然，未亡时更不待论。顾颉刚谓《易经》的"帝乙归妹"，就是嫁女与周，想必是文王。文王妃太姒乃有莘国之女，也是历史事实。但观《大明》篇"缵女维莘"，缵乃继续之意，前人硬解为"好"，不然，当时商女死后，文王又娶莘女为继配罢了。

帝乙即商最后一代君主纣之父，纣与文王乃郎舅关系。假如那位美如天仙的商女不死，商周国际关系也许不至破裂得如此之速吧？

（四）文王与纣　正史说文王曾为纣之西伯，崇侯虎谮之于纣，纣囚西伯于羑里，文王臣散宜生、闳夭等献珍宝良马美女于纣。纣悦，赦西伯，赐之弓矢斧钺，使专征伐。古书上又说文王率殷背叛诸侯以事殷；又说文王三分天下有其二尚服事殷，好像说文王之世都臣服于商，伐商是他儿子武王的事。但《诗经·大雅·荡》篇，文王大骂殷商，一共有七节文字，简直骂得淋漓尽致，不留余地。像骂殷商君主专用横暴聚敛之臣，剥削人民为得计；骂殷商之君沉湎于酒，昏晓颠倒；骂殷商之君多为不德，使国中怨声四彻，直弄得如蜩如螗，如沸如羹，不仅中国人恨他，连野蛮民族鬼方也恨他；骂殷商之君不用老成人，不闻善言，将来大命必倾；骂殷商像树木一样，表面枝叶尚为茂盛，根本则已腐朽，夏代亡国的事便是你们的镜子。

这是臣子对君之礼吗？这是三分天下有其二尚服事殷的文王之言吗？有人说这是后人追述之诗，不过假如文王当时没有说过这话，后人也不敢凭空捏造的。我们应该相信《诗经》，不要相信后来那些伪史才是。

不过《尚书·周书》有《西伯戡黎》一篇，所谓西伯便是文王，则商纣命文王为西伯似乎可信。惟据故武汉大学吴其昌教授说，古所谓伯即爸之音转，周民族根据地原在西方，称文王为西伯，当是西羌诸族推戴文王为父，未必是官衔。

二、周宣王中兴周室的伟迹

周自懿王时，王室渐衰。至厉王，暴虐侈傲，好利近佞，国人谤则杀之，道路以目，引起了一个很大的民变。十余年后，宣王始即位，这位君主在位四十余年，创造中兴的大业，算得历史上少有的英明天子。但《史记·周本纪》对于宣王仅说了一二句："法文武成康之遗风，诸侯复尊周"空洞的赞美话，反将宣王不甚体面的事，如"不修籍于千亩"，"败绩于姜氏之戎"，"料民太原"，大书特书。我们读《诗经》大小雅，始知宣王南征北伐，战绩辉煌，几可与秦皇、汉武并驾齐驱，就与唐太宗也可说不分上下。惟古时用兵双方动员人数不多，所征伐的地域仅限于国内，战争时间亦短。

（一）宣王征西北　原居西北的野蛮民族猃狁，一向为周的大患。懿王时，猃狁就很猖獗，《汉书·匈奴传》："懿王时，戎狄交侵，中国被其苦，诗人始作疾而歌之曰：'靡室靡家，猃狁之故。'"懿王自镐迁都于犬丘，也许就是避免猃狁的逼迫。到宣王时，猃狁的武力"侵镐及方，至于泾阳"，再不抵抗，周室竟将沦亡了。宣王赫然震怒，命将出师，大申挞伐。《小雅·六月》："六月栖栖，戎车既饬。四牡骙骙，载是常服。猃狁孔炽，我是用急。王于出征，以匡王国。"看"王于出征"这一句，宣王对于猃狁，是曾御驾亲征的。下文"薄伐猃狁，以奏肤功""薄伐猃狁,至于太原"。《出车》篇:"王命南仲,往城于方,出车彭彭,旐旟中央……赫赫南仲,薄伐西戎"。又"赫赫南仲,猃狁于襄","赫赫南仲,猃狁于夷"。南仲是宣王所命征伐猃狁的大将,郷惠鼎有"南中"之名,王国维以为即此诗之南仲。

(二)宣王经略中原 《大雅·嵩高》篇云:"亹亹申伯,王缵之事,于邑于谢,南国是式。"朱熹《诗经集传》说宣王之舅申伯,出封于谢,尹吉甫作此诗以送之。谢,在今河南信阳县,与申伯原封之申国相去不远。谢之国境大于申,故宣王徙申伯之封于此。《嵩高》之诗又云:"王命召伯,定申伯之宅;王命申伯,式是南邦。因是谢人,以作尔庸。""王命召伯,彻申伯土田。"此诗屡言"南国是式","式是南邦",南邦指谢而言,谢对立国于西方之周室言,则为南方之邦。

《烝民》之诗云:"王命仲山甫,城彼东方","仲山甫徂齐,式遄其师"。仲山甫,《国语·周语》称樊仲山甫,又称樊穆仲,《晋语》称穆仲。宣王命仲山甫,筑城于齐,齐乃姜太公封地,至第五世齐献公徙都临淄,周宣王命仲山甫助之筑城,故此诗有"徂齐"及"城彼东方"语。

《韩奕》之诗云:"王锡韩侯,其追其貊。奄受北国,因以其伯。"此诗开端数句说："奕奕梁山，维禹甸之。有倬其道，韩侯受命，王亲命之。"江永《诗补义》："今通州有梁山，当固安县东北。"梁山为韩境之山，知此韩在河北固安县境，其地为野蛮民族杂居地，故诗有"溥彼韩城，燕师所完。以先祖受命，因时百蛮"语，及"王锡韩侯，其追其貊"语。追、貊皆戎狄之国，宣王使韩侯为此北方诸国之君长，无非镇压诸蛮族，使不敢为乱。

（三）宣王定东南　东南一带是徐淮的根据地，徐淮自商代以来，便为中国祸患。商纣之所以亡国，并非纣之多为不德，倒是为了倾全国之力，讨伐东南的徐淮，为周所乘，遂有悬首太白之祸。所谓"纣克东夷，身亦随殒"是。到了周代，周公也曾与徐交过手，有"公伐郐钟"及"公伐郐鼎"为证。郐即是徐。周穆王西巡狩，乐而忘归，徐偃王作乱，造父为穆王御，长驱归周以救乱，见《史记·秦本纪》。宣王时，徐又大蠢动，盖企图与北方的猃狁互相呼应，以倾覆周室，宣王乃伐之。《大雅·常武》篇云："赫赫业业，有严天子，匪绍匪游，徐方绎骚。""震惊徐方，如雷如霆，徐方震惊。""王奋厥武，如震如怒。进厥虎臣，阚如虓虎。""叙敦淮渍，仍执丑虏。截彼淮浦，王师之所。"所谓"淮渍""淮浦"即是淮水一带的民族,与徐惯于狼狈为奸者。

东南战役中,统军的将帅有名南仲、皇父者,地位甚高。《常武》篇云:"赫赫明明,王命卿士,南仲大祖,太师皇父,整我六师,以修我戎。""王谓尹氏,命程伯休父,左右陈行,戒我师旅,率彼淮浦,省此徐土。""徐方既同,天子之功。四方既平,徐方来庭。"观"王奋厥武""徐方既同,天子之功""徐方不回,王曰还归"等句,可见宣王之征徐淮,也是亲征。

(四)宣王南征荆蛮 征荆蛮的大将是方叔。荆蛮是楚国,见周室中衰,也曾乘机出兵对周侵略。宣王出兵征讨,出动战车至于三千辆,可见师徒之多,军容之壮。《采芑啴啴》之篇云:"方叔莅止,其车三千。""伐鼓渊渊,振旅阗阗。""蠢尔荆蛮,大邦为雠。方叔元老,克壮其犹。""戎车啴啴,啴啴焞焞,如霆如雷,显允方叔,征伐猃狁,蛮荆来威!"

《江汉》之篇云:"江汉浮浮,武夫滔滔。匪安匪游,淮夷来求。""江汉汤汤,武夫洸洸,经营四方,告成于王。"

江汉之役,统帅是召虎,故诗有"王命召虎,式辟四方"语。宣王的南征荆夷与有事江汉,似乎是同一战役。据《史记·楚世家》说，周夷王时，楚君熊渠甚得江汉民和，楚的势力已扩张及于江汉。到宣王时，楚人或勾结淮夷作乱，观《江汉》诗中"匪安匪游，淮夷来求"可证。

宣王这次出兵不止一路，总司令当然是那个称为元老的方叔，各路统帅，其一是召虎，其他必尚有人，惜不可知。若非宣王这大规模的军事行动，江汉诸姬早被楚消灭无余，二南也许真的成为楚风了。（按周宣王南征北伐诸战役，崔述《丰镐考信录》曾引诗以证，本段文字据崔说而略作补充，未敢掠美。）

周宣南征北伐绥中原、定东南诸战役，孰先孰后，不易考定，大概打了好多日子。宣王所任命的那些领兵将帅，像南仲、皇父、召虎、尹吉甫，在当时都是重臣，也是第一等的军事人才。诗称南仲为"赫赫南仲"，又曰："南仲大祖"，方叔则为元老，揄扬备至。但正史皆不着其名，若非《诗经》二雅有几篇诗，宣王中兴周室的大功固将黯然无色，这几位勋臣的名字也将湮没不彰了。请问《诗经》这些资料，何等重要！

三、几首有关气象的诗

（一）宣王初年的大旱　《大雅·云汉》是纪宣王初年的大旱的诗，全诗共分八节：天久不雨，五谷难收，饥馑当然随之而至,什么神都祷告过;作为牺牲的牲畜不断宰杀;供献给神的圭璧,已埋瘗得无以为继;仰面看天,赤日炎炎,低头看地,焦枯弥望,而且气候郁蒸难耐,旱魃肆虐,使得整个大地像在焚烧一般。喊"群公先正",喊"父母先祖"都像是充耳不闻,毫无帮助,直到老百姓都饿死病死光了。这都是《云汉》一诗所叙述、所形容的话。但这次天灾如此之大,正史又不见只字。仅《随巢子》云:"厉宣之世,天旱地坼",皇甫谧《帝王世纪》:"宣王元年(前八二七),天下大旱,二年不雨,至六年乃雨"。《太平御览》八七九引:"共和十四年(前八二八),大旱,火焚其屋……秋又大旱。"似乎宣王初年到六年共旱了六年,加上共和十四年的那一年,则大旱足足七年。

我们读《旧约·创世记》,若瑟被卖埃及,曾遇七年大旱之事。我国成汤十九年(前一七六五),大旱,至二十四年(前一七六〇)祷于桑林始雨,一共旱了七年。成汤的时代与若瑟的时代相当,也许那一回的大旱是全球性的。宣王初年之旱也有七年,则未免过于巧合,我想未必真确,至多二三年罢了。也许撰《随巢子》的人以那一回全球性的大旱来附会,年限遂加长。我们对此问题若能研究,于古时气象学当有贡献。

（二）记日食及山崩川沸的灾异 《小雅·十月之交》有"十月之交，朔月辛卯。日有食之，亦孔之丑"，又有"烨烨震电，不宁不令。百川沸腾，山冢崒崩。高岸为谷，深谷为陵"诸语。诗又责备一位执政大臣曰皇父者，因为他做了许多自私自利、不公不平的事，是以上天以灾变示警。

《毛传》说《十月之交》是刺幽王的诗，诗中"艳妻煽方处"的"艳妻"说的就是周幽王所宠爱的褒姒。

郑玄则以此诗系刺厉王，艳妻乃厉王之后。且此诗有"皇父卿士，番维司徒。家伯冢宰，仲允膳夫。棸子内史，蹶维趣马，楀维师氏"七句。指明当时做这七类官的人都有姓氏或名字。周幽王时做司徒的是郑桓公友，并非番。

屈万里云："以历法推之，厉王二十五年十月朔辛卯，皆有日食，而幽王二年，西周三川皆震，与此所咏者合。以此证之，则此当作于幽王之世。阮元《揅经室集》有《〈十月之交〉四篇属幽王说》论证甚详。"

梁虞剡推得幽王六年乙丑岁，建酉之月（即夏历八月，周之十月），辛卯朔辰时日食。又《国语》"幽王二年，西周三川皆震。是岁三川竭，岐山崩"，与此诗"百川沸腾，山冢崒崩"正合。然则此仍是幽王时诗，可以无疑。（据王静芝说）

惟此诗乃刺皇父卿士，并非刺幽王，但观全诗皆以皇父为言，可知。

诗经里的神话

我国民族活动于黄河流域，人们终日与严酷的天行相搏斗以求生存，思想必偏于现实，缺少幻想，所以不注重神话。笔者素来主张世界文化同出一源，中国文化也是世界的一支。域外文化于战国时曾大量涌入我国，造成战国学术与文艺的黄金时代。但域外文化于战国以前也曾传入了一次，那一次是在夏王朝时代，夏初历史半为神话，即由于此。我们在屈原的《九歌》《天问》《离骚》《远游》《招魂》固发现了无数光怪陆离，瑰奇可爱的神话分子，在《诗经》又何尝没有？不过在屈赋里色彩浓厚，《诗经》则甚为淡薄；在屈赋里的分量极多，《诗经》则甚少；在屈赋里的方面极广，几乎包涵了全部域外文化，《诗经》则仅寥寥可数的几端而已。这就因为《诗经》大部分是作于北方人的缘故。

《诗经》是我国一部古典文学，时代比《楚辞》早得多，而其少数神话分子居然能与《楚辞》相通，并与世界神话合拍。可见笔者所主张域外文化夏商时已传入中国，战国时尚为第二度是有道理的。现分述于此：

一、稷神的故事

世界神话，稷神与死神为同类之神，或竟为同一之神。稷神与死神均为人类之祖；稷神有生而为母所弃之事；或其母予以小舟使漂至人间，而为该地民族之祖。

周民族的始祖为后稷，后稷的母亲姜嫄乃世界第一女人（《大雅·生民》篇"厥初生民［人］，时［是］维姜嫄"，就是最初的人类，就是一个名为姜嫄的女人）。《诗序》说："生民，尊祖也。后稷生于姜嫄，文武之功起于后稷，故推以配天焉。"是不懂神话者的话。后人又以姜嫄为五帝中的帝喾之妃。对本诗所云"厥初生民"完全置之不理，可笑。

姜嫄既是世界第一女性，她要生子，当然是"不夫而孕"了。但《生民》篇却说她踏上一个大人脚迹有感而孕。这大人脚迹是上帝或天神印下来的。姜嫄之足仅能踏满那大脚印的拇指，所以诗又说："履帝武敏歆"。"敏"乃脚的拇指，"歆"是心动的意思。后人又说那大人足迹即是其夫帝喾的，更荒谬！

姜嫄怀孕足月,很顺利地生下了一个男孩,于是抛弃之事开始。她第一次将儿子弃于隘巷,牛羊不但不践踏他,反而舐他,庇护他。第二次将儿子弃于平林,恰遇见人于林樵伐,大概是怕人看见,又改弃儿子于结冰的寒溪里。次日,做母亲的又去看一下,见有若干鸟儿覆翼婴儿身上,替婴儿保温。见姜嫄走近,鸟儿纷然飞去,后稷呱的一声哭了起来。这样三番五次抛弃不死,只好取回乳哺。后稷为了屡次被其母抛弃,所以他的名字为弃。

我知或将有人疑问:姜嫄既为世界第一女人,为什么那时竟有隘巷,隘巷里尚有牛羊?又遇樵夫在平林里砍柴?如此,则姜嫄为世界第一女人之说岂非难以成立吗?我们应知道初民传说,每多幼稚浅陋,自相矛盾,不合情理,本来就经不起研求,而且我们也不必研求。

《生民》篇又说后稷自为幼儿时,即俨然有大人气象,不好嬉戏而爱种植五谷,长大后遂为舜的农官,等于今之农林部长。

西亚名王萨恭(Sargon),自言其母乃神庙祭司,与外国来的某少年相恋,生他不敢育,束芦苇为小舟,置婴儿其中,流至某地,为一治圃者所救,长为圃人,后乃为王。当时学者们便曾窃笑说萨恭因自己出身微贱,恐人民瞧他不起,乃模仿麦神故事,以夸张其身世之高贵。可见西亚稷神也是为母所抛弃。

有几个民族均言其始祖系一小儿卧于满载麦捆之小舟而漂流至于人间者。满洲人亦言昔有三仙女浴于湖中,一女吞鸟吻所坠朱果而怀孕生子。母待子长,与以小舟顺流至某地,遂为满洲人始祖。

台湾花莲山胞族也说,他们的始祖系由海外漂来。花莲山胞村有水泥塑高大人像一座,云即其始祖某,其旁置一小舟,云即载祖漂来之物,笔者曾亲见之。

二、大禹的故事

(一)禹敷土为大地 《商颂·长发》:"洪水芒芒,禹敷下土方。外大国是疆,幅陨既长。"我们的脑子里牢嵌着大禹治水的事,以为《长发》的芒芒洪水,便是尧时怀山襄陵的洪水。不过我们却忘了一件事。大禹的父亲鲧奉尧命治水,是用填的方法,他居然有本领窃得上帝的什么息壤来填。不过水是不能填的,填了这里,那里又横决,是以鲧治水九年无功,终以殛死。禹继父治水,改为疏导,开了九条大河,另外支河无数,将水导入海中,勤劳了十三年,洪水之患始平。现在《长发》诗说:"禹敷下土方",那岂不是和他父亲一样,也用土填吗?古人也觉得不妥当，只有设法乱解。他们解敷为铺，敷铺之义一转而为平，谓敷即平治之意。"下土方"犹言"下国"，即禹治平洪水后，又来平治下国。几个弯子一转，填土治水的话算是掩饰过去了。可是《山海经》："禹鲧是始布土""帝乃命禹布土以定九州"；《淮南子》："禹乃以息土填洪水，以为名山"，不但镇洪以土，连息土的名字都提出。息土岂非就是他父亲鲧的息壤，这几段话说得明明白白，我们还有法子转弯为之掩饰吗？

其实大禹的前身乃西亚《创世史诗》的主角马杜克（Marduk）。马杜克与原始深渊中的女怪战而杀之，剖其躯为二，上半部造天盖，下半部造大地。女怪原形为大龟，龟之背壳隆起，造苍穹为宜，而龟之腹甲则扁平，古时亦知地为隆起之圆形，扁平之龟腹甲，不可以为地。马杜克乃以深渊中腐烂之芦苇堆积于腹甲上而造成大地。"禹敷下土方""禹布土定九州""禹以息土填洪水以为名山"，皆指此事而言。那茫茫的洪水，实即是原始深渊，未有天地以前，便存在着的。亦《创世史诗》所叙。马杜克的代表物是一柄铲子，屡见西亚雕刻。

《秦公簋铭》禹字作禹，象手举铲掘土以填，手下一点当代表土。《齐侯钟铭》："咸有九州，处堣之堵"，禹字竟从土。《齐侯钟铭》的堣字古时如何写法,我没有看见,设想当是禹,正象禹持铲敷土之形。

(二)禹奠山导水 《大雅·文王有声》:"丰水东注,维禹之绩",《韩奕》:"奕奕梁山,维禹甸之";《小雅·信南山》:"信彼南山,维禹甸之。"甸同奠,定也,置也。人的力量,导水尚可,奠山则决不可能。而今青海境雪线以上的大积石山,《山海经》及《禹贡》均说禹所积石而成,太可惊了。

(三)禹分大地为九州 《齐侯钟铭》:"虩虩(赫赫)成唐(成汤),有敢(严)在帝所,专受天命……咸有九州,处堣(禹)之堵";《左传·哀公四年传》:"芒芒禹迹,画为九州,经启九道"。《商颂·玄鸟》:"方命厥后,奄有九有";《长发》:"九有有截"。"九有",《文选注》引《韩诗》作"九域"。《长发》:"帝命式于九围。"马遂辰云:"围、域、有,皆一声之转,声同则义同。"实则皆九州之意。大地分为九州之说,希腊亦有之,傅斯年说。笔者曾见一西亚古地图,地形正圆,中有八个圆圈,中间一个独黑,这当是邹衍所说的大九州。

西亚《创世史诗》,大地既为马杜克所造,九州当然是他所分,因之我国大禹也负起划分九州之责了。

我国大禹既为西亚马杜克所衍化,他造成了大地,地遂称为"禹堵",见《齐侯钟铭》;又称"禹迹",见《左传》;又称"禹绩",见《商颂·殷武》"设都于禹之绩"。

三、大瀛海

我们皆以为大瀛海之说乃战国时邹衍所传入,不知我国很早便有这个观念了。《商颂·长发》:"相土烈烈,海外有截。""莫遂莫达,九有有截。"旧注:"截,齐整之貌。言四海之外率服,截尔整齐。"这话是错的,倒是孔颖达《正义》:"截者,斩断之义。"解释得对,不过孔氏又云:"故为齐也",又落入了《毛诗》的圈套。

西亚古说,我们这个大地为大瀛海所环绕,瀛海之外为神仙所居,不死药及仙界诸异物皆聚集其所,秦皇汉武千方百计想派方士们去求,总是没法求到,为的是那大瀛海既极宽阔,又有剧毒及诸般险况,非血肉凡胎所能渡过。古书所谓海内、海外,实指大瀛海内外而言。海内为我们所居之大地,海外则为仙境。《山海经》有《海内》《海外》诸经,正宜作此解释。后人对大瀛海之一观念渐趋模糊,遂误以海内指中国,海外指外国,直到今日犹然。但战国时代,甚至以前,这个观念尚是很明了的。

相土是商民族始祖契的孙子。此诗前面有几节文字是

"有娀方将，帝立子生商"，就是说有娀氏之女简狄吞玄鸟卵而生契。"玄王桓拨，受小国是达，受大国是达，率履不越，遂视既发。"契非黑种人，何以称之为"玄王"呢？照古代神话，契是黑帝之子。看他本身即称王，又有什么"受小国大国"的话，可见契就是一位威服诸国、武功卓越的君主，古人说他做舜的司徒（等于今教育部长），全是瞎说。

到了契孙相土，版图更广，好像全中国都归了他的统治，只无法达到大瀛海外，故曰："海外有截。"到了商王朝开国君主成汤，国威更盛，你看《长发》诗这么说："武王（即成汤）载旆，有虔秉钺，如火烈烈，则莫我敢曷，苞有三蘗，莫遂莫达，九有有截。"九有便是九州而且指的还是大九州，成汤威力遍及九州，遇着大瀛海便被截住了，"莫遂莫达"了。古人说话每好夸诞，诗人尤甚。《商颂》言其先世版图如此之广，固不足信，但《孟子》汤以七十里，文王以百里兴起，那个谎扯得也太大！

四、四海

《商颂·玄鸟》："邦畿千里，维民所止，肇域彼四海，四海来假，来假祁祁……"《诗经》多见"四方""四国"语。"我瞻四方，蹙蹙靡所骋"（《节南山》），"经营四方"（《何草不黄》），"以绥四方"（《民劳》），"监观四方"（《皇矣》），"四方于宣"（《崧高》），是"四方"之例。"周公东征，四国是皇"（《破斧》），"维彼四国"（《皇矣》），"降丧饥馑，斩伐四国"（《雨无正》），"闻于四国"，"四国于蕃"（《崧高》），这是"四国"之例。至于"四海"，当然是说东西南北的四海，不过中国原来是个大陆的国家，山东半岛在东海上，齐鲁皆国于此，东海固我们所熟知的。吴越春秋时始强大，也还临乎东海。闽粤那时尚为文化落后的民族所居，地处南海。中原人民或依稀听见过，脑子里或有个模糊的观念。齐景公对晏子说："吾欲观于转附朝儛，遵海而南，放于琅玡，我何修而可比于先王观也。"（《孟子》）转附朝儛，虽有人做过考证，在景公口中好像是虚无缥缈的海上神山一般，所以春秋时人虽知有南海，却少有人真的到过。至于西海北海当然更非那时人所能知了。

战国时"四海"之说始大盛，《孟子》："天子不仁，不保四海"，"故推恩足以保四海，不推恩无以保妻子。"《禹贡》："四海会同"，"声教讫于四海"。但《禹贡》对于西海北海仍无详说。

《山海经》有东西南北的《海内》《海外》诸经。笔者久认《山海经》乃西亚的地理书,由邹衍携入中国,译为中文,杂入许多中国地理。说它是真正的中国地理,大部分地理位置不合。不过要说它是小亚细亚的地理倒没甚差。那阿拉伯半岛形势,东临波斯湾,西临地中海,南临阿拉伯海,北临黑海,地位停匀,界画清楚,这才可以说是四海。

照此说则《商颂》有"四海来假"语,并非春秋宋襄公时作品,而为战国人所作了,那也不然。"四海"之说当与后稷、夏禹诸神话早传入我国,惟我国人嫌其与中国地理不符,不敢常用,《商颂》则大胆采用而已。

五、帝立子

《商颂·玄鸟》:"天命玄鸟,降而生商。"《长发》:"有娀方将,帝立子生商。"旧注这个便是黑帝,笔者认为即是上帝。古时君临天下者,皆以为自己是上帝的长子,哪个君主亡了国,别人代兴,上帝又立他为元子。《召诰》:"呜呼,皇天上帝,改厥元子,兹大国殷之命。惟王受命,无疆无休,亦惟无疆惟恤。"改元子又叫做"废元命",见《周书·多士》。新国代立,叫做"受命"。西亚人是否有此说,我未考。惟《旧约圣经》如《撒慕尔纪》《历代志》《诗篇》等,上帝每对他所喜爱的国君说:"我立你为我的儿子"，或"你是我的儿子，我今日生你"云云。也许我国古时"元子"之说带有世界性吧。

六、古帝

《商颂·玄鸟》："天命玄鸟，降而生商，宅殷土芒芒，古帝命武汤，正域彼四方。"上帝只是一位，他的寿命也是无穷无尽的，并不像人世王朝有替代之事，有何古今之分？今日"古帝"，似乎是"今帝"相对之词，说的话实为可怪。西亚神庭最高领袖名曰倍儿（Bel），有好几位天神都曾荣膺过这一封号，但以暴风雨神兼大地之主恩利尔（Enlil），做倍儿最久。西亚人对于恩利尔，每径称之为倍儿。其后木星之神马杜克将与原始深渊女怪作战，要求天庭诸神以倍儿头衔尊己，恩利尔遂退而为旧倍儿（Older Bel），疑《商颂》古帝者，即旧倍儿之中译也。

七、上帝与人直接说话

《旧约》里上帝与人间关系至为密切，常常面对面地说话，《旧约》中此类例子甚多，不必遍举。《诗经》里这种例子也不少。像《大雅·皇矣》开首四句说道："皇矣上帝，临下有赫，监观四方，求民之莫（瘼）"，以下上帝就直接和文王说话："帝谓文王，无然畔援，无然歆羡，诞先登于岸……""帝谓文王，予怀明德，不大声以色，不长夏以革,不识不知,顺帝之则。""帝谓文王,询尔仇方,同尔兄弟,以尔钩援,与尔临冲,以伐崇墉……"

至于比较直接的,如《大明》:"天监在下,有命既集""有命自天,命此文王"。其例更繁,不具论。

八、日月食

《小雅·十月之交》有"日有食之"的话。《春秋》经自鲁隐公至于定公,著"日有食之"之文共二十余次。《左传》亦十余次。日月食的天象常见,古人头脑虽比较单纯,何尝不可以创造一个字纪述或形容之,像晚起的"蚀"字一般,何以竟那么笨拙地说:"日有食之""月有食之"?好像说太阳被什么东西吞食了,或月亮被什么东西吞食了。原来这话是有其神话的根据的。西亚古说,天有七重,每重天各有一行星为之主,是为日月五星,其后天又由七重衍为九重。古时没有望远镜,不能再找到什么行星,怎么办呢?见日月常为一圆形黑影所遮没,怀疑为一种行星,拉来当了第八重天之星,是为"蚀",又以具有周期性之彗星为第九重天之星。

印度古时名"蚀"为"罗睺"(Rahu),出于诸天搅海故事。言诸天与群魔约共取乳海中之不死仙药,得则均分。诸天得药后,负约自饮,群魔甚愤,一魔名罗睺,幻形为天神，混神中饮药，尚未下咽，为日月天子所瞥见，急告偏入天（Vishnu）。偏入天出轮宝断罗睺颈，罗睺以吞药仅至喉故，身死而头则永生，恨日月刺骨，常于天空追逐吞噬之。每吞噬一次，则产生日月蚀一次。

我国"日月有食之"的话，也许与罗睺事有关。

九、乔木与汉女

《周南·汉广》乃是一首奴仆私恋其家女公子之歌。笔者曾有解说。这诗开端四句："南有乔木，不可休息（息字应为语助字思字之讹），汉有游女，不可求思。"《韩诗外传》谓汉女即汉水二女神，有郑交甫汉皋解佩的传说。这话是有道理的。二女乃姊妹神，乃西亚大女神易士塔儿所衍化，详见拙著《湘君与湘夫人》。乔木是"世界大树"，与易士塔儿的情人旦缪子有关。我国古代实行封建制度，阶级异常森严，奴仆私恋家主之女，永无结合之望，所以作此诗的奴仆说：南方有神木名世界大树，人们无法在树下休息。汉水有两位时常凌波而游的女神，我们凡人怎能向她们求爱？好像我暗中爱上我家小姐，也是永远没法娶她的。有如汉水之广，江水之长，永远无法游泳过去一样。

何以知道作诗者是个奴仆？这是从"翘翘错薪，言刈其楚。之子于归，言秣其马"看出：高高架起的薪柴，是我去樵采来的，小姐出嫁时，驾车的马儿是我饲喂的。这位诗人的身份不是奴仆是什么呢？

诗经所显示社会各阶层的状况

《诗经》时代尚是封建制度盛行的时代，也是《左传》所谓"天有十日，人有十等"的时代。我们现在不必将那十等划分的情形详细叙述，只选择那富有代表性的阶级来谈谈。那时代政治制度最上层是天子，以下为诸侯、大夫、士，可以称之为贵族阶级。贵族之下便是广大的民众，可以称之为平民阶级。

一、贵族阶级

（一）天子

1. 天子的称号　《诗经》里称最高的政治领袖多为"王""王后""皇王"（《文王有声》）；"我王"（《棫朴》《民劳》）；"惠君""立王"（《桑柔》）；"武王"（武王不必一定指周武王，凡有武动之王皆可称。《商颂·玄鸟》"武丁孙子，武王靡不胜"这个武王乃指成汤）。"君子"亦以称王，《诗经》中此例甚繁。

君主又称天子。受命之君既自称为天之元子,谅此称亦古,不过在《诗经》里则宣王称得最多。《出车》:"自天子所,谓我来矣","天子命我,城彼朔方";《节南山》:"天子是毗";《江汉》:"虎拜稽首,天子万年";《常武》:"徐方既同,天子之功。"尚有《雨无正》《采薇》诸诗,现暂从略。

2.天子又为一人 一人并非名号,不过表示天子是代表天下和亿兆生灵的,好像是一个顶天立地的巨人,臣民都要匍匐在他面前,竭忠尽智来侍奉他,捐顶糜躯来捍卫他。《烝民》:"夙夜匪解(懈),以事一人";《下武》:"媚兹一人,应侯顺德";《假乐》:"媚于天子,不解(懈)于位";《卷阿》:"惟君子使,媚于天子"。"媚"有"谄媚""阿谀"诸义,俗语就是讨好、巴结,本来不是好字眼,但在《诗经》里则为忠爱、爱护,《诗经》里有"媚于庶人"的话,可证。

3.天子的生活 "国之大事,惟祀与戎",天子祭祀无非是祭天及百神,再则祭祖。《诗经》二雅里叙祭祀之诗颇多,如《楚茨》《信南山》《凫鹥》诸诗,可说是天子祭祀,也可说是诸侯公卿的祭祀。但《周颂·清庙》《维天之命》《维清》《天作》《昊天有成命》《我将》《思文》都是祭祖之诗。《大雅·文王之什》和《生民之什》固然是颂扬祖宗功德的史诗，也可说于祭祖时奏给祖宗听的祭歌。

天子亲率六师，伐猃狁，征徐淮，已见《六月》《常武》等诗，前文已叙，不赘。

太平时代，天子对于来朝觐的诸侯，必须款宴，像《小雅·湛露》，《左传·文公四年》宁武子即说："昔诸侯朝正于王，王宴乐之，于是乎赋《湛露》。"《诗序》亦云："湛露，天子燕诸侯也。"《蓼萧》，朱熹亦以为天子燕诸侯之诗。古时君臣之间礼仪严肃，而筵席之上，必须尽欢，甚至白昼喝到黑夜，黑夜又喝到第二天的天明，必喝得烂醉如泥，始让客人归去。《湛露》诗中有云："湛湛露斯，匪阳不晞，厌厌夜饮，不醉无归"，即写此种情景。《宾之初筵》写客醉后喧哗狂乱之状云："宾既醉止，载号载呶，乱我笾豆，屡舞僛僛，是曰既醉，不知其邮。侧弁之俄，屡舞傞傞，既醉而出，并受其福，醉而不出，是谓伐德。"

天子暇时娱乐，狩猎亦为其一，《车攻》《吉日》，即周宣王与诸贵臣狩猎之诗。《墨子·明鬼》篇："周宣王合诸侯而田于圃田，车数百乘。"《诗序》遂以《小雅·车攻》为《墨子》此言的批注,说道:"车攻……宣王修车马,备器械,复会诸侯于东都,因田猎而选东徒焉。"《吉日》诗有"漆沮之徒,天子之所",及"悉率左右,以燕天子",可见诸侯贵臣之从猎者,以猎获之野兽,办筵公宴天子。

(二)诸侯及卿士大夫

《孟子》说封建制分为公、侯、伯、子、男五等,封域不足五十里者为附庸。现代学者考出古时封建制下的等级并没有分得这么清楚,这是另外问题,此处不必谈论,仅论见于《诗经》者。《诗经》曾见周公(《豳风·破斧》:"周公东征,四国是皇");召公(《江汉》:"文武受命,召公维翰";《召旻》:"有如召公,日辟国百里")。此外则有召伯,见《召南·甘棠》。又周宣王时的"韩侯""申侯",想必其爵位为侯。更有方叔、皇父、仲山甫、程伯休父、尹吉甫等,这些人既是统兵大将,地位当然很高,而且一定都有爵位,惟其爵位居于何等,则难于考知。

封建时代的诸侯,不论爵位的高下,封域的大小,土地人民都归私有,爵主对其臣民拥有生杀予夺的大权,俨然是个独立的王国。他们的生活当然都很优裕逸乐,宴会、狩猎,成为常课。我们看《鹿鸣》《鱼丽》《南有嘉鱼》

《南山有台》诸诗，都是燕飨通用之乐，宾主们饮旨酒，餍嘉肴，听音乐。客辞去时还要带着满筐的礼物。像《鹿鸣》的"承筐是将"，客人带走的想是食物。《彤弓》的"彤弓弨兮，受言藏之，我有嘉宾，中心贶之"，则赠送的是朱漆之弓。

像"二南"里的《兔罝》《驺虞》；《郑风》里的《叔于田》《大叔于田》，都是咏打猎的诗。

重臣如方叔、南仲统帅大军，征伐强敌，车马之华，仪仗之盛，战胜归来时，天子赏赐之厚，已见前文，不复。

（三）中下阶级

所谓中下阶级就是指侯国中那些大夫或士而言。古时大夫与士也是世袭，虽然他们生活有很贫苦的，我们也可以指他们为贵族，界画清楚些，就是中下层的贵族阶级。士无世禄，似非世袭。但士之子亦为士，则又似世袭。

1.低级将领　古时文武并不分途，这些中下阶级的人，承平时做各级的公务员，战时则成为将领。像周宣王时发动几次大战役，动员数十万人，战争的岁月又二三年，在前线的低级将领不免怨叹。《采薇》之诗云："靡室靡家，猃狁之故。不遑启处，猃狁之故。"《出车》之诗云："王事多艰，维其棘矣……岂不怀归，畏此简书！"及"王事靡盬，不遑将父……王事靡盬，不遑将母"等语，《诗经》常见。"靡盬"者，工作没个完的意思。

2. 小公务员　士人做低级公务员的，其生活见于《郑风》的《缁衣》。那小公务员穿着黑色的制服上班（适馆），其妻劝慰他道：制服旧了破了，我替你补缀，改造，总叫你穿得合身，不致露出寒酸相。下班回家，我烧白米饭给你吃。我们读此诗知道那时公务人员要穿一定颜色的制服。制服破旧，只能补缀修改，不能换新，回家还要其妻亲自煮饭，似乎连奴婢都没有一个，可见其俸禄之薄。

3. 使臣　当时国际交往频繁，负有外交使命的人每仆仆奔驰于道路，也有国君或卿大夫命其臣僚出外疆或即在本国内勾当公事。譬如《小雅·皇皇者华》，那位奉使的人驾着马车"载驰载驱，周爰咨诹""周爰咨度""周爰咨询"，可见是上面委派他到各单位调查访问一些事务的。又《四牡》好像也是奉使者奔命苦辛，作以叹苦之歌。《北山》："陟彼北山，言采其杞。偕偕士子，朝夕从事。王事靡盬，忧我父母。溥天之下，莫非王土。率土之滨，莫非王臣。大夫不均，我从事独贤。"这位诗人说自己"朝夕从事""不已于行"，可见也是一个奉派于外的使者。

（四）上下阶级不平的呼声

我们再回笔来叙《北山》。这首诗是一首极显明的上下阶级生活对照表。诗人既愤慨地喊出："大夫不均，我从事独贤（贤，劳也）。"又大声疾呼道："或燕燕居息，或尽瘁国事；或息偃于床，或不已于行；或不知叫号，或惨惨劬劳；或栖迟偃仰，或王事鞅掌；或湛乐饮酒，或惨惨畏咎；或出入风议，或靡事不为！"

二、平民阶级

我国社会本来分为士农工商四类。但在《诗经》时代独立的工业是没有的，所谓工人皆由农民兼任，即有专门人才也依附官府，不能独立存在。那时尚是物物交换的时代，所谓商业也是微乎其微的。因此广大民众都是农人。

（一）农民

1. 农人与农奴　要想知道那时农人的生活，可看《豳风·七月》。《豳风》旧以为圣人姬旦辖地所产，其中诗多与周公有关。譬如《鸱鸮》，据正史是周公被管蔡流言后，作以贻成王的；《破斧》又分明提到"周公东征"的话；《东山》则是一个自东战场——即东征管蔡之处——返回家乡的军士所作，于是《七月》这首诗竟有人谓为周公的作品了。

古人以为圣人周公治理下的人民只有幸福,没有痛苦,便认定《七月》这首诗是所谓"田家乐"。可是你若卸下有色眼镜来读这首诗,则实为一首"田家苦"。你看农民们终岁勤劳,收的稻子、高粱、禾麻、豆麦,都要收入仓里归于地主(公子),他们自己只能吃点杂粮,过冬没有足以保暖的衣服。农隙要练习武艺,有事时便是冲锋陷阵的士兵。除练武以外要到山上打猎,打到野猪獐鹿之类,献给地主,他们自己只敢干没只把幼兽。打到狐狸,要剥皮给地主制裘。又要绩麻织布,染成红黑颜色,做衣服给地主穿。腊月里凿冰为窖,替公子冷藏蔬果,酿酒宰羊,登地主堂祝贺"万寿无疆"。

农家女儿若长得稍有姿色,地主会取去供其数夕的淫乐,故原诗又有这样几句"女执懿筐,遵彼微行,爰求柔桑。春日迟迟,采蘩祁祁。女心伤悲,殆及公子同归!"一个农家女能得地主青睐,应该算是幸运的事,何以有伤悲之言?今竟日伤悲,则这个女儿处境可想。

《小雅》里的《甫田》,地主岁收租十千。地主收的谷物,千仓万箱,堆得高过屋顶,高过桥梁;地主的仓廪,多得像长坂,像丘陵,农人只能吃点陈年谷子——当然是虫蛀霉朽的。《大田》也是叙农事的诗,农人辛劳的丰硕的收获，只图个地主的满意，因为地主一生气，农人就遭殃了。

《孟子》说古代有井田的制度，引《大田》的"雨我公田，遂及我私"为证。若果有井田，农人每家有田百亩，八家共耕中间百亩的公田，农夫的生活应该很舒服好过的，何致有《七月》一诗所描写的呢？所以古时农人其实都像帝俄时代的农奴，附着于田地上，不能自由迁徙。

2. 农奴愤慨的呼声　《魏风》的《伐檀》，农奴骂地主道：你们从来不下田耕作，何以要收三百家的租税，或三百仓的谷物呢？你们从来不到山上打猎，何以你庭中满挂着野兽和野禽呢？你们这些君子人啊！原来是一味吃白饭的呀！

《硕鼠》篇骂得更厉害了。农奴咬牙切齿地说：大老鼠呀，大老鼠！不要啃我的黄黍。我小心伺候你三年，你对我却从无怜顾。我发誓要离开你，到那乐土，乐土呀乐土，我就得到理想的住所！（下二章义同，不赘。）

（三）征夫怨恨的控诉

农人在太平时是农奴，在战乱时则是兵士，这些出身平民阶级的兵士待遇比那士阶级的下级军官又苦得多了。像《邶风·击鼓》篇，军士作战日久，欲归不得，因而精神恍惚，失去战马而不知，后来才自林下找到。想到家中妻子，本有偕老之约的，现在恐将丧身于外，不能重见了。又如《魏风》的《陟岵》，从军的兵士代家中父、母、兄三人说话，都是说我的儿子，我的弟弟在外打仗，要自己谨慎不要死在外面呀。可见出去当兵的十九难于生还。

三、亡国遗民受压迫之痛苦

周人因殷商是个历史久、文化高的大国，虽然将她灭掉，对殷商遗臣遗民态度尚甚恭敬，称他们为"大邑商""大邦殷"，自称则为"小国"，让殷商遗臣民保有城邑、土地、居宅，见《周书·多士》《洛诰》等篇。谁知日子久了，遗民完全失去了抵抗力，周人对他们的压迫也就加重起来，对他们的剥削也就加紧起来。殷人立国东方，称为"东人"，周人崛兴西方，称为"西人"，这里有《大东》一诗曾叙其梗概。诗云："小东大东，杼柚其空，纠纠葛屦，可以履霜，佻佻公子，行彼周行。"小东大东，旧指为东方诸国，恐非，无非是地位低和地位较高的殷商遗臣民。他们亡国后都靠织布为生，因周人朘剥太甚，织物都被掠去，每家机杼都变成空空了。葛屦也是女工编织的，却都被周的公子穿了走在道路上，那一副轻狂得意的神气，令人看不得（佻，旧注为"独行貌"，实则"佻"与"巧"

常连用,《离骚》"雄鸠之鸣逝兮,余犹恶其佻巧";或为投机取巧意,《国语》"佻天以为己力",解为"独行",误)。《魏风》的《葛屦》:"纠纠葛屦,可以履霜。纤纤女手,可以缝裳。"当由此诗脱化而出。下文"有洌氿泉,无浸获薪,契契寤叹,哀我惮人。薪是获薪,尚可载也。哀我惮人,亦可息也"。遗民妇人织的布、编的履,都给周的地主享受了去。遗民男丁樵采来的柴薪也是全部归了地主。希望那涨而侧出的寒泉,不要浸湿我的辛苦采来的薪,薪被浸将腐烂而不可用,我们这些劳人便太可哀了。还好,薪虽被浸,尚未腐朽;尚可用车装载而去,向地主交账,我们这些劳人可以略为休息一下吧。

下面又是一个对照表:"东人之子,职劳不来,西人之子,粲粲衣服,舟(同周)人之子,熊罴是裘,私人之子,百僚是试……"是说东人的儿子任职劳苦,却没人说他勤快,西人的儿子穿着颜色鲜艳的衣服,游手好闲;周人的儿子,身上是熊罴的厚裘,我们没有官职,卑贱之属的私家人,什么事都要做。"百僚是试"就像《小雅·北山》的"朝夕从事"与"靡事不为"。

作《大东》的诗人,对于天文知识特别丰富,以天文现象来诅咒周人对遗民的压迫,说的话极有风趣。诗人说:

我仰观银河像镜子一样有光，但它却不能照人；企起脚来看织女星座，昼夜之间，移动了七辰的地位，却没看见她织出什么布帛；牵牛星牵着牛亮堂堂地在天上，他的牛却不能用来驾车。毕星（即金牛座，我国毕为掩兔之网）是掩兔的工具，只见它永远空张在那里。南方有箕星，你能拿来簸米扬糠么？北方有北斗，你能用它来挹酒挹浆么？那长箕倒有个长长舌儿，只会用来吞噬，那北斗的柄高举西方的天空，因它勺部在东方任意勺取，勺得太满，沉下去了。这些话都是骂周人作官于东方者有名无实，一事不作，而惟知剥削东人的脂膏，吸取东人的血髓。

《大东》这首诗的《诗序》说是谭国一位大夫所作。谭国在东方，还有同在东方的小国，受幽王暴政压迫，谭大夫故向幽王告哀。这种解释其实是错的，告哀有告哀的口气，这诗却完全不像。幸诗中有"东人""西人"二语，使我觉悟是殷商亡国遗民所作的怨词。这是一首极端沉痛的好诗，《诗经》里实不多见。

四、男女恋爱的歌谣

男女恋歌可说是《诗经》的精华，《国风》此类作品占了极大的篇幅。我们读《国风》时，只觉得那些肃穆的宗庙、庄严的殿堂都慢慢隐去了；盛筵间酒肴的馨香嗅不着，音乐的声音听不见了；"万寿无疆"的祝寿，"宜室宜家"的贺婚，都不闻了。怨战怨乱、颓唐厌世的思想，恨虐政、恨苛贼的愤激的咒诅，也都沉寂了。我们只觉得好像置身于风和日丽的郊野，或在流水之畔，小桥之边，见那牵着耕牛的牧儿，顶着桑篮的村女，互相追逐，互相戏谑。他们动作的情景，宛在目前，他们说话的声音，俨在耳畔。数千年绵长时间的隔阂，竟丝毫也不存在，这不是文学史上的奇迹吗？

我们这才知道人类的思想会因时代而改变，人类的感情，则不会受时间的影响。数千年前人的喜怒哀乐，和今日人的喜怒哀乐并无异致。尤其男女之爱原是人类最基本的情感，最炽热的生命之焰，也是剥夺了虚伪的衣冠，显露出最赤裸的人性之美。男女之爱，形之诗歌，自然会直接打入读者的心坎，保存它永久之美。

孔子究竟不愧是个文学素养很深的人，他曾说："诗三百，一言以蔽之，曰：'思无邪'。"我国人素不喜谈男女之爱，对于《诗经》这类采兰赠芍、桑间濮上的情诗，更视为淫邪，孔子说那句话，岂不令人费解。但须知邪是正的反面，也是直的反面。《国风》男女恋歌所表现的正是一个直。那些匹夫匹妇、村童乡女所表现的情感，都毫不掩饰,毫不矫揉造作,活活泼泼,自然流露的,是极其天真烂漫,令人喜爱的,因此,孔子始以"无邪"赞之。

"国风"里男女恋歌不全属于平民,也有些是士大夫阶级的,像《周南》的《关雎》,原是男子对女的单恋诗。因有"窈窕淑女,钟鼓乐之"语,钟鼓之乐器,惟贵族如卿士大夫家始备有,疑作诗者是个贵族青年。《鄘风·桑中》,男子所思念的对象为孟姜、孟弋、孟庸,要约之地又在上宫,则也是贵族的青年男女。惟《野有死麕》《静女》《将仲子》《女曰鸡鸣》《野有蔓草》《溱洧》《东方之日》《东门之池》《东门之杨》《日出》《子衿》《褰裳》《风雨》《山有扶苏》《萚兮》,都是绝妙的平民阶级的恋歌。

五、关于当时女子的问题

(一)重男轻女风气之早　《小雅·斯干》是一首筑屋既成、颂祷一家安居之乐并述由安居而生之各种愿望。其中最重者为生育子女的几章。诗说:"下莞上簟,乃安斯寝,乃寝乃兴,乃占我梦。吉梦维何?维熊维罴,维虺维蛇。大人占之:维熊维罴,男子之祥;维虺维蛇,女子之祥。乃生男子,载寝之床,载衣之裳,载弄之璋。其泣喤喤,朱芾斯皇,室家君王。乃生女子,载寝之地,载衣之裼,载弄之瓦,无非无仪,唯酒食是议,无父母诒罹。"

在这一大段诗里，生育男女先有梦兆，梦见熊罴等猛兽，是生男之兆，也就罢了。梦见毒蛇却是生女之兆，女子地位不仅远比男子低下，而且还要视同毒物，须加防备。古人虽说熊罴处山，为阳，虺蛇处穴，为阴，以此为男女之兆，恐非诗人原意。生了男孩，放在床上，给半圭之璋让他玩弄，预祝他将来做大官显宦，还要尊他为室家中的君王。生了女孩，就用小被包裹着，向地上一搁，给她玩弄瓦片。瓦片乃纺织用之锤，女人一辈子只好从事纺织。其次便在厨房管酒管食，人家叫她怎样做就怎样做，永远不许表现自己的个性，永远不许有她自己的主张，这样，才不致使父母担当不好的声名。

（二）女子的工作　当时女子在家只是纺织和议酒食，但她们也要干些重要的工作，像预备祭祀时的祭品。像《召南》的《采蘩》《采蘋》，女子于沼涧中采取白蒿和荇菜，用筐筥盛回来，用三足釜煮熟，配上其他鸡豚鱼鳖，在公侯宫中举行祭祀。主妇且高坐为尸，享受奉祀的酒食。这似乎是贵族妇女的事。妇女们也常集体在野外采集可以制衣的麻。她们尚有工头管辖。想回家看父母，都得先向工头请假，这工头就叫师氏，见《周南·葛覃》。她们又常在野外采一种既可作蔬食、又为妇科良药名卷耳之草类，见《周南·卷耳》。这些妇女恐怕都是属于平民阶级。

（三）婚姻生活　正式婚姻是需要父母之命、媒妁之言的。《豳风·伐柯》："伐柯如何？匪斧不克。取妻如何？匪媒不得。"女子不待媒妁跟随男人而去，就是"淫奔"，为社会所不齿。《鄘风·蝃蝀》篇，先以虹为比，盖古人言虹为天地淫气。再言"女子有行，远父母兄弟"，就是说那个女子离开父母兄弟，跟着一个人远走高飞了。而后诗人骂那女子道："乃如之人也，怀昏姻也，大无信也，不知命也。"怀即坏，言奔女把婚姻之道败坏了。

夫妇结合以后，讲究个"琴瑟在御，莫不静好"（《女曰鸡鸣》），主妇司中馈及针线，见《魏风·葛屦》及《郑风·缁衣》。贫家主妇持家之勤劳见《卫风·氓》。妇女尚从事副业，以助家计，如《邶风》之《谷风》。至于描写新婚之乐者，有《王风》之《君子阳阳》，《齐风》之《著》，《唐风》之《绸缪》，不必细述。

（四）弃妇词　《诗经》婚姻问题之在平民社会者似乎并不稳固，常闹仳离，原因每在男子性情暴戾，或喜新厌故。《邶风·终风》："终风且暴，顾我则笑，谑浪笑敖，中心是悼。"这个做丈夫的一会儿和妻子谑浪笑敖，一会儿又像狂风暴雨般发起脾气来，可见其喜怒无常，难于对付的。《邶风·谷风》是个勤俭持家的贤妇,以夫得新人,弃之如遗,还要在乡里中编派故妻的不是,以为自免薄幸之名计,用心恶毒,非常可恶。《卫风》的《氓》也是一首弃妇词。但此妇自愿与人私奔,后以色衰见弃,却难以令人同情。

(五)节妇吟 《诗·邶》《鄘》均有《柏舟》。《邶》系妇人不得于夫者。《鄘》则为卫世子共姜夫死自誓不嫁而作。故"柏舟之节",后世遂用以称节妇之词。但笔者以为作诗者,并非卫世子妻(见后)。

卷三

论四诗名义

论二南

前言

"二南"即《诗》三百篇中之《周南》《召南》,旧与各国之风并列,称为十五国风。其时代则认为周诗中之最早,不但早于各国风,且早于"二雅"。其所以致此错误者有以下几种原因。

第一,《诗经》次序为风、雅、颂,二南又列于风首,其时代自易令人认为较前。

第二,题为《周南》《召南》易被认为周公旦、召公奭。

且《召南·甘棠》有"勿翦勿伐,召伯所茇"字样。古人更一口咬定此召伯者即召公奭。周公旦及召公奭皆文王时代人,故二南时代自然提早。

第三,孔子平生喜诗而于二南称赞尤为热烈,如谓其子鲤人而不为《周南》《召南》,有如面墙而立;又屡赞《关雎》,后人以为孔子所赞,必盛德之人及盛德之事始足当之。于是二南中本为匹夫匹妇之言情与列国风无异者,一例指为王者之化,后妃之德。旧指二南为"正风",列国风为"变风",其词则公认为庄严典雅,和愉悦乐的盛世之音。

其实前人这些说法不仅缺乏坚强证据,并且有许多谬误,略加究诘,不难得其真相。关于第一条理由,《诗经》排列次序,并不按照时代的先后,时代愈后者,反而愈在前。且各国之诗均称风,二南若为风,则不应独称南。

关于第二条理由,《甘棠》在《左传》《孔丛子》《韩诗外传》《史记》《汉书》里均云,此诗作于召公奭久没之后,西周遗民追思之词。近代学者则指此诗召伯非召公奭而为周宣王时之召虎。其证是:《小雅·黍苗》:"悠悠南行,召伯劳之";《大雅·崧高》:"王命召伯,定申伯之宅"。召虎卒于何年,今不得而知,假定其与宣王崩年相近，则约在公元前七八〇年顷。若《甘棠》之诗作于召虎死后十年间，则为公元前七七〇年顷，恰在东迁之始。《诗经》里也有关于召公奭之诗，皆称召公不称召伯，如《大雅·江汉》："文武受命，召公维翰"；《召旻》："昔先王受命，有如召公，日辟国百里"。《周南·汝坟》："鲂鱼赪尾，王室如毁，虽则如毁，父母孔迩。"旧注是时文王三分天下有其二，而犹率商之叛国以事纣，故汝坟之人犹以文王之命供纣之役，其家人见其勤劳而劳之曰："汝之劳既如此，而王室之政方酷烈而未已。虽其酷烈而未已，然文王之德如父母焉，望之甚近，亦可以忘其劳矣。"崔述《读风偶识》则以为此乃东迁后诗，"王室如毁"即指骊山乱亡事，"父母孔迩"即承上章君子而言，汝水在东周都畿内。闻一多别出新解，谓《汝坟》不过是一首男女恋爱间说话。旧以为鲂鱼奋力挣扎则尾赤，以比供役人民之劳苦；"王室如毁"以言王室苛政有如焚烧，闻氏则谓王室指贵族之人。遵汝坟以伐条枚之女所恋实为一贵族青年，而彼青年之炽情则有如赪尾之鲂。如此则此诗与时代无关。

《召南·何彼秾矣》："平王之孙，齐侯之子。"诗称平王，明是东迁以后之诗，毛公想将此诗时代提前，训平为正,谓平王乃平正之王,即是文王。训齐为齐一,齐侯即齐一之侯。十分牵强可笑。《春秋》庄公"元年夏,单伯送王姬归于齐。"王姬即周平王的孙女,齐侯之子即齐僖公之子襄公。

现在请逐款辩论。

一、二南的时代

召虎之非召公奭,问题算已交代过了。现在读者或将要问二南为什么名为《周南》《召南》?这个问题的确重要,不能不细加研究。现先引旧说,再加我新的论断。

(1)周召二公分治南国的旧说 据《公羊传·隐公五年》:"天子三公者何?天子之相也。天子之相,则何以三?自陕而东者,周公主之;自陕而西者,召公主之。一相处乎内……"《史记·燕召公世家》亦本此说。但此说实来自《礼记·乐记》。《乐记》言《大武》乐章共有六成:"夫武,始而北出;再成而灭商;二成而南;四成而南国是疆;五成而分,周公左,召公右;六成复缀以崇。"这个左右就是陕之左右,而前人对"陕"字又有异议:

其一,陕西之陕。《诗经正义》谓太王王季均居岐山之南,"文王作邑于丰,乃分歧邦周召之地,为周公旦召公奭采邑……知周召二公在文王时已受采矣。"

其二，郏鄏之郑。王应麟《诗地理考》谓《公羊》分陕之说可疑。"盖陕东地广，陕西只是关中雍州之地，恐不应分得如此不均。"朱右曾《诗地理微》引《汉书·郡国志》："宏农陕县有陕陌，二伯所分。"宏农在河南，陕一作郏。《左传》："成王定鼎于郏鄏。"《史记·周本纪》亦言成王"营周居于雒邑而后去"。这个雒邑在今洛阳附近，即王城，其西有郏鄏陌。郏鄏既居天下之中，则周召二公以此为分水岭，分治天下，比岐邦说为好。这是多数《诗经》学者所认可的。

《诗经正义》道："文王之国，在于岐周，东北近乎纣都，西北迫于戎狄，故其风化南行。"朱熹《诗经集传》亦云："文王使周公为政于国中，而召公宣布于诸侯，于是德化大行于内，而南方诸侯之国，江沱汝汉之间，莫不从化，盖三分天下有其二焉……"

这些话都是可笑的附会之谈。商周之际，长江流域尚为一些未开化的野蛮民族所盘踞，周民族的势力根本达不到。何况《乐记》《大武》乐章固已明言灭商之后，周民族的手始能伸向南方诸国，我们怎能相信文王时江沱汝汉之间便已从化呢？

（2）周召二公子孙与南国　崔述曾反对《周南》之

周之为周公旦;《召南》之召之为召公奭,而于二南周召字样究竟不敢使与二公完全脱离关系,乃为调和之论道:"周公之子,世为周公,召公之子,世为召公。盖与各率旧职而采其风,是以昭穆之后,下逮东迁之初诗称之。"(《读风偶识》)

这话倒让崔述无意说中了。谈到东迁以前,我倒想到宣王未即位时,周召二公辅政之事。《史记·周本纪》说周厉王暴虐无道,被人民推翻,王奔于彘,太子静匿召公家。周公召公二相行政,号曰共和。(一说共伯和代王行政,见《竹书纪年》,但不可靠。)共和十四年,厉王死于彘,二相乃共立太子静,是为宣王。

共和时代的周公是鲁慎公濞(《史记》误慎为真,梁玉绳曾矫正),见《史记·鲁周世家》。召公则是燕惠侯,见《史记·燕召公世家》)。(原来周公姬旦虽封于鲁,仅使长子代封,己身则在朝辅政,以后一子主封国,一子在朝,著为例。召公奭亦然。虽身为诸侯,仍可在朝,郑庄公便是。这类在天子左右之诸侯,曰"王朝乡士",头衔尊贵。)燕惠侯卒于共和末年,子厘侯立,宣王朝的周召二相,恐怕就是这两位。

笔者认为二南时代应由文王下降到宣王。宣王东征徐淮,也许曾命周公——若非澋,则恐系澋之子——宣抚东南,其境内所得诗遂名之为"周南",宣王南征江汉,宣抚者或是燕厘侯,或是召穆公虎。召虎是南征统兵大将,二雅所叙不止一次,况《甘棠》一诗又是民众歌颂召伯听讼之作,名之《召南》,更有根据。——笔者个人坚主是召虎。

二、二南的地域

《诗经正义》虽《乐记·大武》乐章周召二公分陕之事,却把陕当作岐周。言岐阳为右扶风郡的美阳县,文王作邑于丰,丰在京兆鄠县东,丰水之西。

后人总比较聪明,朱熹《诗集传》注解《周南》时又云:"周,国名南,南方诸侯之国也……武王崩,子成王诵立,周公相之,制作礼乐……盖其得之国中者,杂以南国之诗,而谓之《周南》,言自天子之国而被于诸侯……其得之南国者,则直谓之《召南》,言自方伯之国被于南方……岐周在今凤翔府岐山县,丰在今京兆府鄠县,终南山北。南方之国,即今兴元府东西湖北等路诸州。"

王夫之《诗经稗疏》说得更详细了。他说:"……盖周、召分陕而治,各以其治,登其国风。则周南者,周公所治之南国;召南者,召公所治之南国也。北界河、雒,南踰楚塞,以陕州为中线而两分之……陕东所统之南国为周南:则今南阳、襄、邓、承天、德安、光、黄、汝、颍已。陕西所统南国为召南:则今汉中、商、雒、兴安、郧、夔、顺庆、保宁是已……"

我们现在既不承认姬旦、姬奭分陕或郏而统南国之说,则对朱熹、王夫之这番考证,亦将斥为徒劳。不过撇开周、召分陕之说外,他们所考证南方诸国,倒是可取的。史地并称,历史尚多伪造,地理则一毫假不起来的。

《诗经》乃文艺品,关于历史地理之知识极少,二南仅有几首诗与地理有关。这就是:《关雎》之河;《汝坟》之汝坟;《汉广》之江与汉水;《殷其靁》之南山;《江有汜》之江、沱。

我们知道黄河在我国古代,仅称河。《关雎》提到河洲,自非黄河莫属。可见二南地理不限长江流域,实兼黄河,不过也许是河以南。

《殷其靁》的南山,有人说是陕境内的终南山,有人说不过是普通位置于南之山。若认为终南,则又在黄河流域了。

汝坟一作汝濆,汝水出河南嵩县西南,又在黄河流域,但也在河以南。

汉水与江水,属长江流域,那是不必烦言而解的。

我们现在明白二南的地理,系在黄河以南,长江以北。长江以南的地名,则一概没有。

本来周王室所谓南方,大都以指黄河以南之地。《大雅·崧高》是宣王封其舅申伯于谢,尹吉甫作诗以赠其行的,其中有"于邑于谢,南国是式","王命申伯,式是南邦","我图尔居,莫如南土"。谢乃国名,在今河南信阳县,诗竟屡称谢为"南国""南邦""南土",那么二南地理之为"南",又何足为怪!

三、二南与音乐的关系

《诗经》三百五篇都合乎音乐的。孔子曾说:"吾自卫返鲁,然后乐正,雅颂各得其所。"《史记·孔子世家》亦说:"《诗》三百五篇,孔子皆弦歌之。"孔子言:"郑声淫""恶郑声之乱雅乐"。倒不是为了郑风内容多言男女情事,而实为了它的音乐过于淫冶,大概所谓"靡靡之音"吧。但孔子却非常欣赏二南,曾对其子鲤说"子为《周南》《召南》矣乎?人而不为《周南》《召南》,其犹正面墙而立也欤?"这里"为"字甚值得注意,前人说就是奏乐的意思。这可见二南乐谱在三百篇中特别优美、动听,才赢得孔老夫子这么赞美。

二南的音乐何以这样不同呢？于今《诗经》乐谱久已失传，仅《关雎》一谱，是否即当时孔子所聆，我们已无法查究。章太炎谓《周南》《召南》为楚声，虽本《汉书》，未必确实。惟陆侃如引"南音"之说，倒有些道理。《吕览·音初》谓涂山女始作南音，又说周公及召公取风焉，以为《周南》《召南》。吕不韦乃战国末期人，那时二南乐谱想尚全部存在，他说二南之音，想必是有根据的。

梁启超释《四诗名义》，又解释"南"字命名的意义道："这种诗歌，何以名为南？颇难臆断。据《鼓钟》篇毛传说'南方之乐曰任'，或因此得名，亦未可知。但此说纵令不错，也不能当南北的南字解，因为这'南'字本是译音。《周礼·旄人》郑注、《公羊·昭二十五年》何注，皆作'南夷之乐曰任'，与北方之'昧'，西方之"侏离"并举。'南''任'同音，恐是一字的两译。"

梁氏又联想到汉魏乐府中的"盐"，六朝、唐乐府及宋词中的"艳"，谓"南""任""盐""艳"同音，或其间有多少连带关系也未可定。又谓"南"既是一种音乐，则不必究其意义，"因为音乐之何以得名，本来许多是无从考证的"。

笔者认为二南乐调既由其产生长江流域，在来自北方姬姓人心目中认之为"南"，当然是作南北的南字解，何必与南方之乐的"任"扯上关系？至于梁氏拉上汉魏六朝，唐宋乐府的"盐""艳"，更是多此一举了。因为"艳""盐"未必是南方之乐，就说是南方之乐，它们与二南的音乐也未必有何瓜葛。以同音字互转，甚多窒碍，还是少用为妙。

不过梁氏最后论"南"与雅颂之异点当在"合乐"那一段话，却甚为可取。合乐古名为"乱"。据《仪礼·乡饮酒》，《燕礼》所载音乐程序单，都是工间歌笙奏之后，最末一套，名曰："合乐"。合乐之乐是《周南》的《关雎》《葛覃》《卷耳》；《召南》的《鹊巢》《采蘩》《采蘋》。《论语》亦说："《关雎》之乱，洋洋乎盈耳哉！"凡曲终所歌曰"乱"，梁氏说："把这些数据综合起来，'南'或是一种合唱的音乐，到乐终时才唱，唱着不限于乐工，满场都齐声助兴，所以把孔老夫子欢喜得手舞足蹈，说道'洋洋乎盈耳'了。"

我们现在所应注意者，二南虽多南乐，却决非一楚声。（《左传》钟仪操南音，杜预注"楚声也"，那是因钟仪原属楚囚而随笔附会的。）长江流域范围甚广，其音乐岂楚所能限？况楚尚未完全消灭江汉诸姬时，二南久已配了音乐，又岂能受楚的影响。

近代学者一听到"南"字，便要使它与楚国发生关系，那是不对的！

四、二南不能算作楚风

二南称江、汉，《江有汜》之江，也是长江，《韩诗》以为在南阳南郡间，魏源《诗古微》引《楚地记》证明此说。章炳麟曰："《诗传》曰：'国君有房中之乐'，而谱以为《周南》《召南》；《礼乐志》言：'《居中祠乐》，高祖唐山夫人所作也。周有《房中乐》，至秦名曰《寿人》。凡乐乐其所生，礼不忘本，高祖乐楚声，故《房中乐》，楚声也。'明二南为荆楚风乐，周秦汉相传，皆知其本。"（《诗终始论》）胡适曰："《诗经》有十三国的国风，只没有楚风，但近来一般学者的主张，《诗经》里面是有楚风的，不过没有把它叫做楚风，叫它做《周南》《召南》罢了。所以我们可以说：《周南》《召南》就是《诗经》里的《楚风》。"胡氏所提证据，就是二南中提及江水、汉水、汝水，这些水流域不是后来所谓楚的疆域吗？（《谈谈诗经》）陆侃如引《吕览·音初》涂山女作南音，《左传·成公九年》钟仪操南音，《襄公十八年》师旷歌南风，谓南为楚民族之音乐。陆氏所著《中国诗史》及《中国文学史简编》竟将二南定为楚民族最初的文学,指为《楚辞》的先驱。其妻冯沅君更有专篇讨论,近世学者颇从其说。

使二南宣告独立,与风、雅、颂并为四诗,笔者是赞成的,但将二南定为楚民族文学,谓为楚风,就要反对了。我的理由有以下各项:

(1)《周南》《召南》总题及史事　谓《周南》为有关周公旦之诗,《召南》为有关召公奭之诗,固非;谓有关二公子孙之诗则可信。楚民族有周、召吗?况《召南·何彼秾矣》:"平王之孙,齐侯之子",所咏乃周平王孙女嫁齐僖公子事,此事在公元前六九三年,乃周民族之事,与楚毫无关系,我们怎可说二南是楚风呢?……按此诗不归入《齐风》而入《召南》,亦可怪。但齐与南方诸国交谊颇厚,齐女且嫁南国诸侯,见《召南·采蘋》:"谁其尸之?有齐季女。"我想《何彼秾矣》乃南国诸侯或大夫至齐参加王姬婚礼而作。

(2)周民族建国之多　《荀子·儒效》篇:"周兼制天下,立七十一国,姬姓居五十二";《左传·昭公二十八年》称:"武王兄弟之国十有五,姬姓之国四十";《吕览·观世篇》称:"周所封国四百余,服国八百余";《史记·十二诸侯年表》称:"武王、成、康所封国数百,而同姓五十五国"。这几种说法虽稍有参差,但周王朝所封同姓之国几乎占了所封国的半数,则不容否认。江汉间姬姓国家实亦不少,其他周之功臣勋阀立国江汉间者当亦甚多。

(3) 楚灭江汉诸姬　楚之先世臣服于周,春秋时楚大夫析父曾曰:"昔我先王熊绎,僻在荆山,筚路蓝缕,以处草莽,跋陟山林,以事天子。"熊绎封于周成王时不过子男之爵。至周夷王时,王室卑微,诸侯不朝,楚君熊渠,甚得江汉间民和,自立为王。周至东迁(公元前七七〇年)后,楚文王(前六八九—前六七六年)国势渐盛,凌江汉间小国,小国皆畏之。楚成王(前六七二—前六二六年)布德施惠,结旧好于诸侯,使人献天子,天子赐胙曰:"镇尔南方夷越之乱,无侵中国。"于是楚地千里。此时江汉诸姬,似已被楚逐渐蚕食,《左传》城濮之战可证。《左传·僖公二十八年》(前六三三年)夏四月,晋侯(文公)、宋公;齐国归父、崔夭;秦小子慭,次于城濮,子犯主张与楚开战,公曰:

"若楚惠何?"乐贞子曰:"江汉诸姬,楚实尽之,思小惠而忘大耻,不如战也。"百余年以后,伍子胥报父之仇,与吴王阖闾伐楚,楚昭王出奔随(前五〇六年),吴王进击随,谓随人云:"周之子孙封于江汉之间者,楚尽灭之。"你随人也是姬姓之国,为何庇护仇人呢?此时江汉姬姓小国似乎存者已极少了,但尚有随的存在。(以上均见《史记·楚世家》)

自东迁至楚昭奔随,共二百余年,可见楚之吞并江汉诸姬,也是逐渐的、陆续的,历时约两个世纪之久。陆侃如等不顾这种事实,竟将周宣王时代及东迁后之《周南》《召南》,预属之楚民族,与他因陈后为楚所灭,竟将《诗经》中之《陈风》当作楚文学,同一早计。

(4)二南若为楚人作不应称南　楚与中原诸国比,固立国南方,但楚人自己则不必有这种地域观念。犹今称西洋、北欧、东非、南非均公共地理上的名词,非西洋、北欧、东非、南非人自称。二南之南,当是来自西北的姬姓人口气。

(5)二南果为楚风,则中原人当不敢以蛮夷视楚　《诗经》在古代是惟一的一部文学总集,各国贵族以为教科书,至春秋时代又成了外交宝典,国际筵宴间,宾主赋诗,断章取义,以定文化水准的高下,能者称为"文",称为"有辞";不能者,被人轻视,至蒙"必亡"酷毒的评判。楚民族僻处南方,一向被中原华夏之族视为蛮夷,《诗经》里"戎狄是膺,荆舒是惩",《左传》《国语》里以蛮夷视楚之处甚多,楚人遂亦常自称:"我蛮夷也。"假如二南果为楚风,中原人士早已对楚"刮目",楚人亦不必那么"自卑"了。

五、二南独立之根据

相传宋时辽使以"三光日月星"来宋求对,这实是一个绝对,欲为难宋邦。天才诗人苏轼对以"四诗风雅颂",其事遂解。《诗经》本以风雅颂三部分组成,何云四诗?人们遂以四始(见通论)为言,实甚不通,但二南之并入国风也算由来已久。《左传·隐公三年》周郑交恶,君子曰:"信不由中,质无益也……风有《采蘩》《采蘋》,雅有《行苇》《泂酌》,昭忠信也。"我们都知道《采蘩》《采蘋》在《周南》内,《左传》竟称之为风。这个证据,似甚坚强。但风字恐为南字之误。

"二南"不当隶属《国风》,我们可由《左传》季札观乐事见之。季札聘鲁,请观周乐,乐工首为歌《周南》

《召南》；继乃为歌《邶》《鄘》《卫》等列国风，可见二南自始便独立于国风之外。《小雅·鼓钟》"以雅以南，以籥不僭"，前人以六义中无南，总要百端曲解。毛传以为"南夷之乐"，郑笺以为舞名。杜预注《左传》季札观乐"见舞《象箾》《南籥》者"谓南籥为文乐而不敢确指为二南。刘炫释《鼓钟》之诗，虽疑"南"为二南，亦不敢自信，惟能微出疑见，而曰："南为《周南》之意。"至苏辙始指为二南，但北宋时尚无人注意。南渡后，绍兴中两位进士王质与程大昌始正式承认此说。

王质著《诗总闻》，将诗分为四部，即"南""风""雅""颂"。其《闻南说》曰："南，乐歌名也，见《传》'以雅以南'，见《礼》'胥鼓南'，见《春秋传》'舞象诗南籥'，大要皆乐歌名也。"

程大昌《考古编》中有《诗论》十七篇（艺海珠尘本），其一主张诗有南雅颂，无国风，其言曰："国风非古也。夫子尝曰'雅颂各得其所'，又曰'人而不为《周南》《召南》'，未尝有言国风者。予于是疑此时无国风一名。然犹恐夫子偶不及之，未敢独自主执也。左氏记季札观乐，历叙《周南》《召南》《大雅》《小雅》《颂》，凡其名称，与今无异。至列叙诸国，自《邶》至《豳》，其类凡十有三,率皆单记国土,无今《国风》品目也。吾是以知古固如此,非夫子偶于《国风》有遗也。"

程氏又谓国风之名乃秦以后所创。又谓南、雅、颂为乐名,如今乐曲之在某宫,十三国风为徒歌不在三者以内。

其二议论与王质同,不具引。又因季札观乐有"舞象诗南籥"者,遂论之云:"详而推之;南籥,二南之籥也。诗,雅也。象舞,颂之《维清》也。其后当时亲见古乐者,凡举雅颂,率参以南,其后《文王世子》又有所谓'胥鼓南',则南之为乐古矣。"

王、程等议论出后,反对者蜂起。陈启源《毛诗稽古篇》斥王质之谬。魏源、方玉润、胡承珙等亦有驳议。其实程大昌之说亦不无罅漏之处,如谓"国风"之名为秦以后所创是。《荀子·儒效》"风之所以不逐者,取是以节之也",与《小雅》之"取是而文之";《大雅》之"取是而光之";《颂》之"取是而通之"并列。又《乐记》记师乙语曰:"正直而静,廉而让者宜歌《风》;宽而静,柔而正者宜歌《雅》。广大而静,疏广而信者宜歌《大雅》;恭俭而好礼者宜歌《小雅》。"《荀子》《乐记》皆秦以前之书,则程大昌所云亦可谓千虑之一失了。

顾炎武《日知录》卷三"四诗"条亦附和二南独立论者,

特立论略不同而已。其言曰：《周南》《召南》，南也。《豳》谓之豳诗，亦谓之雅，亦谓之颂（原注："据《周礼·龠章》"）而非风也。南、豳、雅、颂为四诗而列国之风附焉，此诗之本序也（原注："宋程大昌《诗论》谓无国风之目。然《礼记·王制》言，令太师陈诗以观民风，即谓自《邶》至《曹》十二国风无害"）。

又"诗有入乐不入乐之分"条，谓"二南"、《豳·七月》、正《小雅》十六篇、正《大雅》十八篇、《颂》，为入乐之诗；《邶》以下十二国，《豳·鸱鸮》以下，变《小雅》五十八篇、变《大雅》十三篇，为不入乐之诗。

崔述《读风偶识》以十三国风标题，盖亦主张二南独立之有力者。

梁启超《释四诗名义》以"三才天地人（实'三光日月星'，梁误记）；四诗风雅颂"的对子引起。谓"其实，《诗经》分明摆着四个名字，有周召'二南'；有《邶》至《豳》的'十三国风'；有大小'二雅'；有周鲁商'三颂'。后人一定要将'南'踢开，硬编在'风'里头。因为和四数不合，又把'雅'劈而为二，这是何苦来呢？"（按梁氏所谓劈"雅"为二者即《史记·孔子世家》四始之谓："《关雎》之乱以为风始；《鹿鸣》为小雅始；《文王》为大雅始；《清庙》为颂始。"）

梁氏又言曰："伪毛序曰：'南，言王化自北而南也。'朱熹因此说了许多'南国被文王之化'，煞是可笑。'二南'是否文王时代的诗，已经是问题（三家诗都说不是），就算是文王德化大行，亦只能说自西而东，那里会自北而南？就令自北而南，也没有把'南'做诗名的道理。明是卫宏不得其解，胡说乱诌罢了。《诗·鼓钟》篇'以雅以南'，'南'与'雅'对举，'雅'既为诗之一种，'南'自然也是诗之一体。《礼记·文王世子》'胥鼓南'，《左传》'象、箾、南、籥'都是一种音乐的名，都是指一种乐歌。"

论国风

《诗经》分"风""雅""颂"三个部分。"国"即所谓十五国风，包括《周南》《召南》在内。宋以后，若干《诗经》学者主张二南独立，十五国风遂变为十三国风了。崔述的《读风偶识》便以"十三国风"标题，胆识不同凡响，甚可钦佩。本文作者也是赞同二南独立的，已见前文。二南廿五篇既已放在"南"的部分论述过，现在就只剩下国风十三个部分了。

一、国风的意义

以前《诗经》学者于"雅""颂"皆有详解,于风独少。大概以为风字意义较为显豁,不必费辞之故。其实国字若照旧说作国土解,是容易明白的,否则便有探讨的必要;何况照旧说除了国土外,也还有好几种意义呢。现先将旧说综引于下,再看有何新义。

(1) 风教或风化　《诗大序》:"风,教也。风以动之,教以化之。"沈重云:"君上风教,能鼓动万物,如风之偃草也。"《大序》又云:"然则《关雎》《麟趾》之化,王者之风,故系之周公。'南'言化自北而南也。《鹊巢》《驺虞》之德,诸侯之风也,先王之所以教,故系之召公。"

(2) 讽刺　这话也出于《诗大序》,它说:"上以风化下,下以风刺上,主文而谲谏,言之者无罪,闻之者足以戒,故曰风。"《正义》曰:"臣下作诗以谏君,君又用之教化……在上人君,用此六义,风动教化;在下人臣……以风喻箴,刺君上。其作诗也,本心主意,使合于宫商相应之文,播之于乐,而依违谲谏,不直言君之过失,故言之者无罪,闻之者足以戒。

人君自知其过而悔之,感而不切,微动若风;言出而过改,犹风行而草偃……"

还有所谓"变风""变雅",也是由上述讽刺意义形成的。《大序》又说:"国史明乎得失之迹,伤人伦之废,刑政之苛,吟咏情性,以风其上,达于事变而怀其旧俗者也。故变风发乎情,止乎礼义。发乎情,民之性也。止乎礼义,先王之泽也……"《正义》举例以敷畅其意道:"达于事变者,若唐有帝尧,敦礼救危之化,后世习之,失之于俭不中礼;陈有太姬,好巫歌舞之风,后世习之,失之于游荡无度,是其风俗改变,时人晓达之也。怀其旧俗者,若齐有太公之风,卫有康叔之化,其遗法仍在,诗人怀挟之也。诗人既见时世之事变,改旧时之俗,故依准旧法而作诗戒之。虽俱准旧法而诗体不同,或陈古政治,或指世淫荒,虽复属意不同,俱怀匡救之意,故各发情性而皆止礼义也。此亦兼论变雅,独言变风者,上已变风变雅双举其文,此从省而略之也。"

(3)风俗　《诗大序》又说:"是以一国之事系一人之本谓之风,言天下之事,形四方之风谓之雅。"《正义》解释道:"一国之政事善恶,皆系属于一人之本意如此而作诗者，谓之风。言道天下之政事，发现四方之风俗如是而作诗谓之雅。"但风与雅不过广狭不同，其实俱是一人之言。"一人美则一国皆美之；一人刺则天下皆刺之。《谷风》《黄鸟》，妻怨其夫，未必一国之妻皆怨夫；《北门》《北山》，下怨其上，未必一朝之臣皆怨上也。但举其夫妇离绝，则知风俗败矣。言己独劳从事，则知政教偏矣……"据此，则《诗大序》解释国风，又多风俗一条了。

二、民俗歌谣

朱熹《诗经集传·国风一》曰："国者诸侯所封之域，而风者民俗歌谣之诗也。谓之风者，以其被上之化以有言，而其言又足以感人，如物因风之动以有声，而其声又足以动物也。是以诸侯采之以贡于天子，天子受之而列于乐官，于以考其俗尚之美恶而知政治之得失焉。"

又曰："旧说二南为正风，所以用之闺门、乡党、邦国而化天下也。十三国为变风，则亦颁在乐官，以时存肄，备观省而垂监戒耳。"

《诗经集传》朱熹有《自序》一篇，其中论及风者，说道："吾闻之，凡诗之所谓风者，多出于里巷歌谣之作，所谓男女相与咏歌，各言其情者也。"

今有"风谣"一个词汇,实缘此而来。

近代《诗经》学者主风为民俗歌谣者更指不胜屈。

三、徒歌

1. 程大昌《诗论》谓:"南""雅""颂"为乐诗,而诸国之风为徒诗。

2. 顾炎武《日知录·四诗》条谓:"二南""豳""雅""颂"为四诗,而列国之风附焉。又有《诗有入乐与不入乐之分》条,谓二南、《豳》之《七月》,《正小雅》《正大雅》《颂》为入乐之诗;《邶》以下十二国,《豳·鸱鸮》以下,《变小雅》《变大雅》,为不入乐之诗。不入乐之诗当然是徒歌了。

3. 章太炎:"口中所歌唱者谓之风。"(《国学概论》)

4. 梁启超《释四诗名义》,释风云:

伪《毛序》说:"风,风也,教也。风以动之,教以化之。"又说:"上以风化下,下以风刺上,主文而谲谏,言之者无罪,而闻者足以戒,故曰风。"……《毛序》专以美刺解《诗》,把《诗》的真性情完全丧掉,都因这种文字魔而来。依我看,风即讽字。(古书中风读讽者甚多,不可胜举)但要训讽谏之讽,不能训讽刺之讽。《周礼·大司乐》注:"倍文曰讽。"《瞽矇》疏引作"背文曰风",然则背诵文词,实"风"之本义。

从《邶风》的《柏舟》到《豳风》的《狼跋》,这十几篇诗为什么叫作"风"呢?我想南雅颂都是用音乐合起来唱的,风只是能讽诵的,所以举他的特色,名这体诗为"风"。《汉书·艺文志》:"不歌而诵谓之赋"。风、赋一音之转,或者原是一字,也未可定。《仪礼》《礼记》里头所举入乐的诗没有一篇在十三国风内的。《左传》记当时士大夫宴享之断章赋诗,却十有九在十三国风内。可见这一体是"不歌而诵"的。

但《左传》季札观乐,遍歌各国风,《乐记》说:"爱者宜歌《商》,温良而能断者宜歌《齐》",《齐》即十三风之一,何以见得"风"不能歌呢?梁氏谓:

"季札观乐"一篇,本来可疑,前人多已说过,但姑且不论。歌本来也有两种,一是合乐之歌,二是徒歌,《说文》:"谣,徒歌也。"《左传》僖五年传疏:"徒歌谓之谣,言无乐而空歌,其声逍遥然也。""风"即谣类,宜于徒歌,《诗·北山》:"或出入风议",郑笺云:"风犹放也。"《论衡·明雩篇》引《论语》"风乎舞雩",

释之曰:"风放歌也。"不受音乐节奏所束缚,自由放歌,则谓之谣,亦谓之风。风和南雅颂的分别,大概在此。

但这是孔子以前的话,《史记·孔子世家》说:"《诗》三百篇,孔子皆弦而歌之,以求合韶武雅颂之音。"然则孔子已经把这几十篇风谣都制出谱来。自此以后,风诗已经不是"不歌而诵"的赋,也不是"徒歌"的谣了。

四、男女情歌

朱子《诗经集传》说:"凡《诗》之所谓风者,多出于里巷歌谣之作,所谓男女相与咏歌,各言其情者也。"这话说得相当圆转。各言其情的情,可指为两性间爱恋之情,也可指为民众对事对物悲欢喜怒的反应;仁暴政策下歌颂和疾痛怨苦的呼声。不过我们读国风,觉得表示两性间恋慕的分量要偏重些。汉人说《诗》凡二南之诗,都是文王之化,后妃之德,不必说它。其余列国风,也是刺某君主,刺某大夫,甚至像《郑风》里的《狡童》《褰裳》明明白白是荡妇与恶少调笑戏谑的口吻,他们都会牵涉到庄严的政治问题上去。所以汉儒脑子是最奇怪的。世界象征文学产生都很晚,汉儒在一千数百年前,便有了一套周密复杂的象征技巧,他们虽写不出什么象征文学,但能作象征文学的批评。但种种深文罗织,种种曲说附会,把《诗经》新鲜活泼的生命完全扼死了，使三百篇成为他们所要求的"谏书"，谏书或者是作成了，《诗经》的文学趣味却被他们弄得泯灭无余了。

朱熹是个有胆量、有眼光的文评家。他注解《诗经》，除了二南，尚不敢摆脱传统压力，说什么"惟《周南》《召南》，亲被文王之化以成德，而人皆有以得其性情之正，故其发于言者，乐而不过于淫，哀而不及于伤。是以二篇独为风诗之正经"。其余列国诗，他就不这样客气，每每径直指出"此为淫奔之诗"，"此为淫奔者期会之诗"，此"淫妇为人所弃而自叙其事，以道其悔恨之意也"，"此淫女戏其所私者"。清代《诗经》学家又走上汉代毛郑老路，诋毁朱熹的话甚多。他们动辄抬出孔子的大帽子，质问朱氏，假如这些诗是淫诗，圣人何以不删呢？

近代陆侃如以《诗经·国风》之风就是风马牛之风。《左传·僖公四年》："齐侯以诸侯之师侵蔡，溃，遂伐楚。楚子使与师言曰：'君处北海，寡人处南海，唯是风马牛不相及也。不虞君之涉吾地也。'"杜预注引服虔云："风，放也。牝牡相诱谓之风。"

《尚书·费誓》："牛马其风"，郑注风为"逸"。《释名》："风，放也。气放散也。"《吕览·季春纪》："乃合累牛腾马，游牝于野。"高诱注："累牛，父牛也。腾马，父马也。"这也是《左传》风马牛的意思。陆氏谓今江南男女野合恐人撞见，倩人守卫，谓之"望风"，与情敌竞争，谓之"争风"，故风的起源，大约是男女赠答之歌。（《中国诗史》）

我们现在不妨回头再将上述这几端的理论来比较一下，看哪个是能得到"风"的原义。《诗大序》什么"风教""风化"牵涉到什么"王者之风""后妃之德"，腐气冲天，不可向迩。本来是汉儒玩出来的把戏，假托孔门高弟子夏所为，这种厚诬先贤的作伪之风，先就要不得。至于"讽刺"，这首诗是刺这个君主，那首诗又是刺那个大夫，说得天花乱坠，热闹非常，其实都羌无故实，渺无根据。《诗经》中的诗不满于某一人，就直捷地说，痛快地骂。

《魏风·硕鼠》把那些刻薄贪婪的地主们比作田里的大老鼠，发誓要离开他们到理想的乐土去；《鄘风》的《鹑之奔奔》骂"人之无良，我以为君"，《相鼠》骂无礼的人，连鼠儿都不如，还要诅咒他快死。他们又何尝懂得"主文而谲谏"，庶"言之者无罪，闻之者足以戒"那一套技巧呢？说到"风俗"倒像有一点，连"二南"在内既有了十五国之风，风土不同，习俗各异，带点地方色彩是免不了的。不过说《卫》之淫风流行，都应该由那个娶媳为妻的宣公负责，那是毛公等的瞎说。郑五公子争国，兵革不息，男女相弃，淫风大行，也是毛公所附会。《汉书·地理志》谓："卫地有桑间濮上之阻，男女亦亟聚会，声色生焉，故称郑卫之音。"论郑右雒左沛，食溱洧焉，土狭而险，山居谷汲，男女亟聚会，故其俗淫。"论唐，河东土地平易有盐铁之饶，本唐尧所居，"其民有先王遗教，君子深思，小人险陋"，故唐诗云云，"皆思奢俭之中，念死生之虑。"论秦，"迫近戎狄，修习战备，高上气力，以射猎为先。"论陈本太昊之虚，武王女太姬为胡公妻。太姬妇人，尊贵，好祭祀，用史巫，故其俗巫鬼。《汉书·匡衡传》陈夫人好巫而民淫祀。张晏亦云："太姬巫怪，好祀鬼神，陈人化之，国多淫祀。"论曹，"昔尧作成阳，舜渔雷泽，汤止于亳，故其民犹有先王遗风，重厚，多君子，好稼穑，恶衣食以致畜藏"。这些有关风俗也即国土的话，在列国风里实不大看得出。《郑风》淫，不过受孔子"恶郑声""放郑声"之言的影响。孔子未尝恶卫声，也没有说过放卫声的话，郑卫之风皆以淫著，大概是如《桑中》一诗，《乐记》有"桑间濮上之音，亡国之音也"的话，于是"桑间濮上"与"采兰赠芍"并成为男女幽会的代词，而《乐记》又有"郑卫之音，乱世之音也"的慨叹，汉人对卫郑才有"淫风大行""其俗淫"的观感。若以男女关系来看，作为正风的《周南》《召南》里又何尝没有？《齐》《魏》《王》《唐》又何尝没有？《陈风》十篇都是情诗更不必说了。

然则朱子所谓民间歌谣，王、顾、章、梁所谓徒歌又为何？我以为这两种理论可以并存。十三国风虽非全部皆属民间歌谣，大部分则是。民间歌谣，照例是徒歌，配乐之后才变成乐歌。顾颉刚氏谓《国风》之回环复沓，皆系乐师所增，此语也许有一半对。国风由一章变为数章，仅易数字而已。《豳风·东山》诗分四章，除章首四句相同外，余章叙事各有步骤，归途及到家，情景各异。又《邶》之《谷风》与《卫》之《氓》，也是大片段的叙事，虽亦分章，却不重复，想原来即如此。总之朱熹的民间歌谣系论其体裁，王、顾、章、梁的徒歌，则系论其性质，与内容并无关系。

若单论内容，陆侃如的话颇新颖而且也有道理。所谓风的意义，就是"情诗""恋歌"。所谓《卫风》《郑风》，也无非是卫国的情诗，郑国的恋歌罢了。虽说国风里非情诗恋歌的作品也不少,怎可以这句话一概包括?不过当时采诗者(假定有)采集这类民间作品时,原以男女情歌为主,杂入了些性质不同的诗歌,不能别立名目,只好一概名之为风了。

《荀子·大略》篇:"国风之好色也。"我国素以女色为色,《论语》:"我未见好德如好色者也。"《孟子》:"知好色则慕少艾。"广言之,男女之情亦为色。可见荀子早就知道国风这个风字的意义,远在陆氏之前。

五、国风名目始于何时

现在论"国风"这两个字究竟是《诗经》编集成功时就有,还是以后所加?据南宋程大昌《诗论》谓秦以后人所为。他说:"《诗》更秦火,简篇残缺。学者不能自求之古,但从世传训故递相授受,于是创命古来所无者以为《国风》,参匹《雅》《颂》,而文王《南》乐遂包统于《国风》部汇之内,虽有卓见,亦莫敢出众疑议也。"

但风之名目自古即有:(一)《左传·隐公三年》:"风有《采蘩》《采蘋》。"(二)《荀子·儒效》篇:"故风之所以不逐者,取是以节之也。"杨倞注:"风,国风。"《大略》篇中,荀子自己提出了"国风"二字,即前面所说的"国风之好色也"。(三)《礼记·表记》篇:国风

曰："我今不阅，遑恤我后。"（《邶风·谷风》）又曰：《国风》曰："心之忧矣，于我归说。"（《曹风·蜉蝣》）

（四）《乐记》：师乙曰："正直而静，廉而谦者，宜歌《风》。"这句话是和"宽而静，柔而正者宜歌《颂》；广大而静，疏达而信者宜歌《大雅》；恭俭而好礼者宜歌《小雅》"并说的。可见师乙这个风，就是国风。

六、国风篇目之次第

据《左传·襄公二十九年》，吴公子季札来聘……请观于周乐，使工为歌，其次序是：1《周南》、2《召南》、3《邶》、4《鄘》、5《卫》、6《王》、7《郑》、8《齐》、9《豳》、10《秦》、11《魏》、12《唐》、13《陈》、14《郐》、15《曹》。

《毛诗》：1《周南》、2《召南》、3《邶》、4《鄘》、5《卫》、6《王》、7《郑》、8《齐》、9《魏》、10《唐》、11《秦》、12《陈》、13《桧》、14《曹》、15《豳》。

论雅

《诗经》有大小二"雅"，但《小雅》位置反在前，《大雅》反在后，这或者是当时编诗人的习惯，以时代之前后为序,时代愈后之"二南"反置之最前列。

《小雅》《大雅》均照军队最小单位"什"为一组,称"《文王之什》""《鹿鸣之什》"等,但有时多出一篇为十一篇,或亡佚一二篇,或四五篇,仍称"什"。

《小雅》本有八什,有八十篇,亡佚数篇为七十四篇。《大雅》三什,本该是三十篇,但《荡之什》多出一篇,今为三十一篇。

雅字之意义

(1)王政　《诗大序》:"雅者正也,言王政所由兴废也。政有小大,故有《小雅》焉,有《大雅》焉。"郑玄曰:"雅,正也,言正者以为后世法。"《齐诗》五际亦谓雅之为言乃言政之兴废。惟此言前人已有不满者。郑樵曰:"二雅之作,皆记朝廷之事,无有区别,而所谓大小者,序者曰:政有大小,故谓之《大雅》《小雅》,然则《小雅》以《蓼萧》为泽及四海,以《湛露》为燕诸侯,以《六月》《采芑》为北伐南征,皆谓政之小者如此。不知《常武》之征伐,何以大于《六月》?《卷阿》之求贤,何以大于《鹿鸣》乎?"(《六经奥论》卷三《诗经·义雅非有正变辨》)梁启超亦谓"伪《毛序》说,雅者正也"，这个解释大致不错。但下文又申说几句道："言王政之所由兴废也。政有小大，故有《小雅》焉，有《大雅》焉。"从正字搭到政字上去，把《小雅》《大雅》变成小政大政，却真不通了。(《释四诗名义·释雅》)

(2) 士夫阶级的作品　郑樵曰："风者出于土风，大概小夫贱隶妇人女子之言，其意虽远，其言浅近重复，故谓之风。雅出于朝廷士大夫，其言纯厚典则，其体抑扬顿挫，非复小夫贱隶妇人女子能道者，故曰雅。"(《六经奥论·诗经·风雅颂辨》)朱熹曰："风多出于在下之人，雅乃士大夫所作，雅虽有刺，而其词庄重与风异。"又曰："大抵风是民庶所作，雅是朝廷之诗，颂是宗庙之诗。"又答门人问曰："出于朝廷者为雅，出于民俗者为风。"(《朱子语类》)章如愚曰："风体语皆重复，浅近，妇人女子能道之，雅则士大夫为之也。小雅非复风之体，然亦间有重复，未至浑厚大醇，大雅则浑厚大醇矣。"(《山堂索考》)

(3) 记事文体　章炳麟曰："……《说文》又训雅为疋，疋，纪也，大概疋就是后人的疏，后世的奏疏也就是纪。雅之训疋，也就是因它是记事的诗。"(《国学论衡》）又其小疋大疋说曰："《说文》疋，足也。古文以为诗小大疋字，或曰胥字，一曰疋，纪也。章炳麟按：黄帝之史仓颉见鸟蹄兽远之迹，知分理之可以相别异也。初造书契，是故纪录称疋，取义于足迹，今字作疏。疋、写古音同，故亦为写……孟子曰：王者之迹息而《诗》亡，《诗》亡然后《春秋》作。范宁述之曰：孔子就大师而正'雅''颂'，因鲁史而修《春秋》，列《黍离》于国风，齐王德于邦君，所以明其不能复雅，政化不足以被群后也。此则王者之迹，谓之小疋大疋，故训敩如也。"（《太炎文录》）

（4）辞体之别　朱熹曰："问二雅之所以分？曰：《小雅》是所系者小，《大雅》是所系者大，'呦呦鹿鸣'其义小，'文王在上；於昭于天'其义大。"又谓二雅所用不同，故有大小之异。其言曰："《小雅》恐是燕礼用之，《大雅》须飨礼方用。《小雅》施于君臣之间，《大雅》则止人君可歌。"又曰："《正小雅》燕飨之乐也，《正大雅》朝会之乐，受厘陈戒之辞也……辞气不同，音节亦异也。"（《朱子语类》）

姚际恒曰："《大》《小雅》之分，或主政事，或主道德，或主声音。"严粲曰："以政为小大为二雅之别，验之经而不合……然二雅之别，先儒亦皆未有至当之说。窃谓雅之大小，特以其体之不同耳。盖优柔委曲，意在言外者，风之体也。明白正大，直言其事者，雅之体也。纯乎雅之体者为雅之大；杂乎风之体者为雅之小。今考《小雅》正经，存者十六篇，大抵寂寥短简，其首篇多寄兴之辞；次章以下，则申复咏之，以寓不尽之意，盖兼有风之体。《大雅》正经十八篇，皆舂容大篇，其辞旨正大，气象开阔，不唯与《国风》敻然不同，而比之《小雅》，亦自不侔矣……咏'呦呦鹿鸣'便会得《小雅》兴趣，诵'文王在上，於昭于天'便识《大雅》气象。《小雅》《大雅》之别，则昭昭矣。"（《诗经六义与大小雅之别》）此则主以辞体别者也。

（5）音律的分别　朱子之言既倾向乐律论矣。其主由纯粹乐律论者，则有郑樵与程大昌。郑樵曰："盖《小雅》《大雅》者，特随其音而写之律耳。律有大吕、小吕，则歌《大雅》《小雅》宜其有别也。"（《六经奥论》卷三《诗经》）

（6）中原之正声　梁启超曰："……依我看，《小》《大雅》所合的音乐当时谓之正声，故名曰雅。《仪礼·乡饮酒礼》：'工歌《鹿鸣》《四牡》《皇皇者华》，笙《南陔》《白华》《华黍》，乃间歌《鱼丽》，笙《由庚》；歌《南有嘉鱼》，笙《崇丘》；歌《南山有台》、笙《由仪》……工告于乐正曰'正乐备'……《左传》说：'歌《彤弓》之三，歌《鹿鸣》之三，歌《文王》之三。'凡此所歌，皆《大》《小雅》之篇。说'正乐备'可见公认这是正声了。然则正声为什么叫做'雅'呢？'雅'与'夏'古字相通，《荀子·荣辱》篇'越人安越，楚人安楚，君子安雅'，《儒效》篇则云：'居楚而楚，居越而越，居夏而夏'。可见安雅之雅即是夏字。荀氏《申鉴》，左氏《三都赋》皆云'音有楚夏'，说的音有楚音夏音之别，然则风雅之'雅'其本字当作'夏'无疑。《说文》：'夏，中国之人也。'雅音即是夏字，犹言中原之正声云尔。"（《释四诗名义·释雅》）

论二雅为大小政真是胡说八道，为纪事文体则甚是。《大雅》完全是周民族的史诗，《小雅》七十余篇则杂以风谣与国风毫无分别，想所采之地为中原之地，所配音乐为中原正声吧。

至梁启超说雅即夏，为中原正声，极是。至夏为何事，他未说。我看即指夏王朝。夏朝是有无，今日成为聚讼焦点，因殷商有地下遗物如甲骨文之发现，可以确证其存在，且有若干文字可矫正历史之错误，并补足其残缺。《周书·武成》："我文考文王，克成厥勋，诞膺天命，以抚方夏。"《君奭》："惟文王尚克修和我有夏……"《康诰》："用肇造我区夏。"《立政》："乃伻我有夏。"

而夏建都之地（据《史记·夏本纪》，禹都在河南阳翟），并无遗迹发现，一般学者遂谓夏初历史本属神话，夏王朝当即商王朝之分化。但笔者则深信夏王朝是存在的，不但存在，且其文化甚高，文物制度极其华美，故曰"华夏"。二雅所配音乐为中原正声，是可信的。

论颂

《诗经》有"三颂"，即《周颂》《商颂》《鲁颂》。《周颂》共三十一篇，依其性质可分为三类，即舞歌十三篇，祭歌十三篇，杂诗十一篇。舞歌中失了几篇，学者主张补入之诗各有意见，不能定。《商颂》今存五篇，原来似乎是十二篇。《鲁颂》今存四篇。颂字的解释有数说：

一、颂字的解释

颂字本有数义，故各家解释此字时亦有兼采数义者：

（1）宗庙的乐章　等于西洋宗教中之赞美诗。《诗大序》："颂者美盛德之形容，以其成功告于神明者也。"刘勰《文心雕龙·颂赞》篇："风雅序人，事兼变正；颂主告神，义必纯美……斯乃宗庙之正歌，非燕飨之常咏也。"郑玄《鲁颂谱》："初成王以周公有太平制典法之勋，命鲁郊祭天三望，如天子之礼；故孔子录其诗之颂，同于王者之后。"朱熹《诗经集传》："颂者，宗庙之乐章，《大序》所谓美盛德之形容……盖颂与容古字通用。"

所谓"美盛德之形容"而"告神明"者，盖谓以时君功业道德告神也。

（2）歌颂在上者之恩德　《礼》："君子善颂善祷。"郑玄云："颂之言容也。天子之德，光被四表，格于上下，无不覆焘，无不持载，此之谓容也（按郑玄解容字为'容纳'之容，而非'形容'之容）。于是和乐兴焉，颂声乃作。"(《诗谱》)刘勰："《时迈》一篇，周公所制；哲人之颂，规式存焉。"又曰："至于秦政刻文，爰颂其德；汉之景惠，亦有述容。沿世并化，相继于时矣……"孔颖达《毛诗注疏》："言颂者由其时君德洽于民而作。"又曰："始得太平，则民颂之。"又曰："颂者美盛德之形容，天子道教周备，任贤养民，远迩咸服，万物得所。故作诗歌其功，遍告神明，以报神恩也。"以下又杂引扬雄《赵充国颂》，班固《安丰戴侯颂》等而加结论曰："虽深浅之不同，详略之各异，其褒德显容，典章一也。"

按在郑樵《六经奥论》之《诗经奥论》中，郑樵《颂辨》引陈休齐之说反对颂为告神明之诗体，（陈主告神明）曰："余谓此说不然，盖颂者美其君功德而已，何以告神明乎？既以《敬之》为戒成王，《小毖》为求助，与夫《振鹭》《臣工》《闵予小子》皆非告神明者也。不惟天子用之诸侯，而臣子祝颂其君者亦得用。故僖公亦有颂，后世扬雄之颂充国，陆机之颂汉功臣，韩愈之颂伯夷，郑子产之不毁乡校，盖有是焉……凭诗之言而疑后世作颂之道，非的论也。"故《六经奥论》又曰："颂者初无讽刺，惟以铺张勋德而已。其辞严，其声有节，不敢琐语亵语，以示有所专，故曰颂。唐之《平淮夷颂》，汉之《圣主得贤臣颂》效其论也。"

（3）颂者诵也　郑玄《诗谱》说《春官》曰："颂之言诵也。"惠周惕《诗说》："《公羊传》曰：'什一而赋，颂声作。'雅诗：'家父作诵，以究王讻。'《左传》'听舆人之颂：原田每每，舍其旧而新是谋。'刺亦可言颂矣。《国语》：'瞽献典，史献诗，师箴，瞍赋，矇诵。'谏亦可言颂矣。按《礼》：'学乐，诵诗，舞勺，文王世子，春诵夏弦。'《孟子》：'诵其诗，读其书。'《左传》：'使太师歌《巧言》之卒章，太史辞，师曹请为之，遂诵之。汉武帝定郊祀之礼，乃立乐府，采诗夜诵。'以是观之，比音曰歌，举其辞曰颂也。"

（4）以上各种解释，皆有是处，惟皆一偏之论。惟"颂者容也"一语较为合理。阮元《释颂》曰："颂之训为美盛德者余义也。颂之训为形容者本义也。且颂字即容字也……'容''养''羕'一声之转，古籍每多通借……所谓《商颂》《周颂》《鲁颂》者即商之样子,周之样子,鲁之样子而已,无深义也。何以三颂有样,而风雅无样也?风雅但弦歌筵间,宾主及歌者皆不必因此而为舞容,惟三颂各章皆是舞容,故称为'颂'。若元以后戏曲,舞者歌者与乐器全动作也。风雅则但若南宋人之歌词弹词而已,不必鼓舞以应铿锵之节也。"

章炳麟亦谓颂为形容之义,而其《国学概论》谓颂为"式歌式舞"之物,想亦根据阮说。

梁启超《释四诗名义》曰:"《汉书·儒林传》曰:'鲁徐生善为颂。'苏林注云:'颂,貌威仪。'颜师古注云:'颂与容同。'颂从页,页即人面,故言容貌,实颂声之本义也。然则《周颂》《商颂》等诗何故而名为颂耶?南、雅皆唯歌,颂则歌而兼舞。《周官》:'奏无射,歌夹钟,舞大武。'《礼记》:'朱干玉戚,冕而舞大武。'《大武》为《周颂》中主要之篇而其用在舞,舞则武颂最重矣。故取其所重,名此类诗曰颂。"

综上诸说,颂者乃一种"舞曲"也。此种舞曲用于宗庙,用于朝廷，均无不可。其内容则以成功告神，或歌颂时君之德告神，亦未尝无之。

二、周颂之分类——舞曲

现在周颂共三十一篇，其明知为舞曲者共有七篇。有文舞、武舞二种。

《维清诗序》曰："维清奏《象舞》也。"郑玄谓："《象舞》为象用兵时刺伐之舞，武王制焉。"因有"象用兵"一语，故前人皆指为武舞。王国维则指为文舞。其言曰："周代之大舞曰《大武》，其小舞曰《勺》曰《象》……《大武》之外，又有《象舞》，且与南钥连言，自系文舞，与之为武舞者有别。"（《说勺舞象舞》）

惟郭沫若则主为武舞。谓《象舞》之由来甚古。周懿王《匡卣》有"㚔戍"二字。《作册般甗》有"王图夷方"㚔孜等语，即象一人垂鞭而舞之形。稍后则变为舞。（《毛公鼎》）《不娶殷》用为橆字而与舞字分化矣。《礼记·内则》篇："成童舞象，学射御。"《吕氏春秋·仲夏纪·古乐》篇："商人服象为虐于东夷，周公遂以师逐之，至于江南。乃为三象，以嘉其德。"韦注云："三象周公所作乐名。"《匡卣》："佳四月初吉，甲午懿王在射庐作《象舞》匡甫（抚）象玃二。"盖《象舞》有三，匡抚其二也。

《象舞》举行于射庐确为武舞。（见郭著《金文丛考》）

《乐记》："始奏以文，复乱以武。"可见文舞奏毕以后，必继以武舞。《周颂》中有篇曰《武》，《序》曰："武，奏《大武》也。"《乐记》载宾牟贾与孔子问答，言及武乐，有六成之说。孔子之言曰："夫乐者，象成者也，总干而山立，武王之事也；发扬蹈厉，大公之志也；武乱皆坐，周召之治也。且夫武始而北出；再成而灭商；三成而南；四成而南国是疆；五成而分周公左；召公右；六成复缀以崇。天子夹振之，而驷伐，盛威于中国也。"

说颂为式歌式舞者固有理，但未必是其全部意义。颂有歌颂、赞颂、颂扬诸义，既为祭天祭祖之歌，则必极其庄严、和雅、虔敬、竭诚之意，如西洋之赞美诗乃可。岂有以"样子"二字名之，岂不嫌其轻亵？所以阮元及梁启超等颂即是容之说，我不全取。

至于《商颂》旧以为作于商代，若是，则《诗经》历史凭空延长数百年了。其实《商》宋襄命其臣正考父所作，请读下文《商颂非商诗说》即可知。正考父历事数君，其寿命至百六十余岁，那当是古人记载的偶误。

商颂非商诗说

《商颂》之为非商代之诗,清人考证已详。魏源《商颂鲁韩发微》列举十三证。皮锡瑞《师伏堂丛书》有《商颂美宋襄公考证》,王国维有《说商颂》上下篇,其尤精确者也。今总括三家之说于下:

一、商颂为宋颂

魏曰:"宋为商后,春秋时称宋亦曰商。《乐记》:'肆直而慈爱者宜歌《商》。'郑玄注曰:'《商》,宋诗也。'哀九年《左传》:'利以伐姜,不利子商',杜预注:'子商,宋也。《庄子》《韩非子》均有商太宰与孔子同时……夫子录诗据鲁太师之本,犹卫之称邶、鄘,晋之称唐,皆仍其旧也。'"又魏文之第十二证曰:"左氏季札观周乐,为之歌颂,'曰美哉,盛德之所同也!'杜颂注:'颂有殷、鲁,故曰盛德之所同。'若非皆周世所作,何以季札观周乐统之《周颂》中乎?"第十三证曰:"《路史后记》注引郑玄《六艺论》:'文王之创基,至鲁僖间,《商颂》不在数矣。孔子删诗录此五章,岂无意哉?商邑翼翼,四方之极，我有嘉客，亦不夷怿，岂能忘哉。景山商坟墓之所在也'云云。此又郑君初年用《韩诗》释《殷武》为宋诗之明文。"皮曰："古者立二王后，以其祖有功德。成王赐鲁以天子礼乐，亦以周公功德比于二王之后，故《鲁颂》称僖公曰'周公之孙'，《商颂》称襄公曰'汤孙'。"

二、上公制度

魏文第六证曰："《玄鸟》诗：'武丁孙子，武王靡不胜，龙旂十乘，大糦是承。'此正如《鲁颂》：'周公之孙，庄公之子。'龙旂承祀，明谓先代之后，尚备车服乐器，以祀其先王也。岂如《笺》所云孙子即武丁，龙旂谓助祭诸侯之说乎？"盖上公之制交龙为旂，《六月》吉甫出征："元戎十乘。"亦明谓上公之乘数为十。宋为公爵。皮曰："《那》有'《万舞》有奕'之文，武王以万人服天下，民乐之，故以为武舞之名。《万舞》之名始于周，若《商颂》作于商时不应有此。'"又曰："《烈祖》曰：'约軧（音祈）错衡（叶户），八鸾鸧鸧（音抢）。'夏后氏驾两谓之丽，殷益一騑谓之骖，周又益之以騑谓之驷。驷马则有八鸾。若《商颂》作于殷时，何以有此？"

三、伐楚之时代

《殷武》有"挞彼殷武，奋伐荆楚"之语。三章笺云:"时楚不修诸侯之职。"四章笺云:"时楚僭号王位。"魏文第八证曰:"楚人春秋历隐、桓、庄、闵(公元前七二二—前六六一?)止称荆。至僖公二年(前六五八)始称楚。安得高宗(即武丁,公元前一三二四—前一二六六)即有伐楚之事?惟《春秋·僖四年》,公会齐侯、宋公伐楚(公元前六五六),宋襄公盖作颂以美其父也。"第九证曰:"《易》称高宗伐鬼方,三年克之(鬼方在汉代为先零戎,在凉州)。而无殷高宗伐荆楚之文。或引《大戴礼》及《楚世家》陆终生子六人曰季连,芈姓为荆楚以实之,终觉牵强。"皮曰:"《殷武》:'维女荆楚,居国南乡。'此似敌国相称之词,国即宋国,楚在宋南,故曰南乡。若以天子临诸侯不当有居国南乡之语。"又曰:"《殷武》曰:'命于下国,封建厥福。'此当指周初封建微子于宋而言,谓微子深知天命,不从武庚僭乱,故得命于下国,封建之而锡福也。时楚僭王号,故以此告之。楚僭王号在春秋,商时不闻有僭王之事也。"

四、自古在昔先民汤孙之疑

魏源曰:"《商颂》若果作于商代,如笺说如《那》之祀成汤者为太甲,《烈祖》之祀中宗者为仲丁,《元鸟》之祀高宗者为祖庚,则皆如成王之于文武而已,何以虚称之曰：自古曰'在昔'、曰'先民'、曰'汤孙'，曰'顾予烝尝，汤孙之将。'再则曰'顾予烝尝，汤孙之将'，岂非易世而后人往风微，庶几先祖之眷顾，而佑我孙子乎？"

五、成汤与商名称之歧异

王国维曰："卜辞称国曰'商'，而颂称'商殷'，卜辞称汤为太乙，或称唐（即古文汤字，《说文》口部曤，古文唐字，从口。《太平御览》八十三及九百十二引《归藏》：'昔者桀伐唐而枚占荧惑，曰不吉'。）而又称汤为成汤，为烈王，为武王。名称歧异如此，亦殊可疑。"——按卜辞有文云："贞今七月，王入于商"，"贞六月，王入于商。"罗振玉《殷墟书契考释》云："史称盘庚以后，商改称殷，而遍搜卜辞，既不见殷字，又屡言入商，田游所至，曰往曰出，商独言入，可知武丁帝乙之世，国尚号商。《书》曰戍殷，乃称邑而非称国。"此可证王国维先生第一说。如《齐侯镈钟铭》曰："虩虩成唐，有严在帝所。"可证王先生第二说。

六、修造寝庙之疑

魏源曰："《殷武》有修庙之语，《笺》谓高宗之前王，有废政教，不修寝庙，故高宗复成汤之道，新其路寝。考武丁距盘庚仅再世，盘庚迁殷，必立寝庙，岂十余年遽至废坏？是盖宋伯中兴，新其父庙，并颂其父之功与鲁僖《閟宫》同时创造。"王国维曰《殷武》有"陟彼景山，松柏丸丸"二句，旧谓伐景山之木，以造高宗之庙；景山何处，则未加以解说，仅注景为大。但《左传》有"商汤有景亳之命。"《水经注·齐山》篇："黄沟枝流，北径已氏县故城西，又北径景山东，此山离汤所都之北亳不远，商邱（按即宋都）蒙亳之北惟有此山，即为颂所指之景山也。而商自盘庚至于帝乙居殷墟，纣居朝歌，皆在河北，造高宗寝庙不得远伐河南景山之木。惟宋居商邱，距景山仅百数十里。又周围百里内，别无山名，则伐景山之木以造庙于事为宜。"

七、文体与周诗鲁颂相近

皮锡瑞曰："《殷武》'自彼氐（音提）羌，莫敢不来享，莫敢不来王，曰商是常。'此与《閟宫》'及彼南夷，莫不率从，莫敢不诺，鲁侯是若'同。'曰商是常'又与'鲁邦是常'句法一律。《长发》'则莫我敢曷'，亦与《閟宫》'则莫我敢承'句同，皆同时人作之证。"王国维曰："《商颂》既云早出，则文章体裁不应与《周诗》相近，如《那》之'猗那'，即《桧风·长楚》之'猗傩'，《小雅·隰桑》之'阿难'，《石鼓文》之'亚箬'；《长发》

之'昭假迟迟'，即《云汉》之'昭假无赢'，《烝民》之'昭假于下'，《殷武》之'有截其所'，即《常武》之'截彼淮浦，王师之所'。且《烈祖》之'靡有所争'，与《江汉》句同；'约軝错衡，八鸾鸧鸧'与《采芑》句同。凡所同者皆宗周中叶以后之诗，而《烝民》《江汉》《常武》，序皆以为尹吉甫作，扬雄谓正考父睎尹吉甫，非无据矣？"

八、结论

《商颂》者乃宋襄公大夫正考父所作也。《国语·鲁语》："考父校《商颂》十二篇于周太师，以《那》为首。"卫宏《续毛诗序》："正考父得《商颂》十二篇于周太师。"夫校者，校其所本有；得者，得其所本无。傅会昭然。《左传》称正考父佐戴、武、宣，而《史记》称为襄公大夫。《宋世家》戴、襄相距百有十六年，宣、襄相距亦七十九年（戴公三十四年，武公十六年，宣公十九年，殇公十年，庄公十年，闵公十年，桓公三十年，子襄公十四年）。正考父生孔父嘉于襄公时，死华督之乱。若嗣父执政，则考父并不在襄公之世，何由逮事八君？不知《世家》诸国年数淆讹，其戴、武之年，尤不可考。且考父或为长寿人，如老彭老聃，未可知也。（据王国维说）

邶鄘有目无诗说

一、邶鄘问题

《汉书·地理志》:"河内本殷之旧都,周既灭殷,分其畿内为三国,邶以封纣子武庚;庸,管叔尹之;卫,蔡叔尹之。以监殷民,谓之三监。"照《汉志》,纣子武庚亦为一监,王肃、服虔,皆依志为说。郑玄则谓三监除管、蔡外,尚有一霍叔,亦武王弟。似乎郑说较长,这都是邶、鄘的由来。

《诗经》之所以有十五国风,是因邶、鄘与卫作为三国而计算的。但《邶》《鄘》虽有其目,实无其诗,现隶《邶》《鄘》之诗,其实皆属《卫》诗。于是前人又有各种解释。

(一)卫子孙兼并邶鄘

这是郑玄所主张的。郑之《诗谱》谓周初实建三国,其末卫子孙稍兼并彼二国,混其地而名之,作者各有所伤(伤亡国也),从其本国而异之,故有《邶》《鄘》《卫》之诗。王肃亦从郑说,孔颖达亦然。《正义》谓:"周自昭王以后，政教陵迟，诸侯得以强弱相陵，故得兼彼二国，混一其境，因名卫也。"又云："殷畿千里，不必邶、鄘之地止建二国？或多建国数，渐并于卫，不必一时灭之，故云'稍兼并'也。"

（二）康叔初封即得邶鄘

照《汉志》"尽以其地（即讨灭管、蔡后三监之地）封康叔。"孔颖达谓周公建国，不过五百里，岂能封康叔以千里？但《管蔡世家》言周公诛武庚管蔡，分殷余民为二，以其一封微子启于宋，以续殷祀；以其一封康叔为卫君。因之南亳谷熟，北亳蒙城，皆在宋地，而西亳偃师又为观兵孟津之所，三亳已不在三监内，康叔所得邶、鄘、卫之地，实未尝千里。

（三）邶鄘之地不在卫说

王国维既信《邶》《鄘》有目无诗之说，又言邶、鄘不在卫境。其《北伯鼎跋》有云："北，盖古之邶国也。自来说邶国者，虽以为在殷之北，然皆于朝歌左右求之，今则殷之故虚，得于洹水；大且大父大兄三戈出于清苑，则邶之故地自不得不于其北求之。余谓邶即燕，鄘即鲁也。邶之为燕，可以北伯诸器出土之地证之。邶既在殷墟北，则鄘亦不当求之殷境内。余谓'鄘'与'奄'相近，奄地在鲁；而太史采诗之目尚仍其故名，谓之《邶》《鄘》。然皆有目无诗。'季札观鲁乐'，为之歌《邶》《鄘》《卫》，时犹未分为三。后人以卫诗独多，遂分隶之于《邶》《鄘》。"

但邶一作鄁，在今河南汤阴县之东南，一说在今淇县。汤阴县东南三十里有邶城镇。鄘，在今河南汲县东北，今新乡县有鄘城，传即古鄘国。又有庸水。卫都朝歌，古沫邑，沫亦作妹，所谓妹邦（见《周书·酒诰》，又曰妹土）。朝歌乃纣之故都，武庚封此，武庚败，康叔都之。《酒诰》说话的对象，便是康叔。邶在朝歌之北，鄘在朝歌之东，相去不远，康叔初封即三地，或其子孙所兼并，无可考。但《书传》及《史记·世家》从无道邶鄘旧君何姓者，卫灭邶鄘何世者，则初封即兼邶鄘，可信。

中国有许多地理多附会古史而产生，即神话之伪史亦附会之，惟邶、鄘不然，则王国维之说似未可依据。

（四）邶鄘之诗皆为卫诗

1. 地为卫地诗为卫诗　《汉志》："故邶、鄘、卫三国之诗，相与同风。《邶》诗曰：'在浚之下。'《鄘》诗曰：'在浚之郊。'《邶》又曰：'亦灌于淇'，'河水洋洋'。《鄘》亦曰：'送我淇上'、'在彼中河'。《卫》曰：'瞻彼淇奥'，'河水洋洋'……"这些诗中所谓"浚""淇""河",都是卫国之地。像这些诗的作者,就说是无名的靠不住的卫人,其言不足为证,《定之方中》一诗是记卫文公建设新国家事;《载驰》一诗是许穆夫人自许归唁事,史迹明显,万不可另作解释,而竟皆收在《鄘风》之中。

2. 春秋时尚以《邶》《鄘》诗为《卫》诗 《左传·襄公二十九年》,吴季札观乐于鲁,为歌《邶》《鄘》《卫》,曰"美哉,渊渊乎!忧而不困者也。吾闻卫康叔,武公之德如是,是其《卫风》乎?"又《左传·襄公三十一年》,卫侯在楚,北宫文子见楚令尹围之威仪,言于卫侯,说令尹似君,将有他志。以下说了一大篇论威仪的话曰:"《卫》诗曰'威仪棣棣,不可选也'。"言君臣上下,父子兄弟,内外大小,皆有其应有之威仪,不可逾越。今楚令尹威仪竟似君王,必叛。按"威仪棣棣"二句原出《邶风·柏舟》,北宫文子称为《卫》诗,是和季札闻鲁人为歌《邶》《鄘》《卫》而称之为《卫风》,不是同例么?

3. 以《邶》《鄘》《卫》为三国当是《毛诗》杰作 《汉书·艺文志》言《齐》《鲁》《韩》诗,皆二十八卷,独《毛诗训诂》为三十卷。可见三家诗《邶》《鄘》《卫》

作为一卷，是依照古来传下来的方式，《毛诗》则分为邶、鄘、卫，比三家诗多出三卷。所以我们知道所谓"十五国风"这句话汉代始有，秦以前则尚无所闻。

或者有几首属于《邶》《鄘》的诗，如《邶》诗第一首《柏舟》，前人谓邶之宗臣忧国之作，未知是否？因卫亦多昏主，如卫宣、卫懿皆是，安知此诗作者之非卫臣？

(五) 前人对邶鄘卫的观感

邶、鄘是两个地名是不成问题的。这两地是一开始即为卫康叔的封地也罢，被卫子孙所兼并的也罢，地既入卫，何以仍系其原来国名？前人对此又生出若干不同的意见。

1. 范处义谓太史录诗，因其所得之地，而存其国之旧名。
2. 严粲则谓这是《春秋》笔法。盖王道盛则诸侯不擅相并，存邶、鄘之名，不与卫之灭国也。刘瑾也赞成此说，谓太史如此，盖存兴废继绝之心，如《春秋·昭八年》，楚既灭陈，而经书陈灾，《穀梁》以为存陈，亦此意也。
3. 朱子初谓："邶、鄘地既入卫，其诗皆为卫而犹系其故国之名，殊不可晓。"但他后来又疑为音乐关系，曰："存其旧号，岂其音之异欤？"王应麟亦曰："邶、鄘灭而音存，其诗故非卫所能乱。"不过这类议论的理由并不充分。所谓《春秋》笔法，必须承认孔子删诗之说，孔子既未删诗，则此说无由成立。若朱子音乐之异，则此说也有人提过，晋并虞虢，郑并东虢，齐并纪莱，其诗曷不各别其声？若如范处义说太史采诗而存其国旧音，那晋、郑、齐国风里也应有虞虢、东虢、纪莱之国名了。而今不然，可知范说非是。

那么，《邶》《鄘》诗何以地为卫地，事为卫事呢？邶、鄘、卫三字联结而成为一个名词，实为《诗经》是一个大谜，这个大谜，季札观乐时便已有（公元前五四三），当然观乐前便已存在了。虽后代《诗经》学者谓季札观乐事不可靠，我则信其为真。所以我们想解决这个疑问，只有采取王国维一半的意见，就是太史采诗时，邶、鄘尚未被卫吞并，但无诗，姑存其国名以待再采。不意采诗制度废，就未再采了。后人因见卫诗独多，遂分隶于卫国名下。

二、邶鄘卫诗与卫国的历史

要论《邶》《鄘》所系多为卫诗的问题，必须将卫国的历史研究一下。

（一）卫之初建

《史记·卫康叔世家》说康叔名封，周成王同母少弟也。

武王既克殷,复以殷余民封纣子武庚禄父,比诸侯以奉其先祀勿绝。为武庚未集(集犹和),恐其有贼心,武王乃令其弟管叔、蔡叔相武庚禄父,以和其民。

武王崩,成王少,周公旦代成王治国。管叔、蔡叔疑周公,乃与武庚禄父作乱,欲攻成周。

周公旦以成王命,兴师伐之,杀武庚禄父与管叔;放蔡叔。以殷余民,封康叔为卫君,居河、淇间故商墟。周公旦惧康叔齿少,乃申告康叔:告以纣之所以亡者,以淫于酒;酒之失,妇人是用,故纣之乱自此始。为《酒诰》,为《梓材》,以示君子可法则以命之。

康叔之国既以此命,能和集其民,民大悦。成王长用事,举康叔为周司寇,赐卫宝祭器,以章其德。

康叔卒后,八传至厘侯,已到了周厉王遭民变时代。厉王出奔于彘,共和行政,厘侯卒,太子共伯馀继位,其弟共伯和袭攻共伯馀于厘侯墓上,馀人羡道自杀。卫人立和为卫侯,是为武公,《诗经·卫风》(包括《邶》《鄘》),便在这时候产生。

(二)与卫诗有关之君主时代

卫武公,和(前八一二—前七五七),在位五十五年。

卫庄公,扬(前七五七—前七三四),在位二十三年。

卫桓公，完（前七三四—前七一九），在位十五年，入春秋。

州吁（前七一九—前七一九），在位仅数月。

卫宣公，晋（前七一九—前六九九），在位十九年。

卫惠公，朔（前六九九—前六九六），在位四年。

黔牟，弟第（前六九六—前六八七），在位九年。

卫惠公，朔（前六八七—前六六九），前后在位十八年。

卫懿公，赤（前六六八—前六六〇），在位八年。

卫戴公，申（前六六〇—前六六〇），在位仅月余。

卫文公，燬（前六五九—前六二七），在位三十二年。

以后尚有许多朝代与诗无关，不录。

（三）与卫事有关之诗

1. 《柏舟》 《鄘风》第一首为《柏舟》。相传为共伯馀之妻共姜作。她丈夫馀为弟所迫杀，共姜守节，以柏舟为其夫象征，故后世称节妇曰"柏舟之节"。共姜之母欲迫女嫁，女作此诗自誓，有"之死靡它。母也天只，不谅人只"之语。但我们只须一考卫史便知其谬。卫武公和寿九十五以上，在位五十五年。他逼兄篡位时，年已四十余，其兄馀当然比他大，应该在五十左右，妻年当亦相当。一个四五十岁的孀妇，母又何必迫其再嫁？况她好歹也做过几时的国夫人，哪有国夫人被迫再嫁之理？故此诗不过是一民间贫家孀妇作品。《邶》《鄘》《卫》诗，《邶》第一首亦为《柏舟》，那是男性的诗人似为国家的宗臣者所作。

2. 《淇奥》 这是《卫风》第一首，是赞美卫武公和的。武公逼兄篡位，本有惭德，但他登位以后，思闻训道，勤政爱民，夙夜不怠，成为一位贤侯，时称"睿圣"。淇，卫之水；奥，岸内侧。绿竹如云，景致幽静，武公大概在此筑有别馆。国人美之，称武公"有匪君子，如金如锡，如圭如璧"，宽宏大量，厚抚民众；又说他"善戏谑兮，不为虐兮"，就是他有时高兴和人开个玩笑，但从不伤人，故臣民无不爱他。

3. 《硕人》等诗 武公卒后，子庄公扬立。娶齐东宫得臣之妹曰庄姜，绝美，卫人为赋《硕人》一诗。这是中国最早也最好的女性美的描写。庄姜婚后无子，庄公又娶于陈，姊曰厉妫，生子夭。次曰戴妫，生子完。庄姜抚以为子。庄公嬖人子曰州吁，有宠而好兵，又有许多劣迹，石碏谏不听。庄公卒，完立，是为桓公；在位三年，为州吁所弑，州吁自立为卫君。百姓不服，石碏骗他至陈请周天子命，而阴使陈人执杀之于濮；

又使人杀党于州吁之亲子石厚,是为石碏之"大义灭亲"。

庄姜好像也能作诗。现载于《邶风》的《绿衣》《燕燕》《日月》《终风》四首,汉人以为都是庄姜作的。《绿衣》是伤妾僭,是说州吁母对正夫人的僭越无礼。《日月》是庄姜遭州吁之难,伤己不见答于先君,以至穷困。《燕燕》乃庄姜送归妾之辞,就是送厉妫归陈国。《终风》喻州吁对庄姜之喜怒无常,自己仍存母爱。其实一首也不是,解说暂不赘。

4. 卫宣时诗　到卫宣公时,《诗经》关于他与他夫人宣姜的事便有好几首,甚为热闹。初宣公烝于其父之妾夷姜,生子伋,号急子,即位后以为太子。太子长,为娶齐女为妻。宣公闻齐女美,筑新台于河滨,而自纳之,即为宣姜。国人为赋《新台》,今载《邶风》;又为赋《君子偕老》,今载《鄘风》。宣姜生子寿及朔,思为嗣,日夜谮构太子伋。宣公以夺妻故,恐伋怨,亦恶伋;与白旄命使齐,命盗伏界上,见秉白旄者则杀之。宣姜长子寿独不以父母为然,以其谋告兄。伋谓逆父命而求生不可。寿乃醉兄以酒,盗其白旄先行,盗见杀之。伋则继至谓盗,人所欲杀者我也,盗又杀之,以报宣公。国人悲之，为赋《二子乘舟》，今载《邶风》。宣公与宣姜共为淫乱，国人为赋《墙有茨》，载《鄘风》。

宣公卒，朔立，是为惠公。立三年，国人同情伋而恶朔，拥伋弟黔牟作乱，惠公出奔，黔牟代为君八年。齐襄公奉王命伐黔牟，使出奔，复纳惠公。他前在位四年，后在位十四年，共十八年。

5. **卫亡于狄再建时诗** 黔牟之弟昭伯公子顽烝于宣姜，生了五个儿女，都是与卫史有关的名人，即齐子、戴公、文公、宋桓夫人、许穆夫人。卫惠公卒，子赤立，是为懿公，昏庸奢侈，好鹤，鹤有乘轩者。狄人入侵，民皆曰使鹤，余何能为？国亡，懿公被杀。狄人屠戮卫氏殆尽，仅数百人逃过河，庐于漕丘。立公子申为君，是为戴公，月余而死。复立其弟燬为君，是为文公。许穆夫人闻卫乱，自许来唁，实欲救国。许大夫谓照当时礼俗，父母已死者不可再归国，夫人不听，赋《载驰》，今收《鄘风》中。

以《载驰》诗中说："女子善怀，亦各有行，许人尤之，众穉且狂"；又说"控于大邦，谁因谁极？大夫君子，无我有尤。百尔所思，不如我所之"。

许穆夫人是卫国女诗人，也是中国第一个女诗人，她不但才干优长，词华美妙，见识也非常超卓。她之不顾礼俗而回卫，是抱了救国的宏图，她知道要想卫邦重建，非求助大邦不可。她有个姊妹齐子嫁齐桓公，有个姊妹嫁宋桓公，当时齐宋皆为大国，她去求救以后，齐宋果派人送了许多建国材器牲畜粮食来，又派了若干甲兵来，又代为召纳卫遗民，使文公在楚丘新址从容建立新国。许穆夫人不仅是当时一位女诗人（她不仅赋了《载驰》那个名篇，还有载于《卫风》的《竹竿》，似系她初嫁于许时所作；载于《邶风》的《泉水》，似系嫁许后，思想故国欲归不得而作），还是一位有眼光手腕的女政治家。即以文才论，当时又有谁及得上她。惜我国自古即有重男轻女的陋习，历史对她并无揄扬，致其优点湮没不彰，后之论女文学家者仅从汉班倢伃、蔡文姬，魏晋鲍令晖、谢道蕴、苏蕙、徐嘉等谈起，置最早的许穆夫人不论，实为可惜！

《河广》一首今载《卫风》，相传为宋桓夫人所作。夫人即许穆夫人的姊妹，嫁桓公，生襄公（为春秋五霸之一）。她因故被出归卫，思返宋于义不可，乃作此诗。或谓卫亡后渡河建新国，与宋同在河左，诗言"谁谓河广，一苇航之。谁谓宋远，跂予望之。"似乎与史实不合，但安知非卫渡河前作?

载于《鄘风》的《定之方中》是卫文公得齐宋大国之助,在楚丘建立新国家,营造宫室城郭的诗。定星一名营室,十月望至十一月初昏而升至天体正中,此时营建,大吉。

今《诗经·邶风》十九首,《鄘风》八首,《卫风》十首,一共三十七首,《邶》《鄘》二风,既多卫史事、卫地名,则皆为卫诗。本篇所引者不过少许,其民间所作者不可胜数。于是则邶、鄘之诗皆自《卫风》分去,是无疑的,《邶》《鄘》有目无诗可为定论。

卷四

诗经虚字的用法

《诗经》既是一部古典文学,虚字和文法的用法与后世的当然有些不同。所谓虚字不限动词与副词,凡形容词、介词、前置词、惊叹词亦属之。汉人未得其解,乱加注释,本来诗意是很明白的,却被弄得晦涩了;本来全诗脉络是贯通的,却被搞得断续支离了;本来原诗说的是一件普通的事,却被附会为高深玄妙的了;甚至醉眼矇眬,看朱成碧,硬将这件事错成了那件事了。唐宋以后的《诗经》学者有训诂学、校勘学工具的凭借,注解《诗经》远比汉人为胜。现代学者读书多,知识博,理解力因之而高;又能借助于外国逻辑学、文法学,他们来解说《诗经》,成绩自然又胜过唐宋、明清的人。

现在以《诗经》虚字用法举数例以观一斑。

一、言

（一）《毛传》："我也。"《尔雅·释诂》："卬、吾、台、予，朕、身、甫、余、言，我也。"

（二）等于云字　朱熹《诗经集传》以为是语助词。陈奂谓："言"等于"云归"。《小雅·黍苗》："我行既集，盖云归哉！""我行既集，盖云归处。"又等于"曰归"。《豳风·东山》："我东曰归，我心西悲。"《小雅·采薇》："曰归曰归，岁亦暮止。""曰归曰归，心亦忧止。"

（三）等于"然"字　《小雅·大东》："睠言顾之，潸然出涕。"《荀子·宥坐》篇引作："睠然顾之，潸然出涕。"将《诗经》原来的"睠言"，改为"睠然"。这也是陈奂所说。

（四）胡适《诗三百篇言字解》，说《诗经》言字有三种作用。

1. 言字是一种挈合词，又名连词，位置于二动词之间，其作用与"而"字相似。如"受言藏之"，即受而藏之。受与藏皆动词也。又"陟彼南山，言采其薇""焉得谖草，言树之背""驱马悠悠,言至于漕""还车言迈""静言思之"。汉文通例,凡动词皆位于主名之后,如"王命南仲""胡然我念之",若以我字位于动词之下,则是受事之名而非主名,如"父兮生我""母兮鞠我"等皆是。

2. 言字又作乃字解。乃字与而字似同而实异,乃是一种状词(即副动词),用以状动作之词,如"乃寝乃兴""乃占我梦""乃生男子"。诗中"言告师氏,言告言归"皆乃字也,犹言乃告师氏,乃告乃归耳。

3. 言字有时亦作代名词之字。凡之字之代名词,皆为受字,如"经之营之,庶民攻之"。言字作之字解,如《易·师卦》:"田有禽,利执言,无咎。"利执言,利执之也。《终风》篇:"寤言不寐,愿言则嚏",上言字宜作而字解,下言字则作之字解,犹言寤而不寐,思之则嚏也。又如《巷伯》篇:"捷捷幡幡,谋欲谮言",上文有"谋欲谮人"之句,以此推之,则此言字亦作之字解,用以代人字。

解释言字,当然以胡适的最为精审。但对第一说《毛传》亦未可忽略。《周南·汉广》:"翘翘错薪,言刈其楚,之子于归,言秣其马",两个言字皆应该作我字解。

二、作为开端的动词

《诗经》里有"诞""薄""肇"诸字,旧注皆以为"语词"或"语助"。

"诞",《大雅·生民》篇:"诞寘之隘巷,牛羊腓字之,诞寘之平林,会伐平林;诞寘之寒冰,鸟覆翼之。"

"薄",《小雅·六月》:"薄伐狁,至于太原。"《出车》:"赫赫南仲,薄伐西戎。"薄,旧以为语词。郑笺:"薄,甫也。"薄字无非是甫字的复体,较空洞之语词说为佳。

"肇",《商颂·玄鸟》:"邦畿千里,维民所止,肇域彼四海。"郑笺谓肇当作兆,"王畿千里之内,其民居安,乃后兆域正天下之经界,言其为政,自内及外。"孔疏:"肇域彼四海"解为"然后始有彼四海"。以肇为始,以域为动词之有。笔者认为肇为始,不错。屈原《离骚》:"皇览揆余初度兮,肇锡余以嘉名。"更为明白。

笔者认为"诞""薄""肇"好像英文及物动词的 begin,法文的 commence。这类动词习惯用于一个插句之前。外国人行文常用,我国则不然。但在春秋战国时代却常见。

三、另外若干虚字

胡适于《言字解》中又说《诗经》尚有"式""孔""斯""载"诸字,其用法皆与寻常迥异,暇日当一探讨，为作新笺今诂。而以新文法读吾国旧籍之起点。但胡先生对于这个字并未探讨，谅系无暇，现笔者为之补作，特所用之法不敢名之为新，不过根据《诗经》旧注。其稍不同者，则在应用统计学，将上述各字在全部《诗经》中之用法，加以比较，而后定其性质而已。

（一）式

1. 发语词　《大雅·烝民》："式遄其归。"《荡》："寇攘式内。"

2. 典范　《崧高》："于邑于谢，南国是式。"周宣王命申伯往邑于谢，为南国之典范。下文"王命申伯，式是南邦"，同。《下武》："成王之孚，下土之式。"《商颂·长发》："帝命式于九围。"式皆为示范之意。

3. 已　《邶风》："式微式微，胡不归。"黎侯寓于卫，其臣劝以归，言黎国已微弱，不足以立，然君何必栖皇于中露泥中等卫邑之地而不作归计乎？式通已，"式微式微，胡不归"，即已微已微胡不归。

4. 亦　《小雅·车舝》："虽无好友，式燕且喜。""式燕且誉。""式食庶几。"式义皆为亦。式歌式舞，即亦歌亦舞。亦又通且。

5. 或　《大雅·荡》："式呼式号，俾昼作夜。"《经典释文》引此诗,作"或呼或号"。

6.用 《尔雅·释言》:"式,用也。"《大雅·民劳》:"戎虽小子,而式弘大。"戎,汝也。式,用也。言汝虽小子,然固在官位,故作用甚大。

(二)孔

孔字意义甚单纯,甚也。《豳·破斧》:"哀我人斯,亦孔之将。""亦孔之嘉。""亦孔之休。"《小雅·天保》:"亦孔之固。"《采薇》:"狎狁孔棘。"《蓼萧》:"孔燕岂弟。"《正月》:"亦孔之炤。"《小明》:"我事孔庶。"《何人斯》:"其心孔艰。"

(三)斯

《经传释词》:"斯,语已词也。"实则兮字而已。《豳·鸱鸮》:"恩兮勤兮,鬻子之闵斯。"《小雅·巧言》:"彼何人斯,居河之麋。"《何人斯》:"彼何人斯,其心孔艰。""出此三物,以诅尔斯。"斯字又为形容词之白色,《瓠叶》:"有兔斯首。"旧注:"斯、白色,言有兔白首。"

(四)载

1.则也 《小雅·斯干》:"乃生男子,载寝之床,载衣之裳,载弄之璋。""乃生女子,载寝之地,载衣之裼，载弄之瓦。"《生民》："载震载夙，载生载育。"犹则娠则肃，则生则育。《大雅·皇矣》："帝迁明德，串夷载路。"旧注："载路，则衰也。""载锡其光，受禄无丧。"亦皆作则字解。

2.在也　《大雅·文王》："上天之载，无声无臭。"《生民》："后稷呱矣，厥声载路。"言后稷初生时，啼声在路也。或曰：载路，犹言"满路"。

3.年岁也　《大雅·大明》："文王初载，天作之合。"言文王初年，娶殷商之女。

4.事也　《周颂·载芟》："俶载南亩。"《良耜》："俶载南亩。"俶，始也。开始从事于南亩之耕耘也。

5.又也　《鄘·载驰》："载驰载驱，归唁卫侯。"《小雅·采薇》："忧心烈烈，载饥载渴。""行道迟迟，载渴载饥。"《皇皇者华》："载驰载驱。"实则载饥载渴之载，固应作又字解，而载驰载驱之载，则似宜作再字解。言赶路之人，马乏人倦，然犹不肯休息，加鞭再赶。

6.乃也　《秦风·小戎》："载寝载兴。"犹乃寝乃兴。

7.设也　《大雅·旱麓》："清酒既载，骍牡既备，以享以祭，以介景福。"《韩诗章句》云："载，设也。"

胡适所未言及之《诗经》虚字及习惯，尚有以下几个。

（五）于

于，在也，往也。《诗经》常有"于飞"字样，如："黄鸟于飞""燕燕于飞""雄雉于飞""鸿雁于飞"，即黄鸟、燕燕、雄雉、鸿雁在那里飞翔。又有"于归"，如："之子于归"，即女儿往嫁。"君子于役"，即君子正在行役。

不过于字又作'曰'字解，见《尔雅·释诂》。《小雅·六月》："王于出征，以匡王国"，"王于出征，以佐天子"，应该标点为"王于：'出征，以匡王国'。""王于：'出征，以佐天子'。"就是"王说：'赶快出兵，来匡助我们的国家。'""王说：'赶快出兵，来帮助我这个天子！'"《秦风》的《无衣》"王于兴师"，也就是"王曰兴师"，古人却把这个于也当作往，恐怕不对吧！

（六）爰

《邶》："爰居爰处，爰丧其马。"朱熹《诗经集传》云："爰，于是也。"即："于是居，于是处，于是丧其马。"

（七）攸

此字旧作"以"字解，或作"所"字解。《小雅·斯干》："风雨攸除，鸟雀攸去，君子攸芋（宇）。""如翚斯飞，君子攸跻。""哕哕其冥，君子攸宁。"《经传释词》皆将"攸"释为"用"。高鸿缙则作"是"字解。

"攸"也可作为名词。《大雅·韩奕》:"为韩姞相攸。"即为韩姞选择可嫁之所。

(八)聿

"聿"旧注:遂也,惟也。《唐·蟋蟀》:"蟋蟀在堂,岁聿其暮。""岁聿其逝。"《豳·东山》:"洒埽穹窒,我征聿至。"

四、感叹词

外国语文,好用叹辞,为 O,oh 等等,我国古代文字亦然。如:

(一)於

《大雅·灵台》:"王在灵沼,於牣鱼跃。""於论鼓钟,於乐辟雍。"於皆音乌,叹词。《文王》篇:"文王在上,於昭於天。"《周颂·昊天有成命》:"於缉熙,单厥心。"《武》:"於皇武王。"《酌》:"於铄王师。"《般》:"於皇时周。"

至于"於乎"即"於戏",也即是"呜呼",读起来意义更为明白。《大雅·抑》:"於乎小子,未知臧否。""於乎小子,告尔旧止。"《桑柔》:"於乎有哀。"《云汉》:"王曰於乎。"《周颂·烈文》:"於乎前王不忘。"《闵予小子》:"於乎皇天。"

上述这些"於""於乎"字样,若用标点法,则当于其下加一惊叹符号,譬如:"文王在上,於!昭于天。""於!铄王师。""于乎!小子。""王曰'於乎!'"至少也该加一逗号。

不过我们中国文字以前是没有什么标点符号的。后来产生点、逗,也不常用。在《诗经》里这些表示感叹的"於""於乎",前人批注没有将它解为普通的前置词,而知为叹辞,便是很难得的了。

除了"於"字外,尚有"咨""嗟""於嗟""烝哉""哀""哀哀""笃"诸词。

(二)咨

《大雅·荡》篇:"文王曰咨,咨女殷商。"全诗共有七个同样句子。就是:"文王说:'咳!你们殷商的人。'"

(三)嗟

《小雅·小明》"嗟尔君子!"共二处,就是"啊!你们君子。"

(四)於嗟

《周南·麟之趾》:"麟之趾,振振君子,於嗟麟兮。"《召南·驺虞》:"彼茁者葭,壹发五豝,於嗟乎驺虞!"《卫风·氓》:"於嗟鸠兮,无食桑葚!""於嗟女兮,无与士耽。"於嗟同吁嗟。

(五)烝哉

《大雅·文王有声》，共有"文王烝哉"二句；"王后烝哉"二句；"皇王烝哉"二句，"武王烝哉"二句。"烝哉"二句《诗经》仅见之于《文王有声》，《韩诗》云："美也。"则也属于赞叹辞一类。

(六)哀哉

《小雅·雨无正》："哀哉不能言，匪舌是出。"

(七)哀哀

《蓼莪》："哀哀父母，生我劬劳""哀哀父母，生我劳瘁。"哀，不能当作悲哀解，实则感叹词，我以为与今口语"嗳"无别。"哀哀"者，即"嗳嗳"罢了。

五、语稽词

(一)兮

我们见《楚辞》常用"兮"字，好像兮字是《楚辞》的专利品，其实《诗经》里用兮字之处极多。普通以为兮字乃语助词，称为诗歌语助，这是中国人笼统的说法。语助固然是语助，总该认清楚它是属于哪一类的语助，才合逻辑。《说文》解兮字云："语所稽也，从丂八，象气越亏也。"语稽又称语已，就是说话到此停止了之意。

据裴普贤《诗经兮字研究》，说《诗经》三〇五篇中用兮字者共五十九篇，合计三二一次，平均每篇一个兮字，尚余十六字。其中"国风"二八〇篇，四分之一以上用兮字，每篇平均用兮字一又四分之三字，为最多。十五国风中又以《郑风》用兮字五十七次，《齐风》用四十二次为最高纪录。但《郑风》平均每篇用兮尚不及三字，仅与《卫风》之每篇三字相仿，当以《魏风》平均每篇四字强和《齐风》《桧风》四字弱之百分比为最高。"二南"所用兮字篇数与字数均甚少，尚在《陈风》之下。从这里我们可得到一个明确的观念，《诗经》中所用兮字，不仅南方的"二南"以及"陈风"，而遍及十五国风。十五国风中，尤以关东沿黄河地带的《魏》《桧》《郑》《卫》延东至《齐》为最盛。西方之《豳》《秦》；南方之"二南"，所用兮字最少。从全部兮字的统计看来，《诗经》时代已盛行用兮字。十五《国风》《小雅》《大雅》和《鲁颂》均用兮字。兮字的应用主要在"国风"，盛行于黄河中游的两岸。《鲁颂》的用兮字，可断定是受"国风"的影响。年代最早的《周颂》，全无兮字的痕迹。（见裴氏与其夫合著的《诗经的欣赏与研究》）

（二）猗

《魏风》："坎坎伐檀兮，寘之河之干兮，河水清且涟猗。"下二节是"河水清且直猗""河水清且沦猗"。

（三）思

《诗经》的语稽词不完全是兮字，尚有思字。如《周南·汉广》："南有乔木，不可休息（息乃思之误），汉有游女，不可求思。""汉之广矣，不可泳思；江之永矣，不可方思。"《小雅·采薇》："今我来思，雨雪霏霏。"来思亦语已词。

（四）只

《楚辞·大招》的语稽词完全用只字。《说文》："只，语已词也。"《诗经·鄘风》的《柏舟》："母也天只，不谅人只。"共复二次。《王风·君子阳阳》："君子阳阳，左执簧，右招我由房，其乐只且。"也重复二次。《邶风·北风》："其虚其邪，既亟只且。"重复三次。《召南·樛木》："乐只君子。"共三句。《小雅·南山有台》："乐只君子。"共七句。郑笺："只之言，是也。"我以为无非语已词。

（五）忌

《郑·大叔于田》："……叔善射忌，又良御忌，抑磬控忌，抑纵送忌……叔马慢忌，叔发罕忌，抑释掤忌，抑鬯弓忌。"

（六）止

《召南·草虫》："未见君子，忧心忡忡，亦已见止，亦已觏止，我心则降。"第三节用止字方式同。《小雅·采薇》："采薇采薇，薇亦作止。曰归曰归，岁亦莫止。"二节及三节同。《杕杜》："日月阳止，女心伤止，征夫遑止。"第二节第四节同。《大雅·民劳》："民亦劳止，汔可小康。"五节皆同。

（七）矣

文言"矣"字有如白话的"了"字。但《诗经》里矣字却能当作语已词，其性质与那些字相同。《王风·中谷有蓷》全诗三节均用矣字为断句。《小雅·出车》："我出我车，于彼牧矣，自天子所，谓我来矣。召彼仆夫，谓之载矣，王事多难，维其棘矣。""我出我车，于彼郊矣，设此旐矣，建彼旄矣……"《小雅·渐渐之石》："渐渐之石，维其高矣，山川悠远，维其劳矣。武人东征，不皇朝矣。"二节三节用矣字落句同。《斯干》："……如竹苞矣，如松茂矣，兄及弟矣，式相好矣，无相犹矣。"

（八）也

《鄘·君子偕老》："玼兮玼兮，其之翟也。鬒发如云，不屑髢也。玉之瑱也，象之揥也，扬且之皙也。胡然而天也，胡然而帝也。"下节同。《墙有茨》："墙有茨，不可扫也，中冓之言，不可道也。所可道也，言之丑也。"下二节同。

（九）乎而

此例甚少，仅《齐风·著》："俟我于著乎而，充耳以素乎而，尚之以琼华乎而。"第二第三节用乎而为语已词同。

六、习惯用语

《诗经》的习惯用语，觅其意义，每难确切，只好说是一种习惯而已。下列几个习惯用语，诗中常见。

（一）周行

《周南·卷耳》："采采卷耳，不盈顷筐，嗟我怀人，寘彼周行。"周行又称周道，旧注指为周之国道。但《陈风·匪风》亦有："顾瞻周道，中心怛兮。"《小雅·大东》："周道如砥，其直如矢。""佻佻公子，行彼周行。"以陈人而言，应言陈道，以殷商遗民言，亦不应言周道、周行。故近代学者谓为通道，较佳。又《小雅·鹿鸣》："人之好我，示我周行。"义为至道或大道，可见周行、周道,并非指周之国道。

(二)王事

《小雅·四牡》及《出车》《杕杜》,均有"王事靡盬""王事多难"之语,这话出于周臣民之口是可以的。但《唐风·鸨羽》《邶风·北门》亦有此言,可见王事也者,不一定是属于周王朝之事,而是指一般公务而言。

(三)好仇

《周南·关雎》篇:"窈窕淑女,君子好逑。"逑,音求。《毛传》:"匹也。本亦作仇,音同。"《郑笺》:"怨耦曰仇。"近代《诗经》学者于"好仇"二字戏解为"欢喜冤家"者。但《兔罝》:"赳赳武夫,公侯好仇。"则不能解为"怨耦",更不能解为"欢喜冤家",盖云"良伴"而已。

(四)不瑕

《邶风·泉水》:"遄臻于卫,不瑕有害。"《二子乘舟》:"愿言思子,不瑕有害。"《周南·汝坟》:"既见君子,不我遐弃。"《大雅·下武》:"于斯万年,不遐有佐。""不瑕"与"不遐"同,皆"不至于"的意思。

(五)愿言

《邶风·终风》:"寤言不寐,愿言则嚏。""寤言则寐,愿言则怀。"《邶风·伯兮》:"愿言思伯,使我心痗。"及上引《二子乘舟》:"愿言思子",旧注愿言为念。但"愿言思子",念与思同义,何必分属于一句之内?则愿言乃是一种言语上的习惯,其义不易推求。本来习惯的意义是无法解释的。

(六)将

《郑风·将仲子》:"将仲子兮,无逾我里。"下二节同。旧注"将"为发语词,非。高鸿缙云"将"犹白话之"请"。"将仲子兮"犹"请老二啊"或"请二哥啊"。《卫风·氓》:"将子无怒,秋以为期。"《郑风·大叔于田》:"将叔无狃,戒其伤女。"《王风·丘中有麻》:"将其来施施""将其来食。"皆同。

(七)不吊

《小雅·节南山》:"不吊昊天。"不吊犹言不淑,亦即不幸。犹言老天爷呀,怎么这样不幸,降下这样人灾害来啊!

(八)谖

谖音宣,忘也。《卫风·淇奥》:"有匪(斐)君子,终不可谖兮。"《考槃》:"独寐寤言,永矢弗谖。"《伯兮》:"焉得谖草,言树之背!"谖草即萱草,可使人忘忧。

（九）维

《周南·葛覃》："维叶萋萋""维叶莫莫。"《鹊巢》："维鹊有巢，维鸠居之。"下二节略同。胡适《谈谈诗经》谓："维"发语词，犹今语之"啊"。高鸿缙云："维"通"彼"，彼就是"那个"。《诗经》不用维而用彼者，有《王风·黍离》："彼黍离离，彼稷之苗。"《魏风·伐檀》："彼君子兮，不素餐兮。"《王风·扬之水》："彼姝者子。"及《鄘风·干旄》《齐风·东方之日》。

尚有许多习惯语，从略。

诗经所供给的典故、词汇及成语

《诗经》既然是中国最早的一部文学著作，青年学子都要读它，研究它，从它学习言语的技巧；从它认识自然界的各种现象；从它体会做人从政的道理；从它涵养兴观群怨的优美与高尚的情感。中国大圣人孔子称诗为"雅言"，告谕他儿子不为《周南》《召南》就是一个面墙而立的愚昧之夫，也再三与弟子们讨论《诗经》。春秋时代，《诗经》又成了一部外交宝典，各国交聘或使臣折冲坛坫，总要赋诗以见志。战国诸子著书立说也多引《诗经》的文句以为佐证。《诗》三百五篇勒于我国人脑海者深而且刻，浸淫于民族性灵者悠而且久，请问是否尚有第二部书可以比得上它？

《诗经》在外交界的光荣仅限于春秋时代，早已过去了。教育上的意义，对于现代影响也趋于式微了。但它所供给于我们的典故、词汇、成语之多而且富，中国文学一日存在，一日不能消灭，甚至可以说中国民族一日存在，一日不能消灭。为了人们不但日常要书写在笔下，还念诵在口中呀。《诗经》这座包罗万象的文学宝库，给予我们的恩惠真大得无以复加，我们对它，真该讴歌感谢，永无穷已！

原来《诗经》虽仅仅三百五篇，不到三万字，除了一些真正强化了的字汇和文句，百分之九十还是活泼泼地在我们知识阶级里流通着。一首不过数十字或百余字的诗，就包含好几个词汇和成语，因此我说它是"多而且富"。

笔者本想将《诗经》所供给的典故、词汇、成语，分门别类，罗列出来，但嫌太烦；现在只好依据《诗》的篇次，援引于下，而且也不能全举，举其大概而已。

一、典故

（1）甘棠遗爱　旧时代民众对于有德政、有贤声的长官，每以此四字制匾额相赠。其典出于《召南·甘棠》。相传周宣王臣召虎曾憩于甘棠下断民间讼狱，召虎去，人民爱护此棠，诗人亦说这是召伯所憩所爱之树，大家莫翦伐它，攀折它。

（2）摽梅之感　女子年长不能嫁，难免感伤，称为摽梅之感，由《召南·摽有梅》一诗而来。

（3）鹊巢鸠占　见《召南·鹊巢》。鹊每岁十月后迁巢，其空巢则鸠来居。或云鸠即鸦类，性懒，不自营巢，每衔着粪之树枝于鹊巢，鹊性爱洁，则舍巢他去。以暴力或巧谋夺他人之屋者，谓之鹊巢鸠占。

（4）小星　《召南·小星》有抱衾裯之语，旧注谓为君之侍妾应君召幸之诗，后遂谓妾为小星。"抱衾裯"亦为妾侍之词汇。

（5）终风之暴　《邶风》有《终风》一诗，乃妇人自述丈夫横暴且喜怒无常之诗，后世遂以为恶夫之典。

（6）新台之耻　卫宣公纳子伋之妇，于河上作新台而要之，国人恶之作此《新台》诗以刺，见《邶风》。后世翁通于媳者曰新台之耻。

（7）柏舟之节　《鄘风》有《柏舟》一诗，卫世子共伯早死，其妻守义不嫁，父母欲夺其志，女作诗以绝之。故有"母也天只，不谅人只"语。但此典并不属共伯妻，见前。

（8）萱堂　《卫风·伯兮》："焉得谖草，言树之背。"谖，忘也。谖草之谖音宣，即萱草，又名忘忧草，背为北堂。陈奂云："古人居屋之制为五架之屋，前有堂，后有房有室，室西房东，人处于室，治事于房。中房在堂北，谓之北堂，为妇女所居。初未言母，谓母曰北堂，不知其由。"按陈说是。韩愈《示儿》诗："主妇治北堂，膳服适戚疏。"亦未尝言居北堂者为母。赵翼《陔余丛考》谓北堂固主妇所治，然一家之中，母为最尊，宜后世以北堂为母云云。俗既称母为北堂，谓北堂阶下隙地种萱草使母忘忧，亦娱亲之意。今称母曰"萱堂""高堂"称人母曰"令堂""尊堂"，皆由于此。

（9）黍离代表亡国之悲　《王风》有《黍离》一首。相传东迁后，周大夫过丰镐故都，见宫殿焚毁，尽变黍田，遂有"彼黍离离，彼稷之苗……知我者谓我心忧，不知我者谓我何求？悠悠苍天，此何人哉！"

《史记·宋微子世家》谓箕子朝周，过故殷墟，感宫室毁坏生禾黍，箕子乃作《麦秀》之歌以伤之，歌曰："麦秀渐渐兮，禾黍油油，彼狡童兮，不与我好兮。"所谓狡童者，纣也。故"黍离""麦秀"与"铜驼荆棘"皆为悲亡国之词。

（10）陟岵兴悲　游子行役忆念家中父母，每用此典。《魏风·陟岵》："陟彼岵兮，瞻望父兮……瞻望母兮。"

（11）三星在户　为贺新婚之词。《唐风·绸缪》："绸缪束楚，三星在户。今夕何夕，见此粲者？……"

（12）渭阳　《秦风·渭阳》："我送舅氏，曰至渭阳……"《诗序》谓秦康公为太子时送其舅晋公子重耳返国时作。后世遂以舅父为渭阳。谢绚父重与舅王胡之不协，绚又戏舅袁湛，湛曰："汝父轻舅，汝今复无礼，可谓世无渭阳情。"

（13）青衿为学子　《郑风·子衿》："青青子衿，悠悠我心。"《毛传》谓："刺学校废也。"后世遂以青衿为士人。旧时代入学为秀才者，曰"得青一衿"。

（14）作媒为执柯　《豳风·伐柯》："伐柯为何，匪斧不克，娶妻为何，匪媒不得。"后遂称作媒为执柯，媒人为执柯者。

（15）蒹葭秋水　为怀念朋友之套语。《秦风·蒹葭》："蒹葭苍苍，白露为霜，所谓伊人，在水一方……"旧注为念友之诗。

（16）皇华为使臣　《小雅·皇皇者华》，《诗序》谓："君遣使臣也。"后世遂以为使臣代词。或曰"皇华之使"。

（17）棠棣为兄弟　棠棣原诗为《常棣》，有"凡今之人，莫如兄弟"，遂为兄弟代词。

（18）鸰原　《棠棣》有"脊令在原，兄弟急难"。脊令乃一种鸟，后人改为鹡鸰。亦兄弟代词。

（19）阋墙　《棠棣》有"兄弟阋于墙，外御其务（侮）"句。今兄弟不睦纷争曰阋墙。

（20）民之父母　《南山有台》："乐只君子，民之父母。"后世称亲民之官曰父母官。明人称县令曰"老父母"。

（21）攻错　《鹤鸣》："他山之石，可以为错。""他山之石，可以攻玉。"朋友在学问上互相磋磨，常用此语。

（22）梦熊之兆　《斯干》："乃占我梦，吉梦维何？维熊维罴，男子之祥。"

（23）弄璋　为生男代词。《斯干》："乃生男子，载寝之床，载衣之裳，载弄之璋，其泣喤喤。"

（24）弄瓦　为生女代词。《斯干》："乃生女子，载寝之地，载衣之裼，载弄之瓦。"

（25）螟蛉子　抱养他人子为子曰螟蛉。《小宛》："螟蛉有子，蜾蠃负之，教诲尔子，式谷似之。"俗谓土蜂负桑虫育己巢内，呼之曰"类我""类我"，七日而虫化为蜂。

（26）南箕贝锦　皆为谗谮之称。《巷伯》："萋兮斐兮，成是贝锦，彼谮人者，亦已太甚。""哆兮侈兮，成是南箕。彼谮人者，谁适与谋。"

（27）茑萝与松柏　以喻高攀之婚姻。《頍弁》："茑与女萝，施于松上。"后人更以菟丝与茑萝，如《古诗十九首》："与君为新婚，菟丝附茑萝。"杜甫《新婚别》："菟丝附蓬麻，引蔓故不长。嫁女与征夫，不如弃道旁。"但《诗经·頍弁》之言茑萝，并无婚姻意，不过宴乐久不相见之兄弟，即景为诗而已。

（28）青蝇之刺谗人　《青蝇》云："营营青蝇，止于樊，岂弟君子，无信谗言。"

（29）相攸、文定、亲迎、结缡　皆婚姻名词。前一词见

《韩奕》:"为韩姞相攸。"择婚所之意。文定、亲迎二词见《大雅·大明》。结缡见《豳风·东山》。

（30）倾城　《瞻卬》:"哲夫成城,哲妇倾城。"汉武帝李延年欲进其女弟为新歌曰:"北方有佳人,绝世而独立,一顾倾人城,再顾倾人国。宁不知倾城与倾国,佳人难再得!"

（31）长舌妇　《瞻卬》:"妇有长舌,维厉之阶。乱匪降自天,生自妇人。"

（32）殷鉴　《荡》:"殷鉴不远,在夏后氏之世。"后世凡鉴照前人之失,以自警戒者,皆曰"殷鉴"。

二、词汇

（1）淑女　《周南·关雎》:"窈窕淑女,君子好逑。"好逑一作"好仇",良伴之意。称少女者又有"静女",见《邶风·静女》;"彼姝",见《鄘风·干旄》;"粲者",见《唐风·绸缪》。

（2）归宁　《葛覃》:"或擀或否,归宁父母。"后世已嫁女归视父母曰"归宁"。

（3）干城　《兔罝》:"赳赳武夫,公侯干城……公侯腹心。""干城""腹心""好仇"三词汇亦出此诗。

（4）退食　《召南·羔羊》:"羔羊之皮,素丝五紽,退食自公。"言公卿大夫自公署退还家而就食。

（5）怀春　《野有死麕》："有女怀春，吉士诱之。"

（6）踊跃　《邶风·击鼓》："击鼓其镗，踊跃用兵。"后凡兴奋以为一事，皆曰踊跃。

（7）劬劳　《凯风》"棘心夭夭，母氏劬劳。"《小雅·鸿雁》："之子于征，劬劳于野。""虽则劬劳，其究安宅。""维此哲人，谓我劬劳。"劬劳二字本不专指母氏，但后世仅以言母。

（8）忮求　《邶风·雄雉》："不忮不求，何用不臧？"

（9）黾勉　《谷风》："黾勉同心，不宜有怒。"

（10）式微　《式微》："式微式微，胡不归？""式"，已也。"微"，衰微。后以此一词，为国势式微，家世式微等。

（11）琐尾、流离　《旄丘》："琐兮尾兮，流离之子。"

（12）燕婉　《新台》："燕婉之求，得此戚施。"

（13）切磋与琢磨　《鄘风·淇奥》："如切如磋，如琢如磨。"后与友研求学问者常用此等词汇。

（14）蚩蚩　《卫风·氓》："氓之蚩蚩，抱布贸丝。"蚩蚩，敦厚貌，或曰嘻笑状。后世言乡农村夫辄曰"蚩蚩之氓"，盖取前义。

（15）食贫　《氓》："自我徂尔，三岁食贫。"

（16）罔极　《氓》："士也罔极，二三其德。"罔，无；极，终极。罔极一词《诗经》常见，如《小雅·蓼莪》："欲报之德，昊天罔极。"父母之恩，曰"罔极之恩"。

（17）前驱　《卫风·伯兮》："伯也执殳，为王前驱。"

（18）心痗　《伯兮》："愿言思伯，使我心痗。"

（19）仳离　《中谷有蓷》："有女仳离。"后世离婚用此语。

（20）同穴　《王风·大车》："毂则异室，死则同穴，谓予不信，有如皦日。"后世夫妇合葬曰同穴。

（21）佻达、儇薄　皆指轻薄少年之行为。"挑达"后改为"佻达"，见《郑风·子衿》："挑兮达兮，在城阙兮，一日不见，如三月兮。""儇"后增字为"轻儇""儇薄"，见《齐风·还》："子之还兮……并驱从两肩兮，揖我谓我儇兮。"

（22）乐土、乐国　见《魏风·硕鼠》："逝将去女，适彼乐土。""逝将去女，适彼乐国。"

（23）夏屋　《秦风·权舆》："于我乎夏屋渠渠，今也食无余。"夏屋原义为盛馔，后世竟以为高厦。

（24）婆娑　《陈风·东门之枌》："子仲之子，婆娑其下。""不绩其麻，市也婆娑。"婆娑，《毛传》："舞也。"后又转为盘旋、放逸、安坐偃息诸义。

（25）同袍、同仇　《秦风·无衣》："岂曰无衣，与子同袍。王于兴师，修我戈矛，与子同仇。"后世武人谓同列曰"同袍"，对待敌人有"同仇敌忾"一语。

（26）栖迟、偃仰　《陈风·衡门》："衡门之下，可以栖迟。"《小雅·北山》："或栖迟偃仰。"后世以为所置屋子幽雅安静，足供随时起卧之意。

（27）瘏口，哓音　《豳风·鸱鸮》："予口卒瘏……予维音哓哓。"后世言讲话极力训诲人，用此四字。"哓哓"又为多言。

（28）嘉宾　《小雅·鹿鸣》："我有嘉宾，鼓瑟吹笙。"此词《诗经》常见。

（29）友生　《棠棣》："虽有兄弟，不如友生。"后世以友生为称友之词。

（30）乔迁　《伐木》："出自幽谷，迁于乔木。"后世贺人搬家曰"乔迁"。

（31）师干　《采芑》："方叔涖止，其车三千，师干之试。"师，众；干，盾。后世以为军队之称，犹"总领师干"。

(32) 元老　《采芑》："方叔元老,克壮其犹。"

(33) 壮猷　即由"克壮其犹"而来。

(34) 爪牙　《祈父》："祈父,予王之爪牙。"后世谓武人为爪牙之士,或恶人羽党曰爪牙。

(35) 姻娅　《节南山》："琐琐姻娅。"后世姻亲曰姻娅。

(36) 泣血　《雨无正》："鼠(忧)思泣血。"

(37) 桑梓　《小弁》："维桑与梓,必恭敬止。"桑梓代表故乡。

(38) 假寐　《小弁》："心之忧矣,不遑假寐。"

(39) 埙篪　兄弟代词。《何人斯》："伯氏吹埙,仲氏吹篪。"

(40) 鬼蜮　《何人斯》："为鬼为蜮,则不可得。"

(41) 怙恃　《蓼莪》："无父何怙？无母何恃？"

(42) 鞠养　《蓼莪》"父兮生我,母兮鞠我,拊我畜(养也)我,长我育我……""顾复"亦形容父母恩,见此诗。

(43) 鞅掌　《北山》："王事鞅掌。"

(44) 烝尝　祭祀之称。《楚茨》："济济跄跄,絜尔牛羊,以往烝尝。"《商颂·那》及《长发》皆有"顾予烝尝,汤孙之将"句,盖冬祭曰烝,秋祭曰尝。

（45）蟊贼　《瞻卬》："蟊贼蟊疾，靡有夷届。"《大田》："去其螟螣，及其蟊贼。"《桑柔》："降此蟊贼，稼穑卒痒。"

（46）左右之　《裳裳者华》："左之左之，君子宜之；左之右之，君子有之。"后以运用力量助成一事，曰左右之。又得力之辅佐，曰左右手。

（47）屏翰　《桑扈》："之屏之翰，百辟为宪。"

（48）苑结　《都人士》："我不见兮，我心苑结。"

（49）荩臣　《大雅·文王》："王之荩臣。"荩本训进，忠爱之笃，进进无已也。后世以"忠荩"联为一词。

（50）有身　《大明》："大任有身，生此文王。"有身即有娠、有孕之谓。

（51）鹰扬　《大明》："维师尚父，时维鹰扬。"

（52）民瘼　《皇矣》："监观四方，求民之瘼。"《桑柔》："瘼此下民，不殄心忧。"民瘼者，民之疾痛也。

（53）经营　《灵台》："经之营之，庶民攻之。"

（54）岐嶷　《生民》："克岐克嶷。"后世以形容头角不凡之儿童。

（55）小康　《民劳》："民亦劳止，汔可小康。"后世有小康之局，小康之家等词。

（56）缱绻、绸缪　《民劳》："无纵诡随，以仅缱绻。"缱绻义为反复，本来与原诗的"无良""惽怓""作慝""丑厉"并列，是不好的字眼。后世与《唐风·缪绸》之诗题共取为恩爱术语，或密友款洽之状。

（57）蜩螗　《荡》："文王曰咨，咨女殷商，如蜩如螗，如沸如羹。"后以形容天下扰乱之状，或以形容盗贼之猖狂。

（58）厉阶、乱阶　《瞻卬》："妇有长舌，为厉之阶。"厉，恶也，阶、梯阶也。《小雅·巧言》："无拳无勇，职为乱阶。"

（59）荼毒　《桑柔》："民之贪乱，宁为荼毒。"后有"备受荼毒""荼毒生灵"诸词。

（60）孑遗　《云汉》："周余黎民，靡有孑遗。"

（61）旱魃　《云汉》："旱魃为虐，如惔如焚。"

（62）岳降　《崧高》："维岳降神，生申及甫。"

（63）就绪　《常武》："三事就绪。"后世事务作成，曰"就绪"。

（64）丑虏　《常武》："仍执丑虏。"

（65）来庭　《常武》："四方既平，徐方来庭。"外国降服来朝，曰"来庭"。

（66）虎臣　《鲁颂·泮水》："矫矫虎臣，在泮献馘。"
（67）元子　《閟宫》："王曰叔父，建尔元子，俾侯于鲁。"长子也。但仅帝王家用。
（68）膺惩　《閟宫》："戎狄是膺，荆舒是惩。"
（69）维新　《大雅·文王》："周虽旧邦，其命维新。"
（70）仪刑　《文王》："仪刑文王，万邦作孚。"
（71）肤功　《小雅·六月》："薄伐玁狁，以奏肤功。"
（72）家难　《周颂·小毖》："未堪家多难。"
（73）仔肩　《敬之》："佛时仔肩。"

三、成语

（1）辗转反侧　《周南·关雎》，尚有"寤寐求之""琴瑟友之"。
（2）忧心忡忡　《召南·草虫》。
（3）寔命不犹　《召南·小星》。犹同如。后人用此四字，仍用犹。
（4）耿耿不寐　《邶风·柏舟》，尚有"匪石不转""忧心悄悄""不能奋飞"诸成语。
（5）死生契阔　《击鼓》。
（6）宴尔新婚　《谷风》。
（7）褎如充耳　《旄丘》。

（8）室人交谪　《北门》："王事适我，政事一埤益我。我人自外，室人交遍谪我。"

（9）惠而好我　《北风》。

（10）搔首踟蹰　《静女》。

（11）之死靡他　《鄘风·柏舟》。

（12）永矢弗谖　《考槃》。

（13）手如柔荑　《硕人》。尚有"肤如凝脂""齿如瓠犀""螓首蛾眉""巧笑倩兮，美目盼兮"，一串形容女子美貌语。后或变化用之，如"瓠犀微露""双蛾微蹙""美目流盼""辗然作巧笑"……

（14）二三其德　《氓》："士也罔极，二三其德。"尚有"咥其笑矣""躬自悼矣""言笑晏晏""信誓旦旦"。

（15）首如飞蓬　《卫风·伯兮》。尚有"岂无膏沐，谁适为容？"

（16）遇人不淑　《王风·中谷有蓷》，尚有"啜其泣矣""何嗟及矣"。

（17）一日三秋　言思念人，渴欲相见，感觉光阴之悠长。《采葛》："彼采葛兮，一日不见，如三秋兮。"

（18）人言可畏　《郑风·将仲子》："人之多言，亦可畏也！"

（19）孔武有力　《羔裘》。

（20）琴瑟静好　以喻夫妇和谐之乐。《女曰鸡鸣》："琴瑟在御，莫不静好。"

（21）室迩人远　《东门之墠》："其室则迩，其人甚远。"

（22）风雨如晦，鸡鸣不已　《风雨》。此二语须连用，以喻举国梦梦，国势危殆而不知，尚有先觉之士，大声呼号以警醒之。

（23）王事靡盬　《唐风·鸨羽》。《经义述闻》云："盬者息也，言王事靡得而止息也。"《诗经》在二雅中此四字用得甚多。

（24）温其如玉　《秦风·小戎》："言念君子，温其如玉。"尚有"乱我心曲""秩秩德音"诸语。

（25）惴惴其栗　《黄鸟》。尚有"如可赎兮，人百其身"，后人改为"百身莫赎"。以喻父母及所依恃人物之亡。

（26）夫也不良　《陈风·墓门》："夫也不良，国人知之。"

（27）涕泗滂沱　《泽陂》。尚有"伤如之何""辗转伏枕"。

（28）其新孔嘉，其旧如之何？　《豳风·东山》。此二语须连用，以讽男子得新忘故者。

（29）如鼓琴瑟　《小雅·棠棣》："妻子好合，如鼓琴瑟。"

（30）寿比南山　《天保》："如月之恒，如日之升，如南山之寿，不骞不崩。"

（31）陈师鞠旅　《采芑》。

（32）雨雪载涂　《出车》："昔我往矣，黍稷方华，今我来思，雨雪载涂。"载者在也，满也。

（33）畏简书　《出车》："岂不怀归，畏此简书。"李商隐《筹笔驿》诗："猿鸟犹知畏简书，风云长为护储胥。"

（34）万寿无疆　《南山有台》。此四字《诗经》中常见。

（35）百朋之锡　《菁菁者莪》："既见君子，锡我百朋。"又有"载沉载浮"。

（36）夜如何其　《庭燎》。尚有"夜未央"。

（37）朝宗于海　《沔水》："沔彼流水，朝宗于海。"

（38）他山之石，可以攻玉　《鹤鸣》。

（39）金玉尔音　《白驹》："毋金玉尔音，而有遐心。"

（40）竹苞松茂　贺人新居之词。《斯干》："如竹苞矣，如松茂矣。"

（41）秉国之钧　《节南山》："尹氏大师，维周之氐，秉国之钧，四方是维。"后世言掌握国家大权者，曰秉国钧。

（42）视天梦梦　《正月》。尚有"谓天盖高，不敢不局。谓地盖厚，不敢不蹐"。后世言处窘迫之势者"局天蹐地"。

（43）将伯之助　《正月》："其车既载，乃弃尔辅，载输尔载，将伯助予。"将，请也；伯，呼人以兄也。言以车载重物，乃弃其副，及车欲覆，则求人说老兄请帮帮忙啊！后世以"将伯"为一词。

（44）不敢告劳　《十月之交》："黾勉从事，不敢告劳。"

（45）伊于胡底　《小旻》。尚有"发言盈庭""筑室道谋""暴虎""冯河""战战兢兢""临深履薄"诸语，皆取原诗之句稍加改变而成。

（46）毋忝所生　《小宛》："夙兴夜寐，毋忝尔所生。"

（47）鞠为茂草　《小弁》："踧踧周道，鞠为茂草。"尚有"怒焉如捣""何辜于天"。

（48）我生不辰　《小弁》："天之生我，我辰安在？"

（49）巧言如簧　《巧言》。尚有"颜之厚矣""无拳无勇"。

（50）彼何人斯　《何人斯》。尚有"有觍面目""不愧于人，不畏于天"。

（51）草草劳人　《巷伯》："骄人好好，劳人草草。"

（52）弃予如遗　《谷风》。

（53）潸然出涕　《大东》。尚有"杼柚其空""粲粲衣服"。

（54）旅力方刚　《北山》。尚有"普天之下，莫非王土，率土之滨，莫非王臣""经营四方""出入风议""靡事不为"。

（55）自诒其戚　《小明》。诒，遗也。后人改为"自贻伊戚"。尚有"心之忧矣""涕零如雨"。

（56）献酬交错　《楚茨》。后变为"觥筹交错"。尚有"济济跄跄"。

（57）优渥、沾足　《信南山》："既优既渥，既沾既足。"

（58）死丧无日　《頍弁》："死丧无日，无几相见。"

（59）高山仰止　《车辖》："高山仰止，景行行止。"

（60）优哉游哉　《采菽》。《卷阿》："优游尔休矣。"

（61）绰绰有裕　《角弓》。后改为"绰绰有余"。

（62）教猱升木　《角弓》："毋教猱升木，如涂涂附。"

尚有"不顾其后""民之无良"。民同人，后改为"人之无良"。

（63）彼都人士　《都人士》。尚有"出言有章""万民所望"。

（64）天步艰难　《白华》。

（65）天命靡常　《大雅·文王》。尚有"自求多福""无声无臭"。

（66）昭事上帝　《大明》。尚有"小心翼翼""天作之合""上帝临女，无贰尔心"。

（67）瓜瓞绵绵　贺人子孙繁衍。《绵》："绵绵瓜瓞。"

（68）鸢飞鱼跃　《旱麓》："鸢飞戾天，鱼跃于渊。"宋道学家每以形容其精神上活泼自由状态。

（69）黄耇台背　《行苇》。一作"黄发鲐背"。此四字又见《鲁颂·閟宫》。

（70）醉酒饱德　《既醉》："既醉以酒，既饱以德，君子万年，介尔景德。"

（71）询于刍荛　《板》。尚有"不可救药""如取如携"。

（72）不愧屋漏　《抑》："相在尔室，尚不愧于屋漏。"后有"衾影不愧，屋漏无惭"语，此诗尚有"夙兴夜寐""白圭之玷，尚可磨也，斯言之玷，不可为也"。

（73）投桃报李　亦见上诗。《卫风·木瓜》："投我以木桃,报之以琼瑶。""投我以木李,报之以琼玖。"则有朋友间互赠礼物厚往薄来意。

（74）耳提面命　亦见上诗。"匪面命之,言提其耳,借曰未知,亦已抱子。"又有"诲尔谆谆,听我藐藐",后变为"言之谆谆,听之藐藐"。

（75）饥馑荐臻　《云汉》。尚有"天降丧乱""兢兢业业"。

（76）秉彝之德　《烝民》："天生烝民,有物有则,民之秉彝,好是懿德。"尚有"小心翼翼""不畏强御""穆如清风""爱莫助之"（后改"爱莫能助"）,"柔则茹之,刚则吐之"（后改为"茹柔吐刚"）,"衮职有阙,维仲山甫补之"（后改为"以补衮职"）,"既明且哲,以保其身"（后变为"明哲保身"）。

（77）烂其盈门　《韩奕》。

（78）人之云亡,邦国殄瘁　《瞻卬》。此二语宜连用。

（79）此疆彼界　《周颂·思文》："无此疆彼界,陈常于时夏。"

（80）日就月将　《敬之》。

（81）惩前毖后　《小毖》："予其惩前，而毖后患。"
（82）允文允武　《鲁颂·泮水》。又有"矫矫虎臣""济济多士"。

卷五

国风十五篇析说

葛覃（周南）

葛①之覃②兮，施③于中谷，维叶萋萋④。黄鸟于飞⑤，集于灌木⑥，其鸣喈喈。

葛之覃兮，施于中谷，维叶莫莫⑦。是刈是濩⑧，为絺为綌⑨，服之无斁⑩。

言告师氏⑪，言告言归⑫。薄汙我私⑬，薄澣我衣⑭。害澣害否⑮，归宁⑯父母。

【注解】

① 葛　草名，蔓生，茎细长，茎之纤维，可织葛布。即麻类。

② 覃　延长也。"覃恩""覃施""覃思"这类词汇的意义皆同。

③ 施　毛传："移也。"屈万里云："施，古读当与拖字同。拖，蔓也。今北方俗语，谓之拖秧。"

④ 维叶萋萋　维，语辞，与惟、唯通。或作彼字解，即其字。言它的叶子，即麻的叶子。萋萋，茂盛貌。

⑤ 黄鸟于飞　黄鸟据毛传"搏黍也"。搏黍是什么鸟，《正义》倒有详解。《正义》曰："《释鸟》云：'皇，黄鸟。'舍人曰：'皇名黄鸟。'郭璞曰：'俗呼黄离留，亦名搏黍。'陆机（机应作玑）疏云：'黄鸟，黄鹂留也。或谓之黄栗留。幽州人谓之黄莺；一名仓庚，一名商庚，一名鹂黄，一名楚雀。齐人谓之搏黍。当葚熟时，来在桑间。故里语曰：'黄栗留，看我麦，黄葚熟。'亦是应节趋时之鸟也。自此以下，诸言黄鸟、仓庚者皆是也。"于飞，即往飞。解释已见《通论·补述诗经虚字的用法》。

⑥ 灌木　毛传训灌木为枣木。《正义》："《释木》云：'灌木，从木。'又云'木族生为灌。'孙炎曰：'族，

丛也。'是灌为丛木。"言黄鸟栖止丛树中,喈喈而鸣。高本汉曰:"《尔雅·释文》:'集于樌木。'和《毛诗》不同。这个'樌'是'贯'字的繁体;《尔雅》:'贯,众也。'参看《荀子·王霸篇》:贯日(连接在一起的日子,《战国策·魏策》同)。从语源上讲,所有这些意思都是从'贯'字本义,贯穿、连接、聚集……来的。'灌木'就是聚在一起的树木,密集生长的树木。"

⑦ 维叶莫莫　莫莫,亦茂盛之义。《大雅·旱麓》:"莫莫葛藟,施于条枝。"

⑧ 是刈是濩　刈,割也。濩,煮也。濩从鑊得义。麻类刈割以后,必以鑊煮之,使纤维柔软并易于剥去其皮,而后始可搓为线而织之为衣服。或曰濩乃获字之假借,恐不然。是刈是濩,《经传释词》云:"是,犹于是也。"

⑨ 为絺为绤　毛传:"精曰絺,粗曰绤。"《正义》:"《曲礼》云:'为天子削瓜,巾以絺。诸侯巾以绤。'《玉藻》云:'浴用二巾,上絺下绤。'皆贵絺而贱绤。是絺精而绤粗,故云精曰絺,粗曰绤。"

⑩ 服之无斁　斁,音亦,厌也,饱足也。言所织成粗细葛布,穿在身上永无厌弃之时。

⑪ 毛传:"古者女师教以妇德、妇言、妇容、妇功。祖

庙未毁，教于公宫三月；祖庙既毁，教于宗室。"《正义》曰："女师者，教人之师，以妇人为之。《昏礼》云：'姆婅笄绡衣，在其右。'注云：'姆，妇人，五十无子，出而不复嫁，能以妇道教人者。'"屈万里亦谓"师氏"为保姆，虽不致指诗人为后妃，但亦谓其为非平民。实则师氏乃这群劳工妇女的领袖，她以其熟练的工作经验指导这些女孩，则为师傅，监督她们工作，管理她们的生活，则为工头。犹所谓"头家"。闻一多又以"师氏"地位等于女仆，也不对。

⑫ 言告言归　言字固有若干解释，此处三个言字皆作我字解。我告诉师傅或头家，我告诉她我要请假回家。陈奂谓"言归"等于"云归"，又为"曰归"，两者在《诗经》里都可找出若干例子。且"言""云""曰"是同义的语助云云，似乎将明白爽朗的句子反而说晦涩了。

⑬ 薄汙我私　先说"薄"字，前人皆以为语助词。朱熹《诗集传》因薄字为"不厚""轻微"，遂引申以为"少"，就是我把我的内衣略为浸一下。闻一多既认师氏为女仆，遂说那归宁的女子吩咐师氏将我衣服拿去洗干净，以便我穿着回家。"薄"在此处，为命令辞。其实都非是。

郑笺《周颂·时迈》："薄，甫也。"甫为薄字的一部分，或即是当时简体字。甫即开始的意思。汙，毛传："烦也。"郑笺："烦，烦挼之功。"就是说多费工夫把衣服洗干净。朱熹以为汙就是去污，恰如乱之可训为治。"私"，毛传说是燕服，即燕居之服，也就是日常穿的衣服。谓妇人有副袆盛饰以朝，或事舅姑，或接见于宗庙，进见于君子，其余衣服则为私。实则此女既为劳工有什么公服私服？"私"指不能见人的东西，孔疏指为"亵衣"，高氏以为是"内衣"，甚是。凡从事劳力之人，内衣所积汗垢特多，正要用力洗涤始得清洁。故毛传郑笺谓烦挼为"用功深"，阮孝绪、陆德明曰"烦挼，犹挼抄也。"王安石曰："治汙曰汙。"朱熹遂以汙为治污，都有道理。

⑭ 薄澣我衣　古人既把"私"当作燕居之服，当然要把"衣"当作公服了。古时王后六服，袆衣为其一，故郑笺谓此处"衣"字即是袆衣。"澣"者，濯之也。

⑮ 害澣害否　毛传训害为"何"，谓私服宜澣，公服宜否。郑笺"我之衣服，今者何所当见澣乎？何所当否乎？言常自清洁，以事君子。"前文既有"薄澣我衣"句，则公服已在洗濯之例。惟后妃袆衣，乃是祭服，也是

上服。见《礼记·玉藻》篇。《释名》谓袆衣上要画翟雉之文。那种雉产伊洛以南，青质五色备，曰"翚鹞"。这样衣服能下水洗濯么？所以毛郑脑筋一转就把"害澣害否"解为"私服宜澣，公服宜否"，对于"薄澣我衣"那一句也只好置之不论了。实则两"害"字宜作"或"字解。就是女子向头家请假回家，将内外衣服都清洗一番。有些衣服来不及洗，只好搁着，或交同伴保管，或带回家再洗，故有"害澣害否"的话。

⑯ 归宁父母　女子出嫁回其家曰"归宁"，这个词汇实出此诗。无怪乎注《葛覃》之诗者皆以嫁后女子回家而言。其实，宁者"安"也。归宁父母就是回家向父母问安。已嫁女子可用，未嫁女子亦可用。女子可用，男子亦可用。宋赵湘有《送周湜下第归宁序》见《南阳集》。赵湘是深深懂得"归宁"二字正确意义的。

【分析】

我国古时无棉，制衣以麻苎，曰葛衣，乃平民之服。有钱的人则衣丝织品。衣食乃民生两大需要，农夫供给食，女工则供给衣。我们读《葛覃》之诗，那时已有工场制度，三四十个女孩，聚集在山谷产麻区，刈割、煮透、剥皮、劈缕、搓线，然后织成粗细的麻布，为时必然甚久。所以这些女孩子食住都在工场里，上有工头指导管辖，要想回家，得向工头请假。古时尚未行货币制，不知这些女工的工资拿什么来计算？工头是否剥削她们剩余价值？我想剥削总是不免，但决不如现代工业社会资本家对劳工待遇之苛。因为师徒制的小手工业不会剥削太多。同时师徒间有感情的维持，容易相处。你看《葛覃》女工，一面工作，尚有闲情逸致，观看黄鹂的飞翔，聆听其美妙的歌声，想回家只须向工头交代一声，收拾了衣服便可自由上路。她们的生活何等活泼愉快，岂后世血泪成河的劳工地狱可比！

卷耳①（周南）

采采②卷耳，不盈顷筐③，嗟我怀人，寘彼周行④。
陟彼崔嵬⑤，我马虺隤⑥，我姑酌彼金罍⑦，维以不永怀！⑧
陟彼高冈，我马玄黄⑨，我姑酌彼兕觥⑩，维以不永伤！
陟彼砠⑪矣，我马瘏⑫矣，我仆痡⑬矣，云何吁矣⑭。

【注解】

① 卷耳　陆文郁《诗草木今释》：卷耳又名菤耳，苓耳，苍耳（《尔雅》），菢（《离骚》），枲耳，胡枲，地葵（《本草经》），莫耳（《淮南子·览冥训》注），羊负来，常思菜（陶弘景），爵耳，耳珰草（《诗疏》），襜菜（《尔雅义疏》），道人头（《图经本草》），猪耳，喝起草，喝起菜，野茄，缣丝草（《本草纲目》），葹（《广韵》），白胡荽（郑康成），卷施草（《玉篇》），进贤菜（《记事珠》），回菜场子花，母猪癫（东北俗名），苍子，蒺藜狗子（天津俗名）。菊科，花、叶、根、实皆可食。《辞海》［卷耳］条："一年生，草茎叶皆有微毛，叶作长卵形，对生，无柄，嫩叶可食。"

② 采采　采之又采。

③ 顷筐　筥箕之属，后高前低，置物其中，易于倾倒而出，故曰"顷筐"。毛公谓为"畚属"。《韩诗》谓为"欹筐"。实则顷字即后世之倾字。

④ 寘彼周行　《左传·襄十五年》："楚人以公子午为令尹……君子谓楚于是乎能官人……《诗》云'嗟我怀人，寘彼周行。'能官人也。王及公侯伯子男甸采卫大夫，各在其列，所谓周行也。"《荀子·解蔽篇》：

"《诗》云'采采卷耳,不盈顷筐,嗟我怀人,寘彼周行。'顷筐,易满也,卷耳易得也,然而不可以贰周行。"《淮南·俶真训》:"故《诗》云'采采卷耳,不盈顷筐,嗟我怀人,寘彼周行。'以言慕远世也。"杨倞注:"言我思古君子,官贤人,置之列位也。各得其行列,故曰慕远也。"毛传于此二句亦云"怀思寘置行列也。思君子,官贤人,置周之行列。"郑笺亦云:"周之行列,谓朝庭臣也。"其实,《左传》的话,原是"断章取义",是对于《诗经》的活用。《荀子》和《淮南子》便把"周行"二字误会为周之列官了。毛传、郑笺,又沿其误,更弄得不可诘究了。我们就承认采卷耳者为后妃之属,她们也没资格官人。无怪欧阳修要驳斥道:"妇人无外事,求贤,审官,非后妃责。"朱熹解"周行"为大道。大道必四通八达,故曰周,未必为周之官道。解见《通论补述》。

⑤ 崔嵬　山高峻貌。本为形容词,今曰登陟,则变为名词。义为山巅或高峰。崔音摧,嵬音巍。谓为山之戴石者。

⑥ 我马虺隤　虺隤,《齐诗》作"瘣隤"。虺又作"瘣",《释文》引《说文》切韵。隤又作"頽",见《说文》。虺隤,疲病也。仅用以形容马,人则不能。

⑦ 金罍　《礼记》云:"夏曰山罍,其形似壶,刻而画之,为云雷之形。"酒器也,实则铜制。

⑧ 维以不永怀　维通唯,有专情之意。怀,忧伤。永怀,永久的忧伤。

⑨ 我马玄黄　毛传:"马病则黄。"闻一多曰:"按玄黄者,诗人所拟想马视觉中之变态现象,即眼花。人疲极或惊怖则眼花,视物不清,但见玄黄纷错,五色交驰,此即所谓玄黄也。如所谓五色无主,看朱成碧,声之转则曰眩眃——一作炫煌。"拟想马儿眼花,眼花到玄黄纷错五色交驰,语殊无谓,还不如"马病则黄"之直捷。

⑩ 兕觥　匜类之稍小而深者,或有足,或无足,而皆有盖,盖皆作牛首形。

⑪ 砠　毛传:"石山戴土曰砠。"

⑫ 瘏　音涂,病也。

⑬ 痡　音敷,亦病也。

⑭ 吁　毛训吁为忧。朱传则曰忧叹。实则吁为盱之假借,见《尔雅·释诂》所引。盱,张目远望也。云何,无所见也。

【分析】

《卷耳》这首诗颇难解释。全诗四章，章四句，第一章系妇人携顷筐采摘可以食用的卷耳，虽然采了又采，因心绪欠佳，连个前低后高的顷筐都装不满，后来索性将筐儿搁在大道上，坐下来想念那个出使或出征的丈夫了。"嗟我怀人"著一"我"字，可见是采卷耳妇人在说话。

第二、三、四章说话的是个乘马携仆的男人，他升于高山之上，马儿疲乏得走不动了，好像它的毛色也发黄了，仆人也累病了，我遥望家中，看见什么呢？当然是一无所见，只好举起杯儿来喝酒，靠此消遣，免得永久思念、忧伤下去。三节诗共有六"我"字，当然是那个有仆马的男人所说。

此诗旧说后妃念使臣，当然无据，后妃怎会出到郊野采卷耳？使臣乃与她无关之人，怎会如此想念？作此说者，真太不近情理。说是妇念其夫，代在外丈夫说话，或夫念其妇，代采卷耳之妻说话，为诗中之"反射体"亦未尝不可，如《魏风·陟岵》，出征军士代家中父、母、兄说怀念他自己的话。如《卷耳》之诗，说是"反射体"，究竟勉强。然则男女双方说话均用第一人称"我"又将何解？

俞平伯说的话颇有道理。他说此诗非怀远人之妇人作，亦非征人作，乃诗人代双方作。首章写思妇，二至四章写征夫。均系直写，并非代词。当携筐采绿者徘徊巷陌，回肠荡气之时，正征人策马盘旋，度越关山之顷，两两相映，境殊而情却同，事异而怨则一，由彼念此可，由此念彼亦可，不入忆念，客观地相映及亦可。所谓"天涯一样缠绵，各自飘零"，或有当诗人之旨乎？

如此，则《卷耳》这首诗是一种双线进行的写法。

汉广①（周南）

南有乔木②，不可休息③，汉有游女④，不可求思。汉之广矣，不可泳思；江之永⑤矣，不可方⑥思。

翘翘⑦错⑧薪，言刈其楚⑨，之子于归，言秣⑩其马。汉之广矣，不可泳思；江之永矣，不可方思。

翘翘错薪，言刈其蒌⑪，之子于归，言秣其驹。汉之广矣，不可泳思；江之永矣，不可方思。

【注解】

① 汉广　汉即汉水。《禹贡》："嶓冢导漾，东流为汉。"盖汉水本名漾水，源出陕西宁羌县之嶓冢山，南经沔

县为沔水。经褒城县纳褒水，始为汉水。如是迤逶约三千里，至汉阳，入于长江。

② 乔木　毛传：乔，上竦。《鲁诗》（高诱注《淮南》引）："乔木，上竦少阴之木。"此皆由下句"不可休息"推测而出之言。其实乔者高之意。高树枝叶四布而茂盛，正可在下休息。

③ 不可休息　全诗每句皆用思字为语助，此句"休"字与下句"求"字相叶。则息字必系"思"字形近之讹。《韩诗》作"思"是也。

④ 汉有游女　郑笺云："木以高其枝叶之故，故人不得就而止息；喻贤女虽出游流水之上，人无欲求犯礼者亦由贞洁使然。"朱熹《诗集传》云："江汉之俗，其女好游，汉魏以后犹然。如大堤之曲可见也。"

⑤ 永　长也。《韩诗》作"漾"，用以叶下句之"方"。然"永"字于证反，则与甫妄反之"方"仍相叶。漾，实亦长义，金文常见漾保用，即永保用。

⑥ 方　毛传："方，泭也。"泭一作桴，一作柎，并同。《方言》："泭谓之籰，籰谓之筏……"孙炎注《尔雅》："方木置水为柎栰也。"郭璞云："木曰籰，竹曰筏。小筏曰泭。"

⑦ 翘翘　毛传："翘翘，薪貌。"朱熹："翘翘，秀起之貌。"翘字从尧，尧为高貌。《豳·鸱鸮》："予室翘翘。"高危之意。《庄子·马蹄篇》："翘足"，《淮南子·务修训》："翘尾"，义皆高举，今俗语言犹然。《广雅》谓翘翘为众，则由薪多附会。

⑧ 错　毛传："杂也。"实则错义为安置。《天问》："九州安错。"即问大九州安置之位置为何？

⑨ 楚　荆棘之类。荆楚二字互通，楚国又称荆国。

⑩ 秣　《说文》：秣，食马谷也。实则以刍类饲马，皆曰秣。

⑪ 蒌　音娄。郭璞谓即蒿。陆机疏："其叶似艾，白色，长数寸，高丈余，好生水边及泽中。正月根芽生旁茎，正白，生食之，香而脆美，其叶又可蒸为茹。"按蒌乃芦蒿之属，亦可为薪。沿江一带居民皆刈割以为燃料。

【分析】

此诗凡三章，章八句。是三千年前一个奴隶单恋的悲歌，旧注仍深陷于"文王之化"的旧观念里。像《诗经正义》就说："文王美化行于江汉之域，故男无思犯礼，女求而不可得。"又说："此言游女尚不可求，则在室无敢犯礼可知。"又云："贵家之女，居内，深宫固门，阍寺守之；庶人之女，执筐行馌，故有出游之事。今云汉上游女难求，则小家女子尚贞洁自持，凛不可犯，则大家闺秀是更不须说。（大意）"甚至"刈楚""刈蒌"也神经过敏地说：楚与蒌杂薪之中，尤翘翘特出，我欲刈取之，以喻众女皆贞洁，我又欲取其尤高洁者。于"秣马""秣驹"，又曲为解释地说：是尤贞洁者之女子若往归嫁我，我欲以粟秣养其马，乘之以致礼饩，示已有意欲求之。这类话除了好笑，不能再说别的了。

欧阳修于秣马语说即是"为之执鞭所欣慕焉"之意。朱熹则云"欲秣其马，则悦之主；以江汉为比，则叹其终不可求。"方玉润则认此诗乃属江干樵唱，谓："近世楚粤滇黔间，樵子入山，多唱山讴，响应林谷，盖劳者善歌，所以忘劳耳。其词大抵男女相赠答，私心爱慕之情，有近乎淫者，亦有以礼自持者，文在雅俗之间而音节则自然天籁也。当其佳处，往往入神，有学士大夫所不能者。愚意此诗亦必当时诗人歌以付樵……"

笔者认这首诗是奴仆的恋歌。奴仆私恋他家小姐，但古时盛行封建制度，阶级异常森严，奴对主私恋虽殷，却永远没有结合之望。所以诗一开始，即以"乔木""汉女"相比。汉女即汉水女神。有汉皋解佩故事，自汉至于魏齐，甚至唐代都这样说。

1. 《鲁诗》:"江妃二女者,不知何所人也。出游于江汉之湄,逢郑交甫见而悦之,不知其为神人也,谓其仆曰:'我欲下请其佩。'仆曰:'此间之人,皆习于词,不得,恐罹侮焉。'交甫不听,遂下与之言曰:'二女劳矣。'二女曰:'客子有劳,妾何劳之有?'交甫曰:'橘是柚也,我盛之以筥,令附汉水将流而下,我遵其旁,采其芝而茹之,以知吾为不逊也。愿请子之佩。'二女曰:'橘是柚也,我盛之以筥,令附汉水顺流而下,我遵其旁,采其芝而茹之。'遂手解佩与交甫,交甫悦而受而怀之中,当心。趋去数十步,视佩,空怀无佩,顾二女,忽然不见。诗曰'汉有游女,不可求思。'此之谓也。"

2. 《齐诗》:"乔木无息,汉女难得,橘柚请佩,反手离汝。"《齐诗》橘柚之说显明出于《鲁诗》。《鲁诗》郑交甫向二女请佩时说了一番橘与柚附汉水以流的话,又有什么采芝以茹的话,令人莫名其妙。

3. 《韩诗》:"游女,汉神也。言汉神时见,不可得而求之。"《韩诗内外传》均有汉皋解佩的故事。见《文选·李善注》引。

(1) 张衡《南都赋》:"耕父扬光于清泠之渊,游女弄珠于汉皋之曲。"李善注:"《韩诗外传》:郑交甫将南适楚,遵彼汉皋台下,乃遇二女,佩两珠,大如荆鸡之卵。"

(2) 郭璞《江赋》:"感交甫之丧佩。"李善引《韩诗内传》:"郑交甫遵彼汉皋,台下遇二女与言曰:'愿请予之佩。'二女与交甫。交甫受而怀之,超然而去。十步,循探之,即亡矣。回顾二女,亦即亡矣。"

(3) 阮籍《咏怀诗》:"二妃游江滨,逍遥顺风翔,交甫悦环佩,婉娈有芬芳……"李善注谓出《列仙传》,又云:"余与《韩诗内传》同。"

(4) 曹植《洛神赋》《七启》:"讽《汉广》之所咏,觌游女于水滨。"李善谓见《韩诗序》,又曰:"薛君曰:'游女,谓汉神也。'"

此外则多见于《神仙传》及《列仙传》。犹曹植《洛神赋》"感交甫之弃言兮,恨犹豫而狐疑。"李注谓出《神仙传》。嵇康《琴赋》:"游女飘然而来萃。"李注谓出

《列女传》，列女盖列仙之误。扬雄《羽猎赋》："汉女水潜。"李善注引应劭云："汉女，郑交甫所逢二女也。"则谓言出处。更有陈琳《神女赋》："赞皇师以南假，济汉水之清流。感诗人之攸叹，想神女之所游。"《易林》萃之渐，颐之既济，"汉有游女，人不可得"；噬嗑之困"二女宝珠，误郑大夫。"均言游女为神，为汉水之神。《毛诗》不喜谈神话，误以为被文王之化的贞洁之女；朱熹又说江汉之俗，其女好游。二女从此变为凡人了。

现在要问二女既为汉水之神，又其数为二，其来历究竟如何？曰二女之说来自域外，乃西亚金星神易士塔儿（Ishtar）之所衍化。另一同型女神与之并立，遂成姐妹女神。传入我国，为湘江二女，及其他各种二女型之神女，详见笔者《屈赋研究》之《湘夫人》篇，兹不赘述。

易士塔儿之情人曰旦缪子（Tammlz），主世界大树。《汉广》之诗言"南有乔木，不可休息"，正指此世界大树而言。"汉有游女，不可求思"，则指汉水神女而言，游者凌波而游，或如扬雄《羽猎赋》之潜水，均无关系，总之，世界大树乃虚无之树，凡人岂能在其下休息？汉水游女亦系神仙者流，凡人岂可向之求婚？以喻我身为奴仆乃片面私恋我之女公子，岂能有结合之望，亦如江汉之水无法泳过一样。

至"翘翘错薪"诸句，始知作此诗者为奴仆（"言"字作我字解，该奴自称）。他说那高高架起的柴薪是我樵采来的，小姐出嫁时驾车的马儿是我饲喂的。此人在人家任采薪饲马诸役，非奴仆而何？

该奴每日担柴送水之余，遥见其家小姐，仍可心下温存，眼皮供养，小姐既出嫁则再见无期了，故作此歌。哀伤之情，令人慨叹，为《诗经》里第一首表情最为深刻的好诗。

但不知这个奴隶为何能知道神话中的乔木与汉水神女，可见其学问也是不凡！但该奴这些神话知识或由道听途说而来，并非由他的学问，这亦可见域外文化传入我国之早。

凯风（邶风）

凯风自南①，吹彼棘心②。棘心夭夭③，母氏劬劳④。
凯风自南，吹彼棘薪⑤。母氏圣善⑥，我无令人⑦。
爰有寒泉，在浚之下⑧。有子七人，母氏劳苦。
睍睆黄鸟⑨，载好其音⑩。有子七人，莫慰母心。

【注解】

① 《诗序》:"《凯风》,美孝子也。卫之淫风流行,虽有七子之母,犹不能安其室,故美七子能尽其孝道,以慰其母心而成其志尔。"《尔雅》:"南风谓之凯风,东风谓之谷风,北风谓之凉风,西风谓之泰风。"今风自南,则如《尔雅》所谓。

② 棘心 毛、郑无说,孔疏亦无说。惟云棘木难长,凯风吹之而渐大;七子难养,慈母养之以成立云。闻一多氏则谓棘心为棘刺,曰:"金文心字作〇,此心脏之心,象形。又作〇,此心思字。●为声符兼音符,鑯也。今字作失。《释名》释形体曰心,纤也。心从●会意。故物之鑯锐者,亦得冒心名。枣棘之芒刺,曰心。"但马瑞辰固已言棘心为棘之尖刺。

③ 夭夭 盛貌。《鲁语》韦注:"草木禾成曰夭。"重言之则曰夭夭。与"桃之夭夭"同义。

④ 劬劳 《广雅·释诂》:"劬,数也。"人烦劳则病。徐锴《说文系传》引此诗云:"棘心之所以速长者,以得恺风也。子之所以速大者,以母劬劳而养之也。"

⑤ 棘薪 毛传:"棘薪,其成就者。"谓棘长大可为薪。

⑥ 圣善 叡智。《书》:"睿作圣。"古时圣字皆指聪

明及能力过人而言，与道德无关。

⑦ 令人　令，善也。或引《韩诗外传》，孟母责欲出妻之孟子曰："令人踞，而视之，是汝之无礼也，非妇无礼也。"《朱子年谱》："四十七岁，令人刘氏卒。"令人作妻讲。"我无令人"者，七子言自己无妻，致母劳苦。

⑧ 浚　毛传："浚，卫邑也。"在今山东濮阳。《水经·瓠子水注》："濮水，枝津上，承濮渠。后东径沮丘城南，又东径浚城南，西北去濮阳三十五里。城侧有寒泉冈。即诗所谓'爰有寒泉，在浚之下。'"

⑨ 睍睆黄鸟　《韩诗》睍睆作简简。陈奂云：《说文》无睆字。疑此本作睍睍，故韩作简简。毛传："睍睆，好貌。"笺："睍睆以兴颜色"。此二字从目，谓其羽毛之鲜美也。《杕杜》："有睍其实。"《大东》："睆彼牵牛。"要皆貌也，非声也。《礼记》"华而睆。"明貌。

⑩ 载好其音　载，则也。实则为再。如"载生魄"即"再生魄"，言黄鸟羽毛既鲜明可爱，再加之婉转之歌声，更悦人也。

【分析】

《凯风》之诗自来有"亲过"之说。《孟子·告子下》：公孙丑问《凯风》何以不怨。孟子曰："《凯风》，亲之过小者也。《小弁》，亲之过大者也。亲之过大而不怨，是愈疏也。亲之过小而怨，是不可矶也。愈疏，不孝也。不可矶，亦不孝也。"（按《小弁》相传为幽王太子宜臼之傅作。）

因孟子有亲过，《诗序》遂有七子之母尚欲嫁之说。郑笺曰："七子遭家不造，母有去心，而能痛自刻责，思过引咎，卒令其母感而不嫁，是孝子能成己之志也。"朱注以为此诗乃孝子自责之辞。陈启源曰："诗人美刺，多代为其人之辞，故有似刺而实美，似美而实刺者，不独三百篇也，后世骚赋及乐府犹然。若谓七子自作，是暴扬其亲之过，何得云孝？"许伯政曰："此诗叙七子自责而略不及其母之过，所以深体其心，若七子干母之蛊，积诚几谏，必惟恐人之或闻，而又自作此诗，流播人口，则有借母立名之心，不足以为孝矣。"

或有以《凯风》乃孝子事继母之诗。《齐诗》："凯风无母，何恃何怙，幼孤弱子，为人所苦。"（《易林·咸之家人》）《后汉·姜肱传》："肱性笃孝，事继母恪勤，感《凯风》之义，兄弟同被而寝，不入房室，以慰母心。"是姜肱亦以《凯风》所咏者为继母。

汉至六朝皆以《凯风》之诗仅孝子思亲之作。其例甚繁：

1. 汉明帝《赐东平王书》曰："今送先烈皇后衣巾一箧，可时奉瞻，以慰《凯风》寒泉之思。"

2. 《衡方碑》："感都人之《凯风》，悼蓼仪之勤劬。"

3. 《梁相孔眈碑》："竭《凯风》以惆憀，惟蓼仪以怆恨。"（魏源引）。

4. 汉《郎中马江碑》："感《凯风》，叹寒泉。"

5. 敦煌《长史武班碑》："孝深《凯风》。"

6. 《后汉书·清河孝王庆传》和帝诏曰："诸王幼稚，早离顾复，弱冠相育，常有《蓼莪》《凯风》之哀。"

7. 《三国志·蜀志·二主妃子传》："今皇思夫人，宜有尊号，以慰寒泉之思。"

8. 潘岳《寡妇赋》："览寒泉之遗叹兮，咏《蓼莪》之余音。"

9. 陶潜《孟嘉传》："渊明先亲，君之第四女也。《凯风》寒泉之思，实钟厥心。"

10. 谢庄《宋孝武宣贵妃诔》："仰昊天之莫报，怨《凯风》之徒攀。"

11. 谢朓《齐敬皇后哀册文》："思寒泉之罔极兮，托彤管于遗咏。"

12.《晋书·孝友列传序》："晒风树以隙心，頫寒泉而沫泣。"（皮锡瑞引）。

闻一多别出新解，谓《凯风》非劝母词而为谏父诗。其言曰："凡诗言风，多以喻暴怒之男性。《邶·谷风》篇：'习习谷风，以阴以雨，黾勉同心，不宜有怒。'《小雅·谷风》篇：'习习谷风，维山崔嵬，无草不死，无木不萎。'亦以谷风喻夫之残暴。《邶风·终风》笺谓以风喻州吁。诗与州吁关系若何，虽不可知，其以风喻暴戾之男性，则较为明白。《小雅·何人斯》诗曰：'彼何人斯？其为飘风，胡不自北？胡不自南？'此以飘风喻男子之无情也。本篇《凯风》喻七子之父，棘心、棘薪，则以喻七子之母。夭夭为倾侧貌。乐府《长歌行》：'凯风吹长棘，夭夭枝叶倾'，为得原意。七子母受夫虐待，不能忍而求去，其情可原。故孟子谓其过小。"（《诗经通义》）

此言较诸说皆远胜。《凯风》谓淫风流行，有七子之妇尚欲再嫁，乃毛序之谬说，汉魏六朝人皆不以为然，至宋苏轼为胡完母夫人挽词尚有"凯风吹尽棘成薪"句。是《凯风》毛序宋人尚不通也。

谷风①（邶风）

习习谷风②，以阴以雨。黾勉同心③，不宜有怒。采葑采菲④，无以下体⑤。德音莫违："及尔同死"⑥。

行道迟迟，中心有违⑦。不远伊迩⑧，薄送我畿⑨。谁谓荼苦⑩，其甘如荠⑪。宴尔新婚⑫，如兄如弟。

泾以渭浊⑬，湜湜其沚⑭。宴尔新昏，不我屑以⑮。毋逝我梁，毋发我笱。我躬不阅，遑恤我后⑯。

就其深矣，方之舟之。就其浅矣，泳之游之。何有何亡，黾勉求之。

不我能慉⑰，反以我为雠。既阻我德，贾用不售。昔育恐育鞫，及尔颠覆⑱。既生既育，比予于毒。

我有旨蓄⑲，亦以御冬。宴尔新昏，以我御穷。有洸有溃⑳，既诒我肄㉑。不念昔者，伊余来塈㉒。

【注解】

① 《诗序》："《谷风》刺夫妇失道也。卫人化其上，淫于新婚而弃其旧室，夫妇离绝；国俗伤败焉。"这个序没有附会史实，还算正确。

② 谷风　毛传："习习，和舒貌。东风谓之谷风，阴阳和而谷风至，夫妇和则室家成，室家成则继嗣生。"陈奂引《尔雅·释天》孙注云："谷之生穀，穀生也。是谷风为生长之风也。阴雨膏润万物……阴阳之道和而致育，以兴夫妇之道，藉和而生，室家成，继嗣生，皆和之验。"严粲据《桑柔》篇"大风有隧，有空大谷"，谓谷风即大风。闻一多谓中国士夫每以风生于山谷或窍穴井谷之类。其例有：

1. 庄子《齐物论》："〔风〕作则万窍怒呺，山陵之畏佳（崔嵬）大木百围之窍，似鼻，似口，似耳……"

2. 《文选》："浸淫溪谷，盛怒若土囊之口，缘于大山之阿。"

3. 《淮南子·览冥训》："凤凰……夕宿风穴。"高注："北方寒风从土出也。"

4. 《文选·风赋注》："宜都佷山县有山，有穴，口大数尺，为风井。"

5. 《后汉书·郡国志》刘注引："《交州记》：山有风门，常有风。"

6. 《山海经·南山经》："旄山之尾，其南有谷，曰育遗，凯风之自是出。"又曰："令丘之山……其南有谷焉，曰中谷，条风自是出。"

7. 《小雅·谷风》："习习谷风，维山崔嵬。"前人谓习习为和舒之风。闻氏则谓习习即大风之声。陆机《行思赋》："托飘风之习习，冒沈云之蔼蔼"，习字一作飖。《万象名义》曰："飖，大风。"飖飖又转为飒飖，《广韵》《五音集韵》曰："飒飖，大风。"（这都与闻氏释《凯风》篇义同。）

③ 黾勉　黾音敏，勉也。黾勉，犹勉勉也。郑说。《御览》引《十月之交》同。《汉书·五行志》作闵免。《韩诗》（《文选注》引）作"密勿同心"，训为侔勉。陈奂云三家诗皆作"密勿"。密通作蜜。《尔雅》："蠠没，勉也。"《说文》："蠠，古蜜字。黾、蜜、蠠同义。勉勿同义，黾勉即勉勉，犹蜜勿即勿勿。"

④ 葑、菲　葑音封，芜菁也，根可食。菲，萝卜也。

⑤ 下体　根也。谓采葑菲者不可以其根之恶而弃其茎之美。为夫妇者不可以颜色之衰，而弃其德音之善。笔者以为这个注解是错的，芜菁等名为"根菜"，人正喜食其根，何恶之有？惟芜菁萝卜嫩叶亦可食，人勿贪年轻貌美之女，而恶年老色衰、勤俭持家之故妻。

⑥ 及尔同死　此乃夫妇感情浓厚时，每有同生共死之誓

言,弃妇诘其夫云:"你从前说的话,怎么可以违背呢?"德音解见前,即从前曾说过的话。

⑦ 有违　马瑞辰云:"违,怨恨也。"

⑧ 伊　维也。

⑨ 畿　音祈,门内也。"不远伊迩,薄送我畿"者,言我今离家不指望你远送,但望你送我出大门。谁知你只送到大门以内,便止步了。

⑩ 荼　苦菜也。《本草经》曰:"苦叶";《尔雅》曰:"荼叶";《嘉祐本草》曰:"苦苣";《救荒本草》曰:"老鹳菜";河北山东曰"曲菜""曲曲菜"。

⑪ 荠　甜菜。"谁谓荼苦,其甘如荠"者,犹俗所谓"谁人说道黄莲苦,更比黄莲苦十分"也。

⑫ 宴尔　犹安乐也。新婚一段时间,不必工作。

⑬ 泾渭　朱传:"泾水出今厚州百泉县笄头山东,南至永兴军高陵入渭。渭水出渭州渭源县鸟鼠山,至同州冯翊县入河。"泾清而渭浊,二水初并流,清浊分明,后乃混。

⑭ 湜湜其沚　湜音殖,水清也。沚为分出之水,流或稍缓,则水质犹清。盖泾水清而渭水浊。泾入渭而亦混同一色,喻其夫初亦尚有理智,及娶新人,为其迷惑,遂善恶

不分。然我则成为旁观者清之人。

⑮ 不我屑以　屑，毛传谓为絜，误。屑，重视也。不屑，轻视也。《孟子》："不屑去，不屑就。"弃妇言其夫新婚安乐，轻我如无人。

⑯ 后　笺谓阋为收容，是。后为子孙则非，弃妇言我所营养鱼副业新人勿去败坏，旋念我且不为夫收容，想以后事何必。

⑰ 慉　同畜。收留，养也。其夫既不愿养故妻，反以为仇，并在乡里间遍散布谣言编派故妻种种不是！如败坏商店货品，使卖不出去，其故妻未必图再嫁，但名誉既败，亦不能再做人了。

⑱ 昔育、颠覆　据《蜀本石经》，作"昔育恐鞠"。各家聚讼纷纭，今皆不录。糜文开夫妇云：昔育恐鞠，为不能抚育为恐，以致颠尔之宗嗣，今已育矣，又抚子长大矣，乃视我为毒物，岂我意之所能及哉？

⑲ 旨蓄　旨，训甘美。蓄训积存。积存甘美之菜，以御冬季无菜蔬之时，即干菜也。或即腌菜之类。

⑳ 洸、溃　皆武貌。有洸有溃，即洸然溃然。洸之本义为激流，见《荀子·宥坐》篇，言孔子赞东流之水，其洸洸乎不屈，似道。溃之本义为决堤，见《国语·周

语》。

㉑ 肂　高鸿经曰："肂通勚，勚，劳也。"《左传·昭十年》："正大夫离居，莫知我肂。"《诗·雨无正》："正大夫离居，莫知我勚。"

㉒ 伊余来塈　塈字各家解说不同，有以下数种：

1. 忔　《经传释词》王引之曰："曁乃忔之假借字。忔，怒也。"怒犹今语生气，但合全句观之，则不成语。
2. 塈　马瑞辰谓"塈"乃"愾"之假借字。愾，怨也。
3. 息　毛传言塈为息。妇初来时曰息。方玉润曰：妇三月庙见，然后执妇功，初来曰息也。

【分析】

此篇乃弃妇辞。《毛序》固未与史实发生关系，然以"'卫人化其上'一语"，李黼平遂谓宣公夺子妻乃夷姜缢，是淫于新昏而弃其旧室，故国人伤之云云，是又欲与卫之历史发生交涉，实则此乃中国学者恶习，殊无意义。

方玉润则谓为逐臣自伤。曰"凡民有丧，匍匐救之"，非急公好义，胞与为怀之士，未可与言，岂一妇人所能言哉？又"昔育恐育鞫，及尔颠覆"亦非有扶危济倾，患难相恤之人，未能自在，而岂一弃妇所能任哉？大凡忠臣义士不见谅于其君，或遭谗闻，远逐殊方，必有一番冤抑难于显诉，不得不托为夫妇之词，以写其无罪见逐之状，则虽卑词巽语中时露忠贞郁勃气，汉魏以降，此种尤多，然皆有诗无人，或言近旨远，借以讽世，莫非脱胎于此，未可遽认为真也。"按方氏之言殊为腐儒之见，彼认"民"字为"人民"之民，不知古时民与人通。弃妇德行颇佳，操劳家务，遇大困难则出大力，如济深水，非借助舟航不可；遇小困难则出力亦较小，如济浅水，游泳而过。见乡党之间或里邻之际，有灾难者，虽爬行亦要爬去救助。家中有财力固不惜倾囊，即一文俱无，亦必多方筹措，以济人之急为第一。"昔育恐育鞫，及尔颠覆"，闻一多谓为床笫间事，《诗经》固不讳此，惟连"既生既育"以观，则育鞫实为育子鞫子，"恐"字与"及尔颠覆"并观，则如糜氏夫妇谓恐惧不育，颠覆尔之宗嗣，于义为长。与方玉润氏"扶危济困"之言殊不相涉。"托夫妇以言君臣"始自《离骚》，亦不过稍借为喻，如"众女嫉余之蛾眉兮，谣诼谓余以善淫"，汉人竟扩展其义，为文学上一大主义，实非屈原意料所及，方氏乃主此主义脱胎于《谷风》，更可哂矣。

引《谷风》诗者：

1.《左传·僖公三十三年》谓臼季使过冀，见郤缺耨，其妻馌之，敬，相待如宾。归言于晋文公谓能敬必有德，以治民，请用之。然文公嫌缺父郤芮有罪，臼季对以鲧殛禹兴之事，又曰"诗曰'采葑采菲，无以下体'，君取节焉可也。"

2.《列女传·贤明篇》 晋赵衰妻狄叔隗，生盾，及返国，文公以其女赵姬妻衰。赵姬请迎盾与其母，衰辞不敢。姬曰："不可。夫得宠而忘旧，舍义。好新而嫚故，无恩。与人勤于隘厄，富贵而不顾，无礼。君弃此三者，何以使人。虽妾亦无以侍执巾栉。诗不云乎：'采葑采菲，无以下体。德音莫违，及尔同死。'与人同寒苦，虽有小过，犹与之同死而不去，况于安新忘旧乎？又曰：'燕尔新婚，不我屑以。'盖伤之也。君其逆之，无以新废旧。"

3.《列女传·贞顺篇》 《息君夫人传》末并引诗云："德音莫违，及尔同死。"此之谓也。

4.《礼记·坊记》 子云："君子不尽利以遗民。诗云：'采葑采菲，无以下体。德音莫违，及尔同死。'以此坊民，民犹忘义而争利，以忘其身。"郑玄注："此诗故亲今疏者，言人之交，当如采葑采菲，取一善而已。君子不求备于一人。"

5.《礼记·表记》"子言之,仁有数,义有长短大小,爱人之仁也,数世之仁也。《国风》曰:'我今不阅,皇恤我后。'终身之仁也。"《列女传·王陵母传》云:"君子谓王陵母能弃身立义,以成其子。诗云:'我躬不阅,遑恤我后。'终身之仁也。陵母之仁及五世矣。"

载驰①(鄘风)

载驰载驱②,归唁卫侯③。驱马悠悠,言至于漕④。大夫跋涉,我心则忧⑤。

既不我嘉⑥,不能旋返⑦。视尔不臧,我思不远⑧,既不我嘉,不能旋济⑨。视尔不臧,我思不閟。⑩

陟彼阿丘⑪,言采其蝱⑫。女子善怀,亦各有行⑬。许人尤之,众稚且狂⑭。

我行其野,芃芃其麦⑮。控于大邦,谁因谁极⑯。

大夫君子,无我有尤。百尔所思,不如我所之⑰。

【注解】

① 《诗序》:"《载驰》,许穆夫人作也。闵其宗国颠覆,自伤不能救也。卫懿公为狄人所灭,国人分散,

露于漕邑，许穆夫人闵卫之亡，伤许之小，力不能救，思归唁其兄，又义不得，故赋是诗也。"

② 载　毛传"载，辞也。"又有谓为"则"者。实则载，再也，又也。载驰载驱者，跑了再跑，赶了又赶之谓。谓"载"为语助词，或则者，皆不合。

③ 归唁卫侯　毛传："卫侯，戴公也。唁，吊问也。"吊死曰吊，吊生曰唁。《左传》：齐人获臧坚，齐侯使夙沙卫唁之。是为吊生之唁。吊失国亦曰唁。《左传·昭公二十五年》："齐侯唁公于野井。"《穀梁》曰："唁公之不得入于鲁。"是为吊失国之唁。许穆姬归唁卫侯，乃吊其失国。然实唁文公之失兄。

④ 言至于漕　漕，卫东邑。原字作曹，即今河南滑县南白马城。戴公率遗民露处之所，在黄河南。

⑤ 大夫跋涉二句　《韩诗》："由不蹊遂而涉曰跋涉。"《淮南子·修务训》曰："南荣畴跋涉山川，冒蒙荆棘。"高注："不从蹊遂曰跋涉。"毛传则谓："草行曰跋，水行曰涉。"跋为无道路行草莽中，涉为无舟楫涉水而过。大夫，许国之大夫也。古礼，国君夫人父母在可归宁。父母没，则仅使大夫宁于兄弟。又妇女无出境之事，国君夫人父母既没，惟奔丧归国，归后遂不

复归。卫懿公死于兵乱，戴公率遗民仓卒庐于漕，夫人之归不得以奔丧为词，故许国大夫追踪前来，欲挽其返许。我，夫人自指。

⑥ 既不我嘉　善、美皆为嘉。夫人归卫，许大夫认为不善，以其不合于古礼也。

⑦ 不能旋返　夫人言尔等大夫，既不能赞同我之所为，我亦不愿归许矣。

⑧ 视尔不臧二句　此二句若干解释皆不合。糜氏云乃反问口气，就是："比起你们那些坏办法，我的思虑岂不更远大？"

⑨ 旋济　济，渡水也。朱传云："自许归卫，必有所渡之水也。"但非黄河。许国原在河南。

⑩ 我思不閟　旧注谓閟为止，夫人自言虽许大夫反对我行，我思卫犹不能止。非。此两句与上文同一反问口气，"比起你们的那些坏办法，我的思虑岂不更周密？"

⑪ 阿丘　旧注为偏高之丘。笔者疑为夫人旅途中所经之小地名。

⑫ 蝱　音盲，贝母也。可疗心气郁结之疾。又作蠚，通茵。

⑬ 女子善怀二句　人皆言女子襟怀偏仄，多思善虑，国家大事，非妇女所宜过问。然宁知女子亦有办法也耶？

糜译:"莫道娘儿多思又多虑,娘儿也有娘儿的路!"可谓佳译。

⑭ 许人尤之二句　尤,过也,怪咎也。许人徒以国君夫人不越境,父母已没不能归宁,怪责我之不能守礼,乃一群小儿之见,且狂人之所为耳。

⑮ 芃芃　蒲红反,音蓬。麦茂盛貌。

⑯ 控于大邦二句　向大邦控诉狄人暴行,请求救援。"谁因谁极"句稍难解。严粲谓"因"等于"因藉",朱彬谓"因",亲也。"极"者,我到那里也。前人见两"谁"字以为是询问词,实则乃决定词,犹"哪一个"。"谁因谁极"即哪一国家对我亲善,我即到哪一国求援也。

⑰ 大夫君子四句　大夫,许之群臣也。君子,隐指许穆公。就是说,许国君臣呀,不要再来责难我了,你们想出一百端主意,都不如我想法的正确而有效啊!

【分析】

《鲁诗》曰:"许穆夫人者,卫懿公之女,许穆公之夫人也。初,许求之,齐亦求之。懿公将与许,女因其傅母而言曰:'古者诸侯之有女子也,所以苟苴玩弄,系援于大国也。今者许小而远,齐大而近。若今之世,强者为雄。如使边境有寇戎之事,惟是四方之故,赴告大国,妾在,不犹愈乎?今舍近而就远,离大国而附小,一旦有车驰之难,孰可与虑社稷?'卫侯不听而嫁之于许。其后狄人攻卫,大破之,而许不能救。卫侯遂奔走涉河而南至楚丘,齐桓往而存之,遂城楚丘以居卫侯。于是悔不用其言。当败之时,许夫人驰驱而吊唁卫侯,而作诗云。"

《左传·闵公二年》:"卫立戴公,以庐于曹,许穆夫人赋《载驰》。"《左传》又言:"齐侯使公子无亏帅车三百乘,甲士三千人以戍曹。"按宣公薨后,齐人使黔牟之弟昭伯公子顽,烝于宣姜,生齐子、戴公、文公、宋桓夫人、许穆夫人。故许穆夫人并非卫懿公之女,乃从兄妹耳。若以宣姜论,则为姑母矣。

宣姜与公子顽所生女齐子为齐桓公之如夫人,与许穆夫人为同胞姊妹。许穆夫人不顾许人之反对,欲控于大邦,必曾至齐一行,请其姊向桓公进言,公子无亏率兵戍曹,旋即城楚丘而立国,当皆系许穆夫人之力。是夫人不仅为中国最早之女诗人,亦中国最早之女政治家也。

至夫人《载驰》之作,旧谓所唁为卫戴公。按狄人入卫在鲁闵公二年。是年冬十二月,宋桓公立戴公以庐于漕,戴公立月余而卒。诗言"芃芃其麦"，知非此时。至鲁僖公二年正月乃城楚丘，而诗言"言至于漕"，知此诗之作，当在鲁僖公元年春间，乃唁文公，非戴公也。胡承珙说。

再者，此诗明系许穆夫人已在旅途上所作。其离许也，当系采取秘密而迅速之行动，及许君臣发觉，急使一群大夫不辞跋涉，遥相追踪。被夫人一顿排揎，惟有垂首丧气而返。此一女中丈夫，所作所为，宁许国大夫所能推测？曰"视尔不臧"，曰"众稚且狂"，曰"百尔所思，不如我所之！"夫人控于大邦援卫之计，成竹在胸，筹之已熟。毛传乃谓其竟未能行；后人亦有许多迂腐议论，思欲为许穆夫人解免，反而深贬夫人，殊可慨也。

氓①（卫风）

氓之蚩蚩②，抱布贸丝③。匪来贸丝，来即我谋。送子涉淇，至于顿丘。匪我愆期，子无良媒④。将子无怒，秋以为期。

乘彼垝垣⑤，以望复关。不见复关，泣涕涟涟；既见复关，载笑载言⑥。尔卜尔筮⑦，体无咎言⑧。以尔车来，以我贿迁⑨。

桑之未落，其叶沃若⑩。于嗟鸠兮，无食桑葚⑪。于嗟女兮,无与士耽⑫。士之耽兮,犹可说也。女之耽兮,不可说也!

桑之落矣,其黄而陨。自我徂尔,三岁食贫⑬。淇水汤汤,渐车帷裳⑭。女也不爽,士贰其行。士也罔极⑮,二三其德⑯。

三岁为妇,靡室劳矣⑰。夙兴夜寐,靡有朝矣。言既遂矣,至于暴矣。兄弟不知,咥其笑矣。静言思之,躬自悼矣!

及尔偕老,老使我怨。淇则有岸,隰则有泮⑱。总角之宴⑲,言笑晏晏。信誓旦旦⑳,不思其反。反是不思,亦已焉哉!

【注解】

① 《诗序》:"氓,刺时也。宣公之时,礼义消亡,淫风大行,男女无别,遂相奔诱。华落色衰,复相背弃,或因困而自悔,丧其妃耦,故序其事以风焉,美反正,刺淫泆也。"

② 氓之蚩蚩　氓,民也。《说文》:"民,众氓也。"我国古时,百姓为贵族下之人民,即战胜者、统治者之人民;普通人民,名之曰氓,或曰民,有轻视意。

其证如下：㈠《书·吕刑》："苗民勿用灵。"郑玄注："此族天生凶恶，故著其名而谓之民。民者，冥也。言未知仁道。"㈡贾谊《新书·大政篇》："民之言萌也，萌之言，盲也。"盖民、氓乃一声之转。蚩蚩，敦厚貌，或无知貌。《一切经音义》："蚩，笑也。"《说文》："蚇蚇戏笑。"蚇通蚩。

③ 抱布贸丝　朱传以布为币，古本有钱布之说也。马瑞辰曰"布与丝对，宜为布帛之布。《盐铁论·错币》篇：'古者市朝无刀币，各以其所有易无。'抱布贸丝。"正训布为布帛。

④ 子无良媒　媒，旧以为媒妁之媒。媒固作谋合二姓为解。但酿成某事之介物，如酒酵亦称媒。从中挑拨使事决裂，亦可称媒。《汉书》"媒蘗其短"是。本诗男女二人相约私奔，有何用媒之理？故"子无良媒"云者，你无良好机会之谓而已。

⑤ 垝垣　毛传："垝，毁也。"垣，墙也。女本小家碧玉，所居墙崩一角，遂立于此以望其情人。

⑥ 复关　旧以为男子所居之地。然本诗氓之所居，距女所有相当之远。须涉过淇水，至顿丘，男所居更在顿丘之外。即曰隐约可以望见，地点为固定的，岂有俄

而望见，俄而又望不见？望之不见时则涕泣涟涟，望见时，则又载笑载言耶？故知复关者乃此氓之名也。后人根据《诗经》捏造出许多地名，复关亦然。《寰宇记》云复关城在澶州（今河北清丰县）临河县。如此，则复关所在地距卫之首都朝歌，或狄祸后所迁楚丘，千里之遥矣。

⑦ 卜筮　龟曰卜，蓍曰筮。

⑧ 体无咎言　体，经传多专指兆体言。《金縢》："公曰：'体，王其罔害。'体谓卜兆也。"《玉藻》："君定体。"注："视兆所得也。"咎言，不吉之言也。

⑨ 车来、贿迁　贿为财物。此女亦攒积一点私房钱，既与男约，秋以为期；男又对女言：龟也卜过，蓍也筮过，均为大吉大利，可以践私奔之约矣。女嘱至期潜以小车来，将我那点私房及衣服被盖等类载去。旧必指为此女乃正当出嫁者，其误皆在误解"子无良媒"之一媒字。

⑩ 沃若　沃若者，如洗过一般也。桑叶本光泽如漆，故云。比喻自己方当少年，容颜之美。

⑪ 桑葚　一作桑椹。桑所结之果，可酿酒。成熟时纷纷坠地，已发酵，鸠食过多则醉，易为人捕。

⑫ 士耽二句　凡乐过其节谓之耽。耽又通假作湛。鸠食葚醉为人捕，女与士相乐而至私奔，果为人弃。

⑬ 徂尔、食贫　郑笺："我自往之汝家，汝家乏谷食，已三岁贫矣。"食贫犹居贫，不必一定为乏谷食。徂，往也。上文以桑叶之沃若自喻年轻貌美，此节以桑叶黄陨喻颜色之衰，而时间则不过三载。贫家妇操作劳苦而营养复不良，或易衰老，然未必如是之速。或云三载以喻久，如《魏风·硕鼠》："三岁贯女。"不必定是三载。然妇女色衰至少在四十以后，女初奔时，其年或十八九，或二十一二，至四十以后，则经过十余年或二十余年矣。无论如何，不能言为"三岁"。故此妇之被情夫厌弃，非关色衰，实由其情夫喜新厌故，见异思迁之性情，令人难以忍受而然，故下文有"贰行""罔极"之语。

⑭ 渐　音尖。渍湿也。

⑮ 罔极　《小雅·蓼莪》："欲报之德，昊天罔极。"朱传言："亲恩太大，如天无穷，不知所以为报也。"王引之《诗述闻》云："'昊天罔极'，犹言'昊天不慭''昊天不惠'，朱子所谓无所归咎而归之于天也。《汉司隶校尉鲁峻碑》：'悲蓼莪之不报，痛昊天之靡嘉。'

得诗人之意矣。"实则言情夫心深难测。

⑯ 二三其德　犹言三心二意。

⑰ 靡室劳矣　言室家之务，无事不为，未尝以为劳。

⑱ 隰则有泮　隰，漯水。漯，音沓，合韵。漯川为黄河之支流，其故道自河南武陟县分支行今黄河之北，经河南之卫辉，至青州境入海。

⑲ 总角之宴　总角，结髪为两角也，夹囟曰角。《内则》云："子事父母，鸡初鸣，咸盥漱，栉縰笄总，拂髦，冠绥缨。"盖孩子四五岁时，结髪为两小辫翘然如牛角，故曰总角。宴者小孩相聚，办姑姑酒或云家家酒为嬉戏也。可见私奔之女与其情夫幼时原同住一村为青梅竹马之伴侣，及长乃分居两村，旧情不断，私奔以就，亦是无怪。

⑳ 信誓旦旦　旦旦，明也。《释文》："旦本作悬。"《说文》："悬，憯也。从心旦声。悬或从心在旦下。诗曰：'信誓悬悬。'"诗所引者《鲁诗》，作悬之本也。陈乔枞云："悬悬，为憯之意，故郑笺又云言其恳恻款诚。"亦本《鲁诗》为训也。胡承珙云："《说文》：'憯，痛也。'《方言》：'怛，痛也。'但旦旦者不如训为每日，《孟子》：'旦旦而伐之'，即每日伐之。孩童发誓每日为之，亦借以为戏耳。"

黍离①（王风）

彼黍离离，彼稷之苗②。行迈靡靡③，中心摇摇④。知我者，谓我心忧；不知我者，谓我何求⑤。悠悠苍天⑥，此何人哉⑦。

彼黍离离，彼稷之穗。行迈靡靡，中心如醉。知我者，谓我心忧；不知我者，谓我何求。悠悠苍天，此何人哉！

彼黍离离，彼稷之实。行迈靡靡，中心如噎。知我者，谓我心忧；不知我者，谓我何求。悠悠苍天，此何人哉！

【注解】

① 《诗序》："《黍离》，闵宗周也。周大夫行役，至于宗周，过故宗庙、宗室，尽为禾黍，闵周室之颠覆，彷徨不忍去而作是诗也。"

② 黍、稷　马瑞辰云："程瑶田《九谷考》云：'黍，今之黄米。稷，今之高粱。'其说是也。"《说文》："黍，禾属而黏者也。"又曰："穄，稷也。"《仓颉篇》："穄，大黍也。"程云："黍"有黏不黏二种，黏者为黍，不黏者为穄稷。散文通谓之黍。今北方通呼黄米为黍子、

糜子、穄子,是黍即今黄米之证。黄米最黏,与《说文》黍禾属而黏者正合。稷,亦谓之秋。今北方呼高粱为秋,呼秋之秸为秋秸。离离又作缅缅,又作蠡蠡。黍稷行列也。

③ 行迈靡靡　迈,毛传行也。靡靡,犹迟迟也。

④ 摇摇　三家摇作愮。又作恌。诗"忧心慅慅。"忧无所愬貌。

⑤ 知我、何求四句　郑笺:"知我者,知我之情;谓我何求,怪我久留不去。"

⑥ 苍天　毛传:"尊而亲之,则称皇天,元气广大,则称昊天;仁覆闵下,则称旻天;自上降鉴,则称上天;据远视之,苍苍然,则称苍天。"

⑦ 此何人哉　郑笺:"言此亡国之君,何等人哉?疾之甚。"《正义》曰:"《正月》云:'赫赫宗周,褒姒灭之'。亡国之君者幽王也。"《史记·宋世家》云:"箕子朝周,过殷故墟,城坏生黍,箕子伤之,乃作《麦秀》之诗以歌之。其歌曰:'麦秀渐渐兮,禾黍油油兮,彼狡童兮,不与我好兮。'所谓狡童者纣也。过殷墟而伤纣,明此亦伤幽王,但不是主刺幽王,故不为雅耳。何人,犹言何物人,大夫非为不知而言何物人,疾之甚也。"

朱传："周既东迁，大夫行役至于宗周，过故宗庙宫室，尽为禾黍，闵周室之颠覆，彷徨不忍去，故赋其所见'黍之离离，与稷之苗'，以兴'行之靡靡、心之摇摇'。既叹时人莫识己意，又伤所以致此者，果何人哉？怨之甚也！"

【分析】

《韩诗》谓《黍离》非过故墟之周大夫而实为伯封。曰"黍离，伯封作也。曰'彼黍离离'，'彼稷之苗'，薛君注：'离离，黍貌也。诗人求亡兄不得，忧懑不识于物，视彼黍离离然，忧甚之时，反以为稷之苗，乃自知忧之甚也。'"

《太平御览》引《韩诗》以为伯封作。谓尹吉甫信后妻之谗言，杀孝子伯奇。其弟伯封，求其尸不得，作《黍离》之诗。

《新序·节士》篇又以为卫宣公之子寿闵其兄伋见害而作。胡承珙云："据《左传》，卫寿窃旄先往，是死在伋先，安得有闵兄见害之事？且使《黍离》果为寿作，当列之卫风，何为冠于王风之首？其不足据，明矣。"

《说苑·奉使》篇："魏文侯封太子击于中山，三年，使不往来。"赵仓唐为太子奉使于文侯。"文侯曰：'子之君何业？'仓唐对曰：'业诗文。'文侯曰：'于诗何好？'仓唐曰：'好《晨风》与《黍离》。'"文侯读《黍离》曰"彼黍离离"云云。"文侯曰：'子之君怨乎？'仓唐曰：'不敢。时思耳。'"《韩诗外传》亦引此，以父子之间，其事相类故也。按魏文侯先封其子击于中山，后乃使其入为太子。王先谦主张《韩诗外传》伯封之事为正，实亦与当时情事不相吻合。或者周大夫行役过宗周故墟有感而作较为可信。自此以后"黍离""麦秀"（按《黍离》固为哀亡国之词，《麦秀》则未必。殷纣国亡身死时年近七十，岂能呼为狡童，乃民间男女相悦，后女又见弃之怨辞耳。与《郑·狡童》《褰裳》之狡童、狂童同。箕子虽为纣诸父，究为纣臣，岂能斥君为狡童？乃从古以来相沿不改，亦可异也。）"铜驼荆棘"遂皆为哀亡国之代词。诗之魔力亦云巨矣。

《桃花扇》第四十出，苏昆生唱《哀江南》套曲，情调凄惋，宛然相似。今录其词，以资比较：
《北新水令》
  山松野草带花挑，
  猛抬头，

秣陵重到。

　　残军留废垒，

　　瘦马卧空壕。

　　村郭萧条，

　　城对着夕阳道。

《驻马听》

　　野火频烧，

　　护墓长楸多半焦。

　　山羊群跑，

　　守陵阿监几时逃？

　　鸽翎蝠粪满堂抛，

　　枯枝败叶当阶罩。

　　谁祭扫？

　　牧儿打碎了龙碑帽。

《沉醉东风》

　　横白玉八根柱倒，

　　堕红泥半堵墙高。

　　碎琉璃瓦片多，

　　烂翡翠窗棂少。

　　舞丹墀燕雀常朝。

直入官门一路蒿,
住几个乞儿饿莩。

陟岵①(魏风)

陟彼岵兮②,瞻望父兮。父曰:"嗟予子行役,夙夜无已。上慎旃哉,犹来无止③。"

陟彼屺④兮,瞻望母兮。母曰:"嗟予季行役,夙夜无寐,上慎旃哉,犹来无弃⑤。"

陟彼冈兮,瞻望兄兮。兄曰:"嗟予弟行役,夙夜必偕⑥,上慎旃哉,犹来无死。"

【注解】

① 《诗序》:"孝子之行役,思念父母也。国迫而数侵削,役乎大国,父母兄弟离散,而作是诗也。"
② 岵 毛传:"山无草木曰岵。"《说文》则谓:"山有草木也。从山古声。"
③ 父曰至无止 我父亲说:"唉,我的儿子,奉命出征,日日夜夜,没有休息的时候,要自己当心呀,好依旧回家,莫留止在外面呀!"或谓"止"者军败不能前

进之意。引《左传·隐公七年》："公之为公子也，与郑人战于狐壤，止焉。"《桓公七年》："骖絓而止。"皆退败而止意。实则不然。古时人民被强迫从军，唯死是惧，并无像近代军国主义之荣誉观念。其父决不会鼓励其子"不要打败仗而停止前进呀！"仍以勿"留止在外"为较合当时人民心理。盖留止在外者或被敌人所俘，或军败溃散，流落他乡，无法回家也。

④ 屺　有草无木曰屺。《鲁诗》作岵。

⑤ 母曰至无弃　马瑞辰云："无弃与无死同义。《说文》：'殒，弃也。'俗语谓死曰大殒。大殒，犹大弃也。"屈万里曰："弃，犹死也。甲骨文弃字作🈯，象两手捧箕抛弃婴儿尸体之状，乃弃字之本义。今犹谓人死曰弃世。"屈氏语远比马氏为胜。

⑥ 夙夜必偕　与《秦风·无衣》之"与子偕行""与子偕作"同义。

【分析】

此诗乃一个士兵奉调出外作战，陟高冈而思念家中父母兄长，而代彼等作思念自己之语。在诗体中为"反射体"。反射体云者，乃笔者杜撰之名词。如人对镜，影子映入镜中,而镜中之影又反射而入己目。

此种格局中国诗词中亦所常有,试举例明之:

1. 《周南·卷耳》,妇人携筐采摘卷耳,怀念出征或出使之丈夫,第二、三、四章则代其夫说话,谓为双线进行之写法固可,即谓为反射体的写法,亦无不可。

2. 屈原《九歌·湘君》,湘君曰:"扬灵兮未极,女婵媛兮为余太息:'横流涕兮潺湲,隐思君兮陫侧!'"乃湘君代女信徒说话也。

3. 即《魏风·陟岵》。

4. 杜甫在天宝大乱后,陷长安城中作《月夜》:"今夜鄜州月,闺中只独看。遥怜小儿女,未解忆长安;香雾云鬟湿,清辉玉臂寒。何时倚虚幌,双照泪痕干?"遥怜二句即"反射体",由己思及儿女,又怜太稚,尚未能怀念远道陷贼中之父亲。

5. 《西厢记·惠明下书》,惠明唱云:"你借威风擂一通鼓,仗佛力呐一声喊,绣旛开,遥见英雄俺。管教半万贼兵都吓破胆。""绣旛开,遥见英雄俺。"系从普救寺中僧俗远远望见他突围时雄姿壮态的描写。乃反射体之最为明显者。

伐檀①（魏风）

坎坎②伐檀兮，寘之河之干③兮。河水清且涟④猗。不稼不穑⑤，胡取禾三百廛⑥兮；不狩不猎⑦，胡瞻尔庭有悬貆⑧兮。彼君子兮，不素餐兮⑨！

坎坎伐辐兮⑩，寘之河之侧兮。河水清且直猗。不稼不穑，胡取禾三百亿兮⑪；不狩不猎，胡瞻尔庭有悬特⑫兮。彼君子兮，不素食兮！

坎坎伐轮兮⑬，寘之河之漘⑭兮。河水清且沦⑮猗。不稼不穑，胡取禾三百囷⑯兮；不狩不猎，胡瞻尔庭有悬鹑兮。彼君子兮，不素飧兮⑰。

【注解】

① 《诗序》："《伐檀》，刺贪也。在位贪鄙无功而受禄，君子不得进仕尔。"实则农奴或劳工咒诅地主无功受禄、不劳而获，愤激之词。

② 坎坎　《鲁诗》作欿。《齐诗》作竷。《韩诗》曰"斫木声"。

③ 寘之河干　《齐诗》作"寘诸河干。"寘同置。干，厓也。
④ 河水清且涟　河，黄河。黄河自古浑浊，而魏境黄河在龙门上，故清。"涟"，风行水上成文也。
⑤ 稼穑　种之曰稼，取之曰穑。《石经》残碑：穑作啬。
⑥ 三百廛　一夫之居曰廛。人夫一廛，田百亩。三百廛者，三百家也。《论语》："夺伯氏骈邑三百。"郑曰："三百，齐下大夫之制。"
⑦ 狩猎　冬猎曰狩，夜猎曰猎。案猎者打猎而已，不分冬与夜。
⑧ 悬貆　貆，貉子曰貆。字又作曰獾，北方谓之獾子。《说文》："貛，野豕也。"《淮南子·修务训》："貛貉为曲穴。"《齐俗训》："貆貉得埵防，弗去而缘。"按貛体小而肥，尖喙矮脚，短尾，毛褐深色，食虫蚁瓜果，穴土而居，常有害于堤岸。故《淮南子》"曲穴"及"貆貉得埵防（堤防）"，颇合貛之本性。《说文》以此字或从豕，谓为野豕，非也。
⑨ 不素餐，按素餐有几种说法：
1.《鲁诗》之说："素者空也。空虚无德，餐人之禄，故曰素餐。"
　　（1）《论衡·量知》篇　（2）《九辨》王逸

注 (3)《孟子·尽心上》赵岐注 (4)《说苑·修文》篇 (5)王符《潜夫论》之论素餐，皆本鲁说。例如《修文》篇云："天地四方者，男女之所有事也。必先意其所有之事，然后敢食谷也。诗曰：'不素餐兮'，此之谓也。"《潜夫论·三式》篇："封疆立国，不易诸侯，张官置史，不为大夫，必有功，乃得保位。故有考绩黜陟，九锡三削之义，诗云'彼君子兮，不素餐兮'，由此观之，未有无功而得食禄者也。"

2. 《韩诗》之说："素者质也。人但有质朴而无治民之材，名曰素餐。"

（1）《三国志》曹植上疏曰："夫论德而授官者，成功之君也。量能而受爵者，毕命之臣也。故君无虚授，臣无虚受。虚授谓之谬举，虚受谓之尸位。诗之素餐，所由作也。"

（2）《魏志注》引鱼豢曰："为上者不虚授，处下者不虚受，然后外无伐檀之叹，内无尸素之刺。"

3. 不素餐之正反解释 《孟子·尽心上》："公孙丑曰：

'诗曰:"不素餐兮?"君子之不耕而食,何也?'孟子曰:'君子是国也,其君用之,则安富尊荣,其子弟从之,则弟孝忠信。不素餐兮,孰大于是?'"这个不素餐就是不吃白饭,乃是正面的解释。顾颉刚则谓古代文法"不素餐"就是"岂不素餐"。《大雅·文王》:"世之不显",即"世之岂不显"。《左传·庄公二十五年》:"宁子视君,不如弈棋",即"宁子视君,岂不如弈棋"。公孙丑问的话不错,孟子回答却错了。这是反面的解释。不过笔者也有点意见。窃以为《伐檀》的"素餐"仍以作正面解释为宜。"君子"者乃与那些贪婪懒惰的地主立于相反地位之人。诗人既痛斥地主们之无功受禄,不劳而获,又诘责之道:"你们应该知道那些君子人是不吃白饭的呀!"言下之意就是:"你们为什么一味吃白饭呢?"以前解此诗之所以缠绕不清者,是以为"君子"系指"地主"。但看诗人对地主都用第二人身代词"尔",对不吃白饭的"君子"则用第三人身代词"彼",可见是有分别的。

⑩ 辐　辐在轮中皆凑于毂。

⑪ 三百亿　郑笺曰:"十万曰亿。三百亿,禾秉之数也。"

按亿字不过用以协韵而已,亦泛言禾秉数目之多而已。不必呆板地一定说是三千万把稻子。

⑫ 特　毛传:"兽之三岁者曰特。"实则特为牛,此当所猎野牛之皮。

⑬ 轮　车轮。

⑭ 漘　亦水涯。

⑮ 沦　顺流而风曰沦。

⑯ 三百囷　《说文》:"廪之圆者谓之囷;方者谓之京。"囷,今俗作囤。

⑯ 素飧或作素餐,见《盐铁论》。

硕鼠[①](魏风)

硕鼠硕鼠[②],无食我黍。三岁贯[③]女,莫我肯顾。逝将去女[④],适彼乐土[⑤]。乐土乐土,爰得我所[⑥]。

硕鼠硕鼠,无食我麦。三岁贯女,莫我肯德。逝将去女,适彼乐国。乐国乐国,爰得我直[⑦]。

硕鼠硕鼠,无食我苗。三岁贯女,莫我肯劳。逝将去女,适彼乐郊[⑧],乐郊乐郊,谁之永号。

【注解】

① 《诗序》："《硕鼠》，刺重敛也。国人刺其君重敛，蚕食于民，贪而畏人，若大鼠也。"

② 硕鼠　齐说硕鼠四足，飞不上屋。《说文》又以为硕鼠即是具有五技而一技皆不足保身之鼫鼠，即《荀子》所谓之梧鼠。实则硕鼠乃田鼠，身大倍于家鼠，有若生三四个月之猫。双目生脸上相近（家鼠目生脸之两侧），能穿土在地中行。食人禾稼，蔗田中为害尤甚，性凶恶，偶为人捕获置铁丝笼中，人若走近，辄跃起咻咻作怒吼声，若人者。《诗序》谓其"贪而畏人"，贪则是矣，畏人则未必也。中国文人，足不出户，目不窥园，惟知在故纸堆中觅生活，从不知到大自然中实际考察，所以连一田鼠，亦不能知道，可叹之极！

③ 三岁贯女　贯同惯。今父母宠爱子女太过，处处随顺其意者，曰"惯"。农奴对地主言三年以来，我事事随顺你，而你对我们还是百般虐待，从来不肯顾恤我们的痛苦。

④ 逝将　逝同誓，发誓舍你而去。《经传释词》谓为发语辞，亦通。

⑤ 乐土　农奴逃避此一地主，到别处仍是农奴。不过地

主亦有善良能恤下者，若能得此类地主而事之，则其地自为乐土。

⑥ 爰得我所　"所"者，农奴安身之处。

⑦ 爰得我直　马瑞辰谓"直"为"道"，得公道也。农夫挥血汗而耕地主之地，纳租税于地主而食其余，以求得一家温饱，是为公道。

⑧ 乐郊　与"土""国"同义。《吕览》，宁戚扣牛角而歌，所歌乃《硕鼠》，则宁亦逃亡之农奴。

蒹葭①（秦风）

蒹葭苍苍②，白露为霜，所谓伊人③，在水一方④。溯洄从之⑤，道阻且长；溯游从之⑥，宛在水中央。

蒹葭凄凄，白露为晞⑦，所谓伊人，在水之湄⑧。溯洄从之，道阻且跻⑨；溯游从之，宛在水中坻⑩。

蒹葭采采⑪，白露未已，所谓伊人，在水之涘⑫。溯洄从之，道阻且右⑬；溯游从之，宛在水中沚⑭。

【注解】

① 《诗序》："《蒹葭》，刺秦襄公也。未能用周礼，

将无以固其国也。"郑玄谓："秦处周之旧土，其人服周之德教久矣。今襄公新为诸侯，未习周之礼法，故国人未服焉。"

② 蒹葭　陆疏："蒹，水草也。青徐谓之蒹。"《说文》："蒹，萑之未秀者。"《尔雅》谓葭为葭芦。郭璞注："苇。"实者蒹葭乃一物，为水边所生之芦荻。

③ 伊人　陈奂云："伊维一声之转。'伊其'即'维其'，'伊何'即'维何'，'伊人'即'维人'。维，是也。伊人即'是人'也。"口语即"那个人"。

④ 一方　日本鸿光竹添曰："'在水一方'，方者那一边也。"《史记·仓公传》："视见垣方人。"即墙垣之那一边。水一方即水那边。

⑤ 溯洄从之　洄，潮流也。《鲁诗》曰逆流而上曰溯洄，顺流而下曰溯流。

⑥ 溯游　洄犹俗所云"上水"，游犹俗所云"下水"。顺流而下，当时不费力。

⑦ 白露为晞　晞，露为日所晒而干也。

⑧ 在水之湄　湄，据朱注，水草之交也。《巧言》："居河之麋。"传："水草之交曰麋。"湄麋音同，一字之别写。但《释名》则谓"湄、眉也。临水如眉近目也。"

毛传又谓湄为水隒。隒，崖也。说者遂谓与下文"道阻且跻"相呼应，跻，升也。

⑨ 道阻且跻　跻为上升。不错，但言逆流而上则水道阻力大而且须费力以争上流，与'崖'字实无关系。

⑩ 坻　小渚曰坻。

⑪ 蒹葭采采　毛传："采采犹凄凄也。"朱注："采采，盛而可采也。"按采采不过言其盛且多，如《曹风》："蜉蝣之翼，采采衣服"，蜉蝣的翅，难道是可采的吗？

⑫ 在水之涘　毛传："涘，厓也。"实则水边而已。

⑬ 道阻且右　郑谓右为迂回。朱曰："右，不相值也。周人尚左。盖右逆而左顺，故礼皆袒左；请罪乃袒右。吉礼交相左，丧礼交相右。"

⑭ 水中沚　《释名》："水出其右曰沚丘。"小渚名沚者，盖与沚丘同义，亦有水出其右之象。水出其右，则沚已在左。诗下言宛在中沚，上即云"道阻且右"，盖言逆流从之，则随水出其右而难至，顺流从之，则可自右而左至其沚也。

【分析】

《蒹葭》之诗究何所谓，解者不一，试援引之：

其一，讥刺秦襄公不能用周礼如《诗序》之所云者　魏源亦曰："襄公初有岐西之地，以戎礼变周民也。豳、邠皆公刘、泰王遗民，久习礼教，一旦为秦所有，不以周道变戎俗，反以戎俗变周民，如苍苍之葭，遇霜而黄，肃杀之政行，忠厚之风尽。"于是求贤之说起矣。

其二，求贤　魏氏又谓秦用猛烈之政，以戎俗变周道，"盖谓非如此则无以自强于戎狄，不知自强之道，在乎求贤。其时故都遗老，隐居薮泽，文武之道未坠在地，特时君尚诈力则贤人不至，故求治逆而难，尚德怀则贤人来辅，故求治顺而易，溯洄不为溯流也。襄公急于霸西戎，不遵礼教，至秦秋诸侯卒以夷狄摒秦，故诗人兴霜露焉。"

其三，招隐　申公诗（或云伪作）："周之贤臣遗老，隐处水滨，不肯出仕。诗人惜之，托为招隐，作此见志。"

其四，访友　谓蒹葭一诗为访友或怀友者，大概由求贤、招隐衍变而来。是以"蒹葭白露""秋水伊人"成为尺牍套语，而清代竟有《秋水轩尺牍》一书以为尺牍范本。

其五，怀春　出陆侃如《中国诗史》。屈万里《诗经释义》亦云："此诗有所爱慕而不得近之之诗，似是情歌。"糜裴抗俪合著《诗经欣赏与研究》于《蒹葭》一诗曰："《蒹葭》的内容，你可把它当一首情歌读，但你也不妨当它一篇有所寄托的诗来欣赏。中国古诗中所谓'伊人''佳人''美人',可以指异性的情人,也可以指同性的朋友;可以指贤臣,也可指明主。或且可如杜甫之明写佳人为女性,而隐以自喻品格之高洁。汉武帝《秋风辞》:'兰有秀兮菊有芳,怀佳人兮不能忘!'怀贤能也。苏东坡《赤壁赋》:'渺渺兮予怀,望美人兮天一方。'思君王也……"

其六,不知所指　朱熹曰:"秋水方盛之时,所谓彼人者乃在水之一方,上下求之而不可得,然不知其所指也。"朱熹注经,知之为知之,不知为不知,极合于客观的科学态度。与穿凿附会,自鸣其能者大异其趣。而后人反常加以讥笑,实令人不平。

笔者则以为此乃秦人祭河之诗。在拙著《中国文学史》中曾说:《蒹葭》一诗与古代祭河之典极有关系。诗中"伊人","溯洄从之"不可得,"溯流从之",见其"宛在水中央",而亦不得近。笔法恍惚迷离之至,若写真实的人决不能如此(因为真实的人,无论其为贤者、隐士、友人、情人,决无居于水中之理)。则此诗所谓"伊人",不过诗人心理上构成之幻影,与湘君、湘夫人、河伯、山鬼乃相同之物。"河伯娶妇"盛行战国,秦民族亦为之。秦灵公曾以君主妻河,后来秦昭王时尚有李冰的故事。则此诗产生年代大约在前四世纪顷。

黄鸟①（秦风）

交交黄鸟②，止于棘。谁从穆公，子车奄息。维此奄息，百夫之特③。临其穴，惴惴其栗④！彼苍者天，歼我良人。如可赎兮，人百其身⑤。

交交黄鸟，止于桑。谁从穆公，子车仲行。维此仲行，百夫之防⑥。临其穴，惴惴其栗！彼苍者天，歼我良人，如可赎兮，人百其身。

交交黄鸟，止于楚。谁从穆公，子车鍼虎。维此鍼虎，百夫之御⑦。临其穴，惴惴其栗！彼苍者天，歼我良人。如可赎兮，人百其身。

【注解】

① 《诗序》："《黄鸟》，哀三良也。国人刺穆公以人从死而作是诗也。"
② 交交黄鸟　毛传："交交，小貌。"朱注："飞而往来貌。"此系从"交"字悟出。马瑞辰云："《文选》嵇叔夜《赠秀才入军诗》：'咬咬黄鸟，顾俦弄音。'李注引诗'交

交黄鸟'，又引古诗'黄鸟鸣相追，咬咬弄好音'，则交交者，黄鸟之鸣声也。"

③ 百夫之特　特，特出、特殊。言子车氏奄息乃百夫中之最特出者也。

④ 临穴惴栗　三良殉葬时乃生纳之圹，故临穴惴栗。

⑤ 百身赎　言假如可以赎其死，我们老百姓情愿以一百个人的身子来赎他一个。

⑥ 百夫之防　郑笺："防，当也。言此一人可当百人。"徐邈云：《淮南子·修务训》："阴以防雨。"注："防，卫也。"即一人可以挡得住一百人，或防御一百人。

⑦ 百夫之御　御，防御，意义同上。

【分析】

此事乃系史实：

《史记·秦本纪》："秦穆公卒于雍，从死者百七十人。秦之良臣子车氏三人：奄息、仲行、鍼虎亦在从死之中。秦人哀之，为作《黄鸟》之诗。"

《左传》："秦伯任好卒，以子车氏之三子奄息、仲行、鍼虎为殉，皆秦之良也。国人哀之，为之赋《黄鸟》。君子曰：秦穆之不为盟主也，宜哉。死而弃民。先王违世犹诒之法，而况夺之善人乎？诗曰：'人之云亡，邦国殄瘁'，无善人之谓，若之何夺之？古之王者知命之不长，是以并建圣哲，树之风声，分之采物，著之话言，为之律度，陈之艺极，引之表仪，予之法制，告之训典，教之防利，委之常秩，道之以礼，则使无失其土宜。众隶赖之，而后即命，圣王同之。今纵无法以遗后嗣，而又收其良，难以在上矣。君子是以知秦之不复东征也。"

有人谓三良之死乃自愿殉穆公。应劭《汉书注》："秦穆公与群臣饮酣，公曰：'生同此乐，死共此哀。'于是奄息、仲行、针虎许诺。及公薨，皆从死，《黄鸟》所以作也。"

后人诗歌咏此事皆谓三良死出自愿，如：

曹植《三良诗》："功臣不可为，忠义我所安。秦穆先下世，三良皆自残。生时等荣乐，既没同忧患。谁言捐躯易，杀身良独难。黄鸟为悲鸣，哀哉伤肺肝！"

陶渊明《咏三良》："弹冠乘通津，但惧时我遗。服勤尽岁月，常恐功愈微。忠情谬获露，遂为君所私：出则陪文舆，入必侍丹帏。箴规向已从，计议初无亏。一朝长逝后，愿言同此归。厚恩固难忘，君命安可违。临穴罔惟疑（惟一作迟），投义志攸希。荆棘笼高坟，黄鸟声正悲。

良人不可赎，泫然沾我衣！"

苏轼《秦穆公墓》诗云："橐泉在城东，墓在城中无百步。乃知昔未有此城，秦人以泉识公墓。昔公生不诛孟明，岂有死之日而忍用其良？乃知三子殉公意，亦如齐之二子从田横。古人感一饭，尚能杀其身。今人不复见此等，乃以所见疑古人。古人不可望，今人亦可伤。"

王粲云："结发事明君，受恩良不訾。临没要之死，焉得不相随……"则谓三良并未许穆公以死，不过穆公要之死，不得不死而已。

又有三良之死为非者，唐李德裕谓为社稷死则死之，否则不可许之死，欲与梁邱据、安陵君同讥。又有咎秦康之从乱命陷父不义者，如柳宗元云："疾病命固乱，魏氏言有章。从邪陷厥父，吾欲讨彼狂……"苏轼《和陶咏三良》又自翻前案曰："杀身固有道，大节要不亏。君为社稷死，我则用其归。顾命有治乱，臣子得从违。魏颗真孝爱，三良安足希？……"

实则以人殉葬乃古代风俗，秦此风似更盛。《史记》载秦武公死时，从死者六十六人。穆公则一百七十人。直到秦昭王时，秦宣太后爱魏丑夫，尚欲其殉葬，则此风至前三世纪时尚未消灭。

或又谓临穴下窥为作诗之秦人,非三子。不知国君下葬时,典礼隆重,关防严密,岂容闲人走近?更岂容其临穴下窥?若谓为葬后之事,则棺椁一下,墓穴即行封闭,亦无法下窥也。又有人谓三良既许君从死,则入圹时必气度安闲,举止从容,安得惴惴发栗,如所谓窝囊废者然?则不知一个人被生纳圹中比任何死法皆可怕。在地面上被斫头,被绞,须臾毕命矣。生纳圹中,圹中阴惨不见天日,鬼影幢幢,往来隐现,生人到了这种境界,又安得不惴惴其栗?耶稣受难前,见其弟子疲极欲睡,曰:"你们心灵固然是愿意的,肉体却软弱了。"盖心灵固足统治肉体,而肉体之力实往往累及心灵,灵肉一致,事非常有。是以三子生前既曾慷慨许君以死,临穴战惧不能自持,亦人情之常也,何足异哉!

七月^①(豳风)

七月流火^②,九月授衣^③。一之日^④觱发^⑤,二之日栗烈^⑥。无衣无褐^⑦,何以卒岁^⑧?三之日于耜^⑨,四之日举趾^⑩。同我妇子,馌彼南亩,田畯至喜^⑪。

七月流火,九月授衣。春日载阳^⑬,有鸣仓庚^⑭。女执懿筐[15],遵彼微行[16],爰求柔桑。春日迟迟,采蘩祁祁[17]。女心伤悲,殆及公子同归[18]!

七月流火,八月萑苇[19]。蚕月条桑[20],取彼斧斨[21]。以伐远扬[22],猗彼女桑[23]。七月鸣鵙[24],八月载绩[25]。载玄载黄,我朱孔阳[26],为公子裳[27]。

四月秀葽[28],五月鸣蜩[29]。八月其获,十月陨萚[30]。一之日于貉[31],取彼狐狸,为公子裘。二之日其同[32],载缵武功[33]。言私其豵[34],献豜于公[35]。

五月斯螽动股[36],六月莎鸡振羽[37]。七月在野,八月在宇[38],九月在户,十月蟋蟀入我床下[39]。穹窒熏鼠[40],塞向墐户[41]。嗟我妇子,曰为改岁[42],入此室处。

六月食郁及薁[43],七月亨葵及菽[44]。八月剥枣,十月获稻。为此春酒,以介眉寿[45]。七月食瓜,八月断壶[46],九月叔苴[47]。采荼薪樗[48],食我农夫!

九月筑场圃[49],十月纳禾稼。黍稷重穋[50],禾麻菽麦。嗟我农夫,我稼既同,上入执宫功[51]。昼尔于茅,宵尔索绹[52]。亟其乘屋,其始播百谷[53]。

二之日凿冰冲冲[54],三之日纳于凌阴[55]。四之日其蚤[56],献羔祭韭[57]。九月肃霜,十月涤场[58]。朋酒斯飨[59],曰杀羔羊。跻彼公堂[60],称彼兕觥[61],"万寿无疆[62]!"

【注解】

① 《诗序》："《七月》，陈王业也。周公遭变，故陈后稷先公风化之所由，致王业之艰难也。"

② 七月流火　七月斗建申之月，夏之七月也。火，心星也。即天蝎座（scorpionis）中 o、a 及 e 之三颗星。又名"大火"。《左传·襄九年》："心为大火。"《星经》："心三星，中天王，前为太子，后为庶子，火星也。一名大火，二名大辰，三名鹑火。"此星座以六月之昏，加于地之南方，至七月之昏，则下而西流矣。

③ 九月授衣　九月，霜降始寒，而蚕绩之功亦成，故授人以衣，使御寒也。

④ 一之日　夏历之十一月，周之正月也。变月言日，言是月之日也。后凡言月者，仿此。

⑤ 觱发　风寒也。

⑥ 二之日栗烈　二之日为夏历之十二月；栗烈，寒气凛冽，令人战栗。

⑦ 无衣无褐　褐者毛布之属，贫贱者之服，故贫人称"褐夫"。

⑧ 何以卒岁　岁，夏正之岁也。言九月蚕功已毕，人皆有衣，而我们贫民，衣服没有，连块可以御寒的粗毛

布都没有,叫我们怎样过年呢?

⑨ 三之日于耜　夏历三月,即周历四月。耜,农具。《释文》:"耜,耒下钉也。耒,耜上句木也。"马瑞辰曰:"于,犹为也。为与修同义。言修理农具,以便耕耘。朱子亦以'于'为修。"

⑩ 四之日举趾　耕以足推耜,故曰举趾。

⑪ 同我妇子二句　少者既皆在田,老者率妇女孩童送饭于田间,俾农夫食。馌音叶,《说文》:"馌,饷田也。"周人谓饷曰饟。饷、饟、馈、馌四字同义。

⑫ 田畯至喜　田畯、农官也。一曰"田大夫",又曰"农大夫",前见毛传,后见《周语》。又称"农正",亦见《周语》。农官为督率农夫之官,今见农夫皆勤于农作,至田间见而喜之。

⑬ 春日载阳　载,始也。阳,温和也。

⑭ 有鸣仓庚　仓庚,黄鹂也。有鸣仓庚之庚叶古朗反。

⑮ 女执懿筐　毛传:"懿筐",深筐也。

⑯ 遵彼微行　毛传谓微行为墙下径,实则小路,草木掩蔽,不易为人发现之道路。

⑰ 采蘩祁祁　蘩,白蒿;祁祁,众多貌。

⑱ 殆及公子同归　农家女执筐所以求桑,乃有虎视眈眈

者窥伺已非一日，不敢行大路而行于幽蔽之微径，微径无桑可采，仅有茂盛之白蒿，亦可供食用，姑采之。女心如此伤悲者，恐地主之子强邀之归也。殆者，将也。及，与也。是可见彼时地主之强横，农奴之苦。

⑲ 八月萑苇　萑苇，即蒹葭也。秋八月萑苇盛。

⑳ 蚕月条桑　俞樾谓蚕月者，养蚕之月也。条桑者，言桑叶茂盛也。然如此则句无主辞，不如朱传以"条"为动词，谓落桑枝而采其叶也之为妥。

㉑ 斧斨　斧属受柄之孔，椭者曰斧，方者曰斨。

㉒ 以伐远扬　桑枝长而高扬者，手不可及叶，惟有以斧斨伐其枝。

㉓ 猗彼女桑　桑树小而枝长曰女桑。猗，嗟叹词。

㉔ 七月鸣鵙　鵙，音决，伯劳也。

㉕ 八月载绩　八月乃始纺丝也。

㉖ 载玄载黄二句　丝既纺成，乃加染色，黑色或黄色，各染二三次，故曰载。载在此处作再字解。孔，甚也。阳，明也。我染的朱红色，非常鲜明。

㉗ 为公子裳　这些染色的丝绸是为要替公子做衣裳而作的。

㉘ 四月秀葽　葽，草名，或以即远志。宋曹粹中说。然

远志以葽绕二字名，不单名葽。冯复京谓以三月开花，不以四月。

㉙ 五月鸣蜩　蜩，蝉也。《方言》："蝉，楚谓之蜩，陈郑之间谓之蝘蜩，宋卫之间谓之螗蜩。"

㉚ 陨萚　竹箨陨落。

㉛ 于貉　貉，本兽名，与狐同类。此处为猎。于，往。

㉜ 其同　同，会合也。

㉝ 载缵武功　始继而练习武事。

㉞ 言私其豵　豕一岁曰豵。行猎得野猪，私留其小者。

㉟ 献豣于公　豣，三岁之豕。公，即豳地之主。

㊱ 斯螽　即螽斯。凡螽斯类之鸣，非口鸣，乃系翅相摩擦作声，翅摩则股动。故曰动股。

㊲ 莎鸡　虫名，或谓即纺织婆。

㊳ 宇　檐下也。

㊴ 蟋蟀床下　蟋蟀七月鸣于旷野草中，八月气候渐寒，而鸣于人家檐下，九月则在人家户内，十月则竟入床下以求人体温暖之气，延其生命。然此种虫豸仅有一年生命，虽人拥之怀中，亦必死焉。

㊵ 穹窒熏鼠　穹，空也。窒，塞也。将室中障碍阻塞之物一概除去，又以烟熏鼠穴，使鼠不敢藏于室中。

㊶ 塞向墐户　向，北向之牖以泥土塞之俾寒风不入。墐，亦以泥涂物之谓。户，窗户也。

㊷ 曰为改岁　对妻儿说：一年要过完，就要换新岁了。现在住到这个屋子里来吧。

㊸ 郁、薁　郁，棣属。薁，薁蘡也。屈氏谓为野葡萄。

㊹ 亨葵及菽　亨，古烹字。葵，菜名。菽，豆也。

㊺ 以介眉寿　屈氏云：介，与匄字同义，通，求也。眉寿，高寿也。高年者每有甚长之眉毛。

㊻ 断壶　壶即葫芦，或瓠，干之可以盛水。断者，断其蒂而取之也。

㊼ 叔苴　叔，拾也。苴，麻子也。

㊽ 采荼薪樗　荼，苦菜也。《谷风》所谓“谁谓荼苦，其甘如饴”者也。樗，木名。当是樗栎，本不可为薪，农奴太穷，惟有以此为薪。

㊾ 场圃　春夏为圃，秋冬为场。

㊿ 黍稷重穋　谷类后熟曰重，先熟曰穋。

(51) 宫功　稼穑收获已毕，乃修理地主宫室。

(52) 昼茅宵绹　农奴昼则采集茅草而束之捆之，夜则在家将茅草搓制为绳索。“挑灯夜战”，为地主事日夜劳动。

(53) 乘屋播谷　亟，急也。赶快将修理地主屋子的事做完，播种百谷的时候要到了。

㊴ 凿冰冲冲　二月间坚冰未解，凿而取之，其声冲冲。《周礼》"正岁十二月令斩冰"是也。

㊶ 纳于凌阴　凌阴，冰室也。藏冰备暑也。

㊷ 四之日其蚤　蚤同早。一早起身预备祭祀也。

㊸ 献羔祭韭　用羔羊韭菜以开启冰室。《月令》："仲春献羔开冰，先荐寝庙。"

㊹ 涤场　农事毕而清扫场地。

㊺ 朋酒斯飨　两尊之酒曰朋。《乡饮酒》之礼，"两尊壶于房户间"是也。斯，是也。飨，宴也。

㊻ 跻彼公堂　跻，升也。公堂，地主之堂。

㊼ 称彼兕觥　称，举也。兕觥，以兕角为觞。

㊽ 万寿无疆　农奴群觞祝贺地主之词。

【分析】

诗序称此诗为周公所作，以陈后稷先公风化之所由，及王业之艰难。既为周公所作，当然是盛德之世，盛德之事，全篇都是快乐感激之词，就是所谓"田家乐"了。

实则这首《七月》，是农奴叙述他们一年到头的劳动情形，在北风肆虐、寒气凛冽的季节，他们不但没有足够的衣服穿，连足以蔽体的一块粗毛布都没有。

春气发动，开始耕作，男人在田里，老弱妇女送饭，一家辛劳，只图为地主作伥的农官来到时，看了高兴。

农奴除了力田，还有养蚕缫丝，为地主做衣服的义务。家有稍具姿色的妙龄女儿去采桑，不敢走大路，只好闪闪躲躲地走僻径，因为色狼般地主儿子窥伺在那里，不止一朝了。若被看见，定必被抓去供他几晚的淫乐，淫乐过后，一丢了事，又去猎取新鲜的。女孩子遭遇这样的事，怎不悲伤！

养蚕缫丝之后，用黑色黄色染料渲染，以鲜艳的红色为贵，这是要替公子做衣裳穿的。想必织丝成匹、裁制为衣的工作也落在农奴家妇女身上。

到了农务一举，举行会猎，也乘此练习打仗。古时兵农原是不分的。太平时，农奴绞尽劳力，挥其血汗，从事农作；战争时便要被驱向战场与敌人拼命，所以也要于农隙从事军事训练。他们打猎也就是练武之一种。打到猎物都要献纳公家，干没一点小小的东西。譬如打到野猪，大猪献到上面去，小猪就隐藏下来，自己享受。

天气由秋而冬，将屋子收拾收拾，预备一家搬进去住，可见夏秋二季是在田间搭个茅棚度过的。

农民吃的都是些野生植物或自种蔬菜，除了举行会猎，干没一点小兽之类，他们是终年不沾荤腥的。

农务告一结束，又要替地主修理宫室或仓库。采集茅草呀，搓绳索呀，夜里都没法清闲，要点起灯火来工作。

修理地主宫室仓库后，又要为地主到深山绝涧去凿冰块，挑回藏入冰室。启用时，还要杀只羔羊韭菜来祭一下。这只羔羊一定又出在农奴身上，而享用胙食者一定又是地主，农奴是没法吃的。

农奴们于农务及诸事都忙毕，还要每家带两瓶酒、一只羔羊，到地主之堂来个庆祝大会。各人喝自己酿的酒，吃自己养的羔，于"万寿无疆"的祝贺声中散归。

这首《七月》在《诗经·国风》部分里是一首长诗，全诗共分八章，每章十一句，叙述农奴一年到头劳动生活。层次分明，描写细致，常用"嗟"字，如"嗟我妇子，入此屋处"，"嗟我农夫，我稼既同"，那沉重的轭下所发出的悲叹之声，苍凉、忧郁、无可奈何，散布在空气里，虽经过三千余年，仍宛然如在我们耳畔，是"农奴苦"作品中最动人之作。

鸱鸮①（豳风）

鸱鸮鸱鸮②，既取我子，无毁我室。恩斯勤斯③，鬻子之闵斯④。

迨天之未阴雨⑤，彻彼桑土⑥，绸缪牖户⑦。今女下民⑧，莫敢侮予⑨。

予手拮据⑩，予所捋荼⑪，予所蓄租⑫，予口卒瘏⑬。曰予未有室家⑭。

予羽谯谯⑮，予尾翛翛⑯。予室翘翘⑰，风雨所漂摇。予维音哓哓⑱！

【注解】

① 《诗序》："《鸱鸮》，周公救乱也。成王未知周公之志，乃为诗以遗王，名之《鸱鸮》焉。"实则此诗言一善良鸟类被鸱鸮攫取其子，向鸱哀恳勿再毁其巢。盖巢在尚可育子也。偏偏又遇一场暴风雨，其巢终毁。

② 鸱鸮 鸮同枭。与鸱为同类之鸟，而非一鸟。《瞻卬》篇："为枭为鸱"可证。在本诗则为一鸟，盖单词不便于言，取同类鸟凑足为一辞尔。鸱，俗名夜鹰，鸮俗名夜郎。

又有䲹鹠,俗名耳冲,乃恶声之鸟,俗谓人家有凶事则此鸟鸣。《正义》引陆疏,"鸱鸮似黄雀而小,其喙尖如锥,取茅莠为巢,以麻紩之,如刺袜焉,悬着树枝,或一房,或二房。幽州人谓之鸋鴂,或曰巧妇,或曰女匠;关东谓之工雀,或谓之过蠃;关西谓之桑飞,或谓之袜雀,或曰巧女。"但巧妇巧女诸鸟乃指鹪鹩,是一种小鸟,与鸱鸮不同,以同名鸋鴂,遂相混而误。篇名《鸱鸮》,对鸱鸮发言者则为筑巢育子之另一鸟类。

③ 恩斯勤斯　母鸟自言育子付出无限恩爱与勤劳,乃下句之形容词。斯,语已词,《经传释词》说。

④ 鬻子之闵斯　鬻,同育。闵,苦也。母鸟言鸱鸮既取我之子,求你勿再毁坏我的巢。我养育儿女,好辛苦呀!

⑤ 迨天之未阴雨　迨,及也,及天之将雨未雨时,气候潮湿,土壤亦松,取土较易。然鸟巢不能以泥作,看下文。

⑥ 彻彼桑土　彻,取也。桑土,《释文》引《韩诗》作桑杜。马瑞辰谓为桑根皮,鸟筑巢取桑根缠之,而桑根皮富韧性,不易断,故吾人有桑皮纸之制。动物居然能格物理,实而天赋之良能也。

⑦ 绸缪牖户　鸟筑巢时以草或树枝细细编扎,故曰绸缪。

牖,窗也。户,门也。

⑧ 下民　巢下之人也。

⑨ 莫敢侮予　朱传谓"下土之人谁敢有欺侮我者"。古人常以上天下土对言。下土之民即遍地球上之人,口气无乃太大,实则鸟巢下面之人耳。屈万里"言勤苦如此,或且尚有欺侮予之人也。"改为反诘,不必。

⑩ 予手拮据　拮据音结居。胡承珙申毛传云:谓屈两手如戟,形似捧物也。朱传则手口共作之貌。今言经济状况欠佳,生活窘迫者曰拮据。

⑪ 予所捋荼　捋音落,取也。荼,荻穗也,可以铺巢。

⑫ 予所蓄租　蓄,积蓄。租,当读为苴,茅藉也。(苴音租,草名,其根似茅根,可食。一曰同苴。)

⑬ 予口卒瘏　卒同悴。瘏音徒,口病也。

⑭ 曰予未有室家　曰同聿,遂也,惟也,发语辞。但不若如其原义。即"说起来因为我还没有一个可以居住的家,所以我这样拼命工作。"

⑮ 予羽谯谯　谯谯,减少也。谯音樵。

⑯ 予尾翛翛　翛翛,敝也。音消消,干枯不润貌。

⑰ 予室翘翘　危而不安貌。

⑱ 予维音哓哓　音嚣,或萧然恐惧声。

【分析】

《鸱鸮》一诗自古以来即谓管蔡之乱,成王惑于流言,二年(当为三年)乱平,王犹弗悟,公乃为诗以贻王,名之曰《鸱鸮》。

《周书·金縢》篇:"武王既丧,管叔及其群弟乃流言于国曰:'公将不利于孺子!'周公乃告二公曰:'我之弗辟,我无以告我先王。'周公居楚二年,则罪人斯得。(周公平管蔡之乱乃历史真迹,若说他奔楚,则平乱者为何人?)于后,公乃为诗以贻王,名之曰《鸱鸮》,王亦未敢诮公。"

《史记·周本纪》:"初成王少时病,周公乃自揃其蚤,沉之河,以祝于神曰:'王少未有识,奸神命者,乃旦也。'亦藏其策于府。成王病有瘳。及成王用事,人或谮周公,周公奔楚。成王发府,见周公祷书,乃泣,反周公。"

《史记·蒙恬列传》言胡亥欲杀蒙恬,使人至蒙恬囚系处传命,蒙恬曾引周公受谮事,曰:"昔周成王初立,未离襁褓,周公旦负王以朝,卒定天下。及成王有病甚殆,公旦自揃其爪,以沉于河曰:'王未有识,是旦执事,有罪殃,旦受其不祥。'乃书而藏之记府,可谓信矣。及王能治国,有贼臣,言周公旦欲为乱久矣。王若不备,必有大事。王乃大怒。周公旦走而奔于楚。成王观于记府，得周公旦沉书，乃流涕曰：'孰谓周公旦欲为乱乎？'杀言之者而反周公旦。"

以上均未言《鸱鸮》诗。惟《鲁周公世家》提及。

《史记》又说周公代死共有二次，第一次是代其兄武王，第二次始代其侄成王。《周本纪》云："武王病，天下未集，群公惧，穆卜。周公乃祓斋，自为质，欲代武王。武王有瘳，后而崩。太子诵代立，是为成王。成王少，周初定天下。周公恐诸侯畔，周公乃摄行政当国，管叔蔡叔群弟疑周公，与武庚作乱畔周。周公奉成王命，伐诛武庚、管叔、蔡叔……"也没有提到《鸱鸮》之诗。言《鸱鸮》者惟有《尚书·金縢》。《金縢》不全伪，也不全真。屈万里谓系春秋晚年或战国初年根据传说而作。甚是。其次便是《诗序》，则为时更晚了。

凡人为诗不能无故而然，必与情理相合，其违背情理者必系他人误解，或后人好事勉强附会。于今问《鸱鸮》一诗果与周公当时处境有一丝一毫的符合处吗？管蔡流言于国，成王生疑，周公奔楚，那时候作《鸱鸮》以贻成王，以鸱鸮比管蔡，以危巢为风雨所飘摇，自己辅助武王，辛苦所创之王业将毁于一旦，也还可说。"居东二年，罪人斯待",又来做这首诗贻于成王,是什么意思?

况前人解释这首诗还有许多非常荒谬可笑的话。像鸟对鸱鸮所言:"既取我子,无毁我室。"以子为成王,则成王固安居镐京,并非被管蔡擒去。说子与室,乃周公自指其属党,周公出奔,其属党亦出奔,皆为成王所追获,并没收其土地。(郑笺:"鸟言之子与室,周公之属臣,乃世臣之子孙。其父祖以勤劳有此官位土地,成王若诛杀其人,是取其子,夺其土地,是毁其室。")这样说来,是周公以鸱鸮比成王了,一个对幼主"北面就臣位,匑匑(一作夔夔)如畏"的人,敢以恶鸟指斥其君,还能算个忠臣吗?

据笔者看:《鸱鸮》一诗是一首禽言诗,是古人游戏之作,古人情性率真,思想活泼,每托为禽兽或草木自叙其生活或遭遇。《豳风·鸱鸮》乃一母鸟向攫去其子并欲毁其巢之鸱鸮诉苦。自言育子之艰难,筑巢之不易,与周公遭管蔡之乱实毫无关系。惟以此诗列《豳风》之中,《破斧》一诗有"周公东征,四国是皇"语;《东山》有"我徂东山,慆慆不归"语,乃周公征管蔡时征夫所作,遂将鸱鸮亦编造一政治故事而已。今请观动植物自述之例:

汉民间乐府《杂曲》有《蜨蝶》一首。有蝴蝶自叙为鸟所攫云：

蜻蝶之遨游东园，奈何！卒逢三月养子燕，接我首苜间。持我入紫深宫中，行径之传檽栌间。雀燕来，燕子见衔哺来，摇头鼓翼，何轩，奴轩！

又《艳歌·何尝行》（一名《飞鹄行》）：

飞来双白鹄，乃从西北来，十十五五，罗列成行（一解）。妻卒被病，不能相随，五里一返顾，六里一徘徊（二解）。吾欲衔汝去，口噤不能开，吾欲负汝去，毛羽何摧颓（三解）。乐我新相知，忧来生别离。踌躇顾群侣，泪下不能知（四解）。

此乃雌雄两白鹄飞空中，雌病不能飞，雄不能顾之言。托为植物者有清商清调中之《豫章行》：

白杨初生时，乃在豫章山。上叶摩青云，下根通黄泉。凉秋八九月，山客持斧斤，我□何皎皎，梯落□□□。根株已断绝，颠倒岩石间。大匠持斧绳，锯墨齐两端。一驱四五里,枝叶自□捐。□□□□,会为舟船燔。身在洛阳宫,根在豫章山。多谢枝与叶,何时复相连!

人也常作禽言诗,每取鸟鸣声而寓以己意。如鸟鸣声有类"割麦插禾"者,则悯农民耕作之苦。有鸣声如"不如归去",借以叙自己羁旅他乡,欲归不得之苦。鸟鸣如"姑恶"者,则更文饰以各传统的不良思想,谓"姑不恶,妾命薄"!被恶姑折磨死,也只好怨自己生来命薄,不敢怨姑。这是何等可憎的礼教观念?《诗经·鸱鸮》,善鸟子被攫食居所飘摇,诗人对它并无何等同情,仅将当时所见母鸟狼狈情状写出而已。汉乐府蝴蝶被燕子衔去哺子,诗人也无为何委屈悲伤,如悲伤,都是纯客观的描写。《豫章行》代被伐的白杨说话,也不寄以一丝情感。都是那时人童心未泯现象。我觉得颇可喜。以后诗人成熟了,这种深蕴妙趣的文章反而消失了,何等的可惜!

/ 附录 /

《诗经》与尹吉甫——李著《诗经通释》评论上篇

导言

　　李辰冬博士研究《诗经》，得到一个惊人的发现：就是《诗》三百五篇都是尹吉甫一人所作，是吉甫的自传。以前都以为《诗经》时代是始于克商至陈灵株林泽陂而止，约五百余年，李先生则浓缩之为五十余年，缩短至于十倍。

　　李先生总说："《诗经》这部书，实实在在，无一人名，无一地名，无一事件，甚至没有一件不是真史。可是前人受着《毛序》《诗谱》、'郑笺'的束缚，不敢打通来看，结果一部最可靠、最生动、最翔实的史书，变成了一个谜，你也猜，我也猜，使它生了层层的锈，而使人看不出它的真面目。"

他又说:"《诗经》是中国古史的宝藏,它处处都是宝贵的史料,可惜前人把它分得四零五散,各不相干,不仅失去真史的价值,而且变成了纠纷的焦点。"

李先生运用各种精密的科学方法,尤其他最为宝贵的治学利器——统计学——来研究《诗经》,得到这样一个结论。人皆目为怪诞,他自信弥坚,朝斯夕斯,锲而不舍,前后共费了十余年的光阴,写成了《诗经通释》上中下三大册,又写了《诗经研究》一厚册,洋洋百万言,足称巨著。

李先生的科学方法真是精密非常。他有什么"纲领诗""钥匙诗"。把《诗经》原来风雅颂的界限完全打破。颂的祭祖诗,雅的史迹诗,他借周宣王逢山祭山,逢水祭水,逢宗庙祭祖宗及方叔祭商祖,鲁武公祭鲁祖,一一打发了。至于国风及雅中一些近于风体的诗,则一一比附于尹吉甫的身上,组成了一篇沉博绝丽的尹吉甫传奇。他把那个沉睡数千年的陈死人从坟墓中唤醒,唱出他一生升沉荣辱、离合悲欢的际遇,比什么歌剧和史诗都好听。李先生把零碎的《诗经》缀成了整个,把僵木的古典文学,注入了勃勃生气。更难得的是他不但发现尹吉甫个人事迹,还发掘出若干不为人知的东西两周史实，对古史界又是一桩伟大的贡献。

我以为李先生这项学说若果能成立，实可推为艺林莫大盛事，文化界最高的光荣，诚如李日刚先生所赞："不废江河万古流"，说得夸张一点：功勋之大，可比哥伦布发现新大陆！

不过笔者于"诗学"虽仅识皮毛，但细读李著，竟觉得有许多地方不能了解，也觉得李先生所组织尹吉甫传奇，虽好像天衣无缝，点水不漏，实则有若干缺失，和塞碍难通之处，难以叫我满意。于是再细读《诗经》原书，又取了有关《诗经》资料若干种，详加参考，更弄得"群疑满腹，众难塞胸"，若不将它一件件提出来向李先生请求解答，直要闷死了！两月以来，一面看参考资料，一面撰写，不知不觉写了四万余字的评文，分为上下两篇，又各分细目。

上篇专论李著中的尹吉甫；下篇则论李著里各种问题。有时说的话颇直率，想学术园地，是讨论真理的场所，大家可以自由发言，只须不是恶意的攻讦而是诚心的质询，又何妨将想说的话坦然说出。李先生寝馈《诗经》二十年，所阅典籍无数，写成这部大书，岂容有误。笔者浅学末识，仅以两月之功，便思矫正李说，实太不自量。惟语云："智者千虑，必有一失，愚者千虑，必有一得"，今敢以一得之愚，补李先生智者之失，想必也为李先生之所取吧？

甲、尹吉甫的传奇

尹吉甫的身世

（一）尹吉甫的姓名　我们读《诗经》，金文《兮甲盘铭》《史记》，甚至那真伪参半的《竹书纪年》，其中提到尹吉甫，总觉得他是宣王朝的重臣、大将，地位与皇父、南仲、方叔、仲山甫、召虎等相等，是个堂堂乎的大人物。谁知李先生却说他不过是南燕流寓于卫的"氓"，虽跟随宣王南征北伐，立下无数勋劳，只是一个"士"阶级的人。他在军队里，只能率领二千名民团，官职只是"良人"——等于今之旅长。因他能写文告，宣王又赏了他一个"尹氏"的名位，好像是个秘书。吉甫便以"尹"为姓，称为尹吉甫了。

李先生又根据《唐书·宰相世系表》："吉氏出自姞姓黄帝裔孙伯儵，封于南燕，赐姓曰姞，其地东郡燕县是也。后改为吉。"李氏遂主张尹吉甫为南燕人，流寓于卫，为氓。"甫"是老大，他即以"甫"为名。

李先生又说"尹氏"原是官名，吉甫蒙宣王赏赐此名位后，便以之为姓。古代姓氏原有以官、以封邑为之者。这种例子原甚多。但吉甫原来姓什么，我们可不知道。王国维《兮甲盘跋》（《观堂别集》卷二）说他名"甲"而氏"兮"，那么他是姓"兮"了。王氏云："甲者月之始"，即一年十二个月之第一个月，便是正月。吉甫在铭中自号"伯吉父"，吉亦有始义，古时分一月为四分，以月之首八日为初吉，尹吉甫大概诞生于正月之初八日内，以为吉庆，遂以为字。如此，李先生说他姓姞，又改为吉的话便该推翻了。他既非姓姞，则说他为南燕人的话，也该否认了。

说"甫"为老大，也不见得。甫为古男子美称，通父。孔子号尼父，亦可作孔甫。今尚称天主教神父为神甫。甫有大义，如甫田为大田，《大雅·韩奕》"鲂鳜甫甫"，注："大也。众也。""甫甫然大也。"但为形状之大，非行辈之大。即说吉甫在兄弟行中似居长，故自字为"伯吉父"。但这与"甫"字无关。

（二）士　古代大夫是世袭的，士则否，是以孟子说"士无世禄"。吉甫后来是否升为大夫，李先生未明言。只说"岂曰无衣，六兮""七兮"，就是制服由素衣素冠的士上升到六级七级的官了。好像他就是升，也仅仅升到六七级，可是李先生总说他仍然是个"士"。好像尹氏终身没有脱离这个阶级。他又说封建时代，阶级至严。一个人入了那个阶级便永远限定于那个阶级，无论你有多大的才干，无论你立了多少功勋，莫想超越。我以为这话实值得商榷。现在且举几个历史上有名例子：伊尹出身庖丁，为有莘氏媵臣，是个陪嫁男仆。后为汤之贤相。武丁（高宗）梦见良弼，得傅说于傅岩之下。那傅说原是一个刑徒，罚作版筑，便是泥水工人。周初姜太公是个渔翁，又做过屠夫，还干过各种卑微的行业。胶鬲出身盐贩。文王又举闳夭，太颠，于网罟之中，可见二人也原是犯法的罪人。到了春秋时代，齐桓公举宁戚于牛车之下。至战国，则用人唯才，朝为平民，夕致卿相者，比比皆是了。阶级难道是生铁铸成，不能更改的吗？

（三）良人　李先生认为尹吉甫的军职，只是一个"良人"。这个职位，仅能率领二千名士兵，等于今日一个旅长。《国语・齐语》说管仲编制军队，以二千人为旅，乡良人帅之。但前文又有"乡有良人焉，以为军令"。照这段《齐语》文气，是乡里中先有"良人"，选出来使为旅长，并非入军以后，才变作"良人"。这种良人，当是身家清白的人。后世的兵士称"良家子"。《汉书·地理志》:"汉兴,六郡良家子选给羽林,期门,以才力为官,名将多出焉。"杜甫《哀陈陶》:"孟冬十郡良家子,血作陈陶泽中水!"语本《汉志》。与良家子相对待的是恶少、罪人……汉武帝想获得大宛国的良马,屡遣使重礼相求,不得,反遭侮辱,便编制了一支军队,以攻取大宛国贰师城为目标,以李广利为帅,名之曰"贰师将军"。那支军队系发属国六千骑及郡国恶少年数万人编成的。又说"赦囚徒,发恶少年及边骑,岁余出敦煌六万人……"又说"发天下吏有罪者,亡命及赘婿、贾人……适为兵。"这就是把那些社会渣滓清滤出来,送到战场上作战,化无用为有用,倒是好办法。汉代军职也有良人之名,当因误读《齐语》。

至于《诗经》里的良人,一见于《唐风·绸缪》:"今夕何夕,见此良人";再见于《秦风·小戎》:"厌厌良人,秩秩德音";三见于《秦风·黄鸟》:"彼苍者天,歼我良人"。李先生均以为指旅长那类军职,就是尹吉甫。我以《唐风·绸缪》的良人乃是情郎的代辞,良人就是好人,无论男女均可称所爱的人为"好人",到于今还是这样。《诗经》里也早见"好人"这两个字,如《魏风·葛屦》:"好人服之""好人提提"都是。至《黄鸟》的良人,也可译为"好人"。

不过这个好人与男女间昵称的好人不同,是指人格高尚,才德兼备的人物,如后人所谓"好人政治"等。《小戎》篇的良人,则可解为作诗之女性眼中的情郎或丈夫。

以丈夫为良人,李先生认为始自孟子,也不尽然。《仪礼·士礼》:"媵衽良席在东。"良,即是良人,也即是丈夫。盖女子总希望丈夫性情温良,善于体贴,故称夫为良人。《陈风·墓门》:"夫也不良,国人知之。""夫也不良,歌以讯之。"可证。

(四)军旗 《六月》篇"织文鸟章",李先生引《周礼·春官·宗伯》:"司常掌九旗之物名……日月为常、交龙为旂、通帛为旜、杂帛为物、熊虎为旗、鸟隼为旟、龟蛇为旐(其下尚有全羽为旞、析羽为旌二旗,李未举)。"那"鸟章"一句从无人注意,李先生独能以《周礼》证其为州邑部队之旗。眼光明,心思细,确实高人一等。但是他也屡说《出车》篇:"我出我车,于彼郊矣。设此旐矣,建彼旄矣。彼旟旐斯,胡不旆旆。"明明是尹吉甫自谓,何以除他本身的"旟"以外,又有"旐",又有"旄"?《采芑》篇分明是美方叔的,故诗言:"方叔涖止,其车三千,旂旐央央。"方叔乃诸侯。所建为交龙之旂,何以又建比鸟隼还低一级的龟蛇之旐？李说是则因军队组织复杂，诸侯的军队也杂有各级的。这话也说得有理。

不过我以为《诗经》的旗帜分别并不严格。譬如《车攻》篇是写宣王田猎的，而有"建旐设旄，搏兽于敖"之句。宣王是天子，何以旗不用日月，竟建旐旄？又如《商颂·玄鸟》是祭商之先祖的。先祖都是帝王，而竟有"武王靡不胜，龙旂十乘，大糦是承"。这位先王也不建"日月"，而建诸侯之"龙旂"。

况且"旗"之为旗，据《周礼》是属于州里的。比州里低一级的县鄙是旐。李先生说尹吉甫是卫国浚乡的乡长，乡即等于县鄙。他仅能建"旐"，那建"旗"的资格他是没有的！

李先生于《六月》篇"我服既成，于三十里"句，研究出是浚乡的面积之广袤。一个三十里的乡村有多大？能出多少壮丁？而尹吉甫随周王北征猃狁，第一次在浚乡征集二千名壮丁，组成民团赴战场。南仲那时是前线大将，战况不顺利。士兵损伤太多，尹吉甫带去的二千民团想必也牺牲殆尽。他又回浚再征集人马，这一回人数多少，未知。但他始终做"良人"，则亦不能减于二千之数。连第一次共四千了。一个面积不过三十里的乡村居然能出丁壮四千,难以叫人相信。何况除正式军人之外,还有民伕咧,还有供运输的驴马咧,还有粮草及其他装备咧。浚乡负担得起吗?

(五)尹氏　李先生又说尹吉甫之所以姓尹,乃由他擅长文书,宣王赐以"尹氏"官职。《说文》尹字:"始也。从又,握事者也。"握事就是总揽政务。总揽政务的人地位当然甚高。这个尹字原与"君"同义,且与君字互通。《荀子》作"君寿",《新序》作"尹寿",因君常从口中发号令,是以尹字下加口而成君。若说官职,也是最高的一级。《周书·顾命》:"下尹御事。"传:"尹,百官之长也。"《左传·定公二年》:"故周公相成王,以尹天下。"《宣十二年》:"沈尹将中军。"楚国官以尹名者颇多,"令尹"为最贵。《小雅·节南山》:"赫赫师尹,民具尔瞻","尹氏大师,维周之氐,秉国之均,四方是维。天子是毗,俾民不迷"。所指示的是一位朝中大员,即皇父,诗称他"太师皇父"。此诗作于骊山之乱后。屈万里云:"古内史尹,作册尹,往往只称曰'尹氏',其位尊显,与太师同秉国政,说详王国维《书作册诗尹氏说》。"但尹也有几等,"师尹""令尹"等于今日的行政院长,或国务卿,也可说君主时代的首相。其他各等之尹至少是像今日的部长或处长之类，尹吉甫既蒙宣王赏赐他"尹氏"之职，地位仍然低微，实不可思议！

（六）尹吉甫的任务　我以为尹吉甫在周宣王朝实是一位与皇父、南仲、方叔、仲山甫、召虎等地位相等的重臣、大将。《兮甲盘》是他铭功之件。铭文说："唯五年三月既死霸庚寅，王初格伐玁狁于䉍虘（即彭衙，在今陕西白水镇），兮甲从王。"今本《竹书纪年》纪宣王五年六月，"尹吉甫帅师伐玁狁，至于太原"。与《小雅·六月》之诗呼应。伐玁狁，宣王是亲征的，领兵主帅则为尹吉甫，所以宣王身边重臣一概不提，仅提吉甫。《六月》篇"元戎十乘，以启先行"，可见他居于元戎之位，率领十辆战车，做宣王的先锋。他执讯获丑，立有战功，宣王曾赐他马四匹、驹车，吉甫引以为荣，刻于《兮甲盘铭》内。

宣王征伐玁狁，需用人丁、粮糒，各种物资甚多。命尹吉甫运送成周四方的和南淮夷的委积到前线。因南淮夷久已臣服，也算是周的属民，要他们供给人夫和物资。若淮夷抗命，吉甫就可以严行惩罚，诛杀随意，可见吉甫是等于全权大臣，责任甚重。宣王即说身边无人，也不至于用一个"士"阶级，一个旅长军阶的尹吉甫，叫他担当这等大事。

（七）尹吉甫的同列　读《诗经》，尹吉甫的同列，都是诸侯贵族。《六月》篇吉甫自镐凯旋，大宴亲友，座中有位以孝友出名的张仲，他称之为"侯"。大概是位侯爵（或以侯为维，恐非）。《大雅·烝民》篇是仲山甫奉宣王命筑城于齐，吉甫作诗以送。那个仲山甫，《国语·周语》称他为樊仲山甫，又称樊穆仲，他赴齐时所乘车是驾着四匹马，响着八个铃铛的，故说"四牡彭彭，八鸾锵锵"。这是诸侯的体制。在《烝民》篇里有"吉甫作诵，穆如清风，仲山甫永怀，以慰其心"的句子。《崧高》篇是送申伯赴谢城的，在这首诗里，有"吉甫作诵，其诗孔硕。其风肆好，以赠申伯"等语。这几首诗都有尹吉甫自己具的名字，当然是他作的。吉甫的同列都是非公即侯，怎能说他是地位低微之辈？

（八）尹吉甫下半世事　尹吉甫前半世事迹止于此。至于他与卫厘侯的曾孙女，卫武公的孙女，武公儿子惠孙又叫孙子仲的女儿仲氏恋爱，《诗经》实不见只字。《诗经》中伯、仲、叔、季字样极多，"仲氏"或"子仲之子"，也不过泛言。李先生却由《易林》《竹书纪年》钩稽出许多故事。说尹与仲自由恋爱，为双方家长所反对，后虽结婚，尹的父母趁吉甫东征不在家，为他另娶姜氏，贬仲氏为侧室。仲氏不能忍受，等到吉甫归日，提出离婚，另嫁南燕国君蹶父的儿子伯氏。幽王年间，伯氏奉命征西戎，吉甫为他参谋同行，伯氏不听吉甫的劝告，吃了大败仗。逃归后，反将责任一股脑儿推到吉甫的头上。吉甫当然不甘，到处辩说，伯氏被正法。仲氏遂恨了他，在皇父前说他的坏话，吉甫遂被逐出卫国。归南燕故国，又为蹶父所不容，他穷愁潦倒，到处漂泊，周幽王七年前后，病死客边，寿约七十八岁。

《易林》旧以为焦延寿作。经胡适先生科学方法的考证乃西汉末、东汉初，崔篆所作。其书多为卜辞，有"姬姜劳苦""姬姜相从"，李先生便以为仲氏乃卫室公主，姓姬，姜氏既与她相"劳苦"，"相从"，则可为尹父母为子另取姜氏之证。《易林》又有什么"伯仲留言""伯仲旅行"，便断定仲氏离婚后另嫁伯氏。

古本《竹书纪年》周幽王元年："幽王命伯士帅师伐六济之戎，军败，伯士死焉。"今本《纪年》："六年（即幽王六年）命伯士率师伐六济之戎，王师败逋。"《后汉书·西羌传》："王破申戎后十年，幽王命伯士伐六济之戎，军败，伯士死焉。"注："并见《竹书纪年》"。古本《竹书》说是幽王元年，今本则说六年。古本言"伯士死焉"，今本却说"王师败逋。"可见记载不大可靠。《竹书纪年》是晋太康三年（晋武帝年号，二八二）汲郡人盗发魏襄王或云厘王冢，得竹书数十车，其中有《纪年》十三篇。书有古今两本，古本书多亡，今本多引自《汉书·律历志》及伪古文《尚书经传》。上述伯士征西戎也自《汉书·西羌传》引出。《纪年》当是战国时人所写，其中有许多史实不可信，前人久有考证。这条伯士征西戎就说是真的，"伯士死焉"就是伯士战死于此役。李先生为想凑成他的学说，说伯士是战败逃归，想委过于尹吉甫，不得，乃被正法的。

（九）尹吉甫之子　《后汉书·郅恽传》："恽乃说太子曰：'昔高宗贤君，吉甫贤臣，及存纤芥，放逐孝子。'"吉甫逐子，可见其说亦古。扬雄《琴清音》曰："尹吉甫子伯奇至孝，后母谮之，自投江中，衣苔带藻，忽梦见水仙，赐其美乐，唯念养亲，扬声悲歌，船人闻而学之，吉甫闻船人之声疑以伯奇，援琴作《子安之操》。又扬雄《琴清音》《履霜操》者，尹吉甫子无罪见逐，自伤作此曲。"《琴操》《履霜操》，尹吉甫子伯奇所作也。伯奇无罪为后母所谮见逐，晨朝履霜，自伤见放，于是援琴鼓之而作是曲。唐代韩愈集中亦有《履霜操》，乃作骚体。

《易林》关于尹吉甫家事只有尹伯奇为后母所谗，投水自杀，其文为"尹氏伯奇，父子生离，无罪被辜，长舌所为。"这件事或可说是段史实，《乐府诗集》有《履霜操》，序文云："履霜操，尹吉甫之子伯奇所作也。伯奇无罪，为后母谗而见逐……晨朝履霜，援琴鼓之而作此操，曲终投河而死。"那首歌辞作骚体，彼时尚没有。

乙、尹吉甫的三大役

李著里除尹吉甫北御狎狁外，东征徐淮、南征荆蛮，西讨西戎，均曾参与。但他这些功业没有正面证据，而且时间上大有冲突，此事下文再细谈。现所欲论者为尹氏一生三大役，就是：

（一）平陈与宋。

（二）戍申、戍甫、戍许。

（三）东征齐鲁，又名复周公之宇。

这三大役成了李著全书的架构，极其重要。但不幸的是我们略加检讨，便发现这三大役可靠性很值得怀疑，说得不客气一点，竟都属"凿空"之谈，没有一件可以成立。现逐款陈述于下：

（一）平陈与宋　《邶风·击鼓》篇有"从孙子仲，平陈与宋。不我以归，忧心有忡"的句子。《左传》卫州吁好兵，弑其兄桓公自立，因卫国与郑有宿怨，州吁想求宠于诸侯而和其民，遣使告宋共讨郑，他将以陈蔡从。孙子仲，《诗序》谓为公孙文仲。姚际恒谓"卫穆公时有孙桓子良夫，良夫子之子林父，相继为卿，所云孙子仲者，不知其父若子也。"

《击鼓》篇以"平"字为最要，乃决定诗义之关键。郑笺："平，成也，将伐郑，先告陈与宋，以成其伐事。"朱熹《诗集传》也说："平，和也。合二国之好也。"《左传》之书"平"字者指不胜屈，略举数例：

（1）隐公六年："夏盟于艾，始平于齐也。"

（2）隐公八年："齐侯将平宋卫"，"齐人卒平宋卫于郑。"

（3）庄公十三年："冬，盟于柯，始及齐平也。"

（4）僖公十五年："秦乃许晋平。"

（5）僖公三十三年："卫入侵狄：狄请平焉。"

（6）文公九年："宋公子东夷伐陈……陈惧，遂与楚平。"

（7）文公十六年："春王正月，［鲁］及齐平。"

（8）宣公五年："楚子伐郑，陈及楚平。"

（9）宣公八年："陈及楚平。"

（10）宣公十二年："楚人围郑，郑伯肉袒牵羊乞和，楚王谓：'其君能下人，必得民。'退军三十里，而许之平"。

（11）宣公十五年：［宋］"及楚平"。

（12）成公元年：楚人侵卫及鲁："楚人许平。"

看了这些例子，可以知道"平"即是"成"，也即是讲和。更改平约，有一个专门名词，谓之"渝平"。隐公六年春，"郑人来渝平，更成也。"或谓"平"者"和而不盟"之谓。也可说是"邀约""拉拢"之谓。《击鼓》篇"平陈与宋"，就是州吁想邀约陈宋，共同伐郑，与《左传》记载正合。《左传》尚加了几句："于时陈蔡方睦于卫"，是说那时候陈蔡与卫正相交好，又说：州吁请宋相帮出兵，"宋人许之"，于是"宋公、陈侯、蔡人、卫人伐郑，围其东门，五日而还"。注解《击鼓》篇的《诗经》学家粗心大意，以为"平陈与宋"，是平定陈宋，李先生也误认为是平定陈宋，而凭空叫尹吉甫多负担了这一役。李先生又把这一役捏造一端绝大理由，说周宣王想复兴他的王业，以陈宋地当其出兵要道，而两国又不肯朝周，遂从平定这两国入手。领兵将帅,王朝许多元老重臣如皇父、方叔、召虎、南仲都不派,偏偏派了卫国的孙子仲。尹吉甫也就随军同去。他在卫时已和子仲的女儿仲氏恋爱。仲氏这次随父至陈,与吉甫更打得火热,并私订了婚约。

李先生推翻了《击鼓》篇怨州吁的旧说,将它提到宣王三年。州吁约陈宋伐郑,是隐公三年,公元前七二〇年,周宣王三年是公元前八二五年,时间计提早了一百多年。我们不必怪李先生太鲁莽,前人也有此诗为疑的。盖他们考卫州吁弑君自立,不过八九个月的光景,便被那个大义灭亲的石碏设计除去。(《左传·隐四年》戊申,州吁弑君即位,九月卫人杀州吁。)州吁未死前,邀陈宋及蔡围郑,五日即还,而《击鼓》篇的军人竟有久不召归之怨叹。而且军士们以思念家室之故,弄得精神恍惚,把战马都搞丢了,找了好久,始于树林下找到,这种情况与出兵五日即还,岂不大相违背呢?

这话也是真的。但我以为卫兵怨叹,并不在五日围郑,而在长期城漕。卫郑既有宿怨(《左传》有记载),则图报设防者当始自州吁之父庄公,他命公孙文仲陈兵境上,并筑城于漕,谅非一日,所以《击鼓》篇云云。

诗经杂俎

　　《诗经》里的作品，其无地名人名者很容易打发，其有者则成为障碍。《击鼓》篇恰有"陈""宋"两个国名，又有"孙子仲"一个人名，就非设法解决不可。况说三百五篇既皆为尹吉甫一人所作，《陈风》十篇，有"宛丘""东门""株林"的地名，且十篇皆为情诗，李先生遂要劳尹吉甫到陈国一趟，并借此把若干篇情诗都打发掉了。

　　李著说孙子仲和尹吉甫率兵去平定陈宋，经过时间不及一年。是宣王三年春间起，是年十月底结束。尹吉甫还返卫居住了一些日子，到宣王五年二月间，才率领浚邑的民团，到北战场抵御狎狁。平陈的诗篇甚多，平宋则否。一则因《诗经》没有宋风，虽有《商颂》五篇，李先生又要留作方叔祭祖时用。仅《河广》一篇"谁谓宋远"着"宋"字，他说成了吉甫返卫时经过宋境的诗。

　　李先生不知宋为微子后，周初爵以子，后晋为公，以客礼相待。《书·微子之命》，成王称微子为殷之元子（微子原是帝乙长子，以庶出不得立，立纣），命他"修其礼物，作宾王家，与国咸休，世世无尽"。《左传·僖二十四年》，皇武子曰："宋先代之后也，于周为客。"《周颂》有《振鹭》《有客》《有瞽》三篇，说是微子与三王后来助祀，

307

而颂独重宋。殷人尚白，故以鹭比。称之"客"，则真以客礼待。宋人亦以周为客。《商颂》："我有嘉客，亦不夷怿。""亦不"之"不"通"丕"，大的意思。言我祭祖时，周人亦在场，无不大大的喜悦。宋惩武庚叛乱之失，感周礼遇之隆，对周从无异志。宣王对宋岂有轻易用兵之理？

至于陈，乃大舜之后。姓妫，周武王以元女太姬妻陈胡公，陈于周为"外甥国"，对周亦从无不臣之心，周也无故不会伐她。

宋之被"平"，以资料未足，李先生未多言。陈之被"平"，则遭遇甚惨，损失甚重。首都陈城陷落了，使胜利者孙子仲的女儿，一手击鼓，一手把着鹭羽，无冬无夏，在距陈城二里的宛丘跳舞。首都既陷，其他城邑亦必饱受兵燹之祸，宋国命运与陈相同，不问可知。但观卫军凯旋，到漕邑大祭定星，俘获的战马便有三千匹之多，其他战利品当然莫可计算。陈宋何罪，受此严重的惩罚？只因《击鼓》篇"平陈与宋"一个"平"的意义未弄清楚，遂使两国凭空遭此浩劫，我实为这两国呼冤不置了！

我前文说过《诗经》诗篇有人名地名者每难以处置。李先生的大著遇人名地名可利用者则利用，否则千方百计改窜之，使曲从己意。《陈风·株林》篇乃陈灵通于夏姬，国人嘲笑他而作。本事见《左传·宣公九年》及《十年》。那首诗有"匪适株林，从夏南"两句，是借甲乙两人的问答，说灵公常去株林，是找夏姬儿子夏南，商谈国事，并非去找夏姬，不失诗人忠厚之旨。夏姬子征舒，字"夏南"。《左传·成公二年》，先是楚庄王伐陈，获夏姬，欲纳之。申公巫公原想以夏姬归己，谏以为不可。司马子反又向庄王讨乞。巫臣说："是不祥之人也。是夭子蛮、杀御叔、弑灵侯、戮夏南、出孔仪、丧陈国……天下多美妇人，何必是？"这"夏南"二字，明见《左传》。《国语·楚语》："昔陈公子夏为御叔娶于郑穆公女，生子南。"盖征舒父字"子夏"，故为夏氏。征舒字子南，以氏配字，谓之"夏南"。见郑笺及《诗正义》。这样坚强的证据，李先生竟敢一笔抹煞。他说扬雄《方言》："凡物之壮大而爱伟者为夏。"仲氏的个子正特别高大。卫国地处南阳，仲子是卫国人，吉甫称她夏南，是一种昵称。

李先生惯于替古人改名，譬如《郑风·山有扶苏》："不见子都，乃见狂且。"子都就是公孙阏，曾以暗箭射死持蝥弧登许城的颍考叔，乃春秋时美男子。《孟子》："不知子都之姣者，是无目者也。"即指此人。李以春秋时人不可入尹吉甫著作，改为都丽的大个子，谓指尹吉甫。这样硬改古人名字，曲成己说，或者是李博士特有的科学方法吧！

株林是今河南柘城县，春秋时为夏姬所居地。地名是不易否认的，李先生也就不否认。他把《击鼓篇》与《株林》诗联系在一起。说仲氏原住陈国东门，大概和吉甫闹了别扭，不辞而别要回卫。吉甫到东门她住处不见其马，便知她走了。驾着驹车追赶，赶了一夜到株林这个地点会见了。同进早餐。李先生又把《王风·大车》联系到此处，说二人言归于好，仲氏对他发誓"縠则异室，死则同穴。谓予不信，有如皦日！"赌完咒，仲氏还是返卫去了。他们一时好，一时恼，原属小儿女的常态。我也不去说它。可是宣王时，卫国尚在黄河以北，陈宋在河南，仲氏想返卫，应向北走。为什么竟向南距陈都一百四十里的株林走，然后由宋境卫辉返卫？看今日的地图，仲氏绕那样个大弯，不知其何苦！

（二）戍申、戍甫、戍许　李著把此事安排于周宣王七年，是由《王风·扬之水》引起。那首诗是："扬之水，不流束薪。彼其之子，不与我戍申。怀哉！怀哉！曷日予还归哉！"下二节是"不与我戍甫""不与我戍许"。是戍守这三处的军人，其家室不能同到戍处，日久，怨恨，说我想家呀！我想家呀！什么时候我才能回去呢？

《诗序》："扬之水，刺平王也。不恤其民，而远屯戍于母家，国人怨思焉。"是盖申即申侯之国，乃平王母家。我们总该记得幽王嬖褒姒，废申后及太子宜臼，太子奔申。申侯乃勾结西夷、犬戎杀幽王骊山下，与诸侯共立宜臼，是为平王。为了故都残破不堪，乃东迁雒（洛）邑，从此成了东周。那雒邑以王之所在，也就成了"王城"，国风之有《王风》，即因此。

平王的外祖父申侯的故国原在今河南信阳，宣王改封之于谢。谢，国名，亦在信阳一带，以其地土比申大，故宣王命申伯徙封于此。尹吉甫曾写《崧高》诗，详言其事。说宣王先命召伯至谢筑城，建宫室，工毕，乃迁申伯的私人及其辎重，搬去谢城。宣王赏赐申伯甚厚，申伯启行时，宣王还亲饯于郿。

我们读《崧高》篇，倒得到了一个小发现。宣王之后，曾因宣王晏朝，脱簪珥待罪，为历史上有名的贤后。她素称姜后，齐国女多姜姓，遂以为她是齐国人。刘向《列女传》卷二，便曾说："周宣姜后者，齐侯之女也。"数千年来皆称她为"齐姜"。便是李先生在他大著里也称她为齐姜。其实宣王后当是申国人，申国也姓姜。但观《崧高》篇，一则称申侯为"王舅"，二则称申侯为"王之元舅"，可见申侯是宣王的大舅子，而宣王于申侯，则为郎舅之亲，而姜后则申侯之妹也。宣王又为太子涅（幽王）娶申侯女，及幽王即位，申侯变成国丈，并为平王的外祖父了。这样两代通婚，关系自然极其深厚，宣王筑谢城请申侯迁，平王抽调王城之兵，为申侯戍守，也是自然之事。

况宣王与平王之所为，并非完全为了姻亲间的私谊，实为了国防大事。他们保护申侯之国，也即是为了巩固周室的根基。盖以申侯之国在陈郑之南，迫近强楚，王室微弱，数见侵伐，是以平王以戍兵保卫之。戍兵怨恨，乃老百姓的常情，《诗序》讥其私母家而不恤其民，则为腐儒浅见。

至于"甫"即吕。书《吕刑》，《礼记》作"甫刑"。《括地志》："故吕城在邓州南阳县西四十里。""许在今河南许昌县。"甫与许皆姜姓之国。平王戍兵保护，理由与上同，不赘述。

前说《诗序》为腐，须知朱熹《集传》也一般。他于《扬之水》篇曾发了一段大议论，道："申侯与犬戎攻宗周而弑幽王，则申侯者，王法必诛，不赦之贼，而平王与其臣庶不共戴天之仇也。今平王知有母而不知有父，知其立己为有德，而不知其弑父为可怨，至使复仇讨贼之师，反为报施酬恩之举，则其忘亲逆理而得罪于天下已甚矣。又况先王之制，诸侯有故，则方伯连帅以诸侯之师讨之。王室有故，则方伯连帅以诸侯之兵救之天子。乡遂之民，供贡赋，卫王室而已。今平王不能行其威令于天下，无以保其母家，乃劳天下之民，远为诸侯戍守，故周人之戍申者，又以非其职而怨思焉，则其衰懦微弱，而得罪于民，又可见矣。呜呼，《诗》亡而后《春秋》作，其不以此也哉！"

但好多学者皆不以晦庵之言为是，颇能据当日形势，为平王说公道话。如方玉润《诗经原始》，《扬之水》章云："右《扬之水》三章，章六句。经文明明言戍申、戍甫、戍许，而序偏云戍于母家，致启《集传》忘仇逆理之论，是皆未尝即当日形势而一思之耳。夫周辙既东，楚实强盛，京洛形势，左据成皋，右控崤函，背枕黄河而俯嵩高，则申、甫、许实为南服屏蔽，而三国又非楚敌，不得不戍重兵以相保守，然后东都可以立国。观于三国吴魏相持，两家重镇，必屯襄、樊，则往事可知。平王此时不申、甫、许之是戍，而何戍耶？……若沾沾谓其笃于母家，致令久戍不归，则何异小儿梦呓，不识时务之甚，我恐平王君臣窃笑于地下也。"

赵佑亦以国防为重,尤以遏楚为立论之基础。于《崧高》篇宣王城谢迁封申伯事曾言:"予读《崧高》而知宣王之封申,与平王之戍申,其为天下之事势计一也。盖周之天下,北患猃狁,西患西戎,东患淮徐,南患荆楚,四者皆德盛则后服,德衰则先乱。宣王中兴,有南仲、尹吉甫之伐、韩侯之命,所以却戎翟;有召虎、皇父之征,所以定淮夷;有方叔之师,又重之以申伯之封,乃以遏荆蛮。度当时淮夷不过骚动于一方,猃狁之属,亦是掳掠而无大志,唯楚自殷世已称梗化,至周而僭王猾夏,凭其江汉之强,骎骎有窥鼎之势久矣。夫宛、南阳,天下之一重镇,关中南蔽也。春秋之时,楚得申、息而横;战国之时,楚失武关而亡;汉高之入咸阳,先定南阳,然后攻武关而西。光武之定洛阳也,亦起于宛邓。则观于后世,可知前古:故特镇以勋戚大臣,坚其城邑,假以重兵,岂徒厚私亲哉?其曰'南国是式''南土是保'(按皆《崧高》篇中语),良有以也。"

笔者抄这几段议论,并非闲笔,乃所以证明《扬之水》篇实系周平王时代有关国防的文章,关系非常重大。平王派遣军队戍申、戍甫、戍仲,不知何年,他在位五十一年

（公元前七七〇—前七二〇年），此当是东迁初年事。因王城是东迁后始改名的。宣王都镐京，距荆楚远。平王都洛阳，距荆楚近。故宣王仅改封申伯于谢并未助以兵戍，平王则非加戍吕、许不可。李先生强将戍申、戍吕、戍许提早到宣王朝，实未曾将当日形势研究清楚之故。

李先生以为《大雅·崧高》篇是尹吉甫作以赠申伯，遂将《扬之水》时代提早为宣王七年。宣王七年为公元前八二二年，平王东迁则为公元前七七〇年。时代提早了五十二年。他又将《崧高》《甘棠》《汝坟》《溱洧》《蒹葭》《狡童》《褰裳》《山有扶苏》《汉广》《江有汜》等诗拉来与《扬之水》并列，分别安插在申、甫、许三处地理里，而尹吉甫一生事迹又凭空多了戍申、戍甫、戍许的一段。李先生并说尹氏三处戍守均宣王七年上半年的事。我也不知道当时军政府为什么对于戍守之事，总是偏劳他一个人。那时又没有飞机和铁路，军队的调动是这么容易的吗？

（三）东征齐鲁　李先生既坚主《诗》三百五篇均尹吉甫一人所作，把《诗经》所有作品都硬行分派到他头上，还有《豳风》《齐风》和《鲁颂》也非找吉甫来承当不可，于是李先生又凭空造出尹吉甫东征齐鲁这段史实——但他后来又改为"复周公之宇"。

《大雅·烝民》是尹氏写来送仲山甫的。其中有"仲山甫徂齐","王命仲甫,城彼东方。"《竹书纪年》也有宣王七年"王命樊侯仲山甫城齐"的话。李先生就此诗人手,展开了尹吉甫第三役。

宣王命仲山甫赴齐筑城是基于国防需要,保卫齐也所以保卫周,是协助齐国,并非征伐齐国。李先生大著虽大书特书"东征齐鲁"字样,于征齐只含糊带过,只乘此机会把《齐风》十几篇诗,都打发掉了。

征鲁有否这回事呢?只有一点影子而时间则不合。就是宣王十二年(《竹书》作九年)鲁武公携带他两个儿子括与戏来朝,宣王爱戏,命武公立他为世子,仲山甫力谏以为不可,宣王不听。武公返国后即薨,戏即位为懿公。直到宣王二十一年(《竹书》作十一年)括之子伯御与鲁人攻杀懿公而自立。宣王伐鲁,杀伯御,立懿公弟称于夷宫。以天子讨诸侯,谁敢抵抗,大概就命仲山甫就近办理这件事,并未用兵。

李先生因《豳风》有《东山》一诗,那东征回家的军士有"我徂东山,慆慆不归""自我不见,于今三年"等语;又《破斧》篇有"周公东征"等语。"东征"与"三年",

都是没法改窜的，就说尹吉甫虽预东征齐鲁之役，他的任务只是监造营房。工作过久，工具都敝坏了。《小雅·大东》篇"小东大东，杼柚其空"，是说东人（殷遗民）所织的布帛都被西人（周人）取去，织机上空无所有，李氏却说杼柚都是土木工具。《破斧》篇的"斧""斨""锜""銶"分明是武器，他又说是木匠所用的东西。

尹吉甫东征齐鲁，似乎除了监造营房之外，也有战功。这战功并非与齐鲁作战，而是与淮夷作战。李先生坚主淮夷叛乱，鲁国土地几乎全部沦陷。鲁武公及其他诸侯足足打了三年，才将淮夷打退。李先生说武公之谥为"武"就因他有武功。《閟宫》篇分明是春秋时代鲁僖公命人写的，李氏却坚主是尹吉甫为武公而写。那么颂中"周公之孙，庄公之子"及"奚斯所作"这几句怎样解释呢？僖公原是庄公之子，奚斯是僖公时代鲁国大夫公子鱼，叫那个"不去庆父，鲁难未已"的庆父终于自杀者是奚斯几声号哭的功劳，事见《左传》。这两人的谥法和名字是无法改窜的。李先生竟想出一个换字法。说尹吉甫的原文原是"周公之孙，献公之子"（武公乃献公子），及"新庙奕奕，××所作"。"××"那个人当是武公时监督建庙者之名。到春秋时代，僖公在庙中祭祖，叫大夫奚斯念《閟宫》这篇祭文，奚斯便顺口把"献公"二字念作"庄公"。又把自己名字换了閟宫建庙者原来的名字。《鲁颂·閟宫》遂成今日形式。大家都以为它是僖公时代的作品了。奚斯这样剽窃前人作品为自己所作，其大胆实可惊，于今文坛学苑文抄公甚多，当以奚斯为祖。各行各业都祀主保，如木匠祀鲁班，酒家祀杜康，戏班祀唐明皇，我以为文抄公之流，也该祀奚斯为他们的主保。

鲁国疆土迫近徐淮，常遭其侵略。周公在世时曾伐过徐，金文有《公伐郯鼎》及《公伐郯钟》，其文皆为"王命公伐郯，攻战克敌，郯方以静……"但淮徐这两种民族也很强大，无法彻底消灭，动不动便起来作乱，更可怕的是勾结那个国势日益扩张的荆楚与周民族作对。宣王征淮夷，伐徐方，征荆蛮，《诗经》有《江汉》《常武》可证，史亦有明文。但宣王时代鲁国疆域并未像李先生所说全部沦陷，鲁武公虽谥为武，也没有听说他有什么武功。李氏以"复周公之宇"的大功业归他，好像说他从淮徐手里将全部沦陷的土地夺回，这在武公实为"不虞之誉"。

"閟宫"，其实是春秋时代鲁僖公命奚斯监造的，颂是否奚斯作，未可知，总之是僖公朝文士所作。颂中夸张僖公的功业，诚然十分夸大，也是那个时代的习惯，不必疑讶。李先生引了欧阳修《诗本义》一大篇议论，说僖公的战功一无可言，《閟宫》里那些"戎狄是膺，荆舒是惩"，那些"淮夷蛮貊，莫不率从"，这样大事，《春秋》未见只字的记录。欧公只好说："诗之言不妄，则《春秋》疏谬矣。《春秋》可信，则诗妄作也，其将奈何？"结果欧公只有阙疑。其实他若知古人的习惯，也就不说这些话了。只看僖公四年（元前六五六）齐桓公会鲁侯、宋公、陈侯、卫侯、郑伯、许男、曹伯，侵蔡，蔡溃，遂伐楚。责楚以包茅不入，昭王南征不复之罪。楚贡了包茅，说昭王事请到水滨去问，楚无法负责，齐桓也知楚势强大，非中原武力所能屈服，就趁势下台，与楚盟而还。一仗也没有打。宋襄公不过跟在齐桓及诸侯背后出了这一趟兵。他命正考父作《商颂·殷武》篇，却说："挞彼殷武，奋伐荆楚。深入其阻，裒荆之旅。有截其所，汤孙之绪。"这样炎炎大言，诚足令人笑死？所说的话与《鲁颂·閟宫》正相仿佛。

丙、尹吉甫与仲氏的恋史

（一）订婚

（1）氓未必为流亡之民　李先生由《卫风·氓》篇，

断定尹吉甫乃南燕流寓卫国的人。由"复关""顿丘""肥泉"诸地名,而知尹住复关,仲住肥泉。他们在平陈与宋的时候,已私订婚约,至是结合,后又仳离。则《氓》之一诗,关系尹仲恋史甚大,无怪李先生要称之为钥匙诗。

《说文》注"氓"字:"民也。从民亡声,读若盲。"《广雅》《方言》并同。《说文》又说"氓,冥昧貌。言众庶无知也。盖民字亦无知貌。"《书·吕刑》:"苗民弗用灵",郑注:"民者,无知也。"言未见仁道。贾谊《大政》篇:"夫民之为言,萌也。萌之为言,盲也。"《孝经援神契》:"民者,冥也。"《春秋繁露》:"民者,瞑也。"冥、瞑,都盲昧无知之谓,民字遂一转而为氓了。

《卫风·氓》篇:"氓之蚩蚩",蚩蚩,一说敦厚貌。也可说是浑噩貌,浑噩就是无知无识。一说蚩蚩是喜笑貌。

《孟子》:"则天下之民,皆悦而愿为之氓矣。""愿受一廛而为之氓。"赵岐注:"氓与民小别。盖自他归往之民,则谓之氓,故字从民亡。"《孟子》的原意无非"天下的人都高兴来做您的人民","请给我一点土地与庐舍,我情愿来做您滕国的人民"。赵岐见氓字为民亡两字构成,不悟其为谐音,遂有此说。岐乃后汉人,望文生义,何足依据?段氏《说文》亦据赵说,则为沿误。

我以为《氓》篇里那个氓，只是浑噩乡村人，女亦村姑之流。他们以前原同住一村，是青梅竹马之交，后分居两地。男的借换丝为由，约女私奔，女未允，说"子无良媒"。这个媒字不作媒妁讲，他们本拟私奔，用什么媒妁？媒者，酿成某物之介物，如酒酵亦称媒，从中挑拨使事决裂，亦可称媒。《汉书》："媒蘖其短"，皆是。无良媒者，此时无良好机会也。及见男失望，又说："将子无怒，秋以为期"，就是说请你莫生气，到了秋天，我就同你走如何？私奔以后，度贫贱生活数年，男渐变心，对女常常施暴，女只有悄然渡淇水回家。家中兄弟，群相讪笑，女只有自怨自艾，无话可说。这都是民间常事，一点也不像尹、仲的婚姻。

（2）复关似为人名而非地名　《氓》诗说女送男涉过淇水到了顿丘那个地方分别，男女各回其家。到了秋天约定的期限，女心渐形紧张，常在其家墙缺，探望男方来了没有。未见到时，疑他或有失约，不免涕泣。看到了，又说又笑，乐得不得了！就是《氓》诗"乘彼垝垣，以望复关。不见复关，泣涕涟涟。既见复关，载笑载言"这几句诗的写实。

"垝垣"是倾败的墙缺口，是贫家女所居，娇贵公主如仲氏者怎肯住此？"复关"，李引《寰宇志》："开州（今河北省濮阳县）西南，黄河北岸，有古复关堤。《卫风》'乘彼垝垣，以望复关'，盖即此云。"诗本已言明，男女居处，隔了一条淇水，女在自己家中如何能望见复关？而且地点是固定的，岂能一会儿望得见，一会儿又望不见？况人又怎能和地点又说又笑呢？所以我以为复关不是地点，而是该氓之名。以"关"字类似地名，遂致读者误会。若原诗是"乘彼垝垣，以望阿三"，就不会弄错了。我国各处地名由古书而伪造者，何可限量？"复关"其小小者耳。复关既无其地，则李先生的尹吉甫自南燕移卫，居于复关之说，都应考虑取消了。

（3）总角并非十五岁　《氓》篇："总角之宴，言笑晏晏，信誓旦旦"。所谓总角者是小孩头发梳为两条小辫，高翘如羊角。这只是四五岁到六七岁头发尚未长长的男女小孩的发式。《氓》诗"总角之宴，言笑晏晏"，就是女说"记得我们五六岁时，同扮家家酒，又说又笑，何等快乐"。故我说他们原是梅马之交。李先生却说这发式不是属于十五岁后的。因女子到十五岁已梳髻用笄，故有"及笄""笄年"之说。在这个岁数前，她当然算是"总角"。但我要问：近十五岁的仲氏，头上还翘着两条羊角似的小辫,请问成个什么样子?

李先生又把《齐风·甫田》篇"总角丱兮,突而弁兮",指为吉甫幼弟。说吉甫带了六个弟弟去从军打猃狁,后又嫌其不便,托南仲将他们带回。他与最幼之弟开玩笑说:"现在你还是梳着两条小辫的小孩,再见时,你当是已成年而戴上弁了。"李先生计算吉甫那时是三十岁,最幼之弟总角为十四五岁,他上面五个哥哥当是十七八到二十六七不等,正是打仗的年龄,为什么都送回家?若承认总角不过五六岁,则五六岁的小孩,带去军中何用?

"总角"又名"总丱"。《颜氏家训·勉学篇》:"梁朝皇孙以下,总丱之年,必先入学。"也就是说皇孙到了五六岁就得入塾读书。若总角是十四五岁,则孩子十四五岁始发蒙,岂不嫌其太迟?

我们在这里不妨把尹吉甫兄弟事再说一说。李氏常说吉甫共有兄弟七人,以《凯风》篇"有子七人"为证。又说吉甫是老大,故《诗经》里的"伯"常指他。(吉甫在其兄弟行中,或者居长,故《兮甲盘铭》自称"伯吉父",可是与《凯风》无关,见前。)但《将仲子》篇:"诸兄之言,亦可畏也!"则吉甫还有诸兄。李先生只好解为大排行,不过难题又来了,《魏风·陟岵》篇:父言"予子行役",母言"予季行役",兄又言"予弟行役",则吉甫又变成了人家的"季子",人家的"弟弟"了。李先生说吉甫的恋人,在姊妹行中本行二,故称之为"仲"。但曹风《候人》篇"季女斯饥",《召南·采蘋》篇"有齐季女",《小雅·车辖》篇"思娈季女逝兮"。他说都指仲氏,那么,仲氏又变作老四了。

(二)约婚

我们不妨把仲氏与尹吉甫约婚的话在这里再说一遍。

李先生把他们的婚典安排于宣王六年。不过他们结婚时间上实在紧迫而冲突,无论如何,没法安排出一个正确日期。现且细述于下:

吉甫抱布贸丝到肥泉仲氏家约婚,当在宣王六年初夏,为的蚕丝的收成必在四月间。不过,李先生据《小雅·六月》篇说吉甫是宣王五年六月出征,六年六月战事结束返卫,就说他化装为布贩是在是年六月后吧。问题又来了,而且来的是一大迭,非常不易解决的一大迭。因为宣王六年的下半年有许多国家大事都要尹吉甫去办,实无寸晷之暇来办他婚姻的私事。

这里要看几段《竹书纪年》:

［宣王］五年秋八月，方叔帅师伐荆蛮。（李先生说应为宣王六年，《竹书》误。）

［宣王］六年，召穆公帅师伐淮夷。

王（宣王）帅师伐徐戎，皇父、休父从王伐徐，次于淮。

王归自伐徐。

锡召穆公命。

七年，王锡申侯命。

伐荆蛮，宣王派的主帅是方叔。伐淮夷，派的是召穆公。伐徐戎，宣王是亲征。大概都是宣王五年（我以为五年为是）八月到七年间事。各战场主帅不同，时间的分配当然宽裕，但李先生却要尹吉甫都躬与其役，于是尹吉甫一会儿自江汉一带的南战场，跑到淮水一带的南战场，一会儿又要自南战场，跑到今皖境东北的战场。他岂不要疲于奔命，累死道路上吗？

况且李先生据《小雅·六月》篇说，尹吉甫于宣王五年北上抵御玁狁，六年六月战事暂告结束，返卫；又说宣王六年四月，吉甫归自征淮战场（这四月二字是李先生记错，《竹书》记载宣王六年命召穆公伐淮夷，虽未记月份，但记于是年秋八月，方叔征荆蛮之后，可见六年四月吉甫归自征淮战场决不可能），与舅舅南仲在曲沃（今山西闻喜县）会师。南仲为他设宴洗尘，允许他与仲氏婚事。他随南仲到方山（李考为首阳山）祭祖，写了若干诗篇。吉甫又到了镐京，参加宣王各种祭典。但看李著《诗经通释》中册，自第七编到十一编，共三百二十页，二十余万字，尹吉甫一共写了六十篇大诗。《周颂》的祭诗，大、小《雅》的史迹诗，一概塞在这段时间里，请问尹吉甫有什么方法，能于宣王六年六月后返卫呢？我百算千算，也算不出他与仲氏约婚的日期，结婚日期也是一样，除非尹吉甫有"分身法""缩地术"，否则无论如何是不可能的。

李先生把《氓》篇排在宣王六年，《将仲子》篇又排在《氓》后几篇。说当那个等待的婚期未到前，仲氏送情人涉过淇水至顿丘，尹吉甫以自由恋爱恐父母怪责，不敢带她回家。仲氏便爬墙折树，百端骚扰，想引逗情人出来相会。这种举动，粗野之极，哪像个千金小姐？但李先生叫我们原谅她，因为她这时只十四五岁，天真烂漫，稚气未脱。可是李先生忘了自己说过的话，他说宣王三年平陈与宋，仲氏在十五岁的生日宴上与吉甫私订终身，现在是宣王六年，过了三年，仲氏仍十四五岁，难道她恋人尹吉甫有"分身法""缩地术"，而她又有"驻景方"吗？

（三）结婚

仲氏原许"秋以为期"，结婚的时候又是"北风其凉，雨雪其雰"，好像到了深冬。李先生说这或有事故耽搁。他们结婚时，两家家长都未到场，是吉甫弟弟们驾车来接的。新婚夫妇是否住在复关尹氏父母家里，李氏未说，大概他们临时组织了一个小家庭。李先生说吉甫未婚前本做着卫国"候人"的官，婚后不知何时又双双搬到卫都沫邑，做了个每日上班的小公务员。他每天穿着仲氏亲手替他缝制的黑色制服上办公厅，衣服破了，妻给他补，不合身，妻给他改了又改。下班回家，妻还亲手烧白米饭给他吃。（《郑风·缁衣》）可见俸入有限，连个女佣都雇不起。

这个穿破旧制服上班的小公务员，居然还有上朝的资格。每天临上朝时，妻说鸡叫了，朝堂人已满了，你怎么还睡着懒觉不肯起身？夫说，不是鸡叫，是苍蝇在那里嗡嗡呀！妻又说天也亮了，朝堂口人都到齐了。夫说，不是天亮，是月亮的光呀！妻说就说是苍蝇的嗡嗡，我也愿意与你再睡一觉，可是朝会将散了，你赶快去吧，不要让人说是我羁绊你，因我而瞧你不起。（《齐风·鸡鸣》）他们若非搬去卫都，怎会有上朝的话呢？

他们到卫都做能上朝的小公务员，未知经过多少时日？但看《鸡鸣》诗所提苍蝇的话，知道至少半年。苍蝇是夏季四月间才出现，至嗡嗡（薨薨）作闹，更非五六月不可。尹吉甫自宣王六年六月返卫，挨到深冬才得结婚。婚后两小口搬去卫都，一挨又挨到七年的五六月，是则尹吉甫为了结婚一事，足足消耗他一整年的光阴了。

无论怎样，这一对欢喜冤家总算结成连理了，我们也该为他们庆贺！不过他们约婚结婚的日期，实在是个谜。而且是个千古大谜！

因为宣王六年这一年在尹吉甫可说是"多事之秋"，无论如何，也抽不出时间来办婚事的。

（四）婚变及以后

古时出征将帅是可以携眷的。仲氏随其父孙子仲也到戍地，不知为什么又不许她和丈夫团聚？对吉甫在《扬之水》篇大叹："不与我戍申""不与我戍甫""不与我戍许"。后来仲氏到底至许，夫妇两个在许国大玩特玩，惹起许国人许多批评。直到仲氏与他仳离，他赶到漕地老丈孙子仲处，想设法斡旋，忽又想起许人的可恶，于百忙中尚骂出"许人尤之，众稺且狂"的话。李先生最喜谈季节，这时候，他又忘了自己的话，他说吉甫戍申、戍甫、戍许，只有半年，就是宣王七年的上半年。但在戍许期间，吉甫与仲氏各乘一条船在河上游玩,却引《秦风·蒹葭》:"蒹葭苍苍,白露为霜""蒹葭凄凄,白露未晞",却是深秋的光景。

申、甫、许三处之戍是宣王七年上半年间事,下半年开始尹吉甫将妻子送回复关,使她和公婆同住。公婆因她与儿子自由恋爱,对她非常不友善,时常打骂,逼迫她操持极辛苦的家务,并将她安置在乡下一座既破且旧的小房子里。尹吉甫在这宣王七年的下半年事务也蝟集,要随仲山甫徂齐筑城,大概这个半年,他也无法安居家里,只在道路上仆仆奔走。

到宣王八年,他又奉宣王命东征齐鲁,这一去便是三年,他父母趁他不在家,替他另娶一位姜氏,将金枝玉叶的卫国公主仲氏,贬为侧室。这位秉性蛮横,并且娇生惯养的小公主居然能忍受下来。只能于寄给丈夫寒衣时,把一个搔头用的象搐,缝在衣服的左边。右边为大,左边为小,表示我现在被你父母贬为小老婆了。我缝这只象搐于左襟,是讽刺两老的褊心,同时也要你知道我现在的地位。仲氏对丈夫倒并未怨恨,反称之为"好人"。

三年以后,尹吉甫回家,在乡下破旧小房子里会见仲氏。那个场所则如《豳风·东山》篇所描述:几只黄瓜在屋上牵藤布蔓，一只大苦瓜结在柴堆上。屋里像土鳖的伊威和长脚蜘蛛到处乱窜，从前养鹿（古人蓄驯鹿驾车）的场所，鹿也没有了，夜间只见萤火虫乱飞。我到家的时候，正下着蒙蒙细雨，一只鹳鸟停留在蚁丘上叫，我老婆在室中叹气，看见我回家了，才欢天喜地拈起扫帚，把那肮脏凌乱的房子打扫一下。

李先生又说《豳风·七月》篇那极贫极苦的农家景况也是仲氏生活的写照。她住在那个土房里，冬季将临，便得用烟把伏匿孔穴间的老鼠熏出来。用泥巴把破屋门啊、窗啊，一概涂得实实的。室中既乏阳光，也少空气，吃的是瓠瓜、苦菜。这样生活也亏得这个贵族小姐竟挨过了三年。李先生说仲氏此时已抱着嫁鸡随鸡、嫁狗随狗的观念，性格完全变了。但未免变得太快吧。

仲氏直等到丈夫东征到家之后才提出离婚，回到他父亲孙子仲所居的漕邑。尹吉甫赶去斡旋无效，他的爱妻处于这种非人所堪环境，尹吉甫还想她回来，也太没有心肝。大概一年后仲氏迫于家庭之命，嫁了南燕国君蹶父的儿子伯氏。这个人是个既矮且小的罗锅，像"篷篠"、像"戚施"、像癞虾蟆、像大乌龟。这人又是个百分之百的小人，像他日后和尹吉甫同去征西戎，吃了败仗，反将责任一股脑都推在吉甫头上，若非吉甫到处控诉，死罪难免。以后仲氏竟变为一个坏女人，使得本来挚爱她的尹吉甫写了许多诗对她咒骂。尹吉甫的下半世，欲知其详，请读李著《诗经通释》下册。

丁、尹吉甫的传后论

我遵照李先生所介绍的尹吉甫，写了以上二万余言。觉得这个人真是个传奇人物，不但文学地位胜过屈原、陶渊明、李白、杜甫及中国历代有名诗人，他的身世也错综繁复，千变万化，令人无法诘究。其能力之高强，不但是位"超人"，更像是一位"神人"，若非李先生穷十余年之时光心力，从三百篇及各种典籍里将他发掘出来，我们又何能知道我们历史和文学史有这样一位光芒四射、仪态万方的"超人""神人"之存在。如此，则李先生的功劳，实值得我们万分的感谢！

现在我再写几行，当作尹吉甫的传后论。

李先生既发现《诗经》三百零五篇都是尹吉甫一人所作。尹氏的负担当然变得十分沉重。实际上，一个人写三百几首诗，原不算什么，陆放翁"六十年间万首诗"，杨诚斋亦有其半数。不过在那个时代，人们尚不甚有写诗的训练和习惯，以一人而写出这么多的诗篇，则其成就虽荷马、但丁、莎士比亚、弥尔顿亦有所不逮。况尹吉甫之为人，多彩多姿，更无一个诗人能及呢？兹分叙于次：

（一）尹吉甫的容貌和技艺　李先生说尹氏天生大大的眼睛，高大的身材。《诗经》里的《硕人》除一篇指庄姜的诗外，其余各篇，指的都是尹吉甫，真是堂堂一表，凛凛一躯。他的性情温善而富于幽默感，出语诙谐。尤深悉女子心理，颇能博得女子的欢心，否则年龄比他少一半，娇贵的卫国孙公主仲氏也不会爱上他而自动追求他。

他本是自南燕流亡卫国的"氓"，有一次卫厘侯简选武士，他一手拿着野雉羽束，一手拿着笛子，在公前跳《万舞》。这种舞兼奏籥，非懂音乐不行，是全能舞，不易跳得好，而他仪表出众，气力大得像老虎。试他驾车的技巧，六辔在手，操纵如意，轻便得像掌握一条丝带。在今日，他可称为"十项全能运动家"。厘侯见了大喜，赏他一杯酒，委任他做浚邑的乡长。从此这个流亡之氓，算有了职业。

他不但"力大如虎"，还胜过虎。那做公子时卫武公曾"袒裼暴虎，献于公所"。擒捉活虎，非一人所能，尹吉甫当时定曾在场协力。所以他是个"打虎英雄"。吉甫又善射，一发四矢，矢矢中的，是个"神箭手"。又擅长游泳，曾创泳过黄河记录，又足称"游泳健将"。晚年做诗，讥嘲他的情敌也是他本家侄儿伯氏，曾说：你既不敢像我一样"暴虎"，也不敢像我一样"凭河"，你这个又小又矮又罗锅的东西，勇气在哪里？

（二）尹吉甫身份的复杂　尹氏以氓的身份流寓卫国，原靠种田为生。是个"农夫"。出征后，常叹"王事靡盬"，不能艺麦、艺稻、艺高粱。南亩之田是他所耕，出征后，又想到已长满莠草，更不免有感于怀，再三形之吟咏。

他又是个"猎人"，他的恋人仲氏也会此道。在陈国时，吉甫虽军务匆忙，却能常与仲氏赴郊野打猎。有一次，吉甫猎得一只野麕，献给仲氏。在齐国时也与仲山甫出猎，《诗经》许多行猎诗，每以他为主角。吉甫又是个"弋人"，在陈国时仲氏每晨总到他窗下，催他早起去弋凫与雁。吉甫又善于鉴别鱼类，什么鲤呀、鲂呀、鲨呀、鳢呀，名字顺口就是一大串。《诗经》所有钓鱼、网鱼的篇章，都是他所写；《敝笱》和《九罭》，李先生说亦他所写，可见他也可称为"渔夫"。一会儿又"伐檀""伐柯"，做"伐木工人"。吉甫又能和一群女工到山谷采取那些拖攀各处的葛藤，采来后剥皮煮透，纺成细线，细的用来织绤，粗的用来织绤，可见他又是个"织工"。他抱着许多布到肥泉换丝，可见他又是个"布贩"。虽此举原属别有所图，但伪装这样像，这行业也许干过。他行军之际，总到山上水边采卷耳、采贝母、采薇、采蕨、采芣苢、采蘩、采蘋。这些野菜，许多属于草药，可见他是个"草头郎中"。芣苢乃妇科所需，他或者又是个"妇科圣手"？吉甫又最爱马，懂得马，本来武士与马关系不可分。他一见马，各类名字又像他对鱼一样，会唤出一大堆。《鲁颂·有驷》和《駉》两篇，乃吉甫赞马名作。可见他于"马政"，颇有研究。

尹吉甫不但文武全才，常识之丰富，学问之广博，更一时无两。宣王行军，逢山祭山，逢水祭水，他对于那些山水源委与掌故，莫不了然胸中，可见他又是个"地理学家"。宣王逢祖庙祭祖宗，方叔也在方山率领由殷人组成的士兵祭商祖。吉甫对商周两代祖宗的事迹，又知道得那么清楚，可见他又是个"史学家"。在《大东》篇，他知道各种星宿名字，知道月离于毕，必有大雨；知道蝃蝀乃天地淫气，可见其天文知识颇丰，即不算完全的天文学家，也算得半个。周幽王宠褒姒，废太子，他便知宗周将亡而有"赫赫宗周，褒姒灭之"的诗，则他又是个"预言家"。

（三）尹吉甫职务之繁多　吉甫在卫本是农夫，跳《万舞》得卫厘侯赏识，得委浚邑的乡长。这个浚邑乡长，却做了许多重要职务。宣王三年，卫庄公娶齐姜，吉甫迎齐姜至卫，是个"迎亲大使"。宣王四年，韩侯赴南齐迎娶南燕国君蹶父的女儿为妻，吉甫又把她护送至韩，是个"送亲大使"。其后宣王征狎狁，他以"良人"之职，率二千民团去勤王。居然"元戎十乘，以先启行"，做得宣王的"先锋官"，威风确也不小。他曾打了个胜仗，宣王赏他马四匹，车一辆，据李先生说，他以一介平民，从此得跻"士"之列。吉甫后来竟以"士"终其身。周代的"士"竟这么高贵，我未研究，不敢有所论列。但一面替宣王冲锋陷阵，有"伯也执殳，为王前驱"之诗，一面又替宣王司文书，撰写各种祭山祭水祭祖的文字，成为宣王的"秘书长""司礼员"。自此算是得了个"尹氏"之职，他即以此为姓了。一面又奉命征集成周四方的委积至南淮夷，再转前线，这时他又成了"辎重队的队长"。那时大将南仲在方山即首阳山与狎狁作战，未得便宜，人老师疲，吉甫初带去的浚邑二千名民团也牺牲不少，存者皆痍伤疾病，不能作战，吉甫把他们护送回卫，再在浚邑抽调一批生力，到方山与南仲会师才合力把狎狁打退。征服狎狁，好像大半是尹吉甫之功。

不知为什么，宣王又派他监造营房，就是要高山上或高平之地架木为屋，使得他疲累不堪，并挨饥受冻，面有菜色，这有《考槃》一诗为证。后来东征齐鲁，又叫他建筑兵营，以致斧子、斨子、凿子，尽皆残缺，这又有《破斧》一诗为证。可见他又是一个"建筑师"或"工程学家"。他又好像自卫返南燕，在他本家哥哥蹶父府中做"家庭教师"，教导蹶父儿于伯氏。后来伯氏奉命征西戎，吉甫又做他的"参谋长"或"副元帅"。

一个人能担任许多职务，原不为奇，但总要有时间。尹吉甫自宣王五年六月出兵勤王，六年六月战事结束，便回卫国；又率二千生力军北上与南仲会师；旋又去东、南、东北各战场的征荆蛮，伐徐淮诸役；中间尚有与仲氏结婚那大事一桩。即使他有三头六臂，也忙不过来啊。即说他生有三头六臂，而在这样辽阔的地面上，走南走北；在这样短促的时间里，干这干那，除非他像孙悟空拔根毫毛可以化身千百，一筋斗云翻过去便是十万八千里，否则无论如何，是不成的啊！

（四）尹吉甫的一生不得志　以后我所奇怪的，像他这样一个文武全才，甚至可说是个万能奇才，初既受知于卫厘侯，后又受知于周宣王，立下这许多功劳，而他的身份始终是一个"士"，始终是个打着鸟隼旟的"良人"。

即说在卫国做文官，职位也低微得可怜。他曾做卫武公的"赘御"，是个内小臣，故自称"寺人孟子"，有一次做得大一点，所谓"司直"，像后世所谓的御史。不过后来竟又做驿丞一类的"候人"，更做穿着敝旧的黑色制服，每天上办公厅的小公务员。

后来他好像升了一级，成为大夫了，因为他吃饭时桌上摆着四簋。不过这种享受也不久，便被一群小人撤销他的官职，没收他的土地，逐出卫国，潦倒以死了。

尹吉甫即使出身寒微，可是南燕国君蹶父是他本家哥哥，卫武公第二儿子孙仲是他岳丈，诸侯南仲是他舅父，还有程伯休父、仲山甫、方叔，都是卫人，都贵为侯伯，与尹吉甫也是多年共事的老上司、好朋友，竟都不肯提拔他一把，让他毕生做着卑官末秩，始终在"终窭且贫"的景况里打滚，一遇荒年，父母便不免双双饿死。

尹吉甫这位万能奇人，一生遭遇如此，我们除了叹息，还能说什么话呢？

《诗经》与尹吉甫的各种关系——李著《诗经通释》评论下篇

本文上篇系就李著所叙尹吉甫一生事迹,提出一些疑点,此篇系就李著中尹吉甫与《诗经》各种关系来讨论,也分两个部分。第一部分系就古代史实及其产生之时代,及古代文物制度,加以研究;第二部分则就李氏原著所谓"原理""法则"诸问题的分析。

甲、诗经史实问题

(一)《竹书》的共伯和非卫武公　周厉王厉行专制,箝制人民的口舌,惹起内乱,王奔于彘。周公、召公辅政,号曰"共和",一共经过十四年,及厉王崩,乃拥太子静即王位,是为宣王。古本《竹书纪年》竟有"共伯和干王位"。及共和十四年,"大旱,火焚其屋,伯和篡位立。秋又大旱,其年周厉王死,宣王立"。今本《竹书》:"二十六年,大旱,王陟(崩)于彘。周定公、燕召公,立太子静为王。"又"共伯和归其国,遂大雨"。

共伯和摄行周天子事或即王位,战国已盛传。《庄子·让王篇》:"故许由娱于颍阳,而共伯得乎共首。"司马彪引《路史》:"共伯名和,修其行。好贤人,诸侯皆以为贤。周厉王之难,天子旷绝,诸侯皆请以为天子,共伯即干王位。十四年,大旱,屋焚,卜于大阳,兆曰:'厉王为祟。'周公召公乃立宣王,共伯和复归其国,逍遥得志共山之首。"《吕览·开春论》:"共伯和修其行,好贤仁而海内皆来稽矣。周厉之难,天子旷绝,而天下皆来谒矣。"鲁连子云:"卫州共城县本周共伯之国也。共伯名和,好行仁义,诸侯贤之。周厉王无道,国人作难,王奔于彘,诸侯奉和以行天子事,号曰'共和'。十四年,厉王崩于彘,共伯使诸侯奉王子静为宣王,而共伯复归卫。"

照《竹书》共伯和是篡(干,即篡之意)王位,厉王为祟,天大旱,庐舍皆焚,他不得已乃归其国;照《庄子》《吕览》则共伯和是个仁贤人,得天下而复放弃,去共山做个隐士,故庄子与北人无择,石户之农、巢、由、务光并论。两种说法不同,未知孰是?说者皆以为周召共和,无非和衷共济之意,后人把这两字人格化,造出共伯和的故事,实际上共伯和并无其人。战国本是个说谎时代,诸子百家,谎居其半,《庄子》更"寓言十九",他的话更无采信的价值。

不过战国时人虽说得热闹,却并没有把共伯和跟卫武公拉上关系。拉上关系始于唐代的张守节。他撰《史记正义》,因卫武公讳"和",其兄死又谥"共伯",又有"归于卫"的字样,遂把这两位毫不相干的人糅合为一。或谓唐太宗杀兄屠弟得天下,有惭德,守节故意如此说以释其意,或然。

颇堪遗憾的是:李先生居然把这类"齐东野语"当成信史,坚主卫武公就是那个共伯和。古时做大夫尚须年过三十,做天子想更非四五十以上不可。李先生说卫武公活了一百十四岁,他葬于平王十三年(公元前七五八年),那么,他是生于厉王十年。计算他在周摄天子位时的年龄,为二十七岁。共和罢,他归卫,年龄为四十一。李先生把《秦风·驷驖》引来,说"公之媚子"是指武公为卫厘爱子。那个公之媚子,六辔在手,从容驾着驷马之车,射大野兽,一发即中。(《驷驖》:"六辔在手""舍拔则获"。)又把《郑风·大叔于田》引来,诗中主角武艺更高强,六条辔索掌握手中,好像一条丝绳,把辔一带,两边的马,前蹄扬得高高,宛如跳舞。更能在漫山猎火中,打着赤膊,和猛虎搏斗，擒住虎，活生生献于父亲厘侯座前（《大叔于田》："大叔于田，乘乘马，执辔如组，两骖如舞。""叔在薮，火烈具举。祖裼暴虎，献于公所。"）我们读《驷驖》和《大叔于田》，眼前恍然涌现一个壮健活泼，手足便捷，精力磅礴，武技超群十八九或二十几的小伙子，哪会相信这是个在周京做过十四年天子，年逾不惑的人。是则卫武公做天子时年龄嫌太少，献技父前时，年龄又嫌太大。

何况摄行天子事，朝中尚有周召二公，决轮不上卫厘侯的小儿子。再者他父亲卫厘侯没份做天子，却让他小儿子去做，也说不过去。又共伯和之"共伯"二字原属武公兄之谥。厘侯生前宠爱少子，赐予财物甚多，和即以交结羽党，厘侯薨，长子馀袭位，其弟和率党攻之，偪之入厘侯墓道自杀，国人遂立和为君。但伤馀之死，谥之曰"共"，共通"恭"，所谓恭皆有伤悼惋惜意，和岂肯以此谥为己位号而致人误为共伯和呢？卫武公弑兄篡位本来不算好人，但他即位后一切行为，颇像一位贤侯，民众很爱戴，故后世对他批评颇不错，我也不打算对他有何议论，不过像李先生这样采取唐代谬说，当作史实，则不敢以为然。

《大叔于田》篇在《郑风》，尚有《叔于田》一首，当然郑人赞美郑庄公之弟段者。段之行辈居三，故称"叔"，至于卫武公上有兄为伯,则他应称"仲",李先生怎可强派他为老三呢?

(二)卫庄公娶齐姜 《左传·隐公三年》,卫庄公娶于齐得臣之妹,美而无子,卫人所为赋《硕人》也。《史记·卫世家》记庄公娶庄姜是他即位后五年之事。时当周平王三十一年(公元前七四〇年),在春秋以前的十八年。《左传》所纪,不过是追溯之词。

李先生说尹吉甫死于幽王八年左右(前七七四),他既主张《诗经》三百零五篇都是尹吉甫一人之作,这样一来,平王三十一年后始产生《硕人》一诗,吉甫是没法做的了。于是他硬把卫庄公娶庄姜的时代提早到周宣王三年(公元前八二一年),而吉甫还亲迎庄姜于齐,又亲护送至卫。

不过《左传》及《史记·卫世家》所记,他又没法抹煞,竟说卫庄五年娶庄姜应该是娶陈女厉妫的误记。又说卫庄公娶陈女时,卫人歌《硕人》诗为贺——贺的是庄姜不是陈女。究竟为什么在这个时候来贺庄姜,成了一谜。庄姜实娶于宣王七年,但这样一计算,卫庄娶陈厉妫时年龄已一百零四岁了。娶妫后生子孝伯早死。厉妫之娣戴妫生子完,庄姜以为己子。这是后来的桓公,为卫庄嬖人子州吁所弑。人到一百零四岁，始娶妻，始生子，未免太老。李先生虽写有一篇《硕人篇的写作年代考》引他在新加坡教书时所闻报纸故事说有一个人一百二十七岁才开始做新郎。卫庄娶陈厉妫的年龄，比之此人，还年轻了二十多岁呢。但这话也难叫人信服。卫庄因庄姜不育，为嗣续计，固非再娶不可，但尽可于三四年或五六年后再娶，何必一定要等六十八年之久？古时诸侯娶妻，每有娣姒偕来，为之妾媵（《硕人》诗不是说"庶姜孽孽"吗？可见庄姜也带了若干妾媵偕来。）幸之亦可得子，何必一定要等娶了陈妫娣姒来始可？

原来李先生这样计算卫庄公年龄，也有不得已的苦衷。说起来又是他那个尹吉甫害了他。因为他编造的尹吉甫恋史，吉甫恋人仲氏在宣王三年时已十五岁，她的父亲孙仲至少三十岁。孙仲是卫武公次子，上面就是他哥哥庄公扬。那时年龄至少三十二三，到宣王七年，娶庄姜年龄当然已三十六七。

庄公娶了庄姜后，直到平王十八年，即在他即位五年（前七五三年）娶陈妫，自宣王七年到此时相隔六十八年，庄公年龄当然到了一百零四岁。李先生的错误是在前面。他不该虚构出一个孙子仲做庄公之弟，又不该虚构出一个仲氏做庄公的侄女。弟和侄女年龄在周宣王三年或七年是那样，则庄公出世的年月又安得不提高？他出生年月一再提高，也只好于一百多岁娶妻生子了。若没有尹吉甫的故事，则卫庄公娶妻年龄不至如此荒诞。所以我说尹吉甫害了他。

（三）《何彼秾矣》之王姬　《召南》有《何彼秾矣》一篇。第一章"曷不肃雍，王姬之车"，第三章有"平王之孙，齐侯之子"，第二章有"齐侯之子，平王之孙"。《春秋》书王姬归于齐者二：一在鲁庄公元年，即齐襄公五年。《经》："夏，单伯送王姬。""秋，筑王姬之馆于外。"可见其郑重。庄公二年，又书"王姬卒"，可见王姬降襄公一年便死了。其二，在鲁庄公十一年，即齐桓公三年，又书"王姬归于齐"，可见襄公弟桓公也娶过王姬（僖公十七年，齐桓公薨，《左传》记，齐侯之夫人三：王姬、徐嬴、蔡姬）。齐桓公三年，是周庄王十四年（公元前六八三年），去平王时代已远。《何彼秾矣》的王姬是周平王的孙女，襄公是齐厘公的儿子，故曰："平王之孙，齐侯之子。"毛、郑既坚主《周南》《召南》乃文武时之诗，而平王则东迁后始有，便作一离奇可笑的解释，把诗中平王硬解为文王。毛说："平，正也。武王女，文王孙，适齐侯之子。"郑笺、孔疏也作同一论调。郑："正者，德能正天下之王。"孔疏："《大诰》注'受命曰宁王，承平曰平王'……武王亦受命，故亦得称'平王'，但无文耳。"这又把平王当作武王了。

又有谓平为"平正之王"，侯则为"齐一之侯。"李先生既说《诗》三百五篇均尹吉甫一人所作，决不容东迁后平王在其作品中出现，故也拾毛郑唾余，说"'平王'是公平之王的意思"。"齐侯之子"，他说与"平王之孙"合为一句，诗中女主角是庄姜。平王指宣王，庄姜乃宣王的外孙女，齐侯的女儿。即前文《硕人》篇的庄姜。庄姜怎会是周宣王的外孙女呢？则因周室与齐国世代通婚，宣王的后就是齐女，宣王后所生女儿，又嫁齐，不是宣王的外孙女吗？李先生不知宣王后并非齐女，却是申女（见上篇尹吉甫戍申一段解释），所以他的主张当然落空了。况诗中又有"王姬之车"四字，说明嫁来齐国的是位王姬。宣王的孙女或可称为"王姬"，外孙女便不能了；李先生把"王姬之车"解为姬家的车子，更难通。我们就承认庄姜是周宣王的外孙女，她为齐侯所出，便姓了姜，她出嫁怎可用外公家的车子呢？

（四）许穆夫人的《载驰》 《左传·闵公二年》（公

元前六六〇年）狄入侵卫，杀懿公，屠戮卫民几尽。卫戴公率卫遗民七百三十人益以共、滕之民为五千人，庐于曹。"许穆夫人赋《载驰》。"这是明明白白的历史大事，李先生居然解释为尹吉甫与仲氏闹婚变的作品。因《载驰》篇有"驱马悠悠，言至于漕"两句，他就在"漕"字大做考证。《左传》说戴公率遗民"庐于曹"，又言"齐侯（齐桓公）使公子无亏帅车三百乘，甲士三千人以戍曹"。两次言"曹"都是没有三点水的，与"漕"字有别。须知"漕"属卫境，就是《击鼓》篇"土国城漕"那个地方。汉置为白马县，后又改为滑县，"曹"则属于山东曹县。李先生的意思是说卫戴公率遗民"庐于曹"是庐于山东的曹县，齐桓公遣甲士来戍守的也是这个曹县，与"漕"毫无关系，这样《左传》的记载与《载驰》便分开了。李先生主张《左传》尽管记述卫为狄灭，戴公庐曹，齐兵戍曹诸事，与《载驰》一诗毫不相干。《载驰》只是尹吉甫遭婚变后，他赶赴"漕"那个地方，就是仲氏父亲孙仲封邑，仲氏向尹家提出离婚后自原住的肥泉转去的。这是周宣王十一年间（公元前八二七年）的事，卫的国难产生于周惠王二十七年（公元前六六〇年），相距已一百六十七年，许穆归唁，李先生也不否认，只说许穆夫人把吉甫作品歌唱一遍，聊自寄意罢了。

其实《载驰》篇的"漕"字与《左传》"庐曹""戍曹"的曹字原是一个字。卫都朝歌在黄河之北，漕则在黄河之南，卫遗民逃狄难，宋桓公闻讯派舟将之运送渡河。事见《左传》。所以有三点水的"漕"和没有三点水的"曹"，并无分别。古人写字多随便，又古书靠抄写流传，经过多手，当然多误，李先生也引了许多地理书证漕即是曹，在《载驰》篇却硬说曹乃山东的曹县，按曹县乃曹国，周武王封其同母弟叔振铎于该地，在山东菏泽定陶一带，后魏北周改为曹州，明改为曹县。国风有《曹风》四篇。曹国虽小，也还是独立国家，在春秋时代且颇活跃（读《左传》可知），怎肯容许卫遗民"庐"与齐甲兵"戍"于其国境内呢？况读《定之方中》一诗，卫文公于距漕邑不远的楚丘大建宫室，竟是重建卫国，若说也在曹国境内，则曹国竟容许别人在她国内建国了，天下有这样的道理吗？

《载驰》有"归唁卫侯"句。许穆夫人乃卫人，今返国，故曰："归"。若如李说，漕邑乃尹吉甫丈人所居地，并非她的家，怎可用"归"之一字？又《礼》："弔死曰吊，弔生曰唁。"唁失国或重大变故亦为唁。鲁侯因内乱出国，齐侯唁之于野井,见《左传》。许穆夫人返归时,其兄戴公已死(立仅月余),文公即位,她之驰归是为了空前悲惨的国难和这两重国丧,所以诗中用一"唁"字。李先生欲强把"卫侯"当作孙子仲,他说孙子仲虽是大夫,也可称侯,他引《六月》篇"侯谁在矣,张仲孝友"为例,说张仲并非侯爵,尹吉甫却称之为侯,则对他老丈称侯,不足为怪。于"唁"之一个重要的字,李氏则未有解说,仅解为"安慰"。须知"唁"字是不能如此解的。

《载驰》篇又有"大夫跋涉,我心则忧""许人尤之,众稚且狂"句,是盖许国大夫拘于国君夫人唯父母在或奔丧,始可归宁,懿戴二公丧事已了,夫人归宁,是为失礼,百般阻挠。夫人出门已走了好长一段路,许大夫们仍速赶来要求她回去。不知许穆夫人归唁其兄,还有一种用意,"控于大邦,谁因谁极。"就要到齐宋等大邦去控诉,怎肯回去呢?所以说"既不我嘉,不能旋返""大夫君子,无我有尤,百尔所思,不如我所之。"就是你们谁以失礼视我,我宗旨已定,是决不返许国的。你们百种主意,都不如我的主意好。李先生却说尹仲婚姻破裂,定有许多人调停、斡旋,此即"大夫跋涉"一语之由来。我就不知道尹吉甫那时不过是个"士",婚变也是他家庭私事,何致竟会劳动许多大夫来劝和？关于"许人尤之"句，李先生又解为尹吉甫戍许时，与仲氏大玩特玩，引起许国人许多非议。就算他解得不错吧，这时候尹吉甫为了挽回破裂的婚姻，正忙得不可开交，又无端想起在许国时事，且不突兀？"控于大邦"更奇怪，他们的婚变只是私人间事，用得着控于大邦吗？"清官难断家务事"，哪个大邦肯出面管它？

李先生总以诗中"我行其野，芃芃其麦"为言，说狄难发生于冬十二月间，麦秀则在四月，许穆归唁，怎能看见这种农作物？则须知古代交通不便，音讯阻滞，卫遗民渡河，整顿，戴文二公，一死一立，总要耗费些时间。许穆返漕，也还要住些日子，帮文公办理善后，则拖延到次年四月也在情理之中。况照诗意是赴齐求援，途中见麦，更不足为怪。

凡歌唱别人作品以寓己意者，必其作品的境界、情感、思致与己相合始可。于今许穆夫人身遭国破家亡的深痛，却把毫不相干的尹吉甫家庭纠纷的诗拿来念诵，岂非太儿戏，太不合情理，则李先生说许穆夫人是由尹吉甫所作诗，是不能成考。

（五）《清人》诗　百忙中且把《清人》在这里叙述

一下。此诗出《郑风》,《左传·闵公二年》:"郑人恶高克,使帅师于河上,久而弗召,师溃而归。高克奔陈,郑人为之赋《清人》。"这首诗有"彭""消""轴"三个地名,李先生考出皆在宋境。说此诗乃尹吉甫平陈与宋后,在陈、宋边境训练军队。诗中乘着蒙甲的驷车,车上植着二矛,左旋右抽,驰驱河上的主将便是吉甫。但他又说平陈宋之役开始宣王三年春,至十月而结束,凯旋卫国,所以能参加那年十一月初定星中天的祭礼。训练军队不是一朝一夕之事,尹吉甫居然一面在黄河上练兵,一面又回国参加凯旋大祭,大概他原有分身术,不足为奇!

(六)《邶风·燕燕》篇的寡人 《邶风》有《燕燕》篇,诗中有嫁女远送诸野语,以双燕同飞为比。又有"仲氏任只,其心塞渊。终温且惠,淑慎其身。先君之思,以勖寡人"诸语。《诗序》谓为卫庄姜送归妾诗。庄姜便是《硕人》篇的主角,卫庄公娶陈女厉妫,生子孝伯,早死。其娣戴妫生子完,庄姜以为己子。语见前文。卫庄公薨,世子完即位,是为桓公,为庄公嬖人子州吁所弑,亦见前文。《诗序》说戴妫所生儿子既被弑,理应归国,庄姜送之于野,作此《燕燕》篇。又有人说是卫定公夫人定姜送其寡媳诗。正夫人与妾媵感情深厚以双飞燕子相比,还勉强可说，婆媳身份悬殊，竟说这样的话，岂不悖于事理？所以万万说不通。古时妇女七出之条，无子亦可被休；儿子生了，被杀，亦被休归家，未之前闻。况戴妫之姊厉妫生子孝伯，早死，也算无子，何以不被休呢？所以这都是李先生附会之谈。

王质《诗总闻》以为当是国君送女弟适他国之诗，崔述亦如此说，这就说得很对，不过这位国君是卫国的哪一代，就不清楚了。

《诗经》屡见"之子于归"字样，这是《诗经》定例。女子出嫁曰于归，如《周南》的《桃夭》《汉广》；《召南》的《鹊巢》；《豳风》的《东山》皆是。若说送归妾，则为"大归"。

诗中以同飞双燕相比，可见手足同处之乐。"仲氏任只"，似乎这位出嫁的是国君之妹，行辈为二。《礼记》："男女异长。"注："各自为伯季。"就是男女各有行辈。这个仲氏乃姊妹中的行辈，决不是李著所言是尹吉甫的恋人仲氏。"先君之思，以勖寡人。"《齐鲁诗》皆作"以畜寡人"，畜，养育也，又为孝。《礼记》说"孝者畜也"，《孝经援神契》："庶人行孝曰畜。"孝贵能养，养体养志，皆为孝。言女弟能以先君之思，勉我行孝。

"寡人",《曲礼》:"诸侯见天子,自称曰臣某侯某,其与民言,自称曰寡人。"疏:"寡人者言己乃寡德之人。"诸侯又自称为"孤""不穀",均谦词。夫人则不得称。秦始皇统一六国后,皇帝自称"朕",汉代皇太后、皇后所下诏勅亦称"朕",乃一时现象,其后仅称"予"。李先生说尹吉甫与仲氏仳离后,自觉变成一条光棍,故自称"寡人"。又说春秋前未见国君自称寡人之例。要知《燕燕》这篇诗正作于春秋时代呀!

(七)哀悼三良的《黄鸟》歌　　上文所述李辰冬先生不顾史实,强将一些作品附会于尹吉甫的身上,尚可曲恕,最惹人反感的,令人万难容忍的莫过《黄鸟》一诗的解释了。《诗经·黄鸟》有两首,一在《秦风》,一在《小雅·鸿雁之什》。李先生所说的是《秦风》里的。公元前六二一年,秦穆公薨,以三良殉葬,从死者尚有一百七十余人。那三良之死,非受强迫,实出自愿。盖穆公与群臣饮酒作乐时,穆公曾说我们生同此乐,死亦应同所哀,你们谁愿陪伴我于地下?三良许诺。及穆公薨,他们当然不便食言。李先生却考证出一大段史实,说《黄鸟》篇是尹吉甫作来哀悼召穆公的。

李先生又说:周公旦与召公奭是周朝开国功臣,同是文王之子，武王兄弟。他们子孙世代为周召二公，召数传为召穆公。《小雅·黍苗》："悠悠南行，召伯劳之。"《大雅·崧高》："王命召伯，定申伯之宅。"《召南》里的《甘棠》篇所歌颂的也是这个召穆公。奉宣王命征淮夷的也是这个召穆公。他的名字是召虎，即《大雅·江汉》篇："王命召虎，来旬来宣。""虎拜稽首，对扬王休。""虎拜稽首，天子万年。"名字在诗中一再明白提出。

《黄鸟》既在《秦风》，诗中有秦穆谥法，有三良姓名，又有文公六年的《左传》为证。想把这首诗争过来当作尹吉甫作，岂非天大难事？但李先生因《小雅·鼓钟》篇："淮水汤汤，忧心且伤，淑人君子，怀允不忘。"又"淮有三洲，忧心且妯。"（妯，悼惜也。）旧以为《鼓钟》篇刺幽王。《左传·昭公四年》椒举曰："幽王为太室之盟，而戎狄叛之。"毛传："幽王会诸侯于淮上，鼓其淫乐，以示诸侯。"屈万里疑有某国君，死葬淮上。为的钟鼓之乐只有诸侯可用。李辰冬先生于此语获得灵感，遂言宣王命召穆公征淮，淮水冬浅，敌易偷渡，三良是召穆部下，奉命把守，不幸失事，穆公阵亡，三良亦死于是役，是以有"淮有三洲，忧心且妯"的话。又在许多古籍金文里搜出"余小子"三字。这三字仅父母死了的人始可用。恰好《小雅·江汉》篇宣王勅召虎"无曰余小子,召公是似",就是你现在虽居丧,也应墨絰从戎,尽瘁国事,要以你的祖宗召公奭做榜样。李先生说召穆公不但个人死淮上,连他夫人也一并死了。为的古时将帅出兵,原可携眷。何以知召虎父母双亡呢?《吉金文选》里有两篇《召伯虎殷铭》,其一时代是宣王五年,铭中称他父母为"我考我母",父亡始称考。今云"我考我母"可见父亡母尚在。六年,又称"我考幽伯幽姜",则父母皆死。李先生做这篇考证,确是非常可惊的细心之作。可算是李著中最为精彩的一段文章。笔者以为我们即使承认召穆公与召虎非一人,召虎乃穆公之子,而穆公之死,未必可以称为阵没。盖阵没必夫妇同时死,为什么宣王五年的《召伯虎殷铭》称"我考我母",六年的才称"我考幽伯幽姜"呢?可见召穆公夫人是隔一年后才死的了。李先生这个考证究竟有百密一疏之憾。本来"余小子"是古人对上帝及祖宗的自称,不一定是死了父母。但李先生费了偌大精力做了这个考证,我们就姑且承认召穆公阵没淮上这个事实吧。召穆公虎实未死,但看《竹书》宣王六年命他伐淮夷,七年,锡召公命,即可知。李文隐指阵没淮水上者为召虎之父,其父何名,他不能说。且穆为谥法,岂有父子同谥之理?但他说《秦风》里的秦穆公便是召穆公，我们便不敢赞同。秦穆公殉葬之三良，姓子车氏，兄弟三人，老大奄息，老二仲行，老三鍼虎，姓名历历，万难改窜。李先生竟异想天开，说召穆公三臣原是姓子舆，名奄息，仲行，鍼虎。秦穆三良则姓名偶同而已。天下固有巧合的事，这样巧合，可谓旷古未闻，只有李先生世界里有。但这个我们姑且不管，只问召穆公三良是战死，秦穆公三良是殉主，两种行为绝对不同。秦人于三良之死，为什么要吟唱尹吉甫写的这首诗呢？

乙、诗经里的文物制度问题

（一）天文

（1）定星与清庙　　天象虽属自然界，天文则属文化界。李先生虽以"天文"列于他四十四种文学研究方法（《诗经研究》七十五页有图表）之内，谈天文却常舛误。因《卫风》有《定之方中》篇，注："定为营室，又名清庙"，就把《周颂·清庙》联系起来，说清庙非庙是星，即定星。又看到一处注解，说定星又名豕韦，旧有豕韦国，靠近卫，为卫所灭，是以定星成为卫国的星。古代天文每以某星在某国疆域，即为某国的"占星"，好像天狼星在秦疆，为秦之占星。屈原《九歌·东君》"举长矢兮射天狼",天文图:弧星在天狼之下,有些《楚辞》家谓"有报秦之志焉"。不知天狼和弧星都在秦疆,都是秦的占星(《史记·天官书》:"秦之疆,候在太白,占于狼弧之间",又曰:"秦之疆也,占于狼弧"。)我们怎能希望秦自己的星射自己呢?楚的占星是朱鸟,屈原若希望报秦,则叫朱鸟去啄天狼,岂不更妙。可是这又和东君不相干,东君是日神,射为其天职,不管啄,这都可见前人说话荒谬者居多,哪能相信?

定星既为卫的占星,照现代的说法就是"国星",如国旗、国庆、国花、国宴之例。李先生说尹吉甫随孙子仲平陈与宋回卫,在漕邑这个地方,祭定星以表庆祝。《定之方中》一诗即吉甫那时所作。我不知我国历史什么时候有战胜凯旋祭国星的记载?想李先生博览群书,必有所见。

《定之方中》有"作于楚宫""作于楚室"句,李先生说孙仲子平陈与宋返卫,于他的食邑漕,筑宫室以示庆贺,这就更奇怪了。凯旋大典不到卫都举行,却举行于漕邑,孙仲将置卫君于何地?未免太专擅了些。而且陈宋战事,李先生断定十月间结束,定星之中在十一月初,宫室建筑非朝夕间事,祭星亦必待宫室建成而后可,我想除非那时代卫国已发明了喷气飞机,所以运军迅速。孙子仲又有佛家法力,弹指间七宝楼台,平地涌现,否则无论如何,是不可能的!

其实,《定之方中》一诗是纪念卫文公丧败之余,在楚丘建筑宫殿而作。所建筑的宫殿非正殿,则为祖庙。定星既名"营室",于天黑时,等它升到天体正中,即开始营建,大吉大利。前人也曾计算过:定星于夏历十月至十一月,初昏而中。《左传·僖公十二年》(公元前六四八年)正月,卫文公城楚丘,周正月,夏十一月也。狄人灭卫在闵公二年(公元前六六一年)冬十二月,现在在楚丘建宫室,差不多隔了十三年。

我们再来把定星研究一下。《观象玩占》:"室二星,曰营室,一曰定星。"室,二十八宿之一,玄武七宿之第六宿,有星二:一即飞马座(Markal);一即英仙座(Perseus)。希腊神话少年英雄Perseus乘飞马攻击巨魔救护某公主,升天变了这两个星座。这个英仙星座与仙后、仙王、仙女诸星座相邻,总称"皇族星座"(Royal Family)。这是西洋天文上的定星的故事,与中国定星毫无关系,可以不论。

至于《周颂·清庙》则实属庙宇。《诗序》:"周公既成洛邑，朝诸侯，率以祀文王焉。"《左传·桓二年》："清庙茅屋。"注："清庙肃然清静之称。"可见清庙实为祖庙。这种祖庙，不仅天子有，诸侯亦有。《国策·齐三》，淳于髡谓齐王：薛不量其力而为先王（齐威王）立清庙，荆楚围而攻之，清庙必危。齐王和其颜色："曰嘻，先王之庙在焉！"疾举兵救之。这是说孟尝君忧楚人攻其食邑薛，力所不敌，适淳于髡使楚过之，孟尝郊迎尽礼，想他在齐王前说几句话，以武力来保护他，髡遂为此说。孟尝乃齐公子，虽拥君号，并非诸侯，他为先王立清庙，固见孝敬之心，却也像有点僭越。髡说他"不量其力"，大概是指资格不够。

这可见《周颂·清庙》确为祀祖之庙，"秉文之德"，文字也确是指文王。定星虽有"清庙""天庙"之名，却非庙宇。《周颂·清庙》和《定之方中》丝毫扯不上关系，李先生这种联系是错了。况《周颂·清庙》有"骏奔走在庙"一句，李先生也翻译为"大家急急忙忙向庙里跑"，又译为"急急忙忙在庙里奔走"，请问星在天上，人类怎能向它奔跑，在它里面奔走呢？

（2）参宿与启明星　《召南·小星》《唐风·绸缪》曾提及小星及三星。李先生说三星就是参星，到于今北方人还说"参星出现了。"又说:"现在北方乡下人夜晚出门时,还要看三星是出来没有,三星出现后,就该动身了。"又说:"《东门之杨》的明星,就是启明星。'三星在天''三星在隅''三星在户'也指启明星的出现。"

按参星即猎人星座(Orion)。腰际三颗较小的星组成猎人的腰带。这个星座上面便是昴宿,西洋称之为七仙女。说猎人星本属海洋之神,见爱于月神狄爱娜,其兄阿波罗不以为然,哄骗月神将之射死,上天变猎人星座,七仙女飞翔其顶,作为引导。故《小星》篇有"嘒彼小星,维参与昴",说参星乃参宿是对的,说三星即启明星却错了。启明星即我们太阳系九大行星中的金星,它每晨先太阳出现于东方;每夕,天未全黑,又莹莹然出现于西方,其实只是一颗星。《小雅·大东》篇:"东有启明,西有长庚"——即太白金星——是误认为二。希腊古时也误认为二,东曰 Pbosphosus. 西曰 Hesperus。

要知道参宿乃恒星,启明则为行星。参宿腰带有星三颗,启明则仅一星,二者怎可混而为一呢?况参宿是冬季星座,天气晴朗时,晚九时许即在天空出现。若如李说乃启明星,《绸缪》篇:"今夕何夕,见此良人?"夕是启明出现时间吗?

（3）《大东》天文现象解释不甚切　《小雅·大东》篇是一篇绝妙的诗，是亡国之民（殷商）对胜利的统治者周人的抗议，是一种充满不平情绪和极端愤慨的呼声。其中"东人"指殷商遗民，"西人"指胜利的周民族。你看"东人之子，职劳不来。西人之子，粲粲衣服。舟（周）人之子，熊罴是裘。私人之子，百僚是试"。两者分别何等之大？作此诗者天文知识极其丰富，说天上虽有织女星却从来不织布，虽有牵牛星却从来不耕田。毕星本来用来罗鸟，却空张在那里。南边有箕星，莫想它簸扬稻谷，只伸着长舌舐人民脂膏，北边有北斗，并不能挹酒挹浆，它的柄高高向西举起，那个斗就只顾向我们东方勺取。这些话都是诅咒西人的，说得何等沉痛。李先生却都解释作尹吉甫个人的牢骚，一首好诗变成没有意思了。

《小雅·渐渐之石》篇："月离于毕，俾滂沱矣。"毕即金牛星座，月亮陷入此星座，必有大雨，希腊天文即知其事，而李先生不知，以为"月亮和毕碰到了，在下着倾盆大雨"。认为偶发事件。

（4）蝃蝀与仲氏情况亦未合　《鄘风·蝃蝀》篇，前人谓刺淫奔之女，甚是。诗中"蝃蝀"二字甚重要。《尔雅》此二字作蝃蝀，乃是虹。古人谓虹乃天地淫气。女子已许嫁他人，而不顾失信，淫奔随他人以去。其见弃之未婚夫作此斥之，所以骂她道："乃如之人也，怀昏姻也，大无信也，不知命也。"淫奔之女无婚姻可言，所谓"怀昏姻"，王先谦云："怀盖坏之假借字。坏、怀并从褱声，故字得通。《左传·襄公十四年》：'王室之不坏'。《释文》'坏本作怀'。荀子《礼论》：'诸侯不敢坏'，《史记·礼书》作怀，是其证。《说文》：'坏，败也。'怀婚姻，言败坏婚姻之正直也。"照李著尹吉甫本来十分爱仲氏，当仲氏下堂求去，他非常舍不得，说："像她这样好的人呀，伤心的婚姻呀，太没有信实呀，太不认命运呀！"则与那天地淫气的蝃蝀何干？

（5）以心宿为火星　《豳风·七月》："七月流火。"这个火，《星经》及孔疏皆言"火星也。"是错误的，李先生也跟着错了。火星是我们太阳系九大行星之一，而"流火"则为心宿，它是二十八宿里的一宿，名为"大火"，其实是恒星。它是苍龙七宿的第五宿，属天蝎座。西名Anatares，一等星，色赤。《礼·月令》："季夏之月，昏，火中。"即言心宿到中天。《左传·襄九年》："心为大火。"心宿又名商星。《左传·昭公元年》："子产曰昔高辛氏有二子,伯曰阏伯,季曰实沈,居于旷林,不相能也,日寻干戈,以相征讨。后帝不臧,迁阏伯于商丘,主辰。商人是因,故辰为商星。迁实沈于大夏,主参,唐人是因,以服事夏商。"参商二星是避不见面的。《豳风·七月》所谓"七月流火"者,这个心宿"以六月之昏,则下而西流矣"。这是朱熹《诗集传》所注,远胜孔疏。李先生总是瞧不起朱传,态度应当改一改了。

(6)灵台乃天文台　《大雅·文王之什》有《灵台》篇。孟子见梁惠王,王自侈其池沼之乐,《孟子》遂大引《灵台》诗,并说文王以民力为台为沼,而民欢乐之,遂谓其台曰灵台,其沼曰灵沼。好像文王筑台掘沼之前,并没有预定的计划并预定的名字,是建筑挖掘成功之后,老百姓为欢乐而始取的。于是后之注《孟子》者皆以为灵通令,令为善美。其实灵台乃天文台。郑氏笺"灵台"云:"天子有灵台者,所以观祲象察气之妖祥也。"比孟子强不知以为知的话高明多了。天文台之名为灵台,至汉晋犹然。《汉书·律历志》:"杂候上林清台,课诸历疏密。"《三辅黄图》:"汉灵台,始曰清台,本为观阴阳天文之变,更名灵台。"后汉张衡造浑天仪,置于灵台。又说衡以水转其仪,某星出没,一一与灵台所唱者符合。《晋书·天文志》:"灵台……主观云物,察符瑞,候灾变也。"虽指星而言,但亦知灵台的作用所在。李先生却不知灵台是什么性质的建筑,依旧注说是美好的台。说宣王平定天下之后回到镐京,筑个灵台为奏功之用,又说为告祭祖宗之用。写这篇诗的当然是尹吉甫了。

(二)制度

(1)公族公行乃晚起制度 《魏风·汾沮洳》篇:"彼汾沮洳,言采其莫,彼其之子,美无度。美无度,殊异乎公路。"下二章则为"殊异乎公行""殊异乎公族"。这是女子赞美其情郎貌俊美而恨其无禄位的歌。汾,晋地有名的河。"公路"掌车之官。"公行""公族"皆大夫之职。《左传·宣公二年》:"初,骊姬之乱,诅无畜群公子,自是晋无公族。及成公即位,乃宦卿之嫡而为之田,以为'公族'。又宦其余子,亦为'余子'。其庶子为'公行',晋于是有公族、余子、公行。""公族",就是晋国君主的同族,原属泛称,后来成为官职的定名。《周南·麟之趾》篇有"公族"与"公子""公姓"并称,似皆官职。"余子""公行"更为新制。《左传》说"晋于是有公族、余子、公行"。"于是有"三字应该注意,就是"从此有了"。晋成公即位于周匡王六年(公元前六〇七年),李先生说这首诗是尹吉甫写来发牢骚的。他的时代比晋成公早一百多年，诗中怎会有"公族""公行"这类晋国官制呢？

此诗在《魏风》，这个魏却不是战国时代七雄之魏，而是晋国中魏地之魏。盖魏本姬姓之国，封于周初。晋献公灭之，以为毕万采邑。所以《诗经·魏风》也可说是"晋风"。

李先生于公族、公行等晚起名词均含糊带过。

（2）师氏　我国古时制衣服用的材料除毛革丝尚未有棉，衣服是用麻葛织成，大都以妇女司其事，虽属家庭工业，也有属于社会性的。因衣服是大家都要穿的，仅靠家庭供给必不够，于是遂有集体工作的制度兴起，成为社会性的了。《周南》有《葛覃》篇，是记述一群女工到山谷里采撷那拖延各处的藤葛。藤葛的叶子长得虽茂盛，她们刈取的却是藤身。采来之后放入大镬煮透，剥下藤皮，纺成线，细线织成比较上品的"絺"，粗线织成较下品的"绤"。可见她们的工作是自采葛到蒸煮、剥皮、纺线，到织成布匹，是一贯的作业。

这些女工人数甚多，有工头管辖。工头就叫作"师氏"，是男是女不可知，大概除管理女工生活外，还负教导技术之责。女工想回家看望父母，须得向工头请假，不能自由行动。《毛序》把二周之诗处处当作为后妃作，说后妃在父母家志于女工之事，尊敬师傅。郑笺："师，女师也。古者女师教以妇德、妇言、妇容、妇功。祖庙未毁，教于公宫三月；祖庙既毁，教于公室。"这固迂腐可笑。李先生解"师氏"为官职，尤其军队里长官，也不对。动物为维生存有其本能，进化为人类，本能反退化。凡百技术均须有师教导。《周礼》中言"师"者不可胜数，如"乐师""舞师"等。军队里教授武艺的当然有，《水浒传》叫作"教头"。或者比"良人"高一级的，也叫"师氏"。但吉甫于宣王六年六月返卫，其军队并未同归，他想"归宁父母"向谁请假？一首女工诗，将主角化女为男，弄得非常不自然。

（3）寺人 《巷伯》篇有"寺人孟子"的句子，据说是一个受人谮害受宫刑者诉其愤恨心理之作，李先生却又说是尹吉甫自指。并主春秋前无寺人，就是寺人这个制度是春秋以后才有的，就未免太冒失了。他不知古有五刑，宫刑居其一，受此刑者输王宫内庭充当奴仆。《周礼·天官·冢宰》每有"内小臣""奄"几人几人。奄同阉，即受宫刑者。后世称为太监。何以有"内小臣"与"阉"的称谓，则前者为有职位的太监，后者则否。内小臣又称寺人。"寺人掌王之内人及女宫之戒。"《秦风·车邻》：

"未见君子,寺人之令。"

(三)服饰

(1)《君子偕老》国夫人的服饰　封建时代,阶级分别至严,其舆马服饰,不容有丝毫之错乱。好像李先生常把"织文鸟章"之旟,素冠素服,六等七等之衣,来定尹吉甫的职位一样。《鄘风·君子偕老》篇,《诗序》谓为刺宣姜。宣姜有"新台"之丑,貌美而淫乱。卫人故以"君子偕老"一诗刺之。诗备言其服饰之盛,有"副笄六珈"语。马瑞辰引《汉书·舆服志》:"步摇上有熊、虎、赤羆、天鹿、辟邪、南山丰大特(牛)六兽。"又有"象服是宜"语。郑笺曰:"人君之象服,舜所云予欲观日月星辰之象。"马瑞辰则谓为"祎衣",画文彩于上,故曰"象服"。又有"其之翟也"语。"其之"犹言"她的"。翟为野雉,王后所服之一,画雉羽为饰。郑笺云:"侯伯夫人之服而下,犹王后焉。"又有:"展如之人兮,邦之媛也。"皆说诗中女主角的服饰乃国夫人的服饰。其人则一邦之媛,当然也指国夫人。

李先生却说此诗是仲氏出嫁,尹吉甫写来赞美的。仲氏虽属卫厘侯的曾孙女,而只能算个贵族女子,国夫人的服饰,她未必能僭用。

（2）《候人》部下之赤芾　《曹风·候人》篇："彼候人兮，何戈与祋，彼其之子，三百赤芾。"《周礼·夏官·司马》有"候人"一条，其职责：外宾来，他迎；走，他送出境。大概类似驿丞的官儿。候人似亦不止一人。《曹风·候人》篇或谓刺曹共公。《左传·僖公二十八年》，晋文公因以前作公子时，过曹为共公所辱，得国后伐曹，数其罪，为不用僖负羁而乘轩者三百人。朱熹谓此诗"赤芾三百"即指此。盖赤芾乃天子赐士夫之服。"列国之卿大夫命于天子始可服。大夫以上赤芾乘轩。"《小雅·采芑》形容方叔服饰："服其命服，朱芾斯皇"。《车攻》是美宣王田猎的"四牡奕奕，赤芾金舄"，这并不是说宣王服赤芾，因下文有"会同有绎"句，绎，盛貌。言天子田猎，诸侯卿士俱来会合，他们都穿着朱芾，并金缕织成的鞋子。

但陈奂疏引《晋语》，楚成王享公子重耳，曾赋此诗。曹共公与楚成王同时，恐朱氏《集传》未可信。不过此诗刺共公也罢，刺别的曹君也罢，曹国爵禄一定是太滥。诗中候人虽属卑官，究属文职，却叫他荷戈祋，而那些不堪小人则赤芾乘轩至三百之众，曹君之无道亦可见矣。李先生却说尹吉甫回卫做着"候人"的官。把赤芾解作赤色的蔽膝，说是他部下工作人员。不知"赤芾"固为蔽膝，只是卿大夫自腰部下垂可蔽膝部之衣饰,并非那种缠在小腿至膝的布条。而且一个小小的候人,居然有三百名手下,也太阔了。

丙、李著中的原理法则问题

李先生的《诗经通释》自订了许多原理法则,兹分论于下:

(一)《诗经》风雅颂的划分是否可以打破 《诗经》三百零五篇本来划分为三个部分,即十五国风、二雅、三颂。李先生把这个划分完全打破,调和又调和,糅合又糅合,成了浑然的一片,然后再逐篇附合于尹吉甫的身上,成了一篇离合悲欢、曲折生动的尹氏自传(李先生打破《诗经》界限的话,见《诗经通释》中册四八七页)。若《诗经》的划分不打破,李先生这个新奇的说法便不能成立。所以这个方法是李先生《诗经》研究的中心问题,关系非常重要。李先生敢如此作,胆量之大,勇气之高,诚可令人钦佩,不过读者们所最为反对的,也是这个中心问题。

李先生也承认古代《诗经》早有风、雅、颂的称谓,可是又坚主那只是乐章,不是诗篇,他说尹吉甫所到地域甚广，到一处，便写下许多诗篇，被那些国家配上乐谱和各国名字，而《诗经》遂有"国风"这个部分了。他在《诗经通释》中册里说："现在我们发现了《诗经》三百零五篇都是尹吉甫一个人的作品，那么他的作品怎么会流传于各国而作为各国的国风呢？《诗经》里的地方尹吉甫没有不到过，到这些地方时，因各种需要而写下了各种作品，这些作品也就流传在该地，遂逐渐演成了各国的国风。"（见《诗经与乐经的关系》）在下册又写了篇《尹吉甫的私人作品，怎会形成十五国风及三颂乐章？》所论甚详。又说三百五篇既皆为尹吉甫一人所作。吉甫是流寓于卫的南燕人，生长于卫，仕宦于卫，最后又被逐出于卫，一生与卫关系密切。他的诗歌也必编集于卫，卫国必有他一部总集，所以孔子说："吾自卫返鲁，然后乐正，雅颂所得其所。"可以证明孔子必定在卫国得到一部尹吉甫的总集，返鲁后，据以参考，订正他以前所得者，才能"雅颂各得其所"，才能"三百篇孔子皆弦歌之"。

李先生此说甚辩，似乎也有甚大的理由，可助其理论的成立。不过尹吉甫行踪之广，是李先生一个人说的。我们所知的尹吉甫，据《诗经·六月》，仅随宣王北御猃狁，据《兮甲盘铭》，仅知他也担任过运输战略物资的大员，把成周四方及南淮夷的委积,运送到前线。淮河流域的今安徽西北部,他是到过的,其他地方除抵御狎狁的路线,我们一概不知。就依李先生所说尹吉甫也像"蹶父孔武,靡国不到"(《韩奕》)吧?那么,我敢请问:尹氏在"平陈与宋"时在陈国所做若干首诗,为什么《清人》入《郑风》,《椒聊》入《唐风》,《君子阳阳》入《王风》,《野有蔓草》入《郑风》呢?南征淮夷时的诗篇,为什么《终南》《黄鸟》入《秦风》,其他入《大小雅》呢?与南仲在方山会师时的诗篇,为什么《草虫》入《召南》,《凯风》入《邶风》,《鸨羽》入《唐风》,《甫田》入《齐风》呢?我仅举这几处为例,其他请看李著目录,竟无一处的作品与地点相合。可见李先生之主张不能成立。至于孔子说自卫返鲁订正诗乐,是因为在卫得了一部尹吉甫的总集,也是没有证据之说。孔子周行天下,志在行道,曾数次过卫,他最后一次是由卫返鲁的(《史记·孔子世家》:孔子去鲁,凡十四岁而返鲁)。返鲁后,以年龄渐老,不再出,专做订《诗》《书》,定《礼》《乐》的文化事业,故有"吾自卫返鲁,然后乐正……"的话。

想考据《诗经》"国风"部分如何编辑成功的,真是难以作答的题目。我想太史采诗之说虽不可信,但诗歌是无意识、无生命的东西,它也不能自动集合,必有采之与编辑之者。《颂》是祭祀祖宗之歌,《雅》则为史诗,但也混杂了许多风体。凡祀祖庙及飨宴,必须奏乐歌唱,所以这二者必久已保存于周室。或者当时有一位爱好文艺的周君,觉得《颂》与《雅》大都是知识分子的作品,《雅》中既采有风体之诗,可见平民作品也不容轻视,何不采取些来呢?于是遂有采诗之举。这采诗的工作并不像《礼记·王制》和《汉书·艺文志》所说,是固定的,是每年都派太史到民间去采,和养育一些年老失去工作能力的男女,叫他们去访求的。因为这样一来,古诗何止三千篇,三万篇也会有。我想采诗之举,不过在上者一时兴会,举行过一二次罢了。

  王室采诗,似曾预先定下了一个限制,以周朝文化所被及的地域为限,并以能操那时代标准言语,即所谓"雅言"者为限。其言语之过于侏离格磔者如刘向《说苑·善说》篇的"越人歌"的原音,则在摒弃之例。故吴、楚无风。采来后亦由文人略加修饰,否则《雅》中混杂的风体诗及后来的《国风》便难以诵读。

  周室采风列国始于何时呢?我以为从现在"十五国风"之《邶》《鄘》《唐》《魏》《桧》诸国名间可得到一点

消息。《邶》《鄘》有目无诗，《唐》《魏》属晋而诗不称《晋》，皆当是邶、鄘、魏、桧未灭，唐尚未改号晋之时。而此四国之灭，皆在东迁前后，唐之改号亦然。但《国风》诗多春秋时事又作何解？则采集之当在春秋时。采者我倒疑心是那个好大喜功的鲁僖公，但无证据，不敢断定。其集成时期亦甚迟缓。至鲁襄公二十九年（公元前五四二年），吴季札至鲁观光，"十五国风"之名皆与今本同，不过次序稍异。及孔子教诗，屡称"诗三百"，则《诗经》的编制，已完全成功了。

我说这话是想说《诗经》划分为《风》《雅》《颂》三个部分，是自有《诗经》以来便如此的，是万万不能打破的。这话说来太长，我将别写一篇解释的文字，现在只有带住。

（二）赋也可说是作　李先生敢于抹煞《左传》，是为了"赋"之一字。他在《黄鸟》篇解说道："《左传》提到赋诗，共有七十四次，从来没有人说这些诗是当时所作的。"他在别处也屡屡提醒我们，所谓"赋"，就是念诵或歌唱前人作品，以合己意，并非创作。因此，他敢把《左传》所提到的有主名的诗篇，如许穆夫人的《载驰》，秦穆公死后秦人的《黄鸟》，为着了一个"赋"字便坚主为歌诵前人诗篇而非自己当时的撰写。李先生这话也说得不错。春秋时代，《诗经》成了外交宝典，宾主在坛坫间说话，往往不直接说出，而借赋诗以为表达，这叫作"赋诗言志"，往往有若干甚为猥亵的男女情诗，只须可以影射当时外交方面所需要的情况，便可公然赋出，不以为嫌，这叫作"断章取义"。

当时外交界盛行赋诗，"赋"字并不像李先生所说是念诵或歌唱，其实是"点"的意思。章太炎曾有文叙述这个"点"的意义。其一是"敛租"。《禹贡》："厎慎财赋。"传云："所慎者财货贡赋，言取之有节，不过度也。"《左传·哀十五年》："量入修赋。"《昭十四年》："郑子产作邱赋。"服虔注："赋此一邱之田，出一马三羊。"哀十二年《公羊传》："用田赋。"何休注："田谓一井之田，赋者，敛取其财物也。"其二是"点兵"。隐四年《左传》："敝邑以赋服。"服虔注："赋，兵也。以田赋出兵，谓之赋。"《论语》："千乘之国，可使治其赋。"孔安国曰："兵赋也。"是盖收敛租税的时候，必须逐件点过。就是军队的编制，每名士兵，必须点名；军中所有的一切，也必须逐件清查过，检点过，是以有"邱赋""兵赋"之说。

春秋时代，外国使臣来聘，主国必须设宴款待，亦必奏乐相娱。乐官呈上乐单，主人选择其与当时情势有关者点定，使奏；客人也点定一诗或数诗，当作回敬。诗中寓意必针锋相对，也可说铢两悉称。这样灵活的运用《诗经》，当然很不容易。若使臣不能答赋，或对主人所点定之诗真正的意义不能了解，是很丢脸的事。甚至主方背地里还会说："这个国家要灭亡了，这样饭桶还派出来当使臣！"

所以古时言"士"的条件是"登高能赋"，所谓高，并非山岭之高，而是坛坫之高。孔子也曾说："诵《诗》三百，授之以政，不达；使于四方，不能专对，虽多亦奚以为？"

不过"赋"的意义虽在外交上为"点"，也可说是"作"，这里有两个证据。《左传·隐公元年》，郑伯克段于鄢，以其母武姜与叔段同谋，迁之于城颍，与誓曰："不及黄泉，无相见也。"后悔之，听颍考叔之言，掘地及泉为隧道，与母相见于隧中，公入而赋："大隧之中，其乐也融融。"姜出而赋："大隧之外，其乐也泄泄。"《正义》曰："赋诗谓自作诗也。融、中，外、泄，各自为韵，盖所赋之诗有此辞，传略言之。"可见郑庄母子所赋诗不止这几句。谓为"自作诗"是郑庄母子，即情即景，口占的诗。僖公五年，晋献公使大夫士蔿为重耳、夷吾两公子筑城，士蒍退而赋曰："狐裘蒙茸，一国三公，吾谁适从？"这又是士蒍见晋国政权不一，将兴大变，感慨而作的诗。郑庄母子与士蒍的诗，都是创作，不是点乐章，也不是像李先生所说歌唱前人诗句。那么，我前所引《左传》："卫人所为赋《硕人》也。""许穆夫人赋《载驰》。""郑人为之赋《清人》。""国人哀之，为之赋《黄鸟》。"当然都是"作"的意思了。

李先生又非常郑重地宣布："我们再三说《左传》中的赋诗，都是赋前人的诗以合己意，绝对没有作'作诗'讲的。而后人偏偏把它解作'作'，错误就出在这里了。"这"绝对"二字未免太武断！

（三）时地景物相同不见得就可联系　李先生之所以主张《诗》三百均尹吉甫作者，因有许多诗所言季节相同、景物相同、地点相同、事情相同。所以他就把它们联系起来，认为就是那件事。他惯说的一段话，就是"《诗经》中的兴，都是睹物起兴，因而兴中的山川地理，鸟兽虫鱼，禾黍稻粱，花草树木，天文星象，都可显出写诗的地点、时间或季节。"在他这部书里，他谈季节的兴趣特别浓厚，如这是初春，这是深秋……又最喜谈那个季节的植物动物，什么花儿开了，谢了，什么农作物萌生了，收成了，什么鸟儿啼叫，什么草虫跳跃，连篇累牍，不厌其烦，作为几首诗联系的条件。不知一年仅有春、夏、秋、冬的四季。气候的变迁，也无非是丽日、和风、严霜、积雪。自然界的景物，也无非是桃李之艳丽，杨柳之袅娜，芳草之茂盛，长林之翁郁，以及长汀小河，高山峻岭之可供赏玩与瞻仰。动物也无非是于飞的黄鸟，摩天的鸢鹰，牧于草原的牛羊，游跃于山林的麋鹿。那时的人事，贵族则祀祖延宾，或野外狩猎。平民则或力耕南亩，或伐木河干，既以供给地主们安逸的享受，也用以维持他们一家可怜的生计。每当春秋佳日，农牧闲暇，青年男女互相歌唱调情，结成爱侣，其未得家长允许或有其他阻碍者，则相偕私奔。郑卫与陈，此风特盛。若遇国内变乱或有外敌进攻，则战争事起，流血、破坏、呻吟、叫唤，顿时变出一幅地狱惨景……若说这类诗按类编排，加以联系，作为尹吉甫一人自传，则我们也可从若干诗人的集子里，找出一个类似尹吉甫的人物和他一生事业和恋史，我觉得这种联系法，很危险，不可轻试。

（四）《诗经》各诗用字法之多歧　李先生的原则是将《诗经》里同一个字，同一个成语，同一个诗句，同一个地名，同一个人名，同一个对象，同一件事情，同一个时间，归纳到一处，就发现他们中间的关系，而逐步组成一个完整的故事。现在我仅将他这段话前半段的"字""成语""诗句"引来说说。《诗经》各诗若为一人所作，则其代名词及虚字如"助词""副词""形容词""介词""前置词""惊叹词"皆应一致。何以第一人身代名词有"言""我""予""卬"之别。第二人身代名词有"女""尔""戎"（《大雅·民劳》："戎虽小子，而式弘大。"言你虽是小子，但作为甚大。《韩奕》篇："缵戎祖考。"言韩侯须继续你祖父的功烈）之别？第三人身代名词，有"彼""俴""其""伊""伊人"之别？

而"言"字有时等于"焉"字。如《小雅·大东》："睠言顾之，潸焉出涕。"《荀子·宥坐》篇引作"睠焉顾之，潸然出涕"。"言"字又为一种挈合词，其作用与"而"相似。如"受言藏之"即"受而藏之"。"言"又作"乃"字解，如"言告师氏，言告言归"，等于"乃告师氏，乃告乃归"。（胡适《诗经·言字解》）

《诗经》颇喜用"薄"字的动词。如《葛覃》篇："薄污我私，薄澣我衣。"朱子《集注》为"少也"。好像采葛女工向师氏请假回家看父母前，将平日所着和出门所着衣服略为在水里浸一下。闻一多则以为是命令词。一般以

"薄"为急迫。李先生在《诗经》里遇到这个字,也都解为匆忙、急迫。其实这个字应依郑笺:"薄,犹甫也。"甫即开始之谓。《小雅·六月》篇:"薄伐猃狁。"《出车》篇:"薄伐西戎。"就是"现在开始伐猃狁了""开始伐西戎了"。总比"匆忙地伐猃狁""急迫地伐西戎",来得通顺。又"薄"字又与"言"字连用。如《芣苢》篇:"薄言采之""薄言掇之""薄言袺之"。大概与薄字单用一样。李先生则谓"薄言"作"迫而"讲。

《诗经》这种开始词,不仅一个"薄"字,还有"诞"字。《大雅·生民》篇言姜嫄生子后提出弃置,是"诞寘之隘巷""诞寘之平林""诞寘之寒冰"。诞是始生之意,犹言"诞生""诞降",则《生民》篇这三个"诞"字,当即是开始之意。从前人不懂,谓为语词,语词诚然是语词,但总该有个说法。

《诗经》表开始的动词,又有一个"肇"字。《大雅·生民》篇:"以归肇祀""后稷肇祀"。《商颂·玄鸟》:"肇域彼四海。"肇字亦应为动词。屈原《离骚》:"肇锡余以嘉名。"

"薄""诞""肇"三字意义相同,而字面不同。(均见前文)

《诗经》的语稽词,其别甚繁。如"兮""猗""思""只""忌""止""矣""也"。屈原作品亦有"兮""只""些"之异,那是表示声音缓急。"兮"音长而缓,为寻常人说话口气。"只""些"音短而促,则为巫觋念咒的声音。

义同而字异者,如《小雅·雨无正》篇:"鼠思泣血",《正月》篇又作"瘋忧以痒"。

《诗经》酬字或作"醻",如《小雅·小弁》:"君子信谗,如或醻之。"《小雅·彤弓》篇:"钟鼓既设,一朝醻之。"但《宾之初筵》篇"宾载手仇"。这个"仇"字又与"醻"相通。

《昊天有成命》篇:"单厥心,肆其靖之。"《公刘》篇:"其军三单"就是"战厥心""其军三战"。不过尹吉甫也会写"战"字,如《小旻》篇"战战兢兢,如临深渊,如履薄冰",《小宛》篇:"战战兢兢,如履薄冰"。何以他偏又把"战"字写作"单"?

"保佑",《诗经》或作"保佑",或作"保又"。

"服"义为服从。衍为名词则为"侯服""宾服",但《商颂·殷武》篇:"封建厥福。"犹言封建那些服从的部落。则"福"又为"服"之假借。

尹吉甫会写"噫嘻成王"(《周颂·噫嘻》篇),而于《大雅·瞻卬》篇骂仲氏"懿唯哲妇",据前人考证这个"懿"字并非赞美仲氏,而是叹息,此字通"噫"。

《卫风·伯兮》篇:"伯也执殳,为王前驱。"在《曹风·候人》篇又说候人"何戈与祋"。"何"即"荷"的本字,"祋"即"殳"字。

《周南·卷耳》:"云何吁矣",而《小雅·都人士》又作"云何盱矣"。《何人斯》亦作"云何盱矣"。

形容词,《郑风·清人》篇:"驷介麃麃",《硕人》篇"朱幩镳镳",《载驰》篇"行人儦儦",都是车马行动之声,而义同字异。

形容马项下铃铛声,尹吉甫也会变出几种花样,真够叫人伤脑筋!如《大雅·烝民》"八鸾锵锵",《韩奕》也是"八鸾锵锵",而到《小雅·采芑》则变为"八鸾玱玱",《商颂·烈祖》又变为"八鸾鸧鸧"。

再说形容"忧心"的字汇吧。有"忧心炳炳"(《小雅·頍弁》),"忧心弈弈"(同上),"忧心悄悄"(《邶·柏舟》),"忧心殷殷"(《北门》),"忧心惙惙"(《召南·草虫》),"忧心惸惸"(《小雅·正月》),"忧心愈愈""忧心惨惨""忧心京京""忧心愍愍"(皆同上),"忧心钦钦"(《秦·晨风》),又有"忧心有忡""忧心忡忡"(《召南·击鼓》,《小雅·出车》)。

这些忧心的形容词,有些为了协韵,不得不改变字样;有些则音同义同,譬如"惸惸""钦钦""京京""炳炳""殷殷""慇慇",但字面却迥异。尤其"慇慇"与"殷殷",原同一字,而一则其下有"心",一则无之。若这些作品皆出一人手,何致参差至是?

又好像《唐风·有杕之杜》之"彼君子兮,噬肯适我?"李先生也说"噬"为"逝"之假借,与《东门之枌》"谷旦于逝"作"至"字用的"逝"字同。《诗经》里用"逝"字不可计算,何以尹吉甫在这首诗里用了个假借字的"噬"字?在《大雅·皇矣》篇:"无矢我陵",矢为至,也即是逝,句法与"无逝我梁"相同。

形容美盛。《商颂·那》之"猗那"即"猗与那与",与《桧风·隰有长楚》之"猗傩其枝",《小雅·隰桑》之"隰桑有阿,其叶有难",都是意义相同而字面则异。

这种千变万化的字汇、词汇,一部《诗经》是举不胜举的。今不过随意挑出几个以作典范而已。

/ 结 论 /

我对李先生这部大书写的评论，实在冗长可厌，也该结束了。我初读李著觉得很惊奇，因而相当敬佩。他这部大书所下功夫诚然极深，所有有关《诗经》研究的书籍，他尽皆浏览，其他有关资料也都从各种典籍里穷搜博取而来。我们仅从《诗经》上得知尹吉甫之名，及他助周宣王征狝狁的功绩，又从王国维考证的《兮甲盘铭》，知他本名兮甲，有征调各地战略物资到前线的任务，其他便一无所知。李先生居然由《唐书·宰相世系表》发现他是南燕人，流寓于卫国为氓。读《韩奕》篇，南燕国君蹶父嫁女于韩，其名为"韩姞"，则南燕姓姞无疑。但《宰相世系表》又说姞后改为吉。尹吉甫名字既带了个"吉"字，李先生便说他是南燕人了。李先生又说姬、姞二姓，世相通婚，南仲卫人，姓姬。《诗经》有些诗篇著有"甥""舅"字样，李先生便叫南仲成为尹吉甫的舅舅。但他后来又说南仲辈分与卫厘侯同。厘侯是仲氏的曾祖父，吉甫既与仲氏结婚，南仲又变为他的曾舅父了。李先生又知道卫厘侯、武公及武公儿子惠孙是于今河南省那县人。南仲、仲山甫、方叔、程伯休父是于今河南省那县人。蹶父与尹吉甫是河南省那县人。他们都是同乡，他们都有亲属或共事的关系。这几个人都活跃于周宣时代，则宣王中兴的伟业，可说是卫国人助成的。这一段重要史实，为以前诗经学者所未知，也为研究周代的历史学者所未知，试问李先生的贡献何等重大？

李先生这部书里的尹吉甫是我们中国历史和文学史上凤毛麟角般不可多得的传奇人物。他从《诗经》各诗里得知尹氏的仪容、性情、技艺，得知他北御玁狁，南征淮徐及荆蛮，西讨西戎，及平陈宋，复周公之宇，无役不与。中间还要代诸侯迎亲送女，代宣王输运战略物资，监造营房，也仆仆道途，靡有宁日，亏得一个人竟能担任这许多任务。这还不足为奇，所奇者，他竟能写出三百五篇诗章，使《诗经》到春秋时代成了"外交宝典"，又能使这三百五篇诗章，在我们中国人视为神圣的"经"部获得一个地位而有"葩经"的美誉。若非李先生多年苦辛的发掘，尹吉甫这个人是不会从数千年历史灰烬里涌现出来，成为生龙活虎，身闪万丈金光的人物！

不过李先生这部大书，初读固奇趣横生，令人击节，再读便觉得罅隙良多。李先生对这些罅隙，虽极其弥缝之功，总觉得跋前疐后，左支右绌，难以叫人满意。所以他这部大书虽出版多年，始终得不着学术界的承认。这并非学术界都瞎了眼睛，这样奇书，竟不知欣赏，其实李先生的大著，实有其缺失。这些缺失，我已在拙著这两篇评论中一一举出，现更就李先生所认为最香艳，最风流，也是他自认为揭开千古未有之秘密的尹仲恋史，再赘数言。

李先生把《邶风·击鼓》篇，当作钥匙诗，以为开启了一个新世界。那就是因《击鼓》篇"从孙子仲"四字而起。但"平陈与宋"系由于李先生误会那个"平"字而起。任何史书都无记载，那么，孙子仲便成了"乌有先生"（孙子仲在《击鼓》篇原有其人，但决非卫武公之子惠孙）了。他成了乌有先生，则他的女儿也成了"子虚人物"，仲氏和尹吉甫这段哀感顽艳、感人颇深的罗曼史，也就化成了镜花水月了。何况尹仲结婚的年月，我已在上篇《尹吉甫的恋史》里《结婚》那一段说过：百算千算，总挤不出确切的日子来，那当然一切都更不必谈了！

我以为《大雅》若干史诗应归还克商以后，《小雅》的则应归还到东迁前后，《豳风》的《破斧》《东山》，还给周公东征的士兵，《大雅》的《桑柔》还给厉王时的芮良夫，《鲁颂》还给鲁僖公的文臣，《商颂》还给宋襄公的大夫正考父，《节南山》还给家父，《巷伯》还给寺人孟子……"十五国风"还给各国的樵童牧竖、农女村娃。只有《六月》《崧高》《烝民》三篇文中有尹吉甫名字仍保留给尹氏（李先生若能在"二雅"中再找出几篇断为尹吉甫作，对《诗经》贡献便不小。他不该野心太大，竟以三百零五篇全归于尹，这条路便走不通了）。其他一概归还《诗经》原来有名及无名的著作人。李先生所坚主《诗经》三百五篇均尹吉甫一人所作，是他的自传这宗公案，只有一笔勾销，恢复《诗经》本来面目，才是正办。就说《诗经》有些篇次（如《大雅》周民族的史诗）应该调整；《邶》《鄘》大都为卫诗，应整理归卫，也不过是小小手术。像李先生这样大刀阔斧，破坏《诗经》全局，尹吉甫的故事虽给他编成，《诗经》的命脉，却被他一手断送了。岂不可怕吗？

我觉得李先生想象力太强，幻想也太丰富，他竟能无中生有，编出尹吉甫这样一篇传奇，也真不容易。他若去写诗歌、写小说，定可名家，研究学术却似乎不甚适宜。学术的殿堂是严冷的，无情趣的，除了证据，什么也不肯接受，他那绮丽得像一天云锦的幻想是投错地方了。他探讨古史、追求真理的毅力和精神，固十分可佩，但磨砖不可作镜，聚沙也永难成塔，那是徒劳无功的事，李先生是聪明人，应当知道啊！

我知道我这样说，李先生一定要气得暴跳如雷，连声叱斥，说："住了！住了！我的《诗经研究》就是敢于打破风雅颂的界限，就是敢于抹煞《毛序》《郑笺》《诗谱》《朱传》和其他权威的学说，独出心裁，别开生面。你却把它完全拉回原来的地位，这样还要研究做甚？从前朱熹表面虽反对《诗序》，暗中却常做《诗序》的俘虏而不自知，后人遂骂他'佞序'，你虽也不甚遵从《诗序》，而惟旧说是从，也可说是'佞旧'。我用的是完完全全崭新的科学方法，同你这种一味'佞旧'的保守顽固分子，是永远谈不拢的。所以我也不屑于同你谈，你所举《硕人》《载驰》《黄鸟》诸疑点，好多人都怀疑过，我在我著作中已反复开导过好几次。你不细读我书，却一味拾他人唾弃的甘蔗渣儿，嚼了再嚼。我不能说服人一千次。请原谅，谁也没有这份耐心！况且我倾注心血，研究《诗经》二十余年，而你自称仅有两个月，相差二百多倍，居然敢于批评我，可谓狂妄达于极点。同狂妄的人是不能说话的，我不愿再同你谈，也请你以后免开尊口，谢谢！谢谢！"

是呀，李先生天才俊朗，见解荦卓，他那一支笔好像天马行空，瞬息万里，我们这些地上行走，甚至可说匍匐泥涂的下愚，怎能仰窥其高明于万一？只是心有所疑，不能默尔而息，李先生肯予赐教，固我之幸，鄙我谫陋，而不屑与言，那也没法。我也自知在本文中说话每不知检点，有唐突李先生的地方，只望他大度宽容，一笑置之，幸甚！幸甚！

跋

李辰冬先生乃笔者多年同事兼老友，他的《诗经》三百篇均尹吉甫一人作之说宣传甚久。后就聘新加坡义安学院乃撰成讲义两册，坚请我为之批评，并说若无赞成意见，反对亦所欢迎，盖反对即以证读者注意，且可促使原著人之反省，更作深入之钻研而使其主张更臻完美之境地。笔者自知于《诗经》并无研究，只有敬谢不敏。

数年后，李先生返至台湾，则讲义已扩充为巨帙，水牛出版社为之印行，曰《诗经通释》三册，又《诗经研究》一册共一百余万字，诚属洋洋巨著。笔者仅为校正误字，于评介则仍无一词。一九八三年夏，香港某诗刊著论一篇，大张李说，李先生正以学术界对其书沉寂多年，无一反响为苦，得之大喜，复印多份，遍赠友好，刺激我的好奇心，将李著重读一遍,觉疑窦太多,不吐不快,乃动手撰写本文。费时两月甫得竣事,正欲寄李求其指正,而李先生在美亡故之讣闻,感悼之余,遂合此文不出。

今见李先生之门生故旧拥护师说者颇多,彼等皆亲列李之门墙,亲炙李之教诲,所知《诗经》深奥,必有远胜于我者,向之请教,亦与李先生无异。因友人劝,遂将此文发表,一字不改。学术之探讨,旨在求得真理,真理则以多方辩驳而愈明,若能使李先生石破天惊之主张,得以阐明、确立,则我此文当亦有激扬之功,李先生地下有知,当亦深许吧!

一九九四年四月于古都

苏雪林文编

—— 第二卷 ——

苏雪林 著

中央编译出版社

目 录

第一章　唐诗隆盛之原因 / 1
第二章　唐诗变迁之概况 / 11
第三章　初唐四杰 / 21
第四章　沈宋与律诗 / 28
第五章　初唐几个白话诗人 / 33
第六章　开天文学之先驱 / 39
第七章　开天间诗人与乐府新词 / 45
第八章　战争和边塞的作品 / 53
第九章　隐逸风气和自然歌唱 / 64
第十章　浪漫文学主力作家李白 / 75
第十一章　写实主义开山大师杜甫 / 89
第十二章　大历间的诗人 / 104
第十三章　险怪派领袖诗人韩愈 / 119
第十四章　韩派诗人 / 129

第十五章　功利派首创者白居易／139
第十六章　白派诗人／151
第十七章　唯美文学启示者李贺／161
第十八章　诗谜专家李商隐／173
第十九章　李商隐同时诗人／185
第二十章　唐末诗坛／193

第一章 唐诗隆盛之原因

唐朝是诗歌的黄金时代,作家之多,作品之富,都表现一种惊人的统计。论作家则中国文学史上的天才诗人大半产生于这时代,他们制造无数风格与派别:初唐则有王杨卢骆之美丽,上官仪之婉媚,沈宋之新声,陈子昂之古风。开元天宝间有李白之飘逸,杜甫之沉郁,孟浩然之清雅,王维之恬静,储光羲之真率,王昌龄之俊伟,高适岑参之悲壮,李颀常建之超凡。大历贞元中则有韦应物之雅澹,刘长卿之闲旷,钱起之清赡,皇甫冉兄弟之冲秀。元和之际,则有韩愈之雄奇,李贺之奥丽,卢仝之鬼怪,孟郊贾岛之寒瘦。开成而后,则有杜牧之豪迈,温庭筠之绮靡,李商隐之隐僻。由晚唐至于唐末,诗人尚复辈出,各极其才力之所至,卓然成家,绝不致有蹈袭剽窃、拾人余唾之弊，真有天地间气偏钟此时之概。

论作品则宋计有功撰《唐诗纪事》八十一卷，所录凡一千一百五十家。明高棅编《唐诗品汇》九十卷，所录凡六百二十家，诗五千七百余首，又搜补作家六十一人，诗九百余首，为《拾遗》十卷。清圣祖于康熙四十四年，以明胡震亨《唐音统签》为蓝本，发内府所藏《全唐诗集》，命词臣参互校勘，搜集遗缺，为《全唐诗》一部，所录二千三百余家，九百卷，诗四万八千九百余首。其不为以上诸家所录而至湮没不彰者，尚不可胜计。

诗的形式至唐亦大备：四、五、六、七言，及长短句皆有试作。五古肇自汉，六朝大盛，唐人沿袭旧制而变其风格，别为唐之五言。七古萌芽宋齐，至唐而正式成立。律诗亦起六朝，但体制未纯，沈佺期、宋之问出而基础始奠。排律亦于此时成功，五七绝为唐代乐府，亦于开元天宝间臻于全盛。至其综错离合，千变万化，更非片言可尽其妙。总而言之，我们知道自唐以后历五代、两宋、元、明、清凡千余年，诗歌形式无能出唐之范围，那就够了。

唐诗之所以呈空前发达状况者，历来都归功于科举。严羽说："或谓唐诗之所以胜我朝，唐以诗取士，故多专门之学，我朝之诗所以不及也。"这话很可代表历代普通意见，然而并非完全可信。考《唐书·选举志》最初选举科目多至十余，有秀才、明经、进士、明法、明字、明算等名目，所试以经为重，亦常试赋。其后秀才、明经、进士三科，试亦仅用策；渐加箴、铭、论、表等杂文，渐进而用赋。至开元七年，才正式以诗取士。而且大诗人如李白、杜甫，进士榜上都没他们名字。杨慎说："胡子厚与予论诗曰：'人有恒言，唐以诗取士，故诗盛，今代（明）以经义选举，故诗衰。此论非也，诗之盛衰，系于人之才与学，不因上之所取也。汉以射策取士，而苏李之诗，班马之赋出焉，此系于上乎？屈原之骚，争光日月，楚岂以骚取人耶？况唐人所取五言八韵之律，今所传省题诗多不工，今传世者非省题诗也。'予深服其言。"（《升庵诗话》）科举于唐诗既无甚帮助，则唐诗发达原因何在呢？照著者意见以为有以下几端：

（一）学术思潮之壮阔　唐为儒道佛三教并盛的时代。儒教自魏晋之后渐形不振，隋文统一天下，儒教乃有久蛰思启之意。《北史·儒林传》谓文帝初征辟儒生，远近毕至，相与讲论于东都之下。隋末王通隐居教授，续诗书，正礼乐，修元经，赞易道。唐之功臣房玄龄、杜如晦皆出其门下。唐太宗为秦王时，锐意经籍。以房杜等十八人为学士，开文学馆，相与讨论经义，每至夜分而后罢。高祖武德二年（六一九）诏立周公孔子庙于国子学，四时致祭；太宗封孔子为先圣，颜子为先师；贞观二十一年（六四七）诏以左丘明卜子夏至杜元凯范宁二十一人配享宣尼庙，又诏令孔颖达与诸儒撰定《五经正义》一百七十卷，自唐至宋，明经取士皆依此本。太学学舍至一千二百区，学子之多可想而知。

至于道教则几乎为唐的国教，也可说是皇家的正教。盖唐本姓李，高祖武德三年，信晋州人吉善之说，以老子为祖，立庙致祭。高宗乾封元年（六六六）追尊老子为玄元皇帝。玄宗开元二十九年（七四一）制两京诸州各置庙。天宝二年（七四三）追尊玄元皇帝为大圣祖玄元皇帝。帝亲注《道德经》，命士庶家藏一部。以庄子为南华真人，文子为通玄真人，列子为冲虚真人，庚桑子为洞虚真人。所著书都为真经，而以《道德经》为群经之首。又设立崇玄馆，学生习上列真经以应贡举。时常召见隐修道士，恩礼备至。贵族公主文人学士出家修道，成为风气，甚至帝王亦在宫受道箓，为道门弟子。烧丹炼汞之术亦大盛，帝王饵金丹而崩者有太宗、宪宗（因服丹多躁怒，为宦官所弑）、武宗、宣宗等。公主诸王服药致死者前后约达百数。

文人如卢照邻、李颀、李白、储光羲、白居易、陆龟蒙均与丹药发生过关系。道教之自然主义于浪漫文学有极大影响，如李白神仙诸作固显明的为道教思想之骄儿，即王维、孟浩然之歌唱自然作品，和唯美文学家李商隐关于女道士各诗，也受道教发达之赐。我们若说一句大胆的话，谓唐代文化大半带道家色彩也不为过。

佛教自东汉输入中国，到了南北朝而大为活动。唐贞观时，玄奘法师留学印度十余年，历一百二十八国，归时携佛教经典六百五十余部，与弟子从事翻译，太宗亲制《三藏圣教序》以宠之。高宗时义净三藏也航南海赴印度求经，经三十余国，二十五年，得经四百余部而归。宪宗亲迎佛骨以祈福应。文宗时天下寺院多至四万余，僧尼七十余万人。虽中间有武宗之一番排斥，而宣宗时解禁，势力又逐渐恢复。至晚唐时儒教势力完全为道佛二教压倒。当时佛教共有十三宗，实际上则律、论、净土、禅、天台、华严、法相、真言八宗，比较重要。

除此三大教之外，尚有祆教、摩尼教、景教、伊斯兰教，虽传入中国时代之先后不同，而建寺度僧受法律保障则始于唐代。

战国时百家争鸣，所以学术之进步，有一日千里之观。

唐代汇各种宗教于一处，回旋荡激，激起思想界壮阔的波澜，文学受他影响，自不待论。

（二）政治社会背景之绚烂　唐自太宗讲究文治，任用贤臣，轻徭薄赋，与民休息，在位二十三年而天下大治。《唐书·太宗本纪》说贞观四年全国大稔，米价甚贱，东至于海，南至于岭，皆外户不闭，行旅不赍粮，终岁仅断死囚二十九人，几于刑措。玄宗即位之初，亦复励精图治，诗人杜甫《忆昔》诗云："忆昔开元全盛日，小邑犹藏万家室。稻米流脂粟米白，公私仓廪俱丰实。九州道路无豺虎，远行不劳吉日出……"《旧唐书》亦说开元末年频岁丰稔，京师米价，斛不盈百。天下平安，虽行万里，不恃寸刃。社会有这一百多年的稳定，文化自然容易发展。

而且唐代对外武功之盛，也为秦汉以来所未有。唐初四十年的用兵，灭突厥，摧吐蕃，服吐谷浑、龟兹、波斯，招徕新罗、日本，击灭百济、高丽，都改易名王，设都护以监之。又征天竺俘其王，与大食国通商。南洋诸国像现在的交趾、柬埔寨、暹罗、婆罗洲、爪哇、苏门答腊，争先称藩入贡。综计唐声威所被，东至日本海，北达西伯利亚，西被底格里斯河，南极印度洋，为空前东亚的大帝国。

那时夷狄外邦，不但屈于中国的武力，而且慕我文化，甘心归顺，或以仕于朝中，或以附为婚姻为荣。历史上可艳称的故事不一而足，今且述其一二则以概其余。贞观八年高祖置酒未央宫，命突厥颉利可汗起舞，又遣南越酋长冯智戴咏诗，笑曰："胡越一家，自古未之有也。"太宗奉觞上寿，因说："臣早蒙慈训，教以文道，爰从义旗，平定京邑……三数年间，混一区宇……今上天垂祜，时和岁阜，被发左衽，并为臣妾，此岂臣智力，皆由上禀圣算。"高祖大悦，群臣皆呼万岁，极夜方罢。（见《旧唐书·高祖本纪》）太宗赋诗有："指麾八荒定，怀柔万国夷。梯山咸入款，驾海亦来思。单于陪武帐，日逐卫文螭。"（《幸武功庆善宫》）"百蛮奉遐赆，万国朝未央……车轨同八表，书文混四方。"（《正日临朝》）及"九夷簉瑶席，五狄列琼筵。"（《春日玄武门宴群臣》）等句。当时四夷宾服、八荒怀柔的盛况，可以想见一二。吐蕃王弃臣弄赞羡突厥、吐谷浑皆尚唐公主，遣使多赍金宝求婚，太宗因其道远不许。弄赞疑邻国离间，至于大动干戈，又兴师内犯，太宗讨平他之后，始妻以文成公主。弄赞大喜，执子婿礼与护送使臣江夏王道宗，慕中国衣服仪从之美，自服纨绮为华风以见公主。且以先世未有与帝女结婚的，特为公主筑一城以夸后世。公主恶其国人以赭涂面之俗，便下令禁止。公主好佛，即广筑佛寺令国人悉皈依佛教。(见《唐书·吐蕃传》)又新罗、百济、高昌、吐蕃均派遣子弟入国子监受《诗》《书》，升讲筵者八千余人。复由中国敦请儒者至其国典章奏。日本屡遣僧徒学生来唐留学，日本之有文化实自唐代始。

这时唐成秦汉以后最大帝国，又为亚洲文化的代表，民族活动力既极其强大，则创造的意识当然也极其觉醒。而且交通便利，中外文化易于沟通，从前没有见过的人物，没有认识的东西，没有经历的境地，现在也一一领略到。人民眼界之广，心胸之阔，智识之富，思想之超越深邃，均超轶任何时代。法国路易十四时国势鼎盛，为欧洲盟主，国内文化也突飞跃进，西洋史家目之为"大世纪"。唐代在那时也可说是"大世纪"。所以一切音乐、绘画、雕刻、建筑都有非常的进步，谈到文学，则数百年相传的旧调子，自束缚他们不住了。

(三) 文学格调创造之努力　胡适说："一切文学都从民间来。"这真是文学史一条黄金定律。民间文学无非是些乐府歌谣之类。中国文学史上，文人拟民间乐府，曾有几次光荣的成就。第一次是建安时代，因此而有五言诗时代出现。第二次便是盛唐了。至于六朝人士拟《子夜歌》

等小歌尚不足计算。胡适又说:"建安时期的主要事业在于制作乐府歌辞,在于文人用古乐府的旧曲改作新词。开元天宝时期主要事业,也在于制作乐府歌辞,在于继续建安曹氏父子的事业,用活的语言,用新的意境,创造乐府新词。"(《白话文学史》二六一页)唐人对于这种文学工作,似已有一种自觉的意识,所以极力推重建安。陈子昂《与东方虬脩竹篇序》:"……可使建安作者相视而笑。"又说:"汉魏风骨,晋宋莫传。"李白说:"自从建安来,绮丽不足珍。"又说:"蓬莱文章建安骨。"元稹《杜工部墓志》:"建安之后,天下文士遭罹兵战,曹氏父子鞍马间为文,往往横槊赋诗,其遒壮抑扬,冤哀悲离之作,尤极于古……"其他推崇建安之语尚多,他们称建安时代的伟大,正是他们认识自己时代的伟大。

唐人创作乐府可分为两方面。一方面为帝王之提倡,唐太宗虽马上得天下,而颇富于文学天才,所作不脱齐梁旧习,而气象宏伟,自足表示开国皇帝的气象。武后也是一个爱好文学的君主,尝命上官婉儿衡量人才,又常在紫宫七宝帐与诸文臣分韵赋诗。今所传宋之问"明月夜珠",虽属律诗,而实作以应新翻御制曲之选,也可说是乐府之一种。以后此种风气愈为发达,《唐书·李适传》:"景龙中凡天子飨会游豫，唯宰相及学士得从：春幸梨园并渭水，被除则赐细柳圈辟疠；夏宴蒲桃园赐朱樱；秋登慈恩浮屠献菊花酒称寿；冬幸新丰历白鹿观，上骊山赐浴汤池，给香粉兰泽……帝有所感即赋诗，学士皆属和，当时人所歆慕。"明皇解音律，常使词臣造为乐府新词。李白《清平调》，明皇曾观谱之入玉笛。王昌龄、王之涣、崔颢、李颀，都精于新乐府。公主贵人亦喜此道，有献新乐府者可以得官。

一方面则为诗人自己的制作，这也可以分为两面：一为沿用乐府古题而自作新辞，李白为代表；一为用古乐府的精神来创造新乐府，杜甫、白居易等为代表。李白虽沿用乐府古题，而不拘原意，也不拘原声调，其实就算创作。他的长短歌行体裁与自作乐府也相似，但并没有自命为乐府而已。天宝大乱后，文学由浪漫一变而为写实，觉得沿用乐府古题实嫌拘束，故自我作古，另创题目。杜甫的《三别》《三吏》便是这类文学的代表，惟亦未自以新乐府自命。至李绅、元稹、白居易方正式提"新乐府"三字。

制作乐府原不算什么稀罕，然而唐人能清楚认识文学自然的趋势，用民歌活的言语、活的境界来写新文艺，使诗歌内容充实，形式翻出无数花样，岂非值得叙述的一件事。

第二章 唐诗变迁之概况

历来唐诗的分期法各有不同。严羽《沧浪诗话》："论诗如论禅，汉魏晋与盛唐之诗则第一义也。大历以还则小乘禅也，已落第二义矣。晚唐诗则声闻辟支果也。"他虽未标明中唐，但以大历为另一个时代，则彰彰明甚。又将唐诗划为五体，一、唐初体，二、盛唐体，三、大历体，四、元和体，五、晚唐体。则又像由三分法而为五分法了。

明高棅编《唐诗品汇》承严羽遗意，将唐诗分为正始、正宗、大家、名家、羽翼、接武、正变、余响、旁流九格，而以初盛中晚四个阶段括之，见于他的《唐诗品汇序》。他这分法不但得明清以来大部分人的拥护，现在论唐诗者还不敢出他的范围。惟后人虽用初盛中晚的名目，而年代比高氏略有更动，今括普通意见为表如下：

初唐　由高祖武德初至玄宗开元初，约九十余年。

盛唐　由开元天宝至代宗大历初，约五十余年。

中唐　由大历初至文宗太和九年，约七十余年。

晚唐　由文宗开成初至昭宗天祐三年，约八十余年。

高氏将柳宗元、韩愈、元稹、白居易、李贺、卢仝、孟郊、贾岛归入晚唐，后人则归之于中唐，这又是不同之点。

近来胡适著《白话文学史》，其分期法又独出心裁。他以初唐为白话诗时期，举王梵志、王绩为代表，即四杰的作品也说有白话的倾向。盛唐分为两个时期，天宝大乱前为浪漫文学时代，大乱后直到中唐的韩孟元白，为写实文学时代。至于晚唐则《白话文学史》卷中尚未出版，不知作何说法。

陆侃如、冯沅君合著的《中国诗史》卷中，则将全部唐诗分为李白杜甫两大时代。初唐至天宝前的诗歌一概归入李白时代，天宝后至晚唐一概归入杜甫时代。

平心论之，前人初盛中晚的分法，窒碍牵强之处固多，而近人以一个大作家代表千变万化的宗派，也嫌武断。现在我除不信初唐为白话诗时代外，浪漫写实则采用胡适的话，又参以个人自己的意见，将有唐一代诗歌分为五个时期：

第一期　继承齐梁古典作风的时期。

第二期　浪漫文学隆盛的时期。

第三期　写实文学诞生的时期。

第四期　唯美文学发达的时期。

第五期　唐诗的衰颓的时期。

第一期自唐初至于开元初，约九十年。王绩、王勃、杨炯、卢照邻、骆宾王、沈佺期、宋之问、陈子昂、张九龄都是本期重要人物。

谈文学史者每喜以历朝朝代划分文学的时代，好像朝代一换，文学便立刻改变色彩似的。其实，我承认政治社会的大变动，能够影响文学，至于朝代的长短，国号的更换，则和文学没有多大关系。有时候朝廷上换了几姓皇帝，而文学潮流进行如故，有时候文学已改变方向，而政局依然未动。像宋初的九僧沿袭贾岛的寒俭幽僻；杨亿、刘筠等学李商隐号西昆体，经过四十年之久至梅尧臣、苏舜钦而宋诗略有变化，欧阳修、苏轼、黄庭坚等出，而宋诗之旗帜始换，壁垒一新，这是前者之例。明初诗歌不脱元人纤丽之习，前后七子出而诗体一变；公安派出而再变；竟陵派出而三变。又如民国肇立至今共二十二年，而五四前的文学与五四后的文学，要截然划分为两个时代，这是后者之例。

中国文学两汉以辞赋为主，近于西洋之古典主义，建安之后直至魏晋，则为浪漫主义的时代。到了齐梁发明声律之学，诗人们辨彰清浊，掎摭利弊，酷裁八病，碎用四声，结果便产生了一种近体诗。这种近体，其实即后来律诗的胚胎。而且诗歌到梁、陈，专讲用字的妖艳，音节的谐媚，竟弄得连篇累牍，不出月露之形，积案盈箱，尽是风云之状，又变成了古典主义了。隋初欲变之而未果，唐初四杰、沈宋等也不过承继此体而广之，并没有什么特异的表现，所以我们把唐初九十年间的诗歌划入六朝范围，也没有什么不可。至于王绩、寒山子、陈子昂特立于这个风气之外，那又不可一概而论的了。

第二期自开元初至天宝十四载安禄山之乱，约四十余年。李白、王维、孟浩然、高适、岑参、李颀、崔颢、王昌龄，都是本期重要人物。

建安以后梁、陈以前，固然可说是浪漫主义的时代，不过除曹植、陶潜、阮籍、鲍照四人以外，其余作家天才都在第二三流以下，所以不能和西洋十八世纪末、十九世纪初的浪漫文学，放射同样壮丽的光彩。至开元时，王、孟、岑、高、崔、李才学均为不可多得，绝代天才李白也诞生在这时代，又加以政治社会的背景之绚烂，而后浪漫文学始如月到中天，光华圆满，潮来八月，声势惊人。

这时期的文学形式上则打破声调格律的枷锁，扫除妃白俪黄的恶习，而向自由解放的道路上走。内容则六朝以来风花雪月呆板的描写，变为变化多端大自然的追求：凡长江大河之壮观，深山茂林之幽奥，浩荡洞庭，艰难蜀道，天山雨雪，瀚海飞沙，一一奔凑诗人腕下。东汉以来浅薄的浮世享乐主义，进而为深罩厌世哲学观的颓废派；或成为肥遯鸣高、享受田园清福的隐逸派，魏晋以来空泛的游侠歌颂如《白马篇》《少年行》之类，变成苍凉悲壮的边庭实录；梁、陈以来华艳风流的宫体，变为代受压迫的妇女声诉的宫怨文学。

中国民族自汉以后即渐呈衰老之态，晋后与异族血液混合，酝酿数百年，至唐而又恢复青春。所以民族活动力强盛，其文学也新鲜，热烈，充满蓬勃的朝气，与泼辣的精神，与六朝以来恹恹无气的女性文学不可同日而语。而其最青春的一时期，则宜以这四十余年浪漫文学为代表。

第三期自天宝大乱后，至长庆之际约六十余年。杜甫、韩愈、孟郊、贾岛、白居易、元稹，以及韦应物、刘长卿、张籍、王建，大历十子等均为本期的重要人物。

浪漫文学正当全盛，何以急转直下变成写实？原来唐自开元天宝之极盛，国富民康，物质的享受过于丰裕，上下酣嬉，政治腐败。及渔阳鼙鼓动地而来，君臣束手，竟无法可以抵御。卒致两京陷落，宫阙蒙尘，玄宗仓皇西狩。安禄山、史思明的势力如火燎原，不久蔓延中国北部。中兴名将郭子仪、李光弼等费了无穷气力，兼借外族之助，才将这次大乱戡定。不过中央政府的威权终于不能恢复，酿成宦官擅权、藩镇割据之局，荏苒至于五代而唐社终屋！

天宝大乱延长至七八年。这七八年大流血大破坏之中，不但政治秩序紊乱不堪，社会经济也大崩溃。人民或死于兵燹，或填于沟壑，颠沛流离，莫可告语，极人世不堪之惨。这时候一般人的太平迷梦早已打破，而诗人饱经乱离之苦，对时代更有深刻的认识，文学的态度也就一变而为严肃，认真，深沉，而写实文学便于这时代勃然以兴。胡适说：

向来论唐诗的人，都不曾明白这个重要的区别，他们只会笼统地夸说盛唐，却不知开元、天宝的诗人，与天宝以后的诗人有根本上的不同。开元天宝是盛世，是太平世，故这个时代的文学只是歌舞升平的文学，内容是浪漫的，意境是做作的。八世纪中叶以后的社会，是个乱离的社会，

故这个时代的文学是呼号愁苦的文学,是痛定思痛的文学,内容是写实的,意境是逼真的。(《白话文学史》三一〇页)

这真是千余年来未有之议论,以后我们论唐诗都当以此为准。

写实文学以杜甫开其端,元结、顾况则可算他的同志。大历后文学颇少时代色彩,但作诗的态度都很认真,也可说受了写实主义洗礼的结果。韩愈一派虽以险怪见长,而内容亦注重人生问题,可说是三分浪漫、七分写实的特别派。白居易、元稹直继杜甫衣钵,并变本加厉而为功利派,都有成为系统的理论为写实文学张目。李贺虽为元和诗人,而他取径宫体自成一体,应当将他算作唯美文学的先躯,不算本期之内。

第四期自长庆末至大中末约三十余年,李商隐、温飞卿、杜牧为本期重要人物。

今之论唐诗者把李商隐归入杜甫的时代,此说盖本之宋人。王安石云:"唐人知学杜而得其藩篱者唯义山一人而已,每诵其'雪岭未归天外史,松州犹驻殿前军','永忆江湖归白发,欲回天地入扁舟'与'池光不受月,暮气欲沉山','江海三年客,乾坤百战场'之类,虽老杜无以过也。"(《蔡宽夫诗话》)叶梦得说："唐人学老杜，惟商隐一人而已，虽未尽造其妙，然精密华丽，亦自得其仿佛。"(《石林诗话》)贺裳说："义山绮才艳骨，作古诗乃学少陵，如《井泥》《骄儿》……颇能质朴，然已时露艳语。"(《载酒园诗话》)朱弁谓商隐的"天意怜幽草，人间重晚晴"之类，置之杜集中亦无愧。(《风月堂诗话》)至宋以后，何义门亦谓晚唐中牧之、义山，俱学杜甫，又谓其五言出庾开府，七言出杜工部，兼学刘梦得。(《读书记》)宋荦说：晚唐李义山刻意学杜，亦是精丽。(《漫堂诗话》)众口一词，牢不可破，好像李商隐与杜甫，真有什么渊源似的。要知杜甫的长处，在沉默郁挫，悲壮苍凉，精丽不过是他的一格，若说商隐诗的精丽是由杜甫学来，则说他学沈佺期、宋之问，岂不更为切合？

杜甫是写实主义的开山祖师，影响后世原极伟大，宋人推崇他，如儒家之尊周、孔，江河之朝宗，而江西诗派奉之为不祧之祖，更崇拜得五体投地。明王世贞、李攀龙高唱"文主秦汉，诗规盛唐"，也以杜甫为偶像，余波至钱谦益而未已。最近二三十年诗坛，以江西派为宗，杜之势力亦迄未摇动。千余年来，我们这位诗人，高坐黄金宝座，俨然南面称尊。李、杜虽并称，李实未尝有此荣耀。

不过说也奇怪，这位诗界之王，在他当代，倒并没有这样威灵显赫。元、白创功利文学，明白承认受他启示，此外则韩愈的险怪，和大历后诗人认真的风气，虽受他影响，却都不肯明说；而且中唐青年诗人李贺便异军突起，不肯受他拘束；到了李商隐，同他更没关系了。所以以李商隐归入杜甫时代，我以为不大妥当。

大约李商隐一派的作品，表面则声调铿锵，颜色华美，结构精密，对偶工切，近于西洋一八六〇年间继浪漫而起之高蹈派。而句法排列，故意不照寻常习惯，措词造语，又必暧昧隐约，曲折深奥，使读者寻味再三，尚不能得其正确命意。故说者谓其如朦胧的黄昏，黯澹的夜色，月下清风飘拂的花香，则又与西洋象征主义的文学有相似之点。这派文学实开中国诗歌之新境，为历来所未有。古人也说："诗莫备有唐三百年，自初唐之浑融，变而为中唐之清逸；至晚唐则光芒四射，不可端倪，如入鲛人之室，谒天孙之宫，文彩机杼，变化错陈。"可见古人已于下意识中感觉到晚唐已成为一个新时代了。那么我们将温李等划为一个时期与浪漫写实并立，想不算什么好奇之论吧？

第五期自咸通初，至于天祐三年，约四十余年。这时唐诗气运已完，第一流作家已绝迹，所有作品都沿袭前人余绪，不能推陈出新，比较重要的诗人有韩偓、陆龟蒙、皮日休、司空图等，次亦有赵嘏、方干、罗隐、许浑、马戴等。诗的派别见本书第二十章，此处不详述。

以上虽将唐代诗歌分期定出，但亦未必十分妥当。一则天下东西本非生来让你分类的；二则诗派源流的长短，和诗人寿数的长短也都不定。要说明确地知道某派起于何时，迄于何时，某人的影响始于何日，终于何日，安排得整齐清楚，刀斩斧截，像算学公式一般，那就不啻痴人说梦。譬如本书陈子昂原属初唐诗人，死于沈佺期、宋之问之前，而我们因他为盛唐文学的先驱，所以划入第二期范围里。李贺原属中唐诗人，比韩愈早死十年，比白居易早死三十年，我们因他为晚唐唯美文学的启示者，也只好移在韩、白后面来讲。本书所谓唐末诗人多与晚唐诗人同时，只因他们乃属依傍一路，惟有与其他依傍家放在一处讨论。更如古典浪漫，写实，唯美等等名目，虽取之西洋，而与原来意义亦未必尽合，不过为分别便利起见，借用而已。举此数例以概其余，则可知文学分类之不易。

第三章 初唐四杰

所谓初唐四杰,乃王勃、杨炯、卢照邻、骆宾王四位诗人。

王勃字子安,绛州龙门人,为隋末大儒王通之孙,诗人王绩的侄孙。六岁善文辞。后渡海省父,于交趾溺水惊悸而卒,年仅二十九岁(六四七—六七五)。他尝于滕王阁作赋,以"落霞与孤鹜齐飞,秋水共长天一色"一联脍炙人口。其诗:

滕王高阁临江渚,佩玉鸣鸾罢歌舞。画栋朝飞南浦云,珠帘暮卷西山雨。闲云潭影日悠悠,物换星移几度秋。阁中帝子今何在,槛外长江空自流。

杨炯，华阴人，十一岁举神童，长善属文，恃才倨傲，闻人"王杨卢骆"之称便说："吾愧在卢前，耻居王后。"后卒于盈川，今世称杨盈川。（约六九五—七〇〇）

卢照邻字昇之，范阳人。十岁即从曹宪、王仪方授《苍雅》，为彭王府典签，王称之为"寡人之相如"。后得麻风疾与亲友诀别，投颍水而死。（约六五〇—六八九）

骆宾王，义乌人，七岁能属文，武后时为徐敬业传檄讨武后罪，后得檄但嘻笑读之，至"一抔之土未干，六尺之孤谁托？"矍然改容，问谁作？答以骆宾王，后曰："宰相安得失其人！"敬业败，伏诛。——或传其亡命为僧，在杭州灵隐寺与宋之问联句云云，不确。此根据《旧唐书》本传，及《李勣传》附之《徐敬业传》改正。

他曾作《帝京篇》传诵于世，以五七言综错铺排如《两京》《三都》，而风流冶艳，活泼生动，不似汉赋板重，果属创体，如：

山河千里国，城阙九重门，不睹皇居壮，安知天子尊。……秦塞重关一百二，汉家离宫三十六。桂殿嵚岑对玉楼，椒房窈窕连金屋。……当时一旦擅豪华，自言千载长骄奢。倏忽抟风生羽翼，须臾失浪委泥沙。黄雀徒巢柱，青门遂种瓜。黄金销铄素丝变，一贵一贱交情见。红颜宿昔白头新，脱粟布衣轻故人。故人有湮沦，新知无意气。灰死韩安国，罗伤翟廷尉。

四杰于音节极为讲究，所以诗歌均富于音乐之美。何大复《明月篇叙》："初唐四子之作，往往可歌，反在少陵之上，说者谓其有功于风雅。"王士禛虽有"莫把刀圭误后贤"的抗议，但读四杰之作而发见其"可歌"，不能谓其无见。四杰作品对音节的讲究，有如下的几项：

（一）隔句押韵　王勃的《采莲曲》很为有名。其中有句云："官道城南把桑叶，何如江上采莲花。莲花复莲花，花叶何稠叠。叶翠本羞眉，花红强似颊。佳人不在前，怅望别离时。牵花怜共蒂，折藕爱连丝。故情无处所，新物从华滋。不惜西津交佩解，还羞北海雁书迟。"

陆侃如指出这首诗"官道城南把桑叶"与下文"叠""颊"两韵相押；而"叶翠本羞眉"又与下文"兹""时""丝""滋"相押。又卢照邻《长安古意》也有同样的尝试。（《中国诗史》六八九页）虽然我们在四杰诗中更寻不出第三例子，但《采莲曲》的押韵款式不能说他是无意的暗合。

（二）多用钩句　陆氏称此为"叠句"。但我觉得这种句子连上接下，其功用等于工具中之铰链，非排列式之叠句可比，所以杜撰此名。三百篇《大雅·文王》第二章为应用钩句最早之作品，其后曹植《赠白马王彪》、六朝《西洲曲》亦有模仿。但他们不过偶一用之以为游戏而已，四杰则除杨炯外，每作七言必用钩句，而且法则变化无穷，竟成为他们作品特色之一。王勃《采莲曲》"相思苦""今已暮"已为陆氏举出，今更举数则：

第一式（单钩）
百丈游丝争绕树，一群娇鸟共啼花；啼花戏蝶千门侧，碧树银台万种色。（卢照邻《长安古意》）

第二式（双钩）
得成比目何辞死，愿作鸳鸯不羡仙；比目鸳鸯真可羡，双去双来君不见。（同前）

第三式（单钩变例）
宝盖雕鞍金络马，兰窗绣柱玉盘龙；绣柱璇题粉壁映，锵金鸣玉王侯盛；王侯贵人多近臣，朝游北里暮南邻。（骆宾王《帝京篇》）

第四式（双钩变例）

千回鸟信说众诸，百过莺啼说长短；长短众诸判不寻，千回百过浪关心。（同前）

还有例子不及细录。卢照邻《长安古意》共用钩句五处，骆宾王《帝京篇》五处，《畴昔篇》二处，《艳情代郭氏答卢照邻》三处，《代女道士王灵妃赠道士李荣》七处。

（三）骈句　骆宾王之"莫言贫贱无人重，莫言富贵应须种"；"也知京洛多佳丽，也知山岫遥亏蔽"；"谁分迢迢经两岁，谁能脉脉待三秋"；"箇时无数并妖妍，箇里无穷总可怜"；"此时空床难独守，此日别离那可久。"卢照邻之"自言歌舞长千载，自谓骄奢凌王公"；"若箇游人不竞攀，若箇娼家不来折。"都是他们独创的风格。惟一首诗中连用钩句五六处，又用排句两三处，常不免显出结构上的单调，所以此法差不多及身而绝，没有传人。

此外则字句秀媚，如卢照邻《长安古意》"百丈游丝争绕树，一群娇鸟共啼花"；"节物风光不相待，桑田碧海须臾改。昔时金阶白玉堂，即今唯见青松在。"骆宾王《帝京篇》"小堂绮帐二千户，大道朱楼十二重"；《畴昔篇》"不应白发顿成丝，直为黄河暗如漆"都是可歌咏之句。

王世贞《艺苑卮言》:"卢骆王杨号称四杰,词采华丽,固缘陈隋之遗,骨气翩翩,意象境界超然胜之。五言遂为律家正始。内子安稍近乐府,杨、卢尚宗汉、魏,宾王长歌虽极浮靡,亦有微疵,而缀玉联珠,滔滔洪远,故是千秋绝艺。"近人遂谓四杰奠定五律七古基础,以宾王《狱中闻蝉》及所作七古之多为证。(《中国诗史》六七五—六七七)但这话不见得完全可信。以五律论,自齐、梁间音韵之学出世,四声八病,讲求得非常苛碎,梁、陈时何逊、阴铿以"苦用心"著名;铿诗尤具五律规模,四杰于五律虽多作了几首,而比之阴铿进步亦有限,试看以下两首之比较便知:

怀士临霞观,思归望石门。瞻云望鸟道,对柳忆家园。寒田获里静,野日烧中昏。信美知何益,伤心自有源。(阴铿《登楼望乡》)

百年怀土望,千里倦游情。高低寻戍道,远近听泉声。叶才分色,山花不辨名。羁心何处尽,风急暮猿清。(王勃《麻平晚行》)

句的平仄甚为严格，而章的平仄则否，骆宾王《狱中闻蝉》不过偶合于五律的法则，并非有意的提倡。以七古而论，则王勃集中有五首，卢照邻三首，骆宾王六首，杨炯未有尝试。王、卢均不脱乐府范围，宾王稍能自肆于绳墨之外，他的《艳情》《代女道士王灵妃作》，都能脱离乐府旧套而独立，但往往过长，发言亦过于芜杂，尚不及王、卢之明净。王世贞谓其"亦有微疵"，信然。且六朝时，鲍照有《行路难》十八首，梁武帝、庾信、陈后主七古尤多。隋末诗人杨师道《阙题》，唐太宗时王宏之《从军行》，陈子昂之《于塞北春月思归》，阎立本之《巫山高》，高宗时上官仪之《和太尉戏赠高阳公》，均作七古体，四杰比他们多作一二篇，即以提倡之功归之，我以为这话是勉强的。

评四杰诗文最早者为杜甫，他《戏为六绝句》之二云："王杨卢骆当时体，轻薄为文哂未休。汝曹身与名俱灭，不废江河万古流！"之三云："纵使王杨操翰墨，劣于汉魏近风骚。龙文虎脊皆君驭，历块过都见汝曹！"在这两首诗里可见四杰在初唐数十年中虽著盛誉，则杜甫时代已纷纷被人集矢了。虽说文学风气的转移过速，而四杰绍承梁、陈遗风，除气象略加博大外，更无特等贡献，也是为人不满的原因之一吧？

/ 第四章 /

沈宋与律诗

律诗自梁、陈以来逐渐进化，到了沈、宋时代又有一度有意的"律诗运动"，而且"律诗"二字的名目也是那时才有的。元稹《唐故检校工部员外郎杜君墓志铭》："……而又沈、宋之流研练精切，稳顺声势，谓之'律诗'，于是而后，文体之变极焉。"《新唐书·文艺传》中《宋之问传》："汉建安后迄江左，诗律屡变，至沈约、庾信，以音韵相婉附，属对精密。及之问沈佺期又加靡丽，回忌声病，约句准篇，如锦绣成文，学者宗之，号为'沈宋'。语曰：'苏李居前，沈宋比肩。'"苏、李即苏武和李陵，前人谓其为五言诗之祖，作风与沈宋本不相类，但汉至六朝为五言诗时代，唐为近体诗——即律绝——时代，以沈、宋与苏、李并论，可见含有他们划分时代的暗示。严羽《沧浪诗话》："风雅颂一变而为《离骚》；再变而为两汉五言；三变而为歌行杂体；四变而为沈宋律诗。"王世贞《艺苑卮言》："五言至沈、宋始可称律。律为音律，法律，天下无严于是者。知虚实平仄而法度明矣。二君正是敌手。"又胡应麟《诗薮》："五言律体兆自梁、陈，唐初四子靡褥相矜。时或拗涩，未堪正始。神龙以还，卓然成调。沈、宋、苏、李，合轨于前，王、孟、高、岑，并驰于后。新制迭出，古体攸分。实词章改革之大机，气运推迁之一会也。"这些话都能认清时代，允称卓识。

宋之问字延清，一名少连，汾州人。伟仪貌，弱冠知名。武后时，与杨炯分值内教。时张易之有宠，之问与阎朝隐等倾心媚附。易之败，贬龙州参军，逃归洛阳，匿张仲之家。仲之欲杀武三思，之问上书告密，由是擢官，天下丑其行。景龙中迁考功员外郎；谄事太平公主。及安乐公主权盛，又去攀附。睿宗立，以其剑险盈恶，诏流钦州，寻赐死（六五〇—七一二）。

沈佺期字云卿，内黄人。及进士第，累除协事中。张易之败，长流驩州。神龙中，召见，拜起居郎，历官至太子詹事。开元初卒（约六五〇—七一五）。

二人都是醉心利禄、谄佞无耻的小人，其对于当日诗坛的贡献，比四杰伟大，就是上文所说的"律诗运动"了。律诗为什么在他二人时树立基础，也有原因。一则它自齐、梁以来，经过几百年的酝酿，到这时应当成熟。二则律诗的要素是对偶。此事讲求，亦已由来已久，《文心雕龙·丽辞篇》已有"四对"之说，上官仪更创为"六对"和"八对"（《诗苑类格》），其精密较《文心》更进。《唐书》又称仪诗绮错婉媚，人多效之，谓篇"上官体"，其实不过对偶工切而已。沈、宋有此凭藉，奠定律诗基础，当然更不费力。三则唐初一百年间帝后均好文学，群臣应制之作不可胜数，应制诗本是一种应酬文艺，除歌功颂德之外别无内容，故形式特别注重；而且帝王游幸宴会之际，偶尔高兴，命词臣应制，谁的诗先成，谁可先得奖赏。所以这类诗章的体裁，自然生出一种限制，而律诗更易成功了。沈、宋为武后朝文学侍从之臣，集中之诗十之四五为应制之作，其提倡"律诗运动"实可谓出于帝王之镕陶。现引他们五七律各一首于下：

倚棹望兹川，销魂独黯然。乡连江北树，云断日南天。剑别龙初没，书归雁不传。离舟意无限，催渡复催年。（宋《渡吴江别王长史》）

闻道黄龙戍，频年不解兵。可怜闺里月，长照汉家营。少妇含春意，良人昨夜情。谁能将旗鼓，一为取龙城？（沈《杂诗三首》之一）

青门路接凤凰台，素浐宸游龙骑来。涧草自迎香辇合，严花应待御筵开。文移北斗成天象，酒递南山作寿杯。此日侍臣将石去，共欢明主赐金回。（宋《奉和春初幸太平公主南庄应制》）

卢家少妇郁金堂，海燕双栖玳瑁梁。九月寒砧催木叶，十年征戍忆辽阳。白浪河北音书断，丹凤城南秋夜长。谁谓含愁独不见，更教明月照流黄。（沈《古意呈补阙乔知之》）

我们再把赞助律诗成立的几个诗人略述一述。四杰之后杜审言、李峤、崔融、苏味道，称为"四友"，四人中，杜审言对律体的功绩，更不容埋没。

杜审言字必简，襄州襄阳人。其年代约当公元六四五至七一〇，其五律以浑厚名。沈德潜《唐诗别裁集·凡例》："五言律阴铿、何逊、庾信、徐陵，已开其端。唐初人研揣声音，稳顺体势，其制大备。神龙之世陈（子昂）、杜、沈、宋，如浑金璞玉，不须追琢，自饶名贵。"又评审言律诗云："初唐五律不用雕镂，后人雕镂者正不能到。故曰大巧若拙，陈、杜、沈、宋，足以当之。"此外则五言长律，渐具规模，也可以说是杜审言的贡献。宋谢灵运为五言诗首尾皆偶，颜延年、谢瞻亦然，这虽非排律的体裁，但已接近了。唐初诗人上官仪的《安德山池宴集》《奉和秋日即目应制》都是很像样的排律。其同时诗人集中六韵七韵之排律，几于俯拾即是。四杰集中此体亦多。虽无排律之名，却都有排律之实。（排律之名，系明高棅截取元稹《杜工部墓志》中"排比声律"二字为之，古未尝有。）沈佺期、宋之问所作虽比较的"富赡精工"（胡应麟语），而沿袭旧制，长不过六韵八韵，很少到十韵以上者。至杜审言则《赠崔融诗》长二十韵，《和李大夫嗣真奉使存抚河东》长至四十韵。后来他的孙子杜甫喜作长篇排律，"铺陈终始，排比声韵，大或千言，次犹数百"。蔡梦弼谓黄鲁直常言杜子美诗法出杜审言（《草堂诗话》），胡元任亦说老杜诗法乃家举所传（《苕溪渔隐丛话》），殊可信。

此外则崔湜、阎朝隐、刘允济、卢藏用、马怀素，武平一、上官婉儿，都是那时一个团体的作家，风格多少有些相近，不多叙了。

第五章 初唐几个白话诗人

自齐、梁至陈，文学作风都是一线相传的。在隋代虽有几个政治人物，想提倡古朴，而没甚效果（见下章）。但隋代却产了几个白话诗人，一个是王绩，一个是王梵志。因为他们对于当代文坛并没有多大影响，所以他们的时代虽比四杰沈宋较前，我却要将他们排在这章来讲。

王绩的诗名，在初唐固不能与四杰、沈宋相竞，但元人杨元弘编了一部《唐音》，把他刊于"正音"第一人。王梵志则唐时几无人知道，宋时始渐有称之者。近胡适著《白话文学史》将他大大表彰一番，他才在文学史上占一席地位。

王绩（约五九〇—六五〇）字无功，泽州龙门人，为王通之弟。性简放嗜酒。《唐书·隐逸传》载其有趣轶事甚多，读之令人想见其风度。他有时入仕途，却是为了美酒，性情大似陶潜，所以作风也天然似陶了。其诗之佳者为白话化的田家歌颂，和山居杂兴。而小诗更有风味。

石苔应可践，丛林幸易攀，青溪归路直，乘月夜歌还。（《夜还东溪》）

为向东溪道，人来路渐赊。山中春酒熟，何处得停家？（《山中别李处士》）

春来日渐长，醉客喜年光。稍觉池亭好，偏宜酒瓮香。（《初春》）

阮籍醒时少，陶潜醉日多。百年何足度，乘兴且长歌。（《醉后》）

浮生知几日，无状逐空名。不如多酿酒，时向竹林倾。（《独酌》）

北场芸藿罢，东皋刈麦归。相逢秋月满，更值夜萤飞。

（《秋夜喜遇王处士》）

五绝在六朝时本已发达，但因为它是从《子夜》《欢子》《懊恼》……吴语文学变化而来，所以文人拟作，也不脱艳情本色——如梁武帝《子夜四时歌》《团扇歌》；陈后主《自君之出矣》——这与宋初小令体词，专记恋爱的形况相似。其后用之咏物，如《咏舞》《咏歌》《咏七夕穿针》《咏灯》也大半带着艳情色彩。若说自由抒写情感，或描画自然风景，则一部六朝诗集很难寻出几个例子。至于将陶潜田园诗风趣，表现之于寥寥二十字之中，王绩还算是第一个。后来他侄孙王勃的《山扉夜坐》《春园》都感染他的作风而写的。而王维裴迪的《辋川杂诗》，怕也是仿他呢。

王梵志的事迹，最早见于唐人冯翊的《桂苑丛谈》(《唐代丛书初集》)，其后《太平广记》也有差不多的记载。他生于隋文帝时，相传是林檎树的瘿裹长出来的。其诗集据胡适的搜罗，共有四种本子。

现引其为人所称的诗数首：

梵志翻着袜，人皆道是错。乍可刺你眼，不可隐我脚。

城外土馒头，馅草在城里。一人吃一个，莫嫌没滋味。

他人骑大马，我独跨驴子。回顾担柴汉，心下较些子。

世无百年人，强作千年调。打铁作门限，鬼见拍手笑。

这类诗用白话写成，易于通俗，所以民间流传甚盛。但思想则并不超卓，所表现的都是中国传统的乐天知命的人生观，而且还是庸俗化了的。像"他人骑大马"，后来衍为"他人骑马我骑驴"，正是使中国民族停滞不进的下劣思想。不过王梵志有几首诗，陆氏谓为"贫而乐"的作品，却也别有风味。

吾有十亩田，种在南山坡。青松四五树，绿豆两三窠。热便池中浴，凉便岸上歌。遨游自取足，谁能奈我何！

草屋足风尘，床无破毡卧。客来且唤入，地铺稿荐坐。家里元无炭，抑麻且吹火。白酒瓦钵藏，铛子两脚破。鹿脯三四条，石盐五六课。看客只宁馨，从你痛笑我。

寒山子和他的道侣丰干、拾得事迹之神秘，差不多和王梵志一样。寒山诗的后序，说他是贞观初的人。《太平广记·寒山子》一条又说他是大历中人，时代一下子由七世纪初搬到八世纪初了。近来胡适考证他为八世纪人。第一，以他的诗曾受王梵志影响，知其生于梵志之后；第二，根据《太平广记》的记载。至于丰干拾得，胡氏认为后人逐渐附丽上去的，其诗皆后人仿作。（《白话文学史》二四二—二五二页）

寒山子有人说他是个道士，有人说他是和尚，但据寒山诗集看来，他的诗有"投辇从贤妇，巾车有孝儿"及"妇摇机轧轧，儿弄口"，可见他不过是个挈家隐居之士，他的思想忽儒忽佛忽道，见解也不是怎样高尚超脱，正是民众诗人本色。

东家一老婆，富来三五年。昔日贫于我，今笑我无钱。渠笑我在后，我笑渠在前。相笑傥不止，东边复西边。

谁家长不死，死事旧来均。始忆八尺汉，俄成一聚尘。黄泉无晓日，青草有时春。行到伤心处，松风愁煞人。

我见百十狗,个个毛狰狞。卧者渠自卧,行者渠自行。投之一块骨,相与哇嘍争。良由为骨少,狗多分不平。

老翁娶少妇,鬓白妇不耐。老婆嫁少夫,面黄夫不爱。老翁娶老婆,一一无弃背。少妇嫁少夫,两两相怜态。

第六章 开天文学之先驱

上文已说过自梁、陈以后至于初唐几百年间,文学是沿着一条线进行的,即所谓华靡的"六朝体",但这条线的进行并不是直的,中间也会绕过几个弯子,这就是复古的运动。复古的运动在梁"永明体"风行时,已发生过一次,《梁书·庾肩吾传》:"……齐永明中文士,王融、谢朓、沈约,文章始用四声,以为新变,至是转拘声韵,弥尚丽靡,复踰于往时。"太子《与湘东王书》论之曰:

比见京师文体,懦钝殊常,竟学浮疏,争为阐缓。玄冬修夜,思所不得。既殊比兴,正背风骚。若夫《六典》《三礼》,所施则有地,吉凶嘉宾,用之则有所未闻。吟咏性情,反拟《内则》之篇;操笔写志,更摹《酒诰》之作。迟迟春日，翻学《归藏》；湛湛江水，遂同《大传》。吾既拙于为文，不敢轻有掎摭。但以当世之作，历方古之才人，远则杨、马、曹、王，近则潘、陆、颜、谢。而观其遣辞用心，了不相似。若以今文为是，则古文为非；若昔实可称，则今体宜弃……

单看《梁书》的话，似乎简文帝在反对"永明体"。但细读这书的内容，则简文所反对者乃是"反永明体"的人。只看他又说"至于近世谢朓、沈约之诗，任昉、陆倕之笔，斯实文章之冠冕，述者之楷模"，便可明白。这班"反永明体"的人大约都是些村夫子之流，虽有革命之心，而无革命之力，甚至闹出以经典为诗文的笑话，无怪要招简文帝一场讥嘲了。其中裴子野是比较有力量的。他著《雕虫论》以诋当时文风，他自己著作也履行质朴的条件。史称其"承先世史学不尚丽靡词，尝删沈约《宋书》为《宋略》二十卷，约见而叹曰：'吾不如也。'"简文又称其诗"了无篇什之美，"可见他作风之一二。

六世纪时，北方民族也曾有复古的运动。《北史·文苑传》："江左宫商发越，贵于清绮；河朔词义贞刚，重乎气节。"当南方文士风花雪月、蜂腰鹤膝，闹得起劲的时候，北方却在模拟佶屈聱牙的大诰文学，大开时代倒车。隋文帝起自北朝，也具有不喜词华的特性。统一天下后，想革除梁、陈以来弊风，代以朴素的实用文学。甚至不惜用政治力量，干涉文人思想的自由。臣下文表略涉华艳，便送法司治罪。《隋书·文苑传》称："……然时俗词藻，犹多淫靡。故宪台执法，屡飞霜简。"及观李谔《论文体轻薄书》，可知那时对于美文的扫荡，是如何的雷厉风行。炀帝初习艺文，颇厌梁、陈余习，有《非轻侧》之论。即位后一变其风，其《与越公书》《建东都诏》《冬至受朝诗》《拟饮马长城窟》，《隋书》称其"并存雅体，归于典制，虽意在骄淫，而词无浮躁"。杨素《赠播州刺史薛道衡十四首》，《北史》称其"词气颖拔，风韵秀上，为一时盛作"。可见臣下也向风了。但隋祚过短，而炀帝之提倡实用文学，也不如他父亲的诚意。他后来耽于逸乐，东西游幸，所至流连声伎，大制淫艳篇章，如《春江花月夜》之类。廷臣中如作"空梁落燕泥"的薛道衡，作"庭草无人随意绿"的王胄，都是梁、陈一脉相传的文士。而且六朝以来，中更数百年，文人学士习为华靡之词，积重难返。隋初那一点改革运动，不啻片石投海，当然没有什么显明的影响。唐初四杰又大振六朝之颓波，以华丽的体裁风靡天下，原是自然的结果。

但当四杰风头正健之时，第三次反美文运动又起来了。这就是陈子昂、张九龄二人的工作。

陈子昂（六五六—六九八）字伯玉，梓州射洪人。武后朝登进士第，官右拾遗。他对于文艺的意见，主张"复古论"，与东方虬《脩竹篇序》云："文章道弊五百年矣，汉魏风骨，晋宋莫传，然而文献有可征者。仆当暇时，观齐梁间诗彩丽竞繁，而兴寄都绝，每以永叹。窃思古人，常恐逶迤颓靡，风雅不作，以耿耿也……"《唐书》称："唐兴，文章承徐庾余风，天下祖尚，子昂始变雅正，初为《感遇诗》三十八章，王适见之曰：'且必为海内文宗！'乃请定交。"他的《感遇》本是杂诗，与阮籍《咏怀》相似。其中有一己的感慨，有史迹的咏叹，有对于社会风尚的批评，有关于边事的议论。现在随意引两首：

圣人不利己，忧济在元元。黄屋非尧意，瑶台安可论。吾闻西方化，清净道弥敦。奈何穷金玉，雕刻以为尊。云构山林尽，瑶图珠翠烦。鬼工尚未可，人力安能存？夸遇适增累，矜智道逾昏。

朝入云中郡，北望单于台。胡秦何密迩，沙朔气雄哉。藉藉天骄子，猖狂已复来。塞垣无名将，亭堠空崔嵬。咄嗟吾何叹，边人涂草莱！

张九龄字子寿，韶州曲江人。七岁知属文，历官至中书侍郎，同平章事。卒谥文献。九龄在相位，有謇谔匪躬之诚，为李林甫所排斥，而不戚戚怨望，惟文史自娱。其作风与子昂相近。《感遇》十二首，更与《感怀》一般机杼。

孤鸿海上来，池潢不敢顾。侧见双翠鸟，巢在三珠树。矫矫珍木巅，得无金丸惧？美服患人指，高明逼神恶。今我游冥冥，弋者何所慕。

江南有丹橘，经冬犹绿林。岂伊地气暖，自有岁寒心。可以荐嘉客，奈何阻重深。运命唯所遇，循环不可寻。徒言桃李树，此木岂无荫？

他们同派的诗人有东方虬、萧颖士等。陈子昂称虬之诗道："昨于解三处见明公《咏孤桐》篇，骨气端翔，音情顿挫，光映朗练，有金石声……不图正始之音，复见于前；可使建安作者，相见而笑。"这可见虬之诗格颇与子昂同调。颖士于文章少许可，独好子昂及卢藏用富嘉谟之文。颖士的诗,不但力追建安,还仿三百篇格式,作《江有枫》《菊荣》《凉雨》《有竹》《江有归舟》,可算是个极端的复古家。

这班人虽反对齐、梁,想另创文艺空气,而他们的目的,恢复"建安"文学而已,一切著作也就以力追建安为事,所以不能转移一代观听。要知道时代的轮子是向前进的,使它打退转,总是劳而无功。后来李白也提倡"复古",但他旗子上写的是"复古",实际却是"创新",所以成功了。黄子云《野鸿诗的》:"唐初伯玉……诸公独创法局,连雄伟之斤,斲衰靡之习,而使淳风再造。不愧骚雅元勋,所嫌意不加新,而词稍直率耳。"陈子昂文学革命之失败,正坐这"意不加新"四字。不过开元、天宝(公元七一三—七五五)四十三年中的文学,完全脱离齐、梁古典主义的束缚,别开如火如荼的浪漫主义的生面,陈子昂、张九龄一班人的劳力是不可淹没的。

《岘佣说诗》:"唐宋五言古,犹绍六朝绮丽之习,惟陈子昂、张九龄直接汉魏,骨峻神竦,思深力遒,复古之功大矣!"沈德潜《说诗晬语》:"射洪(陈)曲江(张)起衰中立,此为胜广。"刘熙载《艺概》:"唐初四子,绍陈、隋之旧故,才力迥绝,不免时人异议。陈射洪、张曲江独能起一格,为李、杜开先,岂天运使然耶?"

/ 第七章 /

开天间诗人与乐府新词

贞观虽称盛世,而当隋室大乱之后,元气方复,文化仅见萌芽,尚未发展。到了开元、天宝,休息生养,差不多有一百年,才算开了烂漫的花,结了丰硕的果。所以唐代真正的黄金时代,在开天不在贞观。

这时代的诗人可说都是幸运儿,生活在富庶的鼎盛的国家里,作品反射的只是青春的光热、生命的歌颂、自然的美丽、祖国的庄严。什么人生的悲哀、社会的痛苦,永远不会到他们心上。况且道教正在发展,做人最高的标准便是神仙。所以那时诗人的人生观都像胡适所说的是"放纵的,爱自由的,求自然的"。这种人生观和富裕繁华、奢侈闲暇的环境结合,当然产生一种春花烂漫、虹彩缤纷的浪漫文学。

这时期的诗人第一批是贺知章、包融、张旭、张若虚，号称为"吴中四士"。

贺知章，字季真，会稽永兴人。证圣初（六九五）登进士第。开元时，为皇太子侍读。清淡风流，晚节尤放旷，遨嬉里巷，自号"四明狂客"，每醉辄属辞，笔不停书，咸有可观。天宝三载（七四四）因病恍惚，乃上疏请度为道士还乡里，年八十六始卒。杜甫《醉中八仙歌》云："知章骑马似乘船，眼花落井水底眠。"其狂可想。他的绝句，尤脍炙人口，如"少小离家老大回，乡音无改鬓毛衰，儿童相见不相识，笑问客从何处来？""离别家乡岁月多，近来人事半消磨，唯有门前镜湖水，春风不改旧时波。"（《回乡偶书》）又《柳枝》："不知细叶谁裁出？二月春风似剪刀。"均具性灵。

张旭，苏州人，嗜酒善草书。每醉后号呼狂走乃下笔，或以头濡墨而书，既醒自视以为神，世呼为"张颠"。他也是《醉中八仙歌》里的人物之一，所谓"张旭三杯草圣传，脱帽露顶王公前，挥毫落纸如云烟！"便是他发狂时的写照。其《桃花溪》云："隐隐飞桥隔野烟，石矶西畔问渔船。桃花尽日随流水，洞在清溪何处边！"

包融，润州人（一云湖州人），诗颇自然，如《登翅头山题俨公石壁》："青为洞庭山，白是太湖水"；《送国子张主簿》："春梦随我心，悠扬逐君去"。

张若虚，有《春江花月夜》极有名，其中如"江天一色无纤尘，皎皎空中孤月轮。江畔何人初见月？江月何年初照人？人生代代无穷已，江月年年只相似，不知江水待何人，但见长江逐流水"及"玉户帘中卷不去，捣衣砧上拂还来"；"此时相望不相闻，愿逐月华流照君"；"不知乘月几人归，落月摇情满江树"。胡光辉云："《春江花月夜》原为乐府诗，由陈后主造题，与《玉树后庭花》《堂堂》等同调。陈代歌词可惜而今不见。现在此词可见而又最古者，为隋炀帝所作，其词为'莫江平不动，春花满正开。流波将月去，潮水带星来'，新奇可诵，但只有五言四句。及至张若虚作此题时，洋洋长篇，极诡丽恢奇之能事。满篇富有玄理，而毫不觉沉闷。如'江畔何人初见月？江月何年初照人？'谁能举此答案？"（《文学史讲稿》）

还有张九龄，亦为开元诗人，已见前章。苏颋、张说、姚崇、宋璟，诗名皆为功业所掩。不具论。

第二批诗人则为王昌龄、王之涣、李颀、崔颢、王湾、王翰，他们对于诗坛的贡献，第一是五七绝的提倡，第二是歌行杂体的试作。

五言绝句六朝以来便已有了（见第五章）。至于七言绝句有人以为沈、宋立其基础。（《中国诗史》）其实此体也是古已有之。如梁简文帝《乌栖曲》，汤惠休《歌思引》，萧子显《春别》均七言四句，三句用韵，一句独否，便是七绝之先声。（引陈钟凡《韵文通论》）到了开元时代则作者如林，七绝才算成熟了。绝句在这时候所以发达，与音乐实有析不开的关系。王士祯以宋洪迈《唐人万首绝句》为本，另撰了一部《唐人万首绝句选》，谓绝句为有唐三百年之乐府。我们读孟棨《本事诗》，玄宗听唱李峤"山川满目泪沾衣"的故事；《集异记》"旗亭画壁"的故事；《松窗录》明皇坐沉香亭，召李白作《清平调》，命李龟年歌，而自吹玉笛倚其声的故事；及天宝乱后，李龟年在湘中，唱王维"红豆生南国"，"秋风明月苦相思"的故事，不能不信此说。后来的词还有绝句的遗迹，如《瑞鹧鸪》《小秦王》皆然。胡仔《苕溪渔隐丛话》："唐初歌词多是五七言诗，初无长短句。"王灼《碧鸡漫志》："唐时古意亦未全丧，《竹枝》《浪淘沙》《抛球乐》《杨柳枝》，乃诗中绝句而定为歌曲。"

歌行杂体在开元时也划分了一个新时代。五古自陈子昂、张九龄提倡恢复建安风骨后，已由双行变为单行，开元诸子所作尤多变化。七古则四杰和沈、宋、刘希夷、张若虚所作，多为宫观闺情之作，缠绵婉转虽有余，苍莽雄浑则不足，而且动作长篇，拖沓可厌。至于开元时代，李白和这班诗人出来，借乐府技术的训练，把七古的范围推广：赠答，送别，抒情，写景无一不可，有丈夫见客大踏步便出之概，比从前那些扭扭捏捏的作品，大异其趣，这才算完全摆脱齐、梁女性文学的余毒了。而且务为小篇幅，短峭精悍，横厉无前，沉郁顿挫，音雄节健。如李颀的《古从军行》《古意》；崔颢的《川上女》《七夕》都是。钱木庵论七古云："开元中其体渐变，然王右丞尚有通篇用偶言者，旋乾转坤，断以李杜为歌行之祖，李杜出而后之作者，不复以骈俪为能事矣。"（《唐音审体》）这话是不大对的，我们只要把六朝、初唐和开元的歌行同读一下，便知李杜前风气已改变了。

王昌龄，字少伯，京兆人，开元十五年（七二七）进士，补秘书郎。二十二年（七三四）中宏词科。晚节不护细行，贬龙标尉，世乱还乡，为刺史闾丘晓所杀。其诗绪密而思清，与高适、王之涣齐名，时谓"诗天子"。所作以七绝为最多而且最佳，宫辞尤著。其《长信秋词五首》之一云："奉帚平明金殿开，且将团扇暂徘徊。玉颜不及寒鸦色，犹带昭阳日影来。"《青楼曲二首》之一云:"白马金鞍从武皇,旌旗十万宿长杨。楼头少妇鸣筝坐,遥见飞尘入建章。"《芙蓉楼送辛渐二首》之一云:"寒雨连江夜入吴,平明送客楚山孤。洛阳亲友如相问,一片冰心在玉壶。"《听流人水调子》云:"孤舟微月对枫林,分付鸣筝与客心。岭色千重万重雨,断弦收与泪痕深。"沈德潜说:"七言绝句贵言微旨远,语浅情深,如清庙之瑟,一倡而三叹有余音者矣。开元之时,龙标供奉,允称神品。"又说:"龙标绝句,深情幽怨,意旨微茫,令人测之无端,玩之无尽,谓之唐人骚语可。"(《唐诗别裁》)王士祯亦谓:"七言初唐风调未谐,开元天宝诸名家无美不备,李白王昌龄尤为擅长。"

王之涣,并州人。与兄之咸、之贲皆有文名。天宝间与王昌龄、崔国辅、郑昉联句迭和,名动一时。《集异记》"旗亭画壁"的故事,即以之涣《凉州词》为第一。其诗如"黄河远上白云间,一片孤城万仞山,羌笛何须怨杨柳,春风不度玉门关!"又《登鹳雀楼》:"白日依山尽,黄河入海流,欲穷千里目,更上一层楼。"王诗今仅存六首,其余皆散佚。

李颀,东川人。家于颍阳。开元十三年(七二五)进士,官新乡尉。殷璠《河岳英灵集》云："顾诗发调既清，修辞亦秀。杂歌咸善，玄理最长。"又称其《听弹胡笳声》，说"足可歔欷震荡心神。"他长于歌行，塞下之作尤为横恣。亦善描写音乐，《弹胡笳》既为殷璠所称。尚有《听安万善吹觱篥歌》《琴歌》《送别》，都有特色。今录其末一首：

主人有酒欢今夕，请奏鸣琴广陵客。月照城头乌半飞，霜凄万木风入衣。铜炉华烛增光辉，初弹绿水后楚妃。一声已动物皆静，四座无言星欲稀。清淮奉使千余里，敢告云山从此始。

崔颢，汴州人，开元十一年（七二三）进士。有俊才，累官司勋员外郎。天宝十三年（七五四）卒。他善作战争诗。《河岳英灵集》评他道："颢年少为诗名陷轻薄，晚节忽变常体，风骨凛然，一窥塞垣，说尽戎旅。至于'杀人辽水上，走马渔阳归。错落金锁甲，蒙茸貂鼠衣'；又'春风吹浅草，猎骑何翩翩，插羽两相顾，鸣弓上新弦。'可与鲍照并驱。"他有名的七律为《黄鹤楼》，李白见之道："眼前有景道不得，崔颢题诗在上头。"竟不更题而去。其所作七古长篇，如《江畔老人愁》《邯郸宫人怨》

均为叙事体,为后来元白长篇叙事的先河。

王湾,洛阳人,先天(七一二)进士。开元初为荥阳主簿。词翰早著。其"海日生残夜,江春入旧年"之句,当时称最。张说手题于政事堂,每示文人令为楷式。其《汴堤柳》七古一篇词质而婉,后来白居易《隋堤柳》好像以此为蓝本。

王翰,字子羽,晋阳人。登进士第,举直言极谏,调昌乐尉。后贬道州司马卒。其《凉州词二首》之一:"葡萄美酒夜光杯,欲饮琵琶马上催,醉卧沙场君莫笑,古来征战几人回。"

还有李白、王维、孟浩然、高适、岑参、常建、祖咏、储光羲、綦毋潜,也都算开天诗人,不过他们的诗另成派别,当于下文论之。

第八章 战争和边塞的作品

战争和边塞作品,是唐代文学的特产,是唐民族势力向外发展的结果。太宗、高宗、武后,对外几十次的大用兵,暂不详述,只把玄宗的武功记几件于下:

开元二年(七一四)吐蕃将十万人寇临洮,朔方道行军总管王晙与战于武阶,斩首万七千,获马羊二十万。又战于长子,吐蕃大败,死者枕藉,洮水为之不流。

开元十年(七二二)吐蕃围攻小勃律,北庭节度使张孝嵩遣张思礼以步骑四千,与小勃律王没谨忙夹击,吐蕃死者数万,获铠杖马羊无数,复九州故地。

开元十五年(七二七)河西陇右节度使王君,与吐蕃战青海,破其大将悉诺罗。会君为盗所杀,功不成。帝乃用萧嵩为河西节度,纵反间大破吐蕃于祁连城下。吐蕃势渐衰,以后又连年征伐,十八年遂卑辞款附。

开元二十二年(七三四)幽州节度使张守珪大破奚契丹可突于之兵。玄宗大喜,诏有司告九庙。契丹酋屈剌及突于恐惧,乃遣使诈降。守珪得其情,使右卫骑曹王悔,阴结契丹别师李过折斩屈剌及突于,尽灭其党,传首于东都。

天宝初,东突厥诸部自相侵伐,国中大乱。三载(七四四)诏朔方节度使王忠嗣以兵乘之,破其左阿波达干十一部,独右未下。会回纥部长攻杀东突厥白眉可汗,而自立为可汗,遣妻使于唐。东突厥国于后魏大统时至是灭。地皆入于回纥。

服吐蕃,平定奚契丹,灭东突厥,是玄宗朝对外武功之荦荦大者,还有许多小武功,具载《玄宗本纪》《外国列传》。唐代国威在中宗朝略见减色,现在又重行振兴了。为永久驾驭异族的缘故,玄宗又于边陲要地置安西、北庭、河西、朔方、河东、范阳、平卢、陇右、剑南、岭南十节度经略使，凡领兵四十九万，马八万余匹。

战争固然是一件不必赞许的事，但汉族与夷狄之族在事实上不能两盛，略略放任，便召周狝狁、汉匈奴、晋五胡十六国之祸。唐代武力极强，但边防偶一疏忽，那些游牧民族便蜂拥般侵了进来，他们强割你的麦子（《通鉴》积石军每岁熟，吐蕃辄来获之，边人呼为吐蕃麦庄），杀戮你的人民（李白《战城南》："匈奴以杀戮为耕作，古来唯见白草黄沙田！"《古风》第十四："白骨横千霜，嵯峨蔽榛莽。借问谁凌虐，天骄毒威武！"）掳掠你的壮丁（见元稹白居易新乐府《缚戎人》），截刖你的老弱（元稹《缚戎人》："少壮为仔头被髡，老翁留居足多刖，乌鸢满野尸狼藉，楼榭成灰墙突兀"）。其他如焚毁你的城邑，占据你的土地，抢劫你的财货金宝，更不必细述。那些野蛮民族既如此肆毒，则非好好惩创他们一下不可。所以唐代对外用兵，实都是可赞美的民族自卫战争，而不是帝国主义对弱小民族的侵略战争了。

这种民族自卫战争，不惟有促使民族向上的力量，而且有启发文艺灵源的功效。试想那时文士每年看见几万或几十万的大军开赴边塞，其千骑水流，万乘云屯，笳鼓震天，金甲耀日的壮观，岂不使他们心雄气旺？想到东南西北，均归版图，海角天涯，争来入贡，名王稽首于阙下，单于系颈于辕门，以及朝会时，"九天阊阖开宫殿，万国衣冠拜冕旒"的盛况，又岂不感到一种骄傲的喜悦？那时中国民族光荣之奕赫，势力之膨胀，我们今日谈到，尚自欣羡不置，而文学家心灵亲自鼓荡于这荼火般胜利空气里，则其产生大批壮快兴奋的战争歌颂，原亦难怪。

虽然他们也感到战事的惨酷而发为非战之论，如常建的"髑髅皆是长城卒，日日沙场飞作灰"，王翰的"醉卧沙场君莫笑，古来征战几人回？"但比较并不多见，诗人对于战争的诅咒，似乎尚不及对于战争赞美的热忱呢。杜甫的《兵车行》与中唐白居易的《新丰折臂翁》，则为反对杨国忠征云南蛮而作，与防御吐蕃、突厥不同，又当别论。而且杜甫的前后《出塞》，壮烈之词，尚多于悲凉之意。后来陈陶的"可怜无定河边骨，犹是深闺梦里人"；曹松的"凭君莫话封侯事，一将功成万骨枯"，以及其他征戍之苦，都是中晚以后之作，那时唐室离开这光荣时代，早已远了。

唐时诗人多从军，亲历边塞，所以作品另具一种异国情调。我们现在在唐诗中看见"回乐峰""受降城""天山""阴山""临洮""青海""瀚海""剑河""官河""轮台""疏勒""吐谷浑"种种边塞的地名；看见"黄沙""白草""雪山""关月""长云""大漠"种种沙漠的景色；看见"胡笳""觱篥""穹庐""野帐""琵琶""羌笛""胡姬""老胡""虏骑""单于""月氏"种种外国的器用和人物，便知唐代民族势力向外发展与文学的关系。现在有人说唐人咏边塞多捕风捉影之谈，又有人说他们对战争无论是歌颂或诅咒，只是诗人笔下的理想，放言高论，并无实际生活的反映，所以都缺乏"深刻"。这都是没有将当时政治、社会背景考查清楚的话，我们万难承认。

　　初唐崔融便曾从军，其作品多记关塞风景与军中情事，如《塞上寄内》《西征遇风》《塞垣行》《从军行》，激昂悲壮，已开高、岑先路。开天时，王昌龄、李颀、王之涣、王维此种作品，更作得高妙。昌龄有"蝉鸣空桑林"之《塞下曲》四首、《塞上曲》、《从军行》六首、《代扶风主人答箜篌引》等。今录《从军行六首》之四：

　　烽火城西百尺楼，黄昏独坐海风秋。更吹羌笛关山月，无那金闺万里愁！

琵琶起舞换新声，总是关山旧别情。撩乱边愁听不得，高高秋月照长城。

大漠风尘日色昏，红旗半卷出辕门。前军夜战洮河北，已报生擒吐谷浑。

青海长云暗雪山，孤城遥望玉门关。黄沙百战穿金甲，不破楼兰终不还。

又《出塞》二首：

秦时明月汉时关，万里长征人未还。但使龙城飞将在，不教胡马度阴山。

骝马新跨白玉鞍，战罢沙场月色寒。城头铁叶声犹振，匣里金刀血未干。

李颀有"黄门雁门郡"之《塞下曲》，"行人朝走马"之《古塞下曲》，"白日登山望烽火"之《古从军行》。今录其古意一首：

男儿事长征，少小幽燕客，赌胜马蹄下，由来轻七尺。杀人莫敢前，须如猬毛磔。黄云陇底白云飞，未得报恩不得归。辽东小妇年十五，惯弹琵琶解歌舞。今为羌笛出塞声，使我三军泪如雨！

王之涣"黄河远上"一首已见上章，不更引。王维有《李陵咏》《陇头吟》《老将行》《燕支行》《出塞》、《少年行》四首，《赠裴旻将军》《陇西行》《从军行》，大约都是少年时所作。今录他二十一岁时所作《燕支行》一首：

汉家大将才且雄，来时谒帝明光宫。万乘亲推双阙下，千官出饯五陵东。誓辞甲第金门里，身作长城玉塞中。卫霍才堪一骑将，朝廷不数贰师功。赵魏燕韩多劲卒，关西侠少何咆勃。报仇只是闻尝胆，饮酒不曾妨刮骨。画戟雕戈白日寒，连旗大旆黄尘没。叠鼓遥翻瀚海波，鸣笳乱动天山月。麒麟锦带佩吴钩，飒沓青骊跃紫骝。拔剑已断天骄臂，归鞍共饮月支头。汉兵大呼一当百，虏骑相看哭且愁。教战虽令赴汤火，终知上将先伐谋。

这一群诗人里，我们特别要介绍两个成功更大的诗人：

高适、岑参。

　　高适，字达夫，渤海蓨人。少年时不事生产，家贫以求丐取给。四十岁后始学为诗，数年之间，体格渐变，以气质自高，每吟一篇，已为好事者所传诵。曾为哥舒翰掌书记。后来做到淮南节度使，转剑南西川节度使，封渤海侯。永泰元年（七六五）卒。胡适说他的诗"似最得力于鲍照"。关于边塞之作如《营州歌》："营州少年爱原野，狐裘蒙茸猎城下。虏酒千钟不醉人，胡儿十岁能骑马！"最有名的却是《燕歌行》，这是开元二十六年（七三八）和出塞还客某之所作。

　　汉家烟尘在东北，汉将辞家破残贼。男儿本是重横行，天子非常赐颜色。摐金伐鼓下榆关，旌旗逶迤碣石间。校尉羽书飞瀚海，单于猎火照狼山。山川萧条极边土，胡骑凭陵杂风雨。战士军前半死生，美人帐下犹歌舞。大漠穷秋塞草衰，孤城落日斗兵稀。身当恩遇常轻敌，力尽关山不解围。铁衣远戍辛勤久，玉筯应啼别离后。少妇城南欲断肠，征人蓟北空回首。边风飘飘那可度，绝域苍茫更何有？杀气三时作阵云，寒声一夜传刁斗。相看白刃血纷纷，死节从来岂顾勋。君不见沙场争战苦，至今犹忆李将军！

岑参，南阳人。少孤贫好学，登天宝三年（七四四）进士第。官至嘉州刺史。后死于蜀中，约当七六九年左右。或论其诗"辞意清切，迥拔孤秀，多出佳境，每一篇出，人竞传写，比之吴均、何逊"。殷璠称其"语奇体峻，意亦造奇，至于'长风吹白茅，野火烧枯桑'，可谓逸才。又'山风吹空林，飒飒如有人'，宜称幽致也"。又有人称其"缛""丽"。其实岑参的诗固然有些足当上面这些批评，他的真正的价值却完全不在此。

上文已说过，诗到开元天宝，才将齐梁结习完全推倒，文学由女性一变而为男性，岑参在同时一群诗人中可以说更能充分表现男性的一个。他有一种热烈豪迈的性格和瑰奇雄怪的思想，最爱欣赏宇宙间的"壮美"以及人间一切可惊、可怖、可喜、可乐的事物。而环境恰恰又成全了他。十余年间驰驱戎幕经历边塞，所见所闻，都非常人臆想能及。像那峥嵘的火山，翻腾的热海；阑干百丈的瀚海坚冰，千峰万岭银光皑皑的大雪，九月怒吼驱山走石的狂风；以至于悲壮的胡笳，豪宕的蛮舞，草头一点疾如飞的骏马，二百万浩浩荡荡的大行军……都不是那脚迹不出乡里的文人所能做得出的。即说与他同处此境，但没有他那样雄肆的天才，也不能描写得如此之好。古人常以高岑并论，叶燮《原诗》甚谓高优于岑,《沧浪诗话》有"高达夫派",以高括岑,实则岑胜高远甚。

君不见走马行雪海边,平沙莽莽黄入天。轮台九月风夜吼,一川碎石大如斗,随风满地石乱走。匈奴草黄马正肥,金山西见烟尘飞,汉家大将西出师。将军金甲夜不脱,半夜军行戈相拨,风头如刀面如割。马毛带雪汗气蒸,五花连钱旋作冰,幕中草檄砚水疑。虏骑闻之应胆慑,料知短兵不敢接,车师西门伫献捷。(《走马川行奉送封大夫出师西征》)

轮台城头夜吹角,轮台城北旄头落。羽书昨夜过渠黎,单于已在金山西。戍楼西望烟尘黑,汉兵屯在轮台北。上将拥旄西出征,平明吹笛大军行。四边伐鼓雪海涌,三军大呼阴山动。虏塞兵气连云屯,战场白骨缠草根。剑河风急云片阔,沙口石冻马蹄脱。亚相勤王甘苦辛,誓将报主静边尘。古来青史谁不见,今见功名胜古人。(《轮台歌送封大夫出师西征》)

又关于边地风土之异有《热海行》:"侧闻阴山胡儿

语,西头热海水如煮。海上众鸟不敢飞,中有鲤鱼长且肥。岸旁青草常不歇,空中白云遥旋灭。蒸沙烁石然虏云,沸浪炎波煎汉月……"《经火山》:"火山今始见,突兀蒲昌东。赤焰烧虏云,炎氛蒸塞空。不知阴阳炭,何独然此中?……"又《火山云歌送别》"火山突兀赤亭口,火山五月火云厚。火云满山凝未开,飞鸟千里不敢来……"《优钵罗花歌》:"白山南,赤山北,其间有花人不识,缘茎碧叶好颜色。叶六瓣,花九房,夜掩朝开多异香……"(此歌有自序谓花名出佛经,来自天山之南。"其状异于众草,势茙苁如冠弁,巍然上耸,生不傍引,攒花中折,骈叶外包,异香腾风,秀色媚景"云云。)许彦周《诗话》称岑:"尝从征常清军,其记西域异事甚多,如《优钵罗花歌》《热海行》,皆古今传记之所不载。"这话就是今人所谓的异国情调。

/ 第九章 /

隐逸风气和自然歌唱

唐时浪漫文学代表"变动"的、"雄壮"的、"浓烈"的一派，是战争文学。代表"恬静"的、"温柔"的、"澹远"的一派，是歌唱自然的文学。关于后者的发展，胡适曾指出两个背景，一则五世纪以下老庄的自然主义的思想已和外来的佛教思想混合，士大夫往往轻视世务，寄意于人事之外，虽不能出家，往往自命超出尘世，于是在文学方面有"山水"一派出现；二则唐时重视隐逸，聪明的人，便不去应科第，却去隐居山林做个隐士，隐士的名气大了，自然有州郡的推荐，朝庭的征辟。既有这样背景，思想所趋，社会所重，自然产生这种隐逸的文学，歌颂田园的生活，赞美山水的可爱，鼓吹那乐天安命，适性自然的人生观。（见《白话文学史》第十三章）这话都是不错的。但为什么隐逸在唐代成了特殊的高贵阶级，照我看也有它本身的时代社会背景。这背景便是道教之升为唐朝皇家正教。历代君主都尊重隐逸，而唐代隐逸有许多是精于修炼术的高寿道士，我们便可明白此中消息。

  王远知隐茅山，师事陶宏景传其道法。常见陈后主及隋炀帝。太宗为秦王时，远知即许其为"太平天子"。卒时寿一百二十六。

  潘师正师事王远知，尽得道门隐诀及符箓，隐嵩山二十余年，但服松叶及水。高宗幸东都，召与语，甚尊敬之。淳元年卒，寿九十八。

  司马承祯亦潘师正弟子，传其符箓及辟谷导引服饵之术，隐天台山。睿宗时召见一次。开元时玄宗遣使迎入京，亲受法箓。十五年又诏于王屋山，自选形胜置坛室以居。卒年八十九。

  王希夷隐嵩山，师事道士黄颐四十年，尽传其闭气导引之术。常饵松柏叶及杂花。年七十余，气力益壮，玄宗东巡召至驾前，时寿已九十六。

  吴筠本儒士，进士不第，乃入嵩山为道士。常与越中文士为诗酒之会，所著歌篇传于京师。玄宗召令待诏翰林。

后以忤高力士求放还山。

以上都见于《唐书·隐逸传》。帝王这样看重道士，实因自以为身为老子之后，与道士有兄弟之谊。再凡为帝王无不慕长生，尊礼道士，是想请他们为他炼不死药。《刘道合传》说，高宗召道合入宫合还丹，丹成献之而道合卒，尸如蝉蜕，帝闻恨道："为我合丹而自服仙去！"就是一个证据。

唐代道士与俗人原无多少分别，道士一样可以应贡举，一样可以做官（中宗以方士郑普思为秘书监，叶静能为国子祭酒；玄宗以吴筠为翰林待诏，皆道士做官之例），像那被目为"随驾隐士"又为司马承祯所笑的卢藏用，武后时为左拾遗；姚元崇奏为管记，还为济阳令；神龙中累擢中书舍人，吏部黄门侍郎，修文馆学士，官做得很大。但他以前却是个举进士不第隐居终南少室学练气辟谷，善蓍龟九宫术与琴弈的人物。道士，隐士，清客，诗人——《全唐诗》有其著作——混合而为一体，无怪他在那时社会里能够飞黄腾达了！

隐逸既成为社会的风气，那不想做官或功成名就的，也都以隐居为时髦了。八世纪后的文士诗人大都在山中隐居一度或数度，这里可以随便举几个著名诗人为例：

李白少与东严子隐居岷山数年，养奇禽千计，呼之就掌取食，了无惊猜。广汉太守闻而异之，因举二人有道，不起。（李白《上安州裴长史书》）后与孔巢父等隐山东徂徕山，又与道士吴筠隐剡中。晚卧庐山，有结庐五老峰之志。（《唐书》本传与《庐山志》）

孔巢父少力学，与韩準、李白、裴政、张叔明、陶沔隐徂徕山，号"竹溪六逸"。（《唐书·李白传》）

孟浩然隐鹿门山，年四十乃游京师。（《唐书·本传》）又尝隐终南山，其"不才明主弃，多病故人疏"即《归终南山诗》中语。（本集）

储光羲隐终南山，有《终南幽居》诗："灵阶曝仙书，深室练金英"，及"筑屋青岩里，云萝四垂阴"之句。（本集）

顾况晚隐茅山，自号"华阳真隐"。（《旧唐书·李泌传》）

孟郊少隐嵩山，集中《石淙十首》即咏嵩山之胜。（本传及本集）

卢仝隐少室山，自号玉川子。（《唐书·本传》）

李商隐少时学道王屋山，《题李肱画松》诗："忆昔

谢四骑,学仙玉阳东。"(本集)

皮日休隐鹿门山,著有《鹿门隐书》。(本集)

诗人山居的动机,或者为了便于修练——当时文士多少与丹箓发生一点关系——或者为了便于读书。但他们既多与自然接触,对自然更易欣赏和了解。建安以来的宫廷都市文学,到了这时,变为山林田园文学,其关键在此。

王维(七〇一—七六一)字摩诘,河东人。开元九年进士。他是一个书画家,又是个音乐家,尝为大乐丞,历官右拾遗。安禄山之乱,被陷长安,乱定后从贼诸官皆治罪,他以"凝碧池头"一诗得免。转尚书右丞。晚得宋之问蓝田别墅在辋口,辋水周绕舍下,有竹洲花坞诸胜。与道友裴迪泛舟往来,弹琴赋诗,啸咏终日。性好佛,妻死三十年不娶,长斋禅诵。一日忽索笔作书别亲友,舍笔而逝。

言入黄花川,每逐清溪水。随山将万转,趣途无百里。声喧乱石中,色静深松里。漾漾泛菱荇,澄澄映葭苇。我心素已闲,清川澹如此。请留磐石上,垂钓将已矣。(《青溪》)

斜阳照墟落，穷巷牛羊归。野老念牧童，倚杖候荆扉。雉雊麦苗秀，蚕眠桑叶稀。田夫荷锄至，相见语依依。即此羡闲逸，怅然吟式微。(《渭川田家》)

这两首一代表王维的山水诗，一代表田园诗。但他最好的作品，是那小诗。《旧唐书》说他"尝聚其田园所为诗号《辋川集》。"共有五绝二十首，今选录六首。

空山不见人，但闻人语响。返景入深林，复照青苔上。(《鹿柴》)

秋山敛余照，飞鸟逐前侣。彩翠时分明，夕岚无处所。(《木兰柴》)

飒飒秋雨中，浅浅石溜泻。跳波自相溅，白鹭惊复下。(《栾家濑》)

北垞湖水北，杂树映朱阑。逶迤南川水，明灭青林端。(《北垞》)

木末芙蓉花，山中发红萼。涧户寂无人，纷纷开且落。(《辛夷坞》)

独坐幽篁里，弹琴复长啸。深林人不知，明月来相照。(《竹里馆》)

还有"渡头余落日，墟里上孤烟"；"行到水穷处，坐看云起时"；"红豆生南国，春来发几枝"；"轻阴阁小雨，深院昼慵开"各名作，不及备引。他本是一个画家，所以能以恬静而鲜明的笔调，摄取自然真相，苏轼说："味摩诘之诗，诗中有画；观摩诘之画，画中有诗。"而且他的小诗，善能捉住一瞬间的印象，而清澈生动地表现出来，如上引《鹿柴》《木兰柴》《北垞》，写光线变动，与西洋画之印象主义相似。我们竟可以说他是中国诗里的印象派。

但以他的诗与画理并论，还是"浅而言之"的话，其实已通乎禅理了。宋严羽常以禅喻诗，清王士祯主"神韵说"，常以王孟一派诗为证。《渔洋诗话·问答》："问右丞《鹿柴》《木兰》诸绝自极淡远，不知移向他题亦可用否？答：摩诘诗如参曹洞禅，不犯正位，须参活句，然钝根人举渠不得。"又："严沧浪以禅喻诗，余深契其说，而五言尤为近之，如王裴辋川绝句字字入禅。"士祯又称李白为诗仙，而称王维为诗佛，或称其语为佛语与祖师语。

孟浩然本名浩（六八九—七四〇），字浩然，襄州襄阳人。四十游京师，与张九龄王维交游相得。维尝私邀入内署。玄宗至，浩然匿床下，帝召出，使诵所作，至"不才明主弃"，帝曰："卿不求仕，而朕未常弃卿，奈何诬我？"又尝以醉爽韩朝宗之约，不得荐。张九龄辟置荆州府幕，开元末病卒，寿五十二。

山寺钟鸣昼已昏，渔梁渡头争渡喧。人随沙路向江村，余亦乘舟归鹿门。鹿门月照开烟树，忽到庞公栖隐处。岩扉松径长寂寥，惟有幽人自来去！（《夜归鹿门山歌》）

出谷未停午，到家日已曛。回瞻下山路，但见牛羊群。樵子暗相失，草虫寒不闻。衡门犹未掩，伫立望夫君。（《游精思观回家白云在后》）

春眠不觉晓，处处闻啼鸟。夜来风雨声，花落知多少。（《春晓》）

移舟泊烟渚，日暮客愁新。野旷天低树，江清月近人。（《宿建德江》）

还有许多写田园风味的作品，如"左右林野旷，不闻朝市喧"；"耕钓方自逸，壶觞趣不空"；"绿树村边合，青山郭外斜"。他与王维齐名，世称"王孟"。但王诗之特点在"静",孟诗之特点在"淡",施闰章说:"襄阳五言律绝,清空自然,淡然有余。"沈德潜说:"襄阳诗从静悟得之,故语淡而味终不薄。"《师友传习录》载刘大勤说:"王孟诗假天籁为宫商,寄至味于平淡,格律谐畅,意兴自然,具有无迹可寻之妙……"但亦有嫌他过淡者,如叶燮《原诗》:"孟浩然诸体似淡远,然无缥缈幽深思致,如画家写意,墨气俱无。"他不像王维之曾做官,及曾在繁华都市里混过多年,四十岁以前是一个农夫,后来不过做几时幕客,所以他的诗与王维相较,有清瘦与丰腴之别。故苏轼称其"韵高而才短,如造内府酒手,而苦无材料"。《岘佣说诗》称其为"山泽之癯",王士禛称其有"寒俭态"。

储光羲,兖州人,开元中进士。又诏中书试文章,历监察御史。安禄山乱,坐陷贼,贬官冯翊卒。有《政论》十五卷,诗集编《全唐诗》者四卷,全集共七十卷。他是较王孟尤为著名的"田园诗人"。因为王孟乃小地主,于农夫生活究竟有些微隔膜,储则未仕前,曾亲自耕作,所以谈及田园尤亲切有味,他的《田家即事》,同《王士雍偶然作》十首,《田家杂兴》八首,《田家即事答崔二东皋作》四首,都是纯粹的农民文学。今引其《田家杂兴》最后一首:

种桑百余树,种麦三十亩。衣食既有余,时时会亲友。夏来菰米饭,秋至菊花酒。孺人喜逢迎,稚子解趋走。日暮闲园里,团团荫榆柳。酕醄乘夜归,凉风吹户牖。清浅望河汉,低昂看北斗。数瓮犹未开,明朝能饮否?

常建,开元中进士,大历中为盱眙尉。殷璠《河岳英灵集》选唐诗家二十八人,而以建为首,评道:"夫建诗似初发通庄,却寻野径,百里之外,方归大道。其旨远,其兴僻,佳句辄来,唯论意表。至于'松际露微月,清光犹为君',又'山光悦鸟性,潭影空人心',此例十数句,并可称警策。"他也善作战争诗,如"百战苦不归,刀头怨明月,塞云随阵落,寒日傍城没。"为殷璠所称。但他的诗究竟是"静"的一派。写自然景物尤为明丽隽秀,像"踟蹰金霞白,波上日初丽。烟虹落镜中,树木生天际。"(《湖中晚霁》)真是画工之笔,但我尤爱其《江上琴兴》:

江上调玉琴,一弦清一心,泠泠七弦遍,万木澄幽阴;能使江月白,又令江水深,始知梧桐枝,可以徽黄金!

祖咏,洛阳人,开元十二年(七二四)进士,与王维友善，常于有司试赋《终南望积雪》，咏赋"终南阴岭秀，积雪浮云端。林表明霁色，城中增暮寒"四句即交卷。或诘之，曰："意尽。"他的"细烟生水上，圆月在舟中"，"风帘摇烛影，秋雨带虫声"，写景都甚幽隽。

綦毋潜，字季通，荆南人，开元十四年（七二六）进士。官至右拾遗，终著作郎。其《春泛若耶溪》："幽意无断绝，此去随所偶。晚风吹行舟，花路入溪口……潭烟飞溶溶，林月低向后。生事且弥漫，愿为持竿叟。"又《过融上人兰若》："山头禅室挂僧衣，窗外无人溪鸟飞。黄昏半在下山路，却听钟声连翠微。"殊觉清绝。

还有王维的"辋川派诗人"裴迪、维弟缙。裴迪关东人，天宝后官至蜀州刺史。其《和王辋川集二十首·华子冈》："落日松风起，还家草露晞。云光侵履迹，山翠拂人衣"；《金屑泉》："萦渟淡不流，金碧如可拾。迎晨含素华，独往事朝汲。"王缙字夏卿，与兄维早以文翰著称，官至太子宾客。《别辋川别业》之"山月晓仍在，林风凉不绝"，其风致与乃兄相似。

第十章 浪漫文学主力作家李白

开天浪漫文学与作家已如前数章之所介绍，现在我要叙述一个声名最显著的与杜甫并称唐诗坛权威的诗人——李白。他是集开天浪漫文学之大成的一位诗人，又是浪漫文学最光荣的一位押阵大将。他与开天那群诗人相比：好像是突出万山间的高峰，容纳百川的大海，灿烂列宿间的一片寒光皎洁的明月，云蒸霞蔚东方的一轮金芒四射的太阳。开天时代若没有李白，浪漫文学决不能呈现那样空前的光彩，决不能与杜甫所领导的写实时代相抗衡，所以我们应当喊他为浪漫派主力作家。

李白（七〇一—七六二）字太白，其籍贯异说纷纭，或说陇西，或说金陵，或说山东，或说蜀。但他既屡次自命为"陇西布衣"（《上韩荆州书》与《赠张相镐诗》），我们就定他为陇西人,也无不可。少颖慧,五岁诵六甲,十岁通诗书,长隐岷山,刺史苏颋见而异之道:"是子天才奇特,少益以学,可比相如。"但他喜纵横术,击剑为任侠,轻财重施。或访道四方,以炼丹求仙为事。他四十岁以前的生活不过如此。

天宝初,南入会稽,与道士吴筠友善。筠被召,荐之于朝,见明皇于金銮殿,论当世事,奏颂一篇。御手为之调羹,与筠俱待诏翰林。帝一日坐沉香亭,于意有所感,欲得白为乐章,召入而白已醉,右左以水泼面稍解,援笔成文,婉丽精切。尝沉醉殿上,引脚命高力士脱靴,力士素贵,耻之。以言激怒杨贵妃。帝欲官白,妃辄阻止。白自知不为亲近所容,益傲放不自修,与贺知章、李通之、汝阳王琎、崔宗之、苏晋、张旭、焦遂为"酒八仙人",终日纵饮。在京约二年余,求放还山。出京后又开始他的浪游生活,尝与崔宗之自采石至金陵,着宫锦袍坐船中,旁若无人。脚迹遍于广陵、秦淮、金陵、宣城等处。

他五十四岁前的生活就这样痛饮狂歌、游山玩水地混过,以后便是他轲困厄的时代了。安禄山之乱,他转徙于宿松、匡卢间,永王璘为江淮兵马都督,辟为府僚。璘起兵失败,他坐罪长流夜郎,至半途遇赦得还。后依其族叔李阳冰于当涂县，宝应元年得疾卒，寿六十二岁。关于他的死，另有一种大醉后入水捉月，溺死于牛渚矶的传说。以他这样一个绝代的浪漫诗人，我们原希望他有这样一个富于诗意的结局，但考李阳冰替他作的《诗集序》，说他病亟时，曾于枕上作书以作序相托，李华的《故翰林学士李公墓志》，也曾说"年六十有二不偶，赋临终诗而卒。"（临终诗现不载集中）可见我们的诗人是明明白白病死的，那个"捉月"的传说虽然美丽，我们只好割爱了。

我们现在要谈他的作品。胡适说李白集乐府之大成（《白话文学史》），这话我们极承认。前面说过陈子昂在开天前便打起文学革命的旗帜，但并未成功。李白也是一个有意识的文学革命者，也是反对梁、陈主张复古的一个人，他曾说"梁、陈以来，艳薄斯极。沈休文又尚以声律，将复古道，非我而谁？"《古风五十九首》开头便说：

大雅久不作，吾衰竟谁陈？……自从建安来，绮丽不足珍……我志在删述，重辉映千春。希圣如有立，绝笔于获麟！

孔子删述诗书，名为维系周文化，其实是创造新文化，可算文化史上一件大事。李白也想以解放的乐府起八代之衰，上继风雅，为文学史创造一个新局面，故以删述自比。你看他以诗界孔子自命，野心是怎样的大！

他的革命的工作破坏方面，是将齐、梁以来的加于诗歌的镣铐——声律——一举打得粉碎。他的诗现存一千余篇，但五律仅有七十余首，七律仅有十二首（根据赵翼的统计），占不到全诗的十分之一。赵翼说他"才气豪迈，全以神运，自不屑束缚于格律对偶，与雕绘者争胜"。其实他既鄙薄齐、梁，自然不屑去模拟齐、梁诗体，不然岂不与自己主张抵触么？

他的革命工作的建设方面，则极力作解放的乐府，他乐府的题目都沿用古题，如《公无渡河》《上留田》《野田黄雀行》《雉朝飞》《乌夜啼》《门有车马客》《君子有所思》都是，但内容形式是崭新的，创造的，富有新生命的，与建安前的乐府大不相同，不但用旧瓶装新酒，还将学步的婴孩哺乳成为大人了。他的乐府，据杨齐贤、萧士赟《分类补注李太白诗卷》所录共有一百十九篇，所用题目都是王僧虔《伎录》、吴竞《乐府古题》上所有的，但他其余作品除五七律绝外，长短歌咏体裁也与他的乐府相似。可见他在解放乐府上所得的技巧，竟无往而不利。

两汉以来民歌的技术、意境，到他才充分利用了。他同时诗人，王、孟、岑、高、二王、崔、李未常不努力创造新的乐府，但他们缺乏自觉的文学革命意识，所以不如他成功的伟大。李阳冰引卢黄门的话说道："陈拾遗横制颓波，天下质文，翕然一变，至今朝诗体尚有梁、陈宫掖之风，至公大变，扫地并尽。"可见当时人便许他为陈子昂后诗界革命成功的英雄了！

他的诗不惟集汉魏乐府之大成，而且也集开天浪漫文学的大成。有人说他的诗兼王维、岑参两派（即悲壮与澹远）之长（《中国诗史》），其实他的诗不但兼两派之长，而且还有为他们所无的格调、意境。总而言之，他有他自己的特色。

作品是时代的反映，同时也是人格的反映，没有开天时代，产不出李白和同时诗人的浪漫诗歌。没有李白的个性，也不能形成他作品的特色。我们不忘记"时势造英雄"的话，更不要忘记"英雄造时势"的话。

现在我们来检查李白的性格：

他的性格的第一点是侠。本传既说他少年时喜纵横术，击剑为游侠。他的故人魏颢又说他"尝手刃数人"。《上韩荆州书》："十五好剑术，遍干诸侯。"《上裴长史书》：

"东游维扬，不逾一年，散金三十余万，有落魄公子皆济之。"他平生所佩服的古人为鲁仲连、侯生、战国四公子、燕昭王、郦食其、张良、剧孟、东方朔、王猛，都可说是侠字号的人物。他既好纵横术，所以也喜谈功名。目的并非为了升官发财，不过想学那"高揖七州外，拂衣五湖里"或"功成不受赏，长揖归田庐"的飘然而来又飘然而去，见首不见尾的神龙而已，因为这是侠客最高的标准。

他的性格第二特点是仙。这是他主要的思想，比侠还重要。唐代文人多少带点丹箓派的迷信，而李白更甚。他曾炼过大丹，曾受过道箓，曾遍游名山，访求道侣。肉体虽寄居红尘之中，精神却飞驰于天上。魏颢说他求仙不过为了"消壮心，遣暇日"，好像功名上受了挫折，才借此自慰似的。其实读《李白全集》，才知道此话不然。李白一生以成仙为第一目的，功名为第二目的。成仙失望而后才去谈功名，功名又失望，便颓废了。

他既具有亦侠亦仙的性格，所以作品特色：

第一是意气的豪迈——这也与侠的性格有关。他好取雄伟宏丽、开阖动荡、富于刺激性的题材，以壮浪纵恣、摆去拘束的笔写之。譬如他写山水和自然界现象：

西岳峥嵘何壮哉,黄河如丝天际来。黄河万里触山动,盘涡毂转秦地雷……巨灵咆哮擘两山,洪波喷箭射东海!三峰却立如欲摧,翠崖丹谷高掌开。白帝精金运元气,石作莲花云作台。(《西岳云台歌送丹丘子》)

庐山秀出南斗傍,屏风九迭云锦张,影落明湖青黛光。金阙前开二峰长,银河倒挂三石梁。香炉瀑布遥相望,回崖沓嶂凌苍苍。翠影红霞映朝日,鸟飞不到吴天长!登高壮观天地间,大江茫茫去不还。黄云万里动风色,白波九道流雪山!(《庐山谣寄卢侍御虚舟》)

我思仙人乃在碧海之东隅,海寒多天风,白波连山倒蓬壶。长鲸喷涌不可涉,抚心茫茫泪如珠。(《有所思》)

一风三日吹倒山,白浪高于瓦官阁!(《横江词》)

日月照之,何不及此,惟有北风号怒天上来!燕山雪花大如席,片片吹落轩辕台!(《北风行》)

明月出天山,苍茫云海间,长风几万里,吹度玉门关。

(《关山月》)

他写战事:

北落明星动光彩,南征猛将如云雷。手中电曳倚天剑,直斩长鲸海水开!我见楼船壮心目,颇似龙骧下三蜀;扬兵习战张虎旗,江中白浪如银屋。(《司马将军歌》)

流星白羽腰间插,剑花秋莲光出匣。天兵照雪下玉关,虏箭如沙射金甲!(《胡无人》)

洗兵条支海上波,放马天山雪中草……匈奴以杀戮为耕作,古来惟见白骨黄沙田。(《战城南》)

烽火动沙漠,连照甘泉云!汉皇按剑起,还召李将军。兵气天上合,鼓声陇底闻。横行负勇气,一战净妖氛!(《塞下曲六首》之一)

他写游侠:

杀人如剪草,剧孟同游遨。(《白马篇》)

笑尽一杯酒,杀人都市中。(《结客少年场行》)

赵客缦胡缨,吴钩霜雪明。银鞍照白马,飒沓如流星。十步杀一人,千里不留行!(《侠客行》)

他醉后的大言:

君且为我捶碎黄鹤楼,我亦为君蹴倒鹦鹉洲。(《江夏赠韦南陵冰》)

兴酣落笔摇五岳,诗成啸傲凌沧洲。(《江上吟》)

俱怀逸兴壮思飞,欲上青天揽明月!(《宣州谢朓楼饯别校书叔云》)

划却君山好,平铺湘水流!(《陪侍郎叔游洞庭醉后三首》)

第二是诗思的飘逸。杜甫赠他诗云:"白也诗无敌,飘然思不群。"黄庭坚道:"余读李白诗如黄帝张乐于洞庭之野,无首无尾,不主故常,非木工桀人,所可拟议。"(《题李白诗草后》)严羽:"子美不能为太白之飘逸。"(《沧浪诗话》)《臞庵诗评》:"李太白如刘安鸡犬,遗响白云,覨其归存,恍无定处。"说《诗晬语》:"太白落想天外,局自变生,大江无风,涛浪自涌,白云舒卷,从风变灭,此殆天授,非人力也。"读了李白的诗,大约都会有这样感想。

昔我游齐都,登华不注峰。兹山何峻秀,绿翠如芙蓉。萧飒古仙人,了知是赤松。借予一白鹿,自挟两青龙。含笑凌倒景,欣然愿相从。(《古风》)

我有万古宅,嵩阳玉女峰。长留一片月,挂在东溪松。尔去掇仙草,菖蒲花紫茸。岁晚或相访,青天骑白龙。(《送杨山人归嵩山》)

白日何短短,百年苦易满。苍穹浩茫茫,万劫太极长。麻姑垂两鬓,一半已成霜。天公见玉女,大笑亿千场。吾

欲缆六龙，回车挂扶桑。北斗酌美酒，劝龙各一觞。富贵非所愿，与人驻颜光。(《短歌行》)

鼎湖流水清且闲，轩辕去时有弓剑，古人传道留其间。后宫婵娟多花颜，乘鸾飞烟亦不还。骑龙攀天造天关。造天关，闻天语，长云河车载玉女。载玉女，过紫皇，紫皇乃赐白兔所捣之药方，后天而老凋三光。下视瑶池见王母，蛾眉萧飒如秋霜。(《飞龙引》)

列缺霹雳，丘峦崩摧。洞天石扉，訇然中开。青冥浩荡不见底，日月照耀金银台。霓为衣兮风为马，云之君兮纷纷而来下，虎鼓瑟兮鸾回车，仙之人兮列如麻！(《梦游天姥吟留别》)

第三是思想的颓废。大凡天才的生活力往往胜寻常人十倍百倍。生活力既强，求生的志愿也愈强，常想超越过有限的平凡的存在，去求无限的超越的发展。况且世界的缺陷，幸福的空虚，人类生命的短促，聪明人更容易感觉到。宗教是告诉人弥补这些的，所以聪明人容易倾向宗教。李白对于生死问题常有"游川与流光，飘忽不相待，春容舍我去，秋发已衰改。人生非寒松，年貌岂长在？""在世复几时，倏如飘风度""华鬓不耐秋，飒然成衰蓬！古来圣贤人，一一谁成功"的感想，所以热心于求仙。谁知费了无限苦心，无限精力，金丹未成，白发却已种种。于是他觉悟了，灰心了，只好想法另外去寻他的生活了。他的《对酒行》是自述心理转变的一首诗。

松子栖金华，安期入蓬海。此人古之仙，羽化竟何在？浮生速流电，倏忽变光彩！天地无凋换，容颜有迁改。对酒不肯饮，含情欲谁待？

萧士赟说："此诗其太白知非之作？"很对。他《拟古十二首》有云："长绳难系日，自古共悲辛。黄金高北斗，不惜买阳春……仙人殊惚恍，未若醉中真！"又《春日醉起言志》："处世若大梦，胡为劳其生？所以终日醉，颓然卧前楹！"《月下独酌》四首："蟹螯即金液，糟丘是蓬莱。且须饮美酒，乘月醉高台。"都表示他对成仙的失望和逃于酒中的原因。

从梦想的仙乡一跤跌入醉乡，这一跌是非同小可的。更加功名屡次失望，愈加灰心，甚至反动起来，讲究现世的享受，否认道德的存在，成了一个极端的颓废诗人了。你看他饮酒时怎样？

　　鸬鹚杓，鹦鹉杯，百年三万六千日，一日须倾三百杯！遥看汉水鸭头绿，恰似葡萄初酦醅。此江若变作春酒，垒曲筑作糟邱台……清风朗月不用一钱买，玉山自倒非人推。舒州杓，力士铛，李白与尔同死生！（《襄阳歌》）

　　钟鼓馔玉不足贵，但愿长醉不复醒。古来圣贤皆寂寞，惟有饮者留其名……五花马，千金裘，呼儿将出换美酒，与尔同销万古愁！（《将进酒》）

　　天若不爱酒，酒星不在天；地若不爱酒，地应无酒泉；天地既爱酒，爱酒不愧天。已闻清比圣，复闻浊如贤，贤圣既已饮，何必求神仙？三杯通大道，一斗合自然。但得酒中趣，勿为醒者传。（《月下独酌》）

　　一杯一杯又一杯，两人对酌山花开。我醉欲眠卿且去，明朝有意抱琴来！（《山中与幽人对酌》）

对酒不觉暝，落花盈我衣。醉起步溪月，鸟还人亦稀。（《自遣》）

还有《笑矣乎》《悲来乎》两首长歌，有"赵有豫让楚屈平，卖身买得千年名。巢由洗耳有何益？夷齐饿死终无成！君爱身后名，我爱眼前酒。饮酒眼前乐，虚名何处有？"等语。苏轼因其思想过于出轨，断为伪作。其实这也不过是"古来圣贤皆寂寞"的发挥，正是他颓废的本色，如何能说是伪作呢？

自从刘伶、陶潜以来，对于"酒的赞颂"是没有人能比李白这样多而且好的；自杨朱以来，厌世享乐的思想，没有人比李白这样发挥得淋漓尽致的。他是一个极端的个人主义者，一个浪漫诗人，同时是一个颓废文学的大师。

崔、李、二王的光荣止限于开天时代，王维、储光羲、高适、岑参虽天宝乱后犹存，而创作力都没有以前的活跃。惟有李白的作品很多作于天宝之后，并且依然保持着他的神仙豪侠颓废的浪漫的色彩，这虽然是他的短处（见下章），但也因为这缘故，他才能替盛唐四十余年灿烂庄严的浪漫文学，挣得一个最光荣的收局！

/ 第十一章 /

写实主义开山大师杜甫

一种思想成了定型，便不能随着时代进步。文学是思想的表现，所以文学经过一度的成熟，也就不易改变。安禄山之乱好像一声青天霹雳，把开元天宝的歌舞升平局面，一下打得纷碎。文学家是时代的喉舌，照理，他们这时候应当严肃地沉痛地喊出时代的痛苦，把以前的浪漫思想一概收束起来才对。但奇怪的是我们读那时几个诗人的作品，很不容易发现这次大乱的痕迹，王维有一首"凝碧池头"却还不曾收入集中，岑参有扈从凤翔的《行军诗》二首，说的话也不大痛切。李白天宝乱后作品比较多，如《猛虎行》《赠从孙义兴宰铭》《狱中上崔相涣》《赠张相镐》以及流夜郎诸作，少说也有三四十篇，可是他除了说几句"共工赫怒，天维中摧。鲲鲸喷荡，扬涛起雷"的抽象话；

或"洛阳三月飞胡沙,洛阳城中人怨嗟。天津流水波赤血,白骨相撑如乱麻"不关痛痒的描写以外,反而充分发挥他的策士习气,像《猛虎行》:"萧曹曾作沛中吏,攀龙附凤会有时。"《永王东巡歌》:"但用山东谢安石,为君谈笑静胡沙。"居然想乘乱以图功名起来。此外各诗也处处以孟尝、信陵期人,以贾生、谢安自负,"养士""报恩"不绝于口角,"扶危""拨乱"络绎于笔端,大言炎炎,不可向迩。最后自知功名无望,又"心知不得语,却欲归蓬瀛"。要找什么赤松、黄石去了。那首《扶风豪士歌》更写尽了他暮年侠与仙的浪漫梦想。时代是这样一个流血破坏、呻吟痛苦的时代,我们的诗人脑筋里还搬演着龙吟虎啸、风云变色的战国壮剧;或者拿着他的芙蓉绿玉杖,在云端里遨游自得,他曾自说:"白崟奇磊落可笑人也。"看他这样不懂事,果然有些"可笑"。黄鲁直尝说:"太白豪放,人中凤凰麒麟,譬如生富贵人,虽醉着瞑眩,啽呓中作无义语,终不作寒乞声。"我想他并不是不屑作,其实是不会作,四十多年承平社会,五十载的豪华生活,使他远远地离开了实际生活,变成了个"白昼做梦者",而且艺术典型,已经固定,要他骤然改变创作的态度,谈何容易呢?

同时那群诗人生活，固不见得个个都舒适，但生长开天盛世，所见所闻都是富贵繁华的景象，写作的技术天然成为放纵夸诞一派，叫他们去描写新时代的一切，其实缺乏相当的训练。所以他们对新时代的态度最初是不理会，最后是逃避：李白逃到天上；王维、裴迪逃入山林；高适、岑参则爽性逃归静默。大约因为这逼拶而来的新时代太丑恶了，不是素讲唯美的他们所能忍受的缘故。

这群诗人抱着他们过去的光荣，甘心和旧时代一齐没落，诗坛遂归新诗人占领了。这位新诗人和他几位同志对于当前的新时代，不但不退避，反而迎上前去，细心观察它，解剖它，寻出它受病的症结，开出脉案，好让握政权者来下药；把它的变化一一铭刻在作品里，使后世知道那个大变动的真相。这才算把文学由天上提到人间，由梦想变成真实，而且代浪漫主义而兴，成为唐诗一大宗派。

第一个肩起这神圣的文学使命者是谁？是杜甫。他比之开天那群诗人年纪固不见得轻了多少，但四十以前尚无赫赫之名，文学的形式也就没有固定，况且他在大乱前所过的也是藜藿不充、鹑衣百结的穷苦生活，对于人生的经验比李白等深刻；以后他拿这经验做基础，进而描写那颠连困厄的新时代，就比较地不费力了。况且他天性近于写实派，四十岁以前纪述自己贫贱生活的诗歌都生动有趣，能给读者以一种新鲜真实的印象，有时学为浪漫体反而不大自然。他之成为中国第一个写实诗人，环境固有关系，天才更有关系。

杜甫字子美，襄阳人。早年家贫，奔走吴越、齐鲁之间。至年四十献《三大礼赋》。玄宗使宰相试其文章，授河西尉，不就。改右卫率府胄曹，与京中一班闲曹小官如郑虔、苏端往来，倒也过了几时诗酒啸傲穷诗人的生活。

安禄山破长安，肃宗即位灵武。他自鄜州微服奔行在，陷于贼中。第二年脱身至凤翔，拜左拾遗。以疏救宰相房琯，祸几不测，赖张镐救之获免。出为华州司功参军，后赴秦州，辗转至蜀，依严武，结草堂于浣花溪上，种竹栽松，生活稍得安定。严武入朝，西川兵马使徐知道反，避至梓州。逾二年严武再镇蜀，乃归成都草堂。武表为节度参谋，检校工部员外郎，赐绯鱼袋。次年严武卒，崔旰等据蜀作乱，他只好又带着妻儿奔走于道路。由成都南下，自戎州至渝州、忠州，居于云安。不到半年又到夔州，居二年，因他的兄弟在荆州，东下出三峡，到江陵居公安。又赴岳阳，明年到潭州，又明年到衡州，想到郴州依舅氏崔伟，秋舟下荆楚，竟以寓卒，旅殡岳阳。他生于睿宗先天元年

（七一二），卒于代宗大历五年（七七〇），寿五十八。

杜甫作品据胡适说可分为三期。第一时期是大乱以前的诗，在京过他"骑驴三十载"的生活，从自己生活里观察了不少的民生痛苦，从他个人贫苦的经验里体验出人生的实在状况，所以在大乱之前已能感觉到社会国家的危机，而建筑他写实文学的基础。

自安禄山之乱，至于入蜀定居，为他诗的第二时期，也是他诗最光荣的时代。他将当时社会崩坏的惨况，一一写入诗中，可与正史互相印证，如《哀江头》《哀王孙》《三别》《三吏》《北征》，都具有永久不磨的价值。

自入蜀至死于道路时，为杜诗之第三时期，此时虽仍然困穷，而生活较为安定。所作描写田园的小诗，随便挥洒，都有天趣。后来转徙于道路，但究竟比陷贼逃难时死生悬于呼吸的境况不同，所以诗的意境也比较平静。

研究杜甫的诗，应分为内容和形式两方面来论。内容方面：

第一，写实天才的表现。杜甫天性近于写实，少年时代已然，上文已经提过了。他在天宝九年（七五〇）进《雕赋表》中说："自七岁所缀诗笔向四十载矣，约千余篇。"但今杨伦《杜诗镜诠》编年本，杜甫作品自游齐鲁（据《杜工部年谱》，游齐鲁在开元廿五年，他那时廿九岁）后至天宝十四载大乱前，仅存一百余篇，就是胡适所说第一期的诗。这时正是浪漫文学最为活动的时期，杜甫有时未能免俗，也勉强学做浪漫诗体，但大都失败，如《送孔巢父谢病归游江东兼呈李白》《元都坛寄元逸人》《渼陂行》，皆是。我现在引他《渼陂行》中一段："此时骊龙亦吐珠，冯夷击鼓群龙趋。湘妃汉女出歌舞，金支翠旗光有无！"渼陂不过方广数里的小水，即说起风，景象亦不至变幻如此，诗人似乎太滥用他的想象力，而且用煞气力，仍无潇洒自如之趣，就是他不及李白的所在。无怪要招李白"饭颗山头"之嘲笑了。写自己贱贫生活的作品，如《病后过王倚饮赠歌》："且过王生慰畴昔，素知贱子甘贫贱。酷见冻馁不足取，多病沉年苦无健。王生怪我颜色恶，答云伏枕艰难遍。疟疠三秋孰可忍，寒热百日变相战。头白眼暗坐有胝，肉黄皮皱命如线！"写疟疾状况极真实。后来王生邀他在家吃饭："惟生哀我未平复，为我力致美肴膳。遣人向市赊香粳，唤妇出房亲自馔。长安冬葅酸且绿，金城土酥净如练。兼求畜豪且割鲜，密沽斗酒谐终宴。"王生亦非有余之人，诗中"力致""赊""亲自馔""兼求""密沽"等字写出极力周旋之状，愈觉情谊可感。但没有杜甫的写实手段，也不至于表现得这样周详细密。我们拿这与李白的"五花马，千金裘，呼儿将出换美酒"相比，不觉得浮夸与真实之异么？又如《示从孙济》《曲江三章》《醉时歌赠郑广文》，甚至讽刺时政的《丽人行》《兵车行》，投赠大人先生的《赠韦左丞》《哥舒开府翰》，也都有他写实的本色。到了《自京赴奉先述怀》，写实主义的基础，已筑得稳固。天宝之乱，他写了一百多首纪事诗，写实文学更到了十分成熟的地步了。宋祁称其时事诗云："善陈时事，律切精深，至千言不少衰，世号诗史。"钟惺称其入蜀诸诗云："老杜入蜀诗，非徒山川阴霁，云日朝昏，写得刻骨；即细草败叶，破屋危垣，皆具性情。千载之下，宛如身历。"李子德也说："万里之行役，山川之夷险，岁月之暄凉，交游之违合，靡不曲尽，真诗史也。"他不但对于写境喜真实，即对于中国人素不注意的纪时也喜真实。《北征》开首是"皇帝二载秋，闰八月初吉"。居然应用散文款式成为诗中创格。又《戏赠友二首》之"元年建巳月"，《草堂即事》之"荒村建子月"，也都将年月纪出来。

　　第二，伟大人格的映射。人格是作品的根本，人格包含在作品里像太阳之光热，人类之性灵，钻石之晶莹，宝刀之锋利,换言之,就是作家永久在作品里活着。人格伟大,作品也随之伟大,人格卑琐,作品也随之卑琐。我们读了伟大文学,如登泰山,如临东海,在天空海阔的境界里,自觉灵魂的拘束、思想的污浊,都排除得干干净净了,觉得自己的人格也崇高了、扩大了。亚里士多德说,悲剧有净化读者灵魂的作用,我说,伟大文学也有高化、大化读者人格的作用。古今诗人多得不可胜数,为什么后代读者对于杜甫这样钦佩?为什么他在作品里,表示悲哀时我们也悲哀,欢乐时我们也欢乐,愤慨时我们也愤慨,使我们的情感变成他的奴隶?这也无非为了他的热忱,他的血性,他的高贵的品格,有以感动我们的缘故。

唐时诗人的思想多出道家,所以是个人主义的,出世的。杜甫的思想则出于儒家,所以是社会主义的,入世的,少年时即具有忠君爱国之心,济世安民之志。你看他"致君尧舜上,再使风俗淳"(《赠韦左丞》),"许身一何愚?窃比稷与契","穷年忧黎元,叹息肠内热"(《自京赴奉先咏怀》),是何等的抱负?后来身逢大乱,语及国运的颠连,奸邪的误国,苍生的困厄,胡羯的横行,常大声疾呼,怒发上指,肝胆如火,涕泗横流,他的伟大人格,更在作品里充分表现了。

关于爱君的如"生逢尧舜君,不忍便永诀……葵藿倾太阳,物性固难夺"(《自京赴奉先咏怀》),"至尊尚蒙尘,几日休练卒?……胡命其能久,皇纲未宜绝"(《北征》),"忽闻哀痛诏,又下圣明朝"(《收京》),"已喜皇威清海岱,常思仙仗过崆峒"(《洗兵马》),"炎风朔雪天王地,只在忠良翊圣朝"(《诸将》),"周宣汉武今王是,孝子忠臣后代看","始是乾坤王室正,却教江汉客魂销","兴王会静妖氛气,圣寿宜过一万春"(《承闻河北诸道节度入朝欢喜口号绝句十二首》),宋祁称其:"数尝寇乱,挺节无所污,为歌诗伤时挠弱,情不忘君,人怜其忠云。"(《唐书·本传》)苏轼说:"古今诗人众矣,而子美独为首者,岂非以其流落饥寒,终身不用,而一饭未尝忘君也欤。"(《苏子瞻诗话》)我们再来看他对于穷苦阶级的同情,这在诗中更是俯拾即是。如《自京赴奉先咏怀》叙宫廷的华侈,贵族的骄奢,达官的富厚之后,接着叹息道:"彤庭所分帛,本自寒女出。鞭挞其夫家,聚敛贡城阙。圣人筐篚恩,实欲邦国活。多士盈朝廷,仁者宜战栗……朱门酒肉臭,路有冻死骨。"《北征》:"乾坤含疮痍,忧虞何时毕?"《留花门》论吐蕃兵骚扰百姓的状况:"田家最恐惧,麦倒桑枝折……

花门既须留,原野转萧瑟!"《宿花石戍》:"谁能扣君门,下令减征赋。"《寄相学士》:"几时高议排金门,各使苍生有环堵。"

关于征戍之苦有《兵车行》《三别》《三吏》,前者为天宝十年杨国忠捉两京及河南河北的百姓去打云南蛮而作。这事本来杨国忠为个人的功名起见,不比那正当的民族防御战争,所以杜甫表示反对,如"边庭流血成海水,武皇开边意未已。君不闻汉家山东二百州,千村万落生荆杞。纵有健妇把锄犁,禾生陇亩无东西"。不说战争本身的罪恶,但描战争对于社会的影响,是比其余非战文学更加进一步的写法。《三别》《三吏》比《兵车行》,又加几倍沉痛,惟其中并无非战思想,仅将那时兵祸之惨,如实写出而已。最足表现杜甫伟大精神的,是那首有名的《茅屋为秋风所破歌》:

八月秋高风怒号,卷我屋上三重茅。茅飞渡江洒江郊,高者挂罥长林梢,下者飘转沉塘坳。南村群童欺我老无力,忍能对面为盗贼,公然抱茅入竹去,唇焦口燥呼不得,归来倚杖自叹息!俄顷风定云墨色,秋天漠漠向昏黑。布衾多年冷似铁,娇儿恶卧踏里裂。床头屋漏无干处,雨脚如麻未断绝。自经丧乱少睡眠,长夜沾湿何由彻?安得广厦千万间,大庇天下寒士俱欢颜,风雨不动安如山!呜呼,何时眼前突兀见此屋,吾庐独破受冻死亦足。

宋代王安石是个社会诗人,对于杜甫更五体投地地佩服。《题子美画像》后半首云:"惜哉命之穷,颠倒不见收。青衫老更斥,饿走半九州。瘦妻僵前子仆后,攘攘盗贼生戈矛。吟哦当此时,不废朝廷忧。常愿天子圣,大臣各伊周。宁令吾庐独破受冻死,不忍四海赤子寒飕飕。伤屯悼屈止此身,嗟时之人我所羞。所以见公像,再拜涕泗流。推公之心古亦少,愿起公死从之游。"

第三,诙谐趣味的流露。我们因为杜甫惯于言愁,惯于替痛苦的社会写照,都把他当作一位严肃诗人。但他的性格其实很幽默,很富于风趣。胡适说,杜甫的祖父杜审言便是个爱诙谐的人,临死还要开宋之问、武平一的玩笑。杜甫好像得了他的遗传,故终身在穷困之中而意兴不颓衰,风味不干瘪。我们看杜甫早年《进雕赋表》:"明主傥使执先祖之故事,拔泥涂之久辱,则臣之述作,虽不足以鼓吹六经,先鸣数子,至于沉郁顿挫,随时敏捷,而扬雄、枚皋之流,庶可跂及也。有臣如此,陛下其舍诸?"其高自称道，有东方朔《自荐表》的趣味。《北征》写返家时妻子儿女情景，"经年至茅屋，妻子衣百结……平生所娇儿，颜色白胜雪。见耶背面啼，垢腻脚不袜。床前两小女，补绽才过膝。海图坼波涛，旧绣移曲折。天吴及紫凤，颠倒在裋褐"。这已经写得很有趣了。下文"那无囊中帛，救汝寒凛冽。粉黛亦解包，衾裯稍罗列。瘦妻面复光，痴女头自栉。学母无不为，晓妆随手抹。移时施朱铅，狼藉画眉阔。生还对童稚，似欲忘饥渴。问事竞挽须，谁能即嗔喝？翻思在贼愁，甘受杂乱聒"。不更叫人发笑么？还有一首《彭衙行》，是追述鄜州逃难景况，寄一个款待他的朋友的。其中"痴女饥咬我，啼畏虎狼闻。怀中掩其口，反侧声愈嗔。小儿强解事，故索苦李餐"。张上若谓其"写人所不能写处，真极，朴极，亦趣极，惟杜公善用此法"。他《戏简郑广文》："广文到官舍，系马堂阶下。醉则骑马归，颇遭官长骂。"把郑虔颓唐放浪的狂态完全写出。又《送高适》："高生跨鞍马，有似幽并儿"，写高从戎装束似赞似嘲，也有幽默风味。又《狂歌行赠四兄》开自己玩笑，后来苏轼亦惯为此。《遭田父泥饮美严中丞》写田父："酒酣夸新尹，畜眼未见有。回头指大男，渠是弓箭手。名在飞骑籍，长番岁时久。前日放营农，辛苦救衰朽。差科死则已,誓不举家走……叫妇开大瓶,盆中为吾取……语多虽杂乱,说尹终在口。朝来偶然出,自卯将及酉……高声索果栗,欲起时被肘。指挥过无礼,未觉村野丑。月出遮我留,仍嗔问升斗。"杨伦说:"夹叙夹述,情状声吻,色色描画入神,正使班马记事未必如此亲切,千载下读者无不绝倒。"至于浣花江边的小诗,如《绝句漫兴》《江畔独步寻花》《漫成》《绝句》,骂燕子,骂春风,骂桃花,花开既恨,花折又恨,一片奈何不得的光景,都可表现这老头子十分趣味,无限风情。我们的诗人常常拉长脸子说正经话,或痛哭流涕为社稷苍生担忧,有时不免过于板重;但有这样轻松的趣味,调剂其间,便使我们觉得他更近人情,更自然。我们读杜甫诗,应当从他抑塞磊落,悲歌慷慨的情感里,沉郁顿挫苍壮的笔调里,领略他这特有的诙谐的风趣。

杜甫诗形式方面,我们不必多费笔墨。所要知道的,一则他是用气力做诗的第一人。他自己说:"颇学阴何苦用心","新诗改罢自长吟","语不惊人死不休","老去渐于诗律细"。这认真作诗,开了中唐以后苦吟的风气。

二则他对新诗体创造极其努力。可分三项来说:首为新乐府的创造;如《哀王孙》《哀江头》《悲陈陶》《悲青坂》《三别》《三吏》，都独创新题，自由抒写，其成功比李白还来得大。胡应麟说："少陵不效四言，不仿《离骚》，不用乐府旧题，是此老胸中壁立处……太白以《百忧》等篇拟风雅，《鸣皋》等篇拟《离骚》，俱相去悬远，乐府奇伟高出六朝，古质不如两汉，较输杜一筹。"杨伦说："自六朝以来，乐府题率多摹拟剽窃，陈陈相因，最为可厌。子美出，而独就当时所感触，上悯国难，下痛民穷，随意立题，尽脱去前人窠臼，苕华草黄之哀，不是过也。乐天新乐府《秦中吟》等篇，亦自此出，而语稍平易，不及杜之沉警独绝矣。"

次则杂体的创造。如《曲江》三章，章五句。《乾元中寓居同谷县作歌七首》，朱熹谓后者："此歌七章，豪宕奇崛，兼取《九歌》《四愁》《十八拍》诸调而变化出之，遂成创体。"李鹰《师友纪闻》："太白《远别离》《蜀道难》，与子美《寓居同谷》七歌，皆风骚极致，不在屈宋下。"

又次，则为句法的创造。如"露从今夜白，月是故乡明"，"香稻啄余鹦鹉粒，碧梧栖老凤凰枝"，"翠深开断壁，红远结飞楼"，"绿垂风折笋，红绽雨肥梅"，故用倒装，愈显力量。

三则，他作品的体裁异常广博。李白专会作乐府，他则兼工律诗，风格也极多变化。故元稹称其"上薄风雅，下该沈、宋。言夺苏、李，气吞曹、刘。掩颜、谢之孤高，杂徐、庾之流丽。尽得众人之体势，而兼众人之所独专"。《遯斋闲览》说："或问王荆公：编四家诗以杜甫为第一，李白为第四，岂白之才格词致不逮甫耶？公曰：'白之歌诗豪放飘逸，人固莫及，然其格止此而不知变也。至于甫则悲欢穷泰，发敛抑扬，疾徐纵横，无施不可。故其诗有平淡简易者，有绮丽精确者，有严重威武若三军之帅者。有奋迅驰骋若泛驾之马者，有淡泊闲静若山谷隐士者，有风流蕴藉若贵介公子者。盖其绪密而思深，观者苟不臻其阃奥，未易识其妙处。'"沈嘉亦常说："今人多称李杜率无定品，余谓李如春草秋波，无不可爱，然注目易尽耳。至于老杜则堪舆中然，泰山乔岳，长河巨海，纤草秾花，怪松古柏，惠风微波，严霜烈日，何所不有？"

/ 第十二章 /

大历间的诗人

大历是代宗的年号,自公元七六六起至七七九止,共十四年。所谓大历间的诗人,并不是说这班诗人的活动,恰恰限于这十四年里,不过他们大多数死在大历中或大历后,为叙述方便起见,我们只好喊他们为"大历诗人"。

大历诗人的作品可分为三派:一派是与杜甫相鼓吹的人生派;一派是表里王维、孟浩然的田园派;一派以研练字句,工秀幽隽,借五七言律绝称长的小诗派。

人生派以元结、顾况为代表。

元结字次山,河南人。代宗时为道州刺史,为民营舍给田,免徭役,流亡归者万余。进容管经略使,罢还京师,卒年五十。在他政治措施上,可见他是个关心民瘼的人。在文学上表现当然也是如此。天宝丙戌(七四六)见运河流域百姓遭水灾后的愁苦，假借隋人冤歌作《闵荒诗》一篇。次年在长安待制，又作《治风诗》五篇、《乱风诗》五篇，合名《二风诗》，与他所作《皇谟》（时议）三篇，想献之朝廷，未果。诗仿《卿云》《虞帝》等歌体裁，甚为拙劣，故胡适说它毫没有诗的意味。又作新乐府十二首。其中《贫妇词》《农臣怨》也可表现当时下层阶级的痛苦。

大乱以后，他这类诗更多了，如《舂官引》《舂陵行》《贼退示官吏》，都是很沉痛的作品。《舂陵行》写道州赋税之苛重，百姓之困苦："州小经乱亡，遗人实困疲。大乡无十家，大族命单羸。朝餐是草根，暮食仍木皮。出言气欲绝，意速行步迟。追呼尚不忍，况乃鞭挞之？……去冬山贼来，杀夺几无遗。所愿见王官，抚养以惠慈。奈何重驱逐，不使存活为？"《贼退示官吏并序》云："癸卯岁，西原贼入道州，焚烧杀掠几尽乃去。明年贼又攻永，破邵，不犯此州边鄙而退。岂力能制敌欤，盖蒙其伤怜而已。诸使何为忍苦征敛？故作诗一篇，以示官吏。"全诗如下：

昔岁逢太平，山林二十年。泉源在庭户，洞壑当门前。井税有常期，日晏犹得眠。忽然遭世变，数岁亲戎旃。今来典斯郡，山夷又纷然。城小贼不屠，人贫伤可怜。是以陷邻境，此州独见全。使臣将王命，岂不如贼焉！今彼征敛者，迫之如火煎。谁能绝人命，以作时世贤？思欲委符节，引竿自刺船。将家就鱼麦，归老江湖边。

杜甫在夔州时，读了元结这两篇诗，作《同元使君舂陵行序》云："今盗贼未息，知民疾苦，得结辈十数公，落落然参错天下为邦伯，万物吐气，天下少安可得矣。"可见杜甫很高兴得着元结般这个同志。

元结在乾元三年（七六〇），选集他的师友沈千运、于逖、孟云卿、张彪、赵徵明、王季友、与其兄王季川七人的诗二十四首，名为《箧中集》，其序云："……近世作者更相沿袭，拘限声病，喜尚形似，且以流易为辞，不知丧于雅正。然哉彼则指咏时物，会谐丝竹，与歌儿舞女生污惑之声于私室可矣。若令方直之士，大雅君子听而诵之，则未见其可矣。吴兴沈千运独挺于流俗之中，强攘于已溺之后，穷老不惑，五十余年，凡所作文皆与时异，故朋友后生稍见师效，能类似者有五六人……"这可见《箧中集》的诗人，有独立成为一派的状况了。

孟云卿河南人，一说武昌人。第进士，为校书郎。与杜甫亦友善，故甫有"孟子论文更不疑"之句。其《伤时》

云:"独立正伤心,悲风来孟津。大方载群物,生死有常伦。虎豹不相食,哀哉人食人!"即纪安史之乱。赵徵明天水人,工书,其《回军跛者》云:"既老又不全,始得离边城。一枝假枯木,步步向南行。去时日一百,来时月一程。常恐道路旁,掩弃狐兔茔。所愿死乡里,到日不愿生!"写残废老军人极动人。沈千运吴兴人,家于汝北。其《古歌》云:"北邙不种田,但种松与柏。松柏未生处,留待市朝客!"颇有王梵志"城外土馒头,馅草在城里"之意。王季友河南人,家贫卖履,博极群书。诗虽浅率而有真趣,如《宿东溪李十五山亭》:"上山下山入山谷,溪中落日留我宿。松石依依当主人,主人不在意亦足。"即其例。其余各存诗数首不录。

顾况字逋翁,海盐人。肃宗至德进士。长于歌诗,性好诙谐。与李泌、柳浑友善,他作社会诗态度虽然不如杜甫、元结严肃,但滑稽之中也合至理。有《上古之什补亡训传十三章》,其《上古》乃愍农之作:"啬夫咨咨,荞盛苗衰。耕之耰之,褦襶锄犁。手胼足胝,水之蛭蟥喋我饥。"《持斧》为伐人墓上松柏为薪之兵士而作:"持斧持斧,无剪我松柏兮。柏下之土,藏吾亲之体魄兮。"《囝》在十二章中为上乘,原注:"囝音蹇,闽俗呼子为囝,父为郎罢。"

囝生闽方,闽吏得之,乃绝其阳。为臧为获,致金满屋。为髡为钳,视为草木。天道无知,我罹其毒;神道无知,彼受其福。郎罢别囝,吾悔生汝;及汝既生,人劝不举。不从人言,果获是苦。囝别郎罢,心摧血下。隔地绝天,及至黄泉,不得在郎罢前!

他的诗时作诙谐语,又喜以俗话入诗,如《杜秀才画立走水牛歌》:"江村小儿好夸骋,脚踏牛头上牛领。浅草平田擦过时,大虫着钝几落井。""大虫"是俗话的老虎,"着钝"或者是受惊吧?又《梁司马画马歌》:"此马昂然独出群,阿爷是龙飞入云。"旧传良马为龙种,杜甫所谓"雷雨晦冥方降精"是也,但"阿爷"二字用得实教人发笑。

但顾况虽好作滑稽语,诗的大部分实是新清隽秀一路。其小诗思致空灵透澈,有如寒泉水晶,读之令人心口皆爽。

心事数茎白发,生涯一片青山。空林有雪相待,古道无人独还。(《归山作》)

板桥人渡泉声,茅檐日午鸡鸣。莫嗔焙茶烟暗,却喜晒谷天晴。(《过山农家》)

山中好处无人别,涧梅伪作山中雪。野客相逢夜不眠,山中童子烧松节。(《山中赠客》)

暂出河边思远道,却来窗下听莺。故人一别几时见,春草还从旧处生!(《赠远》)

田园派则以韦应物为代表。

韦应物,京兆长安人,少以三卫郎事明皇,晚更折节读书。大历中间自鄠令制除为栎阳令,建中(德宗年号)三年(七八二)拜比部郎,出为滁州刺史,后又为苏州刺史。应物性高洁,所在焚香扫地而坐,与顾况、刘长卿、丘丹、秦系、皎然之俦酬唱。其诗闲澹简远,人比之陶潜,称"陶韦"云。今引其气味似陶之作品二首:

幽居捐世事,佳雨散园芳。入门霭已绿,水禽鸣春塘。重云始成夕,忽霁尚残阳。轻舟因风泛,郡阁望苍苍。私燕阻外好,临欢一停觞。兹游无时尽,旭日愿相将。(《池

上怀王卿》）

兹晨乃休暇，适往田家庐。原谷径途涩，春阳草木敷。才遵板桥曲，复此清闲纡。崩壑方见射，迴流忽已舒，明灭泛孤景，杳霭含夕虚。无将为邑志，一酌澄波余。（《往云门郊居途经迴流作》）

葛立夫《韵语阳秋》："韦应物语平平处甚多，至于五字句则超然出于畦径之外，如《游溪诗》：'野水烟鹤唳，楚天云雨空。'《南斋诗》：'春水不生烟，荒冈筠翳石。'《咏声诗》：'万物自生听，太空常寂寥。'如此等句岂下于'兵卫森画戟，燕寝凝清香'哉？故白乐天云：'韦苏州五言高雅闲淡，自成一家之体。'东坡亦云：'乐天长短三千首，却逊韦郎五字诗。'"《岘傭说诗》："韦公古澹，胜于右丞，故与陶为独近。如'贵贱虽异等，出门皆有营。''微雨夜来过，不知春草生。''宁知风雨夜，复此对床眠。''不觉朝已晏，起来望青天。'如出五柳先生口也。"张戒《岁寒堂诗话》也说韦的作品"韵高而气清"。

元和间，文人柳宗元作诗也学陶潜，与韦应物合称"韦柳"。但柳境遇至为拂逆，学陶乃强作达观，其气息实不类，所以《岘傭说诗》说道："柳子厚幽怨，有得骚旨，而不甚似陶公，盖怡旷气少，沉至语少也。"

小诗派以大历十才子为代表。

所谓大历十才子的说法颇为纷歧。《唐书·文艺传》中《卢纶传》为：卢纶、吉中孚、韩翃、钱起、司空曙、苗发、崔峒、耿、夏侯审、李端等十人。江邻几《杂志》则为：卢纶、钱起、郎士元、司空曙、李益、李端、李嘉祐、皇甫曾、耿、苗发、吉中孚等十一人。严羽《沧浪诗话》又多一冷朝阳。胡光炜又引管世铭《读雪山房唐诗钞》所载"大历十子"人名为：刘长卿、钱起、郎士元、皇甫冉、李嘉祐、司空曙、韩翃、卢纶、李端、李益。（《文学史讲稿》）胡氏说管氏此语必有所本，且此十人诗个个不坏，又都存在。现在我们就以管说为根据吧。

刘长卿字文房，河间人。开元二十一年进士，至德中为监察御史，终随州刺史。在他的诗里我们可以知道，他和孔巢父、高适、孟云卿、皇甫冉、张继都有相知之雅。上元、宝应间（七六〇—七六二）权德舆常称之为"五言长城"。皇甫湜也说："诗未有刘长卿一句，已呼宋玉为老兵矣。语未有骆宾王一字，已骂宋玉为罪人矣。"《云溪友议》谓刘因人说"前有沈、宋、王、杜，后有钱、郎、刘、李"，便说"李嘉祐、郎士元，焉得与予齐称耶"？可见他自负不浅。

他既以五言著名，我们便来看他的五言。《全唐诗话》称其"春风吴草绿，古木剡山深。明日沧洲路，归云不可寻"。及"沙鸥惊小吏，明月上高枝。"但我更爱他的五绝：

日暮苍山远，天寒白屋贫。柴门闻犬吠，风雪夜归人。（《逢雪宿芙蓉山主人》）

孤云归野鹤，岂向人间住？莫买沃洲山，时人已知处。（《送方外上人》）

苍苍竹林寺，杳杳钟声晚。荷笠带夕阳，青山独归远。（《送灵澈上人》）

渡口发梅花，山中动泉脉。芜城春草生，君作扬州客。（《送子婿崔真甫李穆往扬州》）

钱起字仲文，吴兴人。天宝十载进士，官秘书省校书郎，终尚书考功郎中。诗格新奇，理致清澹。其《蓝田杂咏二十二首》似乎受王维《辋川集》的影响，其佳处亦不在《辋川集》下：

登山登春台，目尽趣难极。晚景下平阡，花际霞峰色。（《登台》）

净与溪色连，幽宜松雨滴。谁知古石上，不染世人迹。（《石上苔》）

风送出山钟，云霞度水浅。欲知声尽处，鸟灭寥天远。（《远山钟》）

有意莲叶开，瞥然下高树。擘波得潜鱼，一点翠光去。（《衔鱼翠鸟》）

郎士元字君胄，中山人，天宝中进士。宝应初补中书尉，历右拾遗，出为郢州刺史。与钱起齐名，自丞相以下，出使作牧，不得二人诗祖饯，即为时论鄙薄。但他集中送人诗虽多，出色者却很少。今引其《柏林寺南望》七绝一首：

溪上遥闻精舍钟，泊舟微径度深松。青山霁后云犹在，画出东西四五峰。

皇甫冉字茂政，润州丹阳人，天宝进士。大历初累迁右补阙，奉使江表，卒于家。其诗天机独得，远出情外。与弟曾齐名，时人比之张氏景阳、孟阳。其《山中五咏》之二：

上路各乘轩，高明尽鸣玉。宁知涧下人，自爱轻波渌。（《南涧》）

山馆长寂寞，闲云朝夕来。空庭复何有，落日照青苔。（《山馆》）

韩翃字君平，南阳人，天宝进士。以"春城无处不飞花"一诗受知德宗，除驾部郎中，知制诰，擢中书舍人。前人称其诗兴致繁富，一篇一咏，朝野珍之。我则爱他诗的华贵气象：

骏马牵来御柳中，鸣鞭欲向渭桥东。红蹄乱蹋春城雪，

花颔骄嘶上苑风。(《羽林骑》)

鸳鸯赭白齿新齐,晚日花中散碧蹄。玉勒斗回初喷沫,金鞭欲下不成嘶。(《看调马》)

这与《寒食》一诗都是开天太平盛世的景象,安禄山乱后便不可多得了。但他的诗也有极清者,如《送齐山人归长白山》:"柴门流水依然在,一路寒山万木中。"不啻一幅画图。

卢纶字允言,河中蒲人,大历初数举进士不第,元载取其文以进,补阌乡尉。建中初迁校检户部郎中。贞元中舅韦渠牟表其才,驿召之,会卒。文宗爱其诗,尝遣中人索其家笥,得诗五百篇以进。他的《和张仆射塞下曲》,气概颇雄壮。

鹫翎金仆姑,燕尾绣蝥弧。独立扬新令,千营共一呼!
林暗草惊风,将军夜引弓。平明寻白羽,没在石棱中。
月黑雁飞高,单于夜遁逃。欲将轻骑逐,大雪满弓刀。
野幕敞琼筵,羌戎贺凯旋。醉和金甲舞,雷鼓动山川!

李益字君虞，姑藏人，大历四年进士。太和初，以礼部尚书致仕卒。益长于歌诗，贞元末与李贺齐名，每作一篇，教坊乐人以赂求取为供奉歌辞。其《征人歌》《早行篇》，好事者画为屏障。他少年时北游河朔、幽州，为刘济从事，所以长于边塞诗。

天山雪后海风寒，横笛偏吹行路难。碛里征人三十万，一时回首月中看！（《从军北征》）

鸿雁新从北地来，闻声一半却飞回。金河戍客肠应断，更在秋风百尺台。（《夜上西城》）

他的"回乐峰前沙似雪，受降城下月如霜。不知何处吹芦管，一夜征人尽望乡"颇为后人赞赏。王世贞说："绝句李益为胜，韩翃次之。"沈德潜说："七言绝句中唐以李庶子、刘宾客为最，音节神韵可追逐龙标、供奉。"但我极爱他那首混入《李白集》中的《长干行》：

忆妾深闺里，烟尘不曾识，嫁与长干人，沙头候风色；五月南风兴，思君下巴陵；八月西风起，想君发扬子。去来悲如何,见少离别多,湘潭几日到,妾梦越风波。昨夜狂风度,吹折江头树,渺渺暗无边,行人在何处?好乘浮云骢,佳期兰渚东,鸳鸯绿浦上,翡翠锦屏中。自怜十五余,颜色桃花红,那作商人妇,愁水复愁风!

李端字正己,赵郡人,大历五年进士。尝在驸马郭暧第赋诗甚工,公主赐以百缣。钱起谓其为宿构,请更以己姓为韵。端即刻又赋一首,起四句云:"方塘似镜草芊芊,初月如钩未上弦。新开金埒教调马,旧赐铜山许铸钱。"起等乃服。其《拜新月》:"开帘见新月,便即下阶拜。细语人不闻,北风吹裙带。"《听筝》:"鸣筝金粟柱,素手玉房前。欲得周郎顾,时时误拂弦。"亦佳。

司空曙字文明,广平人。终虞部郎中。诗格清华。其《药园》:"春园芳已遍,绿蔓杂红英。独有深山客,时来辨药名。"《石井》:"苔色遍春石,桐阴入寒井。幽人独汲时,先乐残阳影。"意致都幽深秀隽。

尚有戴叔伦、张继,也为大历中有名诗人。戴《忆原上人》:"一两棕鞋八尺藤,广陵行遍又金陵;不知竹雨竹风夜,吟对秋山那寺灯?"气韵流畅,清无点尘。张继以"月落乌啼霜满天"一诗称最,苏州寒山寺竟因此诗而垂不朽。

　　大历诗人不为不多，不过天才都算在第二三流以下，其作品婉转清扬，芊绵秀丽，如春鸟秋虫，幽花野草，令人可爱，但只能说是"优美"而不能说是"壮美"。杜甫"或看翡翠兰苕上，未掣鲸鱼碧海中"，以诸公诗与李、杜并读，便会发生这样感想。

第十三章 险怪派领袖诗人韩愈

大历到元和三四十年间的诗坛，是冲和清雅的诗派占着优势，已如上章所述。但到了九世纪初期，又出了几个才气很大的诗人，将这中衰的局面振起了。这时代诗分为两大派，一为韩愈领导的险怪派，一为白居易领导的人生派。

现在我们先论韩愈。所谓领袖，并不是说韩愈先造出一种险怪的诗体，教人跟从他，实际上他还受同派人的影响，不过他名望较高，家数较大，所以我们派他为领袖。

韩愈字退之，南阳人。少孤刻苦，为学尽通六经百家。贞元八年擢进士第，为监察御史。上疏极论时事，贬山阳令。元和中再为博士，改中书舍人，太子右庶子。裴度讨淮西，请为行军司马，以功迁刑部侍郎。谏迎佛骨，谪潮州刺史，移袁州。穆宗即位，召拜国子祭酒，兵部侍郎。

不久为吏部侍郎,寻复吏部。卒于穆宗长庆四年(八二四),寿五十七,谥曰"文",世称韩文公。

韩愈是个文学革命家,他与柳宗元、李翱、皇甫湜等提倡古文运动,打倒六朝以来骈体文字,代以单行的散文,有"文起八代之衰"的美誉,可算得中古文学史上最卓越的一位。他的诗在唐诗中也另开生面,为李、杜以来的大家。

大约诗到李、杜,已作到圆熟的境界,过圆则流于庸,过熟则流于滑。大历诸子之不能出色,虽为天才所限,也可说所生时代之不做美。到了韩愈,叫他安于庸熟当然不肯;叫他腾挪变化,超过李、杜,也难办到。于是想出一条另取途径的办法,把自己造成奇险一派。别人的作品好像康庄大道,他的却是人迹所未曾到的峭壁悬崖;别人的作品好像醺然醉人的小阳天气,他的却是惊雷骇电,怪雨盲风,波涌如山,鲸呿鳌掷的海上变天。他能在李、杜之后独树一帜,称为大家者,全靠这点冒险争胜的志气。这也像虬髯客见了太原公子,知道不能与他逐鹿中原,便遁到海外去开辟王国,另做出一番烈烈轰轰、惊天动地的事业来,我们能不许他为豪杰之士么?

韩愈诗险怪的表现,可以分为几项来说:

第一,以散文的方法作诗。这是我们读韩诗最容易感到的，古人也曾如此说过。《冷斋夜话》："沈存中、吕惠卿、吉甫、王存正仲、李常公泽，治平中（宋英宗年号）在馆中夜谈诗，存中曰：'退之诗押韵之文耳，虽健美富赡，然终不是诗。'吉甫曰：'诗正当如是。吾谓诗人未有如退之者。'"我们现在读他的《谢自然诗》《赠灵师诗》《寄卢仝》《送惠师》，顺起顺结，源源本本，有散文之结构，无诗歌之剪裁，有散文之畅达，无诗歌之藻翰，我们说这些作品，是有韵的赠序文，也无不可。像《嗟哉董生行》，更和韩氏平生散文赠序气息相似。

淮水出桐柏山，东驰遥遥千里不能休。淝水出其侧，不能千里百里入淮流。寿州属县有安丰，唐贞元时县人董生召南，隐居行义于其中。刺史不能荐，天子不闻名声。爵禄不及门，门外惟有吏日来征租更索钱。嗟哉董生，朝出耕，夜归读古人书，尽日不得息。或山而樵，或水而渔；入厨具甘旨，上堂问起居。父母不戚戚，妻子不咨咨。嗟哉董生孝且慈，人不识，惟有天翁知……

他的诗也有明白畅达的。所以赵翼说："其实昌黎自有本色，仍在文从字顺中，自然雄厚博大不可捉摸，不专以奇险见长……若徒以奇险求之昌黎,则失之矣。"但他的"文从字顺"的诗,都是用散文方法写的,仍然还是一个险怪。

五言诗的音节普通上二下三,七言则上四下三,但他偏不守这规则。如"有穷者孟郊","淮之水悠悠","落以斧引以纆徽","子去矣时若发机","溺厥邑囚之昆仑","虽欲悔舌不可扪"。这类句法赵翼引为韩诗创格之例,其实不过是散文句法入诗而已。

第二,以字画入诗及以作赋方法作诗。胡光炜《文学史讲稿》说汉代文学家如扬雄、司马相如之流,同时又是小学家。韩愈对于小学也很费了一番苦功,他自己又有"凡为文词宜略识字"的口号。他用了许多为平常所不经见的字放在他的诗中,他著名的《南山诗》《陆浑山火》《与孟东野城南联句》,并不是一个未研究过小学的人一翻就看得懂的。不但如此,有时他的诗句有六个字或一整句都是名词。如《陆浑山火》的"虎、熊、麋、猪、逮、猿、狖","水龙、鼍、龟、鱼与鼋","鸦、鸱、雕、鹰、雉、鹄、鸥",又有几于连句都是动词的,如同篇中之"熔、煨、炰、熏、孰、飞、奔",这显然是有意学《急就篇》的句法以炫新奇。

汉赋每喜用奇字奥义，韩诗亦然。且赋最尚铺张排比。而韩愈的《南山诗》历叙山上之土、石、草、木，与春、夏、秋、冬，极其详尽，与汉赋之历叙东、西、南、北、草、木、鸟、兽，章法颇相类。我们不妨说《南山诗》就是一篇每句五个字的赋。现在我们引《南山诗》最有意铺排的一段于下：

或连若相从，或蹙若相斗。或妥若弭伏，或竦若惊雊。或散若瓦解，或赴若辐凑。或翩若船游，或决若马骤。或背若相恶，或向若相佑。或乱若抽笋，或嵲若注灸。或错若绘画，或缭若篆籀。或罗若星离，或蓊若云逗。或浮若波涛，或碎若锄耨。或如贲育伦，赌胜勇前购。先强势已出，后钝嗔诋諞。或如帝王尊，丛集朝贱幼。虽亲不亵狎，虽远不悖谬。或如临食案，肴核纷钉饾。又如游九原，坟墓包椁柩。或累若盆甖，或揭若豆甑。或覆若鳖曝，或颓若寝兽。或蜿若藏龙，或翼若抟鹫。或齐若友朋，或随若先后。或进若流落，或顾若宿留。或反若仇雠，或密若婚媾。或俨若峨冠，或翻若舞袖。或屹若战阵，或围若蒐狩。或靡若东注，或偃然北首。或如火熺焰，或若气饙馏。或行而不辍，或遗而不收。或斜而不倚，或弛而不縠。或赤若秃,或熏若柴樗。或若龟拆兆,或若卦分繇。或前横若剥,或后断若姤。

赵翼又引他《月蚀诗》之铺陈东西南北四方神祇,《谴疟鬼诗》历数医师、诅师、符师、灸师,以为有意出奇为诗中另增一格,但也不过是赋的铺排法。

第三,别人作诗都求其美,他却故意求其丑。刘熙载《艺概》:"昌黎诗每以丑为美。"真是一句最警辟的批评。我常说韩愈诗像法国罗丹的雕刻。罗丹前雕刻都宗希腊遗意,讲究平衡,分量,均齐,节奏,以优美精工为主。罗丹出始一扫空之,其所作品筋骨突兀,面目狰恶,乍见似未施雕琢之泥石一堆,细辨之则神情飞动,真气流注,寓有绝大的气魄与天才。诗自六朝至于隋唐,"美"之一字,已经讲究太过了,至李杜始有变化,但李尚崇建安,又赞美谢朓;杜则主张"新辞丽句必为邻",对于六朝的残膏剩馥,还有点恋恋不舍之意。韩愈却大言自己少时"文章蔑曹谢",《县斋有怀》又说晋宋气象日凋耗,齐梁陈隋众作等于蝉噪(《荐士》),所以他绝对排斥辞藻,甚至趋于极端,故意在那与"美"相反的"丑"上做功夫,与罗丹破坏希腊传统习惯,正是同一用意。苏轼说:"书之美者莫如颜鲁公,然书法之坏自鲁公始;诗之美者莫如韩退之,然诗格之变自退之始。"刘熙载又说:"八代之衰,其文内竭而外侈,昌黎易之以万怪惶惑,抑遏蔽掩,在当时真为补虚消肿良剂。"这话论韩愈的诗,也无不可。

他的《元和圣德诗》,纪刘辟全家就戮的情形:"解脱挛索,夹以砧斧。婉婉弱子,赤立佝偻。牵头曳足,先断腰膂。次及其徒,体骸撑拄。末乃取辟,骸汗如泻。挥刀纷纭,争刌脍脯。"这种丑恶的描写,曾引起苏轼的反感说:"李斯颂秦所不忍言者,而退之言之,何其陋也!"张栻替他辩护说:"正欲使藩镇闻之畏惧,不敢为逆。"赵翼从而论之道:"二说皆非也,才人难得此等题以发舒笔力,既已遇之,肯不尽力描写,以畅其才思耶?此诗正为此数语而作也。"我则说赵语也不见得对。使李、杜遇此题不见得肯写,即写也必蕴藉些,韩愈如此,无非要借此完成他"以丑为美"的条件罢了,何常有别的缘故呢。

他的《谴疟鬼》:"乘秋作寒热,翁妪所骂讥。求食呕泄间,不知臭秽非!"《月蚀诗》:"尧呼大水浸十日,不惜万国赤子鱼头生。女于此时若食日,虽食八九无馋名。赤龙黑鸟烧口热,翎鬣倒侧相搪撑。婪酣大腹遭一饱,饥肠彻死何由鸣。""乌龟怯奸,怕寒缩颈,以壳自遮。终令夸蛾扶汝出，卜师烧锥钻灼满板如星罗！""弊蛙拘送主府官，帝箸下腹尝其膰。"至于《嘲鼾睡》，形容澹公和尚的鼾声，令人绝倒，如"顽飚吹肥脂，坑谷相嵬磊。雄哮乍咽绝，每发壮益倍……铁佛闻皱眉，石人战摇腿……幽寻虱搜耳，猛作涛翻海……乍如彭与黥，呼冤受菹醢。又如圈中虎，号疮兼吼馁。"都是他卖弄"丑"的手段处。

现在我们再引几处奇崛险怪的句子，以觇韩诗特色：

寻胜不惮险，黔江屡洄沿。瞿塘五六月，惊电让归船。怒水忽中裂，千寻堕幽泉。环回势益急，仰见团团天！（《送灵师》）

山楼黑无月，渔火燦星点。夜风一何喧，杉桧屡磨颭。犹疑在波涛，忧惕梦成魇。（《陪杜侍御游湘西两寺独宿有题一首因献杨常侍》）

风怒不休何轩轩，摆出烈火以自燔。有声夜中惊草原，天跳地踔颠乾坤。赫赫上照穷崖堤，截然高周烧四垣。神进鬼阑无逃门……雷公劈山海水翻，齿牙嚼啮舌腭反。雷光礔砰颊目暖，项冥收威避玄根……命黑螭侦焚其元，天阙悠悠不可援。梦通上帝血面论，侧身欲进叱于阍。帝赐九河湔涕痕，又诏巫阳反其魂，徐命之前问何冤。(《陆浑山火和皇甫用其韵》)

凶飙搅宇宙，铓刃甚割砭。日月虽之尊，不能活乌蟾。羲和送日出，恇怯频窥觇。炎帝持祝融，呵嘘不相炎……啾啾窗间雀，不知已微纤。举头仰天鸣，所愿晷刻淹。不如弹射死，却得亲炰燖。(《苦寒》)

诗翁（谓孟郊）憔悴剧荒棘，清玉刻佩联玦环。脑脂遮眼卧壮士（谓张籍病眼），大弨挂壁无由弯。(《雪后寄崔二十六丞公斯立》)

我心如冰剑如雪，不能刺谗夫，使我心腐剑锋折！决云中断开青天，噫！剑与我俱变化归黄泉！(《利剑》)

还有赵翼指出的《路傍堠》："千以高山遮，万以远水隔。"《双鸟诗》连用"不停两鸟啼"四句，《杂诗》连用五个"鸣"字，《赠别元十八》连用四个"何"字，都是古怪的句法。又韩愈与孟郊、张彻、张籍、轩辕弥明

（按此乃韩自己托名）、侯喜、刘师服等人联句，险怪文句亦不可胜数。

韩愈诗的总评，最好借他自己的话："横空盘硬语，妥帖力排奡。"（《荐士》）"险语破鬼胆，高词媲皇坟。至宝不雕琢，神功谢锄耘。"（《醉赠张秘书》）"想其下手时，巨刃磨天扬。垠崖划崩豁，乾坤摆雷硠。""精诚忽交通，百怪入我肠。刺手拔鲸牙，举瓢酌天浆。腾身跨汗漫，不着织女襄。"（《调张籍》）这是他赞美孟郊和李、杜的，但所谓"硬语盘空"，孟郊固不足以当，所谓"乾坤雷硠"，李、杜也不见得如此故意作闹，我们不如说他在那里自赞吧。

他的诗虽极险怪，读来却并不像樊宗师作品那样佶屈聱牙，章钩句棘，他的诗也颇有斧凿痕迹，读来却很自然，这因为他有磅礴的气魄，足以斡旋包举，令人不觉。他与李翊论文有"气水也，言浮物也。水大而物之浮者，大小毕浮。气之与言犹是也，气盛则言之短长，与声之高下皆宜"。李商隐推崇他道："公之斯文若元气。"可谓知言！

第十四章 韩派诗人

所谓韩派诗人,就是几个平日与韩愈唱和的朋友或门下士,作风固不见得个个与韩愈相同,但其吟苦思深,不肯作一平常习见语,则都不谋而合,可算诗界一群探险的志士。

第一个我们所要介绍的是孟郊。生于天宝十年(七五一),卒于元和九年(八一四),比韩长十七岁,可以说是韩的一个前辈。字东野,湖州武康人。少隐嵩山,性亦少谐合,年五十始登进士第。调溧阳尉,县有投金濑,平陵城,林薄蒙翳,下有积水,我们的诗人遂终日来往,坐水旁徘徊赋诗,公事多废。县令没法,只好告府,以假尉代他,分其半俸。郑余庆为东都留守,署他为水陆转运判官。余庆镇兴元,奏为参谋,卒。张籍私谥曰"贞曜先生"。

韩愈平生于朋友少有许可，独一见孟郊便引为忘形交，几于拜倒。其《荐士》（荐孟郊于郑余庆）历叙汉魏诗人，至唐李、杜之下便说："有穷者孟郊，爱才实雄骜。"《醉留东野》："我愿身如云，东野变为龙。四方上下逐东野，虽有离别无由逢。"又《双鸟诗》，喻自己与东野一鸣而万物皆不敢出声。赵翼说："昌黎本好为奇崛矞皇，而东野盘空硬语，妥帖排奡，趣尚略同，才力又相等，一旦相遇，遂不觉如胶之投漆，相得无间。"又说韩与孟"实有资其相长之功"。（《瓯北诗话》）这话很可信。

谈到孟郊平生境遇，甚为轲。进士落第二次，年五十始登一榜。家贫官小，暮年又失其三子。所以他的诗充满一片穷愁贫病的字眼，后人"郊寒"之说即因此而发。我们且看他的：

贫病诚可羞，故床无新衾。春色烧肌肤，时餐苦咽喉。倦寝意蒙昧，强言声幽柔。承颜自俯仰，有泪不敢流。默默寸心中，朝愁继暮愁！（《卧病》）

无子抄文字，老吟多飘零。有时吐向床，枕席不解听。斗蚁甚微细，病闻亦清泠。小大不自识，自然天性灵。

(《老恨》)

夜学晓未休,苦吟神鬼愁。如何不自闲,心与身为仇。死辱片时痛,生辱长年羞。清桂无直枝,碧江思旧游。(《夜感自遣》)

还有"至艰唯有诗,抱死心有归","倾尽眼中力,抄诗过与人","老泣无涕洟,秋露为滴沥","冷露滴梦破,峭风梳骨寒","席上印病文,肠中转愁盘","病骨可剸物,酸呻亦成文","老骨惧秋月,秋月刀剑棱",都可以表现他"寒"的特色。

他的诗也有奇险一路的,如"南山塞天地,日月石上生","天地入胸臆,呼嗟生风雷","手中飞黑电,象外泻玄光,万物随指顾,三光为回旋"。(《送草书献上人归芦山》)"堕魄抱空月,出没难自裁,齑粉一闪间,春涛百丈雷!……呀彼无底吮,待此不测灾。"(《峡哀》之一)"三峡一线天,三峡万绳泉,上仄碎日月,下掣狂猗涟。破魂一雨点,凝幽数百年。"(《峡哀》之三)"峡螭老解语,百丈潭底闻,毒波为计校,饮血养子孙。"(《峡哀》之五)"峡棱剸日月,日月多摧辉,物皆斜仄生,鸟亦斜仄飞。潜石齿相锁，沉魂招莫妇！"(《峡哀》之七)语虽如韩，但变化没有韩多，气魄不如韩大。

韩愈替他作的《贞曜先生墓志》："其为诗刿目鉥心，刃迎缕解；钩章棘句，掏擢胃肾；神施鬼设，间见层出。"苦吟态度可想。

他因为被韩愈推许，所以诗名也与韩并。甚至时人有"孟诗韩笔"之说。他自己《赠无平诗》有"诗骨耸东野，诗涛涌退之"之句，赵翼说他想与韩旗鼓相当，不复谦让。但后人则皆抑孟扬韩。苏轼《读孟郊》："夜读孟郊诗，细字如牛毛。寒灯照昏花，佳处时一遭。初如食小鱼，所得不偿劳。又如煮彭，竟日嚼空螯。要当斗僧清（贾岛），未足当韩豪。"元好问《论诗绝句》："东野穷愁死不休，天高地厚一诗囚。江山万古潮阳笔，合在元龙百尺楼！"惟《岘佣说诗》能为持平之论，其言曰："孟东野奇杰之笔万不及韩，而坚瘦特甚，譬之偪阳之城，小而愈固，不易破也。"

贾岛字阆仙，范阳人。初为僧，名无本，韩愈劝之返俗，举进士，屡不第。文宗时为长江主簿，会昌初，以普州司仓参军迁司户，未受命而卒。《唐书》本传说他寿五十六（七八五—八四一），但郑振铎《中国文学史》、陆侃如

《中国诗史》，都说他六十五岁，不知何所根据。

他做和尚时，便与孟郊、韩愈认识，两人集都有赠他的诗。孟郊《戏赠无本》，有"文章杳无底，掘谁能根？梦灵仿佛到，对我方与论。拾月鲸口边，何人免为吞？燕僧（指岛）摆造化，万有随手奔！"等语，韩愈《送无本诗归范阳》，有"蛟龙弄角牙，造次欲手揽。众鬼囚大幽，下觑袭玄窨。天阳熙四海，注视首不颔。鲸鹏相摩窣，两举快一啖……狂词肆滂葩，低昂见舒惨。奸穷怪变得，往往造平淡"等语，可见他作诗时，冥搜苦索的认真态度了。不过二人以雄怪许他，实为溢美，他的诗只是寒酸枯槁一路，与孟郊合称为"郊寒岛瘦"，倒很相宜。他最得意的"独行潭底影，数息树边身"两句，自注其旁云："二句三年得，一吟双泪流。知音如不赏，归卧故山秋。"其实并不见得怎样出色。惟"鸟宿池边树，僧敲月下门"，"秋风吹渭水，落叶满长安"则颇佳。唐张为撰《诗人主客图》，以孟郊为清奇僻苦主。清李怀民别撰《中晚唐诗主客图》，则以这名义归之贾岛，但他的诗与孟郊相比，正如孟浩然之于王维，《岘傭说诗》道："孟郊、贾岛并称，然贾万不及孟，孟坚贾脆，孟深贾浅故也。"《野鸿诗的》："阆仙得名，偶为退之一吹奖耳，考其平生所作，何足流传？"

今更引其《朝饥》一首：

市中有樵山，此舍朝无烟。井底有甘泉，釜中乃空然。我要见白日，雪来塞青天。坐闻西床琴，冻折两三弦。饥莫诣他门，古人有拙言。

还有个以奇涩著名的樊宗师，平生作文数百篇，诗七百六十九篇，今仅存文二，诗一。韩愈最佩服他，曾为文荐之，又替他作墓志，有"多乎哉，古未尝有也！然必出于己，不袭前人一言一句又何难也！"又说"惟古于词必己出，降而不能乃剽贼"。韩愈《答刘进夫书》和《进学解》，揭橥"师古人之意而不师其辞"，"惟陈言之务去"的主张，恐怕是受樊宗师的影响。

樊氏的《绛守居园池记》（载陶宗仪《辍耕录》），宋王晟、刘忱、赵仁举尝为解释；元陶宗仪、清孙之骏，又为之句读，但我们还是难得明了。看他记园池门上画图一段："西南有门曰虎豹，左虎搏立，万力千气。底发巇匿地，努肩、脑，口牙快、抗。电火雷风，黑山震将合。右胡人，髯，黄帑，累珠丹碧，锦襐，身刀，囊，鞬，挝。白豹玄斑，饫距，掌，脾，意相得。"又写园景一段："樵途坞径幽委,虫鸟声,无人。风日灯火之。昼夜漏刻,诡姽绚化,大小亭饱池渠间。"(旧句读尚多不合,今略改)《蜀绵州越王楼诗序》:"予始登,谓日月昏晓可窥其背,雷电合,风云遇,霜辛露酸,星辰介行,鬼神变化,草木眩绣。"以一串名词、动词、形容词,组成短峭的句法,倒有些像现在西洋未来派或感兴派的体制。他之诗之生涩奇奥,想比韩愈还甚几倍。

由险怪而走入魔道的是卢仝、马异、刘叉、皇甫湜几个人。

卢仝,范阳人,自号玉川子,征谏议不起。后因宿王涯第,罹甘露之祸(八三五)。他寄居洛阳时,韩愈为河南令(八〇九—九〇一),因与认识。所谓"玉川先生洛城里,破屋数间而已矣,一奴长发不裹头,一婢赤脚老无齿"的赠诗,就是那时作的。他最著名的作品是《月蚀诗》,说者谓为讥元和逆党,诗长一千八百余字,句法长短不等,用了许多很有趣的譬喻,说了许多怪话。今引其写月蚀光景一段如下:

新天子即位五年,岁次庚寅(宪宗元和五年,八一〇),斗柄插子,律调黄钟。森森万物夜僵立,寒气赑屃顽无风。烂银盘从海底出,出来照我草屋东。天色绀滑凝不流,冰光交贯寒曈昽。初疑白莲花,浮出龙王宫。八月十五夜,比并不可双。此时怪事发,有物吞食来。轮如壮士斧斫坏,桂似雪山风拉摧。百炼镜,照见胆,平地埋寒灰。火龙珠,飞出脑,却入蚌蛤胎。摧环破璧眼看尽,当天一搭如煤炲。磨踪灭迹须臾间,便是万古不可开。不料至神物,有此大狼狈!星如撒沙出,争头事光大,奴婢炷暗灯,掩荧如玳瑁,今夜吐焰长如虹,孔隙千道射户外。

这虽"信口开河",还算有点结构,至于《与马异结交诗》,便想入非非,不知所云了。古人嘲他的诗如乞儿唱莲花落,一搭一搭,只是随口瞎诌。元好问也不以他为然,《论诗绝句》:"万古文章有坦途,纵横谁似玉川卢。真书不入今人眼,儿辈从教鬼画符!"但他的诗也算一种空前的创格,宋欧阳修曾仿之作《鬼车诗》,明刘基又作《二鬼诗》。清袁枚也作《题王寿峰问天图仿玉川体》,可见他对后代诗人并非毫无影响。

马异,河南人。诗仅存四首。《答卢仝结交诗》中有:"此诗峭绝天边格,力与文星色相射。长河拔作数条丝,太华磨成一拳石。"又"喙长三尺不得语"等句,可见诗风之一斑。

刘叉，少任侠，因酒杀人，亡命。会赦出，更折节读书。闻韩愈接天下士，步归之，作《雪车》《冰柱》二诗。他与孟郊、卢仝相识（集中有赠诗），想在此际。后以争语不能下宾客，因持愈金数斤去，说道："此谀墓中人得耳，不若与刘君为寿。"归齐鲁，不知所终。

他的《偶书》："日出扶桑一丈高，人间万事细如毛。野夫怒见不平处，磨损胸中万古刀。"又《姚秀才爱予小剑因赠》："一条古时水，向我手心流，临行解赠君，勿薄细碎雠！"《烈士咏》："烈士或爱金，爱金不为贫。义死天亦许，利生鬼亦瞋。"都可表现他的性格。《自问》："酒肠宽似海，诗胆大于天。"后五字可说险怪派的总评。

韩愈门下的诗人尚有张籍、皇甫湜、李翱等。张籍的诗以清真雅正为主，与韩之险怪异趣。李翱存诗不多，亦无特色，故只说皇甫湜。

皇甫湜字持正，睦州新安人。擢进士第。仕至工部郎中。他性情狂躁，除了替裴度做修福先寺碑文，一字三缣的报酬，尚不满意的故事外，还有可笑轶事：《唐书》本传说他尝为蜂蛰指，购小儿敛蜂捣取其汁。命子录诗，一字误，诟跃呼杖，杖未至，啮其臂血流。他的《出世篇》合卢仝、韩愈为一手,而语意之狂放则显露自己特性。像那"生当为大丈夫,断羁罗,出泥途。四散号呶,扰俶无隅。埋之深渊,飘然上浮。骑龙披青云,泛览游八区;经太山,绝大海,一长吁。西摩月镜,东弄日珠。上括天之门,直指帝所居"是用韩散文作法。又如"旦旦狎玉皇,夜夜御天姝。当御者几人,百千为番,宛宛舒舒。忽不自知,支消体化膏露明,湛然无色茵席濡!俄而散漫,斐然虚无;翕然复抟,抟久而苏。精神如太阳,霍然照清都。四肢为琅玕,五脏为璠玙,颜如芙蓉,顶为醍醐。与天地相终始,浩漫为欢娱。下顾人间,溷粪蝇蛆!"则又乱逞狂言,走入魔道,如卢仝了。

第十五章 功利派首创者白居易

人类的神经长久平静，乍受外界的大刺激，便引起非常的兴奋，甚至陷于错乱的状态。及刺激不断袭来，神经禁受不起，就暂时变成麻木，借以自卫。这样经过多时以后，神经的能力稍稍恢复，又遇着刺激，便又会引起反应。但第二度的反应，来势每比第一度和缓，而且能养成深沉周密的内省功夫，练就对付艰难的能力，所谓"人生的经验"便是这样来的。

开天长期太平之后，忽然有安禄山之变，一般人们受此意外打击，只觉得惊恐、愤怒、忧愁、悲哀，种种情感，一时并集，发之诗歌也就如万窍怒号，如怒涛鼓荡，表现心灵极度的不平衡，与神经异常的兴奋。后来大乱虽平，宦官，藩镇，外患，成为连环表现的喜剧，司空见惯浑闲事,不容易再牵动情感了。而且时局日非,救亡无术,诗人们心灰也日甚,不知不觉把以前激昂慷慨,消磨于乌有之乡,都走上啸歌诗酒,盘桓风月的颓废路上去。连杜甫入秦州时,也说"唐尧真自圣,野老复何知",何况其他诗人呢?大历后十余年诗人们又离开了现实的人生,躲入艺术的小天地里,无非为此。

代宗时是偷安的局面,到德宗时连偷安都不成了。拥有重兵的藩镇如朱滔、王武俊、田悦、朱纳、李希烈,自称王号,四出攻掠,兵连祸结,苛税繁兴,民不聊生,人心思乱。其后泾原诸道军奉朱泚为帝,公然叛于辇阙之下,逼得德宗不得不出奔,可算安禄山、吐蕃以后第三次的大祸。后来藩镇分化愈多,朝廷领土一年狭似一年,税赋所入一天少似一天,中央政府威权不过行于数省,其余都在那"土皇帝"手里了。

宪宗即位后,极力想法裁制藩镇的势力,数年间讨平刘辟、杨惠琳、李锜、王承宗、田兴之、吴元济、李师道各强镇。任用裴垍、李藩、李绛、裴度一班贤相,寝成中兴之局。这时政治上很有蓬勃的活气,诗人灰冷的心不觉随之而热,说话的兴趣也因之而浓,诗坛又要涌起一股壮阔的波澜来了。像韩愈便兴高采烈去作他的《元和圣德诗》

《平淮西碑》，还想劝皇帝定乐章，告神明，封禅泰山，奏功皇天，借此展施自己润色鸿图的大手笔。但另一派诗人像白居易和元稹等，于瞻眺这缥缈的光荣前途之余，回想过去五六十年的痛苦，察看目前累朝遗留的积弊，觉得未可乐观。于是想借文字之功，来做一番裨益政教的工作，"人生艺术"的呼声便应运而生了，他们同是受杜甫的影响，但比杜甫还进一步。杜甫那些时事诗是一时刺激的反应，是客观的描写；而元、白一派却是"痛定思痛"的反应，是主观的讽谕。杜甫的态度是消极的，元、白则积极的；杜甫的思想没有成为系统，元、白则成为系统。

所以杜甫仅是个写实艺术家，元、白则为功利主义的艺术家。

白居易（七七二—八四六）字乐天，下邽人，贞元十四年（七九八）进士。补校书郎。元和二年（八〇七）召入为翰林学士，明年拜左拾遗。以言事贬江州司马，徙忠州刺史。元和十四年（八一九）召还京师，明年升主客郎中，与元稹同知制诰。长庆元年（八二一）转中书舍人。复乞外，历苏杭二州刺史。文宗立，以秘书监召迁刑部侍郎，俄移病，除太子宾客，分司东都，拜河南尹。开成初（八三六）起为同州刺史，不拜，改太子少傅。会昌初以刑部尚书致仕，六年卒，寿七十五。

他长庆前所作诗手编为五十卷，号《白氏长庆集》。后又加《后集》二十卷，《续后集》五卷，共为七十五卷，凡诗三千八百四十首（今存七十一卷，三千六百八十八首）。以量数言，已超轶前代任何诗人了。内容则他自分为"讽谕""闲适""感伤"大三类。（《长庆后集》则惟以"格诗""律诗"分卷。）

白居易对"讽谕类"的诗，最自看重，平生的力量，可说都尽在这方面。他有与元稹论诗的长信，可说是他的一篇最重要的"文学宣言书"，也是文学史上一篇极有价值的作品。大略说采诗官废，六义始缺之后，由楚汉至于晋、宋、齐、梁、陈，所有作品都离开人生。甚至嘲风雪，弄花草，变成一种不足轻重的玩艺儿。"唐兴二百年，诗人不可胜数。所可举者，陈子昂有《感遇诗》二十首，鲍防《感兴诗》十五篇。又诗之豪者，世称李、杜。李之作，才矣，奇矣，人不逮矣。索其风雅比兴，十无一焉。杜诗最多，可传者千余首……然撮其《新安》《石壕》《潼关吏》《塞芦子》《留花门》之章，'朱门酒肉臭，路有冻死骨'，亦不过十三四。杜尚如此，况不逮杜者乎？"所以"常痛诗道崩坏，忽忽愤发，或食辍哺，夜辍寝，不量才力，欲扶起之……自登朝来，年齿渐长，阅事渐多，每与人言，多询时务，每读书史，多求理道，始知文章合为时而著，诗歌合为事而作"。他的全部文学主张可说包括在"文章合为时而著，诗歌合为事而作"十四个大字里。

他与元稹合作《策林》七十五篇，主张恢复周代采诗制度，作为采访民意的机关。还有作府试官时所拟进士策问，《新乐府》中的"采诗官"，都是同一用意。有了这种机关而后，他们的讽谕作品，始在政治上发生效果，不然也还是"空文"罢了。

他的讽谕诗中最重要的是《新乐府》五十首，和《秦中吟》十首，还有《哭孔戡》《寄唐生》《宿紫阁山北村》《凶宅》《梦仙》等，一共有一百七十二首。

《新乐府》作于元和四年为左拾遗时。《与元九书》说："是时皇帝初即位，宰府有正人，屡降玺书，访人急病。仆当此日，擢在翰林，身是谏官，月请谏纸，启奏之间，有可以救济人病，裨益时阙，而难于指言者，辄咏歌之，欲以稍稍进闻于上，上以广宸听，副忧勤，次以酬恩奖，塞言责，下以复我平生之志。"自序则说："其辞质而径，欲见之者易谕也；其言直而切，欲闻之者戒也；其实覈而实，使采之者传信也；其体顺而律，可以播于乐章歌曲也。

总而言之,为君、为臣、为物、为事而作,不为文而作也。"这五十首乐府有关于政治问题的,有关于社会问题的,有关于妇女问题的,有关于阶级问题的。其中固然有的是迂腐的见解,如《法曲》《立部伎》《华原声》《五弦弹》之刺夷乐乱华夏正声;《驯犀》《蛮子朝》《骠国乐》之反对怀汇远人之道。但如《道州民》《捕蝗》《杜陵叟》《卖炭翁》《新丰折臂翁》《上阳白发人》《母别子》《太行路》,却都是大胆而有特识的议论。今引《卖炭翁》一首:

卖炭翁,伐薪烧炭南山中。满面尘灰烟火色,两鬓苍苍十指黑。卖炭得钱何所营?身上衣裳口中食。可怜身上衣正单,心忧炭贱愿天寒。夜来城上一尺雪,晓驾炭车辗冰辙。牛困人饥日已高,市南门外泥中歇。翩翩两骑来是谁,黄衣使者白衫儿。手把文书口称敕,回车叱牛牵向北。一车炭,千余斤,宫使驱将惜不得。半匹红绡一丈绫,系向牛头充炭直。

《秦中吟》自序说:"贞元、元和之际,予在长安,闻见之间,有足悲者。因直歌其事,命为《秦中吟》。"其中《重赋》写贫民生活:"岁暮天地闭,阴风生破村。

夜深烟火尽，霰雪白纷纷。幼者形不蔽，老者体无温。悲喘与寒气，并入鼻中辛。"又写官库之富厚："缯帛如山积，丝絮如云屯。号为羡余物，随月献至尊。夺我身上暖，买尔眼前恩。进入琼林库，岁久化为尘。"《伤宅》："厨有臭败肉，库有贯朽钱……问尔骨肉间，岂无贫贱者，忍不救饥寒！"《轻肥》："樽罍溢九酝，水陆罗八珍……是岁江南旱，衢州人食人！"《歌舞》："秋官为主人，廷尉居上头。日中为乐饮，夜半不能休。岂知阌乡狱，中有冻死囚。"《买花》："有一田舍翁，偶来买花处。低头独长叹，此叹无人喻：一丛深色花，十户中人赋。"都可算得极好的社会主义文学。

我们现在再引他讽谕诗中《宿紫阁山北村》一首，以见那时武人的横暴：

晨游紫阁峰，暮宿山下村。村老见余喜，为余开一尊。举杯未及饮，暴卒来入门。紫衣挟刀斧，草草十余人。夺我席上酒，掣我盘中飧。主人退后立，敛手反如宾！中庭有奇树，种来三十春。主人惜不得，持斧断其根。口称采造家，身属神策军。主人甚勿语，中尉正承恩！

我们的诗人抱着如火热忱，替这班被压迫的民众喊叫，原想借此造成正当舆论的空气，好达到他"救济人病，裨补时阙"的宗旨，谁知"志未就而悔已生，言未闻而谤已成"。于是像他《与元九书》所说："凡闻仆《贺雨诗》，众口籍籍，以为非宜矣。闻仆《哭孔戡诗》，众面脉脉，尽不悦矣。闻《秦中吟》，则权豪贵近者，相目而变色矣。闻《登乐游园》寄足下诗，则执政柄者扼腕矣。闻《宿紫阁山北村》，则握军要者切齿矣。大率如此，不可遍举。不相与者，另为沽誉，号为诋讦，号为讪谤；苟相与者，则如牛僧孺之戒焉，乃至骨肉妻孥皆以我为非也！"这又可见言论不自由，古今同慨了。

近来有人评他的讽谕诗，说这类作品的短处，在语气太质直，乏蕴藉之致；而千篇一律的"卒章显其志"的办法，也易引起一部分读者的不快。但白居易在《新乐府序文》里，早已替自己留下辩护的地步。况且这类诗是他独创的体裁，正要以质直显露见长，我们何能轻下评论？汪立名引海虞冯班的话，说"白公讽刺诗，周详明直，娓娓动人，自创一体，古人无是，盖出于《小雅》也"。（汪编《白香山诗集》）读者正须注意这"自创一体，古人无是"八个字。

次则我们要论他的"闲适类"的作品。这也是他自己所喜欢的。《与元九书》说:"今仆之诗,人所爱者,悉不过杂律诗与《长恨歌》已下耳。时之所重,仆之所轻,至于讽谕者意激而言质,闲适者思澹而辞迂,以质合迂,宜人之不爱也。"

在诗人中,白居易与陶潜的性情,可说最相近了。陶潜的胸襟冲和恬淡,但也有《咏荆轲》的篇什。白居易会做激直的讽谕诗,却也会做悠闲自得的闲适诗。他平生最爱陶潜,曾作效陶体诗十六首,在江州刺史任上有《访陶公旧宅》等诗。他说:"我生君之后,相去五百年。每读《五柳传》,目想心拳拳……不慕尊有酒,不慕琴无弦,慕君遗荣利,老死此丘园。"他又爱韦应物,《自吟拙什因有所怀》:"时时自吟咏,吟罢有所思。苏州及彭泽,与我不同时。"《题浔阳楼》:"常爱陶彭泽,文思何高玄。又怪韦江州,诗情亦清闲。"他的随遇而安,易于满足,都可以看出他和平淡泊的天性。像他的:

门前少宾客,阶下多松竹。秋景下西墙,凉风入东屋。有琴慵不弄,有书闲不读。尽日方寸中,澹然无所欲。何须广居处,不用多积蓄。丈室可容身,斗储可充腹。况无

治道术,坐受官家禄。不种一株桑,不锄一陇谷,终朝饱饭餐,卒岁丰衣服。持此知愧心,自然易为足。(《秋居书怀》)

朝饮一杯酒,冥心合大化。兀然无所思,日高尚闲卧。暮读一卷书,会意如嘉话。欣然有所遇,夜深犹独坐。又得琴上弦,安弦有余暇。复多诗中狂,下笔不能罢。唯兹三四事,持用度昼夜。所以阴雨中,经旬不出舍。始悟独往人,心安时亦过。(《效陶潜体诗十六首》)

《扪虱新话》:"山谷常谓白乐天、柳子厚皆作诗效渊明,而子厚为近。然以予观之,子厚语近而气不近,乐天学近而语不近,各得其一。"

他的感伤诗编为一百首,脍炙人口的《长恨歌》《琵琶行》都收容在内。其格诗、律诗名作极富,不具论。

白居易诗的特点在平易二字,所谓"白俗",所谓"老妪都解",与韩愈的险怪立在正相反对的地位,他寄韩愈的诗说:"近时韩阁老,疏我我先知;量大嫌甜酒,才高笑小诗。"可见韩派诗人对付他的态度了。但他的诗实较韩派真实,近人情,赵翼说:"中唐诗以韩、孟、元、白为最。韩、孟尚奇警,务言人之所不敢言;元、白尚坦易,务言人所共欲言。试平心论之,诗本情性,当以情性为主。奇警者犹第在词句间争难斗险,使人骇目,不敢逼视,而意味或少焉。坦易者多触景生情,因事起意,眼前景,口头语,自能沁人心脾,耐人咀嚼。此元、白较胜于韩、孟。世从以轻俗訾之,此不知诗者也。"这可算是很有见解的批评。

因为诗具平易的特点,所以白居易在当时便成了一个大众诗人。元稹《白氏长庆集序》曾说:"……然而二十年间,禁省观寺、邮候墙壁之上无不书,王公妾妇、牛童马走之口无不道,至于缮写模勒,炫卖于市井,或持之以交酒茗者,处处皆是。"《丰年录》:"开成中物价至贱,村路卖鱼肉者,俗人买以胡绡半尺,士人买以乐天诗。其甚者至于盗窃名姓,苟求自售,杂乱间厕,无可奈何。予尝于平水市中见村校诸童,竞习歌咏。召而问,皆对曰:先生教我乐天微之诗……又鸡林贾人,求市颇切,自云本国宰相每以百金换一篇,其甚伪者,宰相辄能辨之。"白居易《与元九书》也说:"日者闻亲友间说,礼、吏部举选人,多以仆私试赋判为准的。其余诗句亦往往在人口中。仆恧然自愧,不之信也。及再来长安,又闻有军使高寓霞者欲聘倡妓，妓大夸曰：'我诵得白学士《长恨歌》，岂同他哉？'由是增价……又昨过汉南日，适遇主人集众娱乐他宾。诸妓见仆来，指而相顾曰：'此是《秦中吟》《长恨歌》主耳。'自长安抵江西三四千里，凡乡校、佛寺、逆旅、行舟之中，往往有题仆诗者，士庶、僧徒、孀妇、处女之口，每有咏仆诗者。"其流传之盛，只有宋代一个凡有井水饮处无不歌的柳永的词，可以相比。

但他的诗虽然平易，艺术却并不平易。他《自吟拙什》云："诗成淡无味，多被众人嗤。上怪落声韵，下嫌拙言辞。"其实是自谦的话。《潭南诗话》："乐天之诗，情致曲尽，入人肝脾，随物赋形，所在充满，殆与元气相侔。至长篇大韵，动数百千言，而顺适惬当，句句如一，无争长牵长之态，此岂捻断吟须，悲鸣口吻者之所能至哉？而世或以浅易轻之，盖不足与言矣。"《瓯北诗话》也说他的古体："令人心赏意惬，得一篇辄爱一篇，几于不忍释手……惟意所之，辩才无碍，且其笔快如并剪，锐如昆刀，无不达之隐，无稍晦之词。工夫又锻炼至洁，看是平易，其实精纯。刘梦得所谓'郢人斤斲无痕迹，仙人衣裳弃刀尺'者也。"

第十六章 白派诗人

与白居易唱和的有元稹、刘禹锡、李绅、杨巨源、卢拱、张籍等人。其中元稹是白氏文学上最忠实的同志,当时并称"元、白"。至今论白氏诗者,也必与元并举。

元稹(七七九—八三一),字微之,河南人。九岁善属文。少年登"才识兼茂明于体用"科第一。除左拾遗、监察御史,以敢言得罪执政,贬江陵士曹掾,徙通州司马。元和十四年被召返京,穆宗为太子时,宫人常诵稹诗,号为"元才子"。即位后,得稹诗数百篇,召为祠部郎中、知制诰。两年之后,即登相位。以资望太浅,朝野哗笑,裴度又与他交恶。为相才三个月,便与裴度同时罢。太和初,为尚书左丞,次年为户部尚书,兼鄂州刺史,御史大夫,武昌军节度使。卒年五十三。

元稹与白居易同时登科第,俱授校书郎,所以交情隆厚,白集名《白氏长庆集》,他的即名《元氏长庆集》。白居易有一篇《与元九书》自叙文学主张,他也有一篇《叙诗寄乐天书》。胡适说这书中自述早年作诗的政治社会的背景,最可帮助我们了解当时一班诗人作"讽谕"诗的动机。他在十五六岁时所见藩镇的罪恶不可胜数,像十余年不入朝,任职终身;豪将僇卒杀主帅而即请自帅;厚植羽党自固,与联结蛮夷自重;视一境如一室,刑杀其下,不啻仆畜;厚敛于民,名为进奉,实入私囊;京城之中,厚置房宇产业,建筑佛老庙宇,大兴土木。那时朝廷大臣,以谨慎不言为朴雅,直臣义士,则抑塞不得进言。"仆时孩骏,不惯闻见,独于书传中初习理乱萌渐,心体悸震若不可活,思欲发之久矣。"适有人示他陈子昂《感遇诗二十首》,他很受感动。后又得杜甫诗数百首,"爱其浩荡津涯,处处臻到,始病沈、宋之不存寄兴,而陈子昂之未暇旁备。"他早年受杜甫的启示,便倾向人生主义的文学。登朝以后,恰值政治上轨道,国事前途大有希望,又交结了一个白居易,便决心提倡文学运动,以为匡时之助。

后来他做左拾遗,果然干了几件令藩镇和势宦侧目的事。如奏举东川节度使严砺违诏过赋数百万,枉法没入平人资产八十余家；浙西观察使韩皋使军将，封杖打杀县令。又奏武宁王绍护送监军孟升表乘驿，纳表邮中，吏不敢止；内园擅系人逾年；河南尹诬杀诸生尹太阶；飞龙使诱亡命奴为养子；田季安盗取洛阳衣冠女；汴州没入死贾钱千万。他又不怕宦官，与中使刘士元争厅，至被蹋破驿门，夺去鞍马，受弓矢吓辱，又被仇士良击败面。但宰相反说他年少轻树威，失宪臣体，而将他贬为江陵士曹参军。这位骨鲠的青年谏官，遭了这样的挫折，文学运动的心反而更熟。他之成为白居易一个忠实同志，少年时志趣固有关系，政治上的失败，也有玉成之力。

他与白居易、李绅等唱和讽谕诗甚多。以《连昌宫词》为最著。借一个宫边老翁说出天宝年间玄宗、贵妃的故事，一盛一衰，形容尽致。结局诗人发议论道：

我闻此语心骨悲，太平谁致乱者谁？翁言野父何分别，耳闻眼见为君说。姚崇宋璟作相公，劝谏上皇言语切。燮理阴阳禾麦丰，调和中外无兵戎。长官清平太守好，拣选皆言由相公。开元之末姚宋死，朝廷渐渐由妃子。禄山宫里养作儿，虢国门前闹如市。弄权宰相不记名，依稀忆得杨与李。庙谟颠倒四海摇，五十年来作疮痏。今皇神圣丞相明,诏书才下吴蜀平。官军又取淮西贼,此贼既除天下宁。年年耕种官前道,今年不遗子孙耕。老翁此意深望幸,努力庙谟休用兵。

《容斋随笔》说:"元微之、白乐天在唐元和、长庆间齐名。其赋咏天宝时事,《连昌宫词》《长恨歌》皆脍炙人口,使读者性情摇荡,如身生其时,亲见其事,殆未易以优劣论也。然《长恨歌》不过述明皇追怆贵妃始末,无他激扬,不若《连昌宫词》有监戒规讽之意,如云'姚崇宋璟作相公……五十年来作疮痏。'其末章及官军讨淮西,乞庙谟休用兵,盖元和十三年所作殊得风人之旨,非《长恨歌》比云。"

张籍本是韩愈的好友,但诗的作风不类,前已提过,他晚年与白居易交游甚密,白集中有许多赠他的诗,所以他可算是白派诗人。

张籍字文昌,苏州吴人,或曰和州乌江人。贞元十五年(七九九)进士,授太常寺太祝,久之迁秘书郎。韩愈荐为国子博士。历水部员外郎主客郎中,世称张水部,终国子司业。为诗长于乐府,所以集中乐府为题的诗,几占三分之一。不过他做乐府不像李白借此发其才气,倒有杜甫咏叹时事的精神。《云仙杂记》说他尝取杜甫诗焚之，以灰烬副以膏蜜，频饮之曰："今我肝肠从此改易。"可见他是怎样倾倒于杜甫了。白居易有《读张籍诗集》一诗云："张君何为者，业文三十春。尤工乐府词，举代少其伦。为诗意如何？六义互铺存。风雅比兴外，未尝著空文。读君《学仙诗》，可讽放佚君。读君《董公诗》，可诲贪暴臣。读君《商女诗》，可感悍妇仁。读君《勤齐诗》，可劝薄夫敦。上可裨教化，舒之济万民；下可理情性，卷之善一身。"他的乐府词：

老农家贫在山住，耕种山田三四亩。苗疏税多不得食，输入官仓化为土。岁暮锄犁傍空室，呼儿登山收橡实。西江贾客珠百斛，船中养犬长食肉！（《野老歌》）

促促复促促，家贫夫妇欢不足。今年为人送租船，去年捕鱼在江边。家中姑老子复小，自执吴绡输税钱。家家桑麻满地黑，念君一身空努力。愿教牛蹄团团羊角直，君身常在应不得。（《促促词》）

这与白居易《新乐府》中《杜陵叟》《盐商妇》《卖炭翁》

何等

相似？

《元稹集》有《和李校书》新题乐府《上阳白发人》《华原磬》等十二首，序道："予友李公垂，贶予乐府新题二十首，雅有所谓，不虚为文。予取其病时之尤急者，列而和之，盖十二而已。"按李公垂即李绅，元稹和了他的新乐府，白居易也和了。而且白氏更推而广之，至于五十首，九千二百五十一言。他们受李绅的启示，不为不大，则李绅也可算白派诗人之一。

李绅字公垂，润州无锡人。为人短小精悍，于诗最有名，时号"短李"。元和初登进士第，补国子助教，不乐辄去。李锜（镇海节度使）辟掌书记，锜欲反，不为草檄，几被害。穆宗召为右拾遗，翰林学士，与李德裕、元稹同时，号"三俊"。官至同平章事，尚书右仆射。封赵郡公，卒赠太尉，谥文肃。

他现存《昔游诗》三卷、《杂诗》一卷，《乐府诗》已不传了。

惟《全唐诗话》载"绅初以古风求知于吕温，温见齐煦诵《悯农诗》曰：'春种一粒黍，秋收万颗子。四海无闲田，农夫犹饿死！''锄禾日当午，汗滴禾下土。谁知盘中餐,粒粒皆辛苦。'又曰:'此人必为卿相。'果如其言。"这两首小诗,价值不在元白长篇乐府之下。

现在我们再介绍两个内容不与白派相同、而形式相同的诗人,一个是中唐诗坛有名的刘禹锡,一个是不大出名的徐凝。

刘禹锡(七七二—八四二),字梦得,彭城人。贞元九年进士,登博学宏词科。王叔文用事,引入禁中;叔文败,坐贬连州刺史;在道贬朗州司马。十余年召还,将置之郎署,又以《玄都观看花》及《重游玄都观》,讥刺执政,两度外放。会昌初加检校礼部尚书。卒年七十二。

禹锡素善诗,晚节尤精,不幸坐废,偃蹇寡所合,乃以文章自适,与白居易酬复颇多,有《刘白唱酬集》。居易尝叙其诗道:"彭城刘梦得,诗豪者也,其锋森然,少敢当者。"又说:"其诗在处应有神物护持。"刘禹锡与柳宗元交谊最笃,但因与白居易、元微之倡和太多之故,作风也趋向平易,不似柳之清峭。如《月夜忆乐天兼寄微之》:

今宵帝城月,一望雪相似。遥想洛阳城,清光正如此。知君当此夕,亦望镜湖水。展转相忆心,月明千万里!

至于《苏州白舍人寄新诗有叹早白无儿之句因以赠之》:"雪裹高山头白早,海中仙果子生迟。"《寄宣武令狐相公》:"少有一身兼将相,更能四面占文章。"《和令狐相公答白宾客》:"身无拘束起长晚,路足交亲行自迟。"《春日书怀寄东洛白二十二》:"眼前名利同春梦,醉里风情敌少年。"俨然是元白的口吻,后来袁枚的诗也是这一路。

但刘禹锡还有他自己的贡献。他十余年窜谪蛮荒中,常取民歌的音节和情致,作《杨柳枝词》《竹枝词》《踏歌词》,得到异常的成就:

杨柳青青江水平,闻郎江上唱歌声。东边日出西边雨,道是无晴却有晴!

山桃红花满上头,蜀江春水拍山流。花红易衰似郎意,水流无限似侬愁。

江上朱楼新雨晴,瀼西春水縠纹生。桥东桥西好杨柳,人来人去唱歌行。

日出三竿春雾消,江头蜀客驻兰桡。凭寄狂夫书一纸,家住成都万里桥。

他的《竹枝九首自序》道："四方之歌，异音而同乐。岁正月，余来建平，里中儿联歌《竹枝》，吹短笛，击鼓以赴节。歌者扬袂睢舞，以曲多为贤。聆其音，中黄钟之羽，卒章激讦如吴声。虽伧伫不可分，而含思宛转，有《淇澳》之艳音。昔屈原……作《九歌》……故余亦作《竹枝》九篇，俾善歌者飏之，附于末。后之聆巴歈知变风之自焉。"后来诗人常以异乡风土作为《竹枝词》，充分利用民歌风格，可说是刘禹锡遗下的影响。

刘氏因为汲取民歌风格，居然能推陈出新，又替诗歌增加了几种新体裁。如：

斑竹枝，斑竹枝，泪痕点点寄相思。楚客欲闻瑶瑟怨，潇湘深夜月明时。（《清湘词》）

春去也，笑惜艳阳年。犹有桃花流水上，无辞竹叶醉樽前。惟待见青天！（《春词》）

水至清，尽美。从一勺，至千里。利人利物，时行时止。道性净皆然，交情淡如此。君游金谷堤上，我在石渠署里。两心相忆似流波，潺湲日夜无穷已。（《叹水别白

二十二一韵至七韵》）

徐凝睦州人。他《咏庐山瀑布》："万古长如白练飞，一条界破青山色。"被苏轼诮为"恶诗"。在唐时诗名也不大。他有《寄白司马》《答白公》及和白诗数首。《和秋游洛阳》云："洛阳自古多才子，唯爱春风烂熳游。今到白家诗句出，无人不咏洛阳秋。"《将归江外留辞侍郎》："一生所遇唯元白，天下无人道布衣。"《和侍郎邀宿不至》："料得白家诗思苦，一篇诗了一弹琴。"因为他对元白这样倾倒，所以诗风极其相似，可以说是中唐一个白话诗人。

游客远游新过岭，每逢芳树问芳名。长林遍是相思树，争遣愁人独自行！（《相思林》）

古树欹斜临古道，枝不生花腹生草。行人不见树少时，树见行人几番老。（《古树》）

宝镜磨来寒水清，青衣把就绿窗明。潘郎懊恼新秋发，拔却一茎生两茎！（《览镜词》）

第十七章 唯美文学启示者 李贺

元和长庆以后诗坛风气又起了一重大变化，即由人生文学改而为艺术文学，由男性文学又变成女性文学了。这种文学外表无非绮罗香泽，内容不外月意云情，而色泽必艳丽，音节必浏亮，结构必完密，奸像以美为惟一条件，故我们可以喊它为唯美文学。

为什么唯美文学在这时候发达起来呢？我以为也有它的时代社会背景。

一则为言论之不自由。宪宗即位之初朝纲大振，颇有中兴气象，使文人久臻灰冷之希望为之复苏。况且那时言论尚可随意，故元白可以打起人生文学的旗帜，随便发表他们的讽谕作品。以后朝廷上成了宦官和朋党的世界，言论就不能像这样自由了。宦官自德宗时，握有神策军权，藩帅多由此军简任，台省清要亦多出其门。内外要结，根深蒂固，炙手可热，气焰熏天。甚至连弑宪宗、敬宗，天子由其自由拥立，自称"定策国老"，为帝皇之门生。文宗太和二年（八二八），刘对策极言宦官罪恶，有"宫闱将变，天下将倾，海内将乱"之语。考官冯宿、贾、庞元等皆嗟伏，士人读其辞至感慨流涕。而宦官大怒，谓"朝庭名器，岂可与此疯汉！"刘竟下第，并被宦官诬以罪，远贬柳州司户参军而卒。甘露之变，宦官族诛宰相王涯、贾等二千余人，文宗阳瘖纵酒，饮恨吞声，而莫可如何。天下虽痛愤，惟以其势力太大，手段太毒，无人敢斥其恶。像白居易作《紫村阁》诗，那时宦官不过不悦而已，这时候便会惹杀身之祸。至于朋党，则宪宗时，有裴度与李逢吉交恶，穆宗时有裴元（稹）之倾轧，敬宗时有牛（僧孺）裴之互斥，文宗时有二李（宗闵与德裕）之交攻；而李德裕与牛僧孺两党之钩心斗角，互相排挤，更如水火之不相容，父母之仇之不并立。那时文人学士周旋二党之间，发言稍一不慎，便可累及一生。即有感慨，岂敢明白宣露？况此时朝政日非，文人又由希望而转为绝望，只好相率逃到象牙之殿，艺术之宫，去度其超然象外的诗人生活了。

二则为对中唐文学之反动。文学的变迁，有时固为环境所左右，有时则为作家想变换口味的关系。譬如一个人甘脆肥醲的东西吃得太腻，便想吃点清淡的蔬菜；清淡蔬菜吃得太久，觉得无味，则又想开荤。元和诗人韩愈等提倡险恶，绝对排斥辞藻；又孟郊、贾岛风格干枯寒瘦，不合多数读者脾胃；卢仝信口开河，漫无限制，艺术的形式更一坏而不可收拾。元、白一派注重内容，形式以平易坦白为主，末流所至，遂致直率显露，不耐寻味——讽谕诗又当别论——所以到了太和、开成之际，自然引起反动。

韩愈时，少年诗人李贺便不满意于那时诗风，自己另觅径路。到后来又有一群青年诗人出来，按照李贺的启示，以沉博绝丽的形式，矫正韩派的枯瘦犷野，以"艺术为艺术"的主张，打破元、白的功利主义，遂成立唯美文学的时代。

唯美文学既发端于李贺，而李贺之成功又得力于宫体。我们知道齐、梁之际发生一种宫体文学，梁简文帝、陈后主均工为之。这派文学虽名为宫体，却不专写宫掖生活，凡一切绮罗香泽有关女性的描写都可包括在内。由梁、陈继续至于初唐四杰沈、宋，开、天后势虽不振，但潜流并未断绝，到这时代，便复活而成为诗坛势力。

我们又要问宫体何以会在这时复活？原来唐人本喜作

宫词，元和时白居易又把那富于传奇文学性质的唐明皇、杨贵妃故事，制成一篇《长恨歌》，哀感顽艳，沁人心脾，一时传遍天下。他又作《江南遇天宝乐叟》等长诗，元稹又仿他写了一篇《连昌宫辞》，都咏天宝遗事。到了大中时，进士郑嵎还仿他们作了一篇长一千四百字的《津阳门》诗。在这刺激之下，文人的兴趣，一时倾向宫廷故事，宫词的规模便宏大起来了。中唐王建用七绝体裁写了一百首宫词，王涯也作了三十首，张祜又善作小宫词，都可说由宫廷故事诗变化而来的。宫词文辞美丽，李贺为少年诗人，惊才绝艳，所以更喜为这个体裁的尝试。

照思想的原则，一种思想或文学主义之复活，一定要加上经过的时代色彩，艺术也比较进步。复活的宫体，也和六朝的宫体大不相似，竟可说由附庸而蔚为大国，变成一种新文学了。

要介绍李贺之前，不妨将中唐宫体诗人王建、王涯先为一述。惟二王与李贺作风不同：李贺的宫体大半是理想的，而二王则都是写实的；李贺诗艰深，二王诗则坦易，甚至用白话写，可说是白居易一派。

王建字仲初，颍川人。大历十年进士。初为渭南尉，历秘书丞、侍御史。太和中，出任陕州司马，从军塞上，后归咸阳，卜居原上。建工乐府，与张籍齐名。《宫词》百首，犹传诵人口。

罗衫叶叶绣重重，金凤银鹅各一丛。每遍舞时分两向，太平万岁字当中。

射生官女宿红妆，请得新弓各自张。临上马时齐赐酒，男儿跪拜谢君王。

十三初学擘箜篌，弟子名中被点留。昨日教坊新进入，并房官女与梳头。

私缝黄帔捨钗梳，欲得金仙观里居。近被君王知识字，收来案上检文书。

树叶初成鸟护巢，石榴花里笑声多。众中遗得金钗子，拾得从他要赎么？

宫人早起笑相呼，不识阶前扫地夫。乞与金钱争借问，外头还似此间无？

这些诗不是完全白话么？他尝与内宫王枢密醉后相讥，王枢密恨道："吾弟所有宫词，天下皆诵于口，禁掖深邃，何以知之？"拟上奏。建以诗谢云："先朝行坐镇相随，今上春宫见长时。脱下御衣偏得着，进来龙马每教骑。常承密旨还家少,独对边情出殿迟。不是至尊频向说,九重争遣外人知?"事乃寝。

还有王涯字广津,贞元进士,宪宗、文宗时皆尝为宰相,死于甘露之变。他有《宫词》三十首,今仅存二十七首。其中如"白人宜着紫衣裳,冠子梳头双眼长,新睡起来思旧梦,见人忘却道'胜常'";"一丛高鬟绿云光,宫样轻衫淡淡黄,为看九天公主贵,外边争学内家装"。也很有风致。后来花夫人作《宫词》一百首,完全是规抚王建、王涯的。

李贺(七九〇—八一六)字长吉,宗室郑王之后,父名晋肃,贺举进士为时辈所排诋,韩愈虽作《讳辩》为之辩护,而贺竟因此终身不遇。为人纤瘦,通眉长爪,七岁即能辞章,每旦日出,骑弱马,从小奚奴,背古锦囊,遇有所得,即书投囊中,及暮足成之。非大醉及吊丧日率如此。母每见所书多,即怒曰:"是儿要呕出心肝乃已耳!"卒年二十七。

李贺的《宫体诗》计有三四十首,有的标明宫殿字样,如《过华清宫》《安乐宫》《宫街鼓》《三月过行宫》《赋御沟水》;有的写古代宫廷故事,如《李夫人歌》《铜雀妓》《金铜仙人辞汉歌》《秦宫诗》《铜驼悲》《梁台古愁》《瑶华乐》；有的写宫中妇女生活，如《河南府试十二月乐词》《贵主征行乐》《宫娃歌》《夜来乐》；有的托为游仙体裁，如《天上谣》《秦十饮酒》《湘妃》《贝宫夫人》。

现在引其宫体诗二首如下：

蜡光高悬照纱空，花房夜捣红守宫。象口吹香毾暖，七星挂城闻漏板。寒入罘罳殿影昏，彩鸾帘额著霜痕。啼蛄吊月钩栏下，屈膝铜铺锁阿甄。梦入家门上沙渚，天河落处长洲路。愿君光明如太阳，放妾骑鱼撇波去！（《宫娃歌》）

西施晓梦绡帐寒，香鬟堕髻半沉檀。辘轳咿哑转鸣玉，惊起芙蓉睡新足。双鸾开镜秋水光，解鬟临镜立象床。一编香丝云撒地，玉钗落处无声腻……妆成欹不斜，云裾数步踏雁沙。背人不语向何处？下阶自折樱桃花。（《美人梳头歌》）

在这二首诗里，我们显明地看出李贺的作风特点便是深刻。上文说过一种文学的复活，一定要加上所经过时代的色彩。中唐是个苦吟的时代，李贺呕出心肝作诗，便是受这时代风气的感染。像"寒入罘罳殿影昏""玉钗落处无声腻",都是深刻的句法。

又像《金铜仙人辞汉歌》:"天若有情天亦老。"司马光说:"李长吉诗'天若有情天亦老',奇绝无对。石曼卿对曰'月如无恨月常圆',人以为劲敌。"其实曼卿之对,何尝及原句之奇?又《天上谣》:"银浦流云学水声。"《咏怀》:"弹琴看文君,春风吹鬓影。"《新笋》:"斫取青光写楚辞。"《咏马》:"向前敲瘦骨,犹是带铜声。"这类句子,思想每能曲折地透进几层,故一平常观念,也能写成奇语,好像太阳射过三棱镜映出璀璨的七色光线一般。他从六朝宫体,采取香艳的感情和华丽的辞藻,使诗恢复了美。

又以李白之飘逸、韩愈之险怪、孟郊之刻削熔在一炉,百炼千锤,成为他自己的奇辞壮采。

秦王骑虎游八极,剑光照空天自碧。羲和敲日玻璃声,劫灰飞尽古今平。龙头泻酒邀酒星,金槽琵琶夜枨枨。洞庭雨脚来吹笙,酒酣喝月使倒行。银云栉栉瑶殿明,宫门掌事报一更。花楼玉凤声娇狞,海绡红文香浅清。黄鹅跌舞千年觥,仙人烛树烛炬轻,清琴醉眼泪泓泓。(《秦王

饮酒》）

老兔寒蟾泣天色，云楼半开壁斜白。玉轮轧露湿团光，鸾佩相逢桂香陌。黄尘清水三山下，更变千年如走马。遥望齐州九点烟，一泓海水杯中泻！（《梦天》）

李白一生梦想做神仙，又具不凡的豪情，胜概精神每飞驰于高远处，故常想"倚剑天外，挂弓扶桑"，"手弄白日，顶摩青穹"。（均见李白文）他描写自然风景，也喜欢设为高处的看法，如《庐山谣》《西岳云台歌》，都像在飞机下瞰的景象。李贺的"遥望齐州九点烟，一泓海水杯中泻"，以及"千山浓绿生云外"（《十二月乐词·四月》），"南风吹山作平地，帝遣天吴移海水"（《浩歌》），都学李白高处看法。但他的思想比李白来得深刻。"羲和敲日玻璃声"，李白是不会作的。

他的"酒酣喝月使倒行"，以及"踏天磨刀割紫云"（《杨生青花紫石砚歌》），"呼龙耕烟种瑶草"（《天上谣》），"撞钟饮酒行射天，金虎蹙裘喷血斑"（《梁台古愁》），"女娲炼石补天处，石破天惊逗秋雨"（《李凭箜篌引》），"方花古础排九楹，刺豹淋血盛银罂"（《公莫舞歌》），则学韩愈的险怪，不过辞藻瑰丽又与韩不同。李商隐《李贺小传》，说他"最先为昌黎韩愈所知"。《唐书》本传也说他："七岁能辞章，韩愈、皇甫湜始闻未信，过其家，使贺赋诗，援笔辄就，如素构。自目曰《高轩过》，二人大惊，自是有名。"又相传李贺以诗卷谒退之，时为国学博士，已送客解带，门人呈卷，旋读之，首篇《雁门太守行》云："黑云压城城欲摧，甲光向日金鳞开。"却援带，命邀之。（《唐诗纪事》）他们既有这样深的关系，则诗风感染，当然是可能的事。

但李贺的诗所以能独成一家者，尚不在此。他功名不得意，心境忧郁。又以刻苦吟诗，愈多疾病。所以诗亦多带病态，如"日夕著书罢，惊霜落素丝。镜中聊自笑，讵是南山期？"（《咏怀》）"咽咽学楚吟，病骨伤幽素。"（《伤心行》）"我生二十不得志，一心愁谢如秋兰。"多病的人，神经也比较灵敏，视宇宙间一切无不可悲可感，他的思想也就一天一天变得幽僻凄厉，甚至离开了热闹的人境，而跑到凄凉的鬼境，白杨衰草间的古坟，荒烟蔓草中的铜驼，幽圹的漆灯，阴房的鬼火，啼血的杜鹃，黑夜古木上怪笑的怪鸮，纸钱，旋风，神弦曲，血，死，哭，泣，泪，都成了他最爱取的材料，无怪乎作品之鬼气森森了。

云根苔藓山上石，冷红泣露娇啼色……石脉水流泉滴沙，鬼灯如漆点松花！（《南山田中行》）

茂陵刘郎秋风客，夜间马嘶晓无迹。画栏桂树悬秋香，三十六宫土花碧。（《金铜仙人辞汉歌》）

客饮杯中酒，鸵悲千万春……厌见桃株笑，铜驼夜来哭。（《铜驼悲》）

旋风吹马马踏云……青狸哭血寒狐死……百年老鸮成木魅，笑声碧火巢中起。（《神弦曲》）

南山何其悲，鬼雨洒空草……月午树立影，一山惟白晓。漆炬迎新人，幽圹萤扰扰！（《感讽》）

秋坟鬼唱鲍家诗，恨血千年土中碧！（《秋来》）

《文献通考》："宋景文诸公在馆，尝评唐人诗，谓太白仙才，长吉鬼才。"《沧浪诗话》："人言太白仙才，长吉鬼才。不然，太白天仙之词，长吉鬼仙之词耳。"王思任《昌谷诗解序》:"贺既孤愤不遇,而所为呕心之语,乃日益高渺。寓今托古,比物征事,大约言悠悠之辈,何至相乃尔?人命至短,好景易尽,故以其哀激之思,变为晦涩之调。喜用鬼字,泣字,死字,血字,如此之类,幽冷溪刻,法当早夭……"

我们的诗人仅仅活了二十七岁,想必就是这缘故。

第十八章 诗谜专家李商隐

晚唐诗人普通以李商隐、温庭筠、杜牧三人为代表，但我们应当把商隐升为领袖，因为唯美文学李贺开其端，至商隐始大成。其势力且笼罩宋初四十年诗坛，为中国高蹈文学先导。又以《无题》诸作，写一生恋爱故事，被后人误会为"寄托"，无意中又成为象征文学之祖。在李杜韩白之外，可以独立而成一家，张为《诗人主客图》，有"瑰奇美丽主"一席，属之商隐，始称无愧。

李商隐（八一三—八五八）字义山，怀州河内人。初在令狐楚幕府，开成二年（八三七）登进士第，调弘农尉。王茂元镇河阳，爱其才，表掌书记，以女妻之，得侍御史。茂元死，游京师，久不调。后随郑亚府、卢弘正在外，久之还朝，干令狐绹，补太学博士。柳仲郢节度剑南东川，辟为判官、检校工部员外郎。府罢，客荥阳卒，年四十五。

中唐诗人李贺作品便很晦涩，然吾人读其"石破天惊逗秋雨""金虎蹙裘喷血斑"等句，知其故作险怪奇突语，以惊骇世俗而已，决不想去寻找什么内容，而且句句可以解释。至于李商隐的晦涩则无可解释，内容却又总像影影绰绰，蕴藏了许多东西似的，常会引起读者探索的好奇心。千余年来注家辈出，注全集者有刘克、张文亮、释道安、屈晦翁、朱鹤龄、姚培谦、程增宁、冯浩等人。解《锦瑟》一诗者，有刘贡父、黄庭坚、苏轼，以及近人孟森等人。其他零星考证，更不可胜数，然终莫得其要旨。元好问《论诗绝句》云："望帝春心托杜鹃，佳人锦瑟怨华年。诗家总爱西昆好，独恨无人作郑笺。"明胡震亨也说别家诗都可笺注，独商隐一集无一人能下手，若非其中大有秘密，何至于此？

注家既无从下手，于是遂有"寄托"之说发生。至清而说尤盛。朱鹤龄云："或曰：'义山之诗半及闺闼，读者与《玉台》《香奁》例称。荆公以为善学老杜，何居？'予曰：男女之情通于君臣朋友，《国风》之蝤蛴蛾眉，云发瓠齿，其辞甚亵，圣人顾有取焉。《离骚》托芳草以怨王孙，借美人以喻君子，遂为汉魏六朝乐府之祖。古人之不得志于君臣朋友者，往往寄托遥情于婉娈，结深怨于謇脩，以序其忠愤无聊，缠宕往复之致。唐至太和以后阉人暴横，党祸蔓延。义山扼塞当途，沉沦记室，其身危则显言不可而曲言之；其思苦则庄语不可而谩语之；计莫若瑶台璚宇，歌筵舞榭之间，言之可无罪，而闻之足以动。其《梓州吟》云：'楚雨含情俱有托'，早已自下笺解矣。吾故曰义山之诗乃风人之绪，屈宋之遗，盖得子美之深，而变出之者也，岂徒以征事奥博，撷采妍华，与飞卿、柯古争霸一时哉？学者不察本末，类以才人浪子目义山。即爱其诗者，亦不过以为帷房昵嫟之词而已，此不能论世知人之过也。"（《李义山诗注序》）

程增宁说："无题诸诗，人多目为《闲情》之赋，咏物诸作，又或视若《尔雅》之词，之二者交失之矣。愚见《无题》近于怨旷者，皆怨及朋友之寓言，咏物近于幽闲者，乃愿入温柔之绮语，逐篇三复，自然得之，《国风》《离骚》是其所本。苟或以为反是，则无题嫟昵，大是罪人，咏物无情，未为俊物也。"又说："诗须有为而作也，义山于风云月露之外，大有事在，故其于本朝之治忽理乱，往往三致意焉……愚一一求得其实以归之，使义山

忧时忧国之心与杜子美相先后。"(《李义山诗集笺注·凡例》)

自从他们这样一说,李商隐不但忠愤如杜甫,而且成为象征主义的诗人了。且其技术之巧妙,联想之奇特,心思之周密,幻想之瑰异,虽今日西洋象征大家梅特林克、魏尔伦、霍伯特曼等人,也无以过。中国象征文学仅有《离骚》前半段勉强可说,《国风》及汉魏六朝乐府,都属后人附会,李商隐在唐代对象征文学居然能有这样造诣,岂非文学史的奇迹?

况《唐书》本传称商隐为人"诡薄无行","无特操",唐末李涪著《释怪》,讥商隐之文"无一言经国,无纤意奖善",而后人乃欲使之"与曲江老人相视而笑",在吾们的诗人真可谓不虞之誉了。况"寄托"之说穿凿附会,其说往往不能自圆,深求反失,此之谓也。

本书作者,尝怀疑前人之说。取李商隐诗集,细加研究,始将千余年来,百十人探索不可得之秘密,一朝发现,盖其《无题》艳情诸作,篇篇都是恋爱的本事诗,真真实实的记录,并无"寄托"的踪影。他作品之隐僻难解,则为恋史在事实上不能直陈,故用各种典故,制成巧妙诗谜,并安上线索,使后人自去猜索。他本意也不想创什么象征诗体，而作品暧昧，神秘色彩甚浓，使后人误为象征诗，则为他意外的收获。

他平生曾恋爱两种女子，一为修道之女冠，一为宫中之嫔御。二种恋史，都难宣布，遂以诗谜方法来写。今试引他和女道女士恋爱作品一首，并将所用典故注出，以见其诗谜形式一斑：

松篁台殿蕙兰帏，龙护瑶窗凤掩扉。无质易迷三里雾，不寒长着五铢衣。人间定无崔罗什，天上宁无刘武威。寄问钗头双白燕，每朝珠馆几时归？（《圣女祠》）

"三里雾"，《后汉书》："张楷有道术，居华山谷中，能为五里雾。时关西人入斐优亦能作三里雾。"

"五铢衣"，《博物志》："贞观中岑文本于山亭避暑，有叩门者云上清童子。文本问曰：'衣皆轻细，何所出？'对曰：'此上清五铢衣。'"

"崔罗什"，《酉阳杂俎》："长白山有夫人墓，魏孝昭之世，清河崔罗什被征过此，忽见朱门粉壁，一青衣出，遇什曰：'女郎须见崔郎。'什恍然下马，入两重门，青衣引前。什遂就床坐，其女在户东，立与什叙温凉。什下床辞出，上马行数十步，回顾乃一大冢。"按《酉阳杂俎》乃商隐同时段成式所著，此故事当有蓝本。

"刘武威"，《神仙感遇传》："刘子南，汉武威太守冠军将军也，从道士尹公受务成莹火丸佩之，隐形，辟百谷诸毒兵刃盗贼。"冯浩引刘禹锡《诮失婢榜》云："不逐张公子，即随刘武威。"谓必有事在，今失详耳。

"钗头燕"，《洞冥记》："元鼎元年，起招灵阁，有神女留玉钗与帝，帝以赐赵婕妤。至元中宫人犹见此钗，谋欲碎之，明旦发匣，惟有白燕飞于天上。后宫人学此钗，因名玉燕钗。"

唐代宗女华阳公主性聪颖，上奇爱之，大历七年（七七二）以病丐为道士，号琼华真人，其观曰华阳观。李商隐所恋女道士名宋华阳，亦居此观。故诗之首二句，形容圣女祠建筑，俨带宫殿色彩。首联形容女道士服饰之华美。次联之崔罗什、刘武威皆仙女情人，以写女道士之与自己恋爱。其重过圣女祠，有"萼绿华来无定所，杜兰香去未移时"之语。萼绿华故事见陶宏景《真诰》，以仙女而降羊权家，杜兰香故事见晋曹毗《神女杜兰香传》，亦以仙女降张硕，皆喻唐代女道士之不守清规。宋华阳为宫女之入道者，所以用《洞冥记》暗射之。

他还有《月夜寄宋华阳》《赠宋华阳真人兼寄清都刘先生》各一首，《碧城》三首，《重过圣女祠》七律一首，《圣女祠》五排一首，《银河吹笙》七律一首，《寄永道士》七绝一首，可以看出商隐由旧同学永道士——商隐曾学道王屋山，永道士亦学于是中——之介绍，得认识女道士宋华阳。后商隐与华阳因事失和，华阳姊妹二人，舍商隐共恋永道士等等事迹。

关于与宫嫔恋爱的作品引《无题》为例：

幸会东城宴未回，年华忧共水相催。梁家宅里秦宫入，赵后楼中赤凤来。冰簟且眠金镂枕，琼筵不醉玉交杯。宓妃愁坐芝田馆，用尽陈王八斗才。

曲江为唐代帝王游宴胜境，建有离宫，自明皇以来，常挈宫眷至此避暑。唐文宗又增建紫云楼、采霞亭，商隐与宫嫔幽会皆在此。曲江在长安东南十里，故诗"幸会东城宴未回"。

"秦宫"，《汉书·梁冀传》："冀爱监奴秦宫，得出入妻孙寿所。寿见宫，辄屏御者，托以言事，因与私焉。"

"赤凤"，《飞燕外传》："后所通宫奴赤凤，雄捷能超观阁,兼通昭仪。赤凤始出少嫔馆,后适来幸,是日连臂蹋地,歌《赤凤来曲》。"

"金镂枕",《文选注》:"魏东阿王求甄逸女既不遂,太祖回与五官中郎将,植殊不平。黄初中入朝,帝示植甄后玉镂金带枕,植见之不觉泣。时已为郭后谗死,帝仍以枕赍植。植还,度轘辕将息洛水上,忽见女来云:'托心君王,其心不遂,此枕是我嫁时物,前与五官中郎将,今与君王。'遂用荐枕席。遂作《感甄赋》,明帝见之改为《洛神赋》。"《无题四首》之一:"贾氏窥帘韩掾少,宓妃留枕魏王才。"可与此互相发明。

"芝田馆",崔融《贺芝草表》:"芝英绕殿,暂疑王母之台;灵草成田,聊比宓妃之馆。"

商隐所爱宫嫔,姓卢,浙东人,一名飞鸾,一名轻凤,旧侍敬宗为舞女。后入文宗后宫,生子蒋王宗俭。然文宗方宠杨贤妃,不常临幸,二人乃在外招寻面首,与商隐相识,常于曲江相会。开成四年,文宗以追理逸毁庄恪太子案,杀宫使十人,卢氏姊妹畏罪投井死。商隐集中《甆瓦》《拟意》《镜槛曲江》《曲水》《景阳宫井双桐》《景阳井》,以及《鸾凤卢莫愁》之诗,皆记此事经过。

商隐既以古书典故影射其一生恋史,若典故用错,则事实必混淆,所以他用典极其细心,丝毫不苟。女道士方面,人物则东方朔、王子晋、洪崖、萧史、青女、素娥等;境地则碧城、玉楼、瑶台、紫府、阆苑、玉山等。宫嫔方面,人物则赤凤、秦宫、襄王、宋玉、魏东阿、燕太子、赵飞燕、卢莫愁、宓妃、汉后、楚妃;境地则楚宫、汉苑、景阳宫、蓬莱、芙蓉塘、天泉、龙宫等,读者就谜面以索谜底,便可水落石出。即其一点,李氏可谓空前绝后之诗谜专家。

但李商隐与女道士及宫嫔恋爱之事迹,曲折甚多,非草草数言可以明了,须取李氏诗集与拙著《玉溪诗谜》共读,始可得其详细。

不过李商隐除了用诗谜记叙他与女道士、宫嫔恋爱外,对于当时国事,并非绝口不道,如李涪之所讥。如《行次西郊一百韵有感》(记甘露之祸),都是很显明的对时局的感慨。还有隐喻的,如:

七国三边未到忧,十三身袭富平侯。不收金弹抛林外,却惜银床在井头;彩树转灯珠错落,绣檀回枕玉雕锼。当关不报侵晨客,新得佳人字莫愁。(《富平少侯》)

《汉书》成帝始为微行,纵私奴出入郊野,每自称富平侯家人。又首句"七国三边",皆汉事,似乎此诗是咏成帝。惟首联以下,便非成帝事迹,所以知道他借史事刺当时朝政。徐德泓说,此诗为敬宗作,帝好奢好猎,宴游无度,赐予不节,尤爱纂组雕镂之物,视朝每晏……敬宗即位年方十六,故以富平少侯为比。

此外如陈后宫,览古,皆刺敬宗。咏史吊文宗。四皓庙为辅导庄恪太子者叹息。茂陵嘲讽武宗。《华岳下题西王母庙》之悼武宗王才人,旧说尚无差谬,但以古代帝王影射现代帝王,与他以仙女影射女道士,古妃影射宫嫔一样,谜面与谜底不能离开而独立。故有晦涩隐僻之病,不算上乘的象征文学。

惟以小动物影射宫人及入宫人物,颇有意味,今引其《蜂诗》:

小苑华池烂熳通,后门前槛思无穷。宓妃腰细才胜露,赵后身轻欲倚风。红壁寂寥崖密尽,碧檐迢递雾巢空。青陵粉蝶休离恨,长定相逢二月中。

此诗盖刺文宗妃子杨贤妃。《长安志》文宗梓陵陪葬杨封妃,毕沅抚陕时校志,疑文有误,改封妃为贤妃。我疑杨妃在世时，有"封""贤"两名号，"封"与"蜂"音同，故商隐以蜂为比。杨妃虽得宠，而亦有一情人，姓韩。商隐《蝇蝶鸡麝鸾凤等成篇》，有"韩蜨翻罗幙。"《青陵台》，有"莫讶韩凭为蛱蝶，等闲飞上别枝花。"还有几首雪中蝴蝶诗（雪亦指杨妃），故知"青陵粉蝶"乃是杨妃情人。其"小苑华池""宓妃赵后"系影射杨妃身份。

这首诗离开宫闱秘史的谜底，谜面也可成为一首咏蜂诗，所以算得是好的象征文学。

最后我略谈商隐诗的艺术。杨亿《谈苑》说，商隐为文多简书册，左右鳞次，号獭奏鱼。杨是研究商隐的专家，宋初去晚唐不远，其言必有所本。商隐以古书典故，制诗迷以影射其一生恋史，固无怪其如此，但用典成了习惯，即不须典之诗亦以典为之，有时显得堆垛饾饤，毫无灵气，如其《喜云》诗，连用十余典，《人日》诗亦连用十余典，所以范希文《对床夜话》谓其为"编事"。

但以大体而论，他的诗实具精密缛丽的特点。敖陶孙称其"如百宝流苏，千丝铁网，绮密瑰妍"。范梈称其"家数微密闲艳，学者不察，失于细碎"。杨亿则称其"包蕴密致，演绎平畅，味无穷而炙愈出，钻弥坚而酌不竭"。

又杨亿而外，许顗、吕本中、冯班、冯浩等人，都说商隐诗可医槎枒僵硬之病，与油滑粗厉之习，并说自己因研究他的诗，而思想变成致细深沉。

第十九章 李商隐同时诗人

《旧唐书·李商隐传》:"与太原温庭筠、南郡段成式齐名,时号三十六体——《小学绀珠》,三人皆行十六,故曰三十六体——文思清丽,庭筠过之。"温庭筠与李氏都是努力于这唯美文学的同志,文体相同。但谓温文思清丽过李,我很承认这话。

李贺、李商隐、温庭筠三人文字,都从六朝宫体蜕化出来,都可以一"丽"字包括。然李贺多用矿物性质的形容词,如"金""银""玉""瑶",又好作游仙体,可说是"瑰丽"。李商隐《碧城》诸作也甚瑰丽,而大部分作品,多用工艺品性质的形容词,如"锦""绣""雕""镂",且堆垛典故,巧制诗谜,可说是"缛丽"。温庭筠好用植物性质及自然界性质的形容词,如"花""草""凰""月",

又无内容不为事所累,故可说是"清丽"。

温庭筠本名岐,字飞卿,太原人。少敏悟,才思艳丽,韵格清拔,工为词章小赋。然行无检幅,数举进士不第。徐商镇襄阳,署为巡官,不得志,归江东。后商知政事欲用之,会罢相不果。杨收疾之,贬方城尉,再迁尉县尉卒。其生年约当公元八二〇—八七〇之间。

温庭筠同李贺一样好作宫体诗,他的七古有些很晦涩,而近体则平易。

湘东夜宴金貂人,楚女含情娇翠。玉管将吹插钿带,锦囊斜拂双麒麟。重城漏断孤帆去,唯恐琼笺报关曙。万户沉沉碧树圆,云飞雨散知何处?欲上香车俱脉脉,清歌响断银屏隔。堤外红尘蜡炬归,樱前澹月连江白!(《湘东宴曲》)

百舌问花花不语,低回似恨横塘雨。蜂争粉蕊蝶分香,不似垂柳惜金缕。愿君留得长妖韶,莫逐东风还荡摇。秦女含颦向烟月,愁红带露空迢迢!(《惜春词》)

他的"万户沉沉碧树圆","低回似恨横塘雨",都可当得"清丽"二字。又如：

抱月飘烟一尺腰，麝脐龙髓怜娇娆。秋罗拂水碎光动，露重花多香不销……郎心似月月未缺，十五十六清光圆。（《张静婉采莲歌》）

团圆莫作波中月，洁白莫为枝上雪。月随波动碎㶉㶉，云似梅花不堪折。（《三洲词》）

吴宫女儿腰似束，家在钱塘小江曲。一自檀郎逐东风，门前春水年年绿。（《苏小小歌》）

树色深含台榭情，莺声巧作烟花主。（《醉歌》）

韶光染色如娥翠，绿湿红鲜水容媚。（《春洲曲》）

小姑归晚红妆浅，镜里芙蓉照水鲜。（《兰塘词》）

三秋庭绿尽迎霜，惟有荷花守红死。（《懊恼曲》）

衰桃一树近前池，似惜红颜镜中老。(《春晓曲》)

红妆万户镜中春，碧树一声天下晓。(《鸡鸣埭歌》)

读了这些诗句，我们知道温庭筠极得力于六朝吴语文学，盖取《子夜》《阿子》《怀闻》《懊恼》《读曲》等歌，合以齐梁宫体而变化出之，故其诗如春朝，如秋夜，如初莺之弄舌，如新花之蓓蕾，如山色之葱茏，如波光之滉漾，如珠温玉软，红鲜翠倚，如十五六女郎执红牙拍，唱"杨柳岸晓风残月"，真有一种说不出的新鲜趣味和风流情致。

段成式字柯古，河南人。为段文昌之子。研精苦学，秘阁书籍，披阅皆遍。历尚书郎太常少卿，连典九江、缙云、庐陵三郡，坐累退居。他的诗全传流者以七绝为多，录其《柔卿解籍戏呈飞卿三首》：

长担犊车初入门，金牙新酝盈深樽。良人为渍木瓜粉，遮却红腮交午痕。

最宜全幅碧鲛绡，自襞春罗等舞腰。未有长钱求邺锦，且令裁取一团娇。

出意挑鬟一尺长，金为钿鸟簇钗梁。郁金种得花茸细，添入春衫领里香。

作风颇似温李。又《嘲飞卿》七首，《戏高常侍》七首，也是一样的笔墨。晚唐时小词渐兴，温庭筠善作《菩萨蛮》，至为唐宣帝所爱唱。段成式与其友张善继、郑君符共作《闲中好词》，郑云："闲中好，尽日松为侣，此趣人不知，轻风度僧语。"段云："闲中好，尘务不萦心，坐对窗前木，看移三面阴。"皆清隽有味。

还有个李群玉，也是唯美诗人，而且与温、段均有交谊。

李群玉字文山，丰州人。性旷逸，赴举一上而止，惟以吟咏自适。裴休亲察湖南，延致之。及为相，以诗论荐，授弘文馆校书郎，未几，乞假归卒。其《伤思》云：

八月白露浓，芙蓉抱香死。红枯金粉堕，寥落寒塘水。西风团叶下，叠縠参差起。不见擢歌人，空垂绿房子。

此诗冷芳幽艳，绝似李贺，而"芙蓉抱香死"口吻尤毕肖。又其《醉后赠冯姬》：

黄昏歌舞促琼筵，银镯台西见小莲。二寸横波回慢水，一双纤手语香弦。桂形浅拂梁家黛,瓜字初分碧玉年。愿托襄王云雨梦,阳台今夜降神仙。

慧心香口,大似温庭筠。又其《归浔阳经二妃庙》:

小哀洲北浦云边,二女明妆尚俨然。野庙向江春寂寂,古碑无字草芊芊。风回日暮吹芳芷,月落深山哭杜鹃。犹似含望巡狩,九疑凝黛隔湘川。

秀丽流转之中,气息仍自沉稳,则文可与李商隐媲美了。

以上三位诗人都可说是李商隐的嫡派。还有几位诗人虽与李、温作风不同,而也可以说受了唯美文学运动的影响。第一是杜牧,诗以豪迈称,而且缘情绮靡之作亦甚多。有人称他作品有两方面,一为豪迈,一为香艳。但豪迈作品亦复辞藻富丽,色彩鲜明,与杜甫、韩愈不同。

杜牧(八〇三—八五二)字牧之,京兆万年人,太和二年进士。沈传师表为江西团练府巡官,又为牛僧孺淮南节度府掌书记,擢监察御史,移疾乃司东都,累官至中书舍人,卒年五十。其为人刚直有奇节,不为龌龊小谨,喜谈兵,敢论列大事,指陈病利尤切。人号小杜,以别杜甫。

他在当代文学家里面，佩服杜甫、韩愈，有《读韩杜集》云："杜诗韩笔愁来读，似倩麻姑搔痒处。天外凤凰谁得髓，无人解合续弦胶。"又《雪晴访赵嘏街西所居三韵》极佩李、杜，有"少陵鲸海动，翰苑鹤天寒"之句。他很想力矫晚唐诗坛柔靡之病，所以常作拗峭的笔法，与翻案的文章。像他《闻庆州赵纵使君与党项战中箭身死辄书长句》，便是拗体之例：

将军独乘铁骢马，榆溪战中金仆姑。死绥却是古来有，骁将自惊今日无。青史文章争点笔，朱门歌舞笑捐躯。谁知我亦轻生者，不得君王丈二殳。

又如《赤壁》之"东风不与周郎便，铜雀春深锁二乔"。《题四皓庙》："南军不袒北军袒，四老安刘是灭刘。"《桃花夫人庙》："至竟息亡缘底事，可怜金谷坠楼人。"《题乌江亭》："胜败兵家事不期，包羞忍辱是男儿。江东子弟多才俊，卷土重来未可知。"则为翻案文章之例。

至于他的艳体，如《怀钟陵旧游四首》之一：

十顷平湖堤柳合，岸秋兰芷绿纤纤。一声明月采莲女，四面朱楼卷画帘。白鹭烟分光的的，微涟风定翠潋潋。斜晖更落西山影，千步虹桥气象兼。

又如《闺情》："暗砌匀檀粉，晴窗书夹衣。袖红垂寂寞，眉黛敛依稀。"《旧游》："盼盻回眸远，纤衫整髻迟。重寻春画梦，笑把浅花枝。"《赠别》："娉娉袅袅十三余，豆蔻梢头二月初。春风十里扬州路，卷上珠帘总不如。""多情却似总无情，唯觉尊前笑不成。蜡烛有心还惜别，替人垂泪到天明！"这些话李白、杜甫、韩愈都不能作，若说杜牧没有受温、李等感染，谁则信之！相传当时有一位善学贾岛五律的喻凫以诗投杜牧，牧殊不理。凫出语人道："吾诗无绮罗铅粉，宜其不售也。"这更可证实他的作品与温、李有相同之点了。

第二十章 唐末诗坛

自李商隐时代，到哀宗天祐三年（九〇六）唐室之亡灭，还有四五十年。这四五十年政治败坏，国势日蹙。懿宗时，浙东淮泗叛乱，南诏入寇。僖宗时，流寇王仙芝横行河南山南、江淮。黄巢至陷长安称帝号，大乱十年始稍定。其焚掠之残暴，杀戮之惨酷，乱区之扩大，战事之延长，更甚于安史之变。其后又有秦宗权称兵僭号，朱温与李克用之互相火并，唐室元气，至是凋丧殆尽。昭宗颇称英杰，即位之始，即想极力振作，恢复祖宗宏规，而外制于强藩，内牵于阉寺，卒为朱全忠所弑，赍恨入地。唐代三百年天下，到这时候，便算完全断送。

唐末诗坛之混乱，也和政局差不多。开宗立派的大师已经绝迹，能表现特别色彩的诗家也不可多得，诗风止于

"幽僻""尖新""纤巧""靡弱""俚俗",视盛、中唐李、杜、韩、白之元气磅礴光焰烛天者,实不可同日而语。唐诗到这时候,已经成为洪波之末流,大声之余响了。

这四十几年中诗人创作,大都不出前人范畴,约而计之,可得以下几派。

第一派,这一派以通俗为主,作风出于白居易。白居易作品本有"俗"之说,到了唐末竟浅得像白话一般。杜荀鹤、罗隐、罗虬、罗邺、李山甫、胡曾等人为代表。

杜荀鹤字彦之,池州人,有诗名,自号九华山人。大顺二年(八九一)第一人擢第,天祐初卒。自序其文为《唐风集》。

其《时世行二首》,写尽唐末兵祸惨状,读之令人酸鼻。

夫因兵死守蓬茅,麻纻裙衫鬓发焦。桑柘废来犹纳税,田园荒尽尚征苗。时挑野菜和根煮,旋斫生柴带叶烧。任是深山更深处,也应无计避征徭。

八十老翁住破村,村中牢落不堪论。因供寨木无桑柘,为点乡兵绝子孙。还似平时征赋税,未曾州县略安存。至今鸡犬皆星散,日落西山哭倚门!

又《旅泊遇郡中叛乱示同志》：

握手相看谁敢言？军家刀剑在腰边。遍搜宝货无藏处，乱杀平人不怕天。古木拆为修寨木，荒坟开作甃城砖。郡侯逐出浑闲事，正是銮舆幸蜀年。

也惨极。这三首诗想都在黄巢作乱、僖宗幸蜀时作。

他的"举世尽从愁衰老，谁人肯向死前休"（《秋宿隐江驿》），"九州有路休为客，百岁无愁即是仙"（《乱后山居》），"画戟门前难作客，钓鱼船上易安身"（《感秋》），"半雨半风三月里，多愁多恨百年中"（《中山临上人院观牡丹》），都是浅俗体裁。也有完全用俗语写的，如《友人赠舍弟依韵戏和》："不觉裹头成大汉，昨来竹马作童儿。"《登灵山水阁贻钓者》："未胜鱼父明垂钓，独背斜阳不睬人。"大有打油诗意味。

罗隐与罗虬、罗邺，咸通乾符间（八六〇—八七九）号三罗。隐字昭谏，余杭人，本名横。十上不中第，遂更名。归投钱镠，累官钱塘令，镇海军掌书记，奏授司勋郎。朱全忠以谏议大夫召，不行，年七十七卒。

他的诗有许多成为今日民众日常成语，如"只知事逐眼前去,不觉老从头上来"(《水边偶题》),"时来天地皆同力,运去英雄不自由"(《筹笔驿》),"今朝有酒今朝醉,明日愁来明日愁"(《自遣》),"西施若解亡吴国,越国亡来又是谁?"(《西施》)等句皆是。现在再引他白话诗数首:

莫恨雕笼翠羽残,江南地暖陇西寒。劝君不用分明语,语得分明出转难。(《鹦鹉》)

白似琼瑶滑似苔,随梳伴镜拂尘埃。莫言此个尖头物,几度撩人恶髪来。(白角篦)

又《代文宣王答》:"吾今尚自披蓑立,你等似须读典坟。"《七夕》:"时人不用穿针待,没得心情送巧来。"《言》:"成名成事皆因慎,亡国亡家只为多。"

罗虬词藻富赡,累举不第。为鄜州从事。常欲伎女杜红儿唱歌,红儿以身为副宪所聘,不敢应命。虬怒,手刃之,既而悔,乃作绝句百篇,号《比红儿诗》以追其冤。诗非甚佳,终是晚唐浅俚风格,如"长恨西风送早秋,低眉深恨嫁牵牛。若同人世长相对,事作夫妻得到头。""苏小空匀一面妆，便留名字在钱塘。藏鸦门外诸年少，不识红儿未是狂。"全诗大略类此。

罗邺余杭人，累举不第。光化中，以韦庄奏，追赐进士及第，赠官补阙。其《牡丹诗》："买栽池馆恐无地，看到子孙能几家？"《山阳贻友人》："行迟暖陌花拦马，睡重春江雨打船。"《鹦鹉咏》："金笼共惜好毛羽，红嘴莫教多是非。"都浅俗。

李山甫，咸通中（懿宗年号）累举不第。依魏博幕府为从事，尝逮事乐彦桢、罗弘信父子。文笔雄健，名著一方。所作《贫女诗》颇有名：

平生不识绣衣裳，闲把荆钗亦自伤。镜里只应谙素貌，人间多是重红妆。当年未嫁还忧老，终日求媒即道狂。两意定知无处说，暗垂珠泪滴蚕筐。

其《曲江》："一种是春畏富贵，大都为水也风流。"《下第献所知》："虚教六尺受辛苦，枉把一身忧是非。""与他名利本无分，却共水云曾有期。""四海风云难际会，一身肝胆易开张。"《柳》："舍风不解相抬举，露压烟欺直到秋。"《自叹拙》："世乱僮欺主，年衰鬼弄人。"

胡曾邵阳人，咸通中举进士不第。尝为汉南从事。有《咏史诗》一百首。《垓下》："拔山力尽霸图隳，倚剑空歌不逝骓。明月满营天似水，那堪回首别虞姬！"《青冢》："玉貌元期汉帝招，谁知西嫁怨天骄，至今青冢愁云起，疑是佳人恨未销。"因其浅易通俗，故民间传诵甚广。

这类白话诗做到后来，成为宋人《击壤》诗派。

第二派，这一派以幽峭、僻苦为主，是学贾岛的。《中晚唐诗主客图》以贾岛为清奇苦僻主，上入室为李洞，入室为周贺、喻凫、曹松、崔涂，升堂为马戴、唐求等，及门为张祜、方干等。

李洞字才江，京兆人。慕贾岛诗，铸其像事之如神。时人但诮其僻涩而不能贵其奇峭，唯吴融称之。昭宗时，不第，游蜀卒。其《鄠郊山舍题赵处士林亭》云：

圭峰秋后叠，乱叶落寒墟。四五百竿竹，二三千卷书。云深猿拾栗，雨霁蚁缘蔬。只隔门前水，如同万里余。

又"落叶溅吟身"，"敲驴吟雪月"，"醉眼青天小"，"二三更后雨，四十字边秋"，"漱流星入齿，照镜石差肩"，凡此佳句皆似贾岛。

喻凫昆陵人，登开成五年进士第，终乌程尉。与李商隐、段成式均相识，并和贾岛友善。《冬日题无可上人院》："入户道生仄，花间踏药行。泄风瓶水涩，承露鹤巢轻。阁北长沙气，窗东一桧声。诗言与禅味，语默此皆清。"又《送友人罢举归蜀》："卖琴红粟贵，看镜白发新。"《龙翔寺居》："数声钟里饭，双影树间茶。"《送友人南中访旧知》："地蒸川有毒，天暖树无秋。"甚炼。

方干字雄飞，桐庐人。咸通中屡举进士不第，没文德时（八八八）。貌寝陋，又缺唇，尝以诗谒钱唐太守姚合，合初卑之，坐定览卷，乃骇目变容，馆之数日。其诗多警句，高秀异常，宋苏轼常手写方干七律时自省览云。其七律警句，"曳响露蝉穿树去"，"沙蝉飞处听犹闻"；又"蝉曳残声过别枝"，于咏蝉特工。而"隔岸鸡鸣春耨去，邻家犬吠夜渔归"，"泉迸幽音离石底，松含细韵在霜枝"，"岩溜喷空晴似雨，林萝碍日夏多寒"，则开宋人诗体。

马戴字虞臣，会昌四年进士。懿宗咸通末佐大同军幕，终太学博士。《落日怅望》："孤云与归鸟，千里片时间。念我一何滞，辞家久未还。微阳一乔木，远色隐秋山。临水不敢照，恐惊平昔颜。"又"岛下山含暝，蝉鸣露滴空"。"湿光微泛草，石翠澹摇峰。"《寄贾岛》之"寻思别山日，老尽经行树",则与"独行潭底影,数息树边身"无异。

唐求居蜀之味江山,王建帅蜀召为参谋,不就。为诗撚稿为团,纳之大瓢,后卧病,投瓢于江道:"斯文苟不沉没,得者方知吾苦心尔。"《客行》:"上山下山去,千里万里愁。橱色野桥暝,雨声孤馆秋。"则不但似贾岛,且似孟郊。《赠行如上人》:"衲补云千片,香烧印一窠",则肖贾语。

第三派,这派以清真雅正为主,善作五律谓之格律诗,学张籍、姚合。《中晚唐诗主客图》以张籍为清真雅正主,上入室朱庆馀,入室王建、于鹄,升堂项斯、许浑、司空曙、姚合,及门赵嘏、顾非熊、任翻、刘得仁、郑巢、李咸用、章孝标。

司空曙为大历诗人,朱庆馀、王建,为中唐诗人(按《主客图》并不论时代先后),前面已述及,不必再放在这里讨论。但晚唐至唐末的许浑甚有名,不可不略为介绍;司空曙亦以格律著,人称其源张籍、贾岛、姚合,然于籍为近。

许浑字用晦,丹杨人。太和六年进士,为当涂、太平二县令,以病免,起兰州司马。大中三年为监察御史,历虞部员外郎,睦、郢二州刺史。

高棅《唐诗品汇》谓"许用晦之对偶,为晚唐变态之

极",可见他有得于张籍律格诗的功夫。他作怀古诗颇有悲壮苍凉之致,如《金陵怀古》云:

《玉树歌》残玉气终,景阳兵合戍楼空。松林还近千家冢,禾黍高低六代宫。石燕拂云晴亦雨,江豚吹浪夜还风。英雄一去豪华尽,惟有青山似洛中?

《咸阳楼晚望》,亦颇感慨豪宕。

他的七律警句"水声东注市朝变,山势北来宫殿高","草生宫阙国无主,玉树后庭花为谁?""经年未葬家人散,昨日因斋故吏来",张为曾取之为《主客图》。但他虽工对偶,却又有浅俗之名,前人有时将他放在第一派。

司空图字表圣,河中虞乡人。咸通末进士。由宣歙幕历礼部郎中,僖宗行在用为知制诰、中书舍人。迁洛后被召入朝,以野耄丐归。闻朱全忠受禅,不怿而卒。年八十余(九○七)。

图少有俊才,晚年避世栖遁,自号知非子、耐辱居士。有先世别墅,泉石林亭,颇惬幽趣,日与名僧高士游咏。著《诗品》二十四则,当世传之。其论诗贵味外味,其《与李生论诗书》极畅其旨。《诗品》所谓:"不著一字,尽得风流。""神出古异,澹不可收。""采采流水,蓬蓬远春。""明漪见底,奇花初胎。""晴雪满林,隔溪渔舟。"清代主神韵说的王士祯常引之。

宦游萧索为无能,移住中条最上层。得剑乍如添健仆,亡书久似失良朋。燕昭不是空怜马,支遁何妨亦爱鹰。自此致身绳检外,肯教世路日兢兢。

其自负之佳句有"人家寒食月,花影午时天","坡暖冬生笋,松凉夏健人","明川虹照雨,树密鸟冲人","孤荧出荒池,落叶穿破屋","逃难人多分隙地,放生鹿大出寒林","孤屿池痕春涨满,小栏花韵午晴初"。

《容斋随笔》云:"东坡称司空表圣诗文高雅,有承平之遗风。其'棋声花院闭,幡影石坛高',吾尝独入白鹤观,松阴满地,不见一人,惟闻棋声,然后知此句之工。"

第四派,这是出于唯美文学的。韩偓、吴融、唐彦谦学温、李,陆龟蒙一部分作品也如此。赵嘏则近杜牧。

这派善于写儿女之情的当推韩偓,他有《香奁集》,竟为后来情词之祖。清王次回等即专模拟他,李商隐于韩偓小时赠诗,有"雏凤清于老凤声"之句。大约知道他将为唯美文学后起之秀吧。偓字致光（一作尧），京兆万年人。龙纪元年（八八九）进士。拜左拾遗，历翰林学士，中书舍人，兵部侍郎。以不附朱全忠，贬濮州司马，再贬荣懿尉，徙邓州司马。天祐二年（九○五）复原官，偓不赴召，南依王审知而卒。

这是一位风骨嶒峻的诗人，但《香奁》一集艳诗比温、李尤细腻温柔，引数首如下：

碧阑干外秀帘垂，猩血屏风画折枝。八尺龙须方锦褥，已凉天气未寒时。（《已凉》）

香侵蔽膝夜寒轻，闻雨伤春梦不成。罗帐四垂红烛背，玉钗敲著枕函声。（《闻雨》）

一夜清风动扇愁，背时容色入新秋。桃花脸里汪汪泪，忍到更深枕上流。（《新秋》）

桃花脸薄难藏泪，柳叶眉长易觉愁。密迹未成当面笑，几回抬眼又低头。（《偶见》）

李商隐首创"无题"诗体,韩偓也曾仿他作《无题十四韵》,吴融、令狐涣、刘崇誉、王涣等皆和之。但商隐《无题》系影射宫嫔恋史,韩偓的仿作虽语意相类,却是没有内容的。

唐彦谦字茂业,并州人。咸通时举进士十余年不第,累官至副使,阆、壁、绛三州刺史。彦谦博学多艺,文词壮丽,至于书画音乐饮博,无不出于辈流,号鹿门先生。

《旧唐书·文苑传·唐次传》:子彦谦……少时师温庭筠,故文格类之。但宋初杨亿却说:"鹿门先生唐彦谦,为诗慕玉溪,得其清峭感怆。"杨慎《升庵诗话》也曾说:"唐之绝句用事隐僻,而讽谕悠远,似李义山。"温李诗格本相近,谓其学温学李无不可,但如《全唐诗话》所引:

露白风清夜向晨,小星垂佩月埋轮。绛河浪浅休相隔,沧海波深尚作尘。天外凤凰何寂寞,世间乌鹊漫辛勤。倚栏殿北斜楼上,多少通宵不寐人。

一夜高楼万景奇,碧天无际水无涯。只留皎日当层汉,并送浮云出四维。雾静不容玄豹隐,水生唯恐夏虫疑。坐来离思忧将晓,争得嫦娥子细知。

不是故意学李商隐的《无题》么？不过也像韩偓的《无题》，仅有表面，没有内容。总算上了李商隐的当。

秦韬玉字仲明，京兆人，中和二年得准敕及第。僖宗幸蜀以为工部侍郎。他也是温、李一派。他与李山甫均以《贫女诗》出名，李诗见前。他云：

蓬门未识绮罗香，拟托良媒益自伤！谁爱风流高格调，共怜时世俭梳妆。敢将十指夸针巧，不把双眉斗画长。苦恨年年压金线，为他人作嫁衣裳！

又他的《吹笙歌》："弯弯狂月压秋波"，"管中藏著轻轻语"，倩丽似温。《天街》："宝马竞随朝暮客，香车争碾古今尘。"《豪家》："地衣镇角香狮子，帘额侵钩绣辟邪。"《咏手》："一双十指玉纤纤，不是风流物不拈。鸾镜巧梳匀翠黛，画楼闲望擘珠帘。金杯有喜轻轻点，银鸭无香旋旋添。因把剪刀嫌道冷，泥人呵了弄人髯。"则又似李似韩。

赵嘏字承佑，山阳人。会昌二年进士，大中间仕至渭南尉卒。嘏诗赡美，多兴味，杜牧尝爱其《长安秋望》中"长笛一声人倚楼"之句，吟叹不已，人因目为"赵倚楼"。

今录其全诗于下：

云物凄凉拂曙流，汉家宫阙动高秋。残星数点雁横塞，长笛一声人倚楼。紫艳半开篱菊静，红衣落尽渚莲愁。鲈鱼正美不归去，空戴南冠学楚囚。

其"一千里色中秋月，十万军声半夜潮"，"梁王旧馆已秋色，珠履少年轻绣衣"，"满楼春色傍人醉，半夜雨声前计非"，"三千宫女自涂地，十万人家如洞天"，张为取为《主客图》，词采清华之中，兼有俊逸豪迈之气，又善作拗句，真得杜牧嫡传。

第五派，这一派是学韩愈的，唐末诗人皮日休、陆龟蒙天才最高，成就也最大。在混乱靡萎诗坛之中可说是极有价值的一派。但后人因皮日休替《陆氏松陵集》作的《序》，有"近代称温飞卿、李义山为之最，以陆生参之，乌知其孰为先后也"，遂将陆龟蒙归入李派；并以皮日休与陆唱和甚多，体裁酷肖，亦指为李派羽翼。但细读皮氏全序则并不如此。他历论《楚辞》至唐诗风的变归之自然。并说只有天才，始可划分时代。其"以陆生参之乌知其孰为先后"的话，则说元和、长庆之后成为温、李世界，能取而代之者唯有龟蒙也。后人断章取义，致发为与皮氏相反的论断，岂不可笑？

胡光炜说皮、陆二人学韩愈，因他们一则用散文句法作诗，二则喜用汉赋及扬雄《太玄经》字法（《文学史讲稿》），见地可谓特独。不过我以为二人不但学韩，且学杜甫、白居易，而才力雄大，虽学而能变化，故非同时诗人可及。

皮日休字袭美，一字逸少，襄阳人。性傲诞，隐居鹿门，自号"闲气布衣"。咸通八年登进士第。崔璞守苏，辟军事判官，入朝授太常博士。黄巢陷长安，迫署学士，使为谶文云："欲识圣人姓，田八二十一。欲知圣人名，果头三屈律。"巢头丑，掠髮不尽，疑其讥己，怒甚杀之。死当在广阴中（八八〇）。

陆龟蒙字鲁望，苏州人，举进士不第。辟苏、湖二郡从事。退隐松江甫里，多所论撰。自号天随子，以高士召，不赴。卒于广明、中和间（八八〇—八八一）——按旧史称"李蔚素、卢携素重之，及当国，召拜拾遗，诏方下卒。光化中，赠左补阙"云云。考李、卢相于乾符元年（八七四），五年皆罢，而陆氏《丛书自序》有"乾符六年卧病笠泽"，可见二人罢相后，陆犹无恙。今据林希逸序文改正。

二人曾同居太湖，所以关于太湖及吴中景物吟咏极多。又因二人都闲居，多暇日，所以关于渔、樵、松、鹤、茶、酒等作也裒然成帙。如《渔具十五咏》《添鱼具诗》《樵人十咏》《酒中十咏》《添酒中六咏》《茶中杂咏》《小松》《新竹》《鹤屏》《葬鹤》等，"处士文学"至二人总算到了大成的地步。又皮氏喜为杂体，如：《吴体诗》《回文诗》《四声诗》《双声诗》《叠韵诗》《离合诗》《人名诗》等，这也是闲居无事，以诗为玩艺儿的结果。

《北梦琐言》称，咸通中皮日休以进士上书两通，一请以废《庄》《列》之书，以孟子为学科，谓："圣人之道不过乎经，经之降者，不过乎史，史之降者，不过乎子，不异道者孟子也。舍是而子者必斥乎经史，为圣人之贼也。"一请以韩愈配享太学，谓韩为孟、荀、文中子以后一人，"蹴及杨墨，蹂践释老，故得孔道，炳如日星焉，吾唐以来一人而已。"这可见他学问的本原了。而陆龟蒙《读〈襄阳耆旧传〉因作诗五百言寄皮袭美》，称赞皮氏学问有"积渐开词源，一派分万溜。先崇丘旦室，大惧隳结构。次补荀孟垣，所贵士罅漏"。和皮诗有"轲雄骨已朽，百代徒越趄。近者韩文公，首为开辟锄。夫子又继起，阴霾终廓如"等语。皮氏答他的诗，于唐诗人推陈子昂、李太白、孟浩然、杜子美，又说，"昌黎道未著，文教如欲骞。其中有声病，于我如誕辞。是敢驱颓波，归之于大川。其文如可用，不敢佞与便。明水在稿秸，太羹临豆笾。将来示时人，獥貐生馋涎……唯思逢阵敌，与彼争后先。"他要与韩愈争先，后人乃派他为温李羽翼，他所能逆料？

皮日休留心经世之学，所以文学上学韩之外，又学杜甫与白居易二人，《湖广通志》称其文："皆上剔远非，下补近失，非空言也。"他的《三羞诗》《七爱诗》《正乐府十篇》，正是有心学白居易《新乐府·秦中吟》的。现引其《橡妪叹》：

秋深橡子熟，散落榛芜冈。伛伛黄发媪，拾之践晨霜。移时始盈掬，尽日方满筐。几曝复几蒸，用作三冬粮。山前有熟稻，紫穗袭人香。细获又精舂，粒粒如玉珰。持之纳于官，私室无仓箱。如何一石余，只作五斗量？狡吏不畏刑，贪官不避赃。农时作私债，农毕归官仓。自冬及于春，橡实诳饥肠。吾闻田成子，诈仁犹自王。吁嗟逢橡媪，不觉泪沾裳！

又其《太湖石》:"或拳若虺蜴,或蹲如虎豽。连络若钩锁,重叠如萼跗。或若巨人骼,或如太帝符。脺肛箦笃笋,格磔琅玕株。断处露海眼,移来和沙须。"则显明地学韩愈《南山》。《石板》:"狂波忽然死,浩气清且浮。似将翠黛色,抹破太湖秋?"《缥缈峰》:"恐足蹈海日,疑身凌天风。众岫点巨浸,四方接圆穹。似将青螺髻,撒在明月中。"气势雄伟尤似韩。

陆龟蒙是个道地的处士,平生做的官不过湖、苏州郡从事,游历的地方也像很少,所以作品里表示国家社会的意见不多。但《江湖散人歌》痛恨藩将之割据,与宦官之握兵,议论激烈,无异杜、白。《阴符经》是中国的战争哲学,《读阴符经寄鹿门子》有"只为读此书,大朴难久存"句,大加反对,而《杂讽九首》学陈子昂的《咏怀》,对时局有痛切的议论。《南径》《渔父》《刈获》《彼农》等诗,替农民叫苦,可见他也不是专为"空言"的诗人。

他喜修练术,故作品有铅汞气。也喜咏物,"九秋风露越窑开,夺得千峰翠色来!"是咏越窑的名句。

他与皮日休唱和几占全集十分之八,受他影响必不少。我现在引他《战秋词》一段,以见他学韩的处所:

无何，云颜师，风旨伯。苍茫惨澹，隳危撼划。烟蒙上焚，雨阵下棘。如濠者注，如垒者辟。如蘻者亚，如队者析。如矛者折，如常者拆。如矢者仆，如弦者磔。如吹者喑，如行者惕……天随子曰：吁，秋无神则已，如其有神，吾为尔羞之。南北畿折，盗兴五期。方州大都，虎节龙旗。瓦解冰碎，瓜分豆离。斧抵耋老，干穿乳儿。昨宇今烬，朝人暮尸。万犊一咙，千仓一炊。扰践边朔，歼伤蛮夷。制质守帅，披攘城池。弓卷不邪，甲缀不离。凶渠歌笑，裂地无疑。天有四序，秋为司刑……可暂溺颠陷，可夭札迷冥。曾忘鏖剪，自意澄宁。苟蜡礼之云责，触天怒而谁丁？奈何欺荒庭，凌坏砌，搬崇莅，批宿蕙……可谓弃其本而趋其末，舍其大而从其细也。辞犹未已，色若愧耻，于是堕者止，偃者起。

不要说那些铺排的句法像韩，即"昨宇今烬，朝人暮尸，万犊一咙，千仓一炊"。置之韩集，真可混楮页。总之皮、陆二人作品，条畅充沛，清越峭拔，意无不言，言无不尽。宋人以议论入诗，已导源于此。唐宋诗坛有他两人，也算有了个体面的下台了。

苏雪林文编

第三卷

苏雪林 著

中央编译出版社
Central Compilation & Translation Press

目 录

玉溪诗谜正编

再　序 / 3
原　序 / 11
引　论 / 14
甲　与女道士恋爱的关系 / 19
　（一）唐时女冠之娼妓性质 / 20
　（二）宫人之入道 / 26
　（三）入道宫人生活之豪奢 / 29
　（四）义山所爱女道士之姓名 / 31
　（五）义山与女道士之失和 / 35
　（六）再上王屋不见女道士之惆怅 / 39
　（七）华阳观 / 41
　（八）义山之住处 / 44
乙　与宫嫔恋爱的关系 / 46
　（一）宫中之醮祭 / 58
　（二）宫廷与道观之交通 / 65
　（三）宫中景象 / 67

（四）曲江 / 68

（五）与宫嫔之幽会 / 71

（六）相识宫嫔之返宫 / 75

（七）卢氏姊妹 / 79

（八）杨贤妃 / 93

（九）离别 / 97

（十）清宫案 / 99

（十一）追悼 / 105

（十二）义山之身世与恋爱的关系 / 111

（十三）《锦瑟》诗 / 119

附录　李义山的诗 / 127

（一）李义山的事略 / 127

（二）李义山诗的特点 / 129

（三）李义山诗中的恋爱事迹 / 135

（四）李义山的诗谜 / 138

（五）李义山诗的表现的技术 / 142

参考书举要 / 146

玉溪诗谜续编

自　序 / 151

第一部分　论一本风幡式的诗评书
——《李商隐诗研究论文集》 / 158

一、对否认李诗本事者的答辩 / 162
二、古今对李义山艳情诗的推测 / 186
三、古今人之所以不解李诗的缘故 / 215

第二部分　李义山之恋史 / 256

（上）李义山与女道士恋爱始末 / 256
（下）李义山与宫嫔恋爱始末 / 288

附录一　论李义山的《药转》诗 / 378

附录二　王德妃、庄恪太子
　　　　　与鸾凤二嫔的冤死 / 388

（一）王德妃 / 388
（二）庄恪太子 / 401
（三）鸾凤二嫔的冤死 / 405

附录三　我的第一本书 / 408

参考资料 / 417

玉溪诗谜正编

再序

这本小册子是我一甲子以前所写，岁月太久，铅字模糊，读者不便，馆方拟重新排印，与续编合订为一书，问我书题拟用何名？我说以旧作为"正"，新撰为"续"，就题为《玉溪诗谜正续合编》好了。

玉谜正编既拟重印，则书中错误，实该趁此改正。本书大节目并不错，小舛小讹则所难免，所以或增、或删，随笔改写处颇多。有些比较重大者在续编里已改了，其误点仍听其在书中存在，否则错误失其根据，读者将茫然不知其由。但我在误点下亦已注明，不致混淆。

正编最大的错误是说宋华阳乃京师华阳观中的女道士，圣女祠即华阳观。我当时费了好多心力考证华阳观来由及其所在地，写了一整章的文章，其实这些心力都是白费。宋华阳最初修道地点是在王屋山的东玉阳,义山于文宗太和七年到王屋学道,因与华阳相识而发生恋爱。这件事我是从他《碧城》诗"星沉海底当窗见"及《嫦娥》"碧海青天夜夜心"两处"海"字悟出。王屋山绝顶处的天坛也像山东泰山一样,可以望见东海日出。义山所作回忆王屋学道时诗,也屡有"海日"字样。

李集中"谒山"向无正解,今乃知所谒者为王屋,盖与宋华阳失和后又上山求其谅解,而宋冷面相对置之不理而作。开成二年,李在京师闻令狐楚病重,驰赴兴元为楚草遗表,楚卒,与其家属护梓归葬王屋山下,葬毕又上王屋访旧不遇,乃还长安。这段经过写得极详细,极通贯。均见续编。

至"圣女祠"系隐指宋华阳所居寺观,观其建筑之宏丽庄严,富有宫殿色彩,当是唐睿宗女玉真公主修道王屋时所遗下。该观不知何名,若援华阳公主所遗留道观名华阳观之例,我们不妨名之为"玉真观"。我曾说义山发明的"圣女祠"三字任何女道观皆可用,这话却该予以改正,义山仅以此三字隐指王屋山玉真公主的道观,别处实未见他用。

不过说我考证华阳观是白费心力,那也未必。宋华阳后来奉命调来京师,即住在华阳观里——我怀疑她名"华阳"，并非真名字，乃是义山为制诗谜时替她捏造的。或将诘问我，然则义山在王屋时《赠宋华阳真人及刘清都先生》《月夜重寄宋华阳姊妹》二诗，又作何解说？则知诗在他自己手，随时可以窜改，我们既不能看见义山王屋所题原稿，则我的假设，自可成立。

宋华阳到京师华阳观后，与义山续旧好。义山《和友人戏赠二首》及《赠任秀才》一首所言女道观，亦富有宫廷色彩，并言其在长安城外，可以望见终南山，观在曲江边，距曲江离宫不远。又言其地极静寂，均与其他诗人所描写华阳馆情况相合，其为华阳观无疑。据义山诗，宋华阳乃吴人，宫嫔鸾凤亦为吴人，有同乡情谊。华阳既系宫女出身之女冠，华阳观距离离宫又近，亦可时常出入宫廷与鸾凤等在一处。义山之得出入离宫与鸾凤相晤，华阳必有许多协助的地方。唐时道观与宫廷交通，出家公主仍有政治权力，道观遂有"回日驭""上天梯"，这也是言唐代政治史者不可忽略的问题。这问题甚大，女道士协助李义山予以出入之便利，尚系其小者。所以他作诗想念两嫔便连带地念及华阳。义山《河内诗》及《河阳诗》也是同那些《无题》诗一样极难解释，如"灵香不下两皇子""仙人不下双金茎"及《燕台诗》"浪乘月舸忆蟾蜍，月娥未必婵娟子"等等，若知道宋华阳与鸾凤的关系，便豁然了。因此之故，我于华阳观那一章不忍删削。

"两皇子""双金茎"是指宋华阳奉召来京时是姊妹两个。华阳共有姊妹三人，同派在王屋修道。后与一姊或一妹奉召至京。义山《和友人戏赠》有"西来双燕信休通"，就是说华阳姊妹二人自东边的王屋来到西边的长安。是以其后有"两皇子""双金茎"的诗，无非与"西来双燕"那首诗相呼应，记述出这一桩事实而已，并未说诗人自己与华阳姊妹亦有情。乃汤翼海先生"平质"一文谓《玉谜》曾言义山与宋华阳姊妹及鸾凤二嫔相恋。这就与别人所称义山所爱是"尼姑""贵妾""妓女""宋华阳女弟子"一样，并都冤诬是我书所有。这类文人读书时粗心大意，不肯深考，又喜轻轻带上一笔，陷人于过，一般流俗靡然从风，使人辩无可辩，实为可恼！

舛误之较小者，是关于"西溪""南塘"的问题，我在《玉谜》里固曾说这是曲江支流，也可说是汊港，实仅一水，义山因其在曲江西南方向流来，故戏称之为"西溪""南塘"，并非固定名字。我又曾言此水或即是丈八沟，因丈八沟由西南流入曲江，并通入长安城中。顾季高曾以此为疑，说道：

至"西溪"之作，曾经柳仲郢赓和，义山文集中有《谢河东公启》云（启文从略），其后义山又有《夜出西溪》诗，苏女士谓西溪即丈八沟，可由曲江通入长安城内，但诗中有"东府"字样及"军书虽倚马，犹未当能文"句，明指系在东川幕府，似难指为曲江支流。故余对苏女士之大前题，不能不予以否定。

为了一个小错误竟要否定大前题，天下是否有此种逻辑？至汤翼海先生"平质"一文，则据李诗《西溪》结二句"京华他夜梦，好好寄云波"谓为西溪不在京师之证。谓义山所咏西溪实在四川潼州府西门外（此据冯浩注），他也像顾季高一样，为这一点要推翻我的大前题。他说我据西溪诗证义山曾和宫嫔相恋为荒谬，说我全书都是虚构，说我对李商隐诗之研究，距离登堂入室之境尚远，所以我所说义山和女道士与宫嫔之恋史，一概是我乱造的，自不可靠云云。

按《义山集》中凡有三个西溪，即两首以《西溪》为题，一首以《夜出西溪》为题者。正编所引一首《西溪》是个短短的五排。其中有"色染妖韶柳，光含窈窕萝"两句。柳与萝固为到处皆有之植物，然义山描写离宫景致，杨、柳用得最多。萝亦有"狂飚不惜萝阴薄"之句。至于"人间从到海,天上莫为河",则言你这条西溪之水,听从你流入江河,直流到海,但你流到天上时,切莫变为银河才好啊。为什么说海水会流到天上呢?古人说天上银河与地球上海水相通,故张骞能在海上乘槎上天而会见织女。这是一个世界神话,关系极大,读拙著《屈赋丛编》"黄河之水天上来"篇,即知其详。然银河亦为阻隔牛郎织女相会之水,诗人希望他由海水而上天,又希望他与宫嫔相会时不遭银河之阻,故有此二句。顾季高与汤翼海对此二句全不理会,所以不理会者是不懂天河与海通,他们亦知牛女典,但不知义山何以为此用,是则旧式文人忽视神话之过。又"凤女""龙孙""瑶瑟"等等皆李诗写与宫嫔恋爱的常见语,他们也都视而无睹,只一味想把这些话头拨到官妓柳枝帐上。汤君把李咏杨咏柳之诗皆谓为柳枝作,季高则甚至谓柳枝曾为义山私生一女。不知义山与柳枝仅识半面,以后即未再见。她即不为东诸侯取去,义山亦无意与她结合,李诗文之意甚明,他们抹煞事实,强改古诗,硬行构造这一件事实,稍有学术良心者皆将期期不以为可。那些加于我的"荒谬""虚构""全不可靠""对李商隐诗的研究距离登堂入室之境尚远",种种佳评盛赞,请那位发言者收回去自己享受吧,我是要敬谨璧谢的!

至这首《西溪》结句"京华他夜梦",汤君谓足以证明西溪不在京师,我以为不如说义山作此诗时不在京师,当是赴泾原后作。

另外两首《西溪》第一首即"近郭西溪好,谁堪共酒壶"的五律,又一首即为《夜出西溪》,均在川作。宣宗大中六年(公元八七二)柳仲郢为东川节度使,镇东蜀,义山为其书记,时鸾凤二嫔死已久矣。川东潼江府西门外有一水名西溪,为当时仕宦游宴之地。这个西溪名字却是固定的。凡在城郭西边的溪水皆可名之西溪,如福建崇安县西北有西北溪,正名则为西溪。贵州黔西县有西溪泛,川西充县东北有西溪水,华州郑县有西溪亭,江苏泰县东北有西溪镇,甚至杭州西湖灵隐西北有水名西溪。以中国之大,各地山水以西溪名者何可胜数,真实西溪之名与义山虚拟之西溪相混,有何足异?

我在正编宫嫔离别章,谓义山赴泾原入王茂元幕与茂元女结婚,婚后曾游江湘探视进士试座主高锴,因时间太匆促,今已删去。"回中牡丹为雨为败",误以回中在四川,亦误,今改甘肃,即二嫔死后,义山又赴泾原岳丈处时作。

《玉谜》谓鸾凤二嫔虽与杨贤妃不睦,但为了她们自己儿子蒋王宗俭得充东宫,也帮着杨妃谗毁庄恪太子,谁知反而掘井自陷。但二嫔乃王德妃党,岂能为此事?我已撰有专篇为之洗刷,原书之所以未删,也是为保留根据起见。

我这正续两篇自己所引为尚满意者,就是把义山晦涩隐僻的《无题》诗及有题等于无题的诗全部解说出来了。不过仅是关于女道士及宫嫔的罗曼史,义山于这类恋爱诗外,还有若干作品,也属于晦涩隐僻一路,譬如《利州江潭作》自注"感孕金轮所",是说武则天诞生于利州江潭。冯浩于此诗虽注解极详,于全诗意义,则认为"颇不易解","其所感未晓"。又《射鱼曲》,钱龙协云:"义山诗学长吉,作《射鱼曲》《海上谣》《燕台》《河阳》等诗则不可解。疑是唐人习尚,故为隐语。当时人自喻之,传之已久,遂莫晓所谓。"冯浩谓此诗系悲李卫公贬崖州而作,但他又自认"费解","未能字字豁然"。《海上谣》《燕台》《河阳》我已解,《射鱼曲》仍是一谜。义山集中此类诗尚多,希望有人都能疏解一遍。那才是快事!

又正续两编之文,非一时所撰,故重复语甚多,今亦懒于改正。请读者原谅。

1986年12月2日

原序

我对于李义山的诗，素来没有研究过。偶然读到《圣女祠》《拟意》等篇，疑惑义山有和女道士宫嫔恋爱的事迹，因此引起我研究他的诗集的兴味，陆续考证，不意竟积成了一本七万余字的小册子。

最初时和几个朋友讨论这个问题，张君鹤君便赞成了我的话，加以他自己的考证，作了一篇《李义山与女道士恋爱事迹考证》发表在东吴大学廿五周年纪念会所刊行的回溯上。但他对于义山和宫嫔恋爱说，仍然怀疑，别人也觉得我的假设，是太荒唐了。

但我愈研究义山的诗，愈觉他有和宫嫔恋爱的事实。不过这些事实被他故意埋藏了，却又安置了一定的标识，教人自去辨认。竟如一座矿山，那些《锦瑟》《拟意》等诗，便像透露在山面上的矿苗。

我无意中拾着一块矿苗，已掘着些东西出来了。对于第二块拾着的矿苗，当然不忍抛弃，于是我想动手来做一番大发掘的工作。

不过我的功课很忙，虽然预定了工作的计划，竟无暇实行。直到今年寒假里，才偷空写了一篇万余字的稿子。

那篇稿子本想发表出去，但自己读了一遍，觉得还有许多疏漏的地方。于是又搜罗了许多书，课余之暇，便钻在故纸堆中研究。果然又发现了许多新的证据，还有些我自己认为大胆的假设，也证实了一部分。

譬如我最初读到义山《天平公座呈令狐公》诗，便假设唐代大部分的女冠带点娼妓性质，后果于鱼玄机诗集及唐人赠女冠诗中寻出这样的证据。但最后读《北梦琐言》和谢无量《妇女文学史》也有像我所说的话。我虽自愧读书太少，几乎于无意中拾了他人的牙慧，然而因此也知道我考证时所走的道路，还没有十分错，又颇以自慰。

我又曾假定庄恪太子之死，有自杀的嫌疑。不多时翻阅通鉴，果然有些古人也以此为疑。

新旧唐书都没有提王德妃的下落。他们于开成三年议废太子时，犹有"太子以母宠衰，杨贤妃日夜谮潜，亦不能辨别"等语，好像德妃那时还在。但我在义山和宫嫔恋爱的时间来考证，武断王德妃死在开成元年秋间。后阅通鉴果有"德妃已潜死……"之说，虽然仍未证明王妃死时年月，但她总算死于议废太子之前，与我假设相合。

我这编文字，大半是由义山诗中考证出来的，旁证还苦太少，错误自然不免。即说全篇种种假设，都是错误的，也说不定。不过千余年来对于义山《无题》诗已有许多种不同的解释，我这种解释算聊备一格罢了。

我希望读者读了这本小册子后，自己去研究义山的诗，自己去寻新的证据，创造新的假设，使千余年来号称隐僻晦涩的李义山诗，有一种明白精确的注解。

1927 年 4 月 5 日于苏州

引论

　　李义山的诗素被人视为隐僻，而《无题》诸作，更为难解。中国文学界对于义山无题诗的见解，向来可分为三派：

　　第一派　以为义山诗的隐僻，可以不解解之。而且义山诗的优美，便藏在这暧昧隐僻之中，如果说穿，反成嚼蜡。高棅《唐诗品汇》说："晚唐杜牧之之豪纵，温飞卿之绮丽，李义山之隐僻，许用晦之对偶，晚唐变态之极也。"这是俨然将"隐僻"当了义山诗的特色。近人梁任公于其《中国韵文内所表现的情感》一文中也说："义山的《锦瑟》《碧城》《圣女祠》等诗，讲的什么事，我理会不着。拆开一句一句叫我解释，我连文义也解不出来。但我觉得他美，读起来令我精神上得一种新鲜的愉快。须知美是多方面的，美是含有神秘性的，我们若还承认美的价值，对于此种文字，便不容轻轻抹煞。"这也主张以"隐僻"为赏鉴义山诗的标准。因其隐僻，便觉他的诗寄托遥深；因其隐僻，便觉得他的诗含有一种神秘性，读了才能发生我们的美感。

第二派　直率地断定义山诗的隐僻，是他才力不足的表现。《蔡宽夫诗话》说"义山诗合处信有过人者，若其用事深僻，语工而意不及，自是其短，世人反以为奇而效之。故昆体之弊，适重其失。……"毛西河也曾说义山特庸下之才，以可解不可解之辞，文其浅陋。

第三派　以为义山《无题》诸作，晦涩难解之词，正如楚辞中的美人香草，古诗的托夫妇以喻君臣。于是后来笺注义山诗集的人，刻意推求，务求深解，使那些绝好的恋爱纪事诗，都变成了寄托。《四库全书提要》所谓"以为一字一句，皆属寓言，穿凿愈甚，真意愈晦"。冯浩注义山诗便犯了这个毛病。又以为义山的艳诗，都是巴望令狐绹提挈的寓言，最可笑的《圣女祠》五排一首，冯氏说为追悼令狐楚而作。诗中"行骑裁寒竹"，将"寒竹"解作"哭丧棒"已经够滑稽了；"惟应碧桃下，方朔是狂夫"，冯氏便说是义山属望令狐绹提拔的铁证，因为《西王母传》，王母曾呼东方朔为窥牖小儿，令狐绹是楚的儿子。义山所云方朔即窥牖小儿，而小儿即影射"子"字云云，岂不更是可笑？胡适先生曾骂"无边落木萧萧下"为大笨谜，我说冯氏这种转弯抹角的解释，也可说是一种大笨谜。

千余年来义山的诗，被上述三派的人，闹得乌烟瘴气，它的真面目反而不易辨认。今年我读义山的诗，读到《圣女祠》《无题》等作，因为历来旧观念蒙蔽了我的眼光，我也说义山的诗天生是晦涩的，不必求什么深解，所有香艳之词，也无非是他在寄托自己的身世遇合之感罢了。但后来我读了《碧城》《玉山》等诗，便有些疑惑起来。因为这些诗里都充满了女道士的故事；若义山与女道士没有深切的关系，为什么一咏之不已，而再咏之，再咏之不已，而三咏四咏之呢？于是我根据了这一点怀疑的念头，用心将义山诗集细读一遍，才发现了一个绝大的秘密。原来义山的《无题》和那些《可叹》《一片》有题等于无题的诗，不是寄托自己的身世，不是讽刺他人，也非因为缺乏作诗的天才，所以用些怪僻的文词和典故，来炫惑读者的眼光，以文其浅陋；他的诗一首首都是极香艳、极缠绵的情诗。他的诗除掉一部分之外，其余的都是描写他一生的奇遇和恋爱的事迹。

我说到这里，知道必有人要问：恋爱之事，虽为旧礼教之所讳言，但严厉的教条，究竟束缚不了文人的思想。像和义山同时的温飞卿、韩偓、后来的王次回，不都喜为风流侧艳之词吗？不都公然赞美恋爱吗？为什么义山偏就扭扭捏捏说些若明若晦的话头，教人捉摸不定呢？这个问题似乎很有理了。但我可以回答：义山用这样隐晦涩僻的笔法，来写他的恋爱，非惧见讥于清议，实因他别有苦衷，不得不如此。

他的苦衷是什么呢，就是他恋爱的对象，非寻常女子可比，如果彰明昭著地写将出来，不但对方名誉将为之破坏，连生命都很危险的。我想义山本想将他的恋爱史，明告天下后世，无奈有了这种妨碍，他提笔的勇气，也就沮丧了。

但朱竹垞宁可不吃两庑冷猪肉，不删风怀二百韵，诗人爱惜他的情感的结晶，逾于名誉，义山如何肯因危险而牺牲他富有趣味的情史呢。

不过，再说一句，他恋爱的对象，不比寻常，关系究竟太大了，他到底不敢说，而又不忍不说，于是他只得呕心挖脑，制造一大批巧妙的诗谜，教后人自己去猜。他如此办法，不啻将他的爱情窨藏了，窨上却安设了一定的标识，教后来认得这标识的人，自己去发掘。所以义山的《无题》诗，可以算得千古言情诗中别开生面的作品。

义山诗中有些什么恋爱事迹？他的恋爱对象，究竟是些什么样人物？依我的观察可以分为下列的四种：

（甲）女道士

（乙）宫人

（丙）妻

（丁）娼妓

关于妻与娼妓的文字，着墨不多，而且也无神秘可言，所以不在本书讨论之列。现在我所要讨论的仅为甲乙两项。

甲 / 与女道士恋爱的关系

未解说此题之前,须将唐朝道风之发达,略为叙述,始能使读者对本文加倍明了。

唐朝道教最为发达,自从高宗尊老聃为玄元皇帝以来,历代帝王群相尊崇,并着老子的《道德经》为圣经,以道教开科取士。古语说:"上有好者,下必甚焉。"帝王对于道家学说,这样奖励提倡,社会上自然相习而成风气了。当时名人无不带有道家的色彩:如李太白受道箓于齐,平生所为诗歌,差不多篇篇说到神仙出世的话;贺知章黄冠还故乡;李泌入衡山学道;白居易不相信烧炼,但老来却和炼师郭虚舟烧丹。唐诗人与道流往还之诗不可胜数,不但帝王卿相,学者文人,迷信神仙,一时风会所趋,连女子也被道家思潮所鼓动,唐公主每每修道不嫁,杨贵妃亦曾丐为女道士，宫人亦有自请出家的，当于后节细论。

（一）唐时女冠之娼妓性质

唐时女道士固不乏刻苦清修的人，而借出家以便其交际之自由的，却也不在少数。因此唐朝便发生了一种特殊的妇女级阶，替她杜撰一个名目，便是"半娼式的女道士"。

这种半娼式的女道士有住在家里的（像韩愈所咏的华山女诗，说一个女郎登坛说法，吸引听众，借谈道之名，遂情欲之实。虽然讥讽得过火一点，而当时所谓女道士的一辈，确有这种情形），也有住在寺观中的。

第一，唐女冠鱼玄机有《诗集》一卷。虽仅寥寥三十余篇，而半为艳情之作。她的情人很多，如李子安、温飞卿均与她相识。鱼玄机集中寄子安情诗凡五首。

《情诗寄子安》云：

秦镜欲分愁坠鹊，舜琴将弄怨飞鸿。

《春情寄子安》云：

……冰销远涧怜清韵，雪远寒峰想玉姿。……如松匪石盟长在，比翼连襟会有期……

寄飞卿诗集中凡五首。
《冬夜寄温飞卿》云：

……疏散未闲终遂愿，盛衰空见本来心……

《寄飞卿》云：

……冰簟凉风着，瑶琴寄恨生。嵇君书札懒，底物慰秋情？

这样多方面的恋爱，居然著之篇章，如说玄机不是娼妓式的人物，谁则信之。然而她居然住在寺观里，往来多炼师羽士之流（集中有《寄题炼师》及《访赵炼师不遇》等诗），仍然像个出家清修的女冠。——按《北梦琐言》说：玄机乃李亿补阙之妾，爱衰下山。有《怨李公》诗曰："易求无价宝，难得有情郎。"云云。是自纵怀，乃娼妇也。竟以杀侍婢为京兆尹温璋所杀。有集行于世。

第二，《东观奏记》有这样一段纪事："上微行至德观，女道士有盛服浓妆者。赫怒，亟归宫，立宣左卫功德使宋叔康令尽数逐去，别选男道士七人住持。"《东观奏记》为唐裴庭裕所撰，专纪宣宗一朝之事，所称"上"系指宣宗。道教自历敬、文、武三朝之后，风气大坏，宣宗虽欲整顿，怕也不可得了。

第三，太和三年（公元八二九）义山在令狐楚幕中有《天平军公（旧注"公字疑为衍文"）座中呈令狐公》一诗，诗云：

罢执霓旌上醮坛，慢装娇树水晶盘。更深欲诉蛾眉敛，衣薄临醒玉艳寒；白足禅僧思败道，青袍御史拟休官。虽然同是将军客，不敢公然仔细看。

这首诗是为到令狐府设醮女冠而作。"更深"一联，形容女冠之娇艳动人，"白足"一联戏言女冠之美，见者皆为之发狂，全诗措词极为慢亵，绝非对清修女冠之言。前人读此诗亦觉其可疑，所以只好曲为解说。像徐德明便道："唐时女冠常出入豪门，与士大夫相接者甚多。此或令狐家妓曾为之，此诗似公命赋。"照徐说是令狐家妓学女道士设醮。家妓怎会设醮，徐亦未有说明。又像朱长孺便道："座中必有官妓，故云。"照朱说则义山这首诗是一首"女道士家妓合咏"，上四句咏女道士，下四句咏家妓了。明明一首诗，偏要将它斩腰，未免太没道理。照我看来，天平座上招来的一些女冠，即"半娼"之流，她们一面替人做法事，一面也供人狎玩。女冠出入豪门，与士大夫相接，徐说尚不错。像鱼玄机集中即有《寄刘尚书》诗、《闻李端公垂钓回寄赠》诗。又《续文献通考》："李裕字季兰，女冠能诗者也。尝与诸贤会。河间刘长卿曾与戏谑，论者美之。盖上仿班姬则不足，下比韩弈则有余。"又李白有《江上送女道士褚三清游南岳》，施肩吾有《赠女道士郑玉华二首》，及《赠施仙姑》一首，都可为女冠与仕宦及文士交游之证。

唐时一部分的女冠为什么带点娼妓性质呢？管见测之，约有数因，述之如下：

（1）女道士通晓文墨，故士大夫喜与交游

中国人对于女子教育自古不知注重，故具有高深教育的男子，其妻往往目不识丁，漫无知识，两性间自乏调和的兴味。狎妓呢？则妓之风雅者，亦不多见。是以每闻有一个具有翰墨才的女子，则视之为威凤祥麟，珍

重不已,甚至求与倡和,设法与之亲近。历史上有才的女子往往多少有点风流故事,迂儒遂发"女子无才便是德"之愤言。其实有才的女子,不见得便不德,不过男子方面,觉以物稀为贵,引诱得太厉害罢了。普通家庭妇女之少读书机会,无非为不需要,及家务牵累;女道士则为诵习经文,必须识字,摆脱俗缘,又得专精于其所学,一旦磨炼出一点才学出来,士大夫们自愿和她们往来了。罗马古时妇女亦多不识字,惟妓女多娴文墨,解词章,吐属风雅,应酬圆熟,一时名士豪杰皆从之游,可以为证。

(2)与女冠交游有时可借以阶进

唐时女冠多为贵族,如公主之类,每自请出家。而唐公主握有政治上的大权,有官迷的人,走公主门路,倒是一条终南捷径。《太平广记》载王维早年曾饰为优伶,献《郁轮袍》之曲,邀宠安乐公主。如谓小说不可信,则历史也曾供给我们以许多证据。《唐书》称"太平公主推进天下士,谓儒者多婆娑,厚持金帛谢之,以动大议,远近翕然向之。……"又《安乐公主传》:"赵履新谄事主,尝襵朝服，以项挽车……"或谓既已出家的公主，不执政权，走她们的门路何用？不知公主虽出家，而父母手足的情感，仍然未断，借其一言，往往重于九鼎。像方士史崇玄本金仙、玉真两公主之师，因她们之介绍，得事那声势赫奕、炙手可热的太平公主，竟得拜官鸿胪卿，难道这不是一个好例吗？

那些夤缘的人，巴结不上公主，就先交欢于她们手底下的徒子徒孙，这也是"登高必自卑，行远必自迩"的意思。两性间交际得密切了，发生恋爱也就可能了。而且这种风气传播开来，就不是一定想做官的人，也要交结一二个女道士，当作唱和的伴侣了。

（3）生计问题

女道士皆为出家人，别无财产，靠讽经设醮以为生。唐时道风既盛，每喜招羽士设坛建醮，以为功德，所谓"霓轩入洞齐初月，羽节升坛拜七星"（陆龟蒙诗）。权门贵家是时常要举行的。设醮有时亦招女冠，义山诗即可为证。这些弱质纤纤的女儿，为了生计问题的压迫，不得不时常出入人家，便被人轻薄几句，又敢怎样呢？看刘禹锡赠张炼师诗"……金缕机中抛锦字，玉清坛上着霓衣。云䡞不用吹箫伴，只拟乘鸾独自归。"意虽不庄，词还得体。而刘长史的"大罗过却三千岁，更向人间魅阮郎"（《赠成炼师》），白居易的"上界女仙无嗜欲，何因相遇两徘徊？"（《赠韦炼师》）便不像话了。

　　说过唐时普通女道士的性质，我要来叙述义山所恋爱的女道士了。大约义山所恋爱的女道士乃由宫女出身，其身份较普通者为高贵，其一切服装居处亦极富丽，虽其行动亦不甚谨严，但比较普通女道流好得多了。所以和她们恋爱的男子如李义山一辈的人，对于记录这种爱情的诗歌，常取秘密态度。

（二）宫人之入道

　　开成三年（公元八三八年）义山有《和韩录事送宫人入道》诗一首：

　　星使追还不自由，双童捧上缘琼舟。九枝灯下朝金殿，三素云中侍玉楼；凤女颠狂成久别，月娥孀独好同游。当时若爱韩公子，埋骨成灰恨未休！

按《旧唐书·文宗纪》："开成三年六月，出宫人四百八十人，送两街寺观安置。"关于宫人入道事实非一次，中晚唐诗人如张籍、戴叔伦、王建、项斯、于鹄都有诗，散见各人集中，不具引。义山所恋之女冠，非此次出家之宫人。大约在开成元年之前。

谈到宫人入道的问题，我们可以费点笔墨，将唐时诸帝公主出家修道的情形，略述一二。读者如明白了唐时女贵族，对于出家运动怎样热烈，对于宫人之入道，自然不觉其奇怪了。

《唐书》诸帝公主列传里出家的公主，列表如下：

睿宗女金仙、玉真、万安三公主；

代宗女华阳公主；

德宗女文安公主；

顺宗女浔阳、平恩、邵阳三公主；

宪宗女永嘉公主；

穆宗女安康、义昌公主。

又《太平公主传》，武后时荣国夫人死，后丐太平公主为道士，以资冥福。仪凤中（高宗年号）吐蕃请主下嫁，后不欲弃之夷中，乃置宫如方士，熏戒以拒亲事。后公主自示意欲嫁，始为择薛绍尚之。可见太平公主也做过了一时女道士。王士禛《居易录》引胡震亨云："唐公主多自请出家，与二教人媟近。商隐同时如文安、浔阳、平恩、邵阳、永嘉、永安、义昌、安康诸公主皆丐为女道士，筑观于外。史即不言他丑，颇着微词。"

我们但看这些玉叶金枝的公主，尚要出家，区区宫人，又何必论。大约宫人入道，有几种原因：一种为帝王所强迫，是被动的；一种借出家而得自由，是自动的。帝王之强迫宫人入道，无非如武后之迷信"冥福"，观《唐书》出宫人若干人，送某处安置字样，及义山诗"星使追还不自由"之语，强迫痕迹，显然可见。至于自动方面，则也有几种不同的原因：

（1）年老

宫人之最大希望，承帝王之恩宠而已，而要求恩宠，以颜色为最要条件。年老色衰，自问此身更无见天日之前，只好逃之空门，在药炉经卷间了此寂寞残生了。王建《送宫人入道》诗云："萧萧白发出宫门"；于鹄云："自伤白发辞金屋。"其事出于不得已，其情实可哀怜。

（2）消极的思想

长门岁月，孤寂难堪，久闭此中，精神上安能不感受烦恼？厌世观念，既渐养成，自然不能不向宗教中，别寻安身立命之地。张萧远诗："金丹拟驻千年貌。"殷尧藩诗："清宵有梦步瑶池。"王建诗："发愿蓬莱见王母。"如果宫人们心理上不感受痛苦，则她们都是生机活泼的青年，前途希望，非常远大，何致作这种成仙的幻想呢？

（3）借入道而得自由

此节当于后文详论。

（三）入道宫人生活之豪奢

《圣女祠》：

松篁台殿蕙兰帏，龙护瑶窗凤掩扉。无质易迷三里雾，不寒长着五铢衣。人间定有崔罗什,天上宁无刘武威?寄问钗头双白燕,每朝珠馆几时归?

在这首诗中,于入道宫人生活之奢华,及其身份都可看出:

(1) 居处之壮丽

入道宫人,大约与入道公主合居,唐时道观多为皇家之建筑物。《唐书》称"金仙、玉真两公主筑观京师,以方士史崇玄监工筑观,作者日万人。"司空曙有《题玉真观公主山池院》诗云:"香殿留遗影,春朝玉户开。……石自蓬山得,泉经太液来……"证以义山诗中之"松篁台殿""龙护瑶窗凤掩扉"若相符合。义山其他诗涉及道观,亦无不庄严炳焕,俨然带有宫殿色彩,可以互相发明。

(2) 服饰之奢华

《圣女祠》次联是形容女道士服饰之轻华。按吾人理想中之仙家,其服饰辄为"星冠""玉佩""羽衣""霞裳"之类，所以道士之服装，每以绮罗等轻薄之质料为之，穿着起来，始飘飘然有凌云御风的状态。张籍诗："名初出宫籍，身未称霞衣。"又义山诗："衣薄临醒玉艳寒"，"青女素娥俱耐冷，月中霜里斗婵娟"，皆可与此诗中之"五铢衣"参看。

"钗头燕"典见《洞冥记》："元鼎元年，起招灵阁，有神女留玉钗与帝，帝以赐赵婕妤。至元凤中，宫人犹见此钗，谋欲碎之；明日发匣，惟见白燕飞天上。后宫人学作此钗，因名玉燕钗。"义山用此典，正暗指女道士之由宫人出身。至"每朝珠馆几时归？"系女道士有事他去，义山来访未见，故戏问钗燕以归期。至于《碧城》诸诗，女道士生活之豪侈，更可想见。

（四）义山所爱女道士之姓名

义山所爱之女道士系姓宋名华阳，义山有《赠宋华阳真人兼寄清都刘先生》诗云：

沦谪千年别帝宸，至今犹识蕊珠人。但惊茅许同仙籍，不记刘卢是世亲。玉检赐书迷凤篆,金华归驾冷龙鳞。不因杖履逢周史,徐甲何曾有此身?

《圣女祠》云:"上清沦谪得归迟。"此云:"沦谪千年别帝宸。"上清、帝宸,本指天上及仙人所居之所,但在此诗中则为帝王居处之代名词。可见宋华阳乃是由宫女出身。"茅许同仙籍"言宋与刘同在道门。"刘卢世亲"则刘宋系亲眷,冯氏引《唐文粹》冯宿撰《刘先生碑铭》,及《唐书·敬宗纪》,谓刘清都先生即道士刘从政,号升元先生,初栖玉屋山,其后迁居都下。可见刘清都乃年高有道之士。或者即系义山之师,亦未可知。义山虽与宋华阳有情,而对于刘清都,却非常恭敬,但观其以徐甲自比,以周史比刘(徐甲事见《神仙传》),可见他们有师生的关系。

《赠宋华阳》诗因"兼寄刘先生",故语意甚庄,看不出什么恋爱痕迹。至于《月夜重寄》的一首便不是这样了:

偷桃窃药事难兼,十二城中锁彩蟾。应共三英同夜赏,玉楼仍是水晶帘!

"偷桃"乃义山最惯用的典故,诗中引用不止一处,如"瑶池归梦碧桃闲""玉母不来方朔去""玉桃偷得怜方朔""惟应碧桃下,方朔是狂夫!"按中国文人好将两性间恋爱关系,用极香艳、极漂亮的文词来描写,什么采兰呀,赠菊呀,窃玉呀,偷香呀,都成了幽期密约的代名词。但是义山所恋爱的,并非平常女子,却是一个出家的人。他既然能用仙女的典故,来影射她的身份;难道于偷情方面,寻不出一个巧妙而恰当的仙家故事吗?所以他便采用东方朔故典,用"偷桃"来代表仙家的窃玉偷香,这真可谓聪明绝顶了。

"窃药"亦义山惯用的文词。《淮南子》羿请不死之药于西王母,羿妻窃以奔月,是为姮娥,以此喻女道士之出家修道。所谓"事难兼"者,即女道士欲守清规,就不能和男子往来,和男子往来,便不能守清规,两者居于反对地位,自然兼并不得。但绮年玉貌,消磨于凄凉寺院之中,每遇美景良辰,未免有情,谁能遣此?所以义山又有"嫦娥应悔偷灵药,碧海青天夜夜心!"之句。

宋华阳观中规则大约有时较严,晚间不许出外,故有"十二城中锁彩蟾"之语。又有《昨日》有"未容言语还分散"之句,均足见女道士之不自由。又《无题》诗一绝云:

紫府仙人号宝灯,云浆未饮结成冰。如何雪月交辉夜,更在瑶台第一层?

此诗与《寄宋姊妹》诗情境相类,想是同时所作。还有些小诗,都像在一时期内,为宋氏姊妹作的,试录几首如下:

《袜》:

当闻宓妃袜,渡水欲生尘。好借嫦娥着,清秋踏月轮。

《房君珊瑚散》:

不见姮娥影,清秋守月轮。月中闲杵臼,桂子捣成尘!

因宋华阳为观中规则所拘,不敢于晚间出门,十二玉楼不啻为水晶帘所隔。义山于极寂寞无聊中,只好想象她们在观中赏月的光景,恨不借宓妃之袜,使她们可以踏月而来。至于"桂子捣成尘"可为她们单调厌倦的生活写照。

（五）义山与女道士之失和

义山与所恋爱的女道士曾有失和之事。《碧城》七律三首很可以让我们看出一点痕迹来。录其诗如下：

碧城十二曲阑干，犀辟尘埃玉辟寒。阆苑有书多附鹤，女床无树不栖鸾。星沉海底当窗见，雨过河源隔座看。若是晓珠明又定，一生长对水晶盘。

对影闻声已可怜，玉池荷叶已田田。不逢萧史休回首，莫见洪崖又拍肩。紫凤放娇衔楚佩，赤鳞狂舞拨湘弦。鄂君怅望舟中夜，绣被焚香独自眠。

七夕来时先有期，洞房帘箔至今垂。玉轮顾兔初生魄，铁网珊瑚未有枝。检与神方教驻景，收将凤纸写相思。武皇内传分明在，莫道人间总不知。

这三首诗，古人因其难解，附会穿凿，更加离奇。朱竹垞研究这几首诗废寝忘食,用了全副精神,而研究出来的结果,却非常可笑。他说此第一首指杨妃入道。第二首言妃未归寿邸之事。第三首言明皇与妃定情之事。"萧史"一联,竹垞谓系明皇对贵妃的嘱咐,"盖喜其芳年稚齿,又嘱其白头一心,即传言定情之夕,授钿合金钗以固之之意也。"朱氏自以为善于比附,我则以为这话说得太无道理。要知专制时代的帝皇对于其妃嫔,稍赐以颜色,便算天恩浩荡,而妃嫔能得竹叶羊车,常常临幸,也便像是几世修来的造化。两方面的关系既系如此,那做帝皇的便到了钟漏垂歇,行将就木之年,也不怕"芳年稚齿"的妃嫔,敢对他宣布离婚——其暗中有外遇者又当别论——哪值得这样叮咛?而且"不逢萧史休回首"云云,也不像帝皇对妃嫔关照的口气。

其实,这三首诗还是义山与女道士恋爱的哑谜儿,与明皇贵妃,毫不相干。不过细察诗意,双方爱情已有破裂的痕迹。女道士此时已厌弃义山,不愿仍和他继续来往,或者别有所恋,为义山所察觉,故有"不逢萧史休回首,莫见洪崖又拍肩"微含醋意的要求。但女道士并不理会他,自觉无聊,于是又有"鄂君怅望""绣被孤眠"之句。第三首则义山咏自己与女道士约期相会之事,"七夕"借用银河鹊桥的故事，不必呆指什么日期，女道士既厌弃义山，所以失约不来，害他空等了一场，正如铁网空张，珊瑚竟失，满腔懊恼，只好借"凤纸"细描了。又《银河吹笙》一首也是爱情断绝的表现。诗云：

怅望银河吹玉笙，楼寒院冷接平明。重衾幽梦他年断，别树羁雌昨夜惊。月树故香因雨发，风帘残烛隔霜清。不须浪作缑山意，湘瑟秦箫自有情。

女道士既与义山决裂，而义山余情不断，尚不胜其眷恋之意。"楼寒院冷"犹言共衾无人，觉楼院更为清冷。当辗转反侧之际，回忆从前好梦，今已难寻，庭树之上，偏有惊飞的鸟，恍然是情人舍我的象征，月榭余香，风帘残月，景物依然，而人则不知何处，更使多情诗人，为之惆怅不已。女道士之厌弃义山，必饰词将专心修道，不更牵于儿女之情，其实她却和另一个羽士在闹恋爱。义山也知道她说的是一派假话，所以最后二句，用一种如恨如嘲的口吻劝她道：你何必假惺惺拿修道来骗我呢？恐怕你们湘瑟和秦箫早在那里倡和了！

女道士之厌弃义山不知何故，或即因他言语不慎吧。

所以义山有"武皇内传分明在,莫道人间总不知"的辩护。李义山固不能以汉武自比,但借《汉武内传》里上元夫人与西王母故事,以影射出家的公主及女道士等,故不妨如是云云。

义山的情敌名永道士。义山少年时曾学道于河南的王屋山。(《通典》:开元二十九年京师置崇元馆,置道学生徒有差,谓之道举。举送课试,与明经同。)其《题李肱所遗画松》诗"忆昔谢四骑,学仙玉阳东"可证。又《寄永道士》一绝:

共上云山独下迟,阳台白道细如丝。君今并倚三珠树,不记人间落叶时!

按王屋山有阳台,可见永道士是王屋山的道士,也就是义山的老同学。义山之认识宋华阳,想是永道士所介绍的。

宋华阳姊妹共有三人,所以义山有"应共三英同夜赏"之诗,从前时候宋华阳和义山恋爱,她的两位姊妹则和永道士恋爱。后来宋华阳和义山失和,也归到永道士那边去了。故义山又有"君今并倚三珠树"的调谑。

"三珠树"见《山海经》，郭璞亦有《三珠树赞》，科举时代用以代表榜前三名的人，冯浩以为此系咏永道士登第而自己失意之事，似乎不大对。义山只说你现在独拥三美，自然得意，但我被人所弃，如秋风中的落叶，漫无所归，你恐怕就不管了。

（六）再上王屋不见女道士之惆怅

按义山于太和九年来往京师，开成元年至三年常留京。二年自兴元归，路过所爱女道士所居，则女道士已迁往他处。故他集中有一首五排的《圣女祠》写不见女道士之惆怅：

杳霭逢仙迹，苍茫滞客途。何年归碧落？此路向皇都。消息期青雀，逢迎异紫姑。肠回楚国梦，心断汉宫巫。从骑裁寒竹，行车荫白榆。星娥一去后，月姊更来无？寡鹄迷苍壑，羁凤怨翠梧。惟应碧桃下，方朔是狂夫！

这首诗冯浩以为是追悼令狐楚之作，故将它编入开成二年行次西郊一百韵之前。固不错。但冯氏误信朱长孺所引《水经注》谓武都秦冈山有圣女神，便疑惑圣女祠即建于该处。但义山诗里，从来没有到过武都秦冈山的事迹，只有兴元回京时所走的路程，与武都相近，于是冯氏不惜抹却良知，硬将好好走在由兴元归途上的李义山，拉往数百里外的秦冈山打了一个大弯儿。但弯儿虽然打成了，《圣女祠》的诗，也可以勉强说是在秦冈山做的了，只是全诗艳丽芬芳，似写儿女情怀，义山既特绕数百里的道路，专诚叩谒圣女神，不应这样轻佻，况于吊令狐之丧归来，也不该有这样的闲情别致。冯氏左想右想，觉得不可通，索性再横一横心，将这首诗认为一派的寓言，诗中所有的艳情，只算是追悼令狐的话。

在冯氏这种办法，方便总算方便，但他的大错便在这时候铸成了。因为他将这首五排当作"追悼令狐楚的寓言"，以后各种关于女道士的诗，也就不能不解作"希冀令狐绹提挈的寓言"了。

我以为圣女祠并非真有其地，不过是义山情人所居寺观之代名词。义山由兴元还，过此祠，所爱之女道士已他去，故有"何年归碧落"的疑问。"青雀"一联与"昨日紫姑神去也，今朝青鸟使来赊"（《昨日》）相同，不过此处是说女道士现在究归何处，无从探听，只有待青鸟携将消息来罢。"楚国梦"兼指所爱宫嫔而言，"汉宫巫"则指女道士，因为女道士系由宫女出身，可以时常入宫醮祭，故以此呼之。"从骑"一联，是想象女道士临走的景况。"月姊"一联是希望她更回来。"寡鹄""羁凰"指宫嫔，义山所认识的宫嫔，乃敬宗所遗下的后宫人，所以说她们是寡鹄。这诗后段几句的大意：是女道士虽已经迁去，我不能同她们更恋爱了，但宫中还有不自由的宫嫔，还要我们偷桃的方朔，去安慰她们呢。

又有《重过圣女祠》一首：

白石岩扉碧鲜滋，上清沦谪得归迟。一春梦雨常飘瓦，尽日灵风不满旗。绿萼华来无定所，杜兰香去未移时。玉郎会此通仙籍，忆向天阶问紫芝。

（七）华阳观

我前回已说过圣女祠，并无其地，不过义山情人所居祠宇之代名词。又曾说义山情人是姓宋而住华阳观中的女道士，那么，圣女祠就是华阳观了。（圣女祠在王屋山，并非在京师之华阳观，请看再序。）但华阳观究竟是什么寺观呢？

《唐书》："代宗女华阳公主性聪颖，上奇爱之。大历七年（公元七七二）以病丐为道士，号琼华真人。……"

白居易《春题华阳观》："帝子吹箫逐凤凰，空留仙洞号华阳。落花何处堪惆怅，头白宫人扫影堂！"自注："观即华阳公主故宅，有旧内人存焉。"因此我们知道华阳观是华阳公主的旧观。

但是这华阳观又在什么地方呢？唐欧阳詹有《玩月永崇里华阳观》诗和序（见《全唐诗》和《唐文粹》），白居易有《永崇里观居》诗，中有"永崇里巷静，华阳观院幽"等句。我们又可以知道华阳观是在永崇里。

但永崇里在什么地方，这也不可不考。

白居易《春中与卢四周谅华阳观同居》诗："性情懒慢好相亲，门巷萧条称作邻。背烛共怜深夜月，踏花同惜少年春。杏坛住僻虽宜病，芸阁官微不救贫。文行如君尚憔悴，不知霄汉待何人？"白居易时为校书郎，所以有芸阁之句，他的《早春独游曲江》有"朝从直城出，春傍曲江行……回看芸阁笑，不似有浮名……"我们可以知道校书阁虽在城里,离曲江不远,可以互相望见。居易之僦居华阳观,大约因其离阁甚近,早夕入阁校书便利。因此又知华阳观与秘书省相邻,离曲江也不远。

居易应举时,曾僦居华阳观以习举业,故后有《重过华阳观》诗。

华阳观中虽有旧宫人女道士等,但僦居举子仍极多,因为它的位置和曲江相近,曲江有题名的慈恩寺塔,有杏园,都和举子有密切关系。

钱希白《南部新书》:"长安举子,六月后落第者,不出京,谓之过夏。多借净坊庙院作文章,曰夏课。时语曰:'槐花黄,举子忙。'"

李肇《国史补》:"既捷,例书其姓名于慈恩寺塔,谓之题名会。大宴于曲江亭子,谓之曲江会。……敕下后,人置皮袋,例以图章酒器钱绢实其中,逢花即饮。故张籍诗云:'无人不借花园宿,到处皆携酒器行。……'曲江之宴,行市罗列,阗间为之半空。公卿家以是日拣选东床,车马阗塞,莫可殚述。"

李绰《秦中岁时记》:"进士杏园初宴,谓之探花宴。差少俊一人为探花使,遍游名园。若他人先折花,便被罚。"

《旧唐书·宣宗纪》"敕自今进士发榜,杏园仍旧宴集,有司不得禁制。武宗好巡游,故曲江亭禁人宴聚也。"

因此白居易的"杏坛住僻虽宜病""踏花同惜少年春",可以算作即景即事的诗。居易又有《自城东至,以诗代书,戏招李拾遗,崔二十六先辈》一诗,曲江在长安城东,居易之所谓自城东至,即自华阳观中至之谓。

于是我们知道华阳观是在城的东边,和曲江相近。

(八)义山之住处

华阳观在贞元之间景况很冷落,白居易诗可证。到义山时,有四五个公主同时出家,天宝大乱之后,物力维艰,建不起金仙、玉真那样的寺观。只好住在她们的旧寺观中,华阳观这时候大约也住了一个公主,所以顿然热闹起来。

义山于开成元年住在京里攻举业。他是否僦居华阳观,我们无法证明。但我可以知道他所居离华阳观不远。

他和王茂元女儿结婚,婚后同来京师即假馆于李十将军。因李十将军是王茂元夫人的兄弟,为义山妻王氏的娘舅。李十将军住在昭国里。《长安志》:"昭国坊在朱雀街东第三街……"所云街东,想即近城东的街坊。

义山《病中早访招国李十将军挈家游曲江》，有"家住红蕖曲水滨"之句，可见李十将军住在离曲江不远的地方。义山病中犹能访李将军，则居必与之邻。而且后来之假馆与王氏同住，想都为就近方便起见。

况义山后因事离京，《寄李十将军诗》有"同听汉苑莺"，《思归》有"旧居邻上苑，时节正迁莺"等句，所谓上苑，即指曲江离宫。

义山所居和华阳观相近，又和曲江离宫相近，无怪乎有和宫嫔发生恋爱的可能了，何况入宫还有永道士等男女道众的介绍。

/ 乙 /

与宫嫔恋爱的关系

普通见解以为义山与女道士恋爱关系，勉强可说有成立的理由，因为唐代女冠的大多数，行为本来很是浪漫。至于说义山与宫中妃嫔也有恋爱的关系，我想定要招读者许多疑怪了。一则呢，禁御森严，外人似无擅入之理。二则呢，专制时代对于保护宫禁尊严，非常注意，平民偷窥宫禁，误入掖庭，查出尚当大辟。何况与宫嫔发生秘密勾当？则发这种议论的人，似乎太荒唐了吧。

但我们要知道，专制时代，各朝的法律虽大略相同，而各朝的风气，却大相径庭。风气已成，法律自失其效力了。唐代宫闱不肃，有许多事实可以证明，更证以义山之诗和当时史迹，我敢判断义山和宫嫔恋爱一案，有成立之可能。

中国帝王，本抱多妻主义，所谓三宫六院，宫女三千，俨然成为定制。以一人之身，而置如许多的妃妾，防范稍有不严，难免闹出笑柄，所以对于宫禁不得不取闭关政策，宫中使唤，不得不用阉人。但防范无论如何严厉，历代宫闱，仍然少不了风流秘史，如秦襄王后、汉吕后、晋贾后等的恋爱史，都是历史上显明的事迹。以椒房之贵，母后之尊，尚不能自制，何况那些妃嫔和宫人呢。

唐代宫禁最宽，宫人可与外人互通声气，恋爱自由，几成常事。构成这种现象之原因，极为复杂，举其大端如下：

（1）女权的发达

重男轻女，本是中国传统的观念，女子只为男子的附属品，在律法上几无人格可言。男子又将家分为"阃外""阃内"两部分，阃外的事，由男子自管，女子活动的范围，只限于区区内室。至于说到女子在政治上的位置，那真不啻说梦话了！

然而唐朝却出了一个雄才大略的武则天，居然在中国女权运动史上开了新纪元，也在中国历史上放射一个异样鲜明的色彩!

　　看吧,她以纤纤弱女子之身,竟能垂制临朝,改元易服,轰轰烈烈地干了十六年。她在位时屡伐突厥,用郭元振为凉州都督,拓境一千五百余里,伟略及得汉武帝。延揽人才,搜罗豪杰,如狄仁杰、张柬之等皆一代名臣,英明足比唐太宗。称帝之后,降皇帝(睿宗)为皇嗣,赐姓武氏,打破女姓附属男姓的奴隶习惯。立武氏七庙于神都,俨然要创立女宗,不希罕什么附祀和配飨。以上官婉儿衡量人才,"明月夜珠",流传为千古佳话;她自己扇奖风雅,亦复不遗余力,表现女子在文学上的天才。上帝以见张嘉贞,又在紫宫七宝帐中,与诸文臣分韵赋诗,一切有才之士,不问官阶,无不接见;杜甫诗所谓"当时上紫殿,不独卿相尊",真写出雄主的气概。她那礼贤下士的态度,励精图治的精神,不必细叙,单就她提倡男女交际一端而论,也实在值得我们赞扬和钦服的了。总之武则天的一举一动,无不表现她的伟大的气魄,和深远的眼光。后代史官,无论怎样讥嘲辱骂,都掩不了她真正的价值!

　　当时女界竟诞生了武则天这样一位奇杰,女权的发达,自大有可观了。而且数千年来死气沉沉的女界,对于政治活动,向视为风马牛不相及的,自则天称帝以后,也渐渐觉悟了。史称陈硕贞女子于则天朝举兵，自号文佳皇帝，则天闻之叹道："世间又有此奇女子耶！"则天死后，女权仍极发达，女子对于参加政治权的要求，也极热烈；于是就有许多女子，在政治舞台大展其手腕了。《唐书》诸帝公主列传，称太平公主以预诛二张之功，及助睿宗登位，势倾天下，与长宁、安乐、宜城、新都、定安、金城七公主，皆开府置官属，朝廷大政，非太平公主关决，则不敢行；闻不朝，则宰相就第咨判。中宗的韦后，权术不及则天，而擅握大权则相等，也为她的女儿安乐公主开府置官。安乐恃宠骄恣，卖官鬻爵，每自草敕，掩其文请帝（中宗）书，帝笑从之，竟不省视。事皆见于史传。唐朝既有一个女子做皇帝，又有许多公主做官，男女不分界限，宫闱不肃，就是受这个影响。

（2）帝王的放纵

武后在位时，宠张易之、张昌宗等，听他们自由出入宫禁。中宗与韦后屡次微服出外观灯。又常放宫女数千人，夜游纵观，与外人交通，多逃逸不还，帝亦不问。（《唐书》）当时宫禁之不严，不能不说是帝王自己之过。

明皇是个爱好音乐和艺术的君王。洞晓音律，又喜提倡音乐，《唐书》称其立梨园，选子弟亲教以音乐，号为

"皇帝梨园弟子",宫女数百,亦号"梨园弟子",居之于宜春院北。按明皇于开元二年于宜春院置左右教坊,梨园子弟居于教坊之中,而习音乐之宫女即居院北,相离不远,接触机会自多,即与外间通声气亦复不难。元稹《连昌宫词》云:

初过寒食一百六,店舍无烟宫树绿。夜半月高弦索鸣,贺老琵琶定场屋。力士传呼觅念奴,念奴潜伴诸郎宿;须臾觅得又连催,特敕街中许燃烛。春娇满眼垂红绡,掠削云鬟旋装束,飞上九天歌一声,二十五郎吹管逐……

自注云:"念奴,天宝中名倡,善歌,每岁楼下酺宴,万众喧溢,严安之、韦黄裳辈,辟易之不能禁,众乐为之罢奏。明皇遣高力士大呼楼上曰:'欲遣念奴唱歌,二十五郎吹小管逐,看人能听否?'皆悄然奉诏。……"《开元天宝遗事》:念奴有色善歌,宫伎中第一。帝尝曰:"此女眼色媚人。"又云:"念奴每执板当筵,声出朝霞之上。"……就算念奴是个宫伎,非宫人可比,但与诸郎双飞双宿,视同固然,时人亦恬不为怪,足见当时男女恋爱的自由。又杨贵妃于朝元阁演《霓裳曲》,长安书生李暮于宫墙外撅笛偷翻，外间遂传此曲。当时宫禁与外间仅隔一墙，还保得春光之不泄露吗？何况还有宫伎之勾引呢。

明皇在宫中行乐，常与诸王共。与梅妃斗草，顾谓诸王曰："此梅精也。"帝与宁王弈，将不胜，贵妃纵玉猧乱其局。帝制《紫云回》及《凌波曲》成，试演于清元小殿。宁王吹玉笛，妃子弹琵琶，上击羯鼓，马仙期方响，贺怀智拍，张野狐箜篌，李龟年觱篥，自旦至午，欢洽异常。时惟妃女弟秦国夫人端坐观之。曲罢，上戏曰："阿瞒乐部，今日幸得供养夫人，请一缠头。"秦国曰："岂有大唐天子阿姨，无钱用耶？"遂出三百万为一局焉。（均见《杨太真外传》）看当时觥筹纵横，履舄交错，握手无罚，目眙不禁的光景，以及君王有趣的戏谑，贵夫人轻倩可爱的言词，俨然是一幅路易十四的宫廷行乐图。那些古板可嫌的男女"避面而行""不同席"的陋规，在唐代交际场中，简直视同无物。

（3）公主外戚的表率

唐代公主对于政治既有特权，又幸生于宋儒之前。那些什么"名节""贞操"种种鬼话，也没有濡染过，所以对于恋爱自由，大为提倡。唐公主的驸马，不死便罢，死则公主无不再嫁。（参看《唐公主列传》）也有公然当着驸马之面，而行不端的：安乐公主于武崇训在时，即与武廷秀乱；顺宗女襄阳公主嫁张克礼，常微行市里，与青年子弟薛枢、薛浑、李元本等发生恋爱关系。尤爱浑，每诣浑家，谒浑母，行事姑之礼，有司莫敢谁何。（《唐书·公主列传》及《旧唐书·李宝臣传》）

浔阳、邵阳、平恩乃襄阳公主之姊妹，于太和三年（公元八二九）出家为女道士。正如胡震亨所谓"与商隐同时"者。但胡氏又说"史虽不言他丑，颇着微词"。其实我翻遍新旧《唐书》，"微词"并没有看见一句，胡氏之所云云，主观色彩太浓，不足教我们心服。但是浔阳等三公主果然是真心修道者吗？不，她们也不过借此得到恋爱上更自由的机会罢了。史书上虽寻不着什么"微词"，唐人诗集却供给我们以显明的证据了。唐沈亚之，元和十年进士，为殿中丞，御史，内供奉。太和初为德州行营使（《御制全唐诗·沈亚之传略》）。他的诗集中有《梦挽秦弄玉》一首，又有《自记》一文，颇告诉我们此中消息。略钞如下：

太和初，沈亚之将之邠，自长安城出，客橐泉邸舍，春时昼梦入秦王内史廖家。廖举亚之拜见庶长，尚公主弄玉。其日有黄衣中贵骑疾马来，延亚之入宫阙甚严。呼公主出，鬟发，着偏袖衣，芳姝明媚。侍女祗承，分立左右者数百人。召见亚之便馆，居亚之于宫，题其门曰翠微宫。宫人呼曰沈郎。居一年，公主卒，公追伤不已。将葬咸阳，公命亚之作挽歌，应教而作，公读其词善之。时宫中有失声若不忍者，公随泣下。亚之送葬咸阳还，以悼怅过戚被病，犹在翠微宫，然处殿外特室，不居宫中矣。居月余，病良已。公谓亚之曰："敝秦不足辱大夫，盍适大国乎？"亚之对曰："臣无状，不能从死公主，使得归骨父母国，臣不忘君恩。"时日将晚，公追酒高会，执爵亚之前曰："愿沈郎歌以塞别。"亚之受命立为歌辞，授舞者杂其声而和之，四座皆泣。既再拜辞去，公复命至翠微宫与公主侍人别，重入殿内时，见珠翠遗物碎青阶下，窗纱檀点依然，宫人泣对亚之，亚之亦泣。良久，因题宫门，竟别去。公命车驾送出函谷关已，送吏曰："公命尽此，且去。"亚之与别，语未卒，忽惊觉卧邸舍中。

其《挽秦弄玉词》云："泣葬一枝红！生同死不同。金钿坠芳草，香绣满春风。旧日闻箫处，高楼当月中。梨花寒食夜,深闭翠微宫!"《梦游(一作题)秦宫》云:"君王多感放东归,从此秦宫不复期。春景似伤秦□□,落花如雨泣燕脂!"

我们读到这个故事,实在觉得离奇,世上真有人一梦竟至年余之久吗?梦中情节,能这样曲折尽致吗?唐人每有奇遇,辄托之于梦,我看沈亚之必与当时出家修道的公主曾有爱情,所以托之弄玉。至于秦穆公的一段周旋,却是假造出来,以炫惑时人眼光的,不足注意。(《唐书》称文安公主丐为道士,薨太和时。)

外戚则如杨贵妃的姊妹——三国夫人——也有诱致贵族子弟之事,不记得出于何书,只好暂缺。当时公主外戚等做下许多好榜样,宫中妃嫔等怎能不想效尤呢。

(4)女子对于恋爱自由的觉悟

宫人们或由良家选入,或由有罪没入掖庭,春风寂寂,研守宫而自怜,秋雨潇潇,赋长门而魂断。她们生活的苦楚,白居易《上阳人》颇能描写一二。其诗中有云:

宿空房,秋夜长,夜长无寐天不明。耿耿残灯背壁影,萧萧暗雨打窗声！春日迟，日迟独坐天难暮。宫莺百啭愁厌闻，梁燕双栖老休妒。莺归燕去长悄然，春往秋来不记年。唯向深宫望明月，东西四五百回圆！

这首诗写得极其深刻，宫人之苦可觇一斑。但是当时却有些先觉的宫人，受不住这样无人道的压制，她们居然起了要求恋爱自由的念头。《唐诗纪事》有这样几段记载：

开元中，颁赐边军纩衣，制于宫中。有兵士于短袍中得诗曰："沙场征戍客，寒夜若为眠？战袍经手制，知落阿谁边？蓄意多添线，含情更着绵，今生已过也，愿结后身缘。"兵士以诗白于帅，帅进之玄宗。命以诗遍示六宫曰："有作者勿隐，吾不罪汝。"有一宫人自言万死。玄宗深悯之，遂以嫁得诗人，仍谓之曰："我与汝结今身缘"，边人皆感泣。

顾况在洛乘春，与三友游于苑中，坐流水上。得一梧叶，上题诗曰："一入深宫里，年年不见春。聊题一片叶，寄与有情人。"况明日于上游亦题诗叶上，放于波中，诗曰："花落深宫莺亦悲，上阳宫女断肠时。帝城不禁东流水，叶上题诗欲寄谁？"后十余日，有人于苑中乘春，又于叶上得诗以示况，诗曰："一叶题诗出禁城，谁人酬和独含情。自嗟不及波中叶，荡漾乘春取次行！"

这两件事传闻亦稍异。纩袍寄诗亦作为僖宗时事，御沟红叶通典作于祐，后来祐与写诗宫人韩夫人成婚。《云溪友议》则作者为韩偓，时代则仍在明皇时。

两事虽出于小说，我敢断其为真，何以故呢？凡伪造的故事，定要具二个条件。一个条件是：本有其事，而过甚其词。一个条件是：有相类之事迹，可以比附。前者如黄帝、周公本有发明学术、制作制度的事实，然后来一切学术制度，无不托为此二人之所创造，就将二人当作箭垛了。后者如汉武帝本有求仙之事，后人竟造出许多《汉武内传》《上元夫人传》，所记一切情节，曲折离奇，像煞有介事，其实皆子虚乌有之谈。现在"纩袍寄诗""御沟红叶"等事，为从前所未有，亦无相类之事，可以比附；且不发生于别朝，偏发生于宫禁自由的唐代，更可决其非伪。至于时代及人名，颇有舛异者，则因这两件事，颇有风趣，为当时文士所乐道，辗转传流，遂有讹错，我们不但不能因这个缘故，将此案推翻，而观其传流之盛，更足信其为真实。时代我证明在僖宗前，因元和时徐凝已有上阳红叶诗，咏其事。

（5）文人对于性解放的呼号

诗至唐代而极盛，不但艺术方面臻于完美，即内容也有许多不可磨灭的价值。我曾在唐人诗中发现了一种最宝贵的"人道主义"，为从来所没有，与后世欧美诸哲之议论，亦若合符节。

"人道主义"下产生两种特别作品，一是描写"征戍之苦"，反对帝王穷兵黩武的举动，主张"非战论"。一是描写"宫怨"，为可怜被压迫的宫人，呼号性的解放。

前一项与本文没有关系，且述后一项。从前梁简文帝好为"宫体"诗文，陈后主、隋炀帝也喜描写宫人生活。但他们除叙述，或描写宫廷乐事之外，却不注意于宫人内蕴的情绪，唐时便不然了，他们一面写宫人美丽的形态，一面就写她们幽怨的心理。白居易的《上阳人》，写一个良家女子从红颜皓齿的时代，选入宫廷，直到白发盈颠，还没见过君王一面。他写宫人的凄楚，前文已征引了一段，我们读之，能不为她们表示深切的同情吗？杜牧之的《阿房宫赋》，虽叙秦宫事，实则暗指本朝而言。王昌龄的"玉颜不及寒鸦色，犹带昭阳日影来！"凄怨已极。至于李贺的"愿君光明如太阳,放妾骑鱼撇波去!"是更进一步而要求解放了。

唐因武氏称帝,女权发达。公主等因政治上之胜利,而又谋恋爱上之自由。风会所趋,宫人觉悟于内,文人呼号于外,对于君主所施无理的"性的压迫",渐有反动的酝酿。谨愿的只敢题诗写怨,狡黠一点儿的,便真的做出来了。

以上所述五项,实为唐代宫闱不肃之大原因,现在容我来研究义山与宫嫔的恋爱史吧。

(一)宫中之醮祭

义山之与宫嫔有情,乃由相识之男女道士介绍而来,所以两件恋爱事实在可以归并到一件。

唐公主虽学道出家,与宫中仍相来往。玉真公主于父睿宗朝为道士,但仍时常入宫与阿哥等游戏。相传明皇于皎月之下,恒与玉真、贵妃等,以锦帕蒙目,为捉迷藏之戏。玉真于袴服袖上,多结流苏香囊,上屡捉屡失。(见《致虚阁杂俎》)代宗女华阳公主,性聪颖,上奇爱之。

大历七年，以病丐为道士，号琼华真人。病亟，帝亲临视，啮帝伤指。（《唐书》）其他则唐人应制从驾道观之诗，非常之多。帝王既幸男道观，亦必幸女道观。（如《幸白鹿观应制》一题，沈佺期诗云……"唯应问王母，桃作几时华？"崔湜诗云："……捧药芝童下，焚香桂女留……"皆女道观之证。）宫中与道观既有时常来往的机会，则外人混入宫中，自非难事。

　　再者唐代帝王迷信道教，祭醮之风甚盛，到设坛时，羽士可以随时出入宫廷。唐人《步虚词》每咏其事，卢仝《忆金鹅山沈山人》诗云：

　　天门九重高崔嵬，清空凿出黄金堆。夜叉守门昼不启，夜半醮祭夜半开！……太上道君莲花台，九门隔阔安在哉！……

　　苏郁（贞元、元和间人）《步虚词》云：

　　十二楼藏玉堞中，凤凰双宿碧芙蓉（一作梧桐）。流霞浅酌同谁醉，今夜笙歌第几重！

卢仝诗或以为寓言，我则以为写实。不过诗虽痛恨宫禁为醮祭所破坏，对于君主宫嫔尚无"微词"。至于苏郁的诗，我们就不能说他毫无所指了。

义山初次入宫，必因宫中有醮祭事，而为羽流所携入。那么彼时宫中死了什么人，而有建醮之事呢？这却不能不考。

按文宗后妃，新旧《唐书》都无列传。今据安王溶、庄恪太子、杨嗣复等传考之；则文宗有二妃，一为王德妃，生鲁王永，即庄恪太子。一为杨贤妃，最得宠幸，无子，常思拥立安王溶（穆宗子，文宗弟）以自固。

鲁王永于太和六年（公元八三二）被立为皇太子。开成三年以宴游败度，不可教导，文宗震怒将黜之。群臣极力谏止，上意稍解，命太子入少阳院。为诛嬖昵者十余人。（见新旧《唐书》）开成三年十月，暴薨。

太子之薨，新旧《唐书》都说为其母恩宠渐衰，杨贤妃屡次在文宗前谗构其短，中心忧惧，所以郁出病来，而致于死。但我颇疑太子之死，是自尽的。郑覃、杨嗣复等哀词，所谓"忧兢损寿，沉疴始遘……"忧兢是真，沉疴却是假话。太子因为杨妃之构陷，不能辩白，忧愤之余，对品行爽性不加修饰，为文宗之所切责，想非一次，神经刺激过甚，结果只好自杀了。不然，"暴薨"一语何来？而《旧唐书·武宗本记》"初文宗追悔庄恪太子，殂不由道……"之一语又何来呢？

不过庄恪太子如何死法，与本文没有关系，可以存而不论。我现在所要讨论的，是他母亲王德妃究竟死在何年。

文宗崩后，杨贤妃为武宗所杀，史有明文，但王德妃不知下落。据我推测，德妃当死于开成元年秋间。何以知其然呢？德妃恩宠已衰，心已悒悒，更加眼见其子为杨妃所谗，东宫之位，岌岌可危，而又无力援救，必更十分忧闷。忧能伤人，安能无死？太子之母已死，失所倚恃，杨妃之构陷愈急，始有开成三年议废立之事。新旧《唐书》既未书明王德妃薨于何年，则我之假定，可以成立。而且义山诗中颇有涉及德妃秋季病笃之事。其混入宫廷，亦由于德妃之祭醮。义山有《李夫人三首》，前二首为五绝：

一带不结心，两股方安髻。惭愧白茅人，月没教星替！
剩结茱萸枝，多擘秋莲的。独自有波光，彩囊盛不得。

后一首为七古：

蛮丝系条脱，妍眼和香屑。寿宫不惜铸南人，柔肠早被秋眸割!清澄有余幽素香,鲲鱼渴凤真珠房。不知瘦骨类冰井,更许夜帘通晓霜。土花漠漠云茫茫,黄河欲尽天苍苍!

三诗旧解多以义山悼亡,我则以为悼王德妃而作。梁武帝诗"腰间双绮带,梦为同心结"此言夫妻必两下情投,方能和合,现在文宗对于王德妃已无爱情,则德妃无论怎样思慕他,也不过落一个单相思而已,如一条带儿,便不能结为同心结了。"白茅人"乃指汉方士栾大,武帝使其立白茅上受五利将军印,同时方士齐人少翁,为武帝招致李夫人的魂魄,盖李义山用以指宫中之建醮。"惭愧"者,说文宗待王德妃,生前既然无恩,死后又设虚文的醮祭,替他想想,未免可愧也。"月"乃后象,"星"为妃妾之象,德妃曾否册为皇后,不可得而知,但所生之子,既为东宫,则亦俨然皇后了。德妃没,杨贤妃更得擅宠,如代其位,故用"替"字。

《尔雅注》:"的,莲中子也。"莲子之心甚苦,"多擘秋莲的"言德妃失宠之悲也。《招魂》"娱光眇视,目曾波些",《续齐谐记》"弘农邓绍尝以八月旦入华山采药,见一童子执五彩囊承柏叶上露。绍问用此何为?答曰:

'赤松先生取以明目。'"杨妃之得宠,似与其媚眼有关,似诗中特为指出。与"柔肠早被秋眸割"及《河阳诗》"可惜秋眸一脔光"皆可互通。

"寿宫不惜铸南人"言文宗宠幸杨贤妃,几欲以金铸之。或用北魏立后,辄以金铸后容之典,或即暗用越王黄金铸范蠡的故事,无非言其爱宠听从之极罢了。"柔肠早被秋眸割"言杨妃善于狐媚,德妃柔肠,早被她那一双迷人的眼睛割碎。此句写妇人嫉妒的心理,可谓入神!"鳜鱼渴凤"等句,言德妃宠衰,与《河阳诗》"巴西夜市红守宫,后房点臂斑斑红,堤南渴雁自飞久,芦花一夜吹西风!"相同。"不知瘦骨类冰井,更许夜帘通晓霜",似说德妃病入膏肓,还让杨妃给闲气她受;也可以说病室萧条,至于帘破风侵,都没人来过问,又与《河阳诗》"晓帘串断蜻蜓翼"相通,这似乎是当时一桩实事。

二首五绝,一首七古合在一处,已有些不伦不类,而题为《李夫人》,又与李夫人故事完全不合,故知其必系借用。

《河阳诗》:"黄河摇溶天上来,玉楼影近中天台。龙头泻酒客寿杯,主人浅笑红玫瑰。梓泽东来七十里,长沟复堑埋云子。可惜秋眸一脔光,汉陵走马黄尘起!……"也是咏的王德妃之事。德妃或是河南人,故诗名河阳,又屡标黄河字样，以醒人耳目。"梓泽"似指杨妃，杨妃不知何处人，但史言其与杨嗣复同宗，嗣复宏农人，则杨妃亦河南人。《通典》说金谷、梓泽并在河南县东北。黄河、梓泽是河南的二条水，故借以影射二妃。起先德妃得宠，如黄河之影近中天，不意后来竟被杨妃占了胜利。"长沟复堑"似言杨妃城府之深，计划之密，"埋云子"或即指谗毁太子一案，借用浮云蔽白日的意思。"汉陵走马"则言德妃果为杨妃谗死，葬于陵中。

又有《烧香曲》全篇咏宫嫔烧香的情景，末数句云："……玉佩呵光铜照昏，帘波日暮冲斜门。西来欲上茂陵树，柏梁已失栽桃魂！……蜀殿琼人伴夜深，金銮不问残灯事！……"这首诗或以为叹杜秋娘之流落，或以为指"甘露"之变，我觉得都说不通，恐怕还是咏王德妃死后醮祭等事。"铜照"镜也，镜乃至明之物，今为人所呵，则朦胧了。此乃映射文宗听杨妃之蛊惑，气死王妃之事。"帘波"二字难解，但《西京杂记》说汉诸陵寝皆以竹为帘，为水文及龙凤象，合下"茂陵"二句，明言德妃葬事。"蜀殿琼人"则言文宗方拥杨妃而寝，对王妃之烧香，本是虚应故事而已，本来不问一声，故有"金銮不问"之句。

还有《海上谣》一首，似亦同时所作。中有"海底觅仙人，香桃如瘦骨……刘郎旧香炷，立见茂陵树……"全诗过于晦涩，故不具录，我们现在单来看义山在醮祭时所作的诗罢。《汉宫》云：

通灵夜醮达清晨，承露盘晞甲帐春。王母不来方朔去，更须重见李夫人！

醮祭时宫门彻夜开放的景况，则如《齐宫词》之所写：

永寿兵来夜不扃，金莲无复印中庭。梁台歌管三更罢，犹复风摇九子铃！

（二）宫廷与道观之交通

义山由道观之径路，而达宫廷，以《玉山》一首为紧要关键。诗云：

玉山高与阆风齐，玉水清流不贮泥。何处更求回日驭，此中兼有上天梯。珠容百斛龙休睡，桐拂千寻凤要栖。闻道神仙有才子,赤箫吹罢好相携。

"玉山"指道观,"阆风"指宫禁,当时道观皆为皇家之建筑物,而居其中者,又多为天潢贵胄,其品级之尊崇,足与宫禁相并,故云"相齐"。

次联隐指道观与宫禁通声气。"回日驭"是指当时公主皆握政治权,有回天返日的力量而言,《唐书·太平公主传》,浮屠慧范奸贪不法,为薛谦光所劾,将被惩治,赖公主为申理,谦光反得罪。即其一例。"上天梯"之"天"代表君王所居之所,言由道观而达宫禁,如登天之有梯。

"龙"乃君之象征。庄子云:"千金之珠,必在九重之渊,骊龙颔下,能得珠者,必遭其睡。"人到骊龙颔下去摘其珠,本极危极险,但在龙渴睡之时,便可以行所无事;正如一个人跑进宫禁和宫嫔恋爱,原有性命之忧的,然而沉缅酒色的君王,正在做着钧天好梦,纵然出了"中冓之丑",他又何尝得知呢?义山诗"非关宋玉有微词,只是襄王梦觉迟!"可与他此诗互相发明。"凤要栖"犹言这样如花如玉的美人,你竟捐同秋扇,我不免要据而有之了。三字扬扬得意,不啻恋爱胜利者之凯歌。而且这二句话对于君王似警告而实嘲侮,刻毒之极。

末二句是托道士相携入宫之意。此道士或即永道士,乃宋华阳姊妹之情人,与义山有"姨夫之谊",也是义山王屋修道时的老同学,因入宫建醮,携义山入宫,乃情理中事。

(三)宫中景象

入宫之后,所描写的宫中气象,有《一片》之诗可证:

一片非烟隔九枝,蓬莱仙仗俨云旗。天泉日暖龙吟细,露畹春多凤舞迟。榆荚散来星斗转,桂花寻去月轮移。人间桑海朝朝变,莫遣佳期更后期。

《七月二十八日夜与王郑二秀才听雨后梦作》:

初醒龙宫宝焰然,瑞霞明丽满晴天。旋成醉倚蓬莱树,有个仙人拍我肩。少顷远闻吹细管,闻声不见隔非烟。逡巡又过潇湘雨,雨打湘灵五十弦。瞥见冯夷殊怅望,鲛绡休卖海为田。亦逢毛女无憀极,龙伯擎将华岳莲。恍惚无倪明又暗,低迷不已断还连。觉来正是平阶雨,独背寒灯枕手眠!

这一首梦作的诗,是义山出宫后,追忆宫中情形,与知己朋友闲话,不敢明言,只好托之于梦。不过唐时宫闱虽不肃,宫禁不能说不严,义山入宫,似仅此一二次,其与宫嫔相识即在此时,以后幽会,则另有处所。

(四)曲江

义山与宫嫔之欢会,既不在宫中,则必在行宫别馆。细察义山与宫嫔相会之诗,处处有"板桥""溪""柳""荷"等字样,则离宫必建筑于水边了。唐时避暑离宫除曲江外,更无别处,于是我在曲江一方面,用心考查,果然寻出许多证据,证明义山与宫嫔相会之地点,是在曲江离宫中。

(1)曲江所在之地点

司马相如《哀二世赋》云:"临曲江之隑州。"注曰:

"曲江在杜陵西北五里。"《杜臆》曰:"长安城东有霸陵,文帝所葬霸陵南五里,即乐游原,宣帝筑以为陵,曰杜陵。"据此则曲江离长安城十里,在长安城东南。《剧谈录》(康骈著):"曲江在府东南十里,秦曰隑州,汉为乐游苑,皆下杜之宜春也,基地最高。……"更足证明曲江所在之地点,果在长安东南十里。

(2) 曲江之胜景

《剧谈录》:"开元中疏凿为胜境。花卉环列,烟水明媚,都人游赏,盛于中元、上巳二节。锡宴群臣,赐太常教坊乐。池备彩舟,倾动皇州,以为盛观。……南即芙蓉园,西即杏园、慈恩寺。……曲江池入夏则菰蒲葱翠,柳阴四合,碧波红蕖,湛然可爱。"

杜甫《曲江三章》之一:"曲江萧条秋气高,菱荷枯折随风涛。"《九日曲江》:"浮舟菡萏哀。"《哀江头》:"细柳新蒲为谁绿!"皆天宝乱后作。又《丽人行》:"三月三日天气新,长安水边多丽人。"可见曲江景物之胜,与都人士及贵族等游赏之盛。

（3）文宗建造之楼台

《西安府志·古迹考》，太和元年，文宗发左右神策军各一千五百人淘曲江，修紫云楼、采霞亭。司马光《迁叟诗话》："唐曲江开元天宝间，旁有殿宇，安史乱后，其地尽废。文宗览杜甫诗云：'江头宫殿锁千门，细柳新蒲为谁绿！'因建紫云楼、落霞亭。岁时赐宴。又诏百司于两岸置亭馆焉。"

据此则紫云楼、采霞亭，乃文宗所增建，《西安府志》以为修理，颇谬。

又义山《无题》（一作阳城）诗云："白道萦回入暮霞，斑骓嘶断七香车。春风自共何人笑？枉破阳城十万家！"此乃与宫嫔恋爱后，追念文宗建造楼台事而作。"枉破阳城十万家"可见文宗虽用兵工，糜费财力也不少。

文宗在曲江建造楼台，半为保存古迹起见，半亦为便于自己游赏起见。文宗有妃杨氏，最为宠幸，建楼或即所以居杨妃。杨妃既居此，则义山所爱之宫人，亦随侍左右。行宫关防，万不及宫禁之严紧，义山便学武陵渔父，时来问津了。

（五）与宫嫔之幽会

碧瓦衔株树，红轮结绮寮。无双汉殿鬓，第一楚宫腰。雾唾香难尽，珠啼冷易销。歌从雍门学，酒是蜀城烧。柳暗将翻巷，荷欹正抱桥。钿辕开道入，金管隔邻调。梦到魂飞急，书成即席遥。河流冲柱转，海沫近槎飘。吴市蚍蜉甲，巴赛翡翠翘。他时未知意，重叠赠娇娆。（《碧瓦》）

又有一首诗和这一首意境相像：

怅望西溪水，潺湲奈尔何。不惊春物少，只觉夕阳多。色染妖韶柳，光含窈窕萝。人间从到海，天上莫为河。凤女弹瑶瑟，龙孙撼玉珂。京华他夜梦，好好寄云波。（《西溪》）

两诗皆咏曲江离宫景物，"河流冲柱"旧注以为"中流砥柱"，大谬。乃暗用尾生抱桥柱的故事，言与情人幽会之不失约而已，又切合水畔风光。"海沫槎飘"见《荆楚岁时记》，此喻身入离宫与宫嫔相会，如张骞乘槎上天而见织女。义山有《海客》一绝云:"海客乘槎上紫氛,星娥罢织一相闻。只应不惮牵牛妒,聊用支机石赠君。"《寓怀》云:"星机抛密绪,月杵散灵氛。"《壬申七夕》云:"成都过卜肆,曾妒识灵槎。"皆相类。牵牛指织女之夫,即唐文宗。

西溪即指曲江。何以谓之西溪呢?《通志》:"下杜城西有第五桥丈八沟。"《西安府志》云:"丈八沟在京兆西南一十五里,乃漕河岸最后处。长杨高柳,莲塘花圃,竹径稻塍,为游览胜地。"杜甫《陪诸贵公子丈八沟纳凉诗》注云:"丈八沟,天宝元年韦坚所通漕渠。"《西安府志》又云:"曲江之水,会合城外南来之黄渠水,可穿城而入长安。……"我疑黄渠即丈八沟,因其在曲江之西南面流来,故义山谓之西溪,又谓之南塘。

曲江既可流入城中,交通自然便利。宫中人有时偷由水路,而达曲江离宫,与外人相会的必也不在少数。义山《吴宫诗》云:"龙槛沉沉水殿清,禁门深揜断人声。吴王宴罢满宫醉,日暮水漂花出城。"

"凤女"是所恋宫嫔之名——后详——"弹瑶瑟"乃以弹瑟之声,作幽会之暗号。《夜半》云:"三更三点万家眠,露欲为霜月堕烟。斗鼠上堂蝙蝠出,玉琴时动倚窗弦。"斗鼠、蝙蝠皆于夜时出来，赴欢会之人，亦必于夜间动身，故以相比。"瑟"字后详。"龙孙"义山自比。义山本唐宗室，故诗云"我系本王孙"。《忆其子衮师》云："寄人龙种瘦，失母凤雏哀。""撼玉珂"者，窗上微拨瑟弦，下则撼玉珂而应之，乃幽会之暗号。"玉珂"即是身上所御环佩之类，当时仕宦之男子亦佩之，谓之"朝珂"。

《无题》：

含情春晼晚，暂见夜阑干。楼响将登怯，帘烘欲过难。多羞钗上燕，真愧镜中鸾。归去横塘晚，华星送宝鞍。

《明日》：

天上参旗过，人间烛焰销。谁言整双履，便已隔三桥！知处黄金锁，曾来碧绮寮。凭栏明日意，池阔雨萧萧。

《曲池》：

日下繁香不自持，月中流艳与谁期？迎忧急鼓疏钟断，分隔休灯灭烛时。张盖欲判江滟滟，回头更望柳丝丝。从来此地黄昏散,未信河梁是别离!

《如有》:

如有瑶台客,相离复索归。芭蕉开绿扇,菡萏荐红衣;浦外传光远,烟中结响微。良宵一寸焰,回首是重帏!

这几首诗写在曲江与宫嫔之幽会,事迹显然。不必逐首注解。还有《镜槛》五排一首,太长,不全录,只抄它要紧的几句。"……斜门穿戏蝶,小阁锁飞蛾……待乌燕太子,驻马魏东阿……岂能抛断梦,听鼓事朝珂?"这首诗与前几首合看,与宫嫔聚首以至分手的情形,层次井井:

(1)夜间至窗下用瑟弦玉珂为暗号。

(2)因隔院尚有文宗杨妃等,不敢惊动,故上下时蹑足屏声。

(3)进由斜门,幽会则在小阁中。为防人冲进起见,有时下锁。

(4)天微明则潜出。

(5)义山尚有公事待办(开成四年释褐为秘书省校郎),故晨即赴省。

（六）相识宫嫔之返宫

曲江离宫建于城外，春夏之际，文宗率领杨贤妃及宫人等到此居住，秋冬或须返宫。所以义山与宫嫔恋爱时所描写的，不是细柳新蒲的春景，便是荷花蕉叶的夏景。如《促漏》一诗乃宫嫔入宫后，春时相寄之诗："南塘渐暖蒲堪结，两两鸳鸯护水纹。"都足证明宫人非常年住在曲江。

现在再转过来，看义山怎样写宫人返宫的情景：

《无题二首》：

凤尾香罗薄几重，碧文圆顶夜深缝。扇裁月魄羞难掩，车走雷声语未通。曾是寂寥金烬暗，断无消息石榴红。斑骓只系垂杨岸，何处西南待好风？

重帏深下莫愁堂，卧后秋宵细细长。神女生涯原是梦，小姑居处本无郎。风波不信菱枝弱，月露谁教桂叶香。直道相思了无益，未妨怅惘是情狂！

这两首诗是宫嫔返内苑后，义山又至幽会之地徘徊而作。"扇裁月魄"见班婕妤诗："裁为合欢扇，团团似明月。""车走雷声"见《长门赋》："雷隐隐而响起兮，声象君之车音。"文宗与杨贵妃返宫，宫嫔一概随归。义山于道路间见其所识之宫嫔，见其羞而以扇自障之态，又以车骑杂沓，虽有语而亦不能通，故云云。（其实这也不过作诗罢了，义山未必有这样大胆，敢邀于路而与宫嫔通辞。）"斑骓"乃幽会时所骑之马，义山入曲江离宫，有水陆两路：水路用船，所谓"海客乘槎"便是；陆路用马，所谓"归去横塘晚，华星送宝鞍"（《无题》）便是。今系马之地，垂柳依然，但人则不见，能不爽然若失！

第二首写归后之怅惘。似言"侯门一入深如海"，何况宫门？相思亦知其何益，不过不能不悒悒于衷者，此乃爱情作祟的缘故耳。

《深宫》：

金殿销香闭绮栊，玉壶传点咽铜龙。狂飚不惜萝阴薄，清露偏知桂叶浓。斑竹岭边无限泪，景阳宫里及时钟。岂知为雨为云处，只有高唐十二峰！

《无题》：

昨夜星辰昨夜风，画楼西畔桂堂东。身无彩凤双飞翼，心有灵犀一点通。隔座送钩春酒暖，分曹射覆腊灯红。嗟余听鼓应官去，走马兰台类转蓬！

"岂知为雨为云处，只有高唐十二峰"，言只有曲江离宫可为幽会之地，返宫后则没有机会了。但义山常在宫墙外巡视、徘徊。虽身无羽翼飞入宫廷中，但两个情人心心相印，未尝不有如灵犀文理之可通。又《无题》云：

幸会东城宴未回，年华忧共水相催。梁家宅里秦宫入，赵后楼中赤凤来。冰簟且眠金镂枕，琼筵不醉玉交杯。宓妃愁坐芝田馆，用尽陈王八斗才。

这首诗所用故事，最足表明义山自己与宫嫔的关系。"秦宫"见《后汉书·梁冀传》："冀爱监奴秦宫，得出入妻孙寿所。寿见宫，辄屏御者，托以言事，因与私焉。""赤凤"见《飞燕外传》："后所通宫奴燕赤凤，雄捷能超观阁，兼通昭仪。赤凤始出少嫔馆，后适来幸；是日连臂踢地，歌《赤凤来曲》。""宓妃"即甄后，曹子建爱之。后被谗死，后帝以后遗玉镂金带枕示植，植不觉泣下，乃以枕赐之。渡洛水，见一女子，来与通款曲，植乃作《感甄赋》，明后帝见之，改为《洛神赋》。（见《文选注》）义山与宫嫔返宫后不更相见，故一则芝田愁坐，一则冰簟且眠，写出无聊之极的心绪。

《无题二首》：

来是空言去绝踪，月斜楼上五更钟。梦为远别啼难唤，书被催成墨未浓。蜡照半笼金翡翠，麝熏微度绣芙蓉。刘郎已恨蓬山远，更隔蓬山一万重！

飒飒东风细雨来，芙蓉塘外有轻雷。金蟾啮锁烧香入，玉虎牵丝汲井回。贾氏窥帘韩掾少，宓妃留枕魏王才。春心莫共花争发，一寸相思一寸灰！

"金翡翠"是被，《楚辞·招魂》篇："翡翠珠被，烂齐光些。""绣芙蓉"是帐，鲍照诗："七采芙蓉之羽帐。"此言宫中衾褥帐幔之华美。"刘郎已恨蓬山远"，用汉武帝求仙故事。言在曲江尚恨不得时常相见，今在深宫，更不能一通款曲了。第二首"金蟾""玉虎"之句，千古无人能解，于今让我来臆测一下罢。按蟾善闭气，古人用以饰铄，此言宫禁极严，但昔日为烧香事，我曾混进一次也。"玉虎"是井上辘轳，"丝"为井索，言入宫与宫嫔恋爱极难，等于汲井底之水，但有辘轳，又有井索，我居然汲水而回了。

再者，所爱宫人之居处，本有一井，则此诗所言乃双关语。"窥帘"见《世说新语》，"宓妃"解见前。

（七）卢氏姊妹

讲了半天义山与宫人的恋爱，他所恋爱的到底是什么样的人呢，也不可不弄清楚的。这一节就专为讨论这个问题。

义山所恋爱的宫嫔，乃卢氏姊妹名飞鸾、轻凤者二人，——义山所偏爱的，乃系轻凤——二人本敬宗舞女，敬宗崩后，文宗纳之后宫，生子宗俭。

这段事迹颇长，分节细论，以免混淆。

（1）飞鸾轻凤

按义山集中有《富平少侯》一诗云：

七国三边未到忧，十三身袭富平侯。不收金弹抛林外，却惜银床在井头。彩树转灯珠错落，绣檀回枕玉雕锼。当关不报侵晨客，新得佳人字莫愁。

徐德泓谓此诗为敬宗作；帝好奢好猎，宴游无度。赐与不节，尤爱纂组雕镂之物，视朝每晏。……《汉书》：成帝始为微行，从私奴出入郊野，每自称富平侯家人。而敬宗即位，年方十六，故以富平少侯为比。

冯浩极赞成徐氏之说。不过末句徐氏引郭妃，冯氏斥为误，别引苏鹗的《杜阳杂编》以正之。《杜阳杂编》说：

宝历二年（公元八二六年）浙东贡舞女二人，曰飞鸾、轻凤。帝琢玉芙蓉为歌舞台，每歌舞一曲，如鸾凤之音，百鸟莫不翔集。歌舞罢，令内人藏之金屋宝帐。宫中语曰："宝帐香重重，一双红芙蓉！"

冯氏谓义山诗指此。此说在冯氏固见考证之精切，而在我们主张"义山与宫嫔恋爱"论者，也得了绝大的帮助。

但考《杜阳杂编》，则"浙东"二字，作为"渤东国"，似谓鸾凤二人，系由外国贡来。而翻《唐书·外国传》，没有"渤东国"之名，诸帝本纪，也无进贡之说。细读义山诗，亦未尝说明二人乃系外国人。我们虽然可以说二人来华已久，已经与华人同化，但义山是个极细心的人，他既然能拿许多典故，叙述他千变万化的爱史，叙得洪纤毕悉，巨细无遗；他定然也能用一个相当的典故，点明二人之身出异国。

更考《四库全书提要》之论《杜阳杂编》云："其中述奇技宝物，类涉不经，大抵祖述王嘉之《拾遗记》，郭子横之《洞冥记》，虽必举所闻之人以实之，殆亦俗语之为丹青也。所称某物为某年某国所贡，如：日林、大林、文单、吴明、拘弭、大轸、南昌、渤东、条文、鬼谷、河浚、兜离，《唐书·外国传》皆无此名，诸帝本纪，亦无其事，即如夫余国久并于渤海大氏，而云武宗会昌元年，夫余国来贡。罽宾地接葱岭，《汉书》《唐书》，均有明文，而云在西海，尤舛迕之显然者矣。……"

读了提要这一段批评，我几乎将《杜阳杂编》所说的话，完全当作荒渺不经之谈，不去征引它了。但它所记载的飞鸾、轻凤二人，在义山诗中确有其人，确为敬宗舞女，无论如何，我没法否认它，那么，又将怎样办呢？于是我想《杜阳杂编》中国名，虽然杜撰，却也有些是真的：如女蛮国、新罗国、于阗国……都是史乘上所载的。也有些是根据小说而来的：如吴明见《洞冥记》"吴明之垄"；其述大轸国，则引《山海经》的合邱、禺櫜两山；"渕东国"必就是中国的浙东。按"渕"字本音制，但《正韵》作之列切，音折，与"浙"同；所以浙江又可以唤作渕江。义山诗中既有鸾凤等二人生于浙东的证据，我们正不妨揭穿苏鹗的狡狯，将他的"渕东国"改正为"浙东"。——他杜撰国名中的南昌国，想必就是江西省的南昌，其余国名，亦必另有根据。

如果读者嫌苏鹗的《杜阳杂编》，皆不经之谈，不愿意借重于它，那也不要紧，总之我们知道敬宗时浙东曾进贡舞女二人，一名鸾，而一名凤，那就够了。

不过为便利起见，我此文的借证，仍写作《杜阳杂编》，因为它所说的和义山诗太相吻合了，我不能不承认它是事实。

但何以要说敬宗崩后，飞鸾、轻凤为文宗所纳呢？则以蒋王宗俭乃卢氏姊妹之一——轻凤——所生之故。按唐穆宗有五个儿子，有三个做了皇帝——敬宗、文宗、武宗。敬宗崩时，寿仅十八，后宫佳丽，当然归阿弟享受，所以鸾、凤二人成为文宗后宫中人了。如说这种乱伦之行，非帝王所宜有，文宗尚称贤君，似不如此，则不知名教之说，宋儒后始严，唐时尚不注重。唐太宗一代英主，杀其弟元吉，尚纳其妃，何况鸾、凤二人，仅为敬宗舞女，纳之后宫，何伤于名分呢？

（2）何以知义山所恋爱之宫嫔即飞鸾、轻凤二人

义山诗中屡用"鸾""凤"字样，这不能说他无所用意。例如《鸾凤》：

旧镜鸾何在，衰桐凤不栖。金钱饶孔雀，锦段落山鸡。王子调清管，天人降紫泥。岂无云路分，相望不应迷。

"鸾"指轻鸾。"衰桐凤不栖"谓文宗方宠幸杨贤妃，对于旧日宫嫔，恩泽大不如前，不常临幸。此句与"桐拂千寻凤要栖"可相呼应，不过此处"凤"指文宗，而那首诗之"凤"字则义山自指罢了。"天人降紫泥"谓飞鸾、轻凤以宫嫔之贵，而肯纡其身份，垂青寒士，岂非如天上

神仙，下降尘世。末两句言我等身份悬殊，岂无贵贱之别，不过相爱既挚，也顾不得许多。"孔雀"或以比入宫的富有金钱之勋贵子弟（此语稍误，续编已更正）。"山鸡"则义山自比。山鸡文采，虽亦辉煌，究差鸾凤几等。而鸾凤不以为嫌，引为同类，岂能无感于中？《凤诗》"未判容彩借山鸡"与"锦段落山鸡"是同样感激涕零的笔法。

如果说义山此诗乃咏真鸾真凤，则诗之后四句，说的是什么呢？

当时曲江离宫大讲开放政策，梦游天宫的倒很不少，流品亦颇杂，义山更有《蝇蝶鸡麝鸾凤等成篇》一诗：

韩蝶翻罗幕，曹蝇拂绮窗。斗鸡回玉勒，融麝暖金釭。瑇瑁明书阁，琉璃冰酒缸。画楼多有主，鸾凤各双双。

诗中"鸡"自指。"韩蝶""曹蝇"指韩曹二姓，"麝"指谢姓。离京后，回念宫中事及鸾凤二人，有《当句有对》一诗：

密迩平阳接上兰，秦楼鸳瓦汉宫盘。池光不定花光乱，日气初涵露气干。但觉游蜂饶舞蝶，岂知孤凤忆离鸾？三星自转三山远，紫府程遥碧落宽！

"平阳"乃公主之宅,见《汉书》。"上兰"见《西征赋》,颜师古注曰:"上兰,观名,在上林中。"这一句诗正说明当时得入宫廷与宫嫔发生恋爱,乃由女道士等之携带,而女道士即系出家修道公主观中的人。"密迩""接"等字,可见离宫、道观之相近。

"秦楼汉宫"明指宫殿。"鸳瓦"见《邺中记》"邺中铜雀台,皆鸳鸯瓦",白居易亦有"鸳鸯瓦薄霜华重"之句,乃指帝王家瓦而言。

《丹丘》一绝,也是义山西游时忆念轻凤之作。诗云:

青女丁宁结夜霜,义和辛苦送朝阳。丹丘万里无消息,几对梧桐忆凤凰。

《凤》:

万里峰峦归路迷,未判容彩借山鸡。新春定有将雏乐,阿阁华池两处栖。

据此二诗,义山与飞鸾、轻凤二人虽都认识,而偏爱者实为轻凤。"将雏"等语可见义山作此诗时,轻凤已有娠，但非蒋王宗俭，因为宗俭于开成二年封王，此时早已出世了。《唐书》称文宗有二子四女，或者后来生了一个女孩子。（更正见后《药转》诗解）

（3）何以知飞鸾、轻凤之姓为卢？

按敬宗纳飞鸾、轻凤，史无明文，《杜阳杂录》亦未著二人之姓氏。但我于义山诗曾寻出许多凭证，敢断定她二人姓卢。

义山《富平少侯》确系刺敬宗，结句"新得佳人字莫愁"亦确系指飞鸾、轻凤二人。按莫愁乃洛阳女子，姓卢。必鸾凤二人亦姓卢，故义山始以莫愁相比。

现在为容易明白起见，将梁武帝《河之水》全诗录存于下：

洛阳之水向东流，洛阳女儿名莫愁。莫愁十三能织绮，十四采桑南陌头，十五嫁为卢家妇，十六生儿字阿侯。卢家兰室桂为梁，中有郁金苏合香。头上金钗十二行，足下丝履五文章。珊瑚挂镜烂生光，平头奴子提履箱。人生富贵何所望？恨不早嫁东家王！

义山《代应》一绝云：

本来银汉是红墙,隔得卢家白玉堂。谁与王昌报消息,尽知三十六鸳鸯。

《楚宫》(一作《曲水闲话旧事》)：

月姊曾逢下彩蟾,倾城消息隔重帘。已闻佩响知腰细,更辨弦声觉指纤。暮雨自归山悄悄,秋河不动夜厌厌！王昌且在东墙住,未必金堂得免嫌。

《春日》：

欲入卢家白玉堂,新春催破舞衣裳。蝶衔红蕊蜂衔粉,共助青楼一夜忙！

《细雨》：

帷飘白玉堂,簟卷碧牙床。楚女当时意,萧萧发影凉！

还有《马嵬》："如何四纪为天子，不及卢家有莫愁！"《对雪》："又入卢家妒玉堂！"《谑柳》："玳梁谁道好，偏拟映卢家！"但看义山诗中用卢家故事，形容他和宫嫔恋爱，如此之多，则谓轻凤姊妹非姓卢竟不可了。

"王昌"乃义山自比，王昌与卢家的关系，唐人诗中常用，后来便不可考，想系有许多书籍和故典，今已不传的缘故。王灼《碧鸡漫志》为这事很用了一番考据的功夫，结果说"东家王"即王昌。我以为很有道理。又义山诗"三十六鸳鸯"，王灼以为即《古乐府》"鸳鸯七十二"，三十六者，三十六双，即七十二只也。

《古乐府·相逢狭路间》篇："……黄金为君门，白玉为君堂。……入门时左顾，但见双鸳鸯。鸳鸯七十二，罗列自成行。……"就诗中"白玉为君堂"一语观之，可知此诗亦为卢家作。这段话，我也认为有理，不过王灼虽考出"王昌""三十六鸳鸯"与卢家莫愁的关系，却不知道义山诗是说的什么，以为有慕于有夫之妇，又以为有慕于娼妓，那就错了。

如说"卢"乃莫愁夫家之姓，非本身之姓，不可如此用者，那就未免太拘泥，"一声卢女十三弦，早嫁城西好少年"（徐凝诗），古人早将"卢莫愁"三字打成一片了。

（4）何以知宗俭为卢氏所生？

《唐书》诸皇子列传，言文宗仅有二子。旧书言王德妃生永，宗俭为何人所生，竟未说起。新书始言其为后宫所生。

今义山之写所恋爱的宫嫔，处处表示她有一个儿子。《无题》云："近知名阿侯，住在小江流。腰细不胜舞，眉长惟是愁。黄金堪作屋，何不作重楼。"《拟意》云："怅望逢张女，迟回送阿侯。""夫向羊车觅，儿从凤穴求。……"梁武帝《河之水歌》有"十六生儿字阿侯"之说。义山既以卢氏比莫愁，自然要将她生的儿子，比为阿侯。文宗除太子永及蒋王宗俭外，更无男儿，所以知道宗俭是卢氏所生。《无题》"近知名阿侯"之"名"字疑有误。一则文理不通。二则阿侯乃男性，而腰细眉长云云，则为女性之形容词。或是"召"之讹乎？

但庄恪太子薨后，文宗尚有一子宗俭，为什么开成四年立侄陈王为太子，自己亲生的儿子，反不使其继承大宝呢？我想这中间有几个原因：一者，文宗立太子以贤为主，鲁王永未立时，他再三想立敬宗子晋王，晋王早夭，才立永；可见文宗之立太子，并非以亲生与否为判断的。二者，杨妃擅宠，自己虽无儿子，却屡想扶立以母事她的安王溶，文宗几为所动，后为宰相李珏所反对，方作罢论，东宫虽立，卒为杨妃所谮死，哪里还轮到一个不相干的宗俭！三者，飞鸾、轻凤貌既艳丽，又生子，而到底沉沦后宫，做个三等妃子，不能与杨妃相抗，想为的是出身微贱——乐伎之类——又为了曾侍敬宗，文宗为避嫌起见，不敢立她们为妃。母既不贵，子自然没有被立的希望了。

但鸾凤等虽为杨妃所嫉妒，而为了自己儿子宗俭之故，倒很替杨妃帮了一番谮陷庄恪太子的忙。不过杨妃并没有感激她们，而她们反因此害了自己。此事后当详论一番。（此说误，更正见《王德妃》篇）

（5）何以知飞鸾轻凤乃是姊妹？

《杜阳杂编》亦未言她们是姊妹，但义山《燕台四首》都为她们而作，有"当年欢向掌中销，桃叶桃根双姊妹"之句。景阳宫井双桐亦指她们而言。喻她们为双桐，有同气连根的意思。又《河内诗》："……八桂林边九芝草，短襟小鬓相逢道。……""九芝"乃汉武帝甘泉宫中之物，借言宫廷。"短襟小鬟"似系借用赵昭仪事。《飞燕外传》谓昭仪初入宫为秃襟小袖的妆束。昭仪乃飞燕之妹，影射轻凤乃飞鸾之妹。又《代应》："昨夜双钩败，今朝百草输。"古人有藏钩之戏。李白诗："更怜花月夜，宫女笑藏钩"，又作"藏彄""藏阄"。其戏分为二曹，以校胜负，无俱败之理。义山言双钩败者，追悼卢氏姊妹甚为明显。

（6）义山何故与卢氏姊妹相识？

这个问题，很难回答。当时道观与宫禁既有往来的机会，则在道观中互相认识，亦未可定；或者飞鸾轻凤二人和其他不得宠幸的妃嫔们，不甘岑寂，使人在外边招寻少年。如沈亚之《梦挽秦弄玉自记》中的秦王内史廖家，就是这类的纤头；又或者是出家公主所荐。

不过我可以断定义山之认识卢氏姊妹，是在混入宫中做醮祭的时候。玉山"闻道神仙有才子，赤箫吹罢好相携"，此神仙才子系指永道士，上文已说过。但永道士虽神通广大，无故亦不能挈带平民入宫，则义山之入宫，必假充羽士。（义山曾在玉阳山学过道，一切关于道教的知识及羽士的身份，必甚纯熟。假充羽士，万无被人看破之理。）

进去的动机,不过为看热闹,兼瞻望宫禁风光,别无其他分外的冀望。但进去之后,卢氏姊妹偶与攀谈,卢氏等是浙东人,义山少时也曾跟他父亲到过浙东——义山父名嗣,在浙东浙西镇上当幕府。义山在浙约六年。父卒,始奉丧侍母而归。见义山《祭姊文》及冯氏《年谱》——一提到乡土,两人自然越谈越相投,话也多了,情感便也慢慢生出来了。以后发生种种恋爱史,自然不算稀奇。

但在数十或数百羽士之中,卢氏何以独与义山攀谈呢?这或者是偶然的,天下偶然事正多,何足以此为怪。又或者因义山年轻貌俊,有动卢氏等顾盼之处,也未可知。(假定建醮事是在开成元年,则义山彼时仅二十四岁。义山未尝以貌闻,但其诗颇足证明其容貌为俊秀,如"玉郎会此通仙籍"(《圣女祠》);"娇郎痴若云"(《房中曲》);"天官补吏府中趋,玉骨瘦来无一把"(《偶成转韵七十二句赠四同舍》);又《骄儿》诗:"衮师我骄儿,秀美乃无匹。"以遗传律言,子如此秀美,父貌亦必不劣。总之义山即无叔宝之风神,潘安之美色,想也不至于像温飞卿、罗隐等那样的有才无貌。但义山入宫前经过道众的介绍为合理。

（八）杨贤妃

杨贤妃在我这篇文字里，本来没甚地位，不过义山诗中颇有涉及杨妃之处，而且后来的"清宫案"与杨妃亦有关系，不得不略为一论。

《唐书》不著文宗后妃传，前面已说过了。我在各皇子传及和杨妃有关的各人传里，零星地寻出一点材料，才知道杨妃的事迹，前面也说过了。今且言义山关于杨妃各诗。

《唐书》言杨妃得宠，谮死太子，可见杨妃在文宗前，的确是个红人儿。义山诗中所有《咏柳》各篇，都指杨妃，柳和杨本可通用。《柳诗》说："为有桥边拂面香，何曾自敢占流光？后庭玉树承恩泽，不信年华有断肠。"这是明明指杨妃得文宗之宠幸，如杨柳之占尽春光。

杨妃虽擅专房之宠，对于后宫妃嫔，仍然嫉妒。飞鸾、轻凤二人，恐怕也是她的眼中钉，时时以拔去为快。义山既与鸾凤等交好，对于杨妃这种态度，颇不以为然。所以《赠柳》有"莫放花如雪，青楼扑酒旗"；《对雪》有"莫入卢家妒玉堂"等句。《谑柳》之"玳梁谁道好，偏拟映卢家"似指杨妃已得宠幸，还要挑剔鸾凤等的不是而言。

义山将"柳"影射"杨"字，那是很明显的。有时还将"雪"喻杨妃，想由谢道韫《雪诗》"莫若柳絮因风起"一句，蜕化而来。

义山对于自己这种曲折的譬喻，也很赞自己的聪明。《漫成》云："不妨何范尽诗家，未解当年重物华。远把龙山千里雪，将来拟并洛阳花。"按何逊在《广州联句》有"洛阳城东西，却作经年别。昔去雪如花，今来花似雪"等语——所指即是杨花。

杨妃虽然得宠，然而像也有个情人，《柳诗》云：

动春何限叶，撼晓几多枝。解有相思否，应无不舞时。絮飞藏皓蝶，带弱露黄鹂。倾国宜通伴，谁来独赏眉？

我们记得《蝇蝶鸡麝鸾凤等成篇》一诗中，当时入宫少年，有一个姓韩的，现在来看义山咏蝶的诗：

《青陵台》：

青陵台畔日光斜，万古贞魂倚暮霞。莫讶韩凭为蛱蝶，等闲飞上别枝花!

干宝《搜神记》:"宋大夫韩凭娶妻美,宋康王夺之,凭怨自杀。妻阴腐其衣,与王登台自投台下,左右揽之,着手化为蝴蝶。"此即韩蝶之出典也。但现在这个化蝶的韩凭,已不忠于故妻,却飞上别枝,和其他的女子恋爱了。

《蝶》:

飞来绣户阴,穿过画楼深。重传秦台粉,轻涂汉殿金。相兼惟柳絮,所得是花心。可要凌孤客,邀为子夜吟。

《蝶》:

孤蝶小徘徊,翩翩粉翅开。并应伤皎洁,频近雪中来!

雪中还有蝴蝶吗?这个"雪"字恐怕是指杨妃。又《蝶》诗:"远恐芳尘断,轻忧艳雪融。"

《蜂》:

小苑华池烂熳通,后门前槛思无穷。宓妃腰细才胜露,赵后身轻欲倚风。红壁寂寥崖蜜尽，碧檐迢递雾巢空。青陵粉蝶休离恨，长定相逢二月中！

这处又好像拿蜂来比杨贤妃了。不然寻常咏一蜂，定要拉扯上"小苑华池""后门前槛""宓妃""赵后"做什么呢？

以杨贤妃为蜂，这也是要讨论的一个小问题。《长安志》云：文宗章陵陪葬杨封妃。毕沅抚陕时校《长安志》，疑志文有误，改封妃为贤妃。但我想杨妃在世时恐怕有"封""贤"两名号。"封"与"蜂"音同，或者封乃杨妃的名字，所以义山戏作此诗。

还有将"燕"比杨妃的诗："卢家文杏好，试近莫愁飞。""去应逢阿母，来莫害王孙。记取丹山凤，今为百鸟尊。"似请杨妃害了庄恪太子之后，不要更害蒋王宗俭之意，"试近莫愁飞"则有劝她和鸾凤等联络的意思了。以燕比杨妃当由沈佺期"卢家少妇郁金堂，海燕双栖玳瑁梁"而来，又过渡到"燕啄王孙"，赵飞燕故事。

文宗崩后，仇士良立武宗，以杨贤妃曾请立安王溶，潜于武宗，赐妃与王死（见《唐书·安王溶》《杨嗣复》等传）。这件事杨妃本是无辜的，所以义山忘从来之私憾，而一转为悲悼之情，《垂柳》诗：

娉婷小苑中，婀娜曲池东。朝佩皆垂地，仙衣尽带风。七贤宁占竹，三品且饶松。肠断灵和殿，先皇玉座空！"

（九）离别

义山于开成二年登第，旋举博学鸿词落第。三年赴泾原王茂元幕，旋婚于王氏。王茂元乃李党。义山以婿于王之故，为令狐党人所摈，《安定城楼诗》所谓："贾生年少虚垂涕，王粲春来更远游。"即指此时事。

开成三年春，义山将赴泾原与宫嫔离别，有一首极重要的诗《拟意》：

怅望逢张女，迟回送阿侯。空看小垂手，忍问大刀头。妙选茱萸帐，平居翡翠楼。云屏不取暖，月扇未遮羞。上掌真何有，倾城岂自由。楚妃交荐枕，汉后共藏钩。夫向羊车觅，儿从凤穴求。书成被楔帖，唱杀畔牢愁。夜杵鸣江练，春刀解若榴（一作石榴）。象床穿幌网，犀帖订窗油。

仁寿遗明镜，陈仓拂彩毯。真防舞如意，伴盖卧箜篌。濯锦桃花水，溅裙杜若洲。鱼儿悬宝剑，燕子合金瓯。银箭催摇落，华筵惨去留，几时销薄怒，从此抱离忧。帆落啼猿峡，樽开画鹢舟。急弦肠对断，剪蜡泪争流，璧马谁能带，金虫不复收。银河扑醉眼，珠串咽歌喉。去梦随川后，来风贮石邮。兰丛衔露重，榆荚点星稠。解佩无遗迹，凌波有旧游。曾来十九首，私谶咏牵牛。

这首诗从"怅望"起，到"燕子合金瓯"句止。都是形容两人恋爱关系以及宫嫔的容貌、形态、儿子、起居等项。到"银箭催摇落"以下，便是叙离别的情事，以及别后的相思。

《夜思》：

银箭耿寒漏，金釭凝夜光。彩鸾空自舞，别雁不相将。寄恨一尺素，含情双玉珰。会前犹月在，去后始宵长。往事经春物，前期托报章。永令虚粲枕，长不掩兰房。觉动迎猜影，疑来浪认香。鹤应闻露惊，蜂亦为花忙。古有阳台梦，今多下蔡倡。何为薄冰雪，消瘦滞非乡。

还有《寓怀》五言排律一首，是想念女道士的诗。

那首"新来定有将雏乐，阿阁华池两处栖"及《丹丘》二诗，也在这时候作的。

义山在泾原住了几个月，到三年冬，又回京。四年，释褐为秘书省校书郎，和宫嫔更续前欢。那些《无题》"嗟余听鼓应官去，走马兰台类转蓬"的诗，都是这个时期作的。

（十）清宫案

《唐书》本无所谓清宫案，这三个字是我根据义山诗意，杜撰出来的名词。

《旧唐书·庄恪太子传》："太子既薨，上意追悔。四年因会宁殿宴，小儿缘橦，有一夫在下，忧其堕地，有若狂者。上问之，乃其父也。上因感泣，谓左右曰：'朕富有四海，不能全一子！'遂召乐官刘楚才、宫人张十十等，责之曰：'陷吾太子，皆尔曹也，今已有太子，更欲踵前耶？'立命杀之。"

《新唐书·庄恪太子传》："……是年暴薨，帝悔之。

明年下诏以陈王为太子,置酒殿中,有俳儿缘橦,父畏其颠,环走橦下。帝感动,谓左右曰:'朕有天下,反不能全一儿乎?'因泣下。即取坊工刘楚才等数人,付京兆榜杀之。及禁中女倡十人毙永巷,皆短毁太子者……"

但是谗毁太子,杨贤妃之力居多。文宗感悟之后,不斥杨妃,只拿宫人们出气,我觉得有点奇怪。

照我的意思,文宗之杀乐官宫倡,一小半是为的他们曾谮陷太子,一大半还是为了要正她们引诱外间少年,破坏宫廷法纪之罪,所以此案我名之为"清宫案"。

宫倡与乐官行动自由,互相恋爱,只算常事,像前面说的永新念奴便是一个最好的例子。不过他们自己恋爱也罢了,又代那班深居宫廷的宫人,介绍外人,一被发觉就不能说无罪了。义山也知道她们这样混闹下来,终有一天要得灾祸的,所以《宫妓》一诗曾说:

珠箔轻明拂玉墀,披香新殿斗腰支。不须看尽鱼龙戏,终遣君主怒偃师。

这诗杨亿和他的朋友曾击节叹赏过,以为寓意深妙,令人感慨不已(见杨文公《说苑》)。我初读义山这首诗,实不知道他的寓意在什么地方？为什么读了令人感慨不已？杨亿的称赞，真有些令我莫名其妙。但近来我懂得义山诗中的恋爱事迹，再来读这首诗，"感慨"虽然未必，"击节"确乎要来一两下。因为他所用偃师的故事，寓意果然十分深妙。

《列子》载周穆王西巡狩道，有献工人名偃师。偃师所造倡者，趣步俯仰，颌其颐则歌合律，捧其手则舞应节，千变万化，惟意所适。王以为实人也，与盛姬内御并观之。伎将终，倡者瞬其目，而招王之左右侍妾。王大怒，欲杀偃师。偃师大慑，立剖散倡者以示王，皆傅会革木胶漆白黑丹青之所为……

义山的意思，即是说宫倡们私狎外间少年，"纸老虎"终有一天被戳破。《拟意》云："真防舞如意。"《拾遗记》："孙和悦邓夫人，尝着膝上。和月上舞水精如意，误伤夫人颊，血流污袴，娇姹弥苦。"义山用此典，盖亦畏惮唐文宗一朝发觉宫嫔罪状，"真防"二字，实有不胜其危惧之意。

《无愁果有愁曲·北齐歌》：

东有青龙西白虎，中含福星包世度。玉壶渭水笑清潭，凿天不到牵牛处。骐麟蹋云天马狞,牛山撼碎珊瑚声。秋娥点滴不成泪,十二玉楼无故钉。推烟唾月抛千里,十番红桐一行死。白杨别屋鬼迷人,空留暗记如蚕纸。日暮向风牵短丝,血凝血散今谁是!

冯浩以为这首诗乃悼刘从谏,其说太穿凿。谓为咏北齐事,又完全和史实不合。我以为这实是纪宫倡遭祸的一首诗。"十番红桐一行死"说得何等明白!

"青龙、白虎"言宫廷守护之人。"福星""包世度"似言有宫倡等之包庇,可以进去。"玉壶"二句言帝王虽自命明察秋毫,但无论怎样,总察不出宫人的秘密。"牵牛"前面已解释过好几回,"牵牛处"即宫中宫人幽会之处。"骐麟踏云天马狞"四句指搜检时的情形。"推烟唾月"即推勘之谓。"蚕纸"似即宫人与外间通信时用的"密码"。"日暮向风牵短丝"言此十人都有赐缳之惨。

这一出王熙凤搜检大观园的悲剧表演之后,飞鸾、轻凤两人也就卷入漩涡,因畏罪之故,双双投井而死。花残玉碎,煞是可怜!(二人所居处有井,屡见诗中。)

《景阳宫井双桐》:

秋港菱花干，玉盘明月蚀。血渗两枯心，情多去未得。徒经白门伴，不见丹山客。未待刻作人，愁多有魂魄。谁将玉盘与，不死翻相误。天更阔于江，孙枝觅郎主。昔妬邻宫槐，道类双眉敛。今日繁红樱，抛人占长簟。翠襦不禁绽，留泪啼天眼。寒灰劫尽问方知，石羊不去谁相绊！

当这件案子发作时，义山或者恰巧回到京里。（本传谓以活狱忤观察使孙简将罢去，会姚合代，谕使还官。当发愤辞官时，或曾回京一行。）听见清宫案甚急，知鸾凤等必将与难，所以勾留而不忍去。即所谓"血渗两枯心，情多去未得"。"白门"即金陵，亦即石头城之讹转，解见后。"徒经白门伴"一语文理未顺，疑"伴"字是"畔"之误。"丹山客"借言凤，所谓"记取丹山凤，今为百鸟尊"也。此二句含卢轻凤三字。"玉盘"是义山赠鸾凤等之纪念物，二人之及于祸，与这个"玉盘"大有关系，故有"谁将玉盘与，不死翻相误"之句。后来《回中牡丹为雨所败》也有"玉盘迸泪伤心数"的话，故我说这个玉盘不是随便作在诗中的。"昔妬邻宫槐"四句言昔日妬邻宫之美人，而今自己死了，让杨妃之独占春光，要妬也无从妬了。集中有《百果嘲樱桃》《樱桃答》等诗，我疑其指杨妃，杨妃在义山诗本为"柳"，今喻之为"繁红樱"者，因为郑樱桃是古妃之名，见《十六国春秋》。

《景阳井》：

景阳宫井剧堪悲，不尽龙鸾誓死期，肠断吴王宫外水，浊泥犹得葬西施！

《与同年李定言曲水闲话戏作》：

海燕参差沟水流，同君身世属离忧。相携花下非秦赘，对泣春天类楚囚。碧草暗侵穿苑路，珠帘不卷枕江流。莫惊五胜埋香骨，地下伤春亦白头！

此言"西施"犹得埋于浊泥之中，而鸾凤二人乃以宫井为瘗骨之所，岂不可怜。

"五胜"见《秦始皇本纪》。推始终五德之传，周得火德，秦代周，从所不胜，以为水德之始，又《汉书·律历志》，秦兼并天下，亦颇推五胜，自以为获水德。"五胜"是水的代名词，言五胜埋香骨，则鸾凤二人死于水中无疑了。

当狱急时，义山爱莫能助，痛苦万分。那一首千古爱诵的《无题》，当即此时作：

相见时难别亦难，东风无力百花残。春蚕到死丝方尽，蜡炬成灰泪始干。晓镜但愁云鬓改，夜吟应觉月光寒。蓬山此去无多路，青鸟殷勤为探看。

这一首真是在心颤魂飞，肠回气荡时，作出来的好诗，如说中国没有好哀情诗，便请他读义山这一首。还有"气尽前溪舞，心酸子夜歌。峡云寻不得，沟水欲如何。朔雁传书绝，湘篁染泪多。无由见颜色，还是托微波！"也是同时之作。

（十一）追悼

鸾凤二人死后，义山悲悼异常，追悼之诗极多，逐一录之如下：

《燕台四首》：

风光冉冉东西陌，几日娇魂寻不得。蜜房羽客类芳心，冶叶倡条偏相识。暖蔼辉迟桃树西,高鬟立共桃鬟齐。雄龙雌凤杳何许?絮乱丝繁天亦迷。醉起微阳若初曙,映帘梦断闻残语。愁将铁网罥珊瑚,海阔天翻迷处所。衣带无情有宽窄,春烟自碧秋霜白。研丹擘石天不知,愿得天牢锁冤魄。夹罗委箧单绡起,香肌冷衬琤琤佩。今日东风自不胜,化作幽光入西海。(《石春》)

这首诗可以分为五段:第一和第二两段言鸾凤等死后欲觅其魂竟不可得。第三段言醒时残阳在地,睡眼惺忪,误以为初曙时之日光,而且此时精神亦恍惚未定,帘前犹若映有梦中人之影,而且闻其残语,但转瞬间神志清醒了,幻想也消灭了,才想到这一别是永久的离别,你如想再去寻她,即海阔天翻,还不能相遇呀!"衣带"句言相思之极,瘦尽腰围。我之穷冤酷恨,祈天而天不知,但能否借我天牢,将这不可寻觅的冤魂锁住,使我一见呢。这几句和《铁网珊瑚》句意同。

前阁雨帘愁不卷,后堂芳树阴阴见。石城景物类黄泉,夜半行郎空柘弹。绫扇唤风阊阖天,轻帏翠幕波渊旋。蜀魂寂寞有伴未?几夜瘴花开木棉。桂宫留影光难取,嫣熏兰破轻轻语。直教银汉堕怀中，未遗星妃镇来去。浊水清波何异源？济河水清黄河浑。安得薄雾起湘裙，手接云耕呼太君！（《右夏》）

这诗第一段说现在到曲江离宫去走走，珠帘不卷，芳树阴阴，前此风光，何等明媚，此时竟像黄泉一般的惨戚。"柘弹"见文迁注《古史考》，柘树枝长而劲，乌集之；将飞，柘起弹乌……此言从前私会时在树枝下穿过来，曾使宿鸟惊飞。现在树枝依然，而夜半之行，已不可再得。《池边》："玉管葭灰细细吹，流莺上下燕参差。日西千绕池边树，忆把枯条撼雪时！"这也是一首回忆的诗，所写情景相类。第四段言文宗杀宫人，哪知道杨贤妃也是不干净的。你只说济河水清，黄河水浊，其实来源是一样的。杨妃无罪，则宫人亦不当杀，今宫人枉死，安得呼天而诉其冤呢。

月浪冲天天宇湿，凉蟾落尽疏星入。云屏不动掩孤颦，西楼一夜风筝急。欲织相思花寄远，终日相思却相怨。但闻北斗声回环，不见长河水清浅。金鱼锁断红桂春，古时尘满鸳鸯茵。堪悲小苑作长道，玉树未怜亡国人。瑶瑟愔憎藏楚弄,越罗冷薄金泥重,帘钩鹦鹉夜惊霜,唤起南云绕云梦。双珰丁丁联尺素,内记湘川相识处。歌唇一世衔雨看,可惜馨香手中故。(《右秋》)

第一段长夜相思,辗转不寐,而西楼偏风送筝声,筝乃所爱宫嫔善弹之乐器,今闻此声,能不惆怅?第二段言昔日相思之切,而相会极难。第三段言宫禁虽严,但外人可以从小苑进去,《药转》"露气暗连青桂苑,风声偏猎紫兰丛"可证。"亡国人"指张孔两贵妃,陈后主曾作《玉树后庭花》之曲。此言昔由小苑达离宫,和飞鸾、轻凤等相会,二人可爱之处比张孔两妃还要过之。第四段言空房寂寞,二嫔只有玩弄"锦瑟"以解相思,但霜华夜重,越罗单薄,鹦鹉闻瑟声惊啼,不免要回想从前与情人相晤时的快乐。"云梦"用宋玉《高唐赋序》也就是楚襄王和巫山神女的故事。第五段记两人通信之事,鸾凤二人善于唱歌,将一世爱惜这美妙的歌唇,谁知两朵名花竟在我手中萎谢了呢!

天东日出天西下,雌凤孤飞女龙寡。青溪白石不相望,堂中远甚苍梧野。冻壁霜华交隐起,芳根中断香心死。浪乘画舸忆蟾蜍，月娥未必婵娟子。楚管蛮弦愁一概，空城舞罢腰支在。当时欢向掌中销，桃叶桃根双姊妹。破鬟倭堕凌朝烟，白玉燕钗黄金蝉。风车雨马不持去，蜡烛啼红怨天曙。（《右冬》）

"天东日出天西下"言敬宗驾崩，如太阳之西坠，文宗接着做皇帝，又像一颗新太阳从东方升起。但飞鸾、轻凤竟成寡妇（与《圣女祠》"寡鹄羁凰"句参看），后虽为文宗收入后宫，可是不甚加以宠幸，如青溪神女与白石先生（见《列仙传》）之不相聚合，名义上虽然有夫，实在还是和守寡时候一样。"堂中远甚苍梧野"用虞舜南巡崩于苍梧之野，娥皇、女英不能从的典故。言鸾凤虽侍文宗同居一堂，而漠不相关，其生活比之守寡时更为无聊，更为寂寞。何况又有杨贤妃像冷酷无情的冻壁霜华，从中作梗，使得卢氏姊妹对于文宗心灰意冷，不得不爱他人了。"浪乘画舸忆蟾蜍，月娥未必婵娟子"指那些入道而不安寂寞的宫人，就是宋华阳。她原与鸾凤交好，故常连带及之。"楚管"二句言卢等歌舞之佳。"桃叶桃根"，表明卢氏等乃系姊妹。末一段言二嫔投井后，义髻委地，所佩玉钗金蝉皆未持去，徒留红烛，泪滴清宵。

《楚宫》：

湘波如泪色漻漻,楚厉迷魂逐恨遥。枫树夜猿愁自断,女萝山鬼语相邀。空归腐败犹难复,更困腥臊岂易招?但使故乡三户在,彩丝谁惜惧长蛟!

屈原投汨罗而死,卢氏姊妹亦死于水中,所以有彩丝长蛟的联想。

《曲江》：

望断平时翠辇过,空闻子夜鬼悲歌。金舆不返倾城色,玉殿犹分下苑波。死忆华亭闻唳鹤,老忧王室泣铜驼。天荒地变心虽折,若比伤春意未多!

《代应》：

清水分流西复东,九秋霜月五更风。离鸾别凤今何在?十二玉楼空更空!

《相思》：

相思树上合欢枝，紫凤青鸾共羽仪。肠断秦台吹管客，日西春尽到来迟。

这几首都是在曲江离宫外面所作。"鸾""凤"屡次点明。

做皇帝的人三宫六院，坐拥无数佳丽，但又不能一一加以爱宠，致使后宫多怨旷之声，不免有在外间招寻面首之事，一被发觉，立加诛杀，不但有违人道，而且焚琴煮鹤，也不免有杀风景之讥。义山痛愤极了，所以又有一首《蜀桐》：

玉垒高桐拂玉绳，上含非雾下含冰。枉教紫凤无栖处，斫作秋琴弹坏陵！

（十二）义山之身世与恋爱的关系

新旧唐书本传对于义山的身世，大略都作这样的话：

李德裕和牛僧孺互相仇怨，令狐楚、李宗闵、杨嗣复等属牛党。义山初见赏于令狐楚，后又藉其子绹之力，登进士第，但义山竟做了属于李党的王茂元的女婿，所以牛党的人，从此瞧不起义山。令狐绹说他背恩，更加嫌恶他。

后来义山的丈人峰死了，到京候调，竟没个人肯照应他一下，义山只得跟随郑亚、卢宏正等混了几年。及令狐绹登相位，义山屡以诗文干请，才补他一个太学博士。

柳仲郢镇东蜀，义山跟了他去。郢废罢。义山归郑州，不久便患病死了。

本传在时间和地点的种种错误，冯氏已加以修正，不必更述。单就义山身世来说，千古以来，没有一个不承认义山就婚王氏，为他一生运命通塞之大关键的。

但是《唐书》的话这样可信吗？我以为未必。

第一，我们要知道唐朝牛李两党，倾轧虽然激烈，但都不出权利问题，并没有什么深仇宿憾。权利冲突了，便攻击起来，权利平均了，便又可以妥协起来。看战国时的诸侯，今日干戈，明日玉帛，现在的军阀朝换兰谱，暮成寇仇，战场上尚且如此翻覆，何况朝廷之上呢？就说大首领有点私怨，那手下的羽党也拼着命互相寻仇，就不免远于事实了。让我们在《唐书》里寻出几个例来证实这话罢。

（a）令狐楚属牛党，但曾进用李党皇甫镈、萧俛等。

（b）李德裕曾使柳仲郢为京兆尹，柳仲郢是牛僧孺的朋友。

（c）卢宏正属牛党，但曾受李德裕之推荐。

柳仲郢、卢宏正都是大人物，尚且跨党。义山那时的名位，够得上李宗闵、杨嗣复等的注意吗？

第二，本传说义山就婚王氏后，令狐绹便恶他背恩了。但考义山就婚王氏系在开成三年（大约系在夏间，《漫成》"雾夕咏芙蕖，何郎得意初"可证），但以后文字涉及令狐家者颇多。义山既以就婚王氏为绹所薄，这些笔墨的事，又借重他做什么呢？请看下面各文：

开成三年（公元八三八）有《奠相国令狐公文》

开成五年（公元八四〇）有《酬别令狐补阙》诗（绹于二年为左补阙）

会昌元年（公元八四一）有《赠子直花下诗》

会昌四年（公元八四四）有《寄令狐郎中诗》（绹是年为右司郎中）

大中元年（公元八四七）有《酬令狐郎中见寄诗》

大中三年（公元八四九）有《梦令狐学士及令狐舍人说昨夜西掖玩月因戏赠》（绹于大中二年知诰制、翰林学士，三年为中书舍人）

此外又有《子直晋昌李花》《宿晋昌亭闻惊禽》《晋昌晚归马上赠》（晋昌乃令狐绹之府第）。

根据这些诗,我们知道义山结婚王茂元家后,和令狐绹常相酬唱,义山还常住在令狐家里,两人交情并没有决裂。那一首"郎君官贵行施马,东阁无由得再窥"的诗,虽被《北梦琐言》造了一个故事,却不十分可信。

令狐绹做了宰相之后,虽没有提拔义山,但义山在令狐之门不过是一个文士,并无生死交情。宰相堂前,依草附木之人,何可限量,义山也不过其中的一个罢了。偶然忘记提拔他,算得什么大事,义山也不见得从此便怨令狐。照《唐书》的意思,令狐绹做了宰相,非提拔义山至节度使不可,然则严武和杜子美也是两代交情,为什么也没有大好处给他呢。

我看义山之就婚王氏,令狐绹或者有点不高兴,但不会永远怀恨的。因为义山实无使他永远怀恨的资格。

义山之不遇,一半乃他命运使然,一半也和他的恋爱有点关系。

当时宫闱不肃,朝野都知,不过事关皇家名誉,没有人敢来多话罢了。义山和女道士宫嫔等恋爱,每忍不住诩诩自得,形之篇章,虽然用的隐语,别人岂有猜不着的,这件事传到秉政者的耳朵里,便不免真的要恶他"诡薄无行"了。义山试博学鸿词之落第,我怕就是因恋爱事被人排斥的结果。

义山《有感》:"非关宋玉有微词,却是襄王梦觉迟。一自高唐赋成后,楚天云雨尽堪疑。"《东阿王》:"国事分明属灌均,西陵魂断夜来人。君王不得为天子,半为常时赋洛神。"还有《漫成》:"沈约怜何逊,延年毁谢庄。"《寄温飞卿》:"昔叹谗销骨。"就婚王氏非暧昧之事,何谗毁之可言?东阿王以曹植自比,而且自己也已承认博学鸿词之落第,是和他的恋爱有关系。"为天子"三字故实系活用,不可拘泥。

但他有时也爽性作快意语道:我和宫嫔恋爱,极人间之奇遇,"岂能抛断梦,听鼓事朝珂"吗?

有时候恼恨不过,只得骂那些排斥他的人为妒忌,"成都过卜肆,曾妒识灵槎","庾郎年最少,青草妒春袍",这俨然和现代人骂提倡礼教的老先生为犯色情狂一样的口气了。

义山和宫嫔的一场恋爱,不但影响他的前途,而且还影响他的年寿。

大约自二人惨死之后,义山无时无刻不悲悼,逢着美景良辰,则怅触当时欢爱,见一花一草也要寓意兴悲,竟因此郁郁成病而死,可谓为千古情种了。

义山与宫嫔相会之时期，都在春秋佳日，所以在这两季中节期，也教他的回忆特为深切。"二月二日"是一种节期（《文昌杂录》：唐时节物，二月二日，迎富贵果子。），宫嫔都到曲江，后来义山随柳仲郢在蜀，有《二月二日》一首。所谓"花须柳眼各无赖，紫蝶黄蜂俱有情"，虽写本地风光，却有他自己的寓意。

七夕拜月乞巧，是唐明皇和杨贵妃创造出来的节期，故唐时极盛行。义山想曾于七夕之夜，到曲江离宫一次，《曼倩辞》：

十八年来堕世间，瑶池归梦碧桃闲。如何汉殿穿针夜，又向窗中觑阿环？

义山每以东方朔自比，此回或者由隔苑偷看杨贤妃。"阿环"是杨贵妃小字，借此影射。自此以后每逢七夕必有一诗。

在甘肃时有《回中牡丹为雨所败》二首：

下苑他年未可追，西州今日忽相期。水亭暮雨寒犹在，罗荐春香暖不知。舞蝶殷勤收落蕊，有人惆怅卧遥帷。章台衔里芳菲伴，且问宫腰损几枝？

浪笑榴花不及春，先期零落更愁人，玉盘迸泪伤心数，锦瑟惊弦破梦频。万里重阴非旧圃，一年生意属流尘。前溪舞罢君回顾，并作今朝粉态新。

"下苑"即曲江。水亭指离宫，即采霞亭之类。《汉武内传》：帝以紫罗荐地，燔百和之香。"章台伴"乃是杨柳，指杨贤妃。飞鸾、轻凤二人死于开成四年冬间（《旧唐书》：文宗召宫倡等责之曰："陷吾太子，皆尔曹也。今已有太子，更欲踵前耶？"此太子指陈王成美。陈王立于四年十月。故知清宫案发作于十月之后。），次年正月文宗驾崩，杨贤妃等亦遇害。所以义山连带说起她来。

《独居有怀》：

麝重愁风逼，罗疏畏月侵。怨魂迷恐断，娇喘细应沉。数急芙蓉带，频抽翡翠簪。柔情原不远，遥妒已先深。

浦冷鸳鸯去，园空蛱蝶寻。蜡花长递泪，筝柱镇移心。觅使嵩云暮，回头灞岸阴。只闻凉叶院，露井近寒砧。

诗中又提"麝""罗""蛱蝶""井"等字。

荷花是曲江重要景物之一。故义山一见荷花，便引他无穷的悲怆。

《赠荷花》：

世间花叶不相伦，花入金盆叶作尘。惟有绿荷红菡萏，卷舒开合任天真。此花此叶常相映，翠减红衰愁杀人！

《过伊仆射旧宅》："……幽泪欲干残菊露，余香犹入败荷风。何能更涉泷江去，独立寒沙吊楚宫。"《七月二十九日崇让宅宴作》："……浮世本来多聚散，红蕖何事亦离披？……"一是开成五年，重游江乡时作，一是会昌元年江乡还京时作。又《暮秋独游曲江》："荷叶生时春恨生，荷叶枯时秋恨成。深知身在情长在，怅望江头江水声。"

在四川时义山已悼亡，兼痛惜宫嫔，心绪更为不顺，只好纵酒自遣。《春深脱衣》："日烈忧花甚，风长奈柳何。陈遵容易学，身世醉时多。"

拼酒太甚，身体渐渐虚弱，竟为病魔所侵了。有《属疾》，及《有怀在蒙飞卿》："薄宦频移疾。"

《病中闻河东公乐营置酒口占寄上》："……因忧武昌柳，遂忆洛阳花……"《梓州罢吟寄同舍》："……楚雨含情皆有托，漳滨卧病竟无聊。长吟远下燕台去，惟有衣香染未销！"暗说病由悼念宫嫔而起。回到郑州，不久病卒，年仅四十有五。（根据冯谱）

（十三）《锦瑟》诗

"锦瑟无端五十弦，一弦一柱思华年。庄生晓梦迷蝴蝶，望帝春心托杜鹃。沧海月明珠有泪，蓝田日暖玉生烟。此情可待成追忆，只是当时已惘然？"

义山集中《锦瑟》一诗，历来无人能解，所以聚讼纷纷，莫衷一是。有些人说《锦瑟》是当时贵人爱姬之名（刘贡父《中山诗话》），因此便有人疑锦瑟为令狐家青衣。有些人说是赋瑟（《靖康湘素杂志》借黄山谷与苏东坡的问答）。有人说是悼亡。但是这种解释，总难教人满意。故元遗山《论诗绝句》，还在那里喊着说："望帝春心托杜鹃，佳人锦瑟怨华年。诗家总爱西昆好，只恨无人作郑笺。"王渔洋也有"一篇锦瑟解人难"之叹。

近人孟心史先生在《东方杂志》第二十三卷第一号上发表了一篇《李义山〈锦瑟〉诗的考证》，证明这诗是义山为悼亡而作。我在未读义山诗之前，颇震惊孟先生征引之博，和考证之精，不过近来于义山诗集下过一番研究的功夫，对于孟先生的说法，就不能不怀疑了。

孟先生考证有这样一个主要点：

《史记·封禅书》：太帝使素女鼓五十弦瑟，悲，帝禁不止，故破为二十五弦。瑟为二十五弦，但古传为五十弦所破，合两二十五，成古瑟弦数。义山婚王氏时年二十五，意其妇年正同，夫妇各二十五，适合古瑟弦之数。因恒以锦瑟为嘉偶之纪念。

孟先生引了许多书籍，证明义山结婚时为二十五岁，就算对吧（义山开成三年婚于王氏时年二十六），但其妇婚时是否确系二十五岁，竟无可证，对于"锦瑟无端五十弦"的一句诗，算只解释出了半句。

这样洋洋万言的考证，只考出锦瑟诗的半句，能教我们相信他的悼亡说是对的吗？

何况义山诗集中关于五十弦瑟，不仅《锦瑟》诗，像那"雨打湘灵五十弦"，"遂令五十丝，中道分宫徵"，及"锦瑟长于人"，"锦瑟惊弦破梦频"，如说"五十弦"

及《锦瑟诗》是悼亡，那么这些诗也都是悼亡了。

我说锦瑟果然是义山爱情纪念之物，《锦瑟》一诗也果然是悼亡之诗，不过所纪念所追悼的，乃是他所恋爱的宫嫔，和他自己的妻子毫无干涉。

我以为《锦瑟》诗应当这样解释：

湘灵素女二人皆古妃，善于鼓瑟，义山所爱宫嫔亦善音律，曾以乐器相赠，故义山以"锦瑟"制题为诗。"五十弦"不过表明妃嫔所用之瑟，与义山夫妇年龄无关。

"庄生晓梦迷蝴蝶"，用《庄子》："不知庄周之为蝴蝶？蝴蝶之为庄周？"言昔日和宫嫔恋爱之快乐，胡然而天，胡然而帝，有如做梦一般，几乎不敢自信真有此种奇遇。故用"迷"字形容。如说悼亡，则当用鼓盆典才是。

"望帝春心托杜鹃"谓宫嫔冤死，魂当化为啼血之杜鹃，以诉不平。《燕台诗》中之"蜀魂寂寞有伴未？"《哀筝诗》中之"湘波无限泪，蜀魄有余冤"，可以参看。

"沧海月明珠有泪，蓝田日暖玉生烟"，是指义山赠宫嫔作为纪念品之玉盘而言。按《述异记》："鲛人水居如鱼，不废机织，泣则皆成珠。"左思《吴都赋》注："……鲛人临去从主人索器，泣而出珠，满盘以与主人。"义山的《碧瓦》诗有"珠啼冶易销"，更证以"谁将玉盘与，不死翻相误！"及"玉盘迸泪伤心数,锦瑟惊弦破梦频"二句,鲛人泣珠满盘影射"盘"字,次句用"蓝田种玉"点明"玉"字。二句含"盘""玉"二字,因为诗之韵律所拘,只有采用倒装。可以知道义山受宫人赠与锦瑟后,曾报以玉盘。清宫案发作时,这个玉盘也被检去,二人恐推勘时供出义山,误他性命,因而投井以死,用以灭口。

玉盘和锦瑟都是义山恋爱史中极重要的关键,故都作在诗中。

末两句收足追悼之意。

我的《锦瑟》诗解释完了,读者若还不信,我可以更寻出几个证据,证明这首诗为追悼宫嫔而作。

要证明锦瑟为宫嫔所赠义山之乐器,须先要证明宫嫔是否善歌舞音律?飞鸾、轻凤二人善歌舞,《杜阳杂编》已说过了。义山有《闻歌》一诗:

敛笑凝眸意欲歌,高云不动碧嵯峨。铜台罢望归何处,玉辇忘归事几多。青冢路边南雁尽,细腰宫里北人过。此声肠断非今日,香炧灯残奈尔何!

又"歌从雍门学"(《碧瓦》),"珠串咽歌喉"(《拟意》),"歌唇一世衔雨看"(《燕台诗》),都足证明所爱宫嫔之善歌。

"便是孤鸾舞罢时"(《破镜》),"空城舞罢腰支在"(《燕台》),"回雪舞腰轻"(《歌舞》),都足证明所爱宫嫔之善舞。

《无题》:"八岁偷照镜,长眉已能画。十岁去踏青,芙蓉作裙衩。十二学弹筝,银甲不曾卸。十四藏六亲,悬知犹未嫁。十五泣春风,背面秋千下。"此诗亦为鸾凤二人作,"十二学弹筝,银甲不曾卸",足知二人出身乐籍。末两句似言敬宗崩时,二人只有十四五岁。此外则《拟意》"佯盖卧箜篌",《代应》"独映钿箜篌",都可以证明所爱宫嫔善于弦索。

我们再看《和郑愚赠汝阳王孙家筝妓二十韵》:

冰雾怨何穷,秦丝娇未已。寒空烟霞高,白日一万里。碧嶂愁不行,浓翠遥相倚。茜裙捧琼姿,皎日丹霞起。孤猿耿幽寂,西风吹白芷。回首苍梧深,女萝闭山鬼。荒郊白鳞断,别浦晴霞委。长约压河心,白道联地尾。秦人昔富家,绿窗闻妙旨。鸿惊雁背飞,象床殊故里。遂令五十丝,中道分宫徵。斗粟配新声,娣姒徒纤指。风流大堤上,怅望白门里。蠹粉实雌弦,灯光冷如水。羌管促蛮丝,从醉吴宫耳。满内不扫眉,君王对西子。初花惨朝露,冷臂凄愁髓。一曲送连钱,远别长于死。玉砌衔红兰,妆窗结碧绮。九门十二关,清晨禁桃李。

这首诗不过是借题发挥,因筝妓而想到所恋爱的宫嫔,便将所有情史,背诵一遍。"白门"与"径从白门伴,不见丹山客",及"白门寥落意多违"相通,无非应用卢莫愁典故。此想系在开成三年赴泾原后作。彼时飞鸾、轻凤尚未死,不过已返宫中,故有"九门十二关,清晨禁桃李"之句,义山将桃李喻卢氏姊妹,亦不止这里两句,《判春》之"一桃复一李,井上占年芳"、《嘲桃》、《赋得桃李无言》,都是他想出来的妙喻。

这诗里有一段,将文宗嘲骂得很厉害,"鸿惊雁背飞"说敬宗与文宗本是兄弟,敬宗中道摧折,如雁行之分飞,尚无不可,"象床殊故里",将文宗比为傲象的"二嫂其治朕栖"就未免太过了。"斗粟"出《汉书·淮南王传》,亦谓兄弟二人之不相容。鸾凤本系姊妹,此言娣姒者,姊妹同嫁一夫,则成为娣姒也。二嫔本善弦索,惟既不能弹给文宗听,则弦索间亦生"蠹粉",而文宗乐听者乃杨妃之"羌管蛮丝"耳。"满内不扫眉,君王对西子"言满宫嫔御皆懒扫蛾眉,无意妆饰,惟文宗一人独对杨妃。"一曲送连钱,远别长于死",连钱为马。言情人临我上马,为歌一曲。此别等于死亡。即指赴泾原王茂元之幕。义山对于文宗的糊涂,讽刺最为刻毒,什么"春风自共何人笑?枉破阳城十万家",什么"春窗一觉风流梦,却是同衾不得知!"(《关情》),还有《屏风诗》的"掩灯遮露密如此,雨落月明俱不知"措词极妙,恐怕也在嘲笑这个几为绿头巾压死而还睡在鼓里的皇帝!

话说得离题了。再来讨论这《锦瑟》的问题罢。

宫嫔赠给义山的纪念品,我们不必呆板地断定为瑟,不过是一种有弦索的乐器,说是琴可以,说是筝以及箜篌都可以,义山为诗中韵律所拘,故不得不改几种花样,但为我们行文方便起见,只好名它为锦瑟了,但总以"瑟"为宜。

义山与锦瑟关系独深者,因从前曲江幽会时,曾借此为暗号,后义山赴王茂元幕,宫嫔赠此以为别后之纪念。"筝柱镇移心",不是已将缘故说明了吗?

二人亡后,义山将她们所赠之纪念品,置于房中,时常摩抚,以寄托那永远的悲哀。"哀筝不出门"(《哀筝》),"锦瑟傍朱栊"(《寓目》),"归来已不见,锦瑟长于人"(《房中曲》),可见他和锦瑟竟不可相离。

总之义山一生恋爱史,虽有女道士和宫嫔二种人物,但女道士旋即负心，后虽重聚，对他仍甚冷淡，故义山也不甚眷恋，只有和宫嫔的一段爱情，真是非比寻常。请看他们的遇合是那样的离奇，聚散是那样的不常，情节是那样的顽艳，结局是那样的悲惨，可为千古以来文人中罕有的奇遇，情史中第一的悲剧，怎样能教他舍得不记述出来吗？但为了种种阻碍之故，只好隐约地、曲折地将他们的一番情史，作在灯谜似的诗里，教后人自己去猜。又恐后人打不开这严密奇怪的箱子，辜负了他一片苦心，所以又特制一把钥匙。这把钥匙，便是《锦瑟》诗。

何义门说玉溪以《锦瑟》诗自题其集以开卷（见《柳南随笔》）。可见我们的诗人，已经亲手将钥匙摆在箱面上了！

义山还有"声名佳句在，身世玉琴张"（《崇让宅东亭醉后沔然作》）这十个大字，是义山一生的缩影，也是他全集的定评。

后人也似乎有点明白《锦瑟》诗的重要，所以大家都将这首诗当作聚讼的焦点，都将这首诗代表义山的全集，都想由这首诗解决全集的诗，可惜他们对于钥匙的本身问题，先闹不清楚，也就没法去追寻箱中的宝藏了。

因为这个缘故，义山一生的奇情艳遇，竟埋没了一千余年！

/ 附录 /

李义山的诗

（一）李义山的事略

李商隐字义山，怀州河内人。生于唐宪宗元和八年（当公元八一三年）。令狐楚很赏识他的文章，教他与诸子同游。楚徙天平宣武，皆表署他为巡官，令随幕下。

文宗开成二年（公元八三七年），义山仗令狐楚儿子绚奖誉之力，得登进士第。后王茂元镇河阳，也爱义山之才，将女儿许嫁他。茂元与李德裕素来交厚。我们读历史的人，不要忘记了唐朝有两个倾轧最烈、仇恨最深的党派，一派的首领就是李德裕，另一派的首领是牛僧孺。令狐楚、杨嗣复、李宗闵都是属于牛党的。义山本是令狐楚所赏识提拔的人，忽然跑到与李党有关系的王茂元家里做了女婿，又做了茂元门下的从事，这事在牛党看来，便是变节，便是背恩，很瞧他不起。令狐绹尤为怀憾。义山后来潦倒终身，都是受牛党排斥的结果。这件事《唐书》本传这样说，后来文人也没有一个不承认义山之就婚王茂元，为他一生通塞之大关键。但细考义山全集，亦复不然。义山之不遇，一半是文人普通的命运，一半则与他的恋爱大有关系，此处暂不详说。

茂元死后，义山到京住了多时，竟没有调官的希望，执事中郑亚廉察桂州，请为观察判官。亚后坐德裕党，贬循州刺史，义山随他到岭表，共住了三年。

义山后又入朝，京兆尹卢宏正奏署掾曹，令典笺奏。明年令狐绹入相，义山屡启陈情，绹未甚理会。卢宏正镇徐州，义山又入其幕。久之还朝，复以文学干绹，乃补太学博士。柳仲郢节度剑南东川，辟义山为判官、校检水部员外郎。

府罢，义山亦失职，客荥阳。大中十二年（公元八五八年）病卒。年四十五。（根据《唐书》本传，参照冯浩《李商隐年谱》改正。）

（二）李义山诗的特点

自唐文宗开成初至昭宗天祐三年，凡八十余年，这时代里所有的诗人，如李商隐、温庭筠、韩偓、杜牧、罗隐、许浑、马戴、李频、赵嘏、朱庆余、司空图、皮日休、陆龟蒙，并为晚唐的诗家，而其中尤以李商隐与温庭筠、杜牧三人为杰出。

义山诗的特点有二：

一是精丽。《皇宋事实类苑》说："杨文公亿尝言：至道中偶得玉溪生诗百余篇，于意甚爱之，而未得其诗之深趣。咸平、景德（宋真宗年号）间，因演纶之暇，遍寻前代名公诗集，觉其富于才调，兼极雅丽。包蕴密致，演绎平畅。味有穷而炙愈出，钻弥坚而酌不竭。曲尽万变之态，精索难言之要。使学者少窥其一斑，略得其余光，若涤肠而换骨矣。"

杨亿因爱义山诗，所以专心学他这一体。同时晏元献、刘子仪，为诗亦宗义山，他们将自己作的诗刻为一集曰《西昆酬唱集》。《古今诗话》优人扯挦之讥，便是他们学义山诗体所生出来的反动，也是一个极引人笑的故事。

义山诗的精丽，古人皆以为从老杜学出来的，叶少蕴《石林诗话》说："唐人学老杜，惟商隐一人而已。虽未尽造其妙，然精密华丽，亦自得其仿佛。"贺裳《载酒园诗话》说："义山绮才艳骨，作古诗乃学少陵，如《井泥》《骄儿》……颇能质朴，然已时露艳语，如木兰虽兜牟俩裆，驰达金戈铁马间，神魂固犹在铅黛也，一离沙场，即视尚书郎不顾，重复理鬟贴花矣。"

这话说得未尝不有趣，但硬要说义山诗的精丽，在杜甫那里学来，则未免有点牵强。杜甫诗的长处是在沉郁顿挫、悲壮苍凉，精丽不过是他的一格，如果说义山诗的精丽，是学杜甫，那么说他学沈佺期、宋之问不更好吗？大约中国文人每有盲从古人和崇拜偶像的两种恶习，他们明知义山诗和杜甫绝不相同，不过王安石曾说过："唐人知学老杜而得其藩篱，惟义山一人而已，每诵其'雪岭未归天外使，松川犹驻殿前军'，'永忆江湖归白发，欲回天地入扁舟'，与'池光不受月，暮气欲沈山'，'江海三年客，乾坤百战场'之类，虽老杜无以过也"（《蔡宽夫诗话》）。因为安石这样说，所以后人竟将一位风流自赏的李义山，派作那个严义正气的杜少陵门下了。

二是隐僻。义山诗第二特点就是隐僻。高棅《唐诗品汇》说："晚唐杜牧之之豪纵，温飞卿之绮靡，李义山之隐僻，许用晦之对偶，晚唐变态之极也。"但也有将隐僻认作义山诗的短处的，《蔡宽夫诗话》说："义山诗合处信有过人者，若其用事深僻，语工而意不及，自是其短。"《冷斋夜话》也说诗到义山，谓之文章一厄，以其用事僻涩。李涪《怪论》称义山为"锦工"，就是织锦的工匠。至于毛奇龄则直截痛快地说，义山不过是一种庸下之才，故意用那种可解不可解之辞，文其浅陋罢了。

就前一点而论，义山和后来学他的西昆派的诗，专在精密藻丽上用功夫，不免生出弊端。西昆诸公之诗已为后人诟病，不必多说；单就义山诗而言，也有许多不满人意之处：

（a）用事过多

杨文公《谈苑》说义山为文多简书册，左右鳞次，号獭祭鱼。杨亿是研究义山的专家，宋初去晚唐不远，他这句话必有所本。而且我们但略略读义山的诗，便知道义山的诗不是完全从性情流出，却都是从书卷中挦扯来的。虽他用种种故典，因为要写他种种秘密的爱情，尚有可原之处，但有时很显得堆垛饾饤，毫无灵气。《碧溪诗话》说李商隐诗好积故实，如《喜雪》云："……班扇慵裁素，曹衣讵比麻？鹅归逸少宅，鹤满令威家。洛水妃虚妒，姑山女漫夸。联辞虽许谢，和曲本惭巴。"一篇之中用事者十七八。范晞文《对床夜话》说："前辈之诗家，病使事太多，盖取其与题合类之，乃是编事，虽工何益？李义山《人日诗》正如前语。"

（b）不能表出真切的情感

真切的情感，要用真切的文字来描写，一加装点，便表现不出来了。义山的全集，都是写情的，他写恋爱之情，因有所忌讳，不敢用显明真实的笔墨来写，是他的不得已处，这问题留到后面再说。但他用典写情写惯了，连不须忌讳的家人父子之情，也要用典来写，那便错了。譬如他的《骄儿诗》，是替他爱子衮师写照的。但他那一首六七百字长的诗，除了"不然神仙姿，不尔燕鹤骨"的溢美，和"穿林复绕堂，沸若金鼎溢"的丽句外，小孩子天真烂漫的状态，他曾描出一二吗？父子之间天性最易流露，而儿童的謦笑，形之笔墨，每每成为好文章，义山遇到这样一个好题目，竟作了一首"笨诗"，岂不可惜，有人说他这首诗是学左太冲《娇女诗》的，不知左诗原自不佳，学了它哪能讨好？而且抛弃了自家天性中的东西，向他人作品上讨生活，更无怪他要失败了。敖器之说"李义山诗如百宝流苏，千丝铁网，倚密环妍，要非适用"，可谓为确切的批评。

不过平心而论，义山的诗大都组纂工致，锻炼新警，词采秀丽，音节铿锵。富于艺术上的优点，证之西洋文学，则与一八七零年发生之高蹈派"Le Parnass"相近。当时法国大文学家如 Gautier 如 Leconte de Lisle 都主张"以艺术为艺术"，他们一切的作品，讲究形式之美，不甚注重内蕴的情绪如何。这派文学，打倒浪漫派而代兴，在当时文坛上也曾表现伟大的价值，我们自然不能说注重形式的文学，便不算文学了。何况义山除了《对雪》《骄儿》一类笨诗之外，自有绝妙的恋爱诗呢。

就后一点而论，文学最大的作用，是要引起读者的同情。既然要引起读者同情，措词就不能不平易，命意就不能不显豁。纵然不必像白香山似的，作诗作到老妪都解，至少也要教普通读者不皱眉头。现在义山的诗竟教人有"诗家总爱西昆好，只恨无人作郑笺"的叹息，这还算得诗吗？我说不不，文学的范围是广大的，显明固好，隐僻也何尝不好，譬如法国印象派诗人魏伦（Verlaine）所作的诗，连他的门人都不了解，然而魏伦的诗却为欧洲文学界所称道。义山诗的隐僻，又算得什么？

总之诗歌本是写情的工具，我们叙一件事贵其显豁明白，而写情则不妨回环曲折，引人入胜。有时写一种玄妙的想象，或缠纠复杂的情感，便成了一种似可解似不可解的笔墨，读之不惟不觉可厌，反别有一种奇丽神秘的趣味，沁人心田。因为诗人有诗高兴，固愿意抱着他的提琴，走到世人面前，缓奏一曲，将那凄清微妙的声调，拨动人们的心弦，使他们为他缠绵迷恋，为他慷慨激昂，为他悲伤，为他欢喜。但有时他也会提着琴，跑到寂寞的深山中，呜咽的流泉边，对着明月，和着啼鹃，独自诉他的心绪。三闾大夫在泽畔披发行吟，并非希图有人明白他胸中的穷冤和不平。拉马丁（Larmatine）在爱勒司湖上怀念他的情人，也只和喷激的浪花共语。梁任公道："义山的《锦瑟》《碧城》《圣女祠》等诗讲的什么事，我理会不着，拆开一句一句地叫我解释，我连文义也解不来。但我觉得他美，读起来令我精神上得一种新鲜的愉快。须知美是多方面的，美是含有神秘性的，我们若还承认美的价值，对于此种文字，便不容轻轻抹煞。"这更主张"隐僻"是义山诗的优点了。

其实义山诗，因为内容过于深奥，读者不能了解，所以说他隐僻，如果明白了它的内容，便无所谓"隐僻"了。但如此便要失去它的优点吗？事实上却不然，我们尽管明白它的内容,那一种"隐僻的美"还能引起我们无穷的欣赏。正如我们赏鉴一幅画,不因为我们知道了画的是什么,便减了艺术上的兴味。

(三)李义山诗中的恋爱事迹

义山诗素称隐僻难解,但他的难解,和他人不同。中唐诗人如李贺、卢仝的作品,都是不很好懂的,但他们有意作怪险出奇的诗句,以显才情,其难解在字面,不在内容。譬如李贺的"石破天惊逗秋雨""酒酣喝月使倒行"。卢仝的《月蚀诗》句法虽离奇怪诞,不可诘究,但人读了这等诗,决不想再到诗的内容方面,寻求些什么出来;因为这些诗句,可以很明显地看出它没有什么包含。

至于义山的诗,便不是这样了。它表面上虽有许多晦涩的故典,许多隐僻的字眼,但它里面,却好像隐藏了许多东西似的,常使读者触动寻求的好奇心。元遗山《论诗绝句》云:"望帝春心托杜鹃,佳人锦瑟怨华年,诗家总爱西昆好,独恨无人作郑笺!"这首诗,很可以代表千余年来读义山诗的人的感想!

读者对于义山诗,既然想追求其内容,于是批注他诗的人,也渐渐多起来了。自释道源以后,注李诗者有吴江朱鹤龄的《笺注李义山诗集》,有蒲城屈悔翁的《玉溪生诗意》,有冯浩的《李义山诗集注解》,还有许多零碎的考证家,一时也说不完。但他们只以为义山那一类无题诗都属寓言,他那些缠绵香艳的情诗,不过像《离骚》托芳草以怨王孙,借美人以喻君子。

清《四库提要》说得略为圆活一点,它说:"义山集中《无题》之作,有确有寄托者,'来是空言去绝踪'之类是也。有戏为艳体者,'近知名阿侯'之类是也。有实属狎邪者,'昨夜星辰昨夜风'之类是也。有失去本题者,'万里风波一叶舟'之类是也。有与《无题》相连误合为一者,'幽人不倦赏'之类是也。其摘首二字为题,如《碧城》《锦瑟》诸篇,亦同此例。一概以美人香草解之,殊乖本旨。"这话说得比那些穿凿注书的人,要好得几倍了,但义山诗中到底有些什么事迹,它竟没法说明。

笔者曾费了半年研究的工夫,著了一本《李商隐恋爱事迹的考证》,才知道一部李义山的诗集,竟是一部有首有尾,脉络分明,哀感顽艳,极其动人的小说,现总括其事迹如下:

义山少时学仙于王屋之玉阳山，认识永道士。由永道士之介绍，得恋爱女道士宋华阳。后至京师以宫中有建醮事，托永道士携带，混迹入宫，得识宫嫔卢氏姊妹。

卢氏姊妹乃浙东人，一名飞鸾，一名轻凤。旧侍敬宗，敬宗崩后，入文宗后宫，生子蒋王宗俭。然文宗方宠杨贤妃，对于卢氏姊妹未免冷落，故卢氏姊妹不得不在外面招寻面首。既识义山，情爱甚笃，常于曲江离宫作幽会。然宫禁森严，义山又常为功名事作远游，不得常相见面。开成四年，文宗以追理谗毁太子案（其实当名之为清宫案），杀乐官数人，宫倡十余人，卢氏姊妹亦卷入漩涡，畏罪投井而死。

义山闻卢氏姊妹死耗，不胜悲痛。其后不到五十岁，即郁郁而死，也是受了这个忧伤打击的影响。

义山全部诗集，除却几首朋俦游宴外，其余都是恋爱的纪事诗，小部分纪与女道士的情史，大部分则为宫人卢氏姊妹。

(四)李义山的诗谜

一家诗人有一家特别的表现的方法:有直写的,有隐喻的,有托之于他人的。只是义山恋爱史最不容易着笔,因为他恋爱的对象,一种是出家清修的女冠,一种是深居宫禁的妃嫔,如果用直写法罢,不但对方的名誉和生命,因之破坏,自己名誉和生命,也恐不保。用隐喻法吧,"托香草以怨王孙,借美人以喻君子"的老法子,早被屈宋以来的人用烂了,如果他著一部真实的恋爱史,后人只将它当作《离骚》看待,那是他很不愿意的。托之第三人称吧,作小说戏曲则可——如元稹的《会真记》——作诗似乎不大相宜。托之于梦寐或神仙事迹吧,则这法子早为唐朝诗人所采用,未免剿袭雷同,而且人生哪有这许多梦呢?

但是天下无难事,只怕有心人,在苦心孤诣的寻求试探之下,竟让他发明了一种秘密记情法。

这种秘密记情法,是诗谜式的,他用相当的故典和故事,制成了谜面,听人去参详谜底,这也就是义山诗多用典实及晦涩的一个原因,后来那些不懂得他诗的内容,以用典为他诗的弊病的人也很多：如黄子云《野云诗的》说"自汉以迄中唐，诗家引用典故，多本之经传史汉，事事灼然易晓。下逮温、李，力不能运清真之气，又度无以取胜，专搜汉魏诸秘书，括其事之冷僻罕见者，不论其义之当否，擒剥填缀于诗中，以夸耀己之学问渊博，俗眼被其炫惑，为之卷舌申眉，咄咄嗟赏，师承惟恐或后，二人志虑若此，又安用考厥平生，而后知其邪僻哉？"又攻击温飞卿，说飞卿古诗"与义山近体相垺，题既无味，诗亦荒谬，若不论义理，而仅取姿态斯可矣"。这话虽在斥飞卿，实则是在骂义山。但他哪知道义山的"古典文学"都是些谜呢。现在义山的诗被人猜了一千余年，被人骂了一千余年，内容应该有个豁露的时候吧。

譬如他的《圣女祠》是咏他恋爱的女道士的：

松篁台殿蕙兰帏，龙护瑶窗凤掩扉。无质易迷三里雾，不寒长着五铢衣。人间定有崔罗什，天上宁无刘武威。寄问钗头双白燕，每朝珠馆几时归？

这首诗起首二句言女道士居处之宏丽，颔联记衣装之轻倩，腹联用《酉阳杂俎》仙女爱凡人的故事。"钗头白燕"见《洞冥记》，暗射女道士是由宫人出身。

《碧瓦》是他和宫嫔曲江幽会的一篇缩写：

碧瓦衔珠树，红轮结绮寮。无双汉殿鬓，第一楚宫腰。雾唾香难尽，珠啼冷易销。歌从雍门学，酒是蜀城烧。柳暗将翻巷，荷敧正抱桥。钿辕开道入，金管隔邻调。梦到飞书急，书成即席遥。河流冲柱转，海沫近槎飘。吴市蠳螠甲，巴赛翡翠翘。他时未知意，重迭赠娇娆。

曲江在开元天宝时代，本有离宫，每值上巳，都人士辄修禊于此。安禄山之乱，宫殿荒废。至唐文宗时，重加修理，增建彩云楼、紫云亭等，常与杨贤妃及后宫人避暑于此。义山所居，距离宫不远，故常得与宫嫔相会。此诗首二句写离宫的建筑，次二句写宫嫔。以下都是些相会时的形况。

"海沫飘槎"见《荆楚岁时记》，张骞乘槎上天而见织女，亦见此书，义山以此喻自己之入离宫与宫嫔相见。

义山既以典故来代替他当时情史，如果典故用得不切当，事实便会淆乱。所以他对于用典极其用心，可以说丝毫不苟。现在将他所用典故，摘要刊表如下，以见我们诗人安排这部伟大情史的苦心。

		人物	境地	器用	密丝的代名词	人物的代名词
女道士	男	东方朔 崔罗什 刘武威 玉郎 萧史 洪崖 王子晋	碧城 玉楼 瑶台 紫府 仙人掌 玉女窗 阆苑 玉山 阳台 圣祠	缑山笙 五珠衣 白燕钗 辟尘犀 水晶盘 秦箫 湘瑟 宝灯 云桨 宓妃袜	偷桃 窃药	三珠树 彩蟾
	女	青女 素娥 嫦娥 凤女 星娥 绿萼华 杜兰香 蕊珠人 紫府仙人				
宫嫔	男	赤凤 秦宫 阿侯 襄王 宋玉 魏东阿 燕太子	楚宫 汉苑 景阳井 高唐 赵后楼 芙蓉堂 蓬莱 龙宫 天泉 露晞 芝田馆	月扇 雷车 鸳鸯瓦 芙蓉帐 翡翠衾 茱萸帐 云屏 羊车 金缕枕 玉交杯 金釭	凌波 解佩 乘槎 偷桃 留枕	鸾凤 山鸡 龙 曹蝇 韩蝶 麝 桃李 樱桃 杨柳
	女	湘妃 楚女 赵飞燕 郑樱桃 宓妃 卢莫愁 汉后				

总之女道士有女道士的典故，宫嫔有宫嫔的典故，一件事也还它一样说法。读者如果就谜面的文字去寻谜底，立刻就会水落石出。

但义山还恐读者猜不透他的机关，所以在诗集里又安上线索，《月夜重寄宋华阳姊妹》一诗是全部女道士恋爱史的线索，《锦瑟》诗是全部宫嫔恋爱史的线索。但前者是明的，后者却是暗的。

（五）李义山诗的表现的技术

义山诗因为太注重艺术方面的组织，所以不能表现真切的情感，前已说过了。但在恋爱方面，他却有无数的好诗，艺术的精密，反增加它天然的秀韵，重迭的故典，掩不了它深挚的情感，这或者是他一生精力贯注于此的结果。

现在我们且试看他的表现方法：

（1）嫉妒

义山与女道士宋华阳有情。但华阳后又爱永道士，弃义山不顾。当失恋之前，义山早知宋华阳没有心思对他。《碧城三首》之一有"不逢萧史休回首，莫见洪崖又拍肩"这种叮咛，固见他的捻酸，然而措词何等婉妙！宋华阳弃绝义山之时，假说要专心修道，不更牵缠于儿女之情，义山也知道她的话是骗人的，所以《银河吹笙》的末二句云："不须浪作缑山意，湘瑟秦箫自有情。"意思说你不必拿修道来推托，恐怕湘瑟秦箫早在那里唱和了。"浪"字用得何等刻毒？这是因嫉妒之极而作的讽刺。《赠永道士诗》"君今并倚三珠树，不忆人间落叶时"，是因嫉妒而成为愤激的口气。

（2）讽刺

义山讽刺唐文宗最为刻毒。文宗增造离宫，与宫嫔避暑，不意反为她们开了方便之门。义山刺云："白道萦回入暮霞，斑骓嘶断七香车。春风自共何人笑，枉破阳城十万家。"又杨贤妃虽蒙文宗爱幸，但也与卢氏姊妹一样有情人，义山刺文宗道："红露花房白蜜脾，黄蜂紫蝶两参差。春窗一觉风流梦，却是同衾不得知！"按文宗的宫范虽然不严，义山却因此得了好处，不感恩他反而加以讽刺，足见文人的轻薄确乎可畏了。当时宫嫔同外人自由来往，也有窃笑文宗之昏庸的，义山曾戏为不平道："无赖夭桃面，平明露井东。春风为开了，却拟笑春风。"我想宫嫔读了义山上两首诗，不免要反唇相讥罢。

（3）嗟怨

爱情进行时，忽然受了阻力，不免发生种种嗟怨之声。义山所恋爱的对象，一是女道士，一是宫嫔，都和平常女子不同，他们中间的爱情，是要常被掣阻的，所以义山每每感受悲哀。《碧城》的"鄂君怅望舟中夜，绣被焚香独自眠！"《昨日》的"未容言语还分散，少得团圆足怨嗟"，《和友人戏赠》的"猿啼鹤怨终年事，未抵熏炉一夕间"，《无题》的"身无彩凤双飞翼，心有灵犀一点通"，及"扇裁月魄羞难掩，车走雷声语未通"，《无题》的"梦为远别啼难唤，书被催成墨未浓"，都极深刻。

（4）痛苦

当清宫案发生时，义山知卢氏姊妹必将不免，但又没个方法救援她们,那时他的痛苦,真是达于极点了。《无题》之"相见时难别亦难,东风无力百花残!"写出爱莫能助的苦哀,令人不忍卒读。接着"春蚕到死丝方尽,蜡炬成灰泪始干!"极缠绵,极痛切,几乎是血泪并出的誓词。"晓镜但愁云鬓改,夜吟应觉月光寒。蓬山此去无多路,青鸟殷勤为探看",想象宫嫔遭难时狼狈的情景。蓬山不远,却不能见面相慰,只有希望以书信通消息而已。这是一首痛苦诗的绝唱,是心颤魂飞时的言语,是肠回气荡时的哀音。卢氏姊妹死后,义山悲悼终身。《燕台》的"醉起微阳若初曙,映帘梦断闻残语……",写梦醒时的景况,极其迷离。《曲水闲话》的"相携花下非秦赘,对泣春天类楚囚",《回中牡丹为雨所败》的"玉盘迸泪伤心数,锦瑟惊弦破梦频"都足以表示他无穷的悲伤。

总而言之,他的痛苦是不能明言的,只好用晦涩的笔法来写,然而竟因此加增了他诗的神秘和力量。譬如有一个人有一件极大的伤心事,却不能痛痛快快地大哭一场,只好抽抽噎噎地暗中饮泣,他这饮泣,自然比号啕还要厉害。读义山诗当领略他那无声饮泣中极大的哀感!

此文系我将着手编著的《历代名家诗论》(书名未甚确定)中的一篇,曾登载于东吴学校期刊,特附录于此。

参考书举要

《李义山文集》(《四部丛刊》,商务印书馆)

《李义山诗集》(同前)

《玉溪生诗意》(朱长孺(鹤龄),石印本)

《李义山诗集》笺注(朱鹤龄,广东精刻本)

《冯注李义山诗集》(冯浩,石印本)

《新唐书》(《二十四史》,商务印书馆)

《旧唐书》(同前)

《御辑通鉴》

《通典》

《续文献通考》

《西安府志·古迹考》(《古今图书集成》)

《曲江志》(程大昌)《曲江池记》(欧阳詹)(同前)

《长安志》（同前）

《汉武内传》

《飞燕外传》

《太平广记》

《开元天宝遗事》

《杨太真外传》

《南部新书》（钱希白）

《国史补》（李肇，《学津讨原》，商务印书馆）

《秦中岁时记》（李绰）

《北梦琐言》

《杨文公说苑》（杨亿）

《碧鸡漫志》（王灼，《知不足丛书本》）

《迂叟诗话》（司马光）

《乐府诗集》（郭茂倩）（《四部丛刊》本）

《唐诗纪事》（石印本）

《白香山诗集》（汪西亭编订，仿宋本）

《玉川子诗集》（卢仝）（《四部丛刊》本）

《杜工部诗集》（麻沙本）

《鱼玄机诗集》（中华书局单行本）

沈佺期、崔湜、施肩吾、司空曙、王建、于鹄、戴伦叔、

张萧远、项斯、刘禹锡、刘长史、欧阳詹、沈亚之诗（皆见《御制全唐诗》）

　　王渔洋《带经堂诗话》（张宗枬编）

　　梁任公《中国韵文内所表现的情感》（《全集》）

　　孟心史《李义山锦瑟诗考证》（《东方杂志》）

玉溪诗谜续编

自序

这本《玉溪诗谜续编》是我在不得已的心情下撰写的。怎么说不得已呢？其一，我向来不爱谈恋爱问题，到了这样一把年纪，还来谈李义山的罗曼史，虽义山是一千数百年前的人物，究竟觉得不大自然。其二，学问之事，各有意见，尽可自由发挥，若你所提出的学说乃属真理，便站得住，又何惧乎他人之反对。若非真理，目前你的说法虽得人赞同，将来亦必自倒。不过世间浅学之士多，反对方面喧哗叫嚣，每以人多势众，吸引多数人的盲从，使真理为之汩没而不彰者所在多有，是以自己出面辩护，似不可少，不过此事究非我所乐为，所以说是不得已。

我在一个甲子前写了本《玉溪诗谜》，书出，虽蒙东亚病夫先生谬加赞誉，学术界则毫不注意，惟在报纸见过一二篇反对论调，好像笑我太不自量，竟敢讨论这种文学问题。自知学浅，不敢申辩。后来我瘁三十年心力撰成的学术著作尚无人过问，备受冷落，这类书又算什么，是以自己并不看重，只认为是个小玩意儿，不值得提。不意现代竟有许多学者文人探讨义山诗作，撰写了许多论文，有单行者，亦有集合为一本大书者。他们虽未彰明昭著地否认我的主张，而各有他们对李诗的见解，那就等于在暗中反对我了。事关真理，不敢缄默，所以有本书之作。

记得我撰写《玉溪诗谜》时，费时不及半载，而这本续编则足足拖了一年光阴，年龄老大，江郎才尽，无可奈何。又记得写那本书时，还引述新旧《唐书》及当时的几种笔记，现在这个续编则多取材于义山诗集，又所有注解也多取之于释道源（无专书，凭朱鹤龄所引）、朱鹤龄、冯洛、张尔田诸笺注本。从前王鸣盛为冯浩《玉溪生诗笺注》作序，曾说他那个时代，学术著作多蹈空，即笺注也不免。他说："或谓著述家蹈空尚可，若注释则安能为？予谓不然，夫躁于求名而懒于考核，俗学之恒态也。彼所甚畏者，史册繁重，其所引用，每不出本书，徒拾取他人牙后慧，钞誊了事。如此，纵满目烂然，究与蹈空无异。"我这本书也仅凭李义山一部诗作和诸家笺注，读王氏"蹈空"二字，宁不汗颜。但我自问并非"躁于求名"之流，我最怕的是名，名而无实，是为虚名，有之何益，而我则苦于无实。也非"懒于考核"，只须有史实可考，谁肯省举手投足之劳，不到史册中去寻检？不过李义山的罗曼史，是一种千古少有的奇情艳遇（我相信这种恋爱事迹古人中当然有，而且不少，但没有人敢于说出，而且也没李义山惊才绝艳之笔将其记述出来，并不能曲折精密地制成诗谜），史册记录遂无只字，史册既无记录，我们又何从达到核实的目标呢？

再者，"注"与"笺"不同，注不过将古人所用典故，一一注出，笺则须说明那个古人当时所处环境如何，所有故事又如何。朱冯等人于注释李诗典故，大都不甚错误，而笺李之行事则以不知道李诗本事之故，都走到象征那条岔道上去，以为都是哀求令狐支援的话，看朱成碧，认鹿作马，说的话有至为可笑者，我在本书中已一一驳斥。他们对李诗之过于隐僻及过于深曲，想附会而附会不上者，则摇头叹气，自认"不解所谓""不知所措"，或"如见西施，虽不知其名，亦知其美"，强自解嘲，岂不太可怜吗？

我这本书注解虽多引之诸家，遇诸家之含混带过，或竟付缺如者，亦常为之增补。他们以不知本事，虽注解十分详细而于全诗意义则都无法贯通，我只须略作增补，便贯通了。至于他们笺释之瞎说连篇，笑话百出，本书言之已多，不必再行举例。总之想明了李义山艳情诗意义者，读他一两首诗是不够的，必须把他全部艳情诗搜罗在一起，然后细加分析与判断，他那几首诗是为哪一类恋爱对象而作，那几首诗又为哪一类恋爱对象而作，其相恋时间的长短，其悲欢离合之迹又是怎样，这样探讨下去，李义山全部恋史便会发掘出来，否则你在那条岔路上走上百年千年，仍然走不到头的。

我这本书骨架虽一仍正编之旧，而比正编更深入，更周详，比正编更能头尾分明，脉络通贯，而使义山全部诗谜，显豁呈露，更无丝毫阴翳，障于其间，读之也颇足令人称快。正编之舛误处，此书已加更正。此书所刊于《东方杂志》上的稿子，以一面读书，一面撰写，也有若干不自惬意之点，现将结集成书，或增或删，随处而有。譬如汤翼海《平质》一文里所询"此路向皇都"一句说我未曾交待，我在"东志"上仅答以李义山上王屋访旧不遇，即下山沿大路向西北进发而达于长安，这一句答复得太简单。现则在李诗中找出由王屋赴长安所经过路线，有他三首诗为证，即《自南山北归经分水岭》《商於新开路》及《行次西郊一百韵》，我增益了千字之多，并考出"南山"即王屋山，甚至更缩小范围为东玉阳山，便是宋华阳所居《圣女祠》的女道观所在处。我在李诗中又发现唐宫会用现代形式的圆顶床帐，增补资料则说唐人还会用像现代人的窗网。现代人用尼龙纱，细致、坚固也耐久，唐人则或以细麻与细丝为之，似乎并不像尼龙纱之固定，而是夜垂昼卷的，其防御夜间蚊蛾之类侵入作用则一。我又发现唐宫廷中有女兵，有宫女从事生产工作，虽已见于"东志"，现复稍有增补。又发现宫人与外间通信用密码，这些问题若有人肯予以研究，可写篇博士论文。总之，结集成书之《玉谜》续编，与发表于"东志"上的文章，已稍有不同，尚望读者注意。

此书对各笺注家本照中国习惯各呼其字，惟冯浩及张尔田则直呼其名，因系小节，懒得更正。或有人认为李义山诗正以晦涩隐僻为其本色，揭露其真相反觉无味，情愿在他那些《锦瑟》《燕台》《药转》《拟意》，诸《无题》及有题等于无题诗中，呕心沥血，殷勤发掘，希望发掘出一些奇珍异宝来，那是他们的自由，我无权干涉。不过我敢忠告他们一句话：研究义山艳情诗，仅凭一首二首而置其全体于不问，那是万万不可以；一首二首即解释明白，而于其他同类诗又相龃龉,则又有何用?而以前无数笺注家及近代人士所患都是同一病症,深为可叹。又见人揭露李诗真相,便觉趣味索然,以为一定非用现代什么性心理学,什么视觉意象,什么形象思维一类艰深奥曲的学说来解释不可,那也犯了"时代错误"之病。须知李义山乃八世纪人,那时代中国学术虽亦昌明,究非现代可比,他挖空心思,精制一批诗谜,竟能欺蒙人至一千数百年之久,已极不容易,我们若还要求他种种不可能之事,那就未免太不公平了。

我这本《玉谜续编》本以风幡式那篇长文为主,李义山与女道士及宫嫔恋爱始末为注脚、为宾,惟后者写成后,觉字数太多,只有用"第一部分""第二部分"来分别。本书第一部分与第二部分合并改题为《玉溪诗谜续编》。继《药转》《王德妃》后,本想再写几篇为"第三部分",而以时间拖得太久,恐招致读者厌倦,我自己也已意兴阑珊,不愿再写,惟有以此两篇为"附录"。

《我的第一本书》本不应附入本集,惟此文曾说我写《玉溪诗谜》之缘起,是由于李义山两首《圣女祠》七律启发我的灵感,就是诗中二女为天仙,三男为凡人,与普通写游仙诗者所写多为仙境及天仙者绝异,疑义山与女道士有恋，连类遂及宫嫔。自觉尚为重要，故收录之。惟体例实有未合，自知编次失当，尚望读者原谅。

七五、三、二于古都

/ 第一部分 /

论一本风幡式的诗评书——《李商隐诗研究论文集》

近来购得"国立"中山大学中文系合编的《李商隐诗研究论文集》(下简称"本书"或《李诗研究集》)一本,其中参加讨论者近六十位,论文长短八十余篇,合计全书近九十万字,真是洋洋大观。我费二十几天的光阴,才把这本沉甸甸的厚书,拜读完毕。

我为什么对李商隐诗这么感兴趣呢?原来我因李诗好用典,难懂,对之实不配说喜爱与否,但却曾写过关于李诗的一本书。民国十六年,我任教苏州东吴大学,曾撰写过一本《李商隐恋爱事迹考》,次年,付上海北新书局印行。隔了数年,收回版权,改书题为《玉溪诗谜》(下简称《玉谜》),归商务印书馆出版,一晃已过了差不多一甲子。这本书是我问世的第一本著作,以后文艺性的《绿天》《棘心》反比它迟出。

我这本《玉溪诗谜》是专论李义山恋爱史的。我主张义山恋爱对象共有两种人,其一为出家清修的女道士,其二为宫中的嫔御。这两类人身份皆特殊,不可明言,故以《无题》诸诗记其事,其有题等于无题之诗如《碧城》《碧瓦》《拟意》《代应》《锦瑟》等诗,亦是如此。书在北新出版后,曾以一册呈当时正在上海开真美善书店的东亚病夫曾孟朴先生,请其诲正。蒙病夫先生大加奖誉,谓义山诗自来视为晦涩隐僻,无人能解,前人遂有"诗家总爱西昆好,独恨无人作郑笺"之叹,作者独能穷搜博览,抉幽发隐,见人之所不能见,言人之所不能言,钩稽出这样一宗大秘密,实为难得。病夫又戏称我为"学术界的福尔摩斯"。病夫先生这番溢美的话,我是万万不克当的,只好说是他老人家对我过分谬爱罢了(此言乃曾公贻书,惜播迁中失落,但真美善杂志尚有些微痕迹)。

一九六四年,我赴新加坡南洋大学讲学,又获当地名诗人潘受、李浪西两位为《玉溪诗谜》各题绝句十余首,非常赞成我说,他二人于我,可说病夫外第二知己。

近数年,曾见故李曰刚教授所著《中国文学流变史》,其中李商隐篇,除对《锦瑟》一诗见解异于我外,对义山恋史全部引述拙文，可说是我的第三知己。

民国廿年国立武汉大学《文哲季刊》六卷三号有朱偰的一篇论文，自谓读义山诗，觉得他有与唐宫嫔御恋爱事迹。至于那个嫔御，姓名为何，共有几个，怎样会同义山恋爱，其结果又如何，一概未提。我的书出版于民国十七年，朱氏论文则发表于民国廿年，比我迟了三年。当然不能说我剽袭他的说法，也不能说他剽袭我，因他实未读及我书，而且朱氏于义山曾有和女道士相恋事，一字未曾涉及，可见他的论证并不完全。

对我的主张持反对态度者，也不能说没有。记得二十年前，曾在《畅流》某期读过汤翼海君一篇《平质苏雪林玉溪诗谜》，这是正面提出的攻击，但他的论点先就错误，我也便没有理他。以后顾翊群（季高）的《李商隐评论》专书出版，该书中编第二章《李商隐之恋爱事迹》则专为推翻我说而写。我那时忙于《屈赋新探》的撰写、编纂，无暇及此问题，又因季高是我教诗老师顾震福（竹侯）先生的哲嗣，以前并不相识，他来台后，始开始晤面，待我颇厚，不好意思同他开笔仗，也就一笑置之。

这几年常见谈论义山《无题》《锦瑟》《药转》的文字，因未订阅那些发表地的报刊，偶尔在友人处看到一点，片鳞只爪，难窥全豹，也就未曾措意。

现在"国立"中大既出版《李商隐诗研究论文集》，见其定价颇高，知搜罗一定宏富。我既是撰写过《玉溪诗谜》的人，当然要弄册来看看了。这一册厚书里的文章，若干篇是讨论李义山的政治思想的，信仰问题的，怎样用韵与用典的，哪些诗是伤时与自伤的；或仅谈他某一类诗如咏史诗，或仅挑他一首诗如《落花》《夜雨寄北》的，都和我的《玉谜》无关，可以不论。本书也收摘自拙著《唐诗概论》里的"诗谜专家李商隐"篇，而汤翼海、李曰刚诸家的论文也都在。大多数论文所谈都是《锦瑟》和义山其他艳情诗，他们都不承认我的主张，另有他们自己的看法。

我那本《玉谜》出版多年，自己都已忘记了，现在忽见还有人注意、讨论，当然引起我的兴趣，想再来谈论李诗，便有此文之作。因文章头绪纷繁，又太冗长，分为第一部分、第二部分二篇，并各系细目。第一篇是对否认义山艳情诗本事者之答辩。在本书里的各家论文否认义山与女道士及宫嫔的罗曼史，也即是反对我的《玉谜》，不得不辩（辩者所以坚强我的论点并启发以下二篇）。中篇介绍诸笺注家及近代作家论文大旨，并加以我的评骘。第三篇论古今所以不解李诗的缘故。

一、对否认李诗本事者的答辩

义山艳情诗的对象甚简单，不过女道士与宫嫔的两类人物。

甲、女道士方面

义山所恋的女道士也只有由宫女出身的宋华阳一人，而在本书里却有人说我"玉谜"里的李义山专找"女冠""尼姑""宫嫔""贵妾"去恋爱，未免太无行了。我《玉谜》一书于今具在，其中曾说义山找过尼姑吗？（《中国文学发展史》，亦说"玉谜"所称义山恋爱对象为尼姑、宫嫔。）贵妾的话是前人不懂《锦瑟》诗谈的究竟是什么，遂妄猜是令狐楚家青衣的名字，又谓《锦瑟》为曲名，这个青衣善弹此曲。又谓义山庄事令狐楚，绝不渎及其婢妾，这锦瑟或是令狐绹的妾侍，这话我也从未说过。更有人说义山爱恋宋华阳兼及华阳的女弟子，都是和那些人一样，轻轻带上一笔而冤诬是我说的。使人读了，感觉我"玉谜"里的李义山，不仅"诡薄无行"，对女人的胃口也异于常人，好像是个滥情主义者，或是个性心理变态的人物。这些先生反对义山与女道士相恋，是有以下诸问题。

（一）真人

因义山有《赠宋华阳真人兼寄清都刘先生》，有人谓真人名号高贵，地位尊崇，宋华阳既称"真人"，岂有肯随便与人恋爱之理？不知唐代"真人"与"炼师"并称，地位相等。《唐六典》："道士有三事号：其一法师，其二威仪师，其三律师。其德高思精者，谓之炼师。"似乎炼师是属于最高一级。"真人"谓修真得道之人，《庄子·天下篇》："关尹老子，古之博大真人哉！"成玄英疏："谓关尹老子为古之大圣，穷微极渺，冥真合道，故谓之真人。"这种真人确也不易达到，但唐代诗人赠女冠诗都有"真人""炼师"名号（连鱼玄机都称炼师），措词均甚轻亵，像刘宾客："南岳真人张炼师。"全诗并不庄重，带着玩弄性质。唐人赠炼师之女道士诗，也都没有尊敬的成分。竟不知这些女道士真何在？炼什么？宋华阳乃宫女出身之女道士，身份自较一般平民级女道士为高贵，她那"真人"位号不知是她真的资历,还是别人对她礼貌的称呼。即使她真的混到一个"真人"位号,却也未见得如何庄严、尊重,闹点风流案件并不算什么大事。只须看当时入道的公主还浪漫成性,于宋华阳又何责焉。况且我在义山诗里发现宋华阳在道观中地位并不高。义山称她为"紫姑神",似乎是个观厕总监,她虽不必躬亲粪除之役,每日巡视时,也不免闻嗅些木樨香味。或以为宋乃宫女出身者,岂容司此贱役,则须知观中若尚有贵主,比她身份更高、更贵呢。

程午桥把"真人"二字看得太重,竟说义山"赠宋华阳真人"的那首诗,身为"真人"的宋华阳当属与"清都刘先生"一样德高望重的男道士,而与《月夜重寄宋华阳姊妹》的宋华阳为另一人,实为无理之至。

(二)三珠树

汤翼海君《平质苏雪林玉溪诗谜》,提出"三珠树"的问题。因"玉谜"曾说宋华阳有姊妹三人,华阳与义山恋爱,她的两姊妹则与永道士恋爱。后宋华阳怪义山言语不慎,与他失和,也归到永道士那一方面去了。是以义山《寄永道士》有"君今并倚三珠树,不记人间落叶时"的话。汤君引《山海经·海外南经》、郭璞《山海经图赞》、陶渊明《读山海经》各条，所记三珠树的形状，谓三珠树当是一株树，更引张九龄五古："孤鸿海上来，池潢不敢顾。侧见双翠鸟，巢在三珠树。"谓倘说三珠树乃三棵珠树，则双翠鸟又何能分身结巢耶？遂谓"苏氏用三珠树代表宋华阳姊妹，不唯释典失实，亦见其解释全诗之误"。我可以回答说，双翠鸟固不能分身结巢，但从三棵珠树中择一为营巢之地，也没有什么不可以。况且李诗"并倚"者，乃以一人而倚数树之谓，若仅一树，又安可用"并"字？这样个文法上的小问题，身为陈寅恪先生高足汤翼海君，竟未弄清楚，实堪奇诧！

正编固曾说科举时代，以三珠树代表前三名。据《唐书·艺文志》，王勃、王勔、王勮兄弟三人，同登进士第，时人艳称他们为"三珠树"。就说《山海经》上的三珠树，不过是一棵吧！唐人却把它当作三棵看待的。汤君总爱抬出他老师陈寅恪的大帽子来压人，这三珠树的问题，不知是他老师教的，还是他自己想出来的，连《唐书·艺文志》这类普通典籍都未看到，未免遗憾！从前令狐绹不知《庄子》书里一个典故，他门客温飞卿便道："事出《南华》，非僻书也，或冀相公燮理之暇，宜多览古。"我现在也套飞卿口气对汤君说："事出《唐书·艺文志》，非僻书也。窃意诸先生舞文弄墨之暇，宜多览古。"

（三）圣女祠所在地

汤君又相信冯浩《笺注》及张尔田的《会笺》，因《水经注》记秦冈山有圣女神，遂谓义山所称圣女祠在秦冈山。按秦冈山唐代系在凤州之境，今属陕西凤翔县，按《水经注》："武都秦冈山悬崖之侧，列壁之上，有神像状妇人之容，其形上赤下白，名之曰'圣女神'，福应愆违，方俗是祷。"武都就是汉中府，略阳县。秦冈山距离李义山自兴元归长安的道路四百里之遥。义山是不可能转这个大弯去拜谒的。况秦冈山仅有圣女神，并无圣女祠，不能乱扯。故我曾说圣女祠并无其地，不过宋华阳所住道观的代名词。

（四）此路向皇都

义山那首《圣女祠》五排，冯浩说义山护令狐楚遗榇归葬作，倒并没有错。开成二年（公元八三七）十一月间，令狐楚卒于兴元节度使任内。病重时，义山自京师驰往楚所，《祭文》所谓"愚调京下，公病梁山，飞崖绝梁，山行一千"者是。到兴元后，为楚草遗表，楚卒，与其家属护榇归葬。归葬何地呢？据《祭文》："故山峨峨，玉溪在中，送公而归，一世蒿蓬。"大概是葬于义山从前修道处的王屋山附近。（玉溪也即在山之不远处，他自号"玉溪"即由此而来。）王屋山大部分在河南西境，故义山认王屋为他家乡之山，称它为"故山"，或"旧山"。王屋山男女道观甚多，又为睿宗女玉真公主修道处，建筑自然宏阔壮丽。义山认识宋华阳，当在他修道王屋山的时候。义山于令狐楚葬事办毕，将回长安时，乘隙上王屋山女道观访旧相知，他们虽一度失和，后似取得宋华阳的谅解，欢好如初，所以此时敢来探望。但宋华阳已奉召他去，来招待他的是另一个女冠，故曰："消息期青雀，逢迎异紫姑。"出来的观总监并非他情人，只有等青鸟使带来她的消息吧。义山还有《圣女祠》七律两首，当是同时作。

汤君"平质"文又怪我"此路向皇都"未交待清楚。我前答复太简略，恐未足餍足其心，今补述。"杳霭逢仙迹"那首《圣女祠》五排；紧接着《自南山北归经分水岭》《行次西郊作一百韵》，还该有《商於新开路》五律一首，当是义山上王屋访旧不遇，返长安时在途中作。可惜《商於新开路》被笺注家移到别处去了。我们将这三首诗来分析一下：

（1）地理

《自南山北归经分水岭》那一首，南山即王屋，后文再论。分水岭我国地理上有好几处，此诗所指则为墦冢的。墦冢在梁州金牛岭东二十八里。《水经注》："墦冢以东，水皆东流，以西，水皆西流。"故俗以墦冢为分水岭。此时义山尚在河南境内。"商於新开路"，商於即战国时张仪以献商於六百里请楚绝齐交者，路甚崎岖。贞元七年（唐德宗贞元七年为公元七九一年），刺史李西华自蓝田至内乡开新道七百里，行旅便之。这仍在河南境内。《行次西郊作一百韵》有"我自梁还秦。南下大散关，北济渭之滨"，才自河南境入陕西境。

（2）年月

《行次西郊作一百韵》有"蛇年建丑月，我自梁还秦"的话。余狐楚薨于开成二年十一月，十二月即归葬毕事。开成二年，岁次丁巳，正值蛇年。

（3）事迹

《自南山北归》那首五律下半首："郑驿来虽及，燕台哭不闻。犹余遗意在，许刻镇南勋。"《汉书》：郑当时每值五日休沐，常于长安诸郊置驿马邀客游宴，夜以继日。燕昭王筑台招士，号招贤台，因昭王以千金置台上，故俗称黄金台。此二句乃指令狐楚礼贤爱士，他今已死，我虽哭而他已不闻。杜预为镇南将军平吴后，刻二石碑，记述其平吴之功，令狐楚遗命铭志但志宗门，书者无择高位，故义山为草《遗表》，又作《墓志》。

观此三诗，地理、岁月、事迹与当时情事无一不合，知义山自王屋访旧下来即向京师进发，其路线即是金牛岭的分水岭，"商於新开路"，"行次西郊"，故曰"此路向皇都"。

现在再把南山来论它一论。朱长孺谓南山乃终南山，误。我说南山即王屋山。义山上王屋访旧不遇后，即由王屋下山遵大路向长安进发。长安在王屋之西北，故曰"北归"。何以知南山即王屋呢？这要先说秦岭，秦岭有广狭二义，广义的留后文再谈，狭义的在河南济源县西五十里，名齐子岭，一曰秦山，又曰南山。我们都知道王屋山系在河南济源县，为济水所出处。这个齐子岭，当然是王屋了。再将范围缩小一点，即说就是宋华阳修道的圣女祠东玉阳山，也无不可。

（五）西溪南塘及义山留长安的年月

《玉谜》说"西溪""南塘"均指曲江支流或曲江的一部分，李诗"西溪""南塘"乃一水，即位置于曲江西南之湾汊。义山入离宫似乎常从西南之湾汊入，故名此水为"西溪"或"南塘"。其《昨夜》诗云："昨夜西池凉露满，桂花吹断月中香。""西池"即是"西溪"。《促漏》云："南塘渐暖蒲堪结，两两鸳鸯护水纹。"《无题》："斑骓只系垂柳岸，何处西南待好风。"《河内诗》第二首:"低楼小径城南道,犹自金鞍对芳草。"诸诗均言西南,不言东北,则西溪、南塘之事可见。

曲江未必真有"西溪""南塘",不过漕汊之水位置在西南,故义山名之以此。李集中尚有一首名《西溪》的五律及《夜出西溪》一首五律,那是义山宦蜀时作。这个西溪在四川潼川府西门外。像西溪这种小水,很多地方有,皆名不见经传。《玉溪》所说"西溪""南塘",汤翼海君概不承认。现在特再详述。

汤君又说义山留长安时日甚浅,实抽不出时间与女道士、宫嫔闹恋爱。则请汤君不必替古人担忧,义山在长安应进士试及博学鸿词试,总非在长安预备不可,岁月优游得很呢。

在本书里又有金达凯《论李义山诗》一篇,也说义山一生仆仆于郓州、华州、兖州、兴元、泾原、徐州、东川、江东,在长安的时日甚短,少有接触畿内的机会;同时和女道士、宫嫔调情的机会,也还不足。与汤翼海的说法相同。义山以前在王屋山的岁月不论,在长安再和女道士续旧情及与宫嫔相恋,均限于开成元年(公元八三六年)到四年(公元八三九年),其中尚有一年在泾原,本来未需长久时日。况金君所举那些地名,有在开成元年前者,大半则在开成四年后,这怎么可举以为证?

(六)谓女冠系指贵主

《李诗研究集》里有孙甄陶君一篇论文,共分五章,长数万言。第四章论唐代公主之骄奢淫逸,即出家修道的也有许多浪漫行为,遂谓义山《圣女祠》三首,皆指这类贵主。他说所谓"圣女"者,即"圣天子"或"圣人"之女,合并言之:"圣女祠"者,即圣天子之女之道观也。我在《玉谜》里也曾提及唐代宫廷中的贵夫人及贵主之不端,却未如孙君之详。至谓圣女祠即圣天子之女的道观,恐怕中国古人从来没有这种观念,圣女二字我恐怕是武都秦冈山圣女神之借用。

孙君的意思是不肯承认李义山有与女道士相恋的这桩事实,所以把他诗集中一些有关道观、女冠的诗,一概拨归当时虽号称修道而生活放荡的诸贵主的名下,以为义山这类诗是对贵主们的讽刺而非他本身亲历的经验。但我们读义山诗,女道士姓宋名华阳,是个真真实实存在的人物,请问这人是当时哪一位贵主?宋华阳有姊妹共三人,本同居道观修道,后皆奉召改调别处;华阳初与义山欢好,其二姊妹则爱永道士,后华阳与义山失和,一并归到永道士身边去,请问这又是当时哪位贵主的事迹?所以孙君想把李义山从这个圈子里提出来,叫他置身事外,做一个旁观者，是万不可能的。

乙、宫嫔方面

顾季高君既反对《玉谜》所说李义山与女道士的恋史，更反对他与宫嫔的恋史，他所举的理由有以下各点：
（一）谓浙东不可能有鸾凤等之人才

苏鹗的《杜阳杂编》记宝历（敬宗年号）二年，浙东国贡舞女二人，曰飞鸾、轻凤。《唐书·外国传》并无浙东国，《杂编》中好多国名也没有。我于正编固曾说这是苏鹗弄的狡狯，浙东国当是浙东，也即是浙东。浙江古称"浙水"，唐代将浙江分为东西两道，称"浙东""浙西"。浙东即会稽、丹阳等郡地。唐代人习惯写"浙"字为"浙"字，义山文集中就有好几处提到他幼时和他父亲李嗣住过六年的浙东。顾季高并未细读我的《玉谜》，竟说鸾凤二人应该来自外国，因唐之歌舞女，颇多来自西域，即今之新疆。后来又说就说她二人来自浙江的东部吧，而当时浙东文化水准低极，不会产生鸾凤这样歌舞人才。因为白居易很欣赏《霓裳羽衣》的歌舞，曾写信与当时做浙东观察使的元微之，询问有否能歌舞此曲的官伎？微之答书，谓

"七县十万户，无人知有《霓裳舞》"。季高遂谓鸾凤二人不可能出于浙东。考《霓裳羽衣》相传是唐明皇梦游月宫得来，杨贵妃遂演为歌舞，白氏《长恨歌》"渔阳鼙鼓动地来，惊破《霓裳羽衣曲》"即指此而言。这种宫廷歌舞，并未流传在外，浙东怎么能有？当然七县十万户，寻不出能表演这种歌舞的官伎了。

我意鸾凤姊妹虽出身民间，她们歌舞之技，必非从民间习得。必是当时浙省当局为谀奉皇帝，妙选民间貌美性慧的青年女子，严格训练歌舞。她二人或者不会《霓裳羽衣》曲，而歌舞则必至为精纯，技艺已成，而后贡献上去。就像越王勾践取苎萝村的浣纱女西施、郑旦，尚须教习数年，而后献吴。

（二）谓鸾凤何以不在遣散宫人之列

季高引《唐书·文宗本纪》："宝历二年，即位后，庚申日，出宫人三千，省教坊乐工、翰林技术冗员千三百七十人，纵五坊鹰犬，停纂雕镂金筐窗饰床榻。"按宝历乃敬宗年号，敬宗少年即位，性爱纷华，尤爱纂组雕镂之物。义山《富平少侯》一诗，曾隐讽他"彩树转灯珠错落，绣檀回枕玉雕锼"。敬宗对这种能制造纷华事物的工匠，只患其少，不嫌其多，岂肯遣散？文宗倒是位有名的勤俭之王，季高所引宝历二年遣散诸事，其实是文宗太和二年。宝历二年是公元八二六年,太和二年是公元八二八年,季高记错了。不过这或是一时笔误。

在李诗集中又有《和韩录事送宫人入道》一诗,《唐书·文宗本纪》:"开成二年六月,出宫人四百八十人,送两街寺观安置。"义山诗所记即此。

季高又说,卢氏姊妹纵不在前此出宫数千宫女之列,也不能与李义山佳期密约,来去自由。好像鸾凤是和普通宫女一样,可以随便遣出的。我觉得顾君这一条,是不成问题之问题。帝王后宫宫女数千,四百余人,只是个渺不波澜道的数目,照季高意思,皇帝遣散宫人,应该扫数遣出,不留一个,那么皇帝及其后妃叫谁服侍呢?鸾凤二人虽未晋妃位,在宫廷地位并不低,况轻凤尚为文宗生育过一个儿子,就是蒋王宗俭,怎能随便遣出?季高的话未免不思之甚。

(三)宫嫔赠瑟的问题

《玉谜》曾说宫嫔曾以瑟赠义山为纪念。季高考瑟有二种:大者八尺一寸,小者七尺八寸,均宽一尺八寸。这样长大的东西,义山何由抱出?正编里固曾说宫嫔所赠义山者,不过是种弦索乐器,说是筝可,说是琴亦可。义山为诗的韵律所限,不得不改变几种花样。不过说所赠为瑟,则较近事实。宫嫔赠瑟以后，义山曾以玉盘为回报。《景阳宫井双桐》一开始便是"秋港菱花干，玉盘明月蚀"，又"谁将玉盘与，不死翻相误！"一首诗里竟有两个玉盘。深悔自己不该赠宫嫔以玉盘，自己不死，却误了宫嫔性命，语意如此明白，如何可以否认？至《回中牡丹》"玉盘迸泪伤心数，锦瑟惊弦破梦频"两句，即指此而言。所以我主张李义山一首最出名的，足以代表他全部恋史的《锦瑟》诗，所咏就是他们爱情纪念品"锦瑟"和"玉盘"两件事物。本来浅显不过，后人纷纷乱解，反把他原意弄失了。

若说瑟之为物，太长太大，义山难以携出，则有血有肉，堂堂七尺躯的人，尚可自由出入禁地，又何在乎一瑟？

当时宫中人在长安城里的皇宫，固不能自由进出，而在曲江离宫，则以大讲开放政策之故，少年子弟私自出入的实繁有徒。宫嫔之私通外人者，若不买通宫监侍婢，岂能保其不泄露？义山有一首七绝题为《代应》，是代答卢家人的："本来银汉即红墙，隔得卢家白玉堂。谁与王昌报消息？定知三十六鸳鸯。"这三十六鸳鸯，就是鸾凤的役使人役。

我想宫嫔心腹的宫监侍婢，不会有三十六之多，十几个总该有的。这些人为宫嫔传书递简，掩护出入，自有一套办法。

义山入离宫必趁黑夜，又必改装为宫监等服饰，谁能辨别？宫嫔所赠瑟，或由他亲自抱持，或宫监代抱，若遇盘问，便伪称乐器损坏，带出外面修理，也很容易过关。

然则义山也能鼓瑟吗？他要求宫嫔赠此笨重乐器于意何居？义山未闻妙擅音律，所以要求赠瑟者，或因幽会时，宫嫔在窗上微拨瑟弦，下则轻摇身上玉佩以应（盖以当时梦游天宫者不少，黑夜中各人必须有约定的暗号，以便识别），所谓"凤女弹瑶瑟，龙孙撼玉珂"，即记此等事。尚有《夜半》一绝："三更三点万家眠，露欲为霜月堕烟。斗鼠上堂蝙蝠出，玉琴时动倚窗弦。"人要弹琴何必在这样的深夜？又何必倚窗弹一声二声？是则为他们幽会暗号无疑。这种景况极其美妙，情趣又极其隽永，令人毕生难忘，所以请求宫嫔赠瑟吧？

宫嫔赠纪念品，义山尚有《海客》一绝以记。这首诗是依照宋之问《明河篇》而写的。之问艳羡张易之、张昌宗兄弟得宠于武则天，以为自己也生得一表人才，也想有此殊遇，作《明河篇》以见意。这是一首长歌，结四句云："明河可望不可亲，愿得乘槎一问津，更将织女支机石，还访成都买卜人。"武后闻之，谓之问有口过，故不愿召幸。口过者是说之问有口臭病。之问终身愧恨。义山《海客》诗云："海客乘槎上紫氛，星娥罢织一相闻。只应不惮牵牛妒，聊用支机石赠君。"牵牛乃织女之夫，指唐文宗。这可确定宫嫔曾赠义山以物的，当即是那具锦瑟。

（四）《碧瓦》《西溪》两首五古

我说是义山与宫嫔相逢后作。顾季高则谓"《碧瓦》虽不必如冯浩之言在令狐家所作，但必为宴会时所写光景，观其有歌有舞，有弹有唱，情况非常热闹，义山与宫嫔私会，岂能从容至此？"则不知诗中所写歌舞宴饮等等，无非形容所爱宫嫔之才艺，与义山私会时无关。《拟意》长律有弹有唱，并不热闹。《碧瓦》诗中有"无双汉殿鬓，第一楚宫腰"两句，上句系用汉武帝在其姊平阳公主家幸卫子夫，子夫发解，帝爱其发美，召之入宫的故事。义山所爱宫嫔发亦美。《细雨》："楚女当时意，萧萧发彩凉"可证。下句系用"楚王爱细腰，宫中多饿死"的故事，宫嫔腰细，屡见李诗，这等帝王家的典故，寻常人家是否可用？又此诗有"海沫近槎飘"一句，《西溪篇》"人间从到海，天上莫为河"同用张骞穷河源上天、在银河晤见织女事，解释已见前。凡平民能入皇宫者多用这个典故。又《碧瓦》开始二句"碧瓦衔珠树，红轮结绮寮"，乃是帝王家的建筑，皇帝正殿用黄瓦，妃嫔所居只好用绿瓦。"柳暗""荷敧"两句正是曲江离宫的景物，如此，又怎能说《碧瓦》《西溪》非为宫嫔而作？

（五）宫嫔姓卢的证据

顾季高还有些别的反对我的话，不具引。这几点算是重要的。现在我单把义山所恋宫嫔姓卢一事，提出讨论一下，这是答复汤翼海那篇《平质》的。按汤翼海《平质》一文有云：《玉溪诗谜》七十页有云："还有《马嵬》：'如何四纪为天子，不及卢家有莫愁。'《对雪》：'又入卢家妒玉堂。'《谑柳》：'玳梁虽道好，偏拟映卢家。'但看义山用卢家故事，形容他和宫嫔恋爱如此之多，则谓飞鸾、轻凤姊妹非姓卢不可了。"

汤翼海又抬出其师陈寅恪先生之说，谓义山此诗有"他生未卜此生休"句，系受《长恨歌》"忽闻海上有仙山"的暗示，可谓为《长恨歌》的缩本。"苏氏断章取义，牵引为飞鸾、轻凤姊妹姓卢之佐证，似非学者所应为也！"

义山《马嵬》无非说如何明皇做了四十年的皇帝，还保不住爱妃杨玉环的性命，莫愁就是梁武帝《河之水》的女主角。这个莫愁虽为平民，而生活富贵，比惨死马嵬的杨贵妃胜过多多。寅恪先生也无非说义山这首《马嵬》，可算是《长恨歌》缩本，并未说我引错。我引《对雪》《谑柳》几个姓卢的故事，汤君一概不提，未知何故？是读书太粗心？还是故意以此欺瞒读者？因为他知读者未必读我的书。

现在我再回笔锋，把鸾凤二嫔姓卢的事，详细谈它一谈。

（1）以莫愁影射鸾凤姊妹

义山《富平少侯》是讽刺唐敬宗的。敬宗十六岁即位，故以富平少侯相比。此诗最后两句："当关不报侵晨客，新得佳人字莫愁。"苏鹗《杜阳杂编》载宝历二年，浙东国进贡二舞女曰飞鸾、轻凤，帝琢玉芙蓉为歌舞台，每歌舞罢，令内人藏之金屋宝帐，宫中谓曰："宝帐香重重，一双红芙蓉。"义山诗即记此事。

敬宗宝历二年，义山年仅十三岁，冯浩遂谓这首诗是他十三岁时作。义山固早慧，稚龄即能诗文，不过说他十三岁时即作此诗，则亦未必。当是他立意制造诗谜时候补作的。以鸾凤姊妹为莫愁，是点明二人姓卢之始。义山尚有《追代卢家人嘲堂内》，又《代应》一首，即"谁与王昌报消息"那首七绝，公然透露"卢"字。

以后关于"莫愁"这两字，李诗亦常见。《越燕》二首："卢家文杏好，试近莫愁飞。"《无题二首》之一："重帏深下莫愁堂，卧后清宵细细长。"《莫愁》："若是石城无艇子，莫愁还是有愁时。"《灯》："客自胜潘岳，侬今定莫愁。"

（2）以莫愁居处代表鸾凤有"郁金堂""白玉堂""石城""白门"等处

"郁金堂"。《药转》："郁金堂北画楼东，换骨神方上药通。"梁武帝《河之水》篇："卢家兰室桂为梁，中有郁金苏合香。"郁金香是一种香花，今荷兰盛产，为换取外汇之主要植物。苏合香，也是一种香树，属金缕梅科，可合香油。武帝仅言卢莫愁家种有这种香花草，并未说她家有什么郁金堂。但戴延之《西征记》云洛阳有郁金屋，就有变为堂之可能。唐初沈佺期《古意》："卢家少妇郁金堂，海燕双栖玳瑁梁。"郁金堂才正式属于卢莫愁家的了。以后唐人诗提及郁金堂者颇众，皆以属之卢莫愁。义山又有《楚宫》："王昌只在东墙住，未必金堂得免嫌。"金堂即郁金堂的简称。

"白玉堂"。这也是卢莫愁居所。汉乐府《相逢狭路间》有"君家何所有？黄金为君门，白玉为君堂"。这首乐府所形容的某家有三男三妇，不知哪一妇夹缠为卢莫愁，或考另有一首乐府，其中有黄金为门，白玉为堂的话，但女主角仅一人，后人遂夹缠此人为卢莫愁。此乐府今失传，而唐则常用。义山《对雪诗》："又入卢家妒玉堂。"《春日》："欲入卢家白玉堂。"《代应》："隔得卢家白玉堂。"《细雨》："帷飘白玉堂，簟卷碧牙床。"李诗集中还有两个"白玉堂"字样，其一是《张恶子庙》，其一是咏白菊，均与宫嫔恋史无关，故不录。

"石城"。义山《石城》诗："石城夸窈窕，花县更风流。"以下皆描述宫中嫔御事，知其为鸾凤二人作。石城何以与莫愁发生关系呢？原来是这样的。《旧唐书·乐志》："《石城乐》，宋臧质所作也。石城在竟陵，《莫愁乐》者出于《石城乐》。石城有女子名莫愁，善歌谣，因有此歌。"又《乐府诗集》云："此为《清商西曲歌》也。《莫愁乐》曰：'莫愁在何处？莫愁石城西。艇子打两桨，催送莫愁来。'"洪迈《容斋随笔》为之考证说："莫愁石城人，卢家莫愁洛阳人，近世误以金陵（即江宁、今南京）石头城为石城。"

这可见莫愁是有两个人，其一是梁武帝《河之水》所歌女主角，乃洛阳女儿；其一则出于臧质《石城乐》的《莫愁乐》的女子。竟陵楚地，《史记·春申君传》："秦时白起拔鄢郢，东至竟陵。"故城在今湖北天门县西北，旧名石城。义山《燕台》:"石城景物类黄泉,夜半行郎空柘弹。"

两个莫愁混而为一,石城又误为江宁石头城,正如洪迈所说了。

"白门"。就是江宁石头城。又名白门。《宋书》:"建康(即江宁)宣阳门,谓之白门。"义山《春雨诗》:"怅卧新春白袷衣,白门寥落意多违。"他又有《景阳宫井双桐》,亦有"徒经白门伴,不见丹山客"两句。"伴"字当是"畔"之误。"丹山客"指轻凤。两句蕴藏"卢轻凤"三字。黄季刚以为李诗屡提及的"白门",是指终南山支峰的"白阁",近瞰长安,是长安帝里的代名词(《李义山诗偶评》),是他不悟石城、石头城转辗变迁的缘故。

两个莫愁混合为一,又由竟陵的石城,夹缠到江宁的石头城。又由江宁的石头城转到江宁城门的白门,这一夹缠,真也夹缠得有趣之极。可是古人就是这样夹缠的,并不始于义山。我们见李诗中的"石城""白门"字样,便知他所咏为卢莫愁,而卢莫愁也就是所爱宫嫔的代名就可以了。

(3)与莫愁有关的人物与卢莫愁有关系,当然与卢氏姊妹有关系

"阿侯"。梁武《河之水》言莫愁"十六生儿字阿侯"。义山既以莫愁影射所爱宫嫔鸾凤二人,当然要把她们的儿子唤做阿侯了。不过她们仅有一个儿子,是唐文宗次子蒋王宗俭,是轻凤生的。义山《无题》:"近知名阿侯,住处小江流。"又《拟意》:"怅望逢张女,迟回送阿侯。"纪昀于《无题》中的那个阿侯,曾说义山《无题》诗对象非一,内容亦异,有"戏为艳体者,近知名阿侯"是也。我觉得纪公此语,真令人莫名其妙。艳情的对象必为女性,本歌"腰细""眉长",属女性,而阿侯则属男性。女性不能用男名。"近知"二字也费解,人的名字是自幼唤定的,何能有"近知"之说?故我曾说"名"字乃"召"之误。

"王昌"。义山诗只有两处提到王昌,就是前面提到过的"谁与王昌报消息,定知三十六鸳鸯"及"王昌只在墙东住,未必金堂得免嫌"。梁武帝《河之水》称莫愁"人生富贵何所望,恨不早嫁东家王",这个东家王是卢莫愁所私慕的男子,她嫁了卢家后,虽生活富贵,没有早嫁她所爱的人,心里上究竟不能满足。后人考证东家王就是王昌。崔颢:"十五嫁王昌。"上官仪:"东家犹是忆王昌。"唐人多喜作此说。义山既以宫嫔为卢莫愁,当然以王昌自命。

"三十六鸳鸯"。见上引义山诗。梁武《河之水》篇并未说卢莫愁家有什么三十六鸳鸯。惟古乐府《相逢狭路间》有"入门时左顾,但见双鸳鸯。鸳鸯七十二,罗列自成行"四句。又古乐府《鸡鸣篇》也有"舍后有方池,池中双鸳鸯,鸳鸯七十二,罗列自成行"。乐府乃民间文学,多自相蹈袭。为什么七十二变为三十六呢?则以鸳鸯乃是偶鸟,雌雄总不分开,一对等于一鸟。七十二只鸳鸯就是三十六对,也就是三十六只。故古人常以三十六言之。前面说过,《相逢狭路间》这篇乐府既混缠到卢莫愁身上,这三十六鸳鸯也就变成她的了。义山诗则使之变为莫愁的使令人役。

义山诗虽多用卢莫愁的典故,而他诗中所叙那个女性,和洛阳女儿卢莫愁绝无关系,和《石城乐》那个善歌谣自撑艇子的小家女莫愁,更毫无干涉。不过借以影射宫嫔之姓为卢而已。冯浩笺注李诗久,也已看出义山所恋女子当姓卢,并有双美,不过他未能把上述许多卢莫愁的资料连接贯通起来,更不敢推测此卢姓两女是宫嫔,因事关宫禁,关系重大,他即使知道,也不敢说明白。这个原因,下文再叙。

义山运用无数典故,叙述他与女道士宫嫔的恋史。女道士方面有女道士的典故，宫嫔方面有宫廷典故。我在《玉谜附录》里曾列一表格，两相对照，一目了然。无奈读者都不理会，并把女道士与宫嫔的典故，混合起来，遂使事迹湮没而不彰。这是我的错？还是读者错？汤翼海说我"断章取义，牵引飞鸾轻凤二人姓卢，非学者所应为"。难道他抹煞证据，强说一些反对我的理由，又是学者所应为吗？

在本书里，徐复观有篇《答周策纵》的文章，说："某君的书，我也读过，完全是谎言。"即指我的《玉谜》。这样个大谎言，我凭空造得出吗？若徐老先生今日还在人世，这个大谎言请他来造，我想他也未必造得出吧。

本书里又有刘若愚一篇提到我处颇多，说："苏女士对义山恋爱生活，大半是由字里行间揣测出来的，而并无客观的证据。这已由顾翊群先生反驳，无庸多讲。且义山即使真有与女冠及宫嫔恋爱之事，也无从证明哪首诗一定指的是谁。"我的《玉谜》固多以义山自己诗为根据，搜集当时史料也不少。前者为"自证"，后者为"旁证"。我以为研究一个人作品，自证比旁证更重要，因旁证每杂以作者的主观，反可扰乱事实的真相。千余年来研究李诗者其多不可指屈，又有谁能有正确的解释，即可证实我言。刘君嫌我无客观的证据，何不自己去找一些呢？《玉谜》

固曾说义山哪些诗为女冠作,哪些诗为宫嫔作,说得清清楚楚,明明白白,刘君却说"无从证明哪首诗一定指的是谁"。是他自己不解义山所用典故,没将李诗读懂,不能怪我。

二、古今对李义山艳情诗的推测

李氏恋爱对象既为身份特殊之女冠与宫嫔,自然不便明言,惟有制作一种诗谜,让人自去猜测,其《无题》诗及有题等于无题之诗,晦涩隐僻,难于理解,就由于这个缘故。不过他的这些恋爱诗都用唯美文体写成,实在写得太美了,真如"有如百宝流苏,千丝铁网""包蕴密致,精深华丽""设色繁艳,结体森密""精丽瑰妍""细致曲折""掩抑迂回""幽深窈渺",凡此皆以前诗评家所加于义山诗作之语,要之重点皆集中于《无题》诸作。我觉得杨亿一段话较佳。《皇宋事实类苑》记杨文公至道中(宋太宗时):"尝得玉溪生百余篇,意甚爱之,而未得其诗之深趣。咸平、景德(真宗年号)间,因演纶之暇,遍寻前代名公诗集,观其富于才调,兼极雅丽;包蕴密致,演绎平畅;味有穷而炙愈出，钻弥坚而酌不竭；曲尽万变之态，精索难言之要。使学者少窥其一斑，略得其余光，若涤肠而换骨矣"。杨亿知道义山诗有"难言"之一端，也许他已猜测到义山恋爱诗的内容，可是他究竟没法完全猜透，只能极意模仿他诗的形式，西昆一派遂成"挦撦"的口实，这并非他能力不够，实是时代关系。

人类都有好奇心，对象愈为深奥，愈要钻研，愈难索解，愈想探究出其意义。这也是人之常情，不足为异的。义山虽号为"獭祭"诗人，博览群籍，善用典故，他别的诗要解释也并不难，只有他的恋爱诗，因有本事，这个本事就是李义山曾和女冠及宫嫔恋爱的纪事诗。你若不知道他的本事，你就没法子知道他说的究竟是些什么了。他在唐代诗名虽著，唐代诗评这一类文字尚未成立，到了宋代始逐渐兴盛起来。宋代诗评家谈及义山诗者有十余家，如刘贡父、许彦周、吕居仁、范元寅、葛常之、叶少蕴等，也不过说义山善学杜甫；或举其一二首咏史诗与写景诗而加以叹赏，对于《锦瑟》及诸《无题》诗，则无法理解而加以"隐僻""晦涩"的批评。元遗山遂有"诗家总爱西昆好，独恨无人作郑笺"之叹。明胡孝辕又谓义山及王建《宫词》自有当时宫禁故实为之根据，若不知道，便无办法，所以李贺与王建诗有注与无注同，而商隐一集，迄无一人能下手。其实李贺诗故作诡谲，并无内容，王建《宫词》不知唐宫故实，也能理解。李义山的《锦瑟》及《无题》诸作，与他二人完全不同，胡孝辕的话说得一点也不对。所以前人有其诗"绮密瑰妍，要非适用"及"家数微密闲艳，学者不察，失于细碎"的话，而朱长孺的朋友问光说："生平不喜义山诗"，洪实范至愤然说："诗到李义山，为文章家之一厄！"

人的好奇心是不容易死的，且因反激而愈趋坚强。明代以来笺注义山诗者日增日盛。据朱长孺（鹤龄）说，明以前笺李诗者逸无一存。《西清诗话》谓刘克庄尝注义山诗；《延州笔记》又说张文亮亦有李诗注，皆不传。徐湛园（武源）有未刊笺本，朱氏声言他已加采掇。冯浩谓海盐陈灵茂（许廷）有笺本，久不传。闽中宁化李元仲（世熊），亦有笺本，未及访其存否。海宁许蒿卢（昂霄），曾注其半部，亦无可觅。明末虞山有个和尚石门，又号道源，好读儒书，尝类纂子、史、百家，为《小碎集》，又以余力注李义山诗三卷，可说是一本专著。朱长孺的《李义山诗集》多采其说，间驳其非。于是虞山人谓长孺掠人之美，且故意痛抑其人，甚失厚道。朱竹垞（彝尊）则为之辩，谓："长孺固长者，未必有心效齐邱子。"（见朱氏《静志居诗话》。）（按长孺虽多取道源的话，还都将他的名号写出，只算取资，不为掠美。况道源笺注，多藉以传，尚是一桩功德。清程午桥（梦星）取长孺书加以增删，费十年之力，成《李义山诗笺注》一帙，惟所笺多牵强附会，反不如朱书。清乾隆间冯浩（孟亭）费一生工力，写成《玉溪生诗笺注》，书出诸本皆废，成就最为辉煌。张孟劬（尔田）《玉溪生年谱会笺》出于民初，也是本巨著。此外则陆圃玉（崑曾）有《义山七律专解》刊本，屈晦翁（复）、姚平山培谦、钱龙惕、陈帆、潘畔等只词片语不成系统者，冯浩都已收入他的书中。

至于评本则有何义门（焯）、纪晓岚（昀）、朱竹垞诸家，朱长孺采入其所注《李义山诗集》。冯己苍（舒）、定远（班）、田箕山（兰芳）、钱木庵（良择）、杨致轩（守智）、袁文虎（彪）诸家，当时好像有专书，被冯浩采入其书后，便散佚了。

观明清两代学者对义山诗，兴趣这么浓厚，著述这样繁多，虽李太白、杜子美、苏东坡、陆放翁等也有所不及。何以致此，还不是为了义山那些艳倚诗谜，魅力太大吗？

但是，笺注家和评骘家虽然这样的多如过江之鲫，却始终探究不出义山诗真正意义，因为他们都不知道义山艳情诸诗的本事是什么，这一关打不通，说上几车子的话都是白费，于是大家都转到一条岔路上去了，这条岔路叫作象征主义。

象征主义虽产生于西洋十九世纪，其实很早就有，像《旧约圣经》把所罗门许多恋爱小诗，一概解释为对上帝的爱慕。我们中国的"毛诗""郑笺"把匹夫匹妇的谈情说爱，解释为后妃之德，圣王之化，也如出一辙。至东汉王逸注解屈原的《离骚》《九歌》，总在屈原与楚怀王君臣遇合的关系上着想，这叫作"言在此而意在彼"，又叫作"托夫妇以言君臣"。汉魏以来许多民间乐府，也都被抹上这种色彩，这种色彩固然能透露出琥珀色美丽的光辉，无奈并非民歌本意。到了唐代，却强藩之聘，而有"还君明珠"之咏，请人看文章合时与否，而有"画眉深浅"之歌，他们见李义山艳情诸诗之艰深奥僻，遂以为都是属于象征主义的文章，自唐代迄于近世，一千数百年，始终跳不出这个范围。

他们要谈义山的象征主义，从前只就义山的身世、性格、品行、际遇上着笔，近代学者则又援引西洋心理学及文学理论加以阐发。兹分述于下：

甲、关于义山之品行与际遇

（一）谓唐书之不可靠

义山名誉本来不好，按《旧唐书·文苑传·李商隐本传》，言其跨党背恩，被令狐绹"恶其无行"；又言他"无特操，恃才诡激，为当途者所薄。名宦不进，坎壈终身"。《新唐书·文艺传》则言他"诡薄无行""放利偷合"，所以义山被后人号为"浪子才人"。人们为义山雪谤，就是洗刷《唐书》本传加于义山的不良考语，恢复他真正的人格。

凡喜欢一个人的作品，对作者亦必喜爱、卫护，这是一定的心理。他们说义山的品行并不如《唐书》本传之所云云，其实是《唐书》不可靠。《唐书》为张昭远、贾纬、赵熙等所撰，由刘昫、赵莹监修，因黄巢、朱温之乱、五代之祸，史料残缺，晚唐诸传大都取材野史，而此项野史又大都出于牛李党人之手，是以持论颇为偏颇。《新唐书》为欧阳修、宋祁编修，内容也有不少讹误。吴缜有《新唐书纠谬》二十卷。即以李义山本传而论，冯浩便点出不合史实者八端，我们又安可因《唐书》新旧两传对李义山所加的考语，便怀疑义山的人格呢。

（二）谓牛李恩怨之牵连

据新旧《唐书》两篇本传，均言义山仕途之失意是由牛李党争的关系，他做了这个党争的牺牲者，而实际上又是他咎由自取。他少年时代受知牛党令狐楚，辟为巡官，使与诸子游，授以四六章奏之学；其后又资以衣装，随计上都，受恩十年之久。而义山竟入了李党泾原王茂元幕，并且做了茂元的女婿，令狐楚的儿子绹说他背家恩，很瞧他不起。后来他一会儿回到牛党来，一会儿又跟着李党去，所以都说他"放利偷合""无特操""诡薄无行"了。而他的学问才华虽然卓荦不凡，始终官不挂朝籍，坎壈终身了。

其实，义山仕途之蹇涩，是另有原因，与牛李党争的关系不能说没有，却并不大。我在正编里已谈过。今据岑仲勉说牛李党本是张冠李戴的笑话，原来牛僧孺与李宗闵结为羽党，把持朝政，排斥异己，权倾天下，世称"牛李"。至于李义山所依附的李是李德裕，他是不结党的。据唐人范摅的《云溪友议》，裴廷裕的《东观奏议》，宋孙甫的《唐史论断》等书皆称德裕无党。他做了宰相以后，还提拔好几个牛党的人。为他姓李，人家就误以他与牛党对称为"牛李"。牛李党事既属误传，义山为牛李牵累也就失其坚强的证据了。又王茂元与李德裕也并无特殊关系。他在开成前已领方镇,并非德裕所除,说义山做了他的女婿,从此便为牛党所薄,极力排斥他,使他"官不挂朝籍",也是流传之误。(皆见岑仲勉《隋唐史考证》)

后人不提李义山则已,一提便及牛李恩怨,以后可以不再提这话吧!

至于义山与令狐绹的交情,也并未因结婚王家而变得如何坏,义山婚后与绹仍屡有诗酬答,请读《正编》第十二章。

(三)谓义山艳情诗系用以表忠愤

释道源既笺注李诗三卷,又言曰:"诗人论少陵忠君爱国,一饭不忘,而薄义山为浪子,以其绮靡华艳,极《玉台》《金缕》之体而已。第少陵之志直,其词危,义山当南北水火,中外箝结,不得不纡曲其指,诞谩其词,此风人小雅之遗。推原其义,可以鼓吹少陵。"(朱竹垞《静志居诗话》引)朱长孺《李义山诗集》一篇序文,亦沿其说,他说:"或曰:义山之诗,半及闺闼,读者与《玉台》《香奁》例称,荆公以为善学老杜,何居?予曰:男女之情,通于君臣朋友,《国风》之蝤首蛾眉、云发瓠齿,其辞甚亵,圣人顾有取焉;《离骚》托芳草以怨王孙,借美人以喻君子，遂为汉魏六朝乐府之祖；古人之不得志于君臣朋友者，往往寄遥情于婉娈，结深怨于謇修，以序其忠愤无聊，缠绵宕往之致。唐至太和以后，阉人暴横，党祸蔓延。义山厄塞当涂，沉沦记室，其身危，则显言不可而曲言之。其思苦，则庄语不可而谩语之，计莫若瑶台璚宇，歌筵舞榭之间，言之可无罪而闻之足以劝，其《梓州吟》云：楚雨含情俱有托。早已自下笺解矣。我故曰：义山之诗，乃风人之绪音，屈宋之遗响，盖得子美之深，而变出之也。"又说义山诗指事怀忠，郁纡激切，直可与曲江老人相视而笑。

顾季高《李商隐评传》也说："义山艳体诸诗，不能尽解，然托芳草以怨王孙，借美人以喻君子，自屈宋建安以来，往往如斯。义山厄塞当涂，沉沦记室，其身危则显言不可而曲言之，其词苦则庄语不可而谩语之……故其诗似难认为其浪漫史之回溯。"在这本《李诗研究集》里作此论调者大有其人，我也不必再一一来举例了。

事实上，李义山的品格并不须诸公为之辩护，说他足以"鼓吹少陵"，说他"可与曲江老人，相视而笑"，固过分抬举了他，说他的诗"无片言经国，无纤意奖善"，如李涪释怪之所云者，也非事实。他倒是一个热情而富于正义感的人。这只须朱长孺所引几句话便可看出。朱氏云：吾观其活狱弘农，则忤廉察（开成四年己未，义山释褐为秘书省校书郎，调补弘农尉，以活狱忤观察使孙简。将罢去，会姚合代，简谕使还官。笔者注，下同）。题诗九日，则忤政府（义山诗集仅有《九日》一首，即"郎君官贵行施马，东阁何由得再窥"者，朱氏谓忤政府者，言令狐绹当国，代表政府），于刘蕡之斥，则抱痛巫咸（《唐书》本传言刘蕡耿介嫉恶，慨然有澄清之志。太和二年，策试贤良方正，能直言极谏，切论黄门太横，将危宗社……宦者仇士良谓进士第座主杨嗣复云："国家科第，如何与此疯汉？"杨惶恐答他应考时原未疯，疯病是考后才发作的。令狐楚、牛僧孺皆欲表置刘蕡于幕府，授秘书郎。而宦者深疾之，诬以罪，贬柳州司户参军。卒。义山先有《赠刘司户蕡》；及闻其死，有《哭刘蕡》七律一首，有"上帝深宫闭九阍，巫咸不下问衔冤"之句。又有《哭刘司户》五律二首，第二首有"有美扶皇运，无谁荐直言。已为秦逐客，复作楚冤魂"诸句）。于乙卯之变，则衔冤晋石（指文宗太和九年乙卯十一月二十一日的甘露之变。李训、郑注等谋诛宦官，事不成皆死。宰相王涯、贾餗、舒元舆等十一家皆族诛，死者数千人。然王涯实未知训注之谋。宦者仇士良诬以谋反,乃属冤狱。见义山《有感二首》自注:"乙卯年有感,丙辰年诗成。"其诗有:"古有清君侧,今非乏老成。素心虽未易,此举太无名。谁瞑衔冤目,宁吞欲绝声……"等语)。太和东讨,怀积骸成莽之悲。(文宗太和二年,横海节度使李同捷不受朝命,河南北诸军讨之,久未成功。每有小胜,则虚张首虏以邀厚赏,朝廷竭力奉之,江淮为之虚耗。义山《隋师东》诗:"东征日调万黄金,几竭中原买斗心。军令未闻诛马谡,捷书惟是报孙歆;但须鸑鷟巢阿阁,岂假鸱鸮在泮林,可惜前朝玄菟郡,积骸成莽阵云深!")党项兴师,有穷兵祸胎之戒(武宗会昌五六年间,西羌项党攻陷邠宁盐州界城堡,发诸道兵讨之,连年无功。戍馈不已,至宣宗大中四年乃平定。义山《汉南即事》诗:"西师万众几时回,哀痛天书近已裁……几时拓土成王道,从古穷兵是祸胎……")。至于《汉宫》《瑶池》《华清》《马嵬》(皆李诗篇名,不注)诸作,无非讽方士为不经,警色荒之覆国,此其指事怀忠,郁纡激切,直可与曲江老人相视而笑!

唐时言论尚为自由,并没有像清代那些惨酷非常的文字狱,义山讥刺朝廷,讽论时事,尽可直白无隐,如朱氏之所举者,甚至如他《行次西郊一百韵》系记他自兴元归京，一路所见农村凋敝，民生疾苦情况。这些情况则由天宝大乱所引起。而天宝之乱，又由君相措施之失当。诗中严斥李林甫，讽刺唐明皇，许多话杜子美、白居易不敢直言者，他则大声疾呼，痛哭流涕而出之。则他又何必借艳情诗体来影射时事呢？

（四）谓义山悼宫嫔诸诗为悼杨贤妃

这些李诗笺注和评论家虽想将义山艳情诗，比附于各种时事，以见李诗"托夫妇以喻君臣"之说得以成立。无奈义山感愤时事，固有像朱长孺所举诸诗者，而他的艳情诗与时事相距之远，竟如南极之与北极，无论如何，是比附不上的。他们惟有在文宗崩后，杨贤妃及安陈二王被赐死事件上做点文章。他们说义山《无愁果有愁曲北齐歌》《景阳宫井双桐》《景阳井》《与同年李定言曲水闲话对作》及若干追悼宫嫔之诗，均为杨贤妃而作。不知这些诗是指的"清宫案"，与杨贤妃丝毫没有关系。据《唐书·庄恪太子传》，太子暴薨，文宗意追悔，一日宫廷宴乐，见一童伎缘长竿，童父在下忧急之状，谓自己虽富有四海，不能庇一子，遂取乐官刘楚材等数人，付京兆尹榜杀之，又禁中女倡张十十等十人毙永巷，皆平日逸毁太子者。不过文宗之为此举，不仅为儿子雪恨，其实是借此整肃宫闱，故我在正编里特名之为"清宫案"。

像那首《无愁果有愁曲》，说是咏北齐宫闱间事，完全不合史实；说是悼刘从谏，也毫不相干；说是咏杨贤妃之死，则以旧时代君主之威权，一纸敕命，便可了事（按武宗赐杨妃等三人死时，尚是太弟身份而旋即位，威权自与皇帝等），像曲中"麒麟踏云天马狞，牛山撼碎珊瑚声"，禁卫军行动的惊人声势；"十二玉楼无故钉"，就是封锁各宫门，禁止出入，以便检查；"推烟唾月抛千里"，就是检到违禁物品，严行审问来历，跟踪蹑迹于千里之外。杨妃之死有这种可怖的场面吗？"十番红桐一行死"，即指毙永巷的十个宫倡，话说得最明白没有，杨妃之死，有十名宫人相陪吗？

他们读了《景阳井》及"五胜埋香骨"，宫人有水死之事无疑。因想到甘露之变，宰相王涯等被杀，本暴尸，文宗听某大臣言，不忍，命收葬。仇士良便曾令人把他们尸骨发掘出来，弃之渭水。以为杨贤妃赐死后，也弃尸渭水。他们不知道贤妃死后，是葬在文宗章陵里的（当是陵之外围）（见《长安志》），将"贤"字改为"封"字。清代毕沅抚陕时，疑志文有误，欲将"封"改为"贤"。我在正编里便曾说杨妃或有"封""贤"两封号（封或是她的名字），但看义山诗屡以"蜂"来影射她，即可知道。

义山的《曲江》："天荒地变心虽折，若比伤春意未多！"人亦以为是悼杨妃，因此诗三四两句为"金舆不返倾城色，玉殿犹分下苑波"，系人死水中之谓。义山因杨妃生前常在文宗前谗毁鸾凤，对她甚为怀恨，屡次作诗讥嘲，并屡次揭其隐事，其后见她无罪被杀，对她始稍有同情。像"天荒地变"这种辛酸入骨、沉痛万分的悼诗，用之于鸾凤二人则可，用之于杨贤妃，除非义山与她也有情爱，否则就是疯人呓语！

（五）谓希望令狐绹的提携

古今人笺注李氏艳情诗者，不知道他诗中的"本事"而又要强作解释，自然要走到别的岔路上去。恰好《唐书》本传有义山入了王茂元幕，又做了王的女婿，令狐绹怪他背恩，尤恶其无行，绝不与通。后绹做了宰相，义山"屡启陈情"，又"穷自解"，绹皆"不省"的话，遂以李集中一些艳情诗附会这件事上了。据冯浩《玉溪生诗笺注发凡》十二条中之一："说诗最忌穿凿，然独不曰以意逆志乎？今以知人论世之法求之，言外隐衷，大堪领悟，似凿而非凿也。如《无题》诸诗，余深病前人动指令狐，初稿尽为翻驳。及审定行年，细探心曲，乃知屡启陈情之时，无非借艳情以寄慨。盖义山初心依恃，惟在彭阳，其后郎君，久持政柄，舍此旧好，更何求援，所谓'何处哀筝随急管'者，已揭其专一之苦衷矣。今一一诠解，反浮于前人之所指，固非敢稍为附会也。"冯氏又于"闻道阊门绿萼华"一诗后论云"自来题《无题》诗者，或谓其皆属寓言，或谓其赋本事，各有偏见，互持莫决。余细读全诗，乃知有寄托者多，直作艳情者少，夹杂不分，令人迷乱耳。"

据冯浩"余深病前人动指令狐"，可见在冯浩以前的那些林林总总的笺注家、评论家，说的都是同样的话。我初以散佚未能读及为恨，现想没有读及也罢。冯浩的李诗笺注更把义山关于女冠与宫嫔的诗一炉同冶，有时想入非非，直要叫人笑死。譬如《圣女祠》那首五排最后几句："寡鹄迷苍壑，羁凰怨翠梧，惟应碧桃下，方朔是狂夫"。这是所爱女冠虽已他去，但宫中尚有宫嫔，需要我这个善于偷桃的东方朔去安慰她们。"寡鹄""羁凰"指曾侍敬宗的鸾凤两宫嫔。敬宗崩后，两人即成寡妇。"苍壑""翠梧"二句中很巧妙地镶嵌"苍梧"这个舜崩处的地名。舜崩于苍梧之野，娥皇、女英未能从。言姊妹之寡妃，舍此尚有何典可用？冯浩乃谓义山自指。义山师事令狐楚，况自己又是个男人，以此自比，自居为楚之何等人？又居楚于何地？又以《汉武内传》西王母称东方朔为"窥牖小儿",冯氏又说此处东方朔乃王母所呼"小儿"者,乃以"小儿"影射"子"字,言令狐楚已死,我今惟有恃仗其"子"绹了。你想这类解释,岂不令人喷饭!

其他《无题》诸作,冯浩皆解为希望令狐绹提拔的话,幸而冯氏只认定"无题"二字,而义山集中《无题》诗仅有十七首,所占全诗百分比甚小,所以冯浩的乱注,影响尚不甚大。而张尔田会笺竟句句令狐,首首都是望人提挈的诗,玉溪所遭魔障,加重了十倍!

近代缪钺之解李诗,更变本加厉,如义山《谒山》:"欲向麻姑买沧海,一杯春露冷如冰。"义山本言女冠宋华阳与他失和后,对他态度之冷淡,缪氏乃以为令狐绹对他的态度。《玉山》:"闻道神仙有才子,赤箫吹罢好相携。"乃盼望绹的奥援,才子即指绹。《一片》:"人间沧海朝朝变,莫遣佳期更后期。"则又谓世事变迁,旦夕不同,总望你赶快拉我一把。义山自惭心迹不明,又有如《昨夜》之一绝:"不辞鹈鴂妒年芳,但惜流尘暗烛房。昨夜西池凉露满,桂花吹断月中香。"还有若干首,暂不引。这类话冯浩和若干笺注家也说过,缪钺不过沿袭旧说。缪钺竟谓:"李义山之于令狐绹,有如屈原之于楚怀王,两者情

事虽殊，所感则似。故义山诗之婉约沉绵，往复幽怨，亦极近于离骚。"（见本书缪氏文）

关于《锦瑟》诗的笺注，这本李诗研究集竟有一大宗，多数仍旧解主为悼亡，也有人说乞怜令狐绹的话。于"沧海月明珠有泪，蓝田日暖玉生烟"两句，乃指"卫公（李德裕）毅魄，已与珠海同枯；令狐（绹）相业，正如玉田不冷"，显得义山去牛附李，图致仕进，见李无可依，又来附牛，真是个"无特操""放利偷合"的小人。令狐绹瞧他不起，却也无怪！甚至有人说玉指令狐绹，玉生烟则指绹的儿子滈，巴结其父兼及其子，如此，则令狐绹哪有不欢喜之理？即使令狐绹对义山一时未加理会，他的儿子滈已在政府任职，也必会帮他忙的。顾季高固曾谓令狐绹与其子滈有如严东楼父子，李义山献谀严嵩，还要献谀世蕃，他当然鼻子上要抹上一塌白粉，成为赵文华一类小丑嘴脸。不知作者与义山何仇，竟这样败坏他！

又义山于开成四年冬回到京师，适值"清宫案"急，爱莫能助，那首"春蚕到死丝方尽，蜡炬成灰泪始干"心颤魂飞，肠回气荡的绝妙哀情诗，也被近代人解为向令狐绹自明心迹，哀求援手的话。李义山为了想做官，这样向当局摇尾乞怜，已是丑态百出；又不惜屡以妾妇自居，说出这种肉麻得令人欲呕的话求媚夫主。蚕丝尽，蜡灰干，哀求人直到声嘶力竭的地步，与那类吮痈舐痔之流，更无分别，其心思之龌龊，人格之卑鄙，可谓达于极点！缪钺乃谓义山对令狐绹，缠绵忠爱之情，有如屈原之于楚怀王，想三闾冤魂，闻此言将痛哭于汨罗江底！

无怪岑仲勉怪那些笺注家附会太过，深为义山不平，说道："笺诗之流，尝自诩得玉溪三昧。详其实，则毁骂之、谩骂之而已。依其所言乃为一患得患失辈，念念不忘子直（绹），无丝毫自树力量，一不得当，则烦冤莫诉，如醉如迷；偶假词色，则又将喜将惧，急自剖白，直如小孩哭笑，刻画得不成样子。商隐何取乎后世之'郑笺'？艳情绮语，唐世不嫌，毋宁采朱熹'此亦淫奔'之例例之，尚近乎人情矣。"（《玉溪生年谱平质》）就在这本书里也有人说道："……如谓求援令狐绹事，皆属事实，则义山是一个热衷名利、品格庸俗、斤斤于个人得失、宦竖型人物，与当日阉宦的脸谱并无分别。这样的人，自不会为令狐楚所赏识；王茂元亦不会以女妻之；白居易更不会作贱自己，竟想死后投胎为他儿子。这样的人，根本即不能做一个诗人，而且由于心灵的污浊，也根本写不出那些超凡脱俗的名句。所以穿凿臆测的方法，其不能达成解释义

山诗的任务,是显然的。"(金达凯《论李义山诗》)

乙、近人应用西洋心理学说及文艺理论解释义山艳情诗

李义山的艳情诗,笺注及评论者虽多,始终得不着圆满解决的方法。既沉闷了一千数百年,看来还要沉闷下去,大家总是于心不甘的。恰好十九世纪,西洋物质文明,大量涌进了我们这个古老的中国。接着他们的精神文明,也跟着涌了进来。于是那些曾接受过西洋教育者,或虽未出国留学,也能从译品里得到一些知识者,对于李义山最难理解的艳情诗,也有新的看法了。在本书里有几篇文章提到这种理论,资料虽不多,我们研究李义山诗的也不容不知道。现在且引几篇来看看。

(一)弗洛伊德的性心理学

奥地利心理学家弗洛伊德的学说,在现代学术史,已成为一大宗派,其人其事,尽人皆知,毋庸多说。顾季高(翊群)所撰《李商隐评传》,便把弗氏学说应用在李义山身上。其书下编,简略地介绍弗氏学术,次乃分析义山各方面的心理状态及他艳情诗之由来。

顾氏先介说弗氏学说,说弗氏初以"性欲"为人类心

理生理之中心，弟子等反对，初不为动，晚年乃稍稍修正。更有所谓"俄狄浦斯情结"（Oedipus Complex）者取之希腊神话弑父烝母之伊氏，谓儿童自就乳时代开始，即有昵爱异性，而排斥同性之倾向。男婴爱母而恶父，女婴爱父而恶母是。此一说亦建基于其"性欲"中心理论上。弗氏又谓人之心理与性格有如海中之冰山，可见部分，为露出海面之尖顶，大部分则深藏水平线之下，不易发现。是名"潜意识"（subconscious），凡人类原始的兽性及各种不良之欲望皆属之。潜意识之中心为"盲动力"。幼小时，潜意识发展不受限制，渐长，接受教育文化之薰陶，此种意识遂逐渐沉潜于意阈之下，成一文质彬彬之君子人，然此种潜意识仍会不时爆发。尤其群众行动时为然，此即群众心理不受理性约束之故。

弗氏谓人之思想行动之主宰，胥赖意识，是为"自我"（Ego）一曰"真我"。自我亦常准许盲动力得到有限度之满足，但对盲动力实则常加抑制，是曰"压抑"（Repression）。"压抑"每不许代表各种不良欲望自由活动。每设关设卡，加以监视。但在睡梦或幻想中，这种欲望还会涌现，甚至欺瞒监视，巧妙地化装出现。这种监视力量，弗氏名之曰"超级自我"（Super ego），即所谓"良心"或"良知"(Conscience)。

弗氏有所谓"良心不安说"(Guilt Complex),即指人放弃少时所养成之道德观念而作某种不良行为。必一生不安,时时自责。这在吾国即所谓"自咎感"。

以下顾氏引弗洛伊德群弟子,或反对,或补充其师之学说者,各成学派,有声于世。惟弗氏一人实可为"深度心理学"(Depth Psycohology)之创始人。

以下且看顾氏怎样把弗氏学说应用在李义山身上。

(1)李义山少年时代家境贫寒,负担极重,但尚不算什么重大打击。但他已有厌倦人生,抱出世之想,及入王屋山修道,饱读道家经典,所以能把西王母、杜兰香、董双成等仙女写入诗中。

(2)义山少年时代有失意、得意、得失参半,互相献替的时节,对他心理尚无重大影响。甘露之变,始使他精神上受极大刺激。而令狐绹对他之不肯援手,可算更是空前之打击。

(3)他若明言令狐绹之负义不孝,则为辜恩,而为"超级自我"所不许,但他的"潜意识"之涌现于意域,乃"自我"所有时准许者,所以有许多象征性的艳情诗写出来,并非真有偷桃窃药的行为。

（4）叔本华论悲剧有三种原因，李义山则三种皆备。如宦寺小人之加于他的困厄，命运的播弄及他和令狐绹之关系，所以义山为古今第一伤心人！

（5）列子尹氏大官与老仆梦中之苦乐易位，庄生梦蝶等，固属寓言，而亦为潜意识之显露。义山与柯古、飞卿不同而为莎翁名剧之哈姆雷特（Hamlet），希腊神话之俄狄浦斯，及下蚕室之太史公之悲剧相类。

（6）他甚愿令狐楚遗教之得发扬，而令狐绹则非能继承乃父遗志者，他又无力阻止，只好以美人香草、风花雪月之词，发泄心头之郁结而已。

（7）以义山之才之志，若得帝王信任，虽不能旋天转地，而肃清宦阉，消弭朋党……可使政治改观。不幸失败，则他亦可效柳宗元、谭嗣同等人之行为。

以上都是顾季高那本《李商隐评传》所说的一些话。我觉得他太爱李义山，这张"保证券"出手太轻易了。义山的品格固非如《唐书》本传之所言，前文已说过。甘露之变，他固然大受刺激，那是每个有常识、有天良的知识分子共有的情感，义山也曾作了几首诗悲悼王涯等及斥责阉寺，又何必更用艳情诗体来影射？这种艳情诗，季高能举出一首否？

又说他与令狐绹的关系，使他三种悲剧原理集于一身，成为古今第一伤心人，有如哈姆雷特，俄狄浦斯及下蚕室之太史公，真是拟于不伦。前人笺注义山诗"动指令狐"，季高在此书中所指十倍于前，究竟有何道理？又说义山得志可以澄清天下，失败亦不惜杀身以殉，这类话也都太高估了李义山。在本书里，季高有与劳干一封信，谈起弗洛伊德"自疚"问题。他说除少数圣贤及无心肝者外，皆有这种"自疚感"，即所谓"惭德"，政治家如曹孟德、梁武帝、王荆公、明太祖、张江陵如此；文学家如李白、韩昌黎、杜牧之、温飞卿乃至吴梅村、曹雪芹等亦如此。他说李义山也有这种惭德，好像义山所有艳情诗是由他的惭德而来。我就不知义山有何惭德，季高未曾说明，只好置之不论了。我看季高只没有把那德配天地、道冠古今的大成至圣先师拉下杏坛，来比这个"浪子才人"；其他历史英贤都已比尽。他对义山何以爱护到这地步？令人不解。这当与季高童年教育有关，下文再论。他这种心理，我看还要弗洛伊德来分析一番呢，不过季高家学渊博，诗文卓绝，久留国外，又深通西学，这本《李商隐评传》的确写得出色。反对李诗本事者，每借其书以坚论证，以张声威，这本洋洋九十万言的文章，说大半是季高投下的火种所引起的,也未尝不可呢。

(二)艾略特的视觉意象

也可说读唯美文学不必知其内容,梁任公早说过:"义山的《锦瑟》《碧城》与《圣女祠》等诗,讲的是什么事,我理会不着,析开一句一句叫我解释,我连文义也解不出来。但我觉得它美,读起来令我精神上得一种新鲜的愉快。须知美是多方面的;美是含有神秘性的。我们若还承认美的价值,对于此种文字,便不容轻轻抹煞。"(见《中国韵文内所表现的情感》)在本书里,姚一苇的《李商隐诗中的视觉意象》说:"艾略特(T.Eliot)于1929年发表《但丁论》一文,一开始就说:'就我个人鉴赏诗的经验来说,我认为在阅读一首诗之前,有关诗人及其作品的事,知道得越少越好,一句引用,一段评释,一篇热心的小论文,也许偶尔引起人开始阅读某一特定作家的动机,但是尽心竭力地准备历史和传记的知识,对我经常是一种障碍。'也就是说与其自诗的外部甚至一些不相干的东西以论诗,不如自诗的本身着手。他自此一基础来讨论但丁的诗,撮出但丁的想象力是视觉性的。但丁的企图是要我们看见他所看见的,是一种'清清楚楚的视觉意象'(Clear Visualimages)。"姚先生又说:"艾略特的这篇文章使我想到李商隐的诗:第一,自诗人的历史与传记来欣赏诗,固然可以给予吾人一条解释的线索，但有时则形成欣赏的阻碍。我读李商隐的诗，就有此感。当我年少时读李诗，虽然知识浅陋，只在似懂非懂之间，但却为它的凄艳悱恻的美所迷惑，没有去追求它的意义，而仿佛意义自来。其后年齿渐长，对于李商隐的身世了解日多，在冯浩、张尔田等人的影响下，令狐父子的阴魂已和他的诗结缠在一起，不仅以往的那种美感已不复存在，甚至对李商隐的那种患得患失的心情感到厌恶。如果一定要自一角度来读诗，诗给予吾人的将不是美，而是丑。第二，艾略特的一反传统的批评的观念，而自诗的本身着手，成为今日的'新批评'（New Criticism）或'形式批评'的蘽始。'新批评'派大将布鲁克斯（Cleanth Brooks）说得好：'在一部成功的作品中，形式与内容不可分。'又说：'形式即意义'（That form is meaning）（见其所撰 The Formalist Criticic 一文，原刊 *The Kenyon Review*，1951），系特别强调艺术品的形式的重要，我虽不是一个惟形式主义论者，但是我亦认为'艺术之成为艺术品，不能脱离它的形式，不能脱离它的表现方法。脱离了形式，脱离了它的表现方法，将不成其为艺术品，而一切论断，均将落空。'（见拙著《艺术的奥秘》自序）今就李商隐的诗而言，我们当然脱离它的形式，它的表现方法来讨论；事实上惟有那一形式或表现方法才形成他的独有的风格。第三，艾略特采用所谓'想象力的视觉性'或'视觉意象'来讨论但丁的诗时，认为'其目的只是使我们更明确地看见'，但他认为'诗的细部几乎没有使用隐喻的余地'的这些观念，当然不能用来分析李商隐的诗，但是专就此'想象力的视觉性'或'视觉意象'言，则在李商隐诗中是十分丰富的，而且有其独特的性质。

"下面我将自'视觉意象'来探讨李商隐的诗，但是在没有进一步讨论之前，必要对我此间所谓'视觉意象'先有所了解。所谓'意象'，我采取的是最普通的意义。故依照帕来恩（Lavrence Perrine）的解说：'意象一词或许最常指一种心灵的图画，自心灵的眼所常见的东西，视觉意象在诗中是常发生的一种意象。'（见其所著 *Sound and Sense* 的第 41 页）。我惟一需要补充说明者，即此种意象并非仅来自吾人的经验，亦来自吾人之知识，或者用葆尔丁（Kenneth Boulding）的语汇：'部分意象是意象自身之历史'（见其所著 *The Image* 1956 年版，第 6 页），亦即历史的累积上，在诗中尤其如此。诗固属可以唤起吾人经验的再现，如山光水色，鸟兽虫鱼等是也；而'月里嫦娥'的意象。则是得自知识或历史的累积（如文字或图画的报导或别人的口述)。"

以下姚先生以"视觉意象",来解释义山"锦瑟"等诗,从略。

但梁任公及姚一苇的说法,在本书里刘若愚便不以为然。他在所著《李商隐诗阐述》一文中有云:"还有些人以为义山是唯美主义者,读他的诗只需领略其美感,无需问内容,如梁启超以及现代一些中外学人都有这种想法,我却不以为然。一来是因诗文是写成的,而语文是有意义的。二则义山生于唐代,当时还没有为艺术而艺术的观念,以他为唯美主义者是不妥当的。"

(三)近代法德学者的形象思维说

清初何义门(焯)谓得睹宋刻本《李义山诗集》,以《锦瑟》一诗冠首,为义山所亲自编次。见《柳南随笔》卷三,《何义门读书记》。但何又说他得此说于友人程湘蘅,并非他自己所睹。

总之,李诗集以《锦瑟》冠首,颇可信。义山以此诗冠其诗集,必有甚深之用意,于是笺注家百端究讨,瓜蔓牵引,风影比附者,比李集任何诗为甚。但大部分则主张《悼亡》乃李义山追悼其妻王氏者。亦有人谓为"自伤",钱钟书遂有"形象思维"的说法。钱书为未刊本,邵德润旅香江时于某种文艺间书中见其有所援引。形象思维为十八世纪德法一派文艺理论家所鼓吹。所谓形象思维者,就是作者企图透过物体"形象"的描写,来结合自己内在的"情思";把自己的"情思"寄托在"形象"之中,再希望读者经由"形象"的描写的理解,唤起内心的"思维"作用,来与作者的"情思"引起共鸣。故钱氏诠释《锦瑟》诗云:自题其诗,开宗明义,略同编集之自序,拈《锦瑟》发兴,犹杜甫《西阁》第一首:"朱绂犹纱帽,新诗近玉琴。"锦瑟玉琴,殊堪连类。首二句言华年已逝,篇什犹留,毕世心力,平生欢戚,清和适怨,开卷历历。"庄生晓梦迷蝴蝶,望帝春心托杜鹃"。此一联言作诗之始也。心之所思,情之所感,寓言假物,譬喻拟象,如飞蝶征庄生之逸兴,啼鹃见望帝之沉哀,均义归比兴。无取直白。举事拟心,故曰"托";旨隐词婉,故易"迷"。此即18世纪以还,法国德国心理学家常语所谓"形象思维",以"蝶"与"鹃"等外物形象,体示"梦"与"心"之衷曲情思。"沧海月明珠有泪,蓝田日暖玉生烟"一联言诗成之风格或境界,如司空图所形容之《诗品》,《搜神记》载鲛人能泣珠。今不曰"珠是泪"而曰"珠有泪",以见虽化珠圆,仍含泪热,已成珍玩,尚带酸辛,见宝质而不失人气。"暖玉生烟",此物此志,言不同常玉之坚冷。盖喻己诗虽琢炼精莹,而真情流露,生气蓬勃,异于雕绘夺情,工巧伤气之作。若夫后世所谓"昆体"非不珠光宝色,而泪枯烟灭矣!珠泪玉烟亦正以"形象"体示抽象之诗品也。

钱氏之说如此,但《锦瑟》结二句有所谓"追忆",所谓"惘然"语,义山既自己形容其作诗之法,有何追忆?有何惘然?但钱氏未有议论。

邵德润既引钱氏这一大段理论后他自己又加以论断,说据钱氏之说与黄朝英的《靖康湘素杂记》所引东坡、山谷谈《锦瑟》,坡以适、怨、清、和四字来解释相似。何义门也不过说义山自己以《锦瑟》冠其诗集,不见得是以此诗来说明自己作诗的方法。钱氏竟谓等于"弁言",等于"自序",恐怕清初人未必有此想象。又钱氏以十八世纪德法心理学家的"形象思维"来比方,也嫌过于附会。(邵德润《试题锦瑟之谜——对李义山锦瑟的诠解》)

此外又如刘若愚谓写情诗不一定是由实际的经验,好像英国女诗人 Emily Brontë 曾有诗哀悼她死去的情人,其实为她童年幻想人物而作。这个幻想人物并未存在。又如《红楼梦》薛宝钗所谓:"古人诗赋也不过是寄性与寄情耳,若都是看见之作,而今哪有这许多诗了?"

本书所引外国文艺理论尚有若干,但都趋于"象征主义"一途。现只有暂且搁下。

三、古今人之所以不解李诗的缘故

甲、虽承认李诗有本事而实误者

大家既否认义山艳情诗的对象是女道士和宫嫔的两类人物,一味把他这类诗象征化。或以自表其正直热情的性格;或隐讽时事;或巴望令狐绹的提携;或用以譬喻各种文艺理论。但大家也说义山艳情诗若说完全是空空洞洞,没有人物,也说不过去,人物就是"本事",也就是诗的对象。这对象不是某人所谓女道士和宫嫔,而是以下三类:

(一)妻

(二)官伎柳枝

(三)小姨

兹分别论之。

(一)妻

义山于开成三年,试博学鸿词落第,赴泾原入王茂元幕,为掌书记。茂元爱其才,把一个女儿许配给他。据说王茂元有六个女儿,许给义山的有人说是次女,也有人说是季女。这位王小姐一般笺注家称之为王氏,她的容貌未知如何,想也有相当的美丽,德性倒很婉淑,虽属富贵家小姐,嫁李义山这样个寒士,倒也颇能相安。义山《祭外舅文》有"纻衣缟带,雅贶或比于侨吴;荆钗布裙,高谊每符于梁孟"。义山以梁鸿自比,而喻其妻为孟光。或者夸大一些,但王小姐并非是一个爱慕虚荣和奢华成性的女性亦可见。不过王小姐健康似乎不大好,她为义山生了一男一女,义山在外面各幕府里做书记及在各地做尉官,职卑俸薄,难以养家,故每不携眷,王氏也耐不得那种贫苦生活,长年寄居京师娘舅李将军家里。宣宗大中五年,王氏卒。她和义山做了十三年夫妻。时义山在徐州卢宏正处做判官,妻的凶讯大概是从京师传来的。《樊南乙集》有"三年以来,丧失家道"的话,就是妻亡三年后所写。王氏之死,似在是年深秋,其《赴职梓潼留别畏之员外同年》:"柿叶翻时独悼亡。"柿叶秋深凋落,故知其妻凶闻接得在此时期内。妻死后,悼亡诗也有几首,除柿叶一首外,又《悼伤后赴东蜀辟至散关遇雪》《属疾》《杨本胜说于长安见小男阿衮》《王十二兄与畏之员外相访见招小饮时予以悼亡日近不去因寄》等皆是。不意后人竟以《锦瑟》为悼亡。

《锦瑟》在北宋不过像苏东坡以适、怨、清、和四个瑟调名来解释，而是否是东坡的话，前人已有疑问。刘贡父则谓"《锦瑟》当时贵人爱姬之名"（《中山诗话》）。南宋许彦周又改东坡四字为感、怨、清、和。

不过元代元遗山（好问）《论诗绝句》论义山诗有"一篇《锦瑟》解人难"之言，并有"独恨无人作郑笺"之叹，可见遗山并不以苏东坡、刘贡父与许彦周等人话为然，他以《锦瑟》代表义山所有艳情诗，视为难解，希望有人来把其意义诠释出来而已。至清代，研究李义山诗者渐多，提到《锦瑟》，议论更是纷纷各有意见。何义门谓《锦瑟》乃自伤之词，骚人所谓美人迟暮也。"庄生"句言付之梦寐，"望帝"句言待之将来；"沧海""蓝田"，言埋韫而不得自见；"月明""日暖"则费时而独为不遇之人，为可悲也。但何氏又以为是一首悼亡诗。

朱长孺《李义山诗集》以《锦瑟》为第一篇，系遵何义门之说。其眉批云："愚按此悼亡之诗也。首联借素女鼓五十弦之瑟而悲，秦帝禁不可止以发端，言悲思之情，有不可得而止者。次联则悲其遽化为异物。腹联则悲其不能复起于九原。曰'思华年'，曰'追忆'，情趣晓然，何事纷纷附会乎？"以下他又说几个朋友均赞成其说。

冯浩笺义山诗，以《韩碑》冠首，而置《锦瑟》于卷四，谓"此悼亡诗定论也。余为逐句笺定，情味弥出矣"。其于"一弦一柱思华年"引杨致轩（守智）的话，谓"琴瑟喻夫妇，冠以锦者言其贵重华美，非荆钗布裙之匹也。五十弦，五十柱，合之百数，思华年，犹云百岁偕老也。"不过冯氏又云："杨说似精而实非，言瑟而曰锦瑟、宝瑟，犹言琴而曰玉琴、瑶琴，亦泛例耳。有弦必有柱，今抚其弦柱而数年华之倏过，思旧而神伤，便是下文'追忆'二字，前人每以深求失之。"于"庄生"句，则谓伤其物化，亦旁射为鼓盆之典。"望帝"句，谓"身在蜀中，托物寓哀"。并谓"珠有泪"句，"美其明眸"；"玉生烟"句，谓"美其容色"。于结二句，则谓"惘然紧接无端二字。无端者，不意得此佳偶也。当时睹此美色，已觉如梦如迷，早知好物必不坚牢耳"。

张尔田于其《玉溪生年谱会笺》附《李义山诗辨正》，亦以《锦瑟》为李诗集第一篇，其悼亡说一遵冯注，特于此诗后四句稍异冯说。谓为实悼其妻王氏，"沧海句言对景流涕，蓝田句言埋香日久。此所以使人追忆不禁而不料其至于此也"。

近代人主《锦瑟》为悼亡者尤多。孟心史（森）曾撰《李义山锦瑟诗的考证》，言素女之瑟为五十弦，意义山婚于王茂元家为廿五岁，意其妻婚时亦为廿五岁，合之为五十，故恒以五十弦之瑟为嘉偶之纪念。笔者在正编里曾嘲他就说义山婚时为廿五岁，其妇婚时是否亦廿五岁，竟无可证，这样洋洋万言的考证，仅考出《锦瑟》诗的半句，我们怎能说是一首李义山悼亡诗呢？其实这半句还是空虚的。义山婚时实为廿六岁，近人又主为廿七岁。

他们又把《房中曲》拉来，作为义山悼亡诗之始。此诗有"枕是龙宫石（古人每用石瓦之枕），割得秋波色。玉簟失柔肤，但见蒙罗碧"，遂谓"睹枕如见明眸，见被而难寻玉体，王氏色美而必尤艳于目"，又因《锦瑟》而断定王氏必工弦索之乐。合之前所引《锦瑟》注文，王氏竟是一个大美人，而又擅长音乐。实则王氏姿首或不甚劣，而必非两宫嫔之比；唐代妇女多受音乐训练，王氏能弹点琴，鼓点瑟，亦不足异，然亦绝不如鸾凤二人之专精。《房中曲》未必为妻作，恐怕还是为宫嫔而题。"归来已不见，锦瑟长于人"，可与"锦瑟傍朱栊"，"哀筝不出门"互参。盖开成三年，义山将赴泾原，宫嫔赠瑟为纪念，他即置之所赁居之房间里。及结婚王氏后，或同回京师，此瑟亦移至他们新房中（他对王氏当托词是朋友所赠或买来的）。及两宫嫔遭祸死，他见那具宝瑟仍然尚在，而人则不能再见，所以写出这首哀情诗。因诗题有"房中"两字，笺注家以为必与夫妻有关，遂主为追悼王氏了。

义山结婚王茂元家，人皆谓为是他一生通塞的关键，说义山自己也懊悔不已，昔阎百诗读义山诗至那首以《东阿王》为题的，"君王不得为天子，半为当时赋洛神"，乃义山自悔婚于王家之诗。盖十载夫妻，一年甥舅，换得一生颠踬，自感不值云云。在本书里又有人说他的《嫦娥》："嫦娥应悔偷灵药，碧海青天夜夜心。"就是他痛心切骨的悔恨之词。既如此，则他对于王氏，应该没有什么感情可言，偏偏像《锦瑟》这样一首哀感顽艳、曲折缠绵的诗，竟被附会为悼亡，岂不构成一个大矛盾！又有人将那首蚕丝尽，蜡炬灰的《无题》也附会为义山为妻王氏而作。夫妇同居一处，有何"相见时难别亦难"？"东风无力百花残"又作何解？"晓镜但愁云鬓改"，"夜吟应觉月光寒"，是听见清宫案急，料想所爱宫嫔临镜时，头发也要急白，夜间吟诗时更觉月色寒冷。"蓬山此去无多路，青鸟殷勤为探看"，义山居住曲江旁距离宫原不远，希望有人能去探听消息。至于对其妻王氏，用得着这些话吗？

（二）歌伎柳枝

我在《玉谜》里固曾说义山恋爱对象有四类人物，即女道士、宫人、妻、娼妓。后二者着墨不多，且并不重要。现因近代人硬要否认义山艳情真正"本事"，把这些大半认为是象征，小半则拨归其妻王氏及妓女的头上。妻的事我已论过了，现在就来论后一项。

凡为一个男人，少年时寻花问柳，逢场作戏的事总是难免。况"性爱风流"（冯浩语）如李义山者，做这种事更不为奇了。可是，我在李诗集中见是寥寥数首赠妓诗，并有代友赠者，可见他于此事为之绝少。及在东蜀柳仲郢幕中，柳以其妻死，拟以乐籍中张懿仙赐之为妾侍，义山上启力谢，启中有"……至于南国妖姬，章台妙妓，虽有涉于篇什，实不接于风流"诸语，更可为证。不意因他集中有关于《柳枝》一篇序文和五绝五首，后人遂又大作文章。

李集中的《柳枝》事则云：柳枝为洛中里娘，年十七，吹叶嚼蕊、撚管调丝，作天风海涛之曲。幽情凄断，其家中虽有男客来往，并不款洽，好像她是旧上海妓界的"清倌人"，也像日本的艺妓，是卖艺不卖身的。后于义山从昆（季高谓为远房从侄）李让山处，得闻义山的《燕台》四首，问何人所作？让山答"乃吾里中少年叔耳"。柳枝便倾心相慕，断其衣带一截赠义山为信，要让山介绍相见。次日，义山与其从昆比马出其巷，只见柳枝打扮齐整，抱立扇下（扇字疑误，时当严冬，焉用此物），风障一袖（大约言适风起吹其广袖，覆障其面），指曰："若叔是？"（如言就是那位少年叔吗？一本"是"字下有"耶"字。）"我三日内要同邻妇去水上修禊事，不得空暇。过天我烧一炉沉水香，请与此叔再来。"

义山本想如约前往，不意有个与他相偕同赴京师的朋友，盗他卧具先发，大雪天寒，无法留下，便也上道了。后让山来告，柳枝已被东诸侯娶去。"佳人已归沙托利，义士今无古押牙"，无可奈何，只有题绝句五首，请让山写其故居壁上（大概柳枝母及兄弟等尚在家中），用以纪念这一段未成功的"萍水因缘"。

柳枝读义山《燕台诗》而愿意委身相待，其实妾虽有心，郎则无意，义山是不愿和她结合的。但看他所题《五绝》第一首，便以雄蜂雌蝶相比，言蜂采蜜脾，蝶舞花房，虽两下会到一处，究竟不是同类的昆虫，怎能有互相恋爱之情呢？

《燕台》四首，冯浩编之于《柳枝》五首之前，其意不过谓柳枝闻人读此而生慕而已，张尔田则编之《柳枝》五首之后，主这四首七古诗，是义山为另一女子作，那女子身份颇似柳枝而实为另一人，其人春间与义山相见，又流转金陵，至秋又赴湘川，曾约义山赴湘，及冬间赴约，则其人又不知流转到何处矣。故《燕台》诗有春夏秋冬四首。张氏又谓《河阳诗》亦为此女子咏。言此女为人娶去为妾侍，与柳枝为东诸侯娶去相同。此女尚与义山相见了几次。义山的恋爱故事，诸笺注家及本书诸论文家皆一致否认，张尔田也无一语赞同，偏偏在《柳枝》《燕台》诗上替他造出一大篇罗曼史，无中生有，节外添枝，可叹！可笑！

顾季高于其书中则极力主张柳枝与义山实有暧昧关系，并为他生一女。因系私生，只好寄养别处，故名"寄寄"。

李诗文集中常及寄寄，似乎对她感情特厚。寄寄五岁夭亡，义山有《祭小侄女寄寄文》，文中有"尔生四年，方复本族。既复数月，奄然归无"之语。他说寄寄为其侄女，乃其弟义叟所生。文作于武宗会昌四年正月，由此上溯五年，则寄寄亡时当文宗开成四年初，其生则在文宗太和八年中矣。从《祭两姊文》中，则知彼时义叟尚未及冠

（按义山之弟义叟少兄一岁，太和八年义山二十二三岁，义叟早及冠，季高误），亦未结婚。就说已结婚，生女亦可乳于家中，何必寄养于外，所以季高认寄寄之生是个谜。季高又疑寄寄为柳枝所生，但照《柳枝诗序》，柳枝与他仅远远见了一面，且因风扬广袖障面，连容貌都未看清楚，其后即未再见，何能与义山同居而生女？

但义山《祭寄寄文》："但我别娶以来，嗣绪未立，犹子之义，倍切他人。"别娶者，娶王茂元女也，则未娶王氏之前，必已娶过。故季高谓"别娶"二字甚怪。我已说义山在文宗太和七八年间，年已二十二三岁，其已娶妻不成问题，惟不知生女何以须寄养在外？或生女之后，其妻即死，恐女失乳，故寄养人家，其至四岁始迎归者；又或以家中无人肯带小孩，既已寄乳，多待几年又有何妨？其结婚王家，当然不敢明言前已娶过，以王茂元乃贵家，择婚当然不会要个已婚者，义山遂不得不出以欺骗手段罢了。

冯浩亦谓《柳枝》诗的序文不可信，义山与柳枝当已有情人成眷属，把集中《莫愁》《石城》《赠柳》《谑柳》等诗都定为义山赠给柳枝者。顾季高牵连更广，连《拟意》那首五律都说成赠柳之诗。

季高发掘出寄寄问题，极为难得，其后解释《锦瑟》诗遂谓除悼伤王氏外，连柳枝、寄寄亦在内，则又未免太过。我亦主张义山早年已娶，寄寄乃他亲女，庶可解释"别娶"二字的疑问。

（三）小姨

这个问题是上世纪五十年代后发生于台湾的，可算自有李诗研究以来，为诸笺注家所梦想不到者，可说是最新鲜的了。始倡之者为陈定山，他在一九五一年，辛卯诗人节写了一篇《锦瑟诗笺》，发表于《畅流》半月刊三卷十期。

他这篇文章当是随笔写来，应酬《畅流》主编之索稿者，大半属于游戏性质，谁知产生相当大的影响，从其说者竟大有其人。定山这篇文章的主旨，义山爱上他的小姨，曾在王茂元家宴中，偷看其内眷，就是"岂知一夜秦楼客，看尽吴王苑里花"诗之由来。他见其小姨，年轻貌美，思欲得之；而此小姨兰心蕙质，也极爱义山之才，竟效窥帘留香之贾充女；其后暗中双方传书递简，情好极密。及义山妻死后拟求之为配，不意王茂元竟将她许配韩畏之（瞻），义山大失望，集中所有《无题》之艳情诗皆为彼姝而作。即有名之《锦瑟》也是。定山这篇文章自以为设想新颖，立论奇突，可为千古以来号为隐僻深奥无人理解之李义山诗，作一正确之诠释，而不知错误百出，简直成了大笑话。

定山此文错误之显著者有以下各端：

（1）误以韩琮为韩瞻

陈文一开始便引了李诗集中《和韩录事送宫人入道》的七律一首。旧纪开成三年六月，"出宫人四百八十，送两街寺观安置"。唐代崇奉道教。遣宫人入道原不止开成三年这一次，义山诗是否即指此年，未能断定。诗有"凤女颠狂成久别。月娥孀独好同游，当时若爱韩公子，埋骨成灰恨未休"的话，定山引《搜神记》吴王夫差小女名紫玉，私恋韩重，不遂而死，便说："这位韩录事便是李义山的连襟，韩偓的父亲，那么，这首诗是暗指韩畏之的失恋了，但此诗的'韩公子'明指韩畏之，而实际则反喻自己。吴王夫差是指王茂元，小玉是指茂元的次女，正是韩畏之的爱妻，义山的小姨。送宫人入道，便是暗射小姨的遣嫁。义山诗里关于这段荡气回肠的恋情故事，不知写过多少《无题》诗，却全是这首《宫人入道》诗的注脚。"

以下定山引《锦瑟》诗为证，说五十弦断为二，各二十五弦，是指王氏姊妹年龄之相若。"一弦一柱思华年"，由姊姊想到妹妹，此诗只是追忆；"庄生晓梦"，是说当年情事,"望帝春心",是说而今远别。"珠有泪",是用"还君明珠双泪垂",说罗敷已有夫,不能再种相思,"玉生烟",是指往事如烟,不堪追忆,一结更是分明。以后定山更引若干义山的《无题》诗来凑成其说,不再录。

韩录事是有其人的,名琮,字成封,与义山同在泾原王茂元幕,义山有"为濮阳公奏韩琮充判官状",旧书志,都督府录事,从九品上阶。韩琮在大中时,官至湖南观察使。他也是一个诗人,见《唐书·艺文志》。韩瞻字畏之,义山同年,亦娶王茂元女,与义山连襟是事实,但与韩琮分明是两人,他并未做"录事"。

(2) 义山悼亡后思娶小姨

王茂元有六个女儿,也就该有六个女婿,除李义山、韩畏之两人外,尚有张审礼、荥阳郡郑某、陇西郡李某、安定张某。我不知韩、李是王茂元第几女婿,而根据义山诗则韩婚在前,李在后。李诗《韩同年新居饯韩西迎家室戏赠》一律是:

籍籍征西万户侯,新缘贵婿起高楼。一名我漫居先甲,千骑君翻在上头。云路招邀回彩凤,天河迢递笑牵牛。南朝禁脔无人近,瘦尽琼枝咏四愁!

此诗首句指王茂元于甘露变后，尽散家财贿赂两军，得不诛，且得封濮阳郡侯。茂元甚富，然散财行贿，也必留了一笔可观的余资，能为韩畏之在京师筑甥馆，故有第二句。义山中进士先畏之一年，故有第三句。畏之至泾原迎娶后即入茂元幕，茂元是武官，大约也替女婿弄了个可率千人的武阶。不过《乐府·陌上桑》："东方千余骑，夫婿居上头。"或是用典，非事实，是为第四句。五、六两句"回彩凤"言韩得贵人女为妻，如邀得高翔云霄之彩凤。"笑牵牛"即他《马嵬》诗："此日六军同驻马，当年七夕笑牵牛"之意，言结婚后，夫妇朝夕团圆，只觉天上牛郎织女只能一年一度七夕相逢为可笑。第七句"南朝禁脔"系用《晋书·谢混传》："孝武帝为晋陵公主求婚，王珣以谢混对，未几帝崩。袁崧欲以女妻之，珣曰：'卿莫近禁脔。'初元帝始镇建业，公私窘罄，每得一豚，以为珍膳。项上一脔尤美，辄以荐帝，群下未尝敢食，于时呼为'禁脔'，故珣以为戏。混竟尚主。"此句禁脔，或以为指韩畏之，或以为义山自指。但以自指始能与末句相合。时义山尚未婚，故戏言我好像南朝禁脔，没个人肯把女儿嫁给我。句中侧重"无人近"三字，若谓他竟自居禁脔，岂非太大言不惭了？"瘦尽琼枝"之琼枝二字倒确是义山自指。此本神话中树木，古人亦有以指人者。张衡《四愁诗》皆为所慕之美人。

（3）谓悼亡在韩娶前

读此诗可见韩畏之结婚王茂元女时，义山的婚事八字尚未见一撇，怎可说他结婚在韩畏之之前。定山又说义山爱恋小姨，赋悼亡后，"王茂元若真爱才，则'大姨夫作小姨夫'，即是词林佳话，无奈天帝无情，遂使牵牛迢递，银河永隔……"

谈到义山悼亡，定山笑话可闹大了。义山于开成三年，即公元八三八年婚于王家，其妻死于宣宗大中五年，即公元八五一年，王氏与义山为夫妇共十三年，前文已说过。怎么在韩畏之结婚前便悼亡起来呢？

（4）其他谬误之点

他又以瑟弦五十，断为二，各为二十五，谓王氏姊妹年龄相若。王氏嫁时年亦二十五。与义山同，是孟心史想象的话。不必说古代女子多嫁于十五六或十七八，不会等到成为老小姐的二十五岁。即以姊妹年龄相若而论，便是不通，姊妹年龄相差至少在一岁内外，除非王氏姊妹是双胞胎，哪有同为二十五岁之理？或将谓王茂元妾侍多，姊妹异母而同年生，有何不可？但陈定山却说："五十弦瑟，断为二，各为二十五，同在一瑟，表明这一双姊妹是同体所生。"是主张王家这两位小姐是从一个娘胎里跑出来的。

并未说她们是孪生。

又义山诗"月里宁无姊,云中亦有君""月姊曾闻下彩蟾",定山谓月姊即义山妻。月姊不过指月中仙人,若指义山妻王氏,则全诗对王氏毫无干涉,又作何解?"小姑居处本无郎",又谓"小姑"即是"小姨"。不知"姑"字与"姨"字大有分别,姑为父之姊妹,姨为母之姊妹,如何可混为一?

又说"娈脔""本为女婿的别名,后人用错了,才把它当作娈童、爱妾使用"。按"脔"字从肉,肉块之谓。"娈"从女,娈童指同性恋之少男。从无"脔童"之说,爱妾从来未有"娈妾",更无"脔妾"之称。定山自己用错,反说别人错,岂不可笑!

定山又引义山《无题》"重帏深下莫愁堂"一首。说"孟子形容《离骚》,以为忧愤呼天,疾痛则呼父母,这首诗便有了《离骚》第二种神情"。屈原《离骚》断断续续,作了几年,直到他投汨罗江自杀前始成定稿。他自杀是在楚襄王二十一年,公元前二七八年。孟子卒于周赧王二十六年,公元前二八九年,比屈原之死早十二年。他老人家从未到过楚国,怎能读到屈原的《离骚》?"人穷呼天,疾痛则呼父母"二句,出《史记·屈原贾生列传》,

史公云："《离骚》者，犹离忧也。夫天者，人之始也。父母者，人之本也。人穷则返本，故劳苦倦极，未有不呼天也。疾痛惨怛，未尝不呼父母也。"定山将汉代司马迁说的话当作战国时代孟子所说，不知他读书何以这样的粗心大意？定山又把英国诗人拜伦的国籍强改为法国，不过这或者手民之误，不必论。

在本书里，又有郑绪平一篇《李商隐"锦瑟"诗考微》，竟完全是陈定山这篇文章的翻版，不过颠倒其顺序而已。他开始引了我《玉谜》里论《锦瑟》的那一章，又引顾季高所著《李商隐评传》驳斥我的话，不过他说苏、顾二人说的话都不对，据他看来，义山《锦瑟》一诗实为他小姨而作。该文多引用陈定山的话，定山好用《西厢记》文句，郑文亦然。陈文谓王昌影射王茂元，以旧注王昌岳父是任城王曹彰（曹操子），宓妃留枕，与曹子建以金缕枕者实为曹丕，是用曹丕影射韩畏之，郑文亦然。有时大片段地抄袭陈文，连陈文的错字也照抄不误，而并不提陈定山只字，这样"掠人之美"，未免太伤廉吧？

陈定山谓义山"瘦尽琼枝咏四愁"，疑琼枝乃小姨的闺字，郑文则谓义山所有关于柳枝的《燕台》《石城》《赠柳》《谑柳》诸诗，乃影射他与小姨的恋史，恐人起疑，故布这一疑阵。后来他作《锦瑟》诗，柳枝隐其内，像顾季高所谓寄寄则未必。如此小姨除"琼枝"以外，又多一"柳枝"名字了。我想义山想影射小姨，什么女子不好比，却偏比作"里娘""歌妓"，小姨乃千金闺阁，这样岂不太嫌亵渎吗？在本书里，又有人指义山《牡丹》诗："我是梦中传彩笔，欲书花片寄朝云。"又说"朝云"当是他小姨之名。

  本书里又有人说义山之见疏于令狐绹，实由他这首《牡丹》诗煞尾的两句。"他作客西京，住在晋昌坊令狐家所作。一时人言籍籍，都说义山私通子直的姬妾，也有人进谗子直；此为以后不荐义山的主因。"按义山《牡丹》诗，一般笺注家皆谓令狐楚家牡丹最盛，以为在楚宅所作。就说此诗作于楚宅吧。不过令狐楚宅是在京师的开化坊（见《长安志》引《酉阳杂俎》），是邀义山去住过。至子直迁居晋昌坊，则前人皆认义山以婚王茂元家故，两人关系已破裂，想必不会留他住了。唐人最爱牡丹，稍为有钱人家都种，安见其必为令狐楚宅？谓《锦瑟》诗为贵人侍妾而作，锦瑟是此姬人之名。或说令狐绹的青衣善弹锦瑟，并非名，已见前文。这都是宋人不解《锦瑟》诗的用意，乱加猜测的话，毫无故实。至谓"一时人言籍籍，都说义山私通子直的姬妾"，"进谗言而使子直痛恶义山，为以后不荐义山的主因。"自宋迄于民初，从来没人这样说过，作者这样说，岂非向壁虚造？"添字注经"，为注家大忌，惜本文作者竟犯此大忌而不知。

本文作者又说："其实义山是吃了哑巴亏，有苦说不出。"为的他这首《牡丹》实为他妻妹就是小姨而作的，并非令狐绹的姬人。又说"此事始末，我已从'相见时难''来是空言''凤尾香罗''重帷深下'，以及后来回忆所写的'飒飒东风'这五首《无题》诗，钩稽出真相，断无可疑"。"义山如果要澄清谣言，只要出示那五首无题诗，便足为证明此朝云为'崇让宅'的妻妹，而非晋昌坊中子直的爱姬。但妻妹已嫁，如果公开了这些艳诗，可能会出命案！"所以说义山没法明说，吃的是哑巴亏。

作者所云那五首《无题》诗的解释，数年前散见于各报副刊。笔者经常只订阅一种报纸，他那些解释，我皆未见。在本文中始知梗概。大概说义山妻妹，如何"爱才自荐、如何迫嫁、义山如何的被隔离，而又如何的与妻妹取得密约，以及如何在送嫁时，发觉妻妹已移情别恋，他枉抛深情，始末曲折，历历如见……"读了这些话，他那五首《无题》诗的解释，我没有读到也罢。

李义山与小姨相恋的这桩公案，始作俑者是陈定山。

他本是个小说家，国学甚有修养，诗词国画皆居上乘，考证则非所长。他写这篇荒天下之大唐，滑天下之大稽的文章，也不过一时游戏笔墨，谁知竟吸引了许多信徒，这个也来谈义山小姨，那个也来谈义山小姨，闹得一天星斗，当非定山始料所及！

我不知义山是否有这样个小姨，即有，也当是位端庄贞静的少女，谁知这些作家竟诬她一见义山，即"爱才自荐"，始则"贾女赠香"，"宓妃留枕"，不顾礼义之防，惟恣桑中之乐；继则"幽期密约"，拟与情人私奔，不知将置其父母与胞姊于何地？最后大约见其父为所择之婿，胜于义山，又"移情别恋"，使义山有"枉抛深情"之叹。她的淫奔不才，她的杨花水性，也算到了极处。一个千金小姐竟被这些作家写成了浪女淫娃，你道她冤不冤？可怜不可怜？我想糟蹋古人也不是这样个糟蹋法，诸公可以休矣！

乙、李诗成谜之真正原因

李义山的艳情诗，以前也有些笺注家认为其中必有"本事"，无奈他们又不能贯彻首尾，明其真相，心虽怀疑，究竟不能多说。及朱长孺、冯孟亭等穷毕生精力，解释全部李诗，力主象征，挟压倒一切的优势，于是主有"本事"者，都屈居下风。直到现代，一般研究李诗者对象征之说已沦肌浃骨，再也无法涤除，于是一窝蜂似的都走上这条道路了。

其实义山诗虽隐僻深奥，要钩稽出其中"本事"也并不难，而一千数百年来，其诗真面目不能豁露者，我以为有以下诸种原因：

（一）由于李诗散佚与混乱

新旧《唐书》李本传仅言其章奏文字与温庭筠、段成式共称为"三十六体"，有集四十卷。《唐书·艺文志》始言《玉溪生诗》三卷，《宋史·艺文志》亦言《诗集》三卷，叠经丧乱，皆已散佚。我们都知道刻书的事，始于五代，以前任何人的诗文集都靠手抄以传。手抄的究竟不如刻本之多，何况经过唐末李茂贞、王行瑜、黄巢、朱温之乱，五季之祸，官方史料都弄得残缺不全，又何况是私家的集子？宋杨亿尝言，至道中（宋太宗年号），偶得玉溪生诗百余篇，其后孜孜访求，凡得五、七言诗，长短诗歌并杂言共二百八十二首。唐末浙右多得其本，故钱若水（邓帅）留意掇拾，才得四百余首云云。至清初，流传者已近六百首，朱长孺笺注本即此数。到冯浩笺注时，又有人从《永乐大典》中摘抄若干首，大约有六百零二首。但其中亦混入他人之作，实数六百篇不到。想散佚者必不少。《四库全书总目·集部别集类》仅言《李义山诗集》三卷，未言篇数。

我们现在再论李诗编次凌乱的问题。李义山诗集既由逐渐集成，其编次亦多随人意，非义山自定明矣。故朱长孺谓义山诗"掇拾于散佚之余，故诗与题或不相应；又作诗之年月亦不可考"。又云："原集既不可见，比蒐辑佚篇时，未加细辨，不惟次序颠倒，间亦杂以他人之作，遂成今日之本。"冯浩也说："旧本皆作三卷，而凌乱错杂，心目交迷，其分体者更不免割裂之病。"冯氏为义山作年谱，凭他自己的意见，按年将义山诗文系于其间，自以为"行藏递见，情味弥长"，其实因为他误解李诗的意义，许多诗是系错了的。冯氏又把全部李诗编为"编年诗"二卷，不编年诗一卷，把许多艳情诗都编在后一卷内，使人感觉这些诗乃义山晚年所作，当然都是象征体，与恋爱无关。甚至他把相传已久义山自冠卷首的《锦瑟》也移到后面去了，而以《韩碑》冠首，称之为"煌煌巨篇，实当弁冕全集"，可见其师心自用之一斑。

我想李义山当时自己编次其诗集时，为隐瞒事实，故意使其次序凌乱，亦未可知。特其凌乱绝不如后人之甚。

正因战乱散佚及后人瞎编的两重关系，李诗的"本事"遂不易被发现。还有一个原因，李集《无题》诗仅十七首，其有题等于无题者女道士方面仅有十几首，宫嫔方面竟多至百数十首，后人以为《无题》才是艳情诗，专在这上面用功夫，而其他诸诗，则另作解释，这也是其本事难于钩稽之故。

（二）昧于唐代一般社会的风气

礼教之说，乃宋代后理学发达而始产生的。那些道学家的论调之严苛，直到不近人情的地步，像"饿死事小，失节事大"就是。若为国家民族的大事，不仅饿死，赴汤蹈火，破家湛族，也应去做。无奈他们所说的节只限于妇女所应守者，是以茹冰咽雪、望门守寡、吞金投环、自杀殉夫的贞媛烈妇，史不绝书。他们主张的孝道也可怕，以致割股疗亲、剖肝救父的孝子，也常见于社会。但唐代风气则不然，它有任人性不越轨范自然发展的自由，也有让性灵自在飞扬，浪漫的诗意，尤其男女社交的情况，竟和今日欧美文明之邦毫无异致。唐代文物昌盛，社会康乐，未尝不是这些为之主因。后来放纵太过，以致法纪荡然，宫闱不肃，贵主骄奢淫逸，秽德彰闻，宫廷嫔御，招寻面首，视同常事。至于清修道观中的女冠，其犯戒违规的情况，更不待言了。这种情形，我也不敢承认是好，不过我们想宋华阳等是人，飞鸾轻凤等也是人，是人便有人的企盼，人的需求。她们之所为，固然是当时风气之所养成，也是人类本性之不能免者。况宗教规条，宫廷禁例也有许多戕贼人性、违背人情之处，则她们之所为，我们应该原谅几分才对。比之后代"吃人礼教"下的牺牲者，既愚昧又带着几分虚矫，我倒觉得她们之所为，比较自然一些。

李义山与女冠宫嫔相识的时候，正当盛年，又如冯浩所谓是"性爱风流"的人物。况人来求我，非我求人，何必迂里迂气，学柳下惠之坐怀不乱，鲁男子之闭门固拒。与她们发生关系，其事实在情理之内。后人以宋以后的礼教观念来范围唐代的人，乃是后人之失，并非义山之过。且若说与女冠宫嫔相恋，便是"无行"，我倒要问，自己已有恩爱多年的妻子，又去和小姨勾搭，便算"有行"吗？为想做官，不惜婢膝奴颜，作许多肉麻情诗，讨好当朝宰相，又算"有行"吗？

（三）出于爱护作者的心情

《孟子》有言："诵其诗，读其书，不知其人，可乎？"读了某一个人的作品，总是想知道作者之为人的，不过我们对于所憎恶的人物像秦桧、严嵩等，谁高兴去研究，即不得已而必须研究者，亦必抱着鄙视唾骂的态度而着笔，至对于一位才华惊世而其人品格尚无定论的文人诗家，我们既极端热爱其作品，对于作者也就要爱护。纵不能期望他十全十美，至少也是个无伤名教的人。于是见他人格上有什么污点，则认为白璧微瑕，无害大体；见他受了不良的批评，又认是冤诬，必百计为之辩护。这种心情的产生也是自然的。义山诗，体裁则瑰丽奇皇，奇光射眼，情致则缠绵哀感，沁人心脾，其魅人的力量，真是非同小可。所以自来偏爱李诗者特多，既爱其作品，自亦爱重其人。假如知其诗"本事"，他所爱对象乃是女冠、宫嫔，则对作者之感情岂不大感"幻灭"？他们的幻灭愈大，他们所感痛苦愈深，是以必千方百计来作翻案文章了。

像朱长孺便说义山的艳情诗都是感愤时事，表示忠愤，竟要使这位"浪子才人""与曲江老人相视而笑"，前文已及。又如冯浩幼好李诗，以所作诗，人惊玉溪复出；张尔田也深爱李诗，自言"行止常以自随"，他自己诗集《株昭集》，风格与玉溪酷似。孙德谦称其"始自绮岁，即喜篘讴，抗心所希，便以樊南为祖"。顾季高自小即从其太夫人诵习义山诗，其太夫人并欲他长大后为《唐书》李传洗涤污迹，儿童脑筋有如一张白纸，自幼渍染者，必毕生难忘；何况季高自己所作旧体诗多为玉溪一路。其他爱义山者，也应该都有这种相同的关系，因此李诗中的"本事"便愈被湮没，几至于无了。

叫我来评论李义山的为人，作一比较公平的判断。《唐书》本传所加于他的话固不可尽信，照一般笺注家定要他与杜工部相视莫逆，也过分抬举。他之不得志乃命运所使。文士诗人穷愁潦倒，古今中外皆然，有何足怪？照他们的愿望，李义山非登朝拜相或做到节度使一样大官不可，我想他即在仕途大得意，而在当时局势之下，即使裴度、李德裕、令狐楚也未必有大作为。又何况义山仅一诗人，他虽有澄清天下之志，却未必有文经武纬之才，转日回天之力。像一般笺注家为他咨嗟惋惜，顾季高更再三扼腕，痛恨子直，我以为大可不必。李义山是个真诗人，真才子，志不在高官厚禄，而在真正爱情的享受。"岂能抛断梦，听鼓事朝珂？""微生尽恋人间乐，只有襄王忆梦中"，言我一生只觉得像楚襄王一般，梦与巫山神女相会，便是人生至乐，其他有何足道？又"如何一梦高唐雨，自此无心入武关"，也说楚襄高唐一梦以后，便再也没有雄心壮志，入武关与秦人争天下；自己与宫嫔相恋后，也不想再图什么仕进了。皆可见这位"风流诗士"志愿之所在。

照义山与女冠宫嫔相恋，不顾礼教，无惮危险的浪漫精神，称之为"浪子才人"，并不亏待他，只须我们把这四个字另用一种眼光看待。不过恐怕为爱护义山者所不许，故我现在名之为"风流诗士"。

义山一生罗曼史，于女道士固亦有情，尚不如何深刻。而于宫嫔，则其奇情艳遇，固为亘古所无，则两心固结，生死以之，更是可歌可泣。盖鸾凤二嫔于义山，并非完全出于情欲之私，而实有精神上最高的契合。二嫔虽出身乐伎，入宫有年，受宫廷教育（宫中自有傅姆之类的教习），亦通文墨，写得一笔《兰亭序》的好字（见《拟意》"书成被襫帖"句），（王羲之修被襫于会稽兰亭，遂有《兰亭序》的书帖），与义山约会时，传书递简，"寄恨一尺素，含情双玉珰""双珰丁丁联尺素""报章重叠杳难分""锦成书郑重"是说宫嫔方面寄来的信。"梦为远别啼难唤，书被催成墨未浓""传书两行雁""朔雁传书急""玉珰函札何由达，万里云罗一雁飞"是义山寄去的信。她们也会作诗，见"晓镜但愁云鬓改，夜吟应觉月光寒""楚丝微觉竹枝高，半曲新词写绵纸"，并常要义山相和（"他时未知意，重叠赠娇饶"即宫嫔作了诗要义山相和）。她们又常要义山作诗相赠并记其恋史。义山那许多《无题》

诗想必是她们逼出来的，每使义山窘于应付，"宓妃愁坐芝田馆，用尽陈王八斗才"这二句诗非常重要。曰"用尽"是当时真实的情况。义山作这些《无题》诗来记录与宫嫔相恋的经过，是从古未有的创格，他博览群籍，穷搜典故，再加以巧妙的组合，脑汁不知绞了多少，"獭祭"之典，自此成立，你道是容易的事吗？两嫔爱义山，也为了爱他才，"宓妃留枕魏王才"，就说明了。

及清宫案发作，二嫔以玉盘被检，恐累义山性命，双双投井而死，其爱义山之如何热烈与深挚，亦可想见。可见她们的爱是纯洁的、高尚的，甚至还带着点神圣意味。她们若生在十七世纪法兰西的浪漫时代，人们恐怕讴歌崇拜，把她们作为爱神看待。无怪义山铭感入骨，终身伤悼，良辰美景，触绪兴悲，竟以四十余岁之盛年即郁抑而死，也可谓之为殉情，可慰二女于地下了。陈定山那篇文章固极荒谬，但说李义山是个至情至性中人，他有海枯石烂的深情，春蚕蜡炬的勇气，他是中国的大情人。以"中国大情人"来封李义山，义山是当之无愧的。

（四）慑于专制时代君主的威严

义山艳情诗本非难解，而自唐代至于近世，千余年来迄无一人觉悟，以致盲猜瞎揣，聚讼纷如，当然是上述两端原因，而更有一端似无理而实有理者，就是惧于专制君王的威严。这种帝王威严是不容侵犯的，否则结果不堪问。原来自宋以后，帝王宫禁已日趋整肃，不仅再没有唐代宫闱那种紊乱情况，连红叶题诗、宫墙闻笛这类佳话都不容文人提及，否则必兴大狱。是所谓"文字狱"。

我们都知道清代屡兴的文字狱之可怖，不知明代也有。明太祖朱元璋便兴过好几次。据说明初三司卫所进各式贺表，皆由教官代撰。表中有一些颂扬皇帝的话，如"作则垂宪""仪则天下"者，明祖便认"则"字音近"贼"，"作则"便是骂他"作贼"；"天下有道"便是"有盗"，是骂他作"盗"；"体乾法坤"，"法坤"便是"发髡"；"光天之下"是笑他光头；"天生圣人"，"生"便是"僧"。也都是讥嘲他曾做过和尚。"遥瞻帝扉"是"帝非"，"藻饰太平"是"早失太平"，"殊域"之"殊"是骂他为"歹朱"，如此等等，竟杀了十几个教官。礼臣大惧，只有请皇帝亲降表式，帝遂自为文播天下，大概以后贺表都是篇刻板文章了。高季迪（启）乃明代大诗人，所作《题宫女图诗》有"小犬隔花空吠影，夜深宫禁有谁来"之句，明祖览及，怀疑他讥刺宫闱，当他屠戮功臣之际，搜得启为魏观所撰《上梁文》，竟处启以腰斩之极刑！

清"文字狱"迭兴,直闹到日月无光,风云变色。这是众所周知之事,我也不必多说。假如笺注义山诗的人说义山私通女道士,尚无不可,若说他曾潜入宫禁与宫嫔有染,那情形就太严重,帝王偶尔起疑,此人身家性命还能保吗?

或将谓李义山乃唐代人,笺注家所笺注乃唐代诗,与清朝何干,何必讳避?则不知清诸帝卫护他们本朝帝王的尊严,连古代的也要卫护。盖卫护古代,即所以卫护本朝也。像清朝乾隆帝读李延寿的《文苑传》,中有"頡頑汉彻,跨躐曹丕"二句,李鷹《济南集》有"汉彻方秦政,何乃误至斯?"二句,都犯了汉武帝的名讳,乾隆帝即大不以为然,对群臣宣布,说李延寿虽为唐臣,李鷹虽属宋臣,其于中国正统之汉武帝,伊等祖宗未尝不曾为之臣,岂能乱逞笔端,罔顾名义,轻妄若此?想必曾下旨修改这两人的文字。修改删削古人违碍文字,在清朝诸帝原不算一回事的。

冯浩等所笺注的李义山诗集、文集,原想将来收入《钦定四库》的,即不想收入四库,这种违犯帝王尊严的事,总以不说为妙。既否认宫嫔也就否认女道士,为的两件事原有连带关系。

或又将谓清代笺注李诗者，固有其不得不讳避的苦衷，何以张尔田之书成于民初，清社已屋，帝王威权已成过去，何以他那本《玉溪生年谱会笺》说的话竟与冯浩等一鼻孔出气呢？这是习惯问题，几千几百年相沿下来的习惯，旦夕间何能尽改？况张氏的见解并不高明，他固长于史学，于唐代中叶几朝史实胪列极详，而于义山艳情诗之解释，迂执反比前人为甚，我们当然不能希望他在这方面有何贡献。

那么，近代思想非常解放，说话有充分的自由，何以在这本《李诗研究集》里，写了无数篇文章，提出许多五花八门的意见，竟也不及李诗"本事"之只字呢？难道也是为相沿的习惯所拘牵吗？这个理由，我无法解说，我想传统习惯有其关系吧。

（五）忽略李诗典故的运用

义山与女道士宫嫔相恋，既不可明言，只好运用无数典故作艳情诗来记述。女道士用仙女、仙境、仙家事物；宫嫔则用帝王、妃后、宫廷建筑、宫廷器用，以为区别。从来"环肥燕瘦"以及李白歌颂杨贵妃的诗，还用"群玉山头""瑶台月下"的仙境仙人来比方，到李义山制造诗谜时，便严格分开了，两者如黑白之对照，如明暗之划分，如泾渭清浊之不混，如鸿沟界限之斩截。盖不如此，他的诗谜，便没法猜。唯"青鸟使""萧史""东方朔偷桃"双方通用。他制成的诗谜有起有讫，有开有合，首尾呼应，脉络贯通。其结构之精致，真如"百宝流苏，千丝铁网"，是一件最高艺术品；还怕读者不能了解，又特制一把钥匙《锦瑟》诗，亲手搁在这个百宝箱上面，以便开启。偏偏自晚唐迄今一千余年竟无人能够打开这只箱子，一窥其中秘密者，固由上述那三种原因，而最后还有一个，就是忽略李诗典故运用之巧妙。后人总是死抱着象征观念来看他的诗，真辜负了那位"獭祭先生"一片苦心，千番心血，实为可惜！

　　我现在只就宫嫔方面罗曼史来说一下。看他运用帝王家典故是怎样的多。他于二嫔成为敬宗的寡妇，常用"苍梧"的舜崩二妃未从之地的典故，譬如前文举过的"寡鹄迷苍壑，羁凰怨翠梧"，很巧妙地将"苍""梧"两字分嵌于二句之中。又"回首苍梧深，女萝闭山鬼""苍梧应露下，白阁自云深"，《燕台四首》之一："天东日出天西下，雌凤孤飞女龙寡。青溪白石不相望，堂中远甚苍梧野"，解释见我的正编，不赘。又如他常用舜崩后，娥皇、女英泪染湘竹的故事，"湘波无限泪，蜀魄有余冤""湘篁染泪多""湘泪浅深滋竹色""湘波如泪色潆潆""斑竹岭边无限泪，景阳宫里及时钟""湘江竹上痕无限"，或将谓娥皇、女英二妃乃尧女舜妻，德行懿粹，名垂史册，鸾凤何人，岂可与之相比？则不知唐人对舜二妃，并不如何尊敬（见我《屈赋新探·湘夫人》篇）。但皇、英二人为妃后，为姊妹，鸾、凤二人亦为姊妹，又皆为妃嫔级人物，义山只好借用一下，唐突了舜妃，也就顾不得。

不仅舜二妃，连帝喾妃、殷契母有娀氏二女之一的简狄，也要拉来凑合。像他《中元作》的"有娀未抵瀛洲远，青雀如何鸩鸟媒？"《拟意》"燕子合金瓯"皆是。你若骂他亵渎圣贤，则恐怕他要回敬你一句："固哉，高叟之为诗！"

李诗中又有"楚妃交荐枕，汉后共藏钩""无双汉殿鬓，第一楚宫腰"皆指鸾、凤二嫔。至于"巫山神女""洛水宓妃""薛夜来""郑樱桃"，更是屡见叠出。帝王家服饰器用，如"芙蓉帐""翡翠衾""金缕枕""玉交杯"，我在《正编附表》中已列出过好几种。

李诗集中以"楚宫"为题者共有五首，皆隐指唐宫，盖诗中所言无有与楚宫合者，而笺注家皆以为所咏乃楚国宫廷，将之编入义山后来游宦之楚地。

《燕台》七古四首，乃鸾、凤死后追悼之作，后人又欲求之燕北。笺注家谓"燕台"乃唐代幕府，非是。"台"言朝代，或宫禁。皆六朝人常语，唐人沿用。义山《咏庾信》"梁台初建应惆怅，不得萧公作骑兵"，是指朝代。《破镜》"秦台一照山鸡后，便是孤鸾舞罢时"，《齐宫词》"梁台歌管三更罢，犹复风摇九子铃""长吟远下燕台去，犹有衣香染未消"，及《燕台四首》皆指宫禁。梁武帝饿死台城，犹言饿死于宫城里，后人以为台城真有其地，于南京城里用砖石砌造一城，或者还曾造一高台，以存古迹，是可笑的误会。而后人又以《燕台四首》中，有杜鹃，便认定是蜀鸟，乃义山游宦川东时作。见樟花木棉，又说是岭南植物，而义山的《河阳诗》也有木棉。见"青豁白石"字样，又说应该在建康一带去找。而不知这不过作者应用六朝乐府神弦曲，并不在乎地理的。他们这样刻舟求剑，胶柱鼓瑟来研究义山诗，如何能体会出他诗中的真意？

义山何以用"燕台"两字来隐射唐宫呢？想必是用赵飞燕和其妹赵合德的典故吧。义山因有"梁家宅里秦宫入，赵后楼中赤凤来"两句，秦宫赤凤自比，飞燕与合德为姊妹，一为汉后，一为婕妤，则以隐指鸾、凤。

帝王方面，义山屡以"牵牛"指唐文宗。张骞乘槎上天到银河源会见织女，平民潜入宫禁者每用此典。盖牵牛乃织女之夫也。还有说得更明白的，《拟意》那首五排竟有"夫向羊车觅，男从凤穴求"两句，下一句与诗首"迟回送阿侯"相应，表明蒋王宗俭乃卢轻凤的儿子。上一句系用晋武帝故事，《晋书·后妃传》："武帝掖庭殆万人，而并宠者甚多。莫知所适，常乘羊车，恣其所之，至便宴寝。宫人取竹叶插户，以盐汁洒地引帝车。"所以这一句是指鸾、凤的丈夫，乃是一位皇帝，当然非文宗莫属。

他忧虑纸虎一朝戳穿，祸将不测，《拟意》又有"真防舞如意"，是说"孙和悦邓夫人，常置膝上。于月下舞水晶如意，误伤夫人颊，血流污袴，娇姹弥苦"。又《宫妓》："不须看尽鱼龙戏，终遣君王怒偃师。"孙和乃三国东吴第二代皇帝，怒偃师者则为周穆王。这两端正编已引。

中国君主制度行之数千年，帝王尊严威势之养成，根深柢固，十分可怕。不必等到明清以后，唐代风气那么自由、随便，对君主的尊严仍不敢轻犯。李义山作这种隐僻晦涩的、读者难以理解的艳情诗，他只敢自比楚襄王、陈思王，大一统的帝王，则从未涉其笔端，乱加僭越。《碧城》第三首："《武皇内传》分明在，莫道人间总不知"，不过以《汉武内传》里的西王母、上元夫人等仙女以喻女道士而已，并非义山自比汉武帝。唐人好称"郎"，甚至帝王亦喜此。李贺始有"茂陵刘郎秋风客"之句。帝降为郎，尊威自减，义山始敢有"刘郎已恨蓬山远，又隔蓬山一万重"那句诗。刘郎是汉武帝，蓬山则为武帝招李夫人魂魄的齐少翁所居之仙山。此处刘郎则义山自指。

义山《东阿王》："君王不得为天子，只为当年赋洛神。"大概说自己考博学鸿词之落第，是与他与女冠宫嫔恋爱有关，好像曹子建作了《洛神赋》，其父不立他为嗣，其后便不能如其兄曹丕受汉禅而为帝。其实子建赋洛神时，其父久死，兄亦已为帝，史实的颠倒，诗人何尝不知，不过借用这个典故，而且是活用，千万不可拘泥（义山在本诗自注亦已说明原知史实颠倒，不过借用）。

观此，则明清以来的李诗笺注家，一涉宫禁，便都噤若寒蝉，其故可知了。

又义山《东阿王》这首七绝，冯浩注为"艳情"，张尔田便大为反对，说以"宓妃""洛神"拟所思之人是可以的，以"君王""天子"自喻，则万万不可。又说从来没有以君王、天子自喻的，简直是"拟于不伦"。张氏又引其他的解释，如以为此诗是为安王溶叹息，安王本穆宗子，于文武两帝为昆弟行，大概以年龄较小又想将来做皇帝，母事文宗最宠的杨贤妃，文宗每疑他与杨妃有染，不立他。其后与杨贤妃都被武帝即位前赐死，已见前文。张尔田说这还差不多，不过想来还是有点不对，说最好把这首诗当作咏史诗看待，不必强求其内容。

又义山《涉洛川》七绝："宓妃漫结无穷恨，不为君王杀灌均。"《魏志》："黄初二年，监国谒者灌均希指，奏植醉酒悖慢，却胁使者。有司请治罪，帝以太后故，贬安乡侯。"冯浩亦以为艳情诗，张尔田又说：有人以为这首诗是为柳枝作，"宓妃、洛神比柳枝可也，安有显以君王、天子自喻者耶？"此二诗的"君王"指曹植，义山固常以"魏王""陈王"自命，不过张尔田皆以为咏史。张氏连曹子建自称君王，尚以义山不可自比，天子则更不待论了。看了张氏一见天子二字便大惊失色的情况，我们深感数千年帝王幽灵的威力，真庞大到不可思议！现代人一提义山与宫嫔的恋史，便大摇其头，认为必不可能，还不是他们的心理，压于这种威力而不自知的缘故吗？

但看李诗中这许多帝王家的字样、辞汇、事实、典故，是何等的特殊，何等的分量，普通人是否可用？用之又有何意义？青年学生不知道，不足为奇，像陈定山、顾季高等都是富于古典文学知识，并且旧体诗词作得很好的人，何以也竟懵然不觉，真是令人怪诧！

顾季高并谓《拟意》乃义山写赠柳枝者（张尔田先就这样说），柳枝有个做皇帝的丈夫吗？他又说柳枝曾与义山私生一女，就是那个寄寄，而《拟意》诗尚有一个名阿侯的男孩，季高只好佯为不见。我想这都是成见为之害，成见一生于心，对当前的事实，便视而不见，而且任何歪曲的理由，都可承认，不但盲于目，而且盲于心了。再者这与我们中国人的头脑也有关系。一般中国人的头脑大都爱深恶浅，喜曲憎直，好舍易而就难，每舍康庄大道弗由，偏要走崎岖曲折的羊肠小径；况那些受过新教育者，饫闻西洋文、哲学原理，每要贩卖些来炫耀炫耀，卖弄卖弄。大家所犯的都是同一毛病，便是"求深反失"。在本书里更有一位海外学人，把义山一首有关宫嫔的七律硬认为汉武帝招致李夫人魂魄，层层分析，句句演绎，把一首活泼泼的好情歌，弄成直僵僵埃及的木乃伊，这样研究玉溪诗，真是"走火入魔"，真为玉溪生叫屈不已。中国古典诗词久已奄奄一息，这样一来，更要寿终正寝了。

结　论

我这篇文章写了这许多字，也该结束了。我那本《玉溪诗谜》写于半个多世纪前，自己并未重视。不意到了现代，居然还有人提起，不过赞成我说者少而反对者则颇多。若他们的反对有充分的理由，我当然自承错误，甘守缄默。无奈错误不在我，反在他们，这是"是"与"非"之别，也就是"真理"问题，真理所在，又安得不辩？或将谓李义山的艳情诗乃是他个人的罗曼史，既与当时的国计民生无关，与现代的文艺学术也无甚影响，若说是真理，则这个真理，非常微小，又何必在这上面多费唇舌？不知真理不论大小，价值相同，况见微而知著，由近始及远，多少学术原理均因先踏一小步而获致远大的前程，我们又怎可因其小而忽之呢？

或将又有人说：读象征文学的好处，就是朦胧缥缈，有如雾里之花，水中之月，若有若无，疑真疑幻，使人有一种迷离凄美的感受。况且它只说三分话，还有七分，让读者自己用想象去补足。遂像杨亿及许彦周所说玉溪诗，

"味无穷而炙愈出，钻弥坚而酌不竭"，这种文艺可称为作者与读者合作的文艺。若像你揭去李诗这层面纱，豁露其全部真相，岂不叫人兴致索然，味如嚼蜡吗？看来大家是想义山诗这个闷葫芦永远莫打破。我们中国人的民族性以糊涂著称，任何事理到我们手中，总要弄得一塌糊涂，于意始快，我又何必再来多事？不过我所惧者，这种民族性将来如何能在这个实事求是的科学世界立足！

我这篇论文多引朱长孺、冯孟亭、张尔田、顾季高诸家的专著，现代在本书里撰文的诸作者，或将不服，应该告罪，不过他们的话其实未出上述四位的范围，我想我这样办或无关紧要吧。

这本《李商隐诗研究论文集》，洋洋九十万言，各人所写文章，也都可说锦心绣口，可圈可点。无奈都没窥见玉溪诗真正内容，自从前许多笺注家直到现代学者，除比附一点不伦不类的西洋文艺理论外，论"象征"，都是求援令狐的丑态；论"本事"，又是柳枝小姨的荒谬。他们左说右说，千说万说，总是说不圆。于是好文章也就成了一大堆废话。譬如射箭，本以中鹄为贵，否则箭虽劲道十足，飞越十里廿里，仍以不中论。这本《李商隐诗研究论文集》，要说是本"见树不见林"的书，可怜他们连树都没看见;说是"瞎子断匾",倒很像,但又嫌其轻薄;只好套纪晓岚所引六祖的话:"不是风动,也不是幡动,贤者心自动耳",而以"一本风幡式的诗评书"为这篇论文的总题。

/ 第二部分 / 李义山之恋史

（上）李义山与女道士恋爱始末

甲、李义山王屋之学道

　　李义山艳情诗的对象之一是女道士宋华阳，他怎么和华阳认识的呢？则在他少年时代曾入王屋山学道的缘故。可是一般笺注家如朱长孺（鹤龄）、程午桥（梦星）、冯梦亭（浩）为义山编年谱，对他学道事竟付之阙如；若非义山自己有若干诗作提到此事，无法隐讳，笺注中不得不涉及一二；重要的年谱则几无只字。所以义山何年入山学道，留山又有多少时候，我们均一无所知。这样，我们想猜义山和女道士的罗曼史便不容易了。他们为什么如此？我想他们或者以为一个读书人，曾做过道士，是不体面的事，能不提就不提为是。他们不知唐代尊崇道教，道流身份极为高贵，做道士有什么不光荣？他们这种观念又是以自己时代眼光来看古代之过！

（一）王屋山

现且将义山学道的王屋山，简单介绍一下。王屋是中国北部的名山，《禹贡》："砥柱析城，至于王屋。"《山海经·北山经》："贲闻之山又北百里，曰王屋之山。"《列子·汤问篇》，北山愚公想移开的就是太行王屋两座大山。此山蜿蜒磅礴七百里，高万仞。主山四面如削玉，其形如帝王车盖，故名。一部分在山西阳城，大部分在河南济源。号为四渎之一的济水即源出王屋。相传轩辕黄帝会西王母于此山，王子晋缑山升仙后，也曾驾鹤来此山游过。山有王母洞深不可测。天下三十六洞天，此洞为第一，称"清虚小有之天"。相传与平阳洞（在甘肃境）潜通，周回万里，杜甫"万古仇池穴，潜通小有天"，即指此而言。

王屋名胜不可胜数，有东西玉阳山，唐睿宗女昌隆公主赐号"玉真"者，曾修道于东玉阳，而西玉阳亦其游憩之地。

王屋最高处曰天坛,左右有日精月华两峰。唐司马承贞修仙于此。

总之,王屋东与泰山,南与武当,鼎峙为三。其形势重要可想,且仙迹无数,为栖真之士群趋之所。李义山时代,王屋更当鼎盛期,况又属他家乡之山,他当然会选择这个地点,为他学道之所。

(二)义山诗自述学道王屋事

做道士在唐代既非可羞之事,李义山少年时曾到王屋学道,自己也就并不讳避。他的《李肱所遗画松诗书两纸得四十韵》,那首五古,说得非常明白。该诗先大赞肱所画松树之佳妙,想到他学道王屋山时,所见松林也是如此。诗云:

忆昔谢四骑,学仙玉阳东。千株尽若此,路入琼瑶宫。口咏玄云歌,手把金芙蓉。浓霭深霓袖,色映琅玕中。惜哉堕世网,去之若遗弓。形魄天坛上,海日高曈曈。终期紫鸾归,持寄扶桑翁。

"四骑"冯注:"未详。"又说:"谓谢四方车骑而山居学仙也。如《家语》子贡'结驷连骑',则以驷作四可也。"朱长孺则云:"唐武德(唐高祖年号)七年,改上大都督为骁骑尉,大都督为飞骑尉,帅都督为云骑尉,都督为武骑尉,后置节度使而都督之。义山尝为节度使巡官,此云谢四骑者,言辞去使府耳。"其义较长。

"玉阳",《通志》:"玉阳山在怀庆府济源县西三十里。"玉真公主既修道于此,则东山宜为女道观所在地,男道观当在西山。义山诗为凑韵,故只好改为"东"。或者东玉阳男女道观皆有。

"玄云歌",《汉武内传》:西王母命侍女安法婴歌《玄云》之曲。

"金芙蓉"冯注:此为学仙语,如李白《庐山谣》:"手把芙蓉朝玉京。"

"浓蔼"两句,琅玕谓竹,可见王屋山不但多松且多竹。道士等衣青霓之衣,与竹色相映。琼瑶宫则言道观建筑之壮丽。

"惜哉"两句,"遗弓"用"楚弓楚得"典故。言我虽学仙王屋而不忘世俗之念,终乃放弃道籍,好像楚共王遗弓,并不在乎。

"形魄"两句,王屋山绝顶曰"天坛",《旧唐书》:

开元十五年,令司马承贞于王屋山自选形胜,置坛、室以居,承贞以所居为"阳台观",又令玉真公主等至其所居,修"金箓斋"。天坛夜分先见日出,又能远见东海,有如泰山之观日。

"终期"两句,此诗为义山下山后数年所补写。言我仍想能成为骑紫鸾之仙人,持李肱所作这幅松图回到王屋的天坛,送给扶桑翁,即太真东王父(太阳神)作为仙家清玩。

义山尚有若干学仙王屋山的诗,这一首则最详细。

(三)义山学道王屋之动机

这个动机我想有二:一为科举上的便利计,二为生计所逼。

(1)为科举上之便利

义山年十六,著《圣论》《才论》,以古文出诸公间,令狐楚令居门下,授以章奏之学,与其诸子同游。楚进检校右仆射、天平军节度郓曹濮观察等使,义山亦随至天平,受辟为巡官。楚为他前途起见,又资以衣装,令随计上都,就是给他生活费,叫他到长安预备考进士的功课。他曾应考一次,为贾𫗧所斥,遂入崔戎幕,戎送他至王屋学道。并非叫他真的出家,无非为科举上较为便利计。但观义山第一次应举为贾𫗧黜落，可见进士考试不容易，非另谋出路不可。《通典》："开元二十九年，京师置崇元馆，诸州置道学生徒有差，谓之道举，送课试与明经同。"唐帝室因与老子同姓，遂托为老子的后裔，尊老子为玄元皇帝，两京立庙，俨然以道教为国教，现在又置设道举，课试与明经同。则学道之人，在科举上必有若干便宜可占，所以崔戎要送义山去王屋学道了。

义山《安平公诗》即叙此事。《新唐书·宰相世系表》："戎为博陵安平大房，封安平县公"，他初为华州刺史，继为兖海观察使，义山是在戎华州刺史任内入其幕的。

这首《安平公诗》是首七古，开始数句云："丈人博陵王名家，怜我总角称才华。华州留语晓至暮，高声喝吏放两衙。明朝骑马出城外，送我习业南山阿……"

"博陵王"，《旧唐书·崔戎传》："戎高祖元晔，神龙初有大功，封博陵郡王。"

"两衙"，早晚两衙。言戎爱己之才，留之谈论，不觉自晓至晚，遂喝放两衙，以结束办公时刻。

"南山"，旧注以为终南山，误。我在《总论》"此路向皇都"条固曾说，要论南山须先谈秦岭。秦岭有广狭二义，狭义的前文已论，现在要论广义的：原来广义的秦岭自甘肃而东，至陕西南部泾、渭、汉、沔之间，直至河南陕县，其间鼠雀、朱圉、太白、太华、终南、商山皆称"秦岭山脉"。终南即终南山，亦可称为南山，义山《和友人戏赠》二律言及宋华阳至京师所住华阳观有"柳梢楼阁见南山"句，即指终南山。它与王屋虽同号南山，实非一山。义山一生从无至终南山肄业之事，崔戎所送他去习业的南山是王屋。

（2）为生计所逼

义山原居令狐楚幕，为什么又入崔戎幕呢？则以令狐楚罢镇归朝，幕下不容多士，游于华州，遂为戎所延揽（戎也是他祖上表亲）。为什么说他之学道是为生活所逼？楚在天平曾资以衣装，令随计上都，楚非吝啬人，给他生活费即非宽裕，但一定也够他用度，而义山自序其《樊南甲集》云："十年京师寒且饿。人或曰：'韩文、杜诗、彭阳（令狐楚）章奏，樊南穷冻。'"这十年是并以后数年说的，最初数年，当亦一并计算在内，何以至此呢？则以他家累太重故。

义山的父亲李嗣所做官仅尉簿之流，后为浙东西从事，死于浙东。义山从父在浙约六年，父卒，奉丧举家回到河南郑州故乡，他那时的年龄大约九、十岁之间。后来逐渐长大了，家中有三姊一弟一妹，上有老母，他是长男，不得不负起养家的责任。据他《祭裴氏姊文》："某年方就傅，家难旋臻，躬奉板舆，以引丹旐，四海无可归之地，九族无可倚之亲。既祔故邱，便同逋逃。生人穷困，闻见所无。及衣裳外除，甘旨是急，乃占数东甸，佣书贩舂，日就月将，渐立门构。"后来他游幕各处，景况稍稍好转，而"天神降罚，艰难再丁。弱弟弱妹，未笄未冠。世绪犹缺，家徒屡空。载惟家长之寄，偷存晷刻之命，号天叫地，五内崩摧"。这都可见他家经济是如何的困难。他在京师预备举业的生活费，不得不分出大部分，托人带去，作为赡家之用，他自己在京师当然要过着挨饥受冻的日子了。唐代提倡道教不遗余力，学道学生必有许多优待，说不定还有些安家费，这对于寒士如义山者，诱因当然甚大，他遂沦入此途了。

（四）下山

义山在王屋山学道，为时似不久。不到一年光景，便又下山了。这里有《东还》一绝记其事：

自有仙才自不知，十年长梦采华芝。秋风动地黄云暮，归去嵩阳寻旧师。

此诗言自己本有成仙之才而不自知，竟撄世网而下山返俗，但这十年（此乃十年后补作）以来，我还是梦想着王屋学道那段岁月之有意味。华芝代表成仙，与《圣女祠》"玉郎会此通仙籍，忆向天阶问紫芝"同。回忆我自王屋下山时正当深秋，西风大作，卷起一阵阵黄沙，天色为之昏暗。我且东归到嵩山之阳，找寻我的旧师罢。旧师不知何人？嵩阳亦不必拘泥。中岳嵩山在河南，是义山故乡，下山后，大概回故乡一行。

义山于唐文宗太和七年（公元八三三年）在华州由崔戎送王屋学道，八年（八三四年）崔戎为兖海观察使，义山又随之到兖，则旧师者当指崔戎。而他王屋学道，为期亦不过一年，或一年还不到，当时义山的年龄不过二十一岁。（据冯谱）

义山自王屋下山，随崔戎至兖州，正式为典章奏，替他写了好几篇表章，如《谢除兖海表》《兖州谢上表》等等，不幸崔戎到兖州才经过六个月，便一病不起，义山又为草《遗表》。

其后又有《过故崔兖海宅与崔明秀才话旧，因寄杜、赵、李三掾》五律一首，其中有"会葬"的话，又有"俱分市骏金"的话。可见崔戎死前还留了一笔钱，分给他几个旧掾，义山想也分润了一部分。其后又有《宿骆氏亭，寄怀崔雍、崔兖》。崔雍、崔兖是崔戎两个儿子。

义山大约得了崔戎所赐遗金，又赴长安去预备进士的考试了。

乙、圣女祠与宋华阳

笔者曾屡次说圣女祠本无其地，不过是义山诗谜所创造女道观的代名词。但这个代名的女道观究竟在什么地方呢？我以为是在王屋山义山少年修道处。

义山的《碧城》三律，词采之瑰丽，意境之深邃，情调之悠扬宛转，哀怨欲绝，读者无不为之深深着迷，几乎要推为义山诗之代表作；不过他们始终不知此诗说的是什么，碧城是否真有其境，还是五云缥缈的神仙楼阁，只好胡猜乱测，说些十分可怪笑的话。其实碧城就是圣女祠的另一代词，是义山认识宋华阳的地点。我已说过圣女祠系在王屋山，那么碧城也就在王屋。现在且先说圣女祠，再谈宋华阳。

今日先说这个与碧城是二而一的圣女祠。

圣女祠

（一）天坛可见海日

《碧城》三首的第一首腹联："星沉海底当窗见，雨过河源隔座看。"许多笺注家皆莫名其所以。冯浩于此诗之后总论乃谓"窃意海底、河源，系暗用三神山反居水下，舆张骞乘槎上天河见织女事"。按《史记·封禅书》："自威、宣、燕昭，使人入海求蓬莱、方丈、瀛洲。此三神山者，未至，望之如云，及到，三神山反居水下。临之，风辄引去，终莫能至云。"其实，居水下的三神山，乃是世界性的大神话。颠倒古代普世人心，至今未已（即佛教西方极乐净土之说），关系极大（参考拙著《楚骚新诂·离骚西海》篇）。冯浩以为星已沉于海底，当窗何能得见，此当海底之天之星所映现者，他的思想倒颇深曲，无奈并不是这回事。《碧城》所谓沉星之海，是我们地球上的海，是真的海，而非神话三神山在下之海。星也是我们在天上所见之星，而非海底之天之星。至河源（银河）歇雨，则配句，不重要。

笔者在王屋山一文中固曾言王屋山绝顶之天坛可以望见

海日。义山《李肱画松诗》，固有"形魄天坛上，海日高曈曈"；又他的《偶成转韵七十二句赠四同舍》有："旧山万仞青霞外，望见扶桑出东海。爱君忧国去未能，白道青松了然在。"言我在王屋修道本有遗世之想，惟以顾念君国，不能决然舍去，而王屋之白道青松，固了了然时在我目前也。又《戊辰会静中出贻同志二十韵》有"吟弄东海若，倚笑扶桑春"二句，亦言王屋顶见海日事，义山诗已有三处提到王屋所见海日。

唐人还有些咏天坛海日的诗，援引数首于次：

……万里洞中朝玉帝，九光霞外宿天坛；洪涟浩渺东溟曙，白日低回上境寒……（元稹《天坛上境》）

星斗半沉苍翠色，红霞遥照海涛分……（马戴《宿王屋天坛》）

朝游碧峰三十六，夜上天坛月边宿。仙人携我搴玉英，坛上夜半东方明。仙钟撞撞近海日，海中离离三山出。霞梯赤城遥可分，霓旌绛节倚彤云……（李益《登天坛夜见海日》）

唐以后关于天坛海日诗不录。唐人尚有《天坛见海日出赋》。

（二）玉真公主修道处

我们在这里不妨把玉真公主的事叙述一下。玉真乃唐睿宗女，名持盈，初为昌隆公主，修道后，始赐号玉真。睿宗乃高宗武后所生第八子。其妃窦、刘二人为武后所谋害，尸骨无存。或以为玉真与睿宗另一女金仙之为女冠，系为其母窦氏资冥福，其实不是。据《通鉴》说是为天皇天后，就是睿宗父母亲，高宗与武则天。

玉真金仙修道时，睿宗命于京师筑道观，筑者日万人，穷极华丽，已见正编。但玉真后又至王屋山修道。唐公主之出家为道者，不一定皆居京师，有至甚偏远之地的，只须那里是名山及有名师就是。玉真之至王屋，或是为了司马承贞罢。

玉真道观系在东玉阳山，并非在天坛绝顶，当望不见日出东海，不过此景既在王屋，义山诗亦不妨连类言之。他的《嫦娥》绝句也为宋华阳说的，"嫦娥应悔偷灵药，碧海青天夜夜心"。这"碧海"二字，并非强拉来陪衬"青天"的，也是写实，就是王屋所能见之东海。

（三）道观之宏丽

玉阳之女道观既为从前玉真公主所遗留，合《碧城》与《圣女祠》之诗观之，所谓"碧城十二玉阑干""龙护瑶窗凤掩扉"，俨然带有帝王家宫殿色彩。所谓"碧城"者，朱氏引道源说："元始天尊居紫云之间，青霞为城。"谓出《太平御览》。公主所居道观，也许稍带城堡形状。《月夜寄宋华阳姊妹》："十二城中锁彩蟾。"又《重过圣女祠》"尽日灵风不满旗"，道观不能有旗，惟"城堡"有。"十二玉阑干"，"十二"这个数目字乃义山所最惯用者，如"十二峰""十二门""十二玉楼""十二云梯"，可说是他的口头禅。总之，阑干不限十二，当皆以玉石做成。又曰"阆苑"，曰"女床"，皆珠光宝色之仙境。

（四）女冠服用之豪奢

《碧城》"犀辟尘埃玉辟寒"，道源注：《南越志》："高州巨海，有大犀出入有光，其角开水、辟尘。"《岭表录异》："辟尘犀，妇人为簪梳，尘不着。"《天宝遗事》："会昌年间，扶余国贡火玉三斗，色赤，光照十步；置之室中，不复挟纩。"此两种异宝的作用，皆不可信。意者女道观中洒扫至洁，纤尘不染，遂谓有犀角以辟。高山气候寒冽，湿瘴尤重，或筑夹墙通暖气，遂谓有暖玉保温。

（五）女道士与外间通消息

《碧城》"阆苑有书皆附鹤"，道源注："仙家以鹤传书，白云传信。"冯注："卢纶诗'渡海传书怪鹤迟'。"此当与"青鸟使"合看，无非诸女冠之侍役，如三十六鸳鸯之类。"女床无树不栖鸾"，女床一作女墙，误。《山海经》："女床之山，有鸟焉，其状如翟而五采文，名曰'鸾鸟'"。此句似隐指观中女道士每人都有一个情人。结二句，"晓珠"皆以为日，日光甚强烈，安能像水晶盘？又岂可相对？疑指天晓后尚现天际之残月，使其明而有光，定而不落，则道观中于诸般珍宝外，又增一奇玩了。

胡孝辕云："唐时公主多自请出家，与二教人媟近。商隐同时，如文安、浔阳、平恩、邵阳、永嘉、永安、义昌、安康诸主，皆先后丐为道士，筑观于外，史即不言他丑，颇著微词。"后来大概她们名誉搞得不大好，复行召回京师。

玉真公主修道倒是很虔诚的，并无落于人口的话柄，她死后，数传到义山时代，这个玉真观也许又住入了一位贵主，宋华阳姊妹三人都是宫女出身，也随着她来了。观《碧城》及《圣女祠》所写，观中清规之不肃，法纪之荡然，可以想见。

宋华阳

读义山诗"沦谪千年别帝宸"及"寄问钗头双白燕，每朝珠馆几时归"，宋华阳出身宫中是不成问题的。义山关于与宋一段罗曼史，只有诗长短十余首，宋如何与他失和，如何对他态度冷淡，宋在道观中居于何等职位；以后来访，宋如何已奉调他往，在京师又如何复续旧欢，想正式娶以为妻，历历如绘。这个诗谜也制造得极为精密。

（一）以诗点出宋之姓名

这首七律是《赠华阳宋真人兼寄清都刘先生》。清都刘先生即道士刘从敬，号升元先生，初栖王屋山，其后迁居都下。义山诗"杖履逢周史"的话，可见这位刘先生即是他学仙王屋时之师。刘与宋有点亲串关系，故曰："但惊茅许同仙籍，不道刘卢是世亲。"

以后各诗，皆见正编，不复。

（二）宋华阳在道观中之职位

我曾说宋在道观中职位并不高，好像仅仅是一个"观厕总监"。我为什么这样说呢？是因为李义山对她屡用"紫姑"的典故。如《昨日》：

昨日紫姑神去也，今朝青鸟使来赊。未容言语还分散，少得团圆足怨嗟。二八月轮蟾影破，十三弦柱雁行斜。平明钟后更何事，笑倚墙边梅树花。

又《圣女祠》五排一首，有"消息期青鸟，逢迎异紫姑"两句。

紫姑皆指宋华阳。紫姑乃厕神。《洞览》："帝喾女将死，云生平好乐，至正月望可以见迎。"未言女名，亦未言其司何事。《荆楚岁时记》："正月望日，其夕迎紫姑神以卜。"《异苑》："紫姑本人家妾，为大妇所妒，正月十五日感激而死，故世人作其形迎之，曰：'子胥不在，曹夫人已行，紫姑可出。'子胥，婿名也，曹夫人，大妇也。世人以十五日于厕间或猪栏迎之。捉者觉重，便云：'神来。'奠设酒果，亦觉貌辉辉有色，即跳躞不住，能占众事，行年蚕桑，好则大舞，恶则仰眠。"

"紫姑"一作"子姑"，谓她姓何名媚，莱阳人，为大妇曹氏所妒，正月十五夜，阴杀之于厕间，遂为厕神。迎她时是始作其形，其后则以筲箕插筋。妇女举之迎归，问卜，则箕自叩地，以次数多寡为可否。好像现代我们之请"桌仙"。

义山曾以人间仙女绿萼华、杜兰香比喻宋华阳，而《昨日》和五排的《圣女祠》，则称之以紫姑，分明说她是个"观厕总监"，就是管理道观中所有厕所的头子，职位并不高。她若是贵主贴身的侍女，则西王母天仙级的侍女便有好多位：如"董双成""许飞琼""王子登""郭蜜香""李方明""婉凌华""范成君""段安香""安法婴""石公子"，任何一位都可相比，又何必比之为微贱的紫姑厕神呢？

（三）与宋华阳之失和

义山与宋华阳之失和，是为了他言语的不慎，正编已提及。《碧城》第二首："不逢萧史休回首，莫见洪崖又拍肩"，便是含着醋意的要求。萧史是秦穆公女弄玉之仙婿，弄玉善笙，萧史善箫，故又称"秦史""秦楼客"，义山常以自喻。郭璞《游仙诗》，"左挹浮丘袖，右拍洪崖肩"，二人都是仙人。

（四）《碧城》诗三首之解释

以前读李诗者都极爱这三首《碧城》，而苦于不知其究竟意义，猜测百端，聚讼纷起，有至可怪笑者。如谓此三诗乃义山私人家侍婢而作，或所私者为人家少女。"玉轮顾兔初生魄，铁网珊瑚未有枝"，兔曾在腹，网未收枝，言少女怀有身孕,可与《药转》一诗参看。有谓此诗系刺入道之贵主者,有谓系刺普通女冠者。"鹤传书""鸾栖树",幽期密约可以想见。"犀辟尘"言入道,"玉辟寒"言寻欢。"水晶盘"言清冷,"晓珠"言日,幽会之事惟宜黑夜,等到太阳一出,便难以为之,一生惟有安于清冷耳。

而最荒唐乖谬者则莫如朱竹垞的议论,相传他废寝忘食,研究了许多日子,所得结论乃是:

三诗莫得其解,予细按之,似皆为明皇太真而作,何以知之?玩此三诗首与结句而悟之。盖以明皇为武帝,唐人之常也,则其为明皇无疑。《碧城》四句以仙家况宫内之繁丽也。星,小星也;雨,灵雨也;星沉雨过,武惠妃已薨也;当窗隔座,太真后入宫也。结以飞燕比惠妃(汉成帝以赵飞燕身轻,作水晶盘使舞于上。又有以为董偃事者),合德比太真,言惠妃不死而一生专宠,犹或不至于招乱也。"对影"句,实写太真之美也。"玉池"句,指太真赐浴华清池也。"萧史"谓寿王,"洪崖"谓禄山也。"放娇""狂舞",谓其恃宠之态也。"鄂君"谓明皇也。"独自眠",蜀道雨淋铃时也。"七夕"二句,长生殿私语事也。"月初生魄",则不可圆矣;"珊瑚"未有枝,则不可期矣,犹言"他生未卜此生休"也。"神方"二句言鸿都道士之渺茫也。"武皇"二句总结三首和盘托出,所谓微而显也。

竹垞这一段话与正编所引者稍异。正编语见王渔洋所引《静志居诗话》,这一段话则见《李义山诗集》眉批。

竹垞这番话之穿凿附会,谬语连篇,真叫人绝倒。他比武惠妃为赵飞燕,杨太真为合德,不知飞燕合德乃姊妹,而太真之于惠妃,则为姑媳——寿王乃惠妃生——尤其"回首""拍肩"两语更可笑。照他的意思:明皇嘱咐杨贵妃是这样说的:"那寿王是你故夫,你见了他回头一笑,同他叙叙旧情,是可以的。但安禄山那个胡儿,你千万莫再同他勾肩搭背,一味胡调呀!"这像一位皇帝说的话吗?恐怕一个普通做丈夫的,都说不出吧!

这可见前人因不懂李义山艳情诗的内蕴,胡猜乱测,竟到这样地步!

这三首《碧城》,正编也曾解释过,现第一首已在此文内详注,下二首不妨再详注一番。

第二首开始二句"玉池荷叶"当是圣女祠前人工掘有小池,池中植有荷蕖之属。颈联二句注已见上。腹联二句是想象宋华阳与永道士欢会时景况。结二句出刘向《说苑·善说篇》，言楚康王之弟鄂君子皙聆榜人女唱歌故事。"鄂君子皙泛舟新波之中……榜枻越人拥楫而歌"，所歌乃越国土音，鄂君道："吾不知越歌，子试为我楚说之。"那歌译出后是"今夕何夕兮，搴舟中流。今日何日兮，得与王子同舟。蒙羞被好兮，不訾诟耻。心几烦而不绝兮，得知王子。山有木兮木有枝，心说（悦）君兮君不知！"于是鄂君子皙乃"揄修袂，行而拥之，举绣被而覆之"。王屋乃高山，其上何来可以泛舟之大水？不知此处侧重"绣被"二字，言等等情人不来，我惟有焚香后拥绣被独自成眠而已。义山寒士，何来绣被？这也不过是他唯美文学的夸张法。

第三首"七夕"系情人约定会晤之日期，不必一定指牛女鹊桥相见之日，正编已言。情人在约定之时期不来，我洞房所悬之帘箔至今尚下垂至地而不卷——盖有人来，帘始卷起。颈联"月兔初生魄"，约期系在月初眉月始生时。铁网空张，珊瑚竟失，言女道士失约。笔者固曾言东玉阳山固为玉真公主道观所在处，但恐男女道观均有。现更知此言未误。东西玉阳相距当有数里或十几里。山路何等的崎岖，深夜行走又何等的不便，女道士岂能摸黑而至义山住所。且由此诗亦可知道观规则虽不严，男情人尚不能自由出入，必女方潜至男方乃可。腹联"检与神方"，乃宋华阳尚未绝情日，检得长生不老的药方传授给义山，此时翻视弥增感喟，遂以凤纸写相思之诗。结二句言你怪我言语不慎，须知西王母与上元夫人降汉武帝，事虽神秘，汉人居然写成《汉武内传》，流传至今，则我们二人的罗曼史，我即不言，人亦会知道，你又何必怪我呢？

（五）上山求和被拒

义山《谒山》一绝，当是下山还乡后，思念宋华阳，又上山求见，想同她和解。谒山者，谒王屋也。不意华阳竟摆出一副冷冰冰的面孔，理也不理。义山遂为此诗云：

从来系日乏长绳，水去云回恨不胜。欲就麻姑买沧海，一杯春露冷如冰。

"安得长绳系白日"见傅休奕《九曲歌》，言事已决裂不可挽回。"水去云回"侧重"水去"，言感情已如长逝之水滔滔而去。"云回"二字则为配典。麻姑古仙人。东汉时，仙人王方平降蔡经家，召麻姑至，年十八九，貌美丽，手指爪如鸟爪。谓方平曰："接侍以来，已三见沧海为桑田；向到蓬莱，水又浅于往昔，岂将复为陵陆乎？"沧海本非麻姑所主有，但她已三次见其变化，则她与沧海关系特深，说是她的，亦未为不可。义山说他本想向麻姑买沧海，谁知竟得到一杯其冷如冰的春露。"沧海"与"杯"怎会有连呢？原来由李贺诗"遥望齐州九点烟，一泓海水杯中泻"而来。李贺用邹衍大九州的话。谓大九州在其深无底、其远无际的"大海"中，若置身极高处而望之，就像杯中之尘点。

邹衍所言大九州，只有一个有名字，其余八州则否。小九州乃中国所固有，《禹贡》《尔雅》《周礼》名字大同小异，并无齐州之名。《尔雅·释地》："齐，中也。"《河图》括地象及《淮南子》均言"正中为冀州"，齐、冀一声之转，则齐州即冀州，古人常以齐州代表中国。但李贺诗九点烟云云，说的是大九州光景。齐、冀既为小九州，则是联成一片的土地，他是用错典故了，不过管他错不错，这种气魄的诗，也只有唐人做得出。

朱长孺云："设想奇极矣，不知何所为，未解其旨。"纪晓岚亦谓"未解其旨"。冯浩谓"谒山者，谒令狐也。次句身世之流转无常，三句陈情，四句相遇冷淡也"。张尔田独谓此诗并非义山去谒令狐绹，而是指绹来谒。谒山之山，以李之号为义山也。杯露如冰,则言绚来谒未遇而去,杯酒竟冷如冰。你想他们这类解释,岂不令人笑死。

义山是怀州河内人,怀州即是今河南沁阳县,在王屋山之东,距离不远。所以他总称王屋为"故山""旧山",他返俗下山后回到故乡,再上王屋并不难。笺注家说他曾举家迁居洛阳,洛阳到王屋也并不如何费事。唐人不问男女都会骑马,而唐代驿路又修得平坦宽阔,交通在唐人是不成问题的。义山大约或托便人带信,或自己再上山,终于取得宋华阳的谅解,所以开成二年十二月间,义山与令狐家属护楚之遗榇归葬王屋山附近,事毕将返京师,曾乘隙上王屋访旧。若宋与他未曾言归于好,他又怎敢呢?

(六)京师相逢复续旧情

宋华阳被调回京后,大概派在华阳观。观在长安永崇里,在曲江旁。观系代宗女华阳公主旧所修道处,当然又是非常宏丽壮阔,闲房甚多,举子来京预备考进士的功课,多僦居其中,白居易就在这观中住过,已见正编。义山在京预备考试也许曾借居这个观里,即不在观,也在观的附近,屡见李诗。如此,则他与宋华阳续旧情甚为容易,这里有两首七律,似可为证。

《和友人戏赠二首》,《文苑英华》作《和令狐八戏题》,冯浩谓"当可据",我也以为"当可据"。令狐陶是义山好朋友,当时皆年少,义山这类风流故事是不会瞒他的。陶作诗调戏,义山奉和。今陶诗失落不可见,极为可惜。不然,我们可在其诗中得到许多消息。今且将义山和诗录于此。

第一首:

东望花(一作高)楼曾(《英华》作事)不同,西来双燕信休通。仙人掌冷三霄露,玉女窗虚五夜风。翠袖自翻回雪转,烛房寻此外庭空。殷勤莫使清香透,牢合金鱼锁桂丛。

首句言宋华阳自介于山西河南的王屋山来到京师,翘首回望从前所居高楼。王屋山原在长安之东,故曰"东望"。碧城或圣女祠原有层楼,义山原有诗:"如何雪月交辉夜,更在瑶台十二层",可见华阳居楼上,"事不同"者,想必从前天高皇帝远,十分自由纵恣,于今观规较为严肃。

第二句,长安在王屋之西,双燕西来,并非由西而来,是说到了西边。华阳姊妹三人,或者仅来其二,故曰"双燕"。释道源大引《开元遗事》,女子郭绍兰托双燕寄书与其婿事，无谓。

"仙人掌"，汉武帝为求仙，作柏梁柱，承露仙人掌。"三霄"道源注，谓为"神霄""玉霄""太霄"。"玉女窗"，司马相如《大人赋》"载玉女而与俱归"，注玉女：青要，乘弋等。此二句无非借神仙典故，比女道士。

"翠袖"，张衡《舞赋》："裾似飞鸾，袖如回雪"。唐代男女道士的制服，似皆为青色。义山《李肱画松诗》"浓蔼深霓袖，色映琅玕中"可证。女道士固不须习舞，为敬神亦舞，此言彼等舞时广袖飞翻，有如回雪。

"烛房"，点着蜡烛之房。谢庄《月赋》："去烛房，临月殿。""外庭空"者，道观中之烛房，华丽如宫廷，外间岂能有。

"殷勤"二句，"金鱼"为鱼钥。鱼眼永不闭，守夜最佳，故制为锁门之钥，与"金蟾"同。"桂丛"为"月宫"，义山固常比女道士为嫦娥。此言与女道士来往事必须严守秘密。与《碧城》"武皇内传分明在，莫道人间总不知"互相呼应。义山前为言语不慎，得罪宋华阳，这次惩于前失，定必三缄其口。但他仍把这些事告诉了令狐绹，及得绹戏赠之诗，又连忙嘱咐，我这种风流事，你千万不可透露出去，一定要代我严行守秘才好。他态度这样轻忽，岂不太可笑？不过这也是少年朋友互相调谑的常事。

第二首：

迢递青门有几关，柳梢楼角见南山。明珠可贵须为佩，白璧堪裁且作环。子夜休歌团扇掩，新正未破剪刀闲。猿啼鹤怨终年事，未抵熏炉一夕间。

"青门"，《三辅黄图》："都城东出南头第一门，曰霸城门。"门之色青，名曰"青城门"，或曰"青门"，亦曰"青绮门"。此言人由长安城中想赴华阳观，必须经过几道城门。义山原居曲江边，亦居城中。

"南山"，"终南山"，长安城内外，皆可望见。

"明珠白璧"二句不过言女道士服饰之华美。

"子夜"，冯云并非"子夜歌"，言夜半而已。《乐府》有《白团扇歌》，大概女子见情人以团扇掩羞颜。义山诗"扇裁月魄羞难掩，车走雷声语未通"，及"低扇遮黄子"（黄子乃女子额际所涂黄色），"掩"同"掩"。此言我半夜来到道观与你相会，你不可以团扇掩羞颜，拒与我好合。

"新正"未破，破乃那个月已过完之意。杜甫诗"二月已破三月来"。"剪刀闲"，言正月未过毕，女道士女红之事一概停止。

"猿啼"二句,言我终岁为相思所苦,但与你会见仅一夕,终年猿啼鹤怨,皆消灭无余了。

《题二首后重有赠任秀才》:

一丈红蔷拥翠筠,罗窗不识绕街尘。峡中寻觅长逢雨,月里依稀更有人。虚为错刀留远客,枉缘书札损文鳞。遥知小窗还斜照,羡煞乌龙卧锦茵。

"一丈"二句,言宋华阳所居处,植有蔷薇及竹子。道观幽静,街尘自然不到。华阳观之静,正编已详言,不赘。

"峡中"二句,用巫峡神女典。神女谓楚襄王,我居巫山,"朝为行云,暮为行雨,朝朝暮暮,阳台之下"。长逢雨者,言与女道士会晤也不容易,十有九次见她不着,好像拜访巫峡神女,总是碰见下雨天气。"月中人"义山又"月姊相逢下彩蟾"。《槿花诗》:"月里宁无姊,云中亦有君。"又《咏子直晋昌李花》:"月里谁无姊,云中亦有君。"《圣女祠》:"星娥一去后,月姊更来无?"其诗以月中嫦娥喻女道士者,不一而足。

"错刀"二句,张衡《四愁诗》:"美人赠我金错刀。"

王莽更造金错刀钱币。美人赠张衡者必非财货,而为爱情纪念品。宋华阳亦赠过信物,以为可以留客矣,谁知还是虚话。"文鳞",鲤腹藏书也。言屡次通信约会,枉费书札,总无结果。

"乌龙",犬也。女道士养犬常卧之锦茵,而我竟不能长亲芳泽,安能不羡犬?笺注家皆引《搜神后记》张然犬乌龙救主事,一点不切事实。或谓任秀才有思于青楼中人(他们误道观为青楼),义山谑之,谓他尚不如犬。这种解释,甚无意味。狎客访妓,只须大爷有钱,随时可见,哪有这等难处?

由此诗可见义山不但将宋华阳事告诉了令狐绹,还告诉了任秀才,他的言语真太不慎!

(七)义山一度思正式娶宋为妻

这于他《中元作》一诗见之。诗云:

绛节飘飘空国来,中元朝拜上清廻。羊权虽得金条脱,温峤终虚玉镜台。曾省惊眠闻雨过,不知迷路为花开。有娀未抵瀛洲远,青雀如何鸩为媒!

冯浩于诗题及全诗注得非常详细,但他说中元是盂兰盆节，就是目莲救母于饿鬼狱而设的那个节日，却是错的。其实七月十五日的中元是属于道教，比佛教盂兰为早。今节取冯朱两家注之合于原诗之意者：

"中元"，《道经》："七月十五日中元之日，地官校句搜选人开，分别善恶，诸大圣中，普诣宫中。"地官即冥司主者，所辖为众鬼，可见中元乃三官教里的"鬼节"，佛教以盂兰盆布施饿鬼，即由此剽窃。三官是世界最古的宗教，传入中国亦早，历史比佛教久远得多。不过三官教既有世界性，则印度或与中国同时。

"绛节"，梁邵陵王《祭鲁山神（此神似即东岳鬼王）文》："绛节陈竽，满堂繁会。"杜甫《玉台观》其一："上帝高居绛节朝。"

"上清"，道家以玉清、上清、太清为三清。即元始天尊、太上道君及太上老君所辖之天界，称"三清境"。又说："圣登玉真、真登上清、仙登太清。"

"羊权事"，《真诰》："萼绿华以晋升平章十二月，降羊权家，赠权诗一篇，火浣布手巾一条，金玉条脱各一枚。"权学道学，简文帝黄门郎羊欣之祖父。条脱或作跳脱，或云指环，或云腕钏，以后者为是。

"温峤事"，《世说》："温公丧妇，从姑刘氏，家值乱离,唯一女甚有姿慧,属公觅婿。公密有自婚意,答曰:'佳婿难得,但如峤比如何?'姑曰:'丧败之余,乞粗存活,何敢希汝。'却后少日,公报姑云:'已觅得婿处。'因下玉镜台一枚。姑大喜。既婚交礼,女以手披纱扇,抚掌大笑曰:'我固疑是老奴,果如所卜。'"温峤玉镜台事,流传为佳话,但经后人考证,温先后娶李、王、何三姓女子,并无娶刘氏事。不过佳话就是佳话,何必在这事弄考证,致煞风景!

"曾省""不知"二句,朱氏无注。冯浩引徐湛园语谓:"暗用高唐天台二事。"非常有见识。"闻雨"就是"峡中寻觅长逢雨"那一句同义语。刘阮入天台,逢二女留止。后思家下山,则家乡人物皆变易,似经过数百年者。二人复行入山,欲再到二女家,但见桃花满山谷,迷不得路。

"有娀"二句,见屈原《离骚》:"望瑶台之偃蹇兮,见有娀之佚女。吾令鸩为媒兮,鸩告余以不好。"萼绿华赠羊权以金玉条脱,似大有相爱之意,故赠物定情。宋华阳想也送过义山什么信物,情愿和他结为夫妇。不过义山方面聘礼尚未办就(大概是因为他太穷),所委托的做媒者,又以未得其人,把这事弄僵了,他们婚姻也就告吹了!

但看原诗所说的话:那有娀氏居住瑶台,并非像瀛洲(即三神山）之辽远（隐指宫嫔所居），我本应该派青鸟使（青雀）去传话，却不知如何竟派了那个喜说谎言、善败人事的"鸩"去，以致好事难成。

诗题为《中元作》，除首两句外，与中元都毫无关系，不知其何意。或者他后来客居在外，偶逢中元举国出观的盛况，由这道家节日而想起他与女道士宋华阳婚事未成的遗憾而写的吧？或李宋婚事败于中元节前后。

笔者于此诗不主鸾凤二嫔而主女冠宋华阳者，则以帝王妃嫔无嫁人之理，且以鸾凤在宫廷中之地位，也并无被遣出宫的希望。而女道士要求还俗结婚，则较为容易。且此诗多用仙女典故，又"闻雨过"又与《赠任秀才诗》意相符，故知义山曾有心正式娶宋之事。

或将谓宋华阳与李义山原是旧相知，想嫁他就嫁过来好了，又何必要求聘礼与派人做媒？这个我却不知道。或者女道士返俗后就要依照一般世俗行事吧。

但宋华阳婚事不成，并未返俗，但看义山《寄远》：

姮娥捣药无时已，玉女投壶未肯休。何日桑田俱变了，不教伊水向东流。

"姮娥""玉女",当然都指宋华阳。"捣药""投壶",则指修道。

"伊水",伊水出南阳县,西蔓渠山,皆东北流,至伊阙后为地势所阻,又流向南北。此言伊水本向东流,为何又改向南北,是哪一天沧海桑田的变迁教它如此呢?好像宋华阳本系慧美女子,应在人世享爱情生活。是何命运,教她被选入宫中,又被遣出为女冠,一辈子守着修道的生活,岂其所愿?

华阳曾一度背弃义山,并于义山求和解时,以极严冷的态度相待,而义山仍百计追求她,并欲正式娶以为妻者,则她定然是个年轻貌美,十分出色的女子。义山以后作的艳情诗,常以鸾凤二嫔与宋华阳并举,可见他之不能忘情于此人。

(下)李义山与宫嫔恋爱始末

甲、义山所爱宫嫔之种切

笔者在《论一本风幡式的诗评书》里固曾说,义山恋爱的对象有女道士与宫嫔两类人物，他对于女道士虽亦有深情，而着墨较少；于宫嫔则其奇情艳遇固为亘古所无，且两心固结，生死以之，更是可歌可泣。所以义山所作关于宫嫔恋史的诗，除整篇外，一首诗中掺入一二句者也可算数，则竟达百十数篇上下。玉溪诗传世者称为六百零二篇，实则六百篇不到，而他与宫嫔恋诗，竟占了六分之一，也可见他对这段恋情之重视了。

我半世纪前所撰《玉溪诗谜》里所引女道士及宫嫔的资料皆甚完备，现在想避免重复，势不可能，只好将正编所引过的各诗注解加详，以求观念之清晰。若幸而遇见正编所未引者，则增引于此。其于二嫔与义山如何相识，其后如何遭祸，正编曾援引唐代正史稗史之可信者加以阐发，现则概付省略，以免烦絮。

我固在总论里说义山用诗谜方式来纪录他的恋史，有当时撰写的，有后来补作的；有开有合，有起有讫，首尾呼应，脉络贯通。是一件最高的艺术品。于今且看他所写他与宫嫔恋史，写得如何精密，用以证实我言。

（一）宫嫔姓氏及入宫至死时之年龄

（1）姓氏

二嫔姓卢，前文论之已详。惟如汤翼海先生之不肯相信必大有人在，今不妨在此更为一论。义山《富平少侯》那首七律是叙述唐敬宗于宝历二年得浙东当局贡献飞鸾、轻凤二舞女的事。诗与苏鹗《杜阳杂编》所记完全符合。诗之最后两句："当关不报侵晨客，新得佳人字莫愁。"点明飞鸾、轻凤之姓为卢。以后李诗所有"莫愁""卢家""郁金堂""白玉堂""石城""白门""阿侯""王昌""三十六鸳鸯"许多卢莫愁的典故，都由这两句诗生发出来，非常重要。中国人论诗有所谓"诗眼"者，义山这两句诗就是"诗眼"。

义山诗显明著"卢"于句中者，如"隔得卢家白玉堂""欲入卢家妒玉堂"，显明制为诗题者，如《追代卢家人嘲堂内》，更有清宫案发生。二嫔惨死时作的《代应二首》，就是：

沟水分流西复东，九秋霜月五更风。离鸾别凤今何在？十二玉楼空复空！

昨夜双钩败，今朝百草输。关西狂小吏，惟喝绕床卢。

义山《与同年李定言曲水闲话戏作》起句为"海燕参

差沟水流"之句。"沟水"即曲江湾汊之水。"十二玉楼"即《无愁果有愁曲》"十二玉楼无故钉"。"离鸾别凤"当然指惨死的鸾凤二女。

第二首的"双钩败"是指姊妹皆死。"百草输"是指当时死的宫倡宫人甚多，虽无百数，也绝不止十数。下二句更不可解，朱冯注皆引《晋书·刘毅传》："东府聚樗蒲大掷，余人并黑犊以还，惟刘裕及毅在后。毅掷得雉，大喜，褰衣遥床叫曰：'非不能卢，不事此耳！'裕恶之，因援五木久之，曰：'老兄试为卿答。'既而四子俱黑，一子转跃，裕厉声喝之，即成卢。"

朱长孺于诗后引纪晓岚评云："二首皆艳辞，前首颇浅，次首不甚可解。"冯浩亦云："意取卢姓，而意不可晓。"

义山诗意在取卢姓是对的，我于风幡式诗评中固曾说冯氏注李诗久，知其所恋者姓卢。此诗次于"沟水""十二玉楼""离鸾别凤"，一首七绝，一首五绝，合在一处，不伦不类，其为咏清宫案更无可疑。

（2）年龄

《无题》：

八岁偷照镜，长眉已能画。十岁去踏青，芙蓉作裙衩。

十二学弹筝，银甲不会卸。十四藏六亲，悬知犹未嫁。十五泣春风，背面秋千下！

此诗当为说明鸾凤入宫前后年龄而写。首二句言鸾凤七八岁时，貌已出众。十岁时着芙蓉裙钗和女伴郊野踏青，无忧无虑。十二岁被浙东当局选取，严格训练歌舞弹奏。用肉指弹弦索乐器，声音或不响亮，故弹者每着角质或银制之指甲。《艺林伐山》："伎女以鹿角琢为爪以弹筝，曰：'系爪'"。杜甫《游何将军山林》："银甲弹筝用。""十四藏六亲"者，女郎至此岁数，渐知羞耻，总是藏躲在六亲中间，不敢出而见人。但"藏六亲"不可呆看，身久在官，且将入宫，何六亲之可藏？不过言其尚未嫁也。至十五岁为浙东当局献给皇帝，谁知仅一年时间或一年不到，敬宗即遇刺驾崩，二女遂成寡妇而背立秋千下，饮泣于春风。《杜阳杂编》言鸾凤进献在宝历二年，未言月份。而二年十二月，敬宗即遇刺。一般笺注家皆谓此诗系义山自述早慧及早通文墨，如冯浩所引义山《上崔华州（戎）书》："五年读经书，七年弄笔砚。"及《樊南甲集序》："十六著才论、圣论。"张尔田谓："自写少年时腼认依人之态。"但于"饮泣春风"的二句则始终还不出一个道理，他们只好伴为不见,置之不论。

我们在这里将二嫔与义山相识时的年岁及在世时的岁数计算一下。开成元年秋间为王德妃醮祭,义山混充羽士入宫与二嫔开始相识,据冯浩年谱,义山时年二十四,据"八岁偷照镜"那首《无题》来推算,宝历二年(公元八二六)二女入宫时,鸾年十五,经文宗太和九年及开成元年(公元八二七——八三六)共十年,鸾年二十五,凤为其妹,或少一岁二岁。开成四年十二月,清宫案爆发,二嫔惨死,义山年二十七,鸾年二十八,凤或仅二十六七。三人都未超过三十岁,他们出生月份大小不知;若小,则他们的年龄尚须降低一些。正是人生一段最绚丽最灿烂的花蝶争妍,春风驰荡的时光。二嫔横遭摧折,固极可怜,而义山从此忧伤憔悴,不永其天年,也殊可惜。但他的"艳情诗"流传后世,成为文苑奇葩,艺坛瑰宝,未始不是我们读者之大幸呢!

(二)点明鸾凤真名及隐喻之名

义山已用"莫愁""郁金堂""白玉堂""莫愁堂""莫愁艇子""石城""白门""阿侯""王昌"等字样,点出他所爱宫嫔姓"卢"了,现在他也应该将二嫔真正名字说出来,否则他的诗谜,还算不完全。

（1）鸾凤

点明二嫔名字倒是直截了当地以苏鹗《杜阳杂编》为根据：即二嫔一名"飞鸾"，一名"轻凤"。《杂编》这一则依当时官书而写，贡女名单上就是这两个名字，真确可信。义山与二嫔第一首定情诗题目就是《鸾凤》，诗的开端两句，就是："旧镜鸾何处？衰桐凤不栖。"

除了《鸾凤》这一诗题以外，又有以《凤》为题的。即：

万里峰峦归路迷，未判容彩借山鸡。新春定有将雏乐，阿阁华池两处栖。

此诗乃义山赴泾原王茂元幕后作，临别宫嫔时，轻凤告以已怀孕，知必不可留，但作此诗，以便与《药转》呼应。

"万里峰峦"，泾原在甘肃东境，距离长安不过四五百里，义山乃谓为万里，与他同时同地所作《春雨》"玉珰缄札何由达，万里云罗一雁飞"，及"丹邱万里无消息"同样是文学上夸张法，但亦未免夸张太甚。想必美文体裁，无妨如此。

"未判句"，冯注引朱长孺之说："'拚同'。冯按，捹、拚、拌三字皆音潘而为捐弃之义。《方言》曰：'拌，弃也。'凡挥弃物谓之拌，此判字意亦可。"如此，则诗意难通。笔者则谓此处"判"字乃料到之义，"未判"即未料到。义山在《鸾凤》那首诗里固有"锦段落山鸡"的一句，言未料到鸾凤竟以她们锦段般的毛羽，借给我这只山鸡。

"将雏"，《古乐府·陇西行》："凤凰鸣啾啾，一母将九雏。"《晋书·乐志》：《吴歌杂曲》一曰《凤将雏》。轻凤名为凤，今将产子，故曰将雏。

"阿阁"与"华池"，《帝王世纪》："黄帝时，凤凰巢于阿阁。""昆仑上有醴泉瑶池"，见《史记》。昆仑，以上有华池，凤凰非竹实不食，非醴泉不饮，也即是非华池不饮。

阿阁借言宫廷，华池借言曲江。言凤产子后，宫廷、曲江两处皆可随意栖止也。一般笺注家竟以义山妻王氏怀孕将产，故义山作此诗贻之。其妻在何处怀孕，义山在何处寄诗，均不能明言。且诗中所用帝王家及仙境典故，恐怕他的尊夫人当不起吧。

义山又有《丹邱》一绝云：

青女丁宁结夜霜，羲和辛苦送朝阳。丹邱万里无消息，几对梧桐忆凤凰。

首二句无非言春秋之迭谢。"丹邱"即丹穴。《山海经》:"丹穴之山,有鸟状如鸡而文,名曰凤凰。"凤凰也是非梧桐不栖之鸟,所以对着梧桐便忆起凤凰。义山于二嫔中偏爱者为轻凤,此二诗可见。尚有《蝇蝶鸡麝鸾凤等成篇》亦为题目。

鸾凤二字夹杂于句中者,则如《西溪》:"凤女弹瑶瑟。"《圣女祠》:"羁凰怨翠梧。"《当句有对》:"但觉游蜂饶舞蝶,岂知孤凤忆离鸾。"《夜思》:"彩鸾空白舞。"《效长吉》:"镜好鸾空舞。"《无题》:"多羞钗上燕,深愧镜中鸾。"《破镜》:"便是孤鸾罢舞时。"《七夕》:"鸾扇斜分凤幄开。"《相思》:"相思树上合欢枝,紫凤青鸾共羽仪。"《促漏》:"舞鸾镜匣收残黛。"《念远》:"皎皎非鸾扇,翘翘失凤簪。"《一片》:"露畹春多凤舞迟。"《寓怀》:"采鸾餐颢气,威凤入卿云。"《拟意》:"男从凤穴求。"《代应二首》之一:"离鸾别凤今何在?"《越燕》:"记取丹山凤,今为百鸟尊。"《燕台》:"雌凤孤飞女龙寡。"处处不忘鸾凤。他诗中彩鸾舞镜的句子特多,只以鸾对镜舞有典,凤则否;又为诗的韵律字句所限，只有特言鸾，其实凤也包括在内。

隐喻二嫔名者，有《桃李》《梧桐》《牡丹》等。

（1）桃李

《判春》：

一桃复一李，井上占年芳。笑处如临镜，窥时不隐墙；敢言西子短，惟觉宓妃长。珠玉终相类，同名作夜光。

"井上桃李"，这也是有典故的。《古乐府》："桃生露井上，李树生道旁。"江总《李花诗》："当知露井上，复与夭桃邻。"

"隐墙"，宋玉《登徒子好色赋》："此女登墙窥臣三年。"

"短长"，不作度量解，当作优劣解。

"夜光"，《文选·西都赋》："夜光在焉。"邹阳云："夜光之璧。"《搜神记》："隋珠盈径寸，夜有光明，可以烛室。"

《赋得桃李无言》：

夭桃花正发，秾李蕊方繁。应候非争艳，成蹊不待言。

静中霞暗吐，香处雪潜翻。得意摇风态，含情泣露痕。芬芳光上苑，寂寞萎中园。赤白徒相许，幽芳谁与论？

此诗前八句皆咏桃李，至"芬芳光上苑，寂寞萎中园"四句，又及二嫔。言"萎中园"，言"幽芳谁与论"，则为二嫔死后作。

《嘲桃》：

无赖夭桃面，平明露井东。春风为开了，却拟笑春风！

文宗增建曲江离宫，原为自己及宫眷避暑计，不意竟为宫眷开了方便之门。这些占便宜的宫眷不感谢反而嘲笑，故义山嘲之为"无赖"。那"春风自共何人笑，枉破阳城十万家！"当也是为宫嫔们窃笑文宗而作。

又"九门十二关，清晨禁桃李""桃绶含情依露井""当时欢向掌中销，桃叶桃根双姊妹"，皆以桃李隐喻二嫔。冯浩笺注以此与"玉树未怜亡国人"张孔二嫔并论，言义山所爱者为"双美"者即此。

（2）梧桐

凤凰与梧桐关系密切，言凤自易及桐。如"桐拂千寻凤要栖""衰桐凤不栖",上句凤乃义山自指,下句则指文宗。《景阳宫井双桐》,言鸾凤乃姊妹更明显。又此诗"天更阔于江,孙枝觅郎主"两句,孙枝是什么呢?道源引《风俗通》:"梧桐生于峄阳岩石之上,采东南孙枝为琴,声甚雅。""郎主"义山自谓。《蜀桐》,愤文宗杀宫嫔,犹如以绝好的蜀桐断为琴而弹"坏陵"之调。

(3)牡丹

李集有《牡丹》二首。其一为七律,其一为五律。尚有《回中牡丹为雨所败二首》,均牵涉二嫔。那七律的一首云:

锦帏初卷卫夫人,绣被犹堆越鄂君。垂手乱翻雕玉佩,折腰争舞郁金裙。石家蜡烛何须剪,荀令香炉可待熏。我是梦中传彩笔,欲书花片寄朝云。

"卫夫人锦帏",道源注:"孔子见南子于锦帏之中。"
"越鄂君绣被",鄂君子皙闻榜人女歌云云,"乃揄修袂而拥之,举绣被而覆之"。《碧城》第二首"鄂君怅望舟中夜,绣被焚香独自眠"同此典。此二句自言牡丹之秾艳。

"垂手""折腰",舞有大垂手,小垂手。《西京杂记》:

"戚夫人善为翘袖折腰之舞。"此一句言牡丹因风之舞态，所以形容二嫔善舞。

"石家烛""荀令香",《世说》石季伦用蜡烛作炊。《魏志》荀彧好薰衣，"每至人家，坐处三日香"。石蜡言牡丹之光，荀香言牡丹之香。

"彩笔"，乃江淹故事。江淹梦郭璞索还五色笔，自此才尽。

"朝云"，冯注：《乐府·江南弄》有《朝云曲》。朱注则谓用神女事，较长。盖巫山十二峰唯朝云峰最秀丽峭拔，此峰也即是神女峰。神女即楚襄王梦中所见的神女。义山诗常用，自比楚襄而以二嫔比神女。

近人乃言朝云乃义山所私恋小姨闺字。若知这个典故，则知千金闺阁不能以此为名字的。冯注引徐湛园言令狐楚家中牡丹最盛，此诗当是太和五六年（八三一——八三二年）间，义山在令狐府中所作，遂又有人谓义山为子直爱姬作，皆非。

那首五律的《牡丹诗》不必全引，但看"鸾凤戏三岛，神仙居十洲"二句，知以隐喻二嫔，连鸾凤的名字都明白写出。

《回中牡丹为雨所败二首》第二首中有"玉盘迸泪伤

心数，锦瑟惊弦破梦频"的两句乃二嬪死后作，与《锦瑟》一诗同时。王茂元镇泾原，泾原在甘肃东境，回中亦在甘肃。《汉书》："元封四年，行幸雍。通回中。"应劭曰："回中在安定高平，有险阻。"《元和郡国志》："秦回中宫在凤翔府天兴县西。"义山有《安定城楼》诗。清官案爆发于开成四年十二月间，义山恰回长安。春后仍返泾原，故能在回中作这两首《牡丹诗》。

牡丹乃花中之王，最为华贵，有类禽中之孔雀（见后），以牡丹比鸾凤二嬪，非常确当。

（三）鸾凤善歌舞弦索乐且指出其为吴娃

（1）歌舞等

《闻歌》：

敛笑凝眸意欲歌，高云不动碧嵯峨。铜台罢望归何处，玉辇忘归事几多。青冢路边南雁尽，细腰宫里北人过。此声肠断非今日，香炷灯残奈尔何！

"高云不动"，用秦青歌响遏行云事，见《列子》。

"铜台"，即铜雀台。《邺都故事》：魏武遗命诸子："吾死葬于邺之西冈，婕妤美人皆着铜雀台上，施六尺床。

穗帐，朝晡上酒脯糗糒之属。月朔十五，辄向床前作伎乐，汝等时时登铜雀台望吾西陵。"此以魏武遗命之宫伎影射敬宗崩后之二嫔。

"玉辇忘归"，帝王之车皆称玉辇。言文宗对二嫔不复临幸，如乘玉辇之去而忘记归来。

"青冢"，乃王昭君故事。昭君与歌无关，然有马上琵琶之曲，则当有歌。

"细腰宫"，巫山楚宫，古称细腰宫。杜牧诗："细腰宫里露桃新。""北人"，义山自谓，对在南方的楚宫而言。杨巨源《大堤曲》："去岁逢迎沙岸间，北人多识绿云鬟，无端嫁与五陵少，离别烟波伤玉颜。"李贺《大堤曲》："莲风起，留北人。郎食鲤鱼尾，妾食猩猩唇。"诸李诗笺家皆不知"北人"二字亦有典，皆无注。

"奈何"，《世说》：桓子夜闻清歌"辄唤奈何"，谢公闻之曰："子野可谓，一往有深情。"其他"歌从雍门学""珠串咽歌喉""回雪莫追歌"皆言二嫔之善歌。

"垂手乱翻雕玉佩""折腰争舞郁金裙"虽咏的是牡丹，实亦说二嫔之善舞。况"空着小垂手"，"回雪舞腰轻"，"空城舞罢腰肢在"等句，均形容二嫔之善舞。

义山与鸾凤相识第一首定情诗，说"十二学弹筝，银甲不曾卸""瑶琴愔愔藏楚弄""西楼一夜风筝急",此外他艳情诗里"筝""箜篌""锦瑟",也层见叠出。似乎瑟乃其所擅长,故义山求二嬷赠纪念品时,独求锦瑟。其后《锦瑟》一诗哀感顽艳,沁人心脾,竟成为李义山诗的代表作。

(2)隐指二嬷为吴娃

义山有《河内诗》二首,一曲为"楼上",忆宫嬷兼及女道士;一曲为《湖中》,诗云:

阊门日下吴歌远,陂路绿菱香满满。后溪暗起鲤鱼风,船旗闪断芙蓉干。轻身奉君畏君轻,双桡两桨樽酒清。莫因风雨罢团扇,此曲断肠惟北声。低楼小径城南道,犹是金鞍对芳草!

"河内"即义山河南故乡怀庆郡治,但二诗与河内并无关系,而第二首《湖中》提到"阊门""吴歌",尤可怪。阊门乃今苏州之一门,吴歌,据《通典》:"《吴歌》《杂曲》,并出江东,晋宋以来,稍有增益。"又言"绿菱",言"船",言"桡",与"桨",都是江南水乡景物,则《湖中》一诗的对象必是江南女子。《杜阳杂编》固曾言飞鸾、轻凤乃渕东当局贡献给敬宗者，则二女应为越人，不过吴越自来分不开。春秋时代吴为越灭，三国时代，孙权奄有江浙安徽各地，自称为"吴"。《乐府》的《吴歌》也是吴越各地的民歌都罗致在内，则二嫔亦可称为"吴娃"了。若一定要分吴越，则鸾凤或原生姑苏，落籍渕东。或渕东当局自吴地选取而来。吴越原为邻省，这事是极易办的。况此诗"后溪暗起鲤鱼风，船旗闪断芙蓉干"，"鲤鱼风"为九月间风，见梁简文帝诗，李贺亦有"鲤鱼风起芙蓉老"。"闪断船旗"则系狂飚逆风之类，隐指清宫案。《团扇歌》曲见《古今乐录》云王珉好捉白团扇，与嫂婢谢芳姿有情，嫂挞婢甚苦，珉兄为求情，嫂命婢歌一曲乃肯赦。婢歌《白团扇》二首云云。是又隐指鸾凤为恋义山而死之事。"城南道""金鞍"皆当日潜入曲江离宫情事。

（四）宫嫔望幸不得之怨恨

唐人善作宫怨诗，正编也曾引过若干首，义山集也有几首这类诗词。虽未必为鸾凤二嫔作，但鸾凤久失文宗之宠，则我们说为她们作，亦未尝不可。如《槿花》：

风露凄凄秋景繁，可怜荣落在朝昏。未央宫里三千女，但保红颜莫保恩。

槿花朝开暮落，宫女虽保得红颜，而难保君王的恩泽，比之槿花尚是不如。又《宫辞》：

君恩如水向东流，得宠忧移失宠愁；莫向樽前奏花落，凉风只在殿西头！

《乐府·横吹曲》有《梅花落》曲，江淹《拟班婕妤咏扇》："窃愁凉风至，吹我玉阶树。君子恩未毕，零落在中路。"冯浩注谓蒙君宠者勿恃其新宠而工为排斥，君主恩威不测，恐怕自己也有失宠的一天。笔者则窃疑此诗是讥刺杨贤妃的。贤妃一味排斥鸾凤，她于文宗生前并未失宠，可是文宗才一宾天，她便被武宗赐死，结果还不是一样！

宫中曲：

云母滤屏风，夜夜白如水。赚得羊车来，低扇遮黄子。水精不觉冷，自刻鸳鸯翅。蚕缕茜香浓，正朝缠左臂。巴笺两三幅，满写承恩字。欲得识青天，昨夜苍龙是。

"黄子"，古妇女好以黄色涂额，称为"额黄"，简文帝诗:"约黄能效月,裁金巧作星。"义山又有《效长吉》五古一首:"长长汉殿眉,窄窄楚宫衣。镜好鸾空舞,帘疏燕误飞。君王不可问,昨夜约黄归。"均言宫妃望幸,盛为装饰,谁知总是空等一场。这两首不过为普通宫人作,不过鸾凤未尝不可不计算在内。尚有守宫点臂,鳏鱼渴凤及宫人种种寂寞无聊情况,则是为王德妃及普通宫人作,亦可旁射而及二嫔。

宫人望幸既无希望,自不得不在外招寻面首。这也是唐宫常事,不足为奇。义山又有《人欲》一绝云:"人欲天从竟不疑,莫言圆盖便无私,秦中久已乌头白,只是君王未备知。"

宫人想在外寻求面首,果然寻到,这是人的欲望,天居然相从之证。"圆盖"指天。燕太子为秦人所羁留,言乌头白、马生角乃得纵归,燕太子仰天而呼,乌头果为白,马亦为生角。此言宫人在深宫盼望帝王临幸,如燕太子那样的焦灼,其痛苦君王又岂能尽知,则她想向外发展,也该原谅几分才是。

(五)义山得入宫禁由于宫中之醮祭

宫嫔既不甘寂寞,向外发展,而唐时道观因贵主多出家之故,与宫廷自有交通。贵主又带领一群出家的宫女陪伴使唤，女道士也就时常出入于宫廷间了。她们替那些不甘寂寞的嫔御，穿针引线，介绍外间男子与她们相识，那也是极其容易与极其自然的事。此事正编已备述过。

李义山之认识飞鸾、轻凤二嫔，是由于开成元年秋间王德妃之死、宫中建醮而起。因王屋山一同学之永道士的关系，义山混充羽士而入宫，正编也已有论列。义山《无题》七律之某一首有"金蟾啮锁烧香（醮祭俗名烧香，今日犹然）入，玉虎牵丝汲井回"两句，正编固曾言"千古无人能解""只好让我来臆测一下"。

其千古无人能解者，实因这两句诗一半用典，一半用义山当时自己的实事。蟾善闭气，鱼目长睁，古人遂常用此二物为门钥之饰，这是有典有则，可以理解的。但蟾之啮锁与"烧香入"三字又有什么关系呢？玉虎乃井上辘轳，丝乃汲水器之绳索，这也是有典有则，可以理解的，"汲井回"三字比上句"烧香入"好懂得多。但义山为什么作这句诗，寓意又安在，就难以明白了。其实，义山的意思，无非是说宫禁森严，我为烧香事才得混入，与宫嫔恋爱本来极难，而以有男女道众之安排介引，我居然从深井中汲水而回。我们若非看见义山另一首长歌名为《烧香曲》者，系咏王德妃薨后宫中建醮事，及以后各种与宫嫔相恋之诗，他这两句诗莫说千古无人能解，就是万古也无人能解的。我的臆测也是永远莫想臆测得出来了。

他这两句诗谜字面固极工丽，在文义上说其实不通。因为一个谜语，谜底只有作者自己知道，别人无论如何是猜不出的。这种谜不能算谜，只算笑话。就像《旧约·士师记》大力士参孙杀死一头狮子，数日后见有一群蜜蜂在狮尸上做窝酿蜜，他就制成一谜是："吃的（指蜜）是从吃者（指狮）出来，甜的（蜜）是从强者（狮）出来"，要他敌人非利士人猜，猜着的可得参孙三十套衣服；猜不着，就要非利士人赔三十套。又好像清代乾隆皇帝考进士，出了个"灯下观书"的题目。考官及一般考生都不知出处，文章也就都作不成，全场都曳了白，只好请示皇帝，帝笑道："朕昨夜偶于灯下观书，故以此为考题耳。"义山这两句诗与参孙之谜，乾隆之题，不是"异曲同工"之噱谈吗？但义山究竟于别处自下注解，比参孙乾隆还是高明得多。且唐人诗好为即景即事，又不如后人之自为注，故难知。

（六）与宫嫔开始相恋之第一首诗

义山之入宫由永道士之介绍。宫内则有时常入宫禁由宫女入道之人。所以写了"玉山高与阆风齐"那首七律。

混充羽士入宫，参与王德妃醮事，所见宫中景象有《一片》及《七月二十八日夜与王郑二秀才听雨后梦作》，正编均曾引及，现皆从略。

但他与鸾凤二嫔正式发生恋爱，当在曲江离宫，并非大内。唐宫闱虽不肃，大内究竟是大内，警卫又相当森严，离宫在城外，则比较自由。不过我们最好说此诗系在大内建醮场上与二嫔初次见面时作。这是他与二嫔开始相恋的一首记事诗，也可说是"定情诗"。这首诗题目是《鸾凤》二字，诗云：

旧镜鸾何处，衰桐凤不栖。金钱饶孔雀，锦段落山鸡。王子调清管，天人降紫泥。岂无云路分，相望不应迷。

这首诗正编已引过，并仔细析论，但因此诗在他们全部恋史上有关键性，甚重要，不妨在这里再引一次。

诗开端二句点出鸾凤的名字，是画龙点睛的手法。"孔雀"句，正编说指富有金钱入宫之勋贵子弟，这却说错了，应该更正，盖如此则诗意不能一贯，而且使人产生二嫔除义山外，另有一情人的错觉。其实孔雀仍指二嫔。孔雀在禽中羽毛最为辉煌，举止最为矜贵，其美尤集中于尾部，

《南州异物志》:"孔雀背及尾,皆图纹,五色相绕,如带千钱。"二嫔乃宫廷贵妇,衣服当然金碧相映,饰物当然晶莹照眼,行动又雍容华贵,出现义山面前,宛然是开屏孔雀。使得寒士如义山者,乍睹之下,眼花缭乱,心弦震荡,这一刹那间的印象竟深镌于其脑海,叫他毕生难忘。所以后日见了孔雀这种禽鸟,便会想起二嫔。好像他后来《题鹅》之"眠沙卧草自成群,曲岸残阳极浦云。那解将心怜孔翠,羁雌长共故雄分!"言鹅类贱禽,成对生活,岂知长与故雄分的孔雀之可怜。但孔雀未必皆单栖,单栖者亦未必皆为雌性,此处"羁"字与《圣女祠》"羁凰怨翠梧"之羁字同,无非言二嫔既成寡妇,又囚拘宫禁,不获自由。

义山又有一首《和孙朴韦蟾孔雀咏》系自桂管归来时作。开端极力形容孔雀之华美,最后一段,则又好像由孔雀而忆及二嫔。

旧思牵云叶,新愁待雪泥。爱堪通梦寐,画得不端倪。地锦排苍雁,帘钉镂白犀。曙霞星斗外,凉月露盘西。妒好休夸舞,寒轻且少啼。红楼三十级,稳稳上丹梯。

"云叶",《古今注》:"黄帝与蚩尤战,常有五色云,金枝玉叶。"帝王裔胄,常称"金枝玉叶",二嫔虽非帝胄,而为妃嫔级人物,称之以此,亦复不嫌。

"雪泥",《虞衡志》:"孔雀喜卧沙中自浴。"《古禽经》又言:"孔雀爱毛。遇雨高止。"此言二嫔如孔雀陷雪泥,我为发愁。即二嫔遭祸之谓。

"爱堪""画得"二句,言二嫔虽久死,与我爱情之深,仍常通梦寐。二嫔之美貌,非画工所能画得出。若说是咏孔雀,则人与孔雀通梦寐,岂非痴狂。

"地锦"至"红楼"八句,与孔雀全无关系,完全是追忆当日宫廷光景,与《碧瓦》《拟意》相通,后文再论。"楼"及"梯",与宫嫔相恋诗中常见。

我们现在请带回笔锋,再谈《鸾凤》这首诗。

"锦段落山鸡",义山常自比山鸡,感谢鸾凤以锦段相假。

"王子",或指轻凤儿子蒋王宗俭,他那时不过是个七八岁不懂事的小男孩,其母与义山谈话时,他或者在旁吹箫管为戏。这又是一句即事诗。

"天人"至末句,义山称鸾凤二嫔为"天人",为空中之"云",自称为"泥涂"为"路"(亦即泥涂)。谓鸾凤以宫嫔之贵，垂青寒士，如天人之降泥涂。这种贵贱悬殊有如霄壤的身份，我是永远不敢忘记的。其一种受宠若惊、感激涕零之状，充分流露于楮墨。

但诗题为"鸾凤"二字，开端两句也直斥鸾凤名讳。犯人名讳，古人视为极端严重。况"旧镜""衰桐"两句，对二嫔也缺欠敬意，义山是不应这样写的。我想这是义山立意制作诗谜时所改的吧？

（七）鸾凤二嫔在宫廷中之地位

我们不妨由这首诗把鸾凤在宫廷的地位猜详一下。正编固曾说：鸾凤以出身舞女，又曾侍敬宗，文宗为避嫌起见，不敢立之为妃。蒋王宗俭本为轻凤所出，《唐书》却说："后宫人所生"，难道她们始终是个普通宫人吗？读义山此诗我觉不然。

中国帝王素抱多妻主义。《周礼·天官·冢宰》：王后之下，即有三夫人、九嫔、世妇、御女等，又称女御八十一人。《礼记·昏仪》："古者天子后立六宫、三夫人、九嫔、二十七世妇、八十一御妻，以听天下之内治，以明彰妇顺，故天子内和而家理。"历代制度，常有改变，这些帝王妻妾又有女尚书、良娣、保林（一作宝林）、美人、才人、采女等等称谓。其地位也忽高忽低，随时变易，好像"嫔"位仅次于皇后，婕妤亦然，后来又不同了。她们视外廷各级臣僚都有等级各异的俸禄。近人考唐代后宫制度，皇后下有四夫人、九嫔、九婕妤、九美人、九才人，合称二十七世妇。下又有二十七宝林、二十七御女、二十七采女，总称八十一御妻。但我们以"世妇"与"御妻"两者数目相加，即达百二十一以上，不知"总称"两字何说？但这笔账不必去算它。晋武帝后宫有万数，唐仅百余，还不算好吗？不过这百余都是有名位的，以宫廷之大，建筑之多，普通宫人当有数千之众。"未央宫里三千女"，"后宫佳丽三千人"，并非夸大。且我们读《唐书》，文宗曾放出宫女一次三千人之多。杜甫《公孙大娘舞剑器歌》："先帝女侍八千人，公孙剑舞初第一。"此先帝乃指唐明皇。明皇宫女竟多达八千人，比晋武帝宫人万余，少不到哪里去。杜诗最写实，必非虚语。

我们不能确知鸾凤二人位居何等，但她们入宫有年，通达文墨，受命领导宫人从事各种生产工作，还曾为文宗生了个儿子；且读义山诗，二嫔居处之壮丽，服饰之奢华，人侍之众多，支使之便利（均见后《碧瓦》《拟意》各诗），她们绝非"美人""才人"流亚，或得居九嫔中"昭容""昭仪"之列吧？是以我姑称之以"嫔"。且义山诗屡称二嫔为"宓妃",亦可见她们在唐宫地位之高。

(八)义山与宫嫔离宫会晤仍不易

正编固曾说王德妃薨逝开成元年秋间,现在我更敢说她薨于是年七月间。因义山《七月二十八日与王郑二秀才听雨后梦作》那首长歌是义山冒充羽士参与德妃醮祭,饱览大内风光,又得与鸾凤二嫔定情而作。诗说:"旋成醉倚蓬莱树,有个仙人拍我肩",当是女冠来警报二嫔要来了。又有什么"潇湘雨""湘灵瑟""五十弦"在诗中出现,均以湘灵比二嫔,而"五十弦"尤与后来"锦瑟无端五十弦"相通,无非指其为宫嫔善用之瑟。诗又有"逢毛女"的话。毛女事见《列仙传》,言西汉猎者于华阴山中屡见体生牛毛之女子,自言为秦始皇宫人。秦末之乱逃入山中,至是已百七十余岁,想已成为仙人了。以毛女比鸾凤,也无非言其为宫中人而已。

此诗又有"鲛绡休买海为田"句。鲛绡,据《述异记》:"南海有鲛人,水居如鱼,不废机织。"《文选》左思《吴都赋》:"泉室潜织而卷绡,渊客慷慨而泣珠。"注:"传鲛人从水中出,寄寓人家,积日卖绡。"泣泪成珠也是鲛人的事。唐代货币用绢帛,今与海做贸易,当然要用海人的货币鲛绡了。唐人有煮海事,见《唐代传奇》。买海事则不知其出典。前引义山《谒山》"欲向麻姑买沧海",就是买海的话。这句诗的意思有他《海上》一绝可以阐发。那《海上》是:"石桥东望海连天,徐福西来不得仙。直遣麻姑与搔背,可能留命待桑田。"大约二嫔在大内与义山定情后,约在曲江离宫相见。七月后残暑犹盛,文宗原不把王德妃薨逝与醮祭当回事,想早携杨贤妃曲江避暑去了,二嫔待醮祭事毕也便迁往,则约期相晤系在当年之事,亦不过数十日之久。设避暑事当年已结束,须待明年初夏,则有数月之久了。这在义山都觉得时间绵长,有如亿万年,直嚷鲛人赶紧买海,莫待它变为桑田呀!我哪能留着性命来等待沧海桑田的变迁呀!写少年情人等待约会的焦灼心态,深刻异常。

至曲江离宫之由来,文宗如何增建,其间景致如何,外人又如何进出,正编言之已详,此处不必更复。大概义山那些脍炙人口、传诵不衰的《无题》诗均作于此时。

不过他与宫嫔离宫相会也颇艰难,虽有宫嫔买通的宫娥太监掩护出入,并不能夜夜入宫,宵宵欢聚,要等适当的机会,而这种机会却并不多。所以义山常有"来是空言""相见时难"之叹。"身无彩凤双飞翼""直道相思了无益"之悲。又有"春心莫共花争发,一寸相思一寸灰""曾是寂寥金烬暗,断无消息石榴红"一类话。"金烬暗"者系想象宫嫔生活之寂寞无聊,灯光亦变为黯澹。"石榴红"者,宫嫔消息断绝,只有饮酒消愁。近人读义山诗者以为是"石榴裙",误。这是酒的代辞。《梁书》:"扶南国南界顿逊国,有酒树似安石榴,采其花汁停瓮中,数日成酒。"义山另有两句诗:"我为伤春心自醉,不劳君劝石榴花",也是酒。

他们间的约会就是"佳期",而这种佳期也常发生意外的变化。义山的《一片》:"人间沧海朝朝变,莫遣佳期更后期。"好像鸾凤已与他约定相会的日时,又因他故,临时取消了。义山作这首诗给她们说,世事时时刻刻都在变化着,我们有机会就该争取,千万不可放过!又《夜莺》:"巧啭岂能无本意,良辰未必有佳期,"《向晚》:"莫叹佳期误,佳期自古稀!"

义山尚有《代魏宫私赠》七绝一首:

来时西馆阻佳期,去后漳河隔梦思。知有宓把妃限意,春松秋菊可同时。

"代魏宫私赠"者,就是代甄后赠曹子建。曰"阻佳期"，曰"隔梦思"，可见二人相会之佳期，屡为事阻，使子建空劳魂梦。《洛神赋》形容洛神："华曜秋菊，荣茂春松"，此诗则言，宓妃对子建有无限情意，恨不得秋菊春松，同时荣茂。就是想把春秋两季，并为一季，缩短离别的时间及漫长等待之苦。义山《河内》诗："入门暗数一千春，愿去闰年留月小"，岁有闰年，月有大小，今愿去其闰年，取其小月，则一千春中间，光阴之缩短多少，你去计算吧！《代魏宫私赠》诗意与此诗意同。

观义山诗思如此之深而且曲，实为我国诗史中所绝无仅有，玉溪诗之不可及，当在此等处。而他的诗，一千数百年间，竟无人能解，也是难怪的了！

义山又有《昨夜》一绝：

不辞鹈鴂妒年芳，但惜流尘暗烛房。昨夜西池凉露满，桂花吹断月中香。

"鹈鴂"、"烛房"两句，屈原《离骚》："恐鹈鴂之先鸣兮，使百草为之不芳。"一作鶗鴃，见扬雄《反离骚》，即子规，一鸣则众芳皆歇，似此鸟专妒芳年。"烛房"，谢庄《月赋》："去烛房，即月殿。"烛房与月殿对举，则系燃烛始明之房。义山亦有"烛房寻类外庭空"之句,即是前文"曾是寂寥金烬暗"之意。这两句言我虽年少多情,但爱而不得的痛苦亦所甘受,惟宫嫔之寂寞生活无人安慰,实为可怜耳。

"西池""桂花"两句,西池即西溪即曲江支流。宫嫔所居多植桂树,已屡见。言自己徘徊西溪上,夜深露重,惟闻风送桂香,思念情人,感伤不已,而吟成此诗。

义山又有《春雨》一律:

怅卧新春白袷衣,白门寥落意多违。红楼隔雨相望冷,珠箔飘灯独自归。远路应悲春晼晚,残宵犹得梦依稀。玉珰缄札何由达,万里云罗一雁飞。

此诗当是开成三年试博学鸿词落第,赴泾原王茂元幕所作。"白门"乃莫愁居处,曰"寥落多违",可见义山虽与鸾凤二嫔相恋,会晤机会总是不多。他回忆有一次,如约入曲江离宫,不意二嫔临时有什么事故,将他回绝。他只好提着飘着珠箔的宫灯,独自归去,回望雨中的红楼,不胜依恋。于今道路相隔如此之辽远,情人倩影只能在梦中依稀相见,翘首云罗万里的长天,有一孤飞之雁。雁儿是能替人传带书信的,而我虽写了玉珰缄札,却不能托你雁儿携带，这是何等惆怅啊！

乙、宫廷建筑器用人物及宫嫔生活之描写

帝王宫廷建筑当然备极富丽与堂皇，各种器用也必异常名贵与稀罕，何必浪费笔墨来叙述，今仅以见之义山笔下鸾凤二嫔曲江离宫所居所用，略叙几句，使读者了解这绝非寻常百姓家所有，则对于义山与宫嫔相恋情事，绝非我凿空之谈，于愿斯足。关于鸾凤所居所用，义山诗中亦不少，今仅举他三首长诗为例。逐句注解，以求明晰。

（一）镜槛

离宫既建筑于曲江上，临水台榭必多，鸾凤所居，似乎安置了一面大镜，故名"镜槛"。义山诗是一首五排，正编似乎未曾引及，兹补录于此，以见二嫔生活情形。

镜槛①芙蓉入，香台②翡翠过。拨弦惊火凤③，交扇拂天鹅④。隐忍阳城笑⑤，喧传郢市歌⑥。仙眉琼作叶，佛髻钿为螺⑦。五里无因雾⑧，三秋只见河⑨。月中供药剩⑩，海上得绡多⑪。玉集胡沙割⑫，犀留圣水磨⑬。斜门穿戏蝶，小阁锁飞蛾⑭。骑襜侵鞯卷，车帷约幰轮⑮。

传书两行雁，取酒一封驼⑯。桥迥凉风压，沟横夕照和⑰。待乌燕太子，驻马魏东阿⑱。想象铺芳缛，依稀解醉罗。散时帘隔雾，卧后幕生波⑲。梯稳从攀桂⑳，弓调任射莎㉑。岂能抛断梦，听鼓事朝珂㉒。

注　解：

① 镜槛之镜，中国古时虽有玻璃，仅零星小件，当作宝石一类珍玩，不知制为镜。镜皆铜制，磨拭晶莹，亦可鉴影。《西京杂记》谓：汉高祖见咸阳宫镜，"宽四尺，高五尺九寸，人直来照之，则影倒见；扪心而来，则见肠胃五脏。"镜照人成倒影者，乃镜面不平，光度有曲折，如今日游艺场之哈哈镜。但照见人之五脏，则像X光镜了。这是古人瞎说，绝不会有。惟"秦镜"及"秦镜高悬"成为后歌颂明察法官之词。

义山有关鸾凤住处的《拟意》，有"仁寿遗明镜"的一句。陆机《与弟书》："仁寿殿前有大方铜镜，高五尺，广三尺二寸，立庭中，向之，便写人形了了。"

鸾与镜每有关。相传鸾照了镜便舞不休，至力乏而死。义山所爱宫嫔其一名飞鸾，是以他鸾舞镜诗特多，已见前引。

芙蓉即莲花，镜槛既临水而筑，则水中莲花亦可伸枝入内。

②"香台"，《拾遗记》："石虎春杂宝异香为屑，使数百人于楼上吹散，名曰芳尖台。""翡翠"乃水鸟，亦常飞入槛中。

③"火凤"，《通典》："贞观末，有裴神符妙解琵琶，作《胜蛮奴》《火凤》《倾杯乐》三曲，声度清美，太宗深悦之。"此句言鸾凤二嫔工于弦索之乐。

④"天鹅扇"，《拾遗记》："周昭王时，涂修国献丹鹄，夏至取鹄羽为扇。二美女更摇此扇，侍于王侧。"鹄即天鹅，鸾凤二嫔，有许多宫女侍奉，当暑摇羽扇为之取凉。

⑤"阳城笑"，宋玉《登徒子好色赋》："惑阳城，迷下蔡。"

⑥"郢歌"，《阳春白雪》之歌歌于郢市，和者仅数人。言二嫔善歌。

⑦"眉叶""髻螺"二句，梁元帝诗："柳叶生眉上。"此言琼更胜柳叶。《法苑珠林》："如来伸髪以尺量，长一丈三尺五寸，放之右旋，还成螺文。"此二句言二嫔眉发之美。

⑧"五里雾"，张楷有道术，能作五里雾。裴优则能

作三里雾。义山《圣女祠》："无质易迷三里雾，不寒长着五铢衣"，系指女道士，此处五里雾则否。须与下句合看，乃明其意。

⑨ "三秋河"，河为银河。此二句是写与宫嫔相会，每在夜间，所见景物，朦胧不清，像隔了一层雾气，而仰视天空则银河耿耿。义山诗谜常有写其"眼前景""身历事"者，除了他自己，别人很难知，好像前文所举"金蟾啮锁烧香入"那句诗，即其例。

⑩ "月中"句，用月中兔子捣药事。剩者多余也。言兔捣药甚有余剩。

⑪ "海上"句，用鲛人织绡事。多与剩相类，言织绡甚多。

⑫ "玉集"句，《齐东野语》："玉人攻玉，必以邢河之沙。"《寰宇记》亦有邢州贡解玉沙之说。此句言集玉甚多，以胡沙仔细擦，俾使莹泽滑润。《孔丛子》言秦王得西戎利刀，割玉如割木，但此句所言，并非用利刀割玉，而是用沙擦拭，不过借用《孔丛子》之典而已。

⑬ "犀留"句，犀能解毒，故常制杯斝之类，磨不必用圣水，但圣水古甚多，圣女泉便有好几处。

此四句冯注"供药剩"者，言饮食已毕，"得绡多"者，言更衣之态；"胡沙"为拭面之物；犀有犀齿，喻漱齿之态，以为系指美女日常生活，语殊牵强可笑。实则此四句系言宫女从事生产工作，由产品分量甚多而知。著之于"镜槛"诗中者，必鸾凤二嫔乃负责领导监督之人。

⑭"斜门""小阁"二句，乃隐语。谓宫嫔情人夜自斜门入，幽会处为小阁，下锁防人撞破。我想义山艳情长律皆以四句为一小节，而"五里无因雾，三秋只见河"二句即接"玉集胡沙割"宫女从事生产事业的四句，岂不变成六句了，与四句为一小节的原则不合，且语气也不顺，若将斜门二句移置三秋句之下，则正各为四句。其款式如下："五里无因雾，三秋只见河，斜门穿戏蝶，小阁锁飞蛾。"其言宫女从事生产事业则："月中供药剩，海上得绡多，玉集胡沙割，犀留圣水磨。"各成一单元。这些诗原是手抄的，全诗用同一歌韵，岂能无错误？今为调正，不知读者以为如何？

⑮"骑襜""车帷"二句，骑马时之蔽膝曰骑襜，或云系被于马身上，不用时则卷起。车帷即车帘或车幕。幌乃张于车上帛，用御热浪或飞尘。刓，刐也，去角也，即刐方以为圆也。大约言车帷长短宽狭裁得正好。

⑯"传书""取酒"二句，鱼雁固常用为传书信者。封驼即封橐驼，其脊有峰，如封土然，故曰封驼，出月氏国。

此二句言宫嫔买通之宫监，为之传书递简，私约情人。取酒竟用封驼，无非言宫廷生活之豪奢。实则宫嫔款待其情人用酒几何，岂有动用封驼之理？

⑰"桥迥""沟横"二句，离宫既建于曲江上，桥梁自多，义山诗言桥之处不少，"谁言整双履，便已隔三桥"即是。沟无非言曲江人工开成之湾汊。李诗言沟者亦甚多。

⑱"待乌""驻马"二句。第一句用燕太子丹为秦人所扣留，说乌头白，马生角，乃许归国。此则言等待幽会，等得不耐烦，亦如燕太子之等待乌头白。曹植《洛神赋》："税驾乎蘅皋，秣驷乎芝田"，又有"车殆马烦"语。植得封东阿王。此处亦言等待。皆义山自指。

⑲"想象"四句，系想象与宫嫔幽会及别后光景。

⑳"梯稳"句，二嫔居楼上，梯甚稳固。所居植桂甚多，可从梯上攀到桂花。前引《孔雀诗》"红楼三十级""楼响将登怯"及"画楼西畔"，皆其证。

㉑"弓调"，道源曰："《北史》后周豆卢宁，悬莎百步射之。"唐宫有射生宫女队，见王建宫词，或派有几个住在鸾凤处，她们遂于此练习射术。

㉒"岂能"二句，言我岂能为听鼓应官而抛弃这种与宫嫔相会之乐趣？

这首长诗自来无人能解。纪晓岚评"此种并无寓意，言是艳情，摘首二字为题，其词雕绘琐屑，殊非高格。香泉以为眷怀歌妓之作，以末二句证之，似有事实，并非虚拟"。

冯钝吟曰："此首颇直用事，有未详处。"冯浩则曰："细为剖晰，姿态全呈，昼则羡其嬉游，晚而想其欢会，身属旁观，馋涎难禁，意纤语僻，易使人迷耳。"

试问歌妓所居，有这样宏丽的建筑，这样高贵的器用吗？谓此为他人之事，义山不过是一个旁观者。一个旁观者，写他人事，能这样委曲详尽吗？而且他所旁观者是何等人物，所处是何等境地？他们又都说不出。

朱竹垞则谓："此诗以句求之，字字可解，求其全篇意旨，则不知所云。谓此种艳词为西昆之祖。"又有人说："诗多未解，然如见西施，不必知名，然后知其美。"千古以来，爱玉溪诗者，多抱这种态度，未免太可怜了！

（二）碧瓦

这首五排，正编已全引过，总论也解释过，惟为想教读者更加明了，不妨再抄一遍，而补正编及总论未注之字句。

碧瓦衔珠树①，红轮结绮寮②。无双汉殿鬓，第一楚宫腰③。雾唾香难尽，珠啼冷易销④。歌从雍门学⑤，酒是蜀城烧⑥。柳暗将翻巷，荷欹正抱桥⑦。钿辕开道入⑧，金管隔邻调⑨。梦到飞魂急，书成即席遥⑩。河流冲柱转⑪，海沫近槎飘⑫。吴市蟛蜞甲⑬，巴寳翡翠翘⑭。他时未知意，重叠赠娇饶⑮。

注　解：

这首诗亦以四句为一节，尚无错误。

①"碧瓦"，碧瓦在我总论里已解释过。"珠树"，即《山海经·海外南经》之"三珠树"；经谓："其树如柏，其叶如珠。"言两嫔所居宫殿所植之树木。不必其为神话中之珠树，而其为嘉树则无疑。

②"红轮"，朱长孺引沈约："画扇迎初夏，红轮映早寒。"庾肩吾："粉白映轮红。"冯浩引徐君茜："树斜牵锦帔，风横入红轮。"杨用修谓红轮当是妇女所执暖扇之类。冯浩又以为是窗网红帘。又有人引唐太宗诗，以红轮为将沉西山之日者。实则红轮当是结于绮寮顶上红色圆形物。

③"汉殿鬓"，解说已见总论，乃卫子夫之美发。"楚

宫腰"，则为细腰。楚灵王爱细腰，宫中多饿死。鸾凤二嫔腰细屡见李诗。

④"雾唾"，《庄子·秋水篇》："子不见夫唾者乎？喷则大者如珠，小者如雾。""珠啼"无非言美人啼泣，坠泪如珠。

⑤"雍门歌"，《列子》："韩娥东之齐，匮粮，过雍门鬻歌假食。既去，而余音绕梁，三日不绝。"此言二嫔善歌。

⑥"蜀城烧"，萧子显诗："朝酤成都酒。"《国史补》："酒者，剑南之烧春。"蜀酒有名，唐宫能致之，亦不足异。而笺注家都认此诗为义山向令狐绹哀求援手者，谓韩歌蜀酒二句，词哀心热，又似从巴蜀来，有为之致书修好者，无乃可笑。

⑦"柳暗""荷欹"二句，正为曲江离宫夏景。

⑧"钿辕"句，帝王家车，镶嵌螺钿。白居易诗："曲江碾草钿车行"。此种车当是妃嫔出入所用。

⑨"金管"，沈约诗："金管玉柱响洞房。"李白诗："玉箫金管坐两头。"当是义山入离宫时，闻隔壁宫女有吹奏箫笛者。所写乃眼前景。唐人诗固多写眼前景者，即身事者，前已屡言，执典以求，反失。

⑩ "梦到""书成"二句,第一句言与宫嫔会晤之难,惟有梦魂中相见而已。约会书信虽即席写成,而遥不可致。

⑪ "河柱",正编固言此不过言如尾生在桥下等待情人,水涨,抱桥柱而死。言与情人期不失信。朱长孺竟引砥柱说,按《水经·河水注》:"砥柱,山名也。昔禹治洪水,山陵当水者凿之,破山以通河。河水分流,包山而过,山见水中若柱然,故曰砥柱。"不图一首小小艳情诗,他们竟牵涉到地理上大题目,气氛太不调和了。

⑫ "海槎",张骞乘槎由海上天到银河会见织女,以喻平民之入宫禁,屡见李诗。

⑬ "吴市",道源曰:"《岭表录异》:'蟕蠵俗谓之兹夷,乃山龟之巨者。潮循人采之,取壳以货。'"其实即玳瑁。

⑭ "巴賨",《晋中兴书》:"巴人谓赋为賨。"屈原《招魂》:"砥室翠翘,絓曲琼些。"注:"翠鸟名翘,羽也。"巴人翠鸟羽缴税,而翠鸟羽则用为插髻之饰。

⑮ "娇饶",饶一作娆。《玉台新咏》:"宋子侯有《董娇娆诗》。"末二句言有时不知所爱宫嫔意旨何在,作诗赠她,不满意,只好作了又作。或者是宫嫔作了诗,要求义山相和。叠者叠韵,唐时有和诗,不必叠韵。但诗来诗

往，亦可称叠。

这首诗分量比《镜槛》为轻。但于其中亦可窥见宫嫔生活。朱竹垞谓："艳语是义山本色，而错互其词，似亦有讳之之意。"纪晓岚则谓："雕琢繁碎，意格俱下。此是尔时习气，刘杨专学此种，遂使集矢于义山。"我谓若不明李诗本事者，则评骘一无是处，明其本事，则亦能欣赏其佳妙。竹垞谓义山错互其词，意有所讳避，倒好像他看出了一点个中端倪，惜不能贯通其全体，说的仍是"隔靴搔痒"之谈。冯浩又一味以义山修好令狐为言，不必录。

（三）拟意

这是一首相当长的五排，原编为"集外诗"，好像是义山死后才出世的。义山诗作，本来是断断续续地出现，自中唐至于清初，经过了一千数百年之久，才得编成六百首的集子，已见总论。那么，这首《拟意》的长诗，何时面世，不能详知，我想唐宋两代都还未为人见呢。

《拟意》之题，甚不可解，故历来笺注家皆置不论。窃意"拟"有"模仿""揣摩""试作"诸意义。魏晋六朝间诗人常有拟某诗之题，如《拟明月何皎皎》《拟明月皎夜光》《拟行行重行行》。又有"代"，如《代白头吟》《代东门行》。"代"即是"拟"。并非模仿其诗体，而是模仿其意思。江淹有《杂拟》三十首，今存五首，其题如《班婕妤咏扇》，并非模仿班的诗体，不过形容班婕妤的秋扇之悲而已。《刘太尉琨伤乱》，也非模仿刘的诗体，不过代刘琨伤感晋室之乱而已。陶渊明有《拟挽歌词》一首，则摹绘人死后的种种光景，这是属于"揣摩"的一类了。义山诗集里也有若干"代"诗，如《代魏宫私赠》《代贵公主》《代赠》《代应》，均设身处地代某一古人说话，与江淹《杂拟》同。他模仿别人诗体者，不名"拟"而名"效"，如《效长吉》是真的模仿李贺的诗体。《效徐陵体更衣》《效江南曲》，是真的模仿徐及民歌诗体。他诗以"拟"为题者仅两首，其一是《拟沈下贤》，或属模仿一类，其一便是我们所要谈的这首《拟意》。我想这首《拟意》之"拟"，不属"模仿"也不属"揣摩"，而是属于"试作"。试作者想做而未做之事，如"拟议""拟立某项计画"等，我想义山这个《拟意》诗题，或者是属于"试作"一类吧？"意"，包括"情"，也即是艳情，《拟意》当是"试作艳情诗"。

我这种解释，也许并非义山原意，不过是我一种私见罢了。是否有当，则有待大家共同研究后的正确的答案。

今录《拟意》一诗于次：

怅望逢张女①，迟回送阿侯②。空看小垂手③，忍问大刀头④？妙选茱萸帐⑤，平居翡翠楼⑥。云屏不取暖⑦，月扇未遮羞⑧。上掌真何有⑨？倾城岂自由⑩？楚妃交荐枕，汉后共藏钩⑪。夫向羊车觅，男从凤穴求⑫。书成被禊帖，唱煞畔牢愁⑬。夜杵鸣江练⑭，春刀解石榴⑮。象床穿猴网，犀帖钉窗油⑯。仁寿遗明镜，陈仓拂彩球⑰。慎防舞如意，佯盖卧箜篌⑱。濯锦桃花水，溅裙杜若洲。鱼儿悬宝剑，燕子合金瓯⑲。银箭催摇落，华筵惨去留⑳。几时销薄怒，从此抱离忧㉑。帆落啼猿峡㉒，樽开画鹢舟㉓。急弦肠对断，剪蜡泪争流㉔。璧马谁能带㉕，金虫不复收㉖。银河扑醉眼，珠串咽歌喉㉗。去梦随川后，来凤贮石邮㉘。兰丛衔露重，榆荚点星稠㉙。解佩无遗迹㉚，凌波有旧游㉛。曾来十九首，私识咏牵牛㉜。

注　解：

此诗当是开成三年间义山将赴泾原，入王茂元幕，与鸾凤二嫔离别时作。全诗亦以四句为一小节，每节含蕴几件事或几个意思，内容非常丰富，而章法则极其谨严。

①"张女"，《文选》潘岳《笙赋》："辍张女之哀弹。"注曰："闵洪《琴赋》：'汝南鹿鸣，张女群弹。'"吴

均诗："掩抑摧藏张女弹。"张女不知何人，当是魏晋之际，善于弦索乐器之伎女。此无非又是借言鸾凤二嫔之工于弹筝瑟。

②"阿侯"，梁武帝《河之水》，阿侯乃卢莫愁所生儿子。已屡见。

③"小垂手"。《乐府解题》有大垂手、小垂手，皆言舞而垂其手也。吴筠诗："且复小垂手。"义山《牡丹诗》亦有"垂手乱翻雕玉佩"之句。又是言鸾凤善舞。

④"大刀头"，《古乐府》："藁砧今何在？山上复有山；何当大刀头，破镜飞上天。"藁砧为"夫"，山上有山为"出"。刀头有环，与还音同，破镜上天则为复圆。此言丈夫出门，何时还家，则夫妇团圆矣。李陵降匈奴，昭帝时，汉欲招之返国，使陵故人陇西任立政三人至匈奴，见了李陵，以卫律在座，不敢明言，只与陵谈汉廷近日的政治状况，数数目陵示意，又数数手循（转）其刀环，暗示陵现在可以回去了。宫嫔知义山将赴泾原，不忍问归期。

⑤"妙选"，简文帝赋："芙蓉幔里铺锦筵。"此言二嫔设筵。

⑥"平居"，言鸾凤平日总是居于楼上。

⑦"云屏"，《语林》："满奋体羸畏风，侍坐武帝

（晋），屡顾云母屏幌，帝笑之。奋曰：'北窗琉璃屏风，似密实疏。'"此句"不取暖"即由这一故事而来。

⑧"月扇"，与义山《无题》"扇裁月魄羞难掩"同意。这四句无非借前人宫廷器用以表明鸾凤妃嫔身份而已，不必件件皆为当日离宫所有，只是用典。

⑨"上掌"句，《汉书》：赵飞燕身轻，成帝谓其能掌上舞。

⑩"倾城"句，李延年欲进其妹于汉武帝，作歌谓："北方有佳人，绝世而独立。一顾倾人城，再顾倾人国。宁不知倾城与倾国，佳人难再得。"帝召之，果大幸。此又言二嫔体态轻盈，腰肢极细，见于李诗者甚多。

⑪"楚妃""汉后"二句。楚妃即楚襄王梦见之神女。神女初见梦于怀王，有"愿荐枕席"的话。交荐枕则知其不止一人，乃鸾凤姊妹也。藏钩之钩，一作"阉"，乃一种猜拳式的游戏。相传汉昭帝母生而手拳，武帝辟之而开，遂封她为"钩弋夫人"，乃有此戏。因出钩弋夫人，故曰汉后。此言"共"，也不止一人。

⑫"夫向""男从"二句。羊车乃晋武帝故事，详解已见总论。但冯浩引《晋书》，潘岳总角乘羊车入市，见者皆以为玉人。因冯氏不知义山真正本事，以为诗之女主

角乃寻常女子,岂能有皇帝出现于其中?遂注为潘岳。实则潘岳当时乃总角小儿,是不足为人夫的。羊车有许多说法,有谓小儿戏驾之车,车身稍小,或以人推,驾不必为羊。言羊者以羊为善,为祥而已。前人皆以羊之身裁小,且无力,不胜驾车之任。但羊亦有大种者,且晋武帝驾车之羊,嚼竹叶,舐盐汁,怎能说不是真羊?

《山海经》,丹穴之山,有鸟状如鸡,五彩而文,名曰凤凰。这个丹穴,即是凤穴。从凤穴求之男,即是阿侯,也即是蒋王宗俭,义山屡次点明他乃轻凤所生,非飞鸾。请看《义山诗谜》何等明白。

⑬"书成""唱㪷"二句。二嫔能写得一笔兰亭帖好字,见总论。唐太宗酷爱《兰亭》,命萧翼自越僧辨才处赚得王羲之真迹后,摹写数十本赐群臣,于是举朝临写,成为风气。我们可以说,初唐几代人不写字则已,写则就是《兰亭帖》体。

"唱㪷"句,是说扬雄傍屈原《惜诵》至《怀沙》为一卷,名曰"畔牢愁"。古人以"畔"为"离","畔牢愁"就是离开牢愁。我以为那是不对的,"畔"与"伴"同,即忧愁不乐时,以此为伴,即是以此自慰。鸾凤二嫔是否能读懂屈赋?是否能将屈原《九章》制为乐谱而歌唱,我怕不能吧。她们于寂寞无聊时，唱诵《九章》以为消遣而已。至屈赋意义，至今尚无人能全懂，她们竟能吗？

⑭"夜杵"，前固曾言唐宫宫女亦须从事若干生产工作，夜杵者，当宫女织练成，以杵捣之，使练平整光滑。离宫在曲江边，宫女江边捣练，杵声清澈入耳。张萱有《捣练图》，正系宫女工作，宋徽宗临摹一本，为国画名作。

⑮"春刀"，冯注谓为制衣，是。"春刀"当是剪刀。解石榴并非解开石榴那种水果，而是把染成红色的练，裁开缝制裙、衫。

⑯"象床""犀帖"二句。《世本》："纣为象床。"《战国策》："孟尝君至楚，楚献象床，其值千金，孟尝君勿受。"象床，无非以象牙嵌床。"幰"为车幔，此言床幔。

"犀帖"，道源初谓为床前之帷，又谓"以薄犀为帖，钉于窗棂"。则是削犀片极薄，钉窗棂上用以透明。笔者幼时所见百年前之旧屋，尚有以巨大鱼鳞或磨薄之蛎壳，钉窗格以代纸糊者。透明效果甚差，盖彼时玻璃之用尚不普遍，故富家代以鱼鳞，取其一劳永逸而已。而犀片钉窗，则仅皇宫中有，当然贵重之极、豪华之极了。前引《孔雀诗》，亦有"帘钉镂白犀"之句，此四句言宫女工作又为一单元。

⑰"仁寿""陈仓"二句。仁寿镜即陆机所见晋宫中物，

前已详说。二嫔镜槛中亦有大镜,义山诧为奇珍,屡次津津乐道。

"陈仓"句谓供蹴踏之球,实以鸡毛,亦有若干空气,毬外涂以彩色,故曰彩球。秦文公行猎,于陈仓之地获一野鸡,谓得雄者王,得雌者霸,秦获其雌,化而为石,祠之,称谓"陈宝",又称"宝夫人"。实球之鸡毛,本属家鸡者,今名之陈仓,则为野鸡。义山诗称鸡辄曰陈仓,(如其诗"明朝惊破还乡梦,定是陈仓碧野鸡"即是。)不过取其辞藻之美罢了。王建《宫词》:"走马犊车当御路,汉阳公主进鸡球。"鸡球竟用犊车装载,当有数百枚之多。盖蹴球之戏,为唐宫廷所酷嗜,损坏率极大,不得不多为之备。

⑱"慎防舞如意"之句。吴孙和月下舞如意,误伤邓夫人颊,已屡述,不赘。

"佯盖"句,箜篌之为乐器,有竖有卧,乃胡乐之传入我国者。体曲而长,二十三弦,抱于怀,用两手齐奏,俗谓之擘。道源曰:"《洛阳伽蓝记》:魏高阳王雍之美人徐月华,能弹卧箜篌,为《明妃出塞》之曲。"冯浩注:"此联用意殊亵,盖隐语也。"冯氏一见"舞如意","卧箜篌",便联想到那些事上去。又如张尔田见"夜杵""春刀"字样亦以为亵语，其实义山这些诗一点也不亵。看不懂便乱说，实为可哀，而以前文人居心不净，动辄作微云滓秽太清之想，亦甚可厌。

⑲"濯锦"四句将见我《药转》诗的解释，现不复。诸句当系以后补作。

⑳"银箭""华筵"二句。银箭即古代记时器。"催摇落"者，言光阴逝去之速，皆银箭所催。"华筵"，二嫔设筵饯别。

㉑"销薄怒""抱离忧"二句。宋玉《神女赋》："颇薄怒以自持兮。"二嫔或以义山舍彼等而远赴泾原，有些不满，且从此而抱离别之忧。

㉒"猿落"句，历来笺注家皆无说，他们都不知此诗何以忽提到啼猿峡？亦不知此峡究竟是何峡？其实义山又在这里用巫山神女故事。巫山又称巫峡，就是长江上游，由水路入蜀的门户，瞿塘、西陵的三峡之一。巫峡在三峡中为最长，首尾一百六十里。三峡本多猿，巫峡以独长而猿亦最多，《水经·江水注》："每至晴初霜旦，林寒涧肃，常有高猿长啸，声极凄厉，故渔者歌曰：'巴东三峡巫峡长，猿鸣三声泪沾裳。'"楚襄王梦见的神女即自称居于巫山。义山赴泾原或须走一段水路。泾水是由甘肃境流出而至陕

西的,义山或要溯泾水而至泾原。这条水路并非巫峡,不过既以巫山神女比二嬪,则亦不妨将这条水路比作巫峡。

㉓"樽开"句,乃预写。想象由水路赴泾原,舟中无聊,酌酒遣闷。

㉔"急弦""剪蜡"二句。第一句冯浩无注。朱氏引道源曰:"李季兰诗:'弹著相思曲,弦肠一时断。'"按义山亦有"泪续浅深绠,肠危高下弦"之句。盖弹弦索乐器者,弦急则断。"剪蜡"句,即"蜡烛有心还惜别,替人垂泪到天明"。言人泪与烛泪并流。

㉕"璧马"句。《甘泉赋》:"璧马犀之瞵㻞。"注曰:"作马及犀,为壁饰也。"冯云:"《文选》作壁,《汉书》作璧。"好像马犀之形是粘贴在墙壁上作为美观的。这与"谁能带"三字没关联了,故冯氏又引徐湛园(武源)之说云:渚宫故事,宋(六朝之宋)沈攸之厩中群马,每夜腾掷惊嘶。令人伺之,见一白驹,以绳缚腹,超轶如飞,掩之不及,视厩犹阓,纵入阁内。问内人,唯爱姜冯月华臂上玉马,以绿绳穿之,卧置枕下,夜或失所在,旦则如故。攸之亡,不知所往。

㉖"金虫"句,吴均《古意》:"莲花衔青雀,宝粟钿金虫。"李贺诗:"陂陀簪碧凤,腰裊带金虫。"璧马

金虫,皆妇女饰物,"不复收""谁能带"者,言与义山别后,二嬷即无心装饰。义山《残花》诗云:"若但掩关劳独梦,宝钗何日不生尘。"意同。

㉗"银河"二句,离筵上皆饮至薄醉,仰视天上银河,想到牛女相会事,觉银河扑醉眼而来。

"珠串"句。白居易诗:"何郎小妓歌喉好,严老呼为一串珠。"自注:"严尚书与驸马诗云:'莫损歌喉一串珠。'"二嬷本善歌,或当时在离筵上为情人歌一曲,惟声音哽咽,珠不成串。

㉘"去梦"二句。《洛神赋》:"于是屏翳收风,川后静波。"义山赴泾原既走的是水路,则二嬷有梦,当随川后以往。

"石邮"同石尤,石尤风乃是逆风,俗名"打头风",二嬷希望他回长安时,不要遇见逆风,"贮",收藏也,望石尤风收敛其威。

㉙"兰丛""榆荚"二句。兰丛即《药转》那首诗中的"风声偏猎紫兰丛"。潭州:"楚歌重叠怨兰丛",知二嬷所居处植有兰花成丛。

"榆荚",榆树结子于带形荚子内,如豆荚然,故称榆荚。二嬷所居,植有金银桂至少八株,此事在义山脑中记忆最为深刻，故诗中屡言。不知除桂树外，尚有榆树。义山《七夕》："桂嫩传香远，榆高送影斜。"《一片》："榆荚散来星斗转，桂花寻去月轮移。"二嫔之镜槛不过其所居宫殿之一部分，其正寝则为碧瓦红轮之属，也即是"画楼""桂堂"之属。因桂榆一类大树，是不能种植建于水面槛榭之前后的。水面植物不过菱芝莲花，稍有土壤处，所能种的也不过杨柳。

㉚"解佩"句。是用郑交甫汉皋逢二女解珮事，见《列仙传》，系表明鸾凤为二女。

㉛"凌波"句。见《洛神赋》，"凌波微步"又以宓妃相比。

㉜"十九首"与"牵牛"句。《古诗十九首》有一首云："迢迢牵牛星，皎皎河汉女。河汉清且浅，相去复几许。盈盈一水间，脉脉不得语。"《洛神赋》亦有："叹匏瓜之无匹兮，咏牵牛之独处。"

在义山诗集中的"牵牛"，有时影射唐文宗，有时自指。"牵牛处"则作为宫嫔与外人私会之地点。此处"牵牛"则指事，即一别之后如牛女之隔河相望，而不能再相就了。义山作此诗时，似已感到先兆，故用了一个"谶"字。但开成四年义山释褐为秘书省校书郎，回长安仍与二嫔相会数次。

义山这首长排是与二嫔相恋的正面描写，非常重要。为了其中的话说得太明显（如"夫向羊车觅"之类），恐致不测之祸，写成后，私自秘藏，不敢任人抄写传布，是以出世最晚，成为"集外诗"。

冯浩在此诗总论中，认为义山为一幼时（不知冯氏"幼时"二字由何而来）相识，后与私通之女作。此女于归别姓，李仍私与交往，直到因事别离，始知今后私愿不遂，遂作此诗，谓"此种笔墨，重伤忠厚矣"。

张尔田则直谓为指柳枝作，谓"张女"指柳枝，"阿侯"则义山自指。并谓《拟意》诗中段所叙，实有欢会之迹，序文不无回护。不然，岂有一面之缘，即缱绻恋恋如是耶？并谓李柳相恋事，当以此诗为凭。

顾季高亦从其说，并更进一步，谓柳枝曾为义山私生一女寄寄。语皆见我的总论。

据这三首五律，其中所叙建筑、器用、人物及人物的动态，无一不带着帝王家色彩，寻常民间女子，固万不能有，歌妓如柳枝者更半点关系沾不上。以前那些笺注家也知此为艳情诗，而总苦于不知为谁而作，他们逐字逐句，细加疏解，而总不能将义山所有这类艳情诗，整个综合，再行贯通(或者如我总论所说为了事关宫禁,不便直言)。义山与宫嫔的一番奇情艳遇,遂湮没而不彰了。

程梦星(午桥)删补朱长孺《李诗笺注》本,于《拟意》诗后云:"此诗不知所指,以事推之,乃宫掖之放还者。考《新书》:宣宗大中元年二月癸未,以旱避正殿,减膳,罢太常教坊习乐,出宫女五百人。义山殆于此时,有所感发欤?"程氏将义山作《拟意》的时间,下降到宣宗时代,乃是大错,但他谓此诗连及宫掖,算已摸上一点边了。但放出之宫女皆为宫中无名位之人,而此诗所叙女主角则甚贵重。且"放出"之事,与诗中所叙也完全不合。总之,不明李诗本事是不能了解他诗的。

丙、义山与宫嫔相恋之各方面

义山在开成元年秋间与鸾凤相识,至开成四年冬清宫案爆发,断断续续约有三四年,而真正欢会时间则甚少,可是,他在这种奇异而香艳的爱情刺激之下,灵感飚发,兴会霞举,创作力变得非常活泼盛旺,写了许多《无题》或有题等于无题的诗篇来记述。这些诗篇,见得义山的惊才绝艳,无与伦比,也可算是大落墨正面文章。这些诗篇,正编皆已引过，难于重复，只有请读者取李诗集自己欣赏。现在只好寻出若干枝节问题，来补充一番，故题为各方面的文章。

（一）义山自喻楚襄及陈思

（1）巫山神女

义山虽曾以"燕太子""赤凤""秦宫""韩寿""王昌"自喻，仅一次而止，（仅王昌见二次。）但以楚襄王梦巫山神女及曹子建与洛水宓妃来譬喻他和宫嫔恋爱，则多得不可胜数。请看《深宫》：

金殿香销闭绮栊，玉壶传点咽铜龙。狂飚不惜萝阴薄，清露偏知桂叶浓。斑竹岭边无限泪，景阳宫里及时钟。岂知为雨为云处，只有巫山十二峰。

"金殿"与题目"深宫"，我们应该注意，这不是寻常百姓家。"玉壶铜龙"是古时记时器，此亦非民宅物。"萝"李诗常见，当是离宫植物，"桂"见我《药转》诗注。"斑竹岭边无限泪"，用娥皇女英泪洒斑竹事，李诗亦常见。"岂知"二句，宋玉《高唐赋》，楚襄王所梦见的神女自称："妾在巫山之阳，高丘之阻，旦为行云，暮为行雨，朝朝暮暮，阳台之下。"高山多云雾，亦多阵雨，《高唐赋》一开始便有一段关于云的描写，故后人谓神女名字为朝云。近人乃谓系义山小姨的闺字，而他的《牡丹诗》："欲书花片寄朝云。"亦谓《牡丹诗》为其小姨作，而惹起令狐绹误会，遂为义山一生通塞关键，皆误。语见总论，不赘。

"巫山十二峰"是不能一眼望得见的。苏辙《巫山赋》谓可见其九，而三则不知。陆游《入蜀记》则谓仅见神女峰，其余则否。《天中记》举十二峰之名，《方舆胜览》仍之，曰：望霞、翠屏、朝云（即神女峰）、松峦、集仙、聚鹤、净坛、上升、起云、飞凤、登龙、圣泉。（《方舆胜览》，圣字作聚。）

义山此诗盖言只有曲江离宫可为他与宫嫔幽会之地，若内廷则不可能。

"重帏深下莫愁堂"那一首七律有"神女生涯原是梦，小姑居处本无郎"两句。神女就是楚襄王所梦见的神女，后人读李诗未得其解，把这两字当作娼妓的代辞，神女行为虽稍浪漫（古所谓女仙，无不如此），而实则是身份非常高贵之女仙，亵之以烟花巷人，真是罪过。这又是文人自己居心不净之所致，令人痛恨！小姑曲出六朝神弦曲的

《青溪小姑曲》："开门白水，侧近桥梁。小姑所居，独处无郎。"刘敬叔《异苑》言，青溪小姑乃蒋子文第三妹。这两句诗是说鸾凤侍文宗未得宠幸，犹巫山神女之于楚襄，不过梦寐间相见（或义山自喻，亦未可知），而其寂寞独处，则又如青溪小姑。义山《燕台诗》亦有"青溪白石不相望，堂中远甚苍梧野"二句。近人乃以小姑为义山小姨，太可笑。

李诗集中有《楚宫》五首，其中之一名《过楚宫》，是他游宦楚地过楚宫遗址而作。其余四个《楚宫》则无非影射唐宫。而"襄王""宋玉""楚水""巫山""巫峡"（此与女道士通用）"高唐""阳台""云梦""楚吟""楚弄""楚雨""楚水"……多得不可屈指数，皆所以借以纪录他与宫嫔的罗曼史。

（2）洛水宓妃

洛水本有女神曰宓妃，相传为伏羲女。又传后羿有射河伯，妻洛嫔的故事。屈原《离骚》后半段，他到大地中心的昆仑山，本想阶以升天庭，帝阍不为开门，只好下降在昆仑四周境内，求婚神女。他也曾托媒去求宓妃，未有结果，乃另觅别人。事皆无成，乃作远游海外仙洲之想。事见《骚经》，不具引。魏曹植子建于黄初三年，背阙归藩之际，路过洛川，有感于古说，作了一篇《洛神赋》。

通篇皆以水仙看待,并未说宓妃是人。唐显庆(高宗年号)三年(公元六五八)李善注《文选》成上献,他于子建《洛神赋》注中,不知摭拾何野史,竟有子建私恋甄后,后被谗死后,文帝以后所遗玉带金缕枕赐他,他遂写了这篇赋,初名《感甄》,明帝乃改为《洛神》。唐人于是盛传金缕枕故事。义山乃晚唐人,受其影响尤甚,竟把这件虚谬的故事来比拟他和宫嫔的恋史了。"贾氏窥帘韩掾少,宓妃留枕魏王才"(《无题》);"宓妃愁坐芝田馆,用尽陈王八斗才"(《无题》);"知有宓妃无限意,春松秋菊可同时"(《代魏宫私赠》);"敢言西子短,惟觉宓妃长":"宓妃"二字常见于其笔端,与巫山神女等。他的《东阿王》《涉洛川》似同时所作。

前诗:

国事分明属灌均,西陵魂断夜来人。君王不得为天子,只为当时赋洛神。

后诗:

通谷阳林不见人,我来遗恨古时春!宓妃漫结无穷恨,不为君王杀灌均！

"灌均"，据《魏志》："黄初二年，监国谒者灌均希旨奏植醉酒悖慢，劫胁使者。有司请治罪，帝以太后故，贬爵安乡侯。"

"西陵"，即魏武帝曹操的陵寝。"夜来人"，夜来即薛夜来，宫嫔中之美人，"夜来人"系化特名为公名之例，言像薛夜来一类的宫女（即铜雀台的宫伎），见魏武帚葬西陵，皆为心伤魂断。"君王不得为天子"二句，诠释已见总论。君王称曹植，他得封王爵，可称以君王，而且植亦常以自称。（见《洛神赋》及他文）张尔田乃为此二字大惊小怪，真不解这些古典文学家，智识何以如此浅陋？

第二首《涉洛川》，言宓妃不能为子建杀灌均，使子建被谗毁而不得意，似乎义山自己也是被人谗毁而致仕途蹇涩。不过开成四年，二嫔已死，义山以前考进士，考博学鸿词落第，无非文章不中试官意，说不上有人谗毁（但考鸿词之落第，恐与其恋史有关）。仕途蹇涩开始于十余年后，二嫔已无法代为抱憾。所以我意这两首诗是反语，是义山代宫嫔抱憾而非宫嫔为他。二嫔不是常受杨贤妃谗毁吗？灌均恐怕是指杨妃。

（二）义山唐宫经历及闻见

（1）隔苑偷看杨贤妃

义山《无题二首》即"昨夜星辰昨夜风"那首七律后忽附一七绝，那首诗是：

闻道阊门萼绿华，昔年相望抵天涯。岂知一夜秦楼客，偷看吴王苑内花。

萼绿华已见《圣女祠》："萼绿华来无定所"，《真诰》说她自云为南山人，而未知其为何山。义山偏说她是阊门人，则此人当是吴娃。萼绿华指宋华阳，不仅《圣女祠》《中元作》"羊权须得金条脱"亦引萼绿华事。疑宋亦是吴人，故出入宫廷，与鸾凤交好。解释见后文。

"秦楼客"即秦穆公之仙婿萧史，又称秦史，又可称为"秦楼客"，义山自指。

"吴王苑"隐指唐宫。吴王夫差宠任西施，为筑馆娃宫，宫廷美女甚多，或植花卉甚多。此处"花"字则代表美女。义山潜入离宫。遇见旧情人宋华阳亦在，指引他偷窥文宗庭苑所有美丽宫眷，故云。为了鸾凤及华阳皆为吴人，遂暂以唐宫为吴王苑了。而冯注引赵臣瑗《山满楼笺注唐诗七言律》曰："义山在王茂元家窃窥其闺人而为之；或云在令狐相公家者，非也。观次首绝句，固自写招供矣，又何疑焉。"近人乃谓义山因偷窥茂元内眷，得见其兰心蕙质的小姨，产生畸恋。详见总论。不知王茂元家是不能称为吴王苑的。且与第一首七律也黏不上。

义山又有一首七绝，题目是《曼倩辞》，辞云：

十八年来堕世间，瑶池归梦碧桃闲。如何汉殿穿针夜，又向窗中觑阿环。

东方朔字曼倩，他的《别传》说他死后，汉武帝问太王公以星历，问诸星俱在否？曰："独不见岁星十八年，今复见耳。"帝仰天叹曰："东方朔生在朕旁十八年，而不知是岁星哉？"惨然不乐。按东方朔初见武帝上书高自称誉，言："臣朔年二十二，长九尺三寸，目若悬珠，齿如编贝，勇若孟贲，捷若庆忌，廉若鲍叔，信若尾生。若此，可为天子大臣矣。"东方朔初见武帝时年已二十有二，哪有在汉廷十数年，死时只活了十八岁之理？可见为其《别传》者之无识。义山诗也不过故沿旧说而已。次句言东方朔常偷瑶池西王母桃。义山固以此自喻。

第三句，《西京杂记》：汉采女以七月七日穿七孔针。言偷窥事在七夕。

第四句，"阿环"乃西王母妹子上元夫人的名字。她在汉武帝宫廷来见其姊行礼时，自称"阿环再拜"。杨贵妃名杨玉环，杨贤妃也姓杨，遂比之于杨贵妃。贤妃是文宗最宠者，容貌一定绝美，一双美目，更为特别，义山当亦久仰其名，既已潜入离宫，当然要设法偷窥一下。这与"偷看吴王苑内花"当是同时作。

（2）宫廷道观交通及忆宫嫔或及女冠

正编固有一章论此事，而以《玉山》那首七律为证。今当更为畅论。义山有《当句有对》七律一首云：

密迩平阳接上兰，秦楼鸳瓦汉宫盘。池光不定花光乱，日气初涵露气干。但觉游蜂饶舞蝶，岂知孤凤忆离鸾。三星自转三山远，紫府程遥碧落宽。

"平阳"，乃平阳侯曹寿之府，寿则为汉武帝姊阳信长公主之夫。故平阳当指那些入道公主之道观。"上兰"观（非道观）在汉上林苑中。言宫廷道观相距密迩，似相连接，此当指曲江旁之华阳观与避暑离宫。

"秦楼"句,又是秦穆公女弄玉所居。弄玉后与夫萧史俱仙去,以比入道之贵主。"鸳瓦",即"鸳鸯瓦冷霜华重"之瓦,乃帝王家之瓦。"汉宫盘"当是赵飞燕所舞之盘。

"池光""日气"二句描绘宫廷景物。

"但觉"二句,第一句因写离宫之景,亦隐指梦游天宫者大有其人。第二句则说自己难得入宫而苦忆鸾凤。

"三星"二句,诗"三星在户"言别人得与情人欢好而我则未能。"三山"即海外三神仙,只觉距我太远。"紫府",《十洲记》:"青邱紫府宫,天真仙女游于此。"此句指女道士之难得见。碧落为天,代表帝宫鸾凤所居。道观与离宫两者皆"遥"而且"宽",往赴常苦无由,徒有叹恨!

义山《河内诗》第一曲《楼上》,竟是女道士与宫嫔合咏。诗云:

鼍鼓沉沉虬水咽,秦丝不上蛮弦绝。嫦娥衣薄不禁寒,蟾蜍夜艳秋河月。碧城冷落空蒙烟,帘轻幕重金钩栏。灵香不下两皇子,孤星直上相风竿。八桂林边九芝草,短襟小鬓相逢道。入门暗数一千春,愿去闰年留月小。栀子交加香蓼繁,停辛伫苦留待君!

"鼍鼓"句,鼍皮制为鼓,以记更。《诗》:"鼍鼓逢逢。"《初学记》:"张衡漏水转浑天仪,以玉虬吐漏水入两壶。"

"秦丝"句,蒙恬制筝,称"秦筝"。筝弦称为秦丝。此句言宫嫔惯于弹琴瑟。

"嫦娥"句,即《圣女祠》"无质易迷三里雾,不寒长着五铢衣",《霜月》"青女素娥俱耐冷,月中霜里斗婵娟"。

"蟾蜍",月中物,或云嫦娥所化。"秋河",秋季之天河。

"碧城",即圣女祠,宋华阳所居,见《碧城》三律。(义山特意点出碧城二字须注意。)"帘轻",夏季用轻帘;"幕重",冬季用厚幕:皆用金钩卷放。

"灵香"二句甚难解。道源曰:"周灵王有子三十八人,子晋其太子也,是为王子乔。灵王第三女名观灵,字众爱,于子晋为别生妹。又有妹观香,成道,为紫清宫内侍,领东宫中侯真夫人。"道源此注真好极了,宋华阳姊妹三人原同在王屋山修道,其后与一姊或妹奉召来京师,派在华阳观，侍奉贵主，故李诗曰："西来双燕信休通"。今周灵王三十八子，仅二为女，则此诗"两皇子"当为两皇女。古时女皆称子，孔子谓："公冶长，可妻也，虽在缧绁之中，非其罪也。以其子妻之。"灵香不下就是观灵、观香两位皇女或仙女，请不下来。即"闻道阊门绿萼华，昔日相望抵天涯"之意。可见京师道观规则比王屋山严，宋华阳是不能与他时常相见的。至两皇女云云者，并非义山又爱及华阳之姊妹，不过华阳姊妹三人，奉召来京者仅其二，求见时，或姊妹二人同时出来罢了。"孤星"，义山自谓。相风竿上安难形之物，可随风转动，置屋顶上以候风气。竿本长，置屋上更高，我这颗孤星便沿之而上天，喻入宫禁。又《河阳诗》："不知桂树在何处，仙人不下双金茎。百尺相风插重屋，侧近嫣红伴柔绿。"同是一事。

诗至此，转入鸾凤二嫔。

"八桂林"至"留月小"，前文已注。

"栀子"二句，徐悱妻刘氏摘同心栀子赠谢娘诗："同心何处恨，栀子最关人。"蓼味苦而栀子亦辛，故曰："停辛伫苦留待君"，盖他们这场爱情，苦趣多于乐趣。

《燕台诗》第四首，即《冬》之一首。忆念宫嫔又及女道士："浪乘画舸忆蟾蜍，月娥未必婵娟子"，即说宋华阳假意说修道，要学月里嫦娥，其实未必那么虔洁吧。义山对鸾凤二嫔甚为敬重，于宋华阳则常有谑浪狎侮之词。好像他在王屋山时，宋怪他言语不慎，托词将专心修道，不更牵于儿女之情，实则与她两个姊妹倒向永道士一边去了。义山也知她说的是假话，故《银河吹笙》那首诗有"不须浪作缑山意，湘瑟秦箫自有情"的二句。"浪"有"孟浪""浮浪""虚假"诸义。《燕台诗》又用了"浪"字。宋华阳后来虽想嫁他为妻，终于未成，未必完全是媒人坏了事，嫌他对待自己的态度不甚庄重，才是其主因吧。

我们读义山诗，宋华阳是时常出入宫廷的。她入宫必和鸾凤在一处，则必是由于同乡的关系。

（3）宫女从事生产事业及有骑射组

《镜槛》《拟意》诗，宫女从事"焙药""织绢""擦玉""磨犀""捣练""裁衣"等生产事业。

宫廷中宫女多至数千人，都是年轻体健，总不能让她们长日空闲，一点事不做，那样则精神郁闷，容易出事。再者这许多人生活费用也重，叫她们从事点生产工作，不仅可消磨时间，也可减轻国库的支出，正是一举两得。又《拟意》的"弓调任射莎"，并非用来凑韵的，二嫔也未必能武，著此句何为？原来唐宫有"射生宫女队"，或有几个派在二嫔住所。王建《宫词》:"射生宫女尽红妆,请得新弓各自张。临上马时齐赐酒,男儿跪拜谢君王。"所谓"男儿跪拜"是必学男人军礼,半屈其膝,不必全跪。清宫廷及官场即用此礼节,始自军中,取其简捷迅速,俗名"打千"。西洋古代宫廷亦用此礼。都是尚武国家发展出来的。

宫廷之有女兵不知始自何时。晋石崇曾献"宫军"千骑于皇帝,当是射生宫女之类。唐李贺、卢纶、李颀皆有关于此类宫骑之诗,并言她们练习射生时,先从畜于池塘之鸭子入手。杜甫《哀江头》言明皇携杨贵妃游于曲江,有"辇前才人带弓箭,白马嚼啮黄金勒。翻身向天仰射云,一笑正坠飞双翼"。这类射生组的女兵,一箭能射下两只飞禽,其射技如何超卓可想。

(4)唐宫器用有类现代者

义山《无题》诗有一首说:"凤尾香罗薄几重,碧文圆顶夜深缝。"是说做圆顶帐子。我国床为长方形,所以帐子也是长方形,今竟有"圆顶"二字,笺注家皆莫得其解。冯浩初则以为系唐人婚礼上的"百子帐",又谓像塞外可以移置的尖顶圆亭,就是青毡围成的幕帐。实则唐宫之床仍是长方形,帐子则或为圆顶,有如今日的制度。

现代人为防蚊蝇及各种小昆虫之潜入室，每于窗户上钉尼龙纱网，唐人窗上亦施网。《拟意》"象床穿幌网"，幌为车幔，此则床幔。床幔而曰网，当是比纱类更疏，更透气透风之物。义山《正月崇让宅》有"鼠翻窗网小惊猜"之句，《骄儿诗》言其子衮师顽皮情状，有"曲躬牵窗网，略唾试琴漆"之句。窗网二字两见李诗，诸家皆无注。惟冯浩引《楚辞·招魂》："网户朱缀，刻方连些。"五臣注："织网于户上，以朱色涂之。"朱熹云："网户者，以木为门扉而刻为方目，如罗网之状，即汉人所谓罘罳，即程泰之以为即今之亮格，其说是也。"但罘罳及亮格不可翻，亦不可牵，唐人诗多言"网轩""网楼"，则必是用细丝细麻所织施于窗户，如今人之尼龙纱者，特不如尼龙之细致耐久耳。其可翻可牵，则或昼则卷起，夜则放下，如帷幕然。朱熹所云罘罳，与之实为两物。

李诗《拟意》："银箭催摇落。"注言为古代纪时器。按张衡"漏水转浑天仪制"："两壶右为夜，左为昼，盖上铸铜人居左右两壶。皆以左手执箭，右手指刻，以别天时早晚。"《初学记·殷夔刻漏法》："盖上铸金人，衣冠，以两手执箭。"义山《石城》云："玉童收夜钥，金狄守更寿。"这玉童也是玉刻的童形，金狄便是执两箭的金人。看两箭的话，岂不像现代钟表上的长短两针（二针原亦箭形），不过中国古制太笨重罢了。

（5）唐宫器用多外国物

前文《圣女祠》的辟尘犀来自南越，辟寒玉来自大宛国。唐宫珍物多来自外国，更不必论。即为《镜槛》的西戎利刀削玉如削木者，卧箜篌乃胡乐，擦玉用胡沙，天鹅扇出涂修国，取酒之封驼出大月氏国等。

（6）宫闱隐事

所谓宫闱隐事，即宫女等与外面男子交往，连最得文宗宠幸的杨贤妃，也有一个姓韩的情人，正编言之已详。现且把义山那首《蝇蝶鸡麝鸾凤等成篇》再来详解一下，以补正编所不及：

韩蝶翻罗幕，曹蝇拂绮窗。斗鸡回玉勒，融麝暖金釭。玳瑁明书阁，琉璃冰酒缸。画楼多有主，鸾凤各双双。

"韩蝶"，就是杨贤妃那个姓韩的情人。他先作了一首《咏青陵台》，就是说化为蝴蝶的韩凭，已不忠于故妻而与其他女子恋爱了。杨贤妃姓杨，颇易转为柳，义山关于"柳"的诗甚多，皆隐指贤妃。"蝶"诗也不少。其蝶诗有"芦花惟有白，柳絮可能温"，又"相兼惟柳絮，所得是花心",言韩某能得贤妃垂爱,如蝶之得占"花心",谁又能比?义山又喻杨贤妃为雪,当由谢道蕴咏雪名句"未若柳絮因风起"而来。他也自诩道:"远把龙山千里雪,将来比并洛阳花。"蝴蝶惟飞舞花间,与杨柳不会有关系。他又以蝶频来雪中为言。下雪的天气,也不会更有蝶之存在,其喻杨贤妃无疑。他又以杨贤妃比作蜂,其诗书蜂蝶相恋处颇多。他为柳枝写的小诗曾言蜂蝶非同类昆虫,不能结合。现在自食其言,当是由于贤妃另有"封"的封号或名字为封而来。

杨贤妃于文宗崩后,即被武宗赐死,实为无辜,故义山由憎恨一转而为同情,《垂柳》诗:"肠断灵和殿,先皇玉座空。"又有《垂柳》五排一首亦为贤妃作,其中有"怨目明秋水"之句,特言贤妃之美目。"旧作琴台凤,今为药店龙",则言其被赐死。《乐府·读曲歌》:"飞龙落药店,骨出只为汝。"此诗仅首段咏柳,全诗与柳绝无干涉。

杨妃未死前,义山有七绝一首是嘲笑文宗的。诗题是《闺情》,诗云:

红露花房白蜜脾,黄蜂紫蝶两参差。春窗一觉风流梦,却是同衾不得知。

现再来说"曹蝇"。《吴录》:"孙权使曹不兴画屏风,误落墨点,因就以作蝇。权以为是生蝇,举手弹之。"这是言姓曹的。

"斗鸡",义山屡自譬为山鸡,"锦段落山鸡""未判容采借山鸡""秦台一照山鸡后",于今又变成斗鸡。只须是鸡罢了,管它是哪一类?

"融麝",徐湛园谓以香炼膏,大约是以麝香作油。"金釭"是灯台。赵飞燕作黄金釭,即灯台,这个人当姓"谢"。

"玳瑁""琉璃"二句,诗题中未有姓,也许是写宫中器用饮料;也可说有姓"代"姓"冒";与姓"刘"姓"黎"之人。

"画楼"二句,宫廷中宫女一部分似乎各有情人,尤其宫倡之流,如鸾凤之成双作对。此处鸾凤系泛指,不能著之诗题,便说是飞鸾轻凤。

当然入宫者不止这几个,尚有未及者。二嫔死后,义山有《与同年李定言曲水闲话戏作》,有"与君身世属离忧",及"相携花下非秦赘,对泣春天类楚囚",可见这个李定言也是梦游天宫之一人。

此诗一般笺注家都说"题怪极,不可解"。纪晓岚则谓"堕入恶趣,不复以诗格绳之"。冯浩则谓:"似亦以艳体寓令狐，故诡其趣也。韩蝶比己贞魂不变，曹蝇比受人弹击。次联则谓来而留宿，三联谓只为索书，聊尔命盏，结则羡他人之各有所主而我独无着也。或隐有所刺，如《偶题》《可叹》之类，无从定解矣。"李义山真晦气，一个堂堂男子，对着令狐绹就立刻变为裙钗，乞宠求怜，无所不至。不懂李诗本事者都作此论调，岂不可叹！

以上各节文字当是义山入离宫所亲自见闻者，或鸾凤告诉他者。也算是一部唐宫秘史。

（三）义山预知祸事

唐宫这样闹下去，总会有祸事发生。义山以他诗人的敏感，早已觉察到了。何况还有个虽享专房之宠而心胸窄狭不能容人的杨贤妃，见鸾凤二嫔，多才美貌，又有蒋王宗俭之一子，为她所无（杨贤妃多病，无子），更增加她的嫉妒（义山的《独居有怀》："柔情终不远，遥妒已先深"，当然指杨妃之妒），遂与其羽党日夕在文宗面前说她们的坏话。义山《赠柳》诗："莫放花如雪，青楼扑酒旗。""玳梁谁道好，偏拟映卢家。"以"雪"比她，则"莫入卢家妒玉堂"；以"燕"比她，则"卢家文杏好，试近莫愁飞"。是妄想贤妃与鸾凤和好，但知其不可能，怕她以构陷庄恪太子者来构陷蒋王宗俭，则又提出警告：

"去应逢阿母,来莫害王孙。记取丹山凤,今为百鸟尊。"这都可见鸾凤二嫔处境之危殆。

何况鸾凤二嫔尚有与外面男子李义山交好之事。既然贤妃的隐事为鸾凤所知,怕她们或将加以揭露,则捉住鸾凤这个把柄,必先向文宗揭发,于是遂有清宫案的爆发,而鸾凤遂不免于一死了!

义山《拟意》诗中"慎防舞玉意",借东吴第二代君主孙和月下舞如意,误伤其所爱邓夫人事;又有《宫妓》一绝,则咏周穆王怒偃师的事,表出他的忧惧,正编已提过。他又有《莫愁》一绝,所咏乃是竟陵善歌曲自撑艇子的莫愁;诗云:

雪中梅下与谁期?梅雪相兼一万枝。若使石城无艇子,莫愁还是有愁时!

又《楚宫》:

复壁交青琐,重帘挂紫绳。为何一柱观,不碍九枝灯;扇薄常规月,钗斜只镂冰。歌成犹未唱,秦火入夷陵。

更有《无题》五律:

照梁初有情,出水旧知名。裙衩芙蓉小,钗茸翡翠轻;锦长书郑重,眉细恨分明。莫近弹棋局,中心最不平!

"照梁""出水"二句,宋玉《神女赋》:"其始来也,耀乎如白日之照屋梁。"曹植《洛神赋》:"灼若芙蓉出绿波。"

"裙衩"二句,首句即前引《无题》:"十岁去踏青,芙蓉作裙衩。"使读者知为同一人。这一句甚重要,是有意著于此诗的。

"锦书""眉细"二句,鸾凤知书,能写长信达情意。她们在宫廷中不得意,故常蹙眉含恨。

结二句,《棋经》曰:"弹棋者,两人对局,白黑棋各六枚,先列棋相当,更相弹也。其局以石为之。"局即棋盘,四边平,中心隆起。有谓状如覆盂者,有谓状如香炉盖者,魏晋人好此戏,唐人亦喜为之,至宋已失传。

杨贤妃想立母事她的安王溶,与其羽党日夜谗毁东宫太子鲁王永,太子母王德妃因而气死。鸾凤似系王德妃党,反对杨妃,当日宫廷中暗潮起伏,没有一日安定。义山以局外人冷眼旁观,知道这种事会惹杀身之祸,故以弹棋为比,警告鸾凤小心,切莫卷进这种政治漩涡,叫着:"棋局中心近不得,危险呀!"

他的七律体《无题》又有二句:"风波不信菱枝弱,月露谁教桂叶香。""风波"二字不是随便写的。他相信鸾凤虽弱如菱枝,在这场风波里也许能撑持过去吧?奈鸾凤撑持不过何!

笺注家乃谓义山考博学鸿词落第,恐妻王氏为之不平,是以作此诗以慰。不知"神女""洛神",义山常用以比二嫔,他的尊阃哪里够得上这种资格。且"莫近弹棋局,中心最不平"乃警告而非慰藉,口气是不同的。

义山也知自己与宫嫔这场恋爱,一定不能到头,所以又有几首羡慕鸳鸯的诗。离宫建于江边,水禽群集,鸳鸯亦多。《促漏》:

促漏遥钟动静闻,报章重叠杳难分。舞鸾镜匣收残黛,睡鸭香炉换夕薰。归去定知还向月,梦来何处更为云?南塘渐暖蒲堪结,两两鸳鸯护水纹。

释道源注:"言纵如姮娥入月,终是独居;神女为云,徒成幻想。岂如南塘之鸳鸯，长匹不离哉！"看不出这个和尚，说的话倒是风情万种，远胜那些腐气腾腾的笺注家。

《代赠》：

杨柳路尽处，芙蓉湖上头。虽同锦步障，独映钿箜篌。鸳鸯可羡头俱白，飞去飞来烟雨秋！

《石城》：

石城夸窈窕，花县更风流。篁冰将飘枕，帘烘不隐钩；玉童收夜钥，金狄守更筹。共笑鸳鸯绮，鸳鸯两白头。

但义山又有《鸳鸯》一绝：

雌去雄飞万里天，云罗满眼泪潸然。不须长结风波愿，锁向金笼始两全。

这对鸳鸯遭猎人袭击，雌雄分散，假如锁在金笼里有人保护，或不至此。锁入金笼岂不失去自由？但失去自由，总比失去生命好。这是无可奈何的消极语。这当是二嫔死后所作。

（四）景阳宫井

今金陵台城内有一口景阳井。帝王家事物每多以景阳二字为名，如"景阳宫""景阳楼""景阳钟"。景者，大也。《诗》："以介景福。"犹言以介大福。阳者，阳和气象也。台城内这口景阳井又名胭脂井，旧传井栏石脉，以帛拭之，作胭脂痕。陈后主与张丽华、孔贵嫔二人于隋兵入城时，俱投此井中，故此井又名"辱井"。

鸾凤二嫔所居宫殿前，固有一井，故李诗有"一桃复一李，井上占年芳"，他诗言及二嫔辄言井，已见前文。该井未必名景阳，不过用典。

这口井不知在大内呢？还是在曲江离宫？我主张在离宫。或将谓离宫建曲江旁，鸾凤所居镜槛又在水上，取水甚便，何必凿井？北方土厚水深，汲水必藉辘轳及绳索，上下数十丈，何等不便？则或者江水中有鱼虾，水面有凫雁，甚浑，当时又无澄清过滤之法，而井水虽取之不易，却甚甘芳。凿一井以供全宫饮用，似无不可。那口井必凿于鸾凤所居寝殿前。那寝殿固植有桂榆等大树及"画楼""桂堂"等建筑。

义山有《景阳井》绝句：

景阳宫井剩堪悲，不尽龙鸾誓死期。肠断吴王宫外水，浊泥犹得葬西施！

笺注家以陈后主偕张孔二贵嫔所投井名景阳，遂以义山此诗系咏这项史迹，龙指后主，鸾指二嫔，倒也有点像。但他们不知那个无心肝的陈叔宝投井系为暂避兵祸，并非决心殉国，他们还不是被隋兵牵引出来了。陈后主被俘后与百官并送长安，张孔二嫔则被高颖斩于青溪栅（想学太公掩面斩妲己），并非死井中，想比附陈事一点也比附不上。

义山早已推测到他们的恋情，必有一日被发觉，发觉则拟与鸾凤投井自杀。这种悲惨的誓言想必在井边不知说了多少次，故曰："不尽"。义山本唐宗室。唐高祖李渊乃凉武昭王七代孙，义山则凉武昭王的十三代，故曰："我系本王孙"。道及其子衮师，则云："寄人龙种瘦，失母凤雏哀"，他自命为龙，无妨。"鸾"包括"凤"在内。

惟因他在离宫，故可指井为誓，井若在大内，则怎可能呢？他又有《景阳宫井双桐》诗。双桐固指鸾凤为姊妹，而也有典故的依据。魏明帝《猛虎行》："双桐生空井，枝叶自相加。"此诗今失传。梁简文帝亦有《双桐生井》

诗。义山此诗一开始即是"秋港菱花干，玉盘明月蚀"两句。秋港指深秋之曲江。清宫案发生时，禁卫军检查违禁物品，把鸾凤所居镜槛弄得狼藉不堪，那面大镜子砸烂了，义山赠送二嫔的纪念品玉盘也打缺了。玉盘与镜槛那面大镜并言，则禁卫军检查，必在离宫内。义山有《破镜》一诗云："玉匣清光不复持，菱花散乱月轮亏，秦台一照山鸡后，便是孤鸾罢舞时。""菱花"乃镜子，谁都知道。"秦台"乃秦宫，言此镜之大有如咸阳宫中物，"山鸡"义山自指。山鸡亦自爱羽毛，对镜则舞至力竭而死。孤鸾罢舞，言鸾从此不舞，就是死了。其死是受我李义山之累。

但问题又来了，文宗避暑曲江离宫，至秋冬必回大内，宫眷也应同返，而清宫案之发生则在开成四年十二月间，鸾凤二嫔何以仍留离宫呢？我想这或者鸾凤因知义山释褐为校书郎，彼时正在长安，想同他多会晤几次，故托词所领导从事生产的宫女尚有工作未能完成，她二人非留下不可。离宫距长安不过十里，往返甚便；况鸾凤在文宗眼中并不重要，她们请求留下，便准许了。

清宫案在《玉溪诗谜》里又叙述得非常详尽，此处又苦难再复。不过此事在义山与宫嫔恋史里情节非常重大，稍复当无妨。且加些资料使读者更能明晰。

义山记清宫案的正面文章，便是《景阳井》《景阳宫井双桐》及《无愁果有愁曲北齐歌》几首诗，而最后的一首更是正面中之正面。

按北齐后主高纬自能度曲，常倚弦而歌，别采新声为《无愁曲》，自弹琵琶而唱之，音韵窈窕，极于哀思，使阉竖等和唱，曲终乐阕，无不陨涕，民间号之为"无愁天子"。他后来为周所灭。未灭前最宠妃为冯小怜，义山诗有"小怜玉体横陈夜，已报周师入晋阳"，及"晋阳已陷休回顾，更请君王猎一围"的名句。义山此曲与高纬亡国情事，半点关系都扯不上。请读《北史》《五代史》《通鉴》等书便知。冯浩谓此篇实悼刘从谏。我现将从谏事也在此叙述一下。甘露之变，同平章事李训谋诛宦官，不克。仇士良率兵杀训及宰相王涯、贾𫗦、舒元舆、王璠、郭行余、韩约等，皆族灭，死者数千人。开成元年，昭义节度使刘从谏表问王涯等罪状；又表暴扬仇士良等罪恶。表凡三上，士良颇恐。

刘从谏的表文倒写得很好，表言："王涯等儒生，荷国荣宠，咸欲保身全族，安肯构逆？训等实欲讨除内臣，两中尉自为救死之谋，遂致滥杀，诬以反逆，诚恐非辜。设宰执实有异图，当委之有司正其刑典，岂有内臣擅领甲兵，恣行剽劫，延及士庶，横被杀伤，流血千门，僵尸万计，搜罗枝蔓，中外恫疑。臣欲身诣阙庭，面陈臧否，恐并陷拏戮，事亦无成。谨当修饰封疆，训练士卒，内为陛下心腹，外为陛下藩垣，如奸臣难制，誓以死清君侧。"

义山《有感》二首五排便是纪甘露之变的。又有《重有感》七律一首，则为刘从谏作，其中"窦融表已来关左，陶侃军宜次石头"，是说从谏既上表，何不学晋代陶侃出兵讨平苏峻之乱。其实刘从谏也不是真的正人君子，史称他少狡狯。他是刘悟之子，悟有功唐室，而从谏的节度使则由赂买而来，他的兵力也薄弱，而仇士良等则握重兵，不是对手，如何敢出兵？从谏后入朝，见朝廷事权不一，意存轻视，渐成携贰。《唐书》本传又称从谏性奢侈，无远略，贾人子献金帛多者，即用为牙将。武宗时病死，其子稹（一说乃从谏侄）竟据泽潞自立，兵力渐强，不服朝命，武宗遣各路兵讨之。义山的丈人王茂元也是一路大军的统帅。双方交战，互有胜败，稹又连结各藩镇，共拒官兵，其后势渐穷蹙。稹为其将郭谊所杀。谊又杀从谏子在襁褓者二十余人。刘稹之母及其弟妹从兄弟辈并俘至京师，斩独柳下。平泽潞，是武宗朝大事，算是一件奕赫的武功。

冯浩谓刘稹虽拒朝命，从谏尚扶王室，又因反对阉寺，颇得士大夫心，故犹有伤之者。所以冯浩以为义山这首诗是为悼刘从谏而作。其实从谏是患病死的，破家灭族乃其子稹事，与父何干？而且像刘从谏这样人有何足悼？

张尔田又说义山此诗是悼杨贤妃与安王溶、陈王成美三人，武宗接位前被赐死事，也说得完全不对，语见总论，不赘。

程梦星谓此诗系刺敬宗，句句比附，而无一字相合。

实际上，义山这首诗是为文宗时清宫案而作。诗题《无愁果有愁北齐歌》者，取之北齐后主《无愁曲》，"果有愁"者即他的"莫愁"那一绝："若是石城无艇子，莫愁还是有愁时"的意思。"北齐歌"三字则是掩人耳目的手法。而朱长孺曰："疑此曲是北齐歌曲，故题云。"又曰："龙虎麒麟天马似指陵庙（北齐者）而言，语虽险僻，意亦可晓。"何义门于"凿天不到"句谓"似指周师之至"，果然被义山瞒过了。纪晓岚则评"'天马狩''无故钉''血凝血散'，皆不成语。"又评"长吉一派"，李贺诗怪险而无意义，晓岚以为这首诗也无意义。

《唐书》及有关资料均无所谓"清宫案"，清宫案是我所单独提出的。文宗追理逭毁庄恪太子案，杀十几个乐官官倡便足够了，像《无愁果有愁北齐歌》禁卫军封锁宫门，严行查检，声势惊人，究竟为什么？若说文宗借此肃清宫闱，便是正确答案。请问究竟我的话合于事实呢？还是朱冯何张合于事实？

《景阳井》及《景阳宫井双桐》解释也已见正编。"浊泥犹得葬西施"者，越破吴，沉西施于江，令逐伍子胥鸱夷而去。又"五胜埋香骨"。"五胜"是水的代名词，始于秦始皇。又《楚宫》："空归腐败犹难复，更困腥臊岂易招。但使故乡三户在，彩丝谁惜惧长蛟。"是说一个人死了，尸体腐败，已无法复原，若死水中与腥臊鱼鳖为伍，或葬身鱼腹，则招其魂归来更为不易。结二句楚国若不亡，则投汨罗之屈原亦不必畏惧蛟龙夺其祭品了。观此，则鸾凤二人投井以死无疑。一般笺注家及张尔田以为杨贤妃赐死后，复被弃尸渭水。如王涯等暴尸久，文宗不忍，赐收葬，仇士良复命人发而弃骨渭水中一样。不知武宗听仇士良的话赐死贤妃等，是闻杨嗣复劝她"姑姑何不学则天临朝称制"一句话，谓"使安王溶得志，我安得有今日"，本无深仇大憾，何必为此暴行呢？

上文固屡书清宫案发生于开成四年十二月间，义山还要把这年份记在他诗里。《景阳宫井双桐》最后两句："寒灰劫尽问方知，石羊不去谁相绊？"为的诗题是景阳井，笺注家皆以为咏陈后主与张孔二妃事。朱长孺以石羊为陈后主陵墓前之石羊,言:"劫灰之余,石羊谁绊,亦可以极今古兴亡之痛也已!"冯浩则言:"羊,国姓也。隋氏姓杨,羊、杨也。此言时逢浩劫,后主为杨氏所绊,不得归南土矣。"他们不知开成四年,岁次己未,正值羊年,你看义山作的诗谜,何等的精密与周全,安得不令人钦佩!

或将谓"清宫案"未发生前,义山已有预感。发生前后,他本身不急作逃亡之计,只代二嫔着急,百计探听消息。二嫔死后,他又徘徊曲江两岸,与同人天宫之李定言作楚囚之对泣,难道他们不怕官方的追究而加以逮捕吗?则不知唐时法令并不如后世之严,他们入宫,也并未留下什么痕迹——义山赠宫嫔之玉盘,已被打破了,即未打破,盘上并无铭记,知是谁物?况文宗此举本系"正本清源"政策,所有负有嫌疑的宫人,被诛的被诛了,自杀的自杀了,政策便已贯彻,又何必穷竟其委?试问这件事公开出来,皇家颜面何存?义山等亦深知此理,所以他们能从容如此。

(五)二嫔死后义山之追悼

这些悼诗正编又引了不少,此处又苦于无语可以再说?义山那首"春蚕丝尽""蜡炬成灰"的《无题》诗,及"无由见颜色,还是托微波",固清宫案狱急时作,而二嫔死后那首《曲江》"天荒地变心虽折，若比伤春意未多"也是沉痛万分的作品。与前一首都是中国诗史里绝无仅有的杰作。以后他徘徊曲江岸作了许多悼诗，均见正编，而《燕台四首》仿长吉体的七古，更是大落墨的写法，这四首诗因措词隐晦，不怕被人发觉，所以当时便传诵出去，而为洛阳名妓柳枝所注意，至于想委托义山以终身。这四首《燕台诗》为人所爱诵而聚讼亦颇多，为李氏艳情诗重要作品，正编已全引并加解说，不必重复了。

以后义山游宦各地，时常悲悼，正编固曾说："逢着良辰美景，则怅触当时欢爱；见一花一草，也要寓意兴悲，竟因此郁郁成病而死，可谓之千古情种。"

良辰美景念及前事者，有《辛未七夕》七律。辛未是宣宗大中五年（公元八五一）；又有《壬申七夕》则为六年（公元八五二）五律，所书皆回忆当日与宫嫔相恋情事。

他的《房中曲》人皆以悼妻，我则谓为悼宫嫔。那诗的后半首云："忆得前年春，未语含悲辛。归来已不见，锦瑟长于人。今日涧底松，明日山头檗。愁到天地翻，相看不相识！"涧底松至明日成为山头檗，无非天地翻覆时情况。谭浏阳有"死生流转不相值，天地翻时忽一逢。且喜无情成解脱，欲追前事已冥蒙"，即由义山此诗化出。

诗有《锦瑟》与"锦瑟傍朱栊""哀筝不出门",知系即宫嫔所赠纪念品。义山又有《灯》之一诗:"皎洁终无伴,煎熬亦自求""锦囊名画掩,玉局败棋收""客自胜潘岳,侬今定莫愁"……"煎熬亦自求"句最佳。爱情必伴痛苦与牺牲,乃为精神上至高境界。"玉局败棋收"即"莫近弹棋局,中心最不平",言弹棋果失败了。"侬今定莫愁"点出二嫔是姓卢的莫愁,更为明显。

以人为喻者,无非舜二妃、赵飞燕与其妹合德、陈后主的张孔二嫔,不具论。《梦泽》云:"梦泽悲风动白茅,楚王葬尽满城娇。未知歌舞能多少,虚减宫厨为细腰。"是说楚王爱细腰,宫中多饿死的故事,意恨文宗清宫案滥杀许多宫人。

《南山赵行军新诗盛称游宴之洽因寄一绝》云:"莲幕遥临黑水津,櫜鞬无事但寻春。梁王司马非孙武,且免宫中斩美人。"纪晓岚评为"语不可晓,然自不佳"。《旧唐书》:"节度使有行军司马一人。"赵行军姓名为赵祝。"南山"为秦岭。"黑水"出汉中南郑县北山,南流入汉。"梁王",兴元为梁州,故借用。"宫中斩美"用孙武与吴王阖闾事。此诗亦似有感于清宫案,似言孙武斩美人也是煮鹤焚琴,大煞风景。

这两首诗果然并不佳，但若知其寓意，则亦可诵。

以禽鸟为喻者如"孔雀""鸳鸯"等。

以花卉为喻者，如《回中牡丹为雨所败》《樱桃》，他本以拟杨贤妃，以古妃有名郑樱桃者。但二嫔遭难后，他咏樱桃，又有"惜堪充凤食，痛已被莺含"之句，以莺最喜吃樱桃。

以花喻二嫔者最多，如他于武宗年间遭母丧，守制，移家永乐县居住。一草一木，无非自栽，而居然有"枳嫩栖鸾叶，桐香待凤花"二句，可见他念念不忘鸾凤二嫔。竟将妃们名字用在草木上。

他的"落花""残花"诗颇多。如《落花》："高阁客竟去，小园花乱飞。参差连曲陌，迢递送斜晖。肠断未忍扫，眼穿仍欲归。芳心向春尽，所得是沾衣！"纪评："芥舟曰：'起句真是超绝。眼穿、肠断，吾不喜之。'"但若知这两句是追悼宫嫔，便知其如何悲痛。第六句是仍痴想落花重上枝头，而望眼欲穿，仍难如愿。又《和张秀才落花有感》："晴暖感余芳，红苞杂绛房。落时犹自舞，扫后更闻香。梦罢收罗荐，仙归敕玉箱。回肠九回后，犹有剩回肠！"此诗后四句又想到宫嫔。"罗荐"屡见李诗，汉宫以罗荐铺地。"梦"则高唐之梦。"仙归"言二嫔之死。"玉箱"为皇家之舆，亦为仙家之箱。《真诰》言西王母降武帝庭时，侍女皆青绫衣，捧赤玉箱二，青带束络之。义山用典固极严格，但人死则登仙，故于薨逝之王德妃及自杀之二嬪，有时用仙女典故。人于落花，不过惋惜而已矣，何至于"沾衣"？又何至于"肠断"？更何至于九回其肠尚觉回之不尽，可见他以落花比喻鸾凤。

义山回肠断肠诗甚多，《肠》云："有怀非惜恨，不奈寸肠何。即席回弥久，前时断固多。熟因翻急烧，冷欲彻微波。隔树渐渐雨，通池点点荷，倦程山向背，望国阙嵯峨。故念飞书及，新欢借梦过。染筠休伴泪，绕雪莫追歌。拟问阳台事，年深楚语讹。"何义门评："小冯云：'三联说肠事，余俱借镜。'""隔树渐渐雨"以下都是义山自述与宫嬪相恋情事。"染筠"即舜二妃泪染湘竹事，李诗极多。"绕雪"即阳春白雪之歌，今无法再闻。又《晓坐》："后阁罢朝眠，前墀思黯然。梅应未假雪，柳自不胜烟。泪续浅深绠，肠危高下弦。红颜无定所，得失在当年！"第五句，道源曰："弦急则绝，以比愁肠易断。"

我最爱他一首题为《天涯》的小诗：

春日在天涯，天涯日又斜。莺啼如有泪，为湿最高花！

义山游宦各地，岁月总在悼念二嫔中度过，故其《清河》诗云："年华无一事，只是自伤春"；又《朱槿花二首》云："君问伤春句，千辞不可删。""伤春"乃炽热痛苦爱情的代词，义山集中常见。取之屈原的《招魂》："湛湛江水兮上有枫，目极千里兮伤春心，魂兮归来兮哀江南！""伤春""春心"都有了。但三闾是念君忧国，义山则记其情爱。又"寡和真徒尔，殷忧动即来""结爱曾伤晚，端忧复至今"，你想一个人天天在"断肠""流泪""忧愁"之中，怎么支撑得住？只有借酒消愁，"陈遵容易学，身世醉时多""心断新丰酒，销愁斗几千"，他的健康当然一日坏似一日。后以流泪过多，致目疾几盲，幸得愈，遂想出家为僧，或想用以忏斯情孽，未遂而死，年仅四十有五。一代天才，就此摧折，惜哉！

附录一　论李义山的《药转》诗

李商隐义山之诗隐僻晦涩，难于理解，而其《无题》及《碧城》《碧瓦》……有题等于无题诸诗尤甚。但他这类诗结构森密，色彩瑰丽，声调铿锵，寓意深曲，有一种极其迷人的力量，刺激读者的好奇心，都想知道他究竟说的是什么，于是议论纷纷，猜测百出。但以不知真正内容，反而治丝愈棼，使读者钻入了牛角尖，陷入了五里雾，越转越不能出来了！

义山这类诗多言儿女之情，旧称艳情体，今称恋爱诗。既曰恋爱诗，必有恋爱的对象。我写《玉溪诗谜》曾寻出他恋爱的对象，一为出家清修的女道士，一为深居宫禁的嫔御。两者身分皆特殊，若明言则不但贻累她们极大，他自己的声名地位身家性命，亦将不保。只好呕心挖脑，精心设计了一批诗谜，教后人自己去猜。若不知这种对象，闷葫芦永远没法打破。若知道了这种对象，则一切问题，均将迎刃而解。

义山诗集中尚有《药转》七律一首，也是古今以来聚讼的焦点，今引之于下：

郁金堂北画楼东，换骨神方上药通。露气暗连青桂苑，风声偏猎紫兰丛。长筹未必输孙皓，香枣何劳问石崇。忆事怀人兼得句，翠衾归卧绣帘中。

这诗的题目"药转"两字，便有许多人推测。有人说题与诗皆不可解，不必妄为之词。有人认为是道家九转还丹。盖烧丹炼汞的道流，炼丹非常烦难，恐怕一生也炼不成一次。炼到九次，称为还丹，又曰大还丹。还者，服下后，即可还其容质，就是可以恢复青春容貌，升天成为永生不死之神仙。语见陶弘景《真诰》及葛洪《抱朴子》《神仙传》等书。又有人以诗中有两个厕所典故，遂以为是一首如厕诗。或谓此语出于朱竹垞，而朱又得自道书。一部《道藏》卷帙繁浩，不下于佛教的《大藏经》，从何查究？冯浩为笺注义山诗，对他一些问题，每热心检讨，特躬访竹垞之孙询问，却被赖得干净，谓其祖父从未作此说，乃属讹传。

若说此诗系咏九转大丹，则全诗以后并未涉及人服丹后凌霄冲举之一字。若说是首如厕诗，则如厕乃常事细事，且甚不雅，何足形诸吟咏？而且"换骨神方"一语又作何解？冯浩遂解以己意，谓此诗"似咏阃人私产者。次句特用换骨，谓用药坠之，三四谓弃之后苑，五六备以对称，结则谓斯人归卧以养疴也。"我承认冯氏的话很对，不过他不知这个阃人并非普通人家的，若是普通人家的阃人，则她私产，怎么能让李义山知道？义山即知道，也是与他无干之事，他辛苦来作这个诗谜，那真像冯浩所诃："秽渎笔墨，乃至是哉！"王次回《疑雨》《疑云》两集写女人事可说搜罗备至，纤悉无遗，连上吊而死的艳尸都要写篇长歌来描绘，却未闻他有阃人私产的诗，因此事实太不体面。

我说这个私产者乃是义山所恋宫嫔之一：卢轻凤。义山有《凤》之一绝云：

万里峰峦归路迷，未判容彩借山鸡。新春定有将雏乐，阿阁华池两处栖。

正编云："义山作此诗时，轻凤已有娠，文宗有二子四女，或者后来生了个女孩子。"这话须稍稍修正，鸾凤姊妹久被冷落，轻凤又何从得近文宗而受孕？我想轻凤腹中的东西，当是义山下的种，为怕事泄大不利，只有用药打却了事。唐代女道士和宫嫔私通外面男子，风气甚盛，她们又岂能保得不受孕？一受则形迹败露，结果不堪设想，而她们居然不怕者，是必各储效验异常的灵丹妙药，可以消灭痕迹。她们心腹人侍又多，必能尽心为之掩护与收拾，否则她们也不会这么大胆的。

此诗题目"药转"二字，自来无人能解，冯浩也置之不论，我现在来试解一下：胎儿本居子宫，古人却误为在肠子里。人肠弯曲盘绕，故伤痛曰"回肠"，又曰"九回肠"，《古乐府》："心思不能言，肠中车轮转。"堕胎，就是用药将胎自肠中转出，故诗题曰《药转》。在这里，"转"字是个动词。再论诗句："换骨神方上药通"，"换骨"乃道家术语，此处似指未成形的胎儿受药消蚀为血泡肉块，"通"指顺利排出。这个"通"字用得极警策，极有力，更无一字可易，真是妙笔！

我何以敢宣布义山《药转》乃为卢轻凤作呢？则以此诗有"郁金堂"三字。梁武帝《河之水篇》："卢家兰室桂为梁，中有郁金苏合香。"仅书莫愁家植有郁金苏合等香花草，并未说她家有郁金堂。戴延之《西征记》："洛阳城有郁金屋"，则有变为堂的可能。唐初沈佺期："卢家少妇郁金堂，海燕双栖玳瑁梁。"郁金堂始正式属于卢莫愁了。义山更有《楚宫》一律："王昌且在东墙住，未必金堂得免嫌"，金堂乃郁金堂之简。李义山诗集里以"楚宫"为题者就有好几首，隐指唐宫。这首言及王昌的《楚宫》又有一题曰《曲水闲话旧事》，与李定言《曲水闲话》同，曲水即曲江，正是义山常与宫嫔私会处。

"药转"里的"青桂苑"亦非泛泛点景语，鸾凤二人所居植有桂树，我在李诗集里所叙有关宫嫔的诗里竟找出十处之多（其他咏桂及月中桂者，不计算在内），如《无题二首》之一，"昨夜星辰昨夜风，画楼西畔桂堂东"，所叙景况俨与《药转》相类。《无题》："月露谁教桂叶香。"《昨夜》："昨夜西池凉露满，桂花吹断月中香。"《一片》："桂花寻去月轮移。"《深宫》："清露偏教桂叶浓。"《燕台》："桂宫流影光难取""金鱼锁断红桂春"。《河阳诗》："不知桂树在何处，仙人不下双金茎。"《镜槛》："梯稳从攀桂"（言从楼梯上可随意攀摘桂花）。

又《河内诗二首》："八桂林边九芝草，短襟小鬓相逢道。"正编固曾说："短襟小鬓，似指赵昭仪初入时为秃襟小袖的装束，昭仪于赵飞燕为姊妹，隐指飞鸾轻凤为姊妹。""九芝"，汉武帝元封二年，甘泉宫内产芝，九茎连叶，作《芝房之歌》，此指宫廷植物。"八桂林"汉廷可没有，朱长孺谓是桂林，是个地名。冯浩则以为是八柱岭。说"桂"字与"柱"字形近易误，是可以的，"林"字却不能与"岭"字相误。柱子也不能说是"林"。我想鸾凤居处所植桂树至少当有八株，可以成林了。

"紫兰丛"比桂为少。《拟意》有"兰丛衔露重"之句。《潭州》"湘泪浅深滋竹色，楚歌重叠怨兰丛"二句，泪洒斑竹，系用娥皇女英典，指鸾凤为姊妹。三闾作品多咏兰，或以为刺公子兰，此处不过借用。总之皇宫里香花香草多，兰花成丛也是当然之事。

《药转》三四两句无非形容鸾凤所居宫殿景致，而属于夜景。盖用药坠下之物，弃置必趁黑夜，弃置的地方不在厕所，又在何处，是以五六两句便有两个厕所典故。

"长筹未必输孙皓"，释道源始言为厕筹。古人没福享用现代卫生纸，便后只用竹片木片刮，帝王家亦然。道源又引《法苑珠林》，"吴时于建业后园平地获金像一躯，孙皓素未有信，置于厕处，令执屏筹。至四月八日浴佛时，遂尿头上。寻即通肿，阴处尤剧，痛楚叫号，忍不可禁。太史占曰：犯大神圣所致。宫内伎女有信佛者，曰：佛为大神，陛下前秽之，今急可请耶？皓伏枕忛衣，忏谢尤恳，以香汤洗像，隐痛渐轻。"

"香枣何劳问石崇"，道源曰："世说石崇厕常有十余婢侍列，皆丽服藻饰，置甲煎粉、沉香汁之属；又与新衣着令出。客多羞，不能如厕。王大将军（敦）往，脱故衣，着新衣，神色傲然。群婢相谓曰：'此客必能作贼。'又曰：'王敦初尚主（晋舞阳公主），如厕，见漆箱盛干枣，本以塞鼻，王谓厕上亦下果，食遂尽。'"《白帖》又谓王敦至石崇家厕，取箱食枣，群婢笑之。这又可见连公主那样贵家及石崇那样富家，厕所还是臭气熏人，非用甲煎、沉香解秽，及干枣塞鼻不可，哪及现代人的幸福。

结二句，冯浩见"翠衾归卧"字样，遂谓那个堕胎闺人归而养疴，却不然。看上句"忆事怀人兼得句"，分明是义山自道。他说在客中忆起所爱宫嫔这件事，对她不胜怀念，就作了这首诗，做完便睡下了，如此而已。

《药转》全诗的"郁金堂""画楼""青桂苑""紫兰丛"，都有皇宫（乃曲江离宫）气象。即两个厕所典故，也与帝王家有关（孙皓是东吴末代皇帝，石崇家厕亦可旁射为晋公主宅的），寻常闺人家哪得有此！

义山诗谜不见得都是当时所写，许多当是后来补作的。轻凤堕胎，是他们恋史中重要节目，怎可不以诗留个纪念？是以他作一首题目为《凤》的绝句，言轻凤将有将雏之乐，说明她有娠，继作《药转》一诗，说明她已堕胎。二诗互相呼应，令读者自悟。

义山诗集中尚有《拟意》五排一首，当是开成三年，他试博学鸿词落第，将赴泾原王茂元幕，与宫嫔离别时作。其中有一节文字竟是叙述这件事，将它引来，也可使《凤》及《药转》二诗，获得一个坚强的佐证，那一节诗是：

濯锦桃花水，

溅裙杜若洲；

鱼儿悬宝剑，

燕子合金瓯。

第一句，据《韩诗外传》："三月桃花水来"；又曰："郑国之俗，三月上巳，之溱洧二水之上，招魂续魄，秉兰祓除不祥。后汉有郭虞者，三月上巳，产二女，二日中并不育，俗以为忌。至此日月，讳止家，皆于东流上为禳祷，自洁濯，谓之禊祠。"

第二句，《北史·窦泰传》："泰母有娠，朞而不产。有巫曰：渡河湔裙，产子必易。泰母从之而产泰。""桃花水"明指三月上巳。"杜若洲"则不过普通河水，与上句相对偶以成美文罢了。

第三句"鱼儿悬宝剑"，出典不详，大概有若干古籍今已失传。朱长孺引《唐书·车服志》："一品至六品以上，以玉金饰剑，给随身鱼。"此句"儿"乃双关语，似言轻凤所堕乃是义山自己的儿子。据冯浩说义山官阶不过九品。后义山从柳仲郢，得为检校工部员外郎则为六品。

第四句，用简狄吞玄鸟卵而孕契故事。《西京杂记》："汉元后在家，有白燕衔白石，大如指堕后绩筐中。后取之，石自裂为二，中有文曰：'母天后地'。后乃合之，后为皇后。"元后所生子为成帝，"母天"者，似言她为天子母；后地者，似言所生子为大地主。"金瓯"乃梁武帝语，代表国家。元后所合者，乃那粒自裂为二的石子，非金瓯。但亦含所生子为国家主之意。

这一句以简狄吞燕卵及汉元后白燕坠石两典合为一，又转到梁武帝的金瓯，转弯抹角，层叠映发，透出后妃生子的主旨，这是中国文人运用典故的巧妙处。

　　这四句诗，上二句言生子不育，或过期而产，无非言妇女生产事而已；下二句，似言轻凤所怀，与他有关，及后妃受孕事，说明轻凤的身份。就是"凤"及"药转"那椿公案的说明。

　　或将言轻凤固有子，就是蒋王宗俭，安知此诗非指他？不知《拟意》这首诗："怅望逢张女，迟回送阿侯""夫向羊车觅，男从凤穴求"，已有两处提到蒋王宗俭了，岂容再提？况这四句诗位置亦在后，又有"濯锦""溅裙"那类故事，故一定是指轻凤受孕坠胎事。

　　义山诗虽有无数有关帝王、妃嫔、宫廷事物的典故可用，这"妃嫔用药堕胎"事，古书里却再也寻不出，他虽号博览，碰见这样个题目，也就束手无策了。但他既能运用无数典故，精致而灵巧地来制造他的诗谜，对于这个重要节目，又岂容轻轻放过，只好瞎七搭八，找些妇女孕而不育及后妃受娠事，述其大意。虽不甚切，却也十得八九。若在别人，我恐怕半句也写不出，现在他居然写出来了，真也难为煞他。我们对于这位"獭祭先生"，又安得不表钦佩！

附录二

王德妃、庄恪太子与鸾凤二嫔的冤死

（一）王德妃

正编曾说鸾凤二嫔虽与杨贤妃有隙，但为了她们自己儿子蒋王宗俭，倒加入谗谮庄恪太子的集团，帮了杨妃的大忙。谁知杨妃并不感激，她姊妹反因此而惹下了杀身之祸。

我这话是按照当时情势，衡情酌理而立论的，本来是有着充分的理由。可是，我现在细研李诗，论调不由得要幡然一改了。鸾凤二嫔嫉妒杨妃专宠而反对她是事实，附和杨妃而也谗谮太子则未必，因为她二人是站在王德妃一方面的，可称之为"王德妃党"。她们既为"王德妃党"，又怎会谗毁德妃儿子庄恪太子呢？

关于王德妃，义山有《李夫人》三首。这三首是两首五绝，一首七古构成的。正编虽已全引，今不妨再在此抄录一次，使本篇关于王德妃事更加清晰与完全。

（1）《李夫人三首》

一带不结心，两股方安髻。惭愧白茅人，月没教星替。

剩结茱萸枝，多擘秋莲的。独自有波光，彩囊盛不得。

蚕丝系条脱，妍眼和香屑。寿宫不惜铸南人，柔肠早被秋眸割。清澄有余幽素香，鳏鱼渴凤真珠房。不知瘦骨类冰井，更许夜帘通晓霜。土花漠漠云茫茫，黄河欲尽天苍苍。

这三首诗所应注意者，是诗中屡言眼睛的事。第二首五绝用赤松子遣童子以彩囊承柏上露，将以明目，言杨妃眼波非彩囊所得而盛。第三首又言"妍眼和香屑"，那首七古更言德妃之死，是"柔肠早被秋眸割"，及《河阳诗》

"可惜秋眸一脔光,汉陵走马黄尘起"。秋眸一脔光这个"脔"字用得非常奇特。意谓德妃心灵被杨妃这双迷人的眼睛细细脔割,痛苦至极而死。所以,这个字千古诗人更无一个能下。

两首五绝和一首七古夹杂在一起,也使人觉得不伦不类,可见义山是咏他自己所知的唐宫故事,而这故事则是醮祀王德妃。他还怕人不能了解其所指,又有一首《汉宫》便是:

通灵夜醮达清晨,承露盘晞甲帐春,玉母不来方朔去,更须重见李夫人。

有这首《汉宫》的绝句,便把上述三首《李夫人》连贯起来。

这三首《李夫人》,我在正编解释甚为详尽,不必在这里重复。现在且把正编所未引的或引而未注解的几首诗抄在这里:

(2)《烧香曲》

钿云蟠蟠牙比鱼,孔雀翅尾蛟龙须。漳宫旧样博山炉,楚娇捧笑开芙蕖。八蚕茧绵小分炷，兽焰微红隔云母。白天月泽寒未冰，金虎含秋向东吐。玉佩呵光铜照昏，帘波日暮冲斜门。西来欲上茂陵树，柏梁已失栽桃魂。露庭月井大红气，轻衫薄袖当君意。蜀殿琼人伴夜深，金銮不问残灯事。何当巧吹君怀度，襟灰为土填清露。

注　解：

"钿云"二句，言香炉形状，螺钿镶嵌蟠蟠云状如鱼牙然。《初学记》："王琰《冥祥记》曰：费崇先每听经，常以鹊尾香炉置膝前。"此诗改鹊为孔雀，无非美文体例。齐刘绘《咏博山香炉诗》："下刻蟠龙势，矫首半衔莲。"

"漳宫旧样"二句，道源曰："《西京杂记》：'丁谖作九层博山香炉，镂以奇形怪兽，皆自然能动。'"

"漳宫"，冯注："魏宫也。暗用魏武遗令分香事。"

"楚娇"，指鸾凤二嫔，义山固常以楚宫细腰人隐指二嫔，亦可上通楚襄王所梦见之巫山神女。

"八蚕茧绵"，《文选·吴都赋》："乡贡八蚕之绵。"善曰："刘欣期《交州记》：蚕一岁八熟，茧出日南。""俞益明笺：南蚕八熟，茧软而薄。"道源曰："以八蚕绵绳分炷炉火，取其易燃也。"

"兽焰",《晋朝杂志》:"洛下少炭,羊琇捣炭为屑,以他物和之,作兽形,用以温酒。火热既猛,兽皆开口,向人赫然。"

"隔云母",《洞天香录》:"银钱云母片、玉片、砂片,俱可隔火。"隔火者,承以香,使隔而烧之也。

"白天",《淮南子》:"弱土之气,御乎白天。"

"秋虎",《尚书考灵曜》:"西方秋虎。"《汉书》:"参、白虎三星。"又曰:"西方金也。"故秋虎又名金虎。参宿即猎人星座,中国名之为白虎星。

"帘波",道源引《西京杂记》:"汉诸陵寝,皆以竹为帘,为水文及龙凤像。"

"露庭月井",道源曰:"殿前广庭,曰露庭,四周有屋中空,曰月井。"

"大红气",《新唐书·五行志》:"太和三年,开成元年,皆有赤气之异。"

"蜀殿琼人",《拾遗记》:蜀先主甘后,玉质柔肌,"先主召入绡帐中,于户外望者,如月下聚雪。河南献玉人高三尺,置后侧。昼则讲述军谋,夕则拥后而玩玉人,后与玉人,洁白齐润,宠者非惟妒后,亦妒玉人"。

"何当巧吹"二句,冯注:"古诗'从风入君怀',

谓何得有人吹风入君怀,以衣襟盛灰为土而填清露乎?似从畏行多露意化出。"

这首《烧香曲》前半首仅言宫中美人单独烧香,并无百十道众彻夜举行醮祭的盛大场面,似乎笔者所主张为王德妃追荐的话不能成立。但诗的下半首则记述德妃薨逝,葬陵中,文宗方拥杨贤妃而寝,对醮祀事,从不过问,则知前半首如是云云者,乃是义山弄的狡狯。他若照当时情况明白叙述,则读者一读便懂,岂不为自己召来奇祸?醮祀中,鸾凤捧香炉向亡灵行礼,理应哀戚,岂有带着芙蕖般笑靥之理?可见这也是欺瞒读者之一端。谓楚娇捧炉,则这场醮祀乃文宗委命二嫔主持者。文宗之所以这样委任者,一则可见二嫔在宫廷中颇有地位;二则必是她二人平日和德妃情谊甚厚,常在左右,所以我说她二人是"王德妃党"。

"白天月泽寒未冰,金虎含秋向东吐"二句,是天气转凉将凉时。白虎是含着秋气向东方吐出,则王德妃薨逝于开成元年秋季,是不容怀疑的。

"玉佩呵光铜照昏",正编已解,是指文宗为杨妃所惑,信其谗言,致德妃气死。"帘波"指陵寝,"茂陵树""栽桃魂",均言德妃死葬陵中。然则这个陵是哪位唐皇的陵呢？我以为当是文宗的章陵。旧时代帝王一即位，即动工造陵，文宗太和元年即位，到开成元年，已历十年之久，陵工当具有规模。德妃是否乃文宗元妃，未可考，但所生子既为东宫，则或属元妃，本来有资格与帝合葬；不过她既失宠而文宗亦尚未崩，似无先占其将来寝宫之理，或葬于章陵的外围吧。

"大红气"是骂杨妃是妖沴之气。红气出现太和三年，开成元气还出现天空，满天。义山盖用当时典实。即事为诗乃唐人习惯。"轻衫薄袖"形容杨妃衣装。谓杨妃这种妖媚的打扮，恰当文宗之意。"蜀殿琼人"与《李夫人》诗"寿宫不惜铸南人"同义。

此诗最后二句，又代王德妃说话，冯注甚好。德妃恨不能化为清风吹入文宗怀抱，使其开悟。又恨不得化为灰土以塞清露。"清露"当指杨妃的谗言。《诗·召南·行露》的女子半夜出走，也是为了穿屋穿墉的老鼠，逼迫得她不能安居家中的缘故。

（3）《河阳诗》

黄河摇溶天上来，玉楼影近中天台。龙头泻酒客寿杯，主人浅笑红玫瑰。梓泽东来七十里，长沟复堑埋云子。可借秋眸一裔光，汉陵走马黄尘起。南浦老鱼腥古涎，真珠密字芙蓉篇。湘中寄到梦不到，衰容自去抛凉天。忆得鲛丝裁小卓，蛱蝶飞回木棉薄。绿绣笙囊不见人，一口红霞夜深嚼。幽兰泣露新香死，画图浅缥松溪水。楚丝微觉竹枝高，半幅新词写绵纸。巴陵夜市红守宫，后房点臂斑斑红。堤南渴雁自飞久，芦花一夜吹西风。晓帘串断蜻蜓翼，罗屏但有空青色。玉湾不钓三千年，莲房暗被蛟龙惜。湿银注镜井口平，鸾钗映月寒铮铮。不知桂树在何处，仙人不下双金茎。百尺相风插重屋，侧近嫣红伴柔绿。百劳不识对月郎，湘竹千条为一束。

注　解：

诗题是"河阳"二字，乃李义山的家乡；况又有"黄河摇溶"之句，语意更为明白。王德妃何处人，新旧《唐书·文宗纪》《后妃传》均未载，观义山此诗，则她当是河南人，"黄河摇溶"以下似言她从前如何得宠，如玉楼之影近中天。"龙头泻酒"，道源注："酒器刻作龙形，广州有'龙铛'"，李贺诗"龙头泻酒邀寿星"。客持龙铛祝主人寿，主人欣然浅笑，脸泛红如玫瑰之容。主人当指文宗。

"梓泽",戴延之《西征记》:"梓泽去洛阳六十里。梓泽,金谷也,中朝贤达所集,赋诗犹存,是石崇居处。"《通典》作八十里。《寰宇记》则作七十里。是黄河与梓泽乃河南二条水。梓泽影射杨贤妃。贤妃与宏农的杨嗣复同宗,嗣复曾称贤妃为"姑姑",则贤妃与王德妃同为河南人。

"长沟复堑",正编固曾言形容杨妃城府之深,计划之密。而"埋云子",隐指浮云蔽白日的意思。"子",或即隐指庄恪太子。

"秋眸一脔光",杨贤妃之目最美,她之专宠,似即恃此美目,德妃是被她气死,葬于陵中了。

"南浦老鱼"以下二三十句,全言鸾凤二嫔兼及宋华阳。可见二嫔与王德妃关系密切,而宋华阳与二嫔又是时时往还之人。

"老鱼、古涎",无非用鲤鱼腹寄书信的故事。"真珠密字",是说二嫔写起情书来,千言万语,用密如真珠的细字。

"湘中"二字,无非隐指二嫔为楚宫人,如《烧香曲》之楚娇,乃故布疑阵之计。书或能寄达而会晤总是难之又难,故曰:"梦不到"。"衰容",冯浩云"不知何指,疑消瘦减容光之意"也。

"鲛丝、小卓"，冯云："卓，《正字通》：俗呼几案曰桌。"不过桌子怎可以鲛丝裁之呢？疑"裁"字为"蒙"字之误，谓以鲛绡蒙于小桌之上。"蛺蝶、木棉"句，当是桌幕上的刺绣。"绿绣笙囊"，当即是二嫔所用各种乐器之囊。"一口红霞"，当指她二人夜深无聊，吃鲜红液质之水果。

"幽兰泣露"四句，言二嫔能诗能画。所画者为泣露之幽兰，"浅缥松溪"，画兰之色。我们知道二嫔写得一笔《兰亭序》的好字，现在又知道她们还会几笔四君子，可见兰心蕙质之人，自然多才多艺。"楚丝"二句言她姊妹能作诗，仿刘禹锡的《竹枝词》，写半曲新词于绵纸之上。以上皆义山入宫时所见，今乃以回忆出之。

"守宫点臂"及"堤南渴雁"，均言二嫔不得文宗临幸。

"晓帘"四句，言晓帘不卷，罗屏空立，玉湾之水，三千年人不来垂钓，蛟龙如我者不得不为寂寞之莲房怜惜。

"湿银注镜"似言镜槛那面大铜镜。"井口"则言鸾凤所居曲江离宫前有井一口。"井"字李诗屡见，如井上桃李，井上双桐，这也是鸾凤二嫔后来生命结束处，故屡次郑重点出。桂树不知何处，这处桂树并非说鸾凤所居处所植八株桂树，乃月宫之桂，就是嫦娥所居之"桂丛"，此指义山眷恋不忘的女道士宋华阳。仙人不肯沿金茎下降尘世与我欢好。就是《河内诗·楼上》一曲，"灵香不下两皇子，孤星直上相风竿"，文句与意义全同。"嫣红柔绿"，隐指二嬪，"对月郎"义山自指。"湘竹千条"，又是娥皇女英泪染湘竹，以喻二嬪寡居之悲。这是后来情事，此数句乃补作。

（4）《海上谣》

桂水寒于江，玉兔秋冷咽。海底觅仙人，香桃如瘦骨。紫鸾不肯舞，满翅蓬山雪。借得龙堂宽，晓出揲云发。刘郎旧香炷，立见茂陵树。云孙帖帖卧秋烟，上元细字如蚕眠。

注　解：

这首诗很奇怪，题目"海上谣"所言却并非海上之事。或用在海底之三神仙故事而云然。

"桂水""玉兔"，所云桂水未必是桂林之水，乃月宫之水也。但看"玉兔"乃月宫捣药最不可少之物，言"秋冷咽"，则是时当秋季，气候渐冷之时。

"紫鸾"二句，义山言鸾，辄及凤。为德妃服丧、罢舞，且穿素服，故曰"满翅蓬山雪"。"龙堂"见屈原《九歌·河伯》篇："鱼鳞兮龙堂"。"揲云发"，道源注："《集韵》作曳，《说文》：阅持也。此二句费解，谅有典，今佚。"

"刘郎"指汉武帝，实则影射文宗。"香炷"即烧香追荐王德妃。"茂陵树"前各诗屡见，言德妃葬陵中。

"云孙"，《尔雅》："昆孙之子为仍孙，仍孙之子为云孙。""上元细字"，《汉武内传》："帝（汉武帝）以王母所授《五岳真行图》《灵光经》，及上元夫人所授金书秘字、六甲灵飞十二事，自撰集为一卷。奉以黄金之箱，封以白玉之函，珊瑚为轴，紫锦为囊，安着柏梁台上，数自斋洁朝拜，焚香洒扫，然后乃执省焉。"

"蚕眠细字"，鲁秋胡玩蚕作《蚕书》。见《海录碎事》。乔知之诗："宛转结蚕书。"

因为此诗最后二句甚为难解，诗有"刘郎""茂陵"字样，朱长孺遂为乃咏汉武事，"言武帝云孙皆尽，此上元蚕书亦安在哉？"冯浩则谓，此诗系叹李卫公贬而郑亚渐危疑而作，在诗后说了一大番话，均不着边际。笔者则主张这首诗仍为王德妃及鸾凤二嫔而写。开始两句点明德妃薨于秋季。"香桃瘦骨"，与《李夫人三首》"不知瘦骨类冰井"相通。此诗最后两句,我以为是指德妃所写字而言。德妃似喜写字,她薨后那些写得密密麻麻的字纸被乱掷于地,义山冒羽士入宫醮祭时曾见之。《河阳诗》提到鸾凤写的字,也有"真珠密字芙蓉篇"的话,可见当时唐宫人爱写小而密的字,似系沿袭德妃的习惯。否则"云孙帖帖"四字真叫人费解。字纸可称"帖",汉武云孙怎可称帖呢?我想"孙"字当是"笺"字之误。

我想王德妃之事本与义山无关,他为什么竟为她写了这许多诗?当是一则是因德妃与他同乡,不免乡谊作用;二则德妃亦年轻貌美之人,因杨妃之谗受尽精神痛苦而死,实亦值得人同情;三则义山之能入宫,是冒充羽士参与德妃的醮祀,因而与鸾凤二嫔认识,产生了以后无数奇情艳遇,竟关系他的一生,则又安可不以诗记?笔者因曾言,义山记述他与女道士及宫嫔的恋史,用典极其严格,而《海上谣》于王德妃竟用仙人典故,岂非自乱其例。其实不然。德妃死后,灵魂当赴海底三神山成为仙人,是以有"海底觅仙人"这句诗。即二嫔死后,义山也常用仙女典故。

（二）庄恪太子

王德妃之死，是忧虑她亲生儿子鲁王永难保东宫之位，现在我且把这位太子事在这里提一提。新旧《唐书》都有《庄恪太子传》，大概是：

长子永，母曰王德妃，太和四年（公元八三〇）封鲁王，六年以庾敬休兼鲁王傅，郑肃兼王府长史，李践方兼王府司马。其年十月，册为皇太子，以王起、陈夷行为侍读。开成三年（公元八三八）上以太子不循法度，不可教导，将议废黜，宰臣及众官论谏，意稍解。官属及宫人等数十人连坐窜死。其年十月暴薨。敕撰哀册，谥庄恪太子。王德妃宠衰，贤妃杨氏惧太子他日不利于己，日加诬谮，太子终不能自明也。既薨，上意追悔。（旧书《文宗子传》）

开成三年九月壬戌，上以皇太子慢游败度，欲废之，是夜移太子于少阳院，杀太子宫人左右数十人。（旧《纪》）

十月庚子，皇太子薨于少阳院，谥曰庄恪。（同前）

开成三年，太子母王德妃无宠，为杨贤妃所谮而死。

太子颇好游宴,昵近小人,贤妃日夜毁之。九月壬戌,上开延英,召宰相及两省、御史、郎官,疏太子过恶,议废之。曰:"是宜为天子乎?"群臣皆言,太子年少,容有改过,国本至重,岂可轻动!御史中丞狄兼谟论之尤切,至于涕泣。给事中韦温曰:"陛下惟一子,不教,陷之于是,岂独太子之过乎?"癸亥,翰林学士六人,神策六军使十六人复上表论之,上意稍解。是夕,太子始得归少阳院,如京使王少华等及宦官宫人坐流死者数十人。

太子永犹不悛,庚子暴薨,谥曰庄恪。(《通鉴》)

正编曾说太子之薨是自杀的。他见父皇震怒,杀他身边宫人左右至数十人,自然忧惧,恐自己亦将及祸,便走上这样道路了。也可说愤恨父皇处置有欠公平,对不起那些为他被杀被窜的官属及宫人,以死怼父。《通鉴考异》曰:"按文宗后见缘橦者,泣曰:朕为天子,不能全一子!遂杀刘楚材等。然则太子非良死也。但宫省事秘,外人莫知其详。"是则古人已以此事为疑。皇太子之死,也是唐廷一桩震撼事件,文宗自然悲悔,群臣争上表安慰皇帝,连宰相都抚慰到了。义山集中便有几篇代他上司所作的"慰皇太子薨表""慰宰相皇太子薨表"。

义山有《四皓庙》二绝，其一云："本为留侯慕赤松，汉庭方识紫芝翁。萧何只解追韩信，岂得虚当第一功。"言留侯大功，在保全太子。他集中又有《天性论》，为庄恪太子事而叹无人以言悟主也。

庄恪太子薨年是几岁呢？据"慢游败度，不可教导"诸语及能够结束自己生命的事看来，年龄也不会太幼小，大概总有十四五岁的光景。我们现在可用文宗年龄推算出王德妃及庄恪太子的在世年月。文宗崩于开成五年辛巳，寿三十三。敬宗遇刺驾崩，年仅十八，文宗即位时也只有十八岁。敬宗乃穆宗长子，文宗第三、武宗第五。第三子怎能和长子同年龄呢？则须知他兄弟并不同母，敬宗母姓王，文宗母姓萧，兄弟同年生，以相差数日或数月为长幼之序，有何不可？文宗在位凡十四年，即太和九年，开成五年，加上十八岁（实亦十七岁半）即位年，当是三十二年。史称他活了三十三岁，恐史文有误。庄恪太子若生于他即位之年，则开成三年暴薨，年龄不过十二岁，还是个天真烂漫不知世事的孩童，哪能宴游败度，狎昵群小；且会干自杀勾当？然则他当诞生于文宗尚为江王时，自杀时已在十四五岁左右了。然则文宗生子时，年龄不过十四五，未免太早吧？古帝王家人多早熟，《北史》魏、齐诸君主生子皆早。北魏道武帝十五岁生明帝,景穆太子十三岁生文成帝,文成十五岁生献文帝,献文帝十三岁生孝文帝。北齐后主高纬十四岁生子恒;纬弟年十四,被诛,已有遗腹子四人。即以敬宗而论,他诞生于宪宗元和四年六月九日,即位时名为十六,实仅十五岁半,崩年十八岁,年亦不过十七岁半,而他居然生有一大堆儿女,文宗拟立为嗣,后被武宗赐死的陈王成美便是敬宗第六子。想敬宗作太子时便生了几个。观北魏、北齐十三岁的人便能生儿子,则文宗十四五岁时生庄恪太子并不为奇。

笔者前文说王德妃年轻貌美,凡女子能被选入宫廷者,容貌必美,开成元年文宗年仅廿八岁,德妃即和他同年,薨年也只廿八。至于她在宫廷的品位似乎比杨妃高一级。唐沿隋制,有贵妃、淑妃、德妃、贤妃各一人。唐自玄宗后,不立皇后,以贵妃代其位,故杨贵妃一切仪注同于皇后。王德妃若非文宗元配,所生子何能册为东宫?亦俨然有如皇后,所以义山《李夫人》有"月落教星替"之句,月乃后象,星为妃嫔之象,德妃死,杨贤妃即替其位,而文宗仍作醮祀的虚文,替他想想未免可愧,故有"惭愧白茅人"之句。

（三）鸾凤二嫔的冤死

我把王德妃与庄恪太子的事说完了。请再转过笔锋来叙鸾凤二嫔。二嫔既党附王德妃，当然不会构陷她的儿子庄恪太子，正编是大大冤屈了她们，不得不急为洗刷。我想二嫔为救李义山而不惜自杀，足见笃于情爱；同时她们的天性也富于同情和正义感。她们之党附王德妃者，当同情她受杨妃欺凌的痛苦，且瞧不惯杨贤妃飞扬跋扈的作风。她们沉沦后宫，未列妃位者，倒并不由于出身微贱。据赵翼《廿二史札记》，汉初妃后出身微贱者大有其人，且多为再嫁之妇，如文帝母薄姬，武帝母王夫人等等。若说鸾凤二人曾为乐伎，则汉武帝的皇后卫子夫本平阳公主家讴者，赵飞燕姊妹皆阳阿公主家讴者，姊为成帝皇后，妹为昭仪。即以唐代而论，宣宗母郑氏本叛镇李锜侍妾，锜灭没入掖庭，宪宗偶幸之，生宣宗。她在宫时为郭太皇太后的侍儿，郭待她不善，有宿怨，宣宗即位后，她从事报复。宣宗于郭太后礼奉遂薄，郭太后怨，一日登宣政楼欲坠楼自杀，左右急持之得免。以闻宣宗，大怒，郭太后于是一夕暴崩，似系被宣宗所杀,成为唐宫一件大疑案。若说她们曾侍敬宗,文宗为避嫌起见,那也未必,唐宫廷是不讳这些的。总之,中国宫廷不像现代英国宫廷一味讲究皇家体制、礼节森严,毫忽不能逾越,像英逊王爱德华八世和辛普森夫人的事件,我国宋以前是不会有的。鸾凤二嫔之不得升为妃位,实由唐宫妃位有限,像杨贤妃那样得宠,尚不得升格而为"贵妃""淑妃",鸾凤何能有望?且久已失宠,更说不上升级了。

若说鸾凤为她们自己的儿子蒋王宗俭,故此也来诋毁庄恪太子,她们既党附王德妃,决不会为此事,前文已言。即说没有德妃的情谊,她们也知道东宫太子的名分绝不会落在宗俭头上。有母事杨贤妃的安王溶,有敬宗遗下好几个儿子,文宗又以立贤为主,并不在乎自己的骨血,她们何必白费这些心思?

清宫案之牵涉鸾凤二嫔者,我想是杨贤妃诬陷所致。诋毁庄恪太子以杨贤妃为主流,文宗究理此案杀宫人多名,而贤妃安然无恙者,想她诋毁手段非常高妙,而且间接而非直接,她对文宗说:"这些话我是从某处某人听来的,未知其确否。"这某处某人或隐指鸾凤。且她进言文宗时,必兼及宫闱混乱诸问题,文宗之举行清宫案,一半为儿子雪恨,一半也想借此肃清宫闱。二嫔之死固以义山纪念品玉盘被检为主因(其实是她们的过虑，玉盘是没有记号的），她们被杨妃把诋毁庄恪太子的重赃栽在她们身上，恐至死都未发觉。宫倡刘楚材等当时是杨妃羽党，竟也不明不白地和鸾凤一同做了杨妃的替罪羔羊。你看杨妃城府何等之深，计划何等之密，义山称她像"长沟复堑"，惯用"浮云蔽白日"的手段，一点不错。

在肃清宫闱立场上，二嫔之死并不冤，在构陷庄恪太子事件上，二嫔便负了大屈。所以义山常为二嫔之死称冤。他总称二嫔为杜鹃，杜鹃本称"冤禽"。《哀筝诗》有"湘波无限泪，蜀魄有余冤"之句。《燕台四首·春篇》："研丹擘石天不知，愿得天牢锁冤魄。"《夏篇》："浊水清波何异源，济河水清黄河浑。安得薄雾起缃裙，手接云軿呼太君！"是说文宗杀宫人，他何尝知道杨妃也不干净，分什么济清黄浊？安得云雾涌起二嫔的缃裙之下，托着她们攀到太虚上真元君（在这本《李诗研究集》里有人主张"太君"为母亲，究竟是何人之母未言，实误）的云軿而诉冤呢？又《景阳宫井双桐》："未待刻作人，愁多有魂魄。"是用汉武巫蛊狱事。江充在卫太子宫掘出些木刻人形，上书武帝名讳，说是太子魇胜之术，其实是江充伪作，太子竟冤死。鸾凤之死，连刻木为人形都未有，怎可据以定罪呢？是指鸾凤诋毁庄恪太子事乃完全的"莫须有"。

/ 附录三 /

我的第一本书

个人忝为文人,其实兴趣偏于学术,所以我写作的第一本书是学术性的。这本书民国十七年由上海北新书局出版,书名是《李商隐恋爱事迹考》。抗战末期,改归商务印书馆发行,便由我自己改书名为《玉溪诗谜》。

本书内容是研究李义山与女道士、宫嫔的恋爱史。义山诗镂金错采,瑰丽精严,是一种最高级的唯美文学,而其内容则晦涩隐僻,难以索解,千数百年来笺注其诗者多逾过江之鲫,始终不能得其真正意旨。我的这种说法,却是由无意间得来,也可说是一种幸运。

民国十六年间,我在苏州景海女师当中文系主任,同时在对面的东吴大学兼几小时的功课,教的是"古文选读"和"旧诗选读"之类,课本是东吴原编的讲义,仅有原文,并无注解，注解要靠教者自己去搜罗。我虽凭自修之力，读过一些名家诗集，也仅限于李白、杜甫、白居易、苏东坡、陆放翁。李贺的诗我也喜欢，对李商隐则从未问津，为的是他诗辞藻虽美，却不知其所说是些什么，自然教我兴趣缺缺。

那个东吴诗选选了义山的《圣女祠》《重过圣女祠》及《碧城三首》。记得梁任公曾说："李商隐的《碧城》和《圣女祠》诸诗，讲的是什么，我理会不着，拆开一句一句叫我解释，我连文义也解不出来，但我觉得它美，读起来令我精神上得着新鲜的愉快。须知美是多方面的，美是含着神秘性的，我们若还承认美的价值，对于这种文学，便不容轻轻抹煞。"我想，也何妨抱着任公的态度来读李诗呢？

但原文的注解既须教者自去搜罗，我便从东大图书馆借得朱鹤龄的《李义山诗集》和冯浩的《玉溪生诗笺注》来抄撮两首《圣女祠》的典故。朱氏书虽引了典故的出处，并未言其意义；冯氏则指为象征，说是义山巴望令狐绹奥援的话，我觉得他牵强附会，不足采信。我想，还不如就原诗所用典探寻其本事为佳。这样一来，便触动我的灵感，新的见解便生出来了。

这两首《圣女祠》皆言仙事及仙人，仙人分男女两方面，而皆属于人仙非天仙。我知道天仙不同人仙，更不同凡人，天仙是住于天上或仙境，不假修炼，生而即仙的，如天朝列圣及西王母、上元夫人等。人仙则生于尘世，得天仙汲引始成。而义山诗中之仙则皆生于人间世，甚至为凡人。他若专咏天仙，则他是在作游仙诗，与郭景纯诗等量齐观即可，无须寻绎其意义，今则不是。"圣女祠"指女道观无疑，唐代女道士行为多浪漫，我已久知，我们现在且来看诗中所叙男女事吧。先说女方：像《重过圣女祠》有"萼绿华来无定所？杜香兰去未移时"二句，注萼绿华自言南山人，未知其何南山？我想其实当是终南山，乃唐代首都长安东部大山，颇多隐士及修真之羽士。萼绿华曾悦男子羊权，一月中凡六过其家，赠权以珍玩及不死药，后相偕仙去。杜香兰家于青草湖畔，某年水涨，举家溺死，香兰时年三岁，为一渔翁所救；又云系西王母所救，长养之于昆仑山，后降男子张硕，与为夫妇，成婚后即去，久又来，与硕亦皆仙去。则这两位女仙皆为人间世的人物。

再说男的方面。《圣女祠》有两句："人间定有崔罗什，天上宁无刘武威。"注崔罗什乃魏时清河人，被征赴都，忽于朱门中睹一女子，自称乃刘府君妻，吴质（建安文士之一，文帝有《与吴质书》，论建安文学）女，与崔叙寒温。甚有相慕意，赠崔以指上玉环，崔则报以玳瑁簪，女约十年后再见。崔辞出，回顾乃一大塚。十年后，崔方在园中食杏，忽报女来，食杏未尽而卒。武威将军刘尚，名见《后汉书》，并无何故事。《神仙感应传》又有武林太守冠军将军刘子南，仅言子南受仙人务成子萤火丸，能辟兵，有一次临阵，四面矢下如雨，皆不能伤他分毫，也不涉男女爱情事。但刘梦得《消失婢榜者》，有"不逐张公子，即随刘武威"，张公子是汉成帝冒充与赵飞燕相欢，汉代民谣："燕燕尾涎涎，张公子，时相见……"即咏其事。刘武威不知何人，观梦得诗似系风流成性，惯于拐带人家妇女者。其事今失传，义山时当尚盛。

《重过圣女祠》结尾又有二句："玉郎会此通仙籍，忆向天阶问紫芝。"仙家品秩，高者为道君、真人；小辈则为御史、玉郎。李义山曾在王屋山学过道，仙籍即道籍；天阶喻王屋，言为升天之阶台；紫芝指修仙的结果。则"玉郎"当是义山自指，或是一种双关语，一面自谦在道籍中资格甚浅，一面自夸年轻貌美，皎然如玉树临风，惹人怜爱。

诗中两个女仙皆人仙，三个男性则皆凡人，而男与女皆有爱恋之事，则所叙必系女道士逾越清规，与人私通的情节，诗又把诗人自己也写了进去，则李义山与女道士恋爱是不成问题的了。

解释过这两首《圣女祠》，再来读《碧城三首》。这三首诗珠辉玉映，美得沁人心脾，无辞可赞，而内容之晦涩隐僻也与义山《锦瑟》相等。千古以来，聚讼纷纷，竟无一人能知厥旨。我解过《圣女祠》后，再来读此诗，竟迎刃而解了。原来这三首《碧城》并不难懂，第一首系叙女道士生活之奢华与居处之壮丽，第二首叙自己与女道士失和，第三首叙失和原因，是女道士怪他言语不慎，他引《汉武内传》自加辩护。我又发现义山所恋女道士姓宋名华阳，有姊妹共三人，皆在同一道观内修道。其姊妹原来爱永道士，华阳与他失和后，也倒向永道士那边去了。

在几首《圣女祠》及《碧城三首》，所叙道观建筑之宏丽，带着宫殿色彩，女道士服御之奢侈也极贵族化，似此种道观非普通道观，女道士也非平民性的女道士。诗中"沦谪千年别帝宸"，及"寄问钗头双白燕，每朝珠馆几时归"，所用乃汉宫典故，知宋华阳等乃宫女之入道者。圣女祠并无其地，不过华阳等所居道观的代称。唐代公主多入道，这类道观当是入道公主的栖止处。公主入道，当然要带些宫女一同出家，以便侍奉。

我获得这些发现后，上课时便对学生宣称，学生疑信参半。张君鹤群首先赞同我说，经过几回讨论，他写了篇《李义山与女道士恋爱事迹考证》，发表于东吴廿五周年纪念会所刊行的《迥溯》上，已见我《正编自序》文，不赘。

向来不爱李义山诗，视之为畏途的我，竟因东大旧诗选而获这种发现，实出意外，所以我称之为幸运。同时我对义山诗也引起很大的兴味。正课虽已讲毕，我仍抱着朱冯笺注不放，又发现义山集中除与女道士相恋诗外，尚有许多恋情诗，分量更重。其恋爱对象似为宫廷中的妃嫔，我将这话于上课时对学生提起，学生个个摇头，便是张鹤群也反对。他们都说专制时代帝王何等尊崇，禁御何等严密，哪容外人擅入？这是绝不可能的，我的话未免太无稽吧！我也不管他，借了许多书供佐参考，尽自钻研下去，又发现许多事实，即李义山所爱宫嫔，一名飞鸾，一名轻凤，是一对姊妹花，由浙东当局贡献给敬宗为舞女。敬宗遇刺崩，其弟文宗即位，收兄所遗嫔御于后宫，轻凤且为文宗诞一子，就是蒋王宗俭。

唐代宫闱本来不肃，而内廷关防则尚严密，义山之得入宫，系冒充羽士参与王德妃的醮祭，与鸾凤姊妹相识（事前当已经过介绍），其真正幽会处则在曲江避暑离宫，但潜行出入的次数也有限。义山许多最美丽最精彩的《无题》均作于此时。

开成四年（公元八三九），文宗为追理毁谤皇太子案，杀材官宫女多名，其实一半是为了借此肃清宫禁，故可名之为"清宫案"，鸾凤二嫔久为杨贤妃所嫉忌，又因义山赠予的玉盘被检去，惧罪双双投井而死。义山悲悼终身，其以四十五岁之盛年即郁郁而逝，当与这一件重大精神打击有关。

我费了半年研究功夫即写成《李商隐恋爱事迹考》七万字，由张鹤群君带去上海，交北新书局印行。书出，呈一册于那时正在上海开真美善书店的东亚病夫（曾孟朴先生）请求指教。蒙病夫先生大加赞誉，而反对论调也有数篇于报端出现。因撰者多用笔名，我不知其为谁何。或者原是无名之辈。一派仍是旧时代宫禁森严，绝不容有此等事的老调；一派则讲李义山诗以隐僻晦涩为其特色，一千数百年来，笺注家林林总总，解释文字不下百十万言，从未得其要旨，你苏某何人，竟自以为已于万丈深渊之下，探得骊珠，岂非狂妄？我自揣资望太浅，未敢作答。况学问之事，见仁见智，本难强其尽同，辩又何益？人家高兴爱怎么说，就由他们说去好了。

此书改题为《玉溪诗谜》，归商务印书馆发行后，正值抗战末期，我们同日本人正打得火辣辣的难解难分，谁还注意这种小小学术问题，想此书必无销路。1952年，我自海外回到台湾，携我所著的《唐诗概论》及《玉谜》赴商务请求再版。一晃三十多年过去了，我本有四五本书在该馆发行，而以《玉谜》销得最好。他书每年仅销一、二本或并无交易，而《玉谜》则十几本或二十几本，每年可得版税一、二百元。

我一生只出过三四十种书，大半以很低廉的代价售去版权，小半仅收版税一、二次，即无嗣音，书亦永远为书店所有，再也收不回来。尤其我自负颇有学术价值的《屈赋新探》，其中出版费皆由人资助，仅有《天问正简》自己以辛劳的教书薪俸和卖文所得数万元印行。除托朋友代销者外，寄书店数年，半本也卖不出；书店倒闭，数百本书便消归无有。看见别人著作动辄十几版或六七十版，只恨自己出世过早，这正所谓"老女蛾眉，不入时眼"，没话可说。于今我的《玉谜》每年可售十余本，可见尚有人爱看，版税虽微，细水长流，也颇足自慰。

我那本《玉谜》出版已将届一甲子，我自己并不看重，认为只是一件小玩意儿。不意这几年以来探讨李义山诗者颇多，论文结集近九十万字，其中赞成我说少，反对者则多。有并不明言反对而各抒己见者，亦等于反对。于是我迫不得已而于《玉谜正编》外又有续编工作，那些文字逐期发表于《东方杂志》上，馆方答允将结集为《玉溪诗谜正续合编》，想不久即可面世。（下略）

原刊《文迅》三十期

参考资料

《李义山诗集》三卷（四部丛刊，商务版）

《李义山诗集　何焯、纪昀、朱彝尊，批语附》（朱鹤龄，台湾学生书局）

《玉溪生诗笺注》（冯浩，石刊本）

《玉溪生谱会笺》（岑仲勉平质附张尔田，中华书局版）

《李义山诗笺注》（程梦星，广文书局版）

《李义山文集》五卷（四部丛刊，商务版）

《樊南文集》（同上）

《李商隐评论》（顾翊群，中华诗苑本）

《周礼》

《礼记》

《诗经》

《韩诗外传》

《昭明文选》

《史记》

《汉书》《后汉书》

《南史》

《北史》

《新唐书》

《旧唐书》

《资治通鉴》（司马光）

《二十二史札记》（赵翼）

《太平御览》

《太平广记》

《国史补》（李肇）

《南部新书》

《杜阳杂编》（苏鹗）

《碧鸡漫志》（王灼）

《杨文志说苑》

《西安府志古迹考》

《曲江志》（欧阳詹）

《方舆胜览》

《全唐诗》（清康熙御辑）

《唐诗纪事》

《乐府诗集》（郭茂倩编）

《古诗源》（沈德潜辑）

《曹子建集》（通行本）

《杜工部诗集》（同上）

《韩文公诗文集》

《李长吉诗集》（通行本）

《王建宫词》（同上）

《宋代名家诗话》

《何义门（焯）读书记》

《静志居诗话》（朱彝尊）

《中国文学流变史》（李日刚）

《锦瑟诗笺》（陈定山）

《李商隐燕台诗评述》（劳干）

《李义山燕塞诗四首》（叶嘉莹）

（余不录）

苏雪林文编

第四卷

苏雪林 著

中央编译出版社
Central Compilation & Translation Press

目 录

辽金元文学

第一章　辽文学 / 3

第二章　金之初中叶作家 / 9

第三章　金之末叶作家 / 17

第四章　元曲之种类与结构 / 27

第五章　北曲作家与作品 / 36

第六章　南曲作家与作品 / 49

第七章　元人小说 / 55

鸠那罗的眼睛

鸠那罗的本事 / 65

鸠那罗的眼睛（三幕剧）/ 70

　　第一幕 / 71

　　第二幕 / 93

　　第三幕 / 117

玫瑰与春

辽金元文学

第一章 辽文学

辽之先为契丹，公元九一六年阿保机自立为帝。九七五年改国号为辽，北宋强敌。公元一一二五年受金宋夹攻而亡，立国共二百零九年。

辽在太祖时已以汉字为基础，创为契丹大小二体文字。且习汉文。太祖长子东丹王倍为其弟所猜忌，渡海至唐，作诗曰："小山压大山，大山全无力。羞见故乡人，从此投外国。"赵翼《廿四史札记》称其："情文凄惋，言短意长，深有合于风人之旨。"又尝市中国书籍至万卷，藏于医巫闾山之望海堂。其子隆先亦聪明博学，有《阆苑集》行世。这可见九世纪初叶，辽人汉文已很有根基了。

辽圣宗（公元九二九—一〇三〇）御制曲五百余首。又尝以契丹大字译白居易《讽谏集》，题诗其上"乐天诗集是吾师"云云,见《古今诗话》。又作《传国玺歌》,见孔平仲《珩璜新论》。

兴宗(公元一〇三一——〇五四)亦擅长汉文,常赋诗赐宠臣,见《本纪》。道宗(一〇五五——一一〇〇)题宰相李俨《黄菊赋》云:"昨日得卿黄菊赋,碎剪金英堪作句。袖中犹觉有余香,冷落西风吹不去。"见陆游《老学庵笔记》。

辽之女贵族擅长词章者颇有其人。道宗萧皇后小字观音,失宠于帝,作《回心院词》十首,其第四首云:"装绣帐,金钩未敢上;解却四角夜光珠,不教照见愁模样。"第七首云:"剔银灯,须知一样明;偏是君来生彩晕,对妾故作青荧荧。"

又有《十香词》措词颇为猥亵,据王鼎《焚椒录》谓系耶律辛乙所作,命宫婢单登乞后书,而即以此诬为后作,为后与伶官赵惟一私通之证。道宗大怒,遂赐后死。临死时,作《绝命词》亦甚悲惨。

天祚帝的萧文妃善歌词,见金人势盛,而帝畋游不绝,忠臣疏斥,作《讽谏歌》二首,其一云:"勿嗟塞上兮暗红尘,勿伤多难兮畏夷人。不如塞奸邪之路兮,选取贤臣,直须卧薪尝胆兮,激壮士之捐身。可以朝清漠北兮,夕枕燕云。"

辽之宗室中亦多文士。圣宗时有宁王长没,耶律资忠。

兴宗时有耶律庶成，及其弟庶箴，其子蒲鲁，又有耶律韩留，耶律陈家奴，耶律良均。道宗时有耶律孟简。

至于普通文学家，则《辽史·文学传》所载过于简略，今采取群籍为之补充数人。

李瀚，初仕晋为中书舍人，晋亡归辽。授翰林学士，累迁工部侍郎。穆宗应历二年（公元九五二）瀚兄在汴密遣人招之。瀚托求医南京，易服夜遁至涿，为徼巡者所得，械归上京。帝怒甚，欲杀之，赖枢密高勋力救得免。仍令禁锢于寿国寺凡六年，艰苦万状。会帝欲建《太宗功德碑》，高勋荐瀚秉笔，文成以进。帝悦，释其囚。寻加尚书宣政殿学士卒。

瀚有《应历小集》十卷，《通志·艺文略》说他取辽穆宗年号以名。《宋史·艺文志》也载瀚文集十卷，但集名则易为《丁年》。说者谓其取李陵书中语，以苏武自况也。观《册府元龟》载其《与兄涛书》，报告穆宗荒淫及契丹乱弱情况，请中国乘此定和战之计。可见李瀚实具有民族思想，其仕辽原非得已。则以苏武自况也许是真的。《玉壶清话》又载其《留旧阁》七绝一首，平平而已。

刘三嘏，河间人，父慎行，仕辽官至北府宰相。辽既有幽蓟及雁门以北，亦开科以收士人，三嘏与弟四端、六符并擢进士第。又与四端尚主，尝献《一矢毙双鹿赋》，

5

圣宗嘉其赡丽。后得罪，携嬖妾与一子投宋广信军，情词迫切：自言主凶狠，必欲杀其妾与子，故归。宋人颇询其国中机密。复为诗自陈云："虽惭溘勺赴沧溟，仰诉丹衷不为名。寅分星辰将降割，兑方疆域即交兵。《春秋》大义惟观衅，王者雄师但有征；救得燕民归旧主，免于通问自称兄。"辽屡移文求索，期在必得，宋以誓约既久，恐开边隙，乃拘送还辽。辽杀其妾与子，以其昆弟俱方委任，代其死，锢禁终身。（《儒林公议》）

萧韩家奴（一作罕嘉努）字休坚，涅剌部人。少好学，弱冠入南山读书，博览经史，通辽汉文字。统和十四年（公元九九六）始仕。重熙初，同知三司使事，四年迁天成军节度使，徙彰愍宫使。帝与语才之，名之为"诗友"。帝尝诏天下言治道之要，韩家奴有对策一篇（俱载《辽史本传》，及缪荃荪《辽文存》），本传称之云："落落累数百言，概可施诸行事"，亦辽之晁贾哉！

后擢翰林都林牙兼修国史，与耶律庶成录遥辇可汗至重熙以来事迹，为二十卷进之。又博考经籍自天子至于庶人情文制度可行于世不谬于古者，作《礼书》三卷。欲帝知古今成败。译《通历》《贞观政要》《五代史》以进。卒年七十二。有《六义集》行世。

王鼎字虚中，涿州人。幼好学，居太宁山数年，博通经史。清宁五年（公元一〇五九）擢进士第。调易州观察判官，改涞水县令。累迁翰林学士。当代典章，多出其手。尝上书言治道十事。后得罪，流镇州。居数岁有赦，鼎独不免。令守臣召鼎为贺表，因以诗贻使者，有"谁知天雨露，独不到孤寒"之句。上闻而怜之，即召还复职。乾统六年（公元一一〇六）卒。

王鼎著作今日存者仅有《焚椒录》一卷，记道宗萧皇后被诬赐死始末。清人以其所记事与《契丹国志》略有不符，遂疑其伪，然亦无强有力的证据。鼎又有《固安县固城谢家庄石桥记》一篇，收《辽文存》中。

刘辉，好学善属文，疏简有远略。太康五年（公元一〇七八）第进士。大安末为太子洗马，上书言："西边诸番为患，士卒违戍，中国之民疲于飞挽，非久长之策。为今之务，莫若城于盐泺，实以汉户，使耕田聚粮以为西北之费。"言虽不行，识者趣之。迁礼部郎中，诏以贤良对策。辉言多中时病。擢史馆修撰卒。

赵良嗣，本燕人马植，世为辽国大族，仕至光禄卿。宋政和初童贯使辽，因与俱归，易姓名荐诸朝，献结金灭辽之策。宣和二年（公元一一二〇）以右文殿修撰朝奉大夫由登州泛海使金，援祖宗朝故事买马为名，因议夹攻辽人，取燕、蓟、云、朔等旧汉州,复归于宋。四月与金主相见于龙冈,致议约之意,金主许之。复同入上京看辽大内居室,相与上马并辔,由西偏门入,并乘马过五鸾宣政等殿,置酒于延和殿。作诗云:"建国旧碑明月暗,兴王故地野风干。回头笑向王公子,骑马随军上五鸾。"(《北盟会编》)

《芳斋自叙》又记赵良嗣事云:"宣和四年十一月,金主见良词,许割燕云蓟景顺涿易六州二十四县(按燕云十六州自陷入契丹后,屡有更置,此即其故地)。每岁要以所赂契丹银绢。良嗣归有喜色,作诗云:"朔风吹雪下鸡山,烛暗穹庐夜色寒。闻道燕然好消息,晓来驿骑报平安!"

按赵良嗣与金太祖议夹攻辽,是历史上一件大事,往复磋商,数年始定。其经过情形具见《北盟会编》《长编记事本末》《大金吊伐录》等书所载金太祖八次致宋徽宗书中。自石敬瑭勾引契丹献了燕云十六州之后,契丹频岁骚扰,中国以北部无险可守,元气损耗极大。宋太祖亲征契丹,受箭而殂!

此事正史不载,《两山墨谈》据宋神宗论滕章敏之言始知——赵良嗣献夹攻之议遂以亡辽,即取回五代时陷入契丹旧地,又报了宋的不共覆载的大仇。他不惟算得中国历史上外交界一个伟人,也可算中国民族一个大功臣了!

/ 第二章 /

金之初中叶作家

金乃女真族，起于塞北之一部落。公元一一一五年阿骨打称帝建国号，势渐强盛。一一二五年灭辽，同年入寇于宋。翌年陷汴京，掳徽、钦二帝。宋南迁，长江以北遂归金统治。至一二三四年见灭于元，立国凡一百二十余年。

金之濡染汉族文化，较辽为后。太祖灭辽得辽人韩昉而用之，文物始见进步。太宗入汴取经籍图书，于是设庠序，定礼乐，皇帝祀孔庙，北面执弟子礼，诸王执经呫唔。又以词赋、经义、策论、律科等科取士。金之诸帝如金主亮、世宗、显宗、章宗无不嗜好学问，长于诗文。金主亮尝使画工密图杭州湖山，题诗其上，有"立马吴山第一峰"之句。其中秋待月，赋《鹊桥仙》词，尤奇横可喜。世宗尝自撰本曲，记祖宗创业艰难。显宗在储位尤好文学，与诸儒讲论，乙夜忘倦。元好问《中州集》载其《风筝诗》一首，俨然作者。宗室中人才亦不亚于辽之贵族。

金之文学可分为三个时期。自太祖立国至金主亮南侵被弑为金之初叶，为文学第一期，共四十五年（一一一五——一一六〇）。最初十余年文学无可述。灭辽与北宋之后，竭力罗致辽宋文人。奉使之士有文名者，每强留而不遣，或执而不杀，强迫官之。致自辽的有韩昉、胡砺、王枢、魏道明、左企弓、虞仲文等。致自宋的有宇文虚中、高士谈、施宜生、蔡松年、吴激、马定国、王竞等。

韩昉字公美，燕京人。仕辽累世通显，天庆二年（辽天祚帝年号，公元一一一一）进士第一。入金后甚见信用。官至翰林侍讲学士，礼部尚书。对于金朝的典章制度建议甚多。后封郓国公，加开府仪同三司，致仕。薨年六十八。昉善属文，最长于诏册，作《太祖睿德神功碑》，当世称之。

胡砺字元化，磁州武安人，天会间金兵至辽，为军士所掠，行至燕，亡匿香山寺与佣保杂处。韩昉见而异之，携归，使与子同读。常对人说："胡生才器一日千里，他日必将名世"。十年（公元一一三二）进士第一，授右拾遗，权翰林修撰，改定州观察判官。海陵为平章政事，百官贺于庙堂，砺独不跪，海陵深加器重。后扈从至汴卒，年五十五。

王枢、魏道明、左企弓、虞仲文的事迹不大显著，辽金文学传亦不载，仅《中州集》及《全金诗》略有介绍而已。枢字子慎，良乡人，仕金值史馆。道明字元道，易县人，累官至安国军节度使，晚居雷溪，自号雷谿子，有《鼎新诗话》。企弓字君财，蓟人，仕辽至宰相。仲文字质夫，武州宁远人，仕为辽相，归金，授枢密使、平章政事，封秦国公。

宇文虚中字叔通，成都人。宋黄门侍郎。建炎二年（公元一一二八）为太上祈请使至金。金人重其才艺，官以翰林学士，掌辞命，号为国师。皇统六年（公元一一四六）谋挟钦宗南归，为人告变，虚中急发兵直至金主帐下，金主几不能脱，事不成而诛。宋淳熙中赠开府仪同三司，谥节愍。开禧中又赐姓赵氏。——此据施德《北窗炙輠录》；金、宋二史本传但云以讥讪获罪。

其诗五十首，载《中州集》。有《上乌林天使》三首之一云：

拭玉辕门吐寸诚，敢将缓颊沮天兵。雷霆倪肯矜涸弊，草芥何须计死生。定鼎未应周命改，登坛合许赵人平。知君妙有经邦策，存取怀威万世名。

此诗据南宋书系上张孝纯。孝纯为宋太原守，粘罕入寇，坚守累年，城破被执，后被迫相齐。此时大约金人命他使宋，所以虚中乘机为宋陈情。虚中又常作诗云："人生一死浑闲事，裂眦穿胸不汝忘！"其决心死仇盖非一日，亦可谓堂堂烈丈夫矣！而宋、金二史反怪其死由自取，毫无褒辞。《金史》不足责，《宋史》亦然。中国史家见解浅陋如此，民族思想之不发达又何足怪。

高士谈字子文。宣和末，任忻州户曹，入金为翰林学士，有《蒙城集》行世，宇文虚中起事失败，系狱。金人不能得其反迹，乃以其家多藏中国图书为谋反之证。虚中道："死自吾分，至于图书，南来士大夫家家有之，高士谈图籍尤多于我，岂亦反耶？"有司承风旨，并杀士谈。时论冤之。（本传）但士谈诗有："旅迹何时定，归心不厌南"；"泪眼依南斗，难忘故国情。"又咏棣棠云："流落孤臣那忍看，十分深似御袍黄！"则士谈身虽仕金，心不忘宋，与宇文虚中同。其及于祸，与虚中亦必有同谋，不过金人恐因此激起汉族仕金者和南方的民族情感，不愿宣布真相罢了。

施宜生字明望，浦城人。尝从范汝为，汝为败，仕齐。后乃仕金，故自号"三住老人"。正隆四年（公元一一五九）冬，为宋贺正使。宋命张焘馆之都亭，因问以首邱风之，宜生顾其介不在旁，为廋语道："今日北风甚劲！"又取笔扣之说道："笔来！笔来！"于是宋始知警。使还，其副使耶律辟离剌以闻，坐是烹死。其为民族牺牲之惨烈，足与宇文虚中并传，而后人以其身既仕金，又为宋谋，颇多讥议，如杨运泰《笔来歌》是也。此等迂腐议论，实令人气短。

蔡松年字伯坚，父靖，宣和末，守燕山。金兵至白河，郭药师以燕山府降，松年得辟为金使。累官至吏部尚书，参知政事，封郐国公。又拜右丞相加仪同三司，封卫国公。正隆四年（公元一一五九）卒，年五十二。松年文词清丽，与吴激齐名，号"吴蔡体"。有集行世，今佚。

吴激字彦高，建州人。为米芾之婿，工诗能文，学画后逸，得芾笔意。尤精乐府，造语清婉，衰而不伤。奉使至金，金以知名士留不遣，命为翰林待制。皇统二年（一一四二）出知深州，到官三日而卒。有《东山集》十卷，今佚。《中州集》引其断句云："春风蜀栈青山尽，晓日秦川绿树平""烟拂云梢留淡白，云燕山腹出深青"。富有画意。

马定国字子卿，茌平人。仕齐。尝为石鼓作辨万余言，学者以比蔡珪《燕王墓辨》。

王竞字无竞，彰德人。入金为应奉翰林文学兼太常博士，作《金源郡王完颜娄室墓碑》有名于世。

自金世宗即位，至宣宗南渡，共五十四年，为金之中叶，文学为第二期（一一六〇——一二一四）。自金主亮南侵失败，国中元气大伤，世宗乃对宋讲和，与民休息，在位二十四年，人民安乐，世号"小尧舜"。章宗继承世宗治平局面，进而正礼乐，修刑法，制典章，文物粲然大备。所以大定（世宗年号）、明昌（章宗年号）之间，人才辈出，为金代文学最盛时期。

此期文人以蔡珪、党怀英为最著。王庭筠、赵沨、周昂、李纯甫诸人次之。

蔡珪字正甫，蔡松年之子。元好问说："国初文士如宇文大学，蔡丞相，吴深州等，不可不谓豪杰之士，然皆宋儒，难以国朝文派论之。故断自正甫为正传之宗，党竹溪次之，礼部闲闲公又次之。自萧户部真卿倡此论，天下迄今无异议云！"天德三年（公元一一五一）进士，不赴选，求未见书读之，其辨博当时罕有伦比。大定四年（公元一一七四）由礼部员中出守潍州，道卒。其著作有《续欧阳文忠集录金石遗文》六十卷，《古器类编》三十卷，《补南北史志书》六十卷，《水经补亡》四十篇，《晋阳志》十二卷，《金石遗文跋尾》十卷，《燕王墓辨》一卷。

党怀英字世杰，冯翊人。少与弃疾同舍，号辛党，弃疾南归，怀英则显于金。中大定十年进士，历官至翰林学士承旨。大安三年（公元一二一一）卒，年七十八。

怀英诗文书法无一不工，故赵秉文替他作墓志，曾说："公文似欧公，不为尖新奇险之语；诗似陶谢，奄有魏晋；篆籀入神，阳冰之后一人而已……古人名一艺，而公独兼之，可谓全矣！"其制诰亦为金开国百年以来第一。

王庭筠字子礼，河东人。大定十六年进士，调恩州军事判官，临政有能声。卜居黄华山，以"黄华山主"自号。后官至翰林修撰，卒年四十七。为文能道所欲言，暮年诗律深严，七言长篇尤工险韵。有《藂辨》十卷，文集四十卷。

赵沨字文儒，东平人。大定二十二年（公元一一八二）进士，仕至礼部郎中。自号黄山，有《黄山集》。《中州集》载其诗三十首。

周昂字德卿，真定人。官监察御史。大安军兴，权行六部员外郎。后与从子嗣明死于承裕之难。其小诗云:"平生眼白嫌物俗,此身谁要冠带束。茶瓯饭饱一饮足,卧听松风仰看屋。"殊有超脱之致。

李纯甫字之纯,弘州襄阴人。初业词赋,后更治经义学。承安二年(公元一一九七)经义进士。为文法庄周、列御寇、左氏、《战国策》,后进多宗之。三十岁后遍观佛书与道书,著书合三家为一,号"内稿";其余文字为"外稿",凡数十万言。正大末,出倅坊州,改京兆判官,卒于汴,年四十七。

尚有刘迎著乐府号《山林长语》。郑子聃作赋为金主亮时第一,所著诗文达二千余篇。刘汲著《西嵓集》。赵可著《玉峰散人集》。任询著诗数千首。冯子翼有诗集及乐府集。史奕著《洹水集》。郦权著《坡轩集》。毛麾著《平水集》。吕中孚著《清漳集》。王琢著《姑汾漫士集》。都是正隆、大定、明昌间的进士。第二期文学盛况于此可见。

第三章 金之末叶作家

第三期自宣宗南渡至元好问之死，亦为金代之末叶，共四十三年（公元一二一四——一二五七）。金自南渡后国势已由盛而衰，而文学反有蒸蒸日上之势。因为大定明昌四五十年间深厚的壅培时候，应当有个比较灿烂的时代来到。赵秉文、杨云翼本是大定明昌间的文人，南渡后为了年龄与地位的关系，名望日隆，俨然成为文坛盟主。北渡之后王若虚、元好问为物望所推，王死后，元更成为鲁灵光殿，为金源最后文学家，也为金源一代最伟大文学家。

杨云翼字之美，乐平人，明昌五年进士第一。历官至礼部尚书兼侍读，每召见，赐坐呼"学士"而不名。进《龟鉴万年录》《圣学》《圣孝》之类凡二十篇。正大五年（公元一二二八）卒，寿五十九。谥文献。

云翼天资颖悟，博通经传，至于天文、律历、医卜之学，无不臻极。论者谓百年以来士大夫身备四科者，云翼一人而已。善为诏令文字，高文典册多出其手，门生半天下。南渡后与赵秉文共掌文柄二十年，时人号为"杨赵"。

其著作有《大金礼仪》若干卷，《续通鉴》若干卷，《周礼辨》一篇，《勾股机要》《象数杂说》及文赋若干篇。

赵秉文字周臣，自号闲闲老人，滏阳人。大定二十五年进士，权应奉翰林文字，同知制诰，转吏部尚书，同修国史，知集贤院事。天兴元年（公元一二三二）卒，寿七十四。

秉文自幼至老未尝一日废书，著《易丛说》十卷，《中庸说》一卷，《扬子发微》一卷，《太玄笺赞》六卷，《文中子类说》一卷，《南华略释》一卷，《列子补注》一卷，删集《论语》《孟子解》各十卷，《资暇录》十五卷。文集号《滏水集》。

元好问《闲闲墓铭》称其诗文："大概公之文出于义理之学，故长于辨析，极所欲言而止，不以绳墨自拘。七言长诗笔势纵放，不拘一律。律诗壮丽，小诗精绝，多以近体为之。至五言古诗则沉郁似阮嗣宗，真淳古淡似陶渊明，以它文较之，或不近也。"

王若虚字从之，槀城人。承安二年（公元一一九七）经义进士。少博学强记，诵古诗至万首，他文称是。历官管城、门山二县，入翰林转直学士。金亡，以遗老自命，后坐化于泰山黄岘峰，年七十。所著文章号《慵夫集》，凡若干卷，《滹南遗老集》若干卷传世。

元好问《内翰王公墓表》，称其学："公资禀醇正，且有师承之素，故于事亲待昆弟，及与朋友交者无不尽。学无不通，而不为章句所困。颇讥宋儒经学以旁牵远引为夸，而史学以探赜幽隐为功。谓天下自有公是，言破即足，何必呶呶如是。其论道之行与否，云战国诸子之杂说寓言，汉儒之繁文末节，近世士大夫参之以禅机玄学，欲圣贤之实不隐难矣。经解不善张九成，史例不取宋子京，诗不爱黄鲁直，著论评之凡数百条，世以刘子玄《史通》比之。"又云："文以欧苏为正脉，诗学白乐天，作虽不多，而颇能似之。"

自赵、杨死后，王若虚为金文坛最高威权，故元氏说："惟公名德雅望，为天下大老。板荡之后，大夫士求活草间，往往倚公以为重。至于鄙朴固陋，挟兔园策而授童子学者，亦皆想闻风采，争先睹之为快。"这可见王氏在北渡后地位之高、名望之大了。

但金源数百作家之中,自当以元好问为首屈一指。他不但可以代表金源一代文学,即在三千年中国文学史中也占得第一流的地位。好问字裕之,号遗山,年十四,学于郝晋卿,通经史百家,尝作《箕山》《琴台》二诗,赵秉文见而奇之,谓少陵以后无此作,于是名震京师,称为元才子。官尚书省左司员外郎,金亡后以遗老自居。常谓金源氏有天下,典章法制几及汉唐。国亡史兴,己所当为。而国史实录在顺天张万户家,乃言于张,欲为撰述,为人所阻,不得如愿。于是构亭于家,著述其中,名曰《野史亭》。为《中州集》及《壬辰杂编》若干卷。又为《金源君臣言行录》,往来四方,采撷遗逸,有所得辄以寸纸细字,亲为记录,虽甚醉不忘。所作近百余万言,捆束委积,塞屋数楹,未就而卒。元修《金史》多本其所著云。

郝经墓志谓好问为诗共五千五百余首,为古乐府以写新意又百余篇,以今题为乐府者又数百篇,共五千七百余篇。——今仅存一千三百四十首。其诗出宋之苏轼,作风颇相似。王贻上称其:"七言妙篇或追东坡而轶放翁。"沈德潜亦曰:"裕之七言古诗气畅神行,平芜一望,常得峰峦高插,涛澜动地之概,又东坡后一能手也。"赵翼则谓:"遗山才不大,书卷不多,较之苏陆,自有大小之别。

然正惟才不大，书不多，而专以精思锐笔，精炼而出，故其廉悍沉挚处较胜于苏陆。盖生长云朔，其天禀本多豪杰英健之气；又值金源亡国，以宗社邱墟之感，发为慷慨悲歌，有不求工而自工者，此固地为之也，时为之也。"

其诗之特点，一曰不尚排偶及藻绘。《金史》本传谓其奇崛而绝雕刻，巧缛而谢绮丽。苏、陆古体行墨间尚多排偶，好问则专以单行，绝无偶句。构思窅渺，十步九折。愈折而意愈深，味愈隽。二曰沉雄悲壮。即郝经所谓把酒看花，歌谣跌宕，挟幽并之气，高视一世。唐以来律诗之可歌可泣者，杜甫数十联外，绝无嗣响。好问则往往有之，如"岐阳西望无来信，陇水东流闻哭声""精卫有冤填渤海，包胥无泪哭秦庭""日月尽随天北转，古今谁见海西流"。声调都甚悲壮。三曰善用拗体。自李商隐、赵嘏辈创为一种拗七律，以第三第五平仄互易，如"溪云初起日沉阁，山雨欲来风满楼""残星数点雁横塞，长笛一声人倚楼"。颇有击撞波折之致。至元好问又创为一种拗体，拗在第五六字，如"来时珥笔夸老健，去日攀车余泪痕""大徐秀发眉宇见，老阮亡来樽俎闲""冷猿挂梦山月瞑，老雁叫声江渚深"。更觉幽峭。（《瓯北诗话》）

至其散文则长于碑志。《金史·文艺传》称其为"文有绳尺，备众体……兵后故老皆尽，好问蔚为一代宗工，四方碑板铭志尽趣其门。"李祖陶亦说："所著文集则宪章北宋，接欧、苏正轨，屹然为一大宗。集中碑志最多，直书所见所闻，论定一代，可与欧阳公《五代史》并观。"又云："他文亦格老气苍，无讲学家冗沓腐烂之习。"

此外则雷渊字希颜，浑源人，崇宁二年（公元一二一二）进士。为文章喜新奇。麻九畴字知几，莫州人，幼有神童之目，死于壬辰（公元一二三二）之难。赵秉文、元好问皆与交厚。为诗精深峭刻，工于赋物。如《夏英公篆歌》《赋伯玉透光镜》，皆于诗中别具一格。李经字天英，锦州人，作诗极刻苦，喜出奇语，不蹈袭前人。其杂诗云："长河老秋冻，马怯冰未牢。河山冷鞭底，日暮风更号。"惜全集已佚，不然，定可与孟郊、贾岛鼎足而三。赵秉文称："李天英合长吉、卢仝为一人。"宋九嘉，夏津人，少游太学有能赋声，长从李纯甫读，为文有奇气，与雷渊、李经相伯仲。庞铸字才卿，辽东人，博学能文，工诗，造语奇健不凡，世多传之。此外作风好为新奇古奥者尚有数位。刘祁谓南渡之后，文风一变而为奇古。此数人可以为其代表。

又有李献能、李汾与第二期诗人李纯甫合号"三李"。

献能字钦叔，河中人。元贞祐间特赐词赋进士，廷试第一人，宏词优等。授应奉翰林文字。后死于北渡之难。年四十三。作诗有志风雅，乐章尤工。汾字长源，平晋人。其诗清壮磊落，有幽并豪侠歌谣慷慨之气。元好问平生有三知己，一则辛愿，二则献能与汾也。又有王郁字飞伯，大兴人。为文法柳宗元，闳肆奇古，动辄数千言。歌诗俊逸效李白。尝作《王子小传》以自叙。金末遇乱，为元兵所杀，年三十余。

金人乐府则不甚发达，《中州集》载百余首，作家则自吴激、蔡松年至赵宜之、折治中元礼等三十余人，比之两宋，质量皆自不及。然以风土之影响，及方兴民族气象之表现，亦有一种奇崛伟丽之观。《宋裨类钞》载金主亮中秋待月不至《鹊桥仙》词：

停杯不举，停歌不发，候银蟾出海。不知何处片云来，做许大通天障碍。□虬髯撚断，星眸睁裂，惟恨剑锋不快。一挥截断紫云腰，仔细看、嫦娥体态。

其大举南征时作《喜迁莺》词：

旌旄初举，正驮骁力健，嘶风江渚。射虎将军，落雕都尉，绣帽锦袍翘楚。怒碟战鬐争奋，卷地一声鼙鼓。笑谈倾，合长江齐楚。六师飞渡。此去无自堕，金印如斗，独抱功名携取。断锁机谋，垂鞭方略，人事本无今古。试展卧龙韬韫，果然成功，且莫问江左。想云霓切望，元黄迎路。

吴激北迁后，为故宫人赋《人月圆》，时宇文虚中亦赋《念奴娇》先成而颇近鄙俚，及见激作，茫然自失。自此以后有求作乐府者，虚中即批云："吴郎近以乐府名天下，可往求之。"激词云：

南朝千古伤心事，犹唱后庭花。旧时王谢堂前燕子飞向谁家？恍然一梦，仙肌胜雪，宫鬓堆鸦。江州司马，青衫泪湿，同是天涯！

折治中元礼字安世，为麟抚经略使，从军舟中作《望海潮》：

地雄河岳，疆分韩晋，潼关高压秦头。山倚断霞，江吞绝壁，野烟萦带沧洲。虎旆拥貔貅。看阵云截岸，霜气横秋。千雉严城，五更残角，月如钩。□西风晓入貂裘。恨儒冠误我，却羡兜鍪。六郡少年，三朝老将，贺兰烽火新收。天外岳阳楼，想断云横晓，谁识归舟。剩著黄金换酒，羯鼓醉凉州。

至于戏曲，则金代有所谓院本者，与宋之杂剧并称。今传《西厢记传奇》为金董解元所作。据《辍耕录》知解元为金章宗时人，清毛奇龄《西河词话》遂谓为金章宗时学士。胡应麟云："《西厢记》虽出唐人《莺莺传》，实本金董解元。董曲今尚行世，精工巧丽，备极才情，而字字本色，言言古意，当是古今传奇鼻祖。金人一代文献尽于此矣。然其曲乃优人弦索弹唱者，非扮演杂剧也。"(《少室山房笔丛》)

施国祁云："今读此本为海阳黄嘉惠刻，定为董《西厢》，分上下二卷，无出名关目，行间全载宫调引子，尾声填乐府方言，不采类书故实，曲多白少，不注工尺，是流传读本与院妓刘丽华口授者不同。"（《礼耕堂丛说》）

焦循《易余籥录》则以董解元《西厢》与王宝甫《西厢》两相比较，谓董之造句命词胜王远甚。且说："前人比王实甫为词曲中思王、太白,实甫何敢当,当用以拟董解元。"
今录其《送别》中文字数段:

  雨儿乍歇,向晚风何凛冽。那闻得衰柳蝉鸣凄切。未知今日别后,何时重见也?衫袖上盈盈揾泪不绝。幽恨眉峰暗结,好难割舍,纵有千种风情何处说!
  莫道男儿心如铁,君不见满川红叶,尽是离人眼中血!
  莫烦恼,莫烦恼;放心地,放心地。是必是必,休凭地做病做气。俺也不似别的,你情性俺都识。临去也,临去也;且休去,听俺劝伊。
  衰草凄凄一径通,丹枫索索满林红。平生踪迹无定着,如断蓬,听塞鸿哑哑的飞过暮云重。
  驴鞭半袅,吟肩双耸。休问离愁轻重,向个马儿上,驮也驮不动!

第四章 元曲之种类与结构

元乃蒙古民族,其崛起实较辽金为后。元太宗窝阔台于公元一二三四年灭金,世祖忽必烈于一二七九年灭宋,于是统一中国。自世祖至元十四年入中国,至明太祖即位,计传十君,历九十一年。

辽金文学不脱中国传统文学的窠臼,而元则平民文学甚为发达!在中国文学史上总算有点特殊的贡献。前人称元曲为一代之特色,谓可与周诗、楚骚、汉赋、六朝五言、三唐近体、宋词并论。元之剧本,有明钟继先的《录鬼簿》及涵虚子的目录,王国维《曲录》所举亦多。近董康辑《乐府考略》所辑近八百余种。其中固杂明清作品,然以元人所作为最多,至少亦有五六百种。屡经丧乱之余,尚存此数,则当时之盛,可想而知。元曲种类普通分为北曲、南曲，而其中又分为三种，即：

（A）散曲

散曲又名曰"散套"，又曰"套数"，乃是一种介乎诗词与戏曲之间的一种东西。说它是诗词，则合一宫调中诸曲为一套，是一种复合体；说它是戏曲，则曲以代言为事，有人物登场，而散曲则作家自叙，或咏一事，毫无动作。说者谓若离开戏剧的关系，专述诗歌之进化，则散曲实居词以后诗歌正宗的地位。然前人对此不知注意，故作品散佚甚多，作家平生亦不可考，良为可惜。散曲以北曲为之者为"北曲套数"，以南曲为之者为"南曲套数"。亦有合北南曲相间之者名"南北合套"。其例自元沈和创之。所作《汉湘八景》《欢喜冤家》皆南北合套。

元代杂剧作家皆擅长散曲。关汉卿之散曲，散见各种曲选中，近人辑得一本，得小令四十一首，套数十一套。白朴《天籁阁集》后附《摭遗》即为其散曲，共小令三十六，套数四套。乔梦符、张小山亦皆有之。而马致远《秋思》一套，尤负盛名。周德清评之以为万中无一，明王元美等亦推为套数中第一。今录之于下：

秋思（见元刊《中原音韵》《乐府新声》）

【双调夜行船】百岁光阴如梦蝶。重回首、往事堪嗟。昨日春来，今朝花谢。急罚盏夜阑灯灭。【乔木查】秦宫汉阙做衰草牛羊野。不恁渔樵无话说。纵荒坟，横断碑，不辨龙蛇。【庆宣和】投至狐踪与兔穴，多少豪杰。鼎足三分半腰折。魏耶？晋耶？【落梅风】天教富，不待奢。无多时好天良夜。看钱奴硬将心似铁。空辜负锦堂风月。【风入松】眼前红日又西斜，疾似下坡车。晚来清镜添白雪。上床与鞋履相别。莫笑鸠巢计拙，葫芦提一就装呆。【拨不断】利名竭，是非绝。红尘不向门前惹，绿树偏宜屋角遮。青山正补墙东缺。竹篱茅舍。【离亭宴煞】蛩吟罢一枕才宁贴。鸡鸣后万事无休歇。算名利何年是彻？密匝匝蚁排兵，乱穰穰蝇争血。裴公绿野堂，陶令白莲社。爱秋来那些。和露摘黄花，带霜烹紫蟹。煮酒烧红叶。人生有限杯，几个登高节？嘱付与顽童记者，便北海探吾来，道东篱醉了也！

又有小令，性质与套数相类，不过是单纯体，只用一曲。试举数例：

枯藤老树昏鸦。小桥流水人家。古道西风瘦马。夕阳西下，断肠人在天涯。(【天净沙】，无名氏作，或以为马致远）

断桥淮水西林渡，暗香疏景梅花路。寒驴破帽登山去，夕阳古寺题诗处。树头啼翠禽，水面飞白鹭。伤心和靖先生墓。(【塞鸿秋】，张小山）

冷云开，夕阳楼外数峰闲，等闲不许俗人看。雨髻烟鬟，倚西风十二阑。休长叹，不多时，暮霭风吹散，西山看我我看西山。(【殿前欢·咏大都西山】，唐毅夫）

(B) 杂剧

王国维曰："杂剧，院本，传奇之名，自古迄今，其义颇不一。宋时所谓杂剧，其初殆专指滑稽戏言之，其后乃以故事为主。元杂剧又与宋官本杂剧截然不同。至明中叶以后，则以戏剧之一折至六七折者为杂剧，又舍北曲而用南曲，又非元人之所谓杂剧矣。"

今即就王氏之言论之：宋之第一种杂剧，乃系插科打诨之谓。黄鲁直云："作诗正如作杂剧,初时布置,临了时须打诨。"吕平《童蒙训》亦云："如作杂剧,打猛诨入,却打猛诨出。"宋有名之杂剧如《拷扯李义山》,如《三十六髻》,如《甲子丙子生》,如《折百钱》,如《并库》,如《二圣还》,如《张郡王在钱眼内坐》,如《钻弥远》……(参看王国维《宋元戏曲史》第二章)然皆极短,上场表演五分钟可了,疑系正剧中间插幕,如西洋戏剧中之 Interlude。其第二种杂剧乃是偏重音乐歌舞剧,其中有时夹杂以种种化装游艺(如《三教》则装妇女鬼神,《迓鼓队》则装男女僧道杂色)。其性质似乎等于法国古代之 Le Vaudeville。至金之院本,据《暖姝由笔》说"有白有唱者名杂剧,扮演戏文跳而不唱者名院本"。然据王国维考证则亦与宋之第二种杂剧大略相似,不过内容更较复杂而已。周密《武林旧事》载宋官本杂剧名目共二百八十余本,陶宗仪《辍耕录》载金院本名目共六百九十种,皆为元杂剧之渊源。

元杂剧之所以异于宋金者,宋大曲皆为叙事体(参看董颖《薄媚西子词》,王国维《宋元戏曲史》五三—五六页);金之诸宫调虽有代言之处,而大体亦可谓为叙事;独元杂剧则科(动作)、叙事、曲文及说白全为代言。又以一定之体裁,一定之曲调,表演一个古事。故中国纯粹之戏剧(Drama),至元代而始有。

(C)传奇

传奇之名,实始于唐。唐裴铏作《传奇》六卷,本为小说家言。至宋则以乐曲之诸宫调为传奇。《武林旧事》所载诸色伎艺人诸宫调传奇,有《高节妇》《黄淑卿》等。《梦粱录》亦云,孔三传编成传奇灵怪入曲说唱。至元人则以杂剧为传奇。杨维桢《元宫词》云:"《尸谏灵公》演传奇,一朝传到九重知。奉宣赉与中书省,诸路都教唱此词。"按"尸谏灵公"为元人鲍天祐所撰杂剧,则元人以杂剧为传奇,可想而知。至明人则以戏曲之长者为传奇,如《西厢记传奇》《琵琶记传奇》《桃花扇》《燕子笺传奇》是也。清乾隆黄文旸编《曲海目》分戏剧为杂剧、传奇二种,其别始定。大略杂剧皆为北曲(以作家多北人),传奇则大都为南曲。

至于元曲之结构,则小令、散套结构较为简单,可以不论。至于杂剧之构造:

（1）幕数

以宫调之曲一套为一折，通例每本以四折为限。纪君祥之《赵氏孤儿》一本五折，则系变例。

（2）调韵

南北曲之宫调，通行者凡六宫，十二调。而实际杂剧中所常用者仅仙吕、南吕、黄钟、中吕、正宫、大石、商调、越调、双调九种而已。在北曲中一折限于一调，其第一折、第二折所用之曲且有同者。普通习惯第一折必用【仙吕点绛唇】套曲，第二折多用【南吕一枝花】，余则用【正宫端正好】【商调集贤宾】等。每折必一韵到底。

（3）楔子

楔音屑，垫桌小木谓之楔，木器苟松而以木嵌之亦谓之楔。楔子用以补四折外之余情，亦犹楔用以补两木间之间隙也。或用于折首，或用于各折之间。大抵为一二小令，如【仙吕赏花时】，或【端正好】之类。然【西厢记】第二剧之楔子，则用【正宫端正好】全套与一折等。

（4）一人独唱

北曲每折，唱者专限于一人，非正末（如今之正生）即正旦唱。亦有四折皆用正末唱者：如白朴《梧桐雨》四折，唱者皆唐明皇一人；重要人物如杨贵妃，仅说白而已，未常一开口歌咏。

（5）题目正名

北曲之末必有题目正名。大抵由七言或八言联句而成。大约以四句概括四折中之情节，如白朴《梧桐雨》题目曰："高力士离合鸾凤侣，安禄山反叛干戈举。"正名曰："杨贵妃晓日荔枝香，唐明皇秋夜梧桐雨。"毛奇龄《西河词话》说，题目正名非扮演人自唱，乃扮演人下场后由其他伶人代唱。此则与西洋戏剧中之收场白 Epilogue 无异。

至于传奇，则北曲如《西厢记》不过幕数较多而已，其他规例如调韵，楔子，一人唱等等，与杂剧相同。元末明初南曲发达，而规例遂生变化。试与杂剧比较论之：

（1）出（齣）目

北曲曰折，南曲则曰出。北曲每本四折，且止曰第一折、第二折，未尝别制标题。南曲则出数无定，有长至四十出、五十出者。且每出必标出名，或用四字或用二字，如《长生殿》，第一出曰"传概"，第二出曰"定情"，第三出曰"贿权"。（《西厢记》亦有二字标题，恐明人所加？）

（2）调韵

北曲一折一调，必须一韵到底。南曲则往往一出中前曲后曲宫调各异，且许换韵。

（3）破一人独唱之例

北曲每折限定一人独唱，法至拙滞。南曲则登场人物皆可齐歌共唱，不拘人数多寡。

（4）楔子

北曲楔子置之题前或过渡处，传奇之楔子则置于题前第一出正生出场之前，先以副末开场，略述全书大意，谓之"家门"，与西洋剧中之 Prologue 相似。如洪昉思《长生殿》，梁任公《新罗马传奇》，开场前皆以外扮一与剧中不相干涉之人，说明全剧大意。此人盖即作家自己之代表也。

（5）下场诗

北曲篇末有题目正名，南曲则以下场诗代之。明清传奇之下场诗大都集唐诗，亦四句，隐括全出大意。

第五章 北曲作家与作品

钟嗣成《录鬼簿》于北曲作者分作三期：（一）前辈已死名公才人，有所编传奇行于世者。（二）方今已亡名公才人余相知者及已死才人不相知者。（三）方今才人与余相知及方今才人闻名而不相知者。

王国维考第一期为元太宗取中原后，到至元一统之初（一二三五——一二七七），约四十二年，是为蒙古时代。

第二期为至元后，到顺帝间（一二七七——一三四〇），约六十年，是为一统时代。

第三期（一三四一——一三六七）约二十年，为至正时代。

此三期中以第一期作家为最盛，其著作存者亦最多，元剧杰作，大抵出于本期中。至第二期则除宫天挺、郑光祖、乔吉甫三人外，殆无足观，而其剧存者亦罕。

关汉卿之名不可考，汉卿乃其字，号已斋叟，大都人。金末解元，曾为太医尹。金亡不仕。著作有杂剧六十三种，今存者止有《玉镜台》《谢天香》《金线池》《窦娥冤》《鲁斋郎》《救风尘》《蝴蝶梦》《望江亭》《单刀会》等数种。

汉卿与马致远、郑光祖、白朴，合称四大家，或加王实甫、乔吉甫为六大家。明人至推汉卿为曲中之司马迁，其尊重可谓至极。然平心论之，汉卿不及王实甫远甚！所以浪得盛名者，则以明人误以《西厢记》为汉卿作，故从而尊之耳。

汉卿之《窦娥冤》乃演孝媳代姑受戮事，盖亦取古书中故事敷衍为之。今京剧之《六月雪》即出于此。此剧曾由法人拔残（Bazin）译为法文。王国维谓《窦娥冤》与纪君祥之《赵氏孤儿》，列之世界悲剧中亦无愧色。以其中主人翁赴汤蹈火，皆出之自己意志也。但以鄙见论之，此剧结称颇为幼稚，第四折窦娥见梦于其父，若隐若现，鬼气森然，令人毛戴。但折末窦娥幽魂竟当堂出现，与仇人对质，实在煞风景。作者或以为必如此始算淋漓尽致，而如其不合情理何？惟第二折张驴儿毒死亲父欲陷害窦娥时，窦娥唱【斗蛤蟆】一调：

空悲戚，没理会。人生死，是轮回。感着这般疾病，值着这般时势，可是风寒暑湿，或是饥饱劳役。各人证候自知。人命关天关地，别人怎生替得，寿数非干今世。相守三朝五夕，说甚一家一计。又无羊酒段匹，又无花红财礼。把手为活过日，撒手如同休弃。不是窦娥忤逆，生怕傍人论议。不如听咱劝你，认个自家悔气。割舍的一具棺材，停置几件布帛，收拾出了咱家门里，送入他家坟地。这不是你那从小儿年纪，指脚的夫妻。我其实不关亲，无半点恓惶泪。休得要心如醉，意似痴，便这等嗟嗟怨怨，哭哭啼啼！

此直似说白不似歌唱，一气转折而下，如三叠瀑泉之奔注，如夏雨打芭蕉，爽快无比。元人所谓"当行家"大率如此。王国维曰："关汉卿一空依傍，自铸伟词，而其言曲尽人情，字字本色。"正指此等处而言。明人之称其《关大王单刀会》措词高秀，气壮风云，今所传之《训子》《刀会》，即《单刀会》之后二折。其《续西厢》四折不知是否出于其手，以北曲素来一人独唱，而《续西厢》独乱此例，似系元末明初人所为；然《南濠诗话》《艺苑卮言》皆谓为关汉卿作也。金圣叹批点《西厢》将此四折丑诋不留余地，实则《西厢》以《草桥惊梦》作结，悠然不尽，有"曲终人不见，江上数峰青"之致。而续本必使崔张当场团圆，不免俗套。圣叹讥之，亦有见地。惟其词不事雕绘，惟尚白描。妙句联络笔底，亦非名手不办。

王实甫，大都人，与关汉卿同时。《录鬼簿》载其所作曲十四种，今仅存《丽堂春》《西厢记》二种。但仅《西厢记》一种，便可以使实甫不朽了。北曲素尚本色，而《西厢记》则词藻纷披，风光旖旎，其妍丽艳冶处，颇类南曲，在北曲中可谓异军。其所以如此，则我以为关汉卿、马致远等皆为通俗文人，而王实甫则为智识阶级之文人。但观《西厢记》规模之宏大（合五本杂剧之量为之，共二十折），命意之高超，结构之严密，点缀之有趣，描写人物之富于个性，均非关、马、白、乔等所能望其项背。明人对于《西厢》崇拜极其热狂，评点之者有徐文良、汪然明、李卓吾、李日华、汤若士、陈眉公、孙月峰、徐士范、王伯良、邱琼山、唐伯虎、萧孟昉、董华亭、金庭衡、梁伯龙、焦漪园、何元朗、黄嘉会、刘丽华、金圣叹；清则尤展成、毛西河、钱西山、沈君微。其中以金圣叹之评点，尤著盛誉。圣叹尝欲取《庄子》《离骚》《史记》《杜诗》《水浒传》合，《西厢记》为才子书六部，批点而刻行之。中国人素视词曲为小道，而圣叹竟跻之于《庄》《史》之列，可谓特识。读者欲知《西厢》之妙，必须取原文读之，始知圣叹称誉之非溢美。在原始戏曲中有此伟大成功之作品，实令人惊奇不已。但我断定《西厢记》乃是一个复合体，系经过许多明人修改增减而成，而改动最多则为金圣叹。钱玄同云："近人刘世珩校刊关、王原本《西厢》，我拿来和金批本一对，竟变成两部书。"

小说之《三国志》《水浒传》《西游记》均明人改作，且不止一手，又王实甫之《丽堂春》曲本便不如《西厢》，皆可证。《西厢记》结构太大，曲度节奏亦多失调（或是遭后人点窜而然）。如其谓为舞台表演之戏曲，不如谓为案头之读曲。

白朴，字仁甫，真定人，号兰谷先生。其平生据王博文子《天籁集序》，较关、王为可考。所作杂剧共十七种。全传者有《梧桐雨》《墙头马上》二种。《梧桐雨》为历史剧，根据唐陈鸿《长恨歌传》而作。清洪昉思《长生殿》颇有袭其文句处。此剧写唐明皇梦中见贵妃，忽被梧桐雨声惊醒，于悲叹声中结束全剧，尚有悲剧意境。惟其说白之鄙俚实堪发笑，如李林甫在安禄山反时尚为宰相，唐肃宗自称肃宗。白居易《长恨歌》"六军不发无奈何，宛转峨眉马前死。"作者必坐实"马前"二字，谓众军要求以马蹄践死贵妃，佛堂缢死后，高力士犹以贵妃衣（代尸）付众军马践。这又不是大煞风景了么？明人曲为辩护，谓元取士有填词科，主司所定题目外，止曲名及韵耳。其说白则演剧时伶人自为之，故多鄙俚蹈袭之语，不类文士制作。（臧晋叔《元曲选序》）此语之难通，王国维已辨之。（《宋元戏曲史》一三六页）盖元代曲家除王实甫外，皆为通俗文人，腹中缺墨水，描画市井颇能刻划入微，而作历史剧动手便闹笑话。关汉卿、马致远尚不免，不但白仁甫一人已也。然《梧桐雨》中自有佳句，如第一折密誓时明皇唱：

暗想那织女分，牛郎命，虽不老，是长生。他阻隔银河信杳冥。经年度岁成孤另。你试向天空打听，他决害了些相思病。（【醉扶归】）

第四之《梧桐夜雨》正文暗写明皇怨恨云：

一会儿价紧呵，似玉盘中万颗珍珠落。一会儿价响呵，似玳筵前几簇笙歌闹。一会儿价清呵，似翠岩头一派寒泉瀑。一会儿价猛呵,似绣旗下数面征鼙操。兀的不恼煞人也么哥,兀的不恼煞人也么哥。则(只)被他诸般儿雨声相聒噪。(【叨叨令】)这雨一阵阵打梧桐叶凋,一点点滴人心碎了。柱着金井银床紧围绕,只好把泼枝叶做柴烧,锯倒(【倘秀才】)。

马致远,号东篱,大都人。曾任浙江行省务官。作曲十四种,今传《汉宫秋》《荐福碑》《岳阳楼》《黄粱梦》《青衫泪》《陈抟高卧》《任风子》七种。《汉宫秋》写王昭君的故事,但作者使昭君先得幸于汉元帝,毛延寿逃至匈奴,以昭君像献匈奴王。匈奴兴兵来求,帝不得已以昭君归之。昭君行到界上投水而死。匈奴悔恨,缚延寿至汉,两国复和。此剧于一八二九年由英人大卫斯(Davis)译为英文。第三折【梅花酒】,写元帝送昭君回宫最为有名:

呀!对着这迥野凄凉,草色已添黄,兔起早迎霜,犬褪得毛苍。人搠起缨枪,马负着行装,车运着糇粮,打猎起围场。他他他,伤心辞汉主,我我我,携手上河梁。他部从入穷荒,我銮舆返咸阳。返咸阳,过宫墙;过宫墙,绕回廊;绕回廊,近椒房;近椒房,月昏黄;月昏黄,夜生凉；夜生凉，泣寒螀；泣寒螀，绿纱窗；绿纱窗，不思量。(【收江南】)呀！不思量，除是铁心肠，铁心肠也愁泪滴千行。美人图，今夜挂昭阳。我那里供养，便是我高烧银烛照红妆。

马之"秋思"散曲最佳，已见前。

武汉臣，济南府人。著曲十种，存者有《老生儿》《玉壶春》《生金阁》。汉臣虽不得与四大家之列，但他的《老生儿》确是一篇杰作（此剧经大卫斯于一八一七年译为英文）。元曲结构每不甚谨严，此则极惨澹经营之至。剧情系记一富翁名刘从善，无子，仅一女引张，婿曰张郎。一姪早失怙恃，刘抚之如己出，而老妻不容，乃资遣之外出。刘有妾小梅有身，婿恐生子，己将不得产，欲害之；女尚不忍，匿之亲戚家中，而以小梅逃亡报。清明上冢，姪虽穷，尚以麦纸钵来祭；而婿执掌刘氏产业，竟先祭其祖陇。翁妪背悲愤索还产业权，遂婿与女招姪回。女不得已，乃令小梅携三岁儿归，翁询得真情，喜极，不复念婿旧恶，以产业与婿姪三分之，剧即完结。

此剧思想，不过中国人不孝有三，无后为大，若敖鬼馁等等之传统观念，然剧中人物无不富有个性，如刘妪之昏愦，张郎之狠毒，引张与丈夫之一心一计，刘翁暮年望子之焦急，描写刻画，入木三分。且引张藏匿小梅，系用暗笔，其后挈幼子出现，不但刘翁惊喜出意外，即读者亦惊喜出意外了。此剧妙处全在说白，当刘翁知小梅有孕，保护之于悍妻毒婿之间者煞费苦心。先以家资分半与婿，半与妪，以买其欢心，然后赴别墅闲住。临行前对妪一段谈话：

（正末）婆婆，我有句话敢说么？（卜儿）老的也，你有什么话，但说不妨。（正末）我则专等婆婆报个喜信。小梅这妮子有个比喻你可知道么？（卜儿）你说，你说，有个甚的比喻？（正末）婆婆，小梅这妮子，他似那借瓮儿酿酒。（卜儿）如何是借瓮儿酿酒？（正末）别人家的瓮儿借得来的来家做酒，只等酒熟了时，可把这瓮儿送还与他本家去。婆婆，这妮子如今不腹怀有孕也，明日小梅或儿或女得一个，则是你的。那其间，将这妮子要呵，不要呵？或是典，或是卖，也只由的你。（卜儿）你也说得是。（正末）婆婆。（卜儿）老的，你又怎么。（正末）婆婆，小梅这妮子从来有些奴唇婢舌的，怕不恼着婆婆。看老夫的面，应当打时节则骂几句吧。（卜儿）只古里聒絮，我知道了也。（正末）婆婆，小梅这妮子，老夫恰才不道来，有甚的恼着你，应骂时节，你也则自处分咱。（卜儿）老的，你则放心去，我说知道了也。（正末）婆婆，（卜儿）老的莫不又是小梅么？（正末）婆婆，你觑，你觑。

第二折刘妪偕婿女赴别墅报告小梅逃走。老人且信且疑，且惊且痛，写得十分细腻，口吻亦十分可怜。第三折偕妪上坟，待婿女不至，以语激妪，将其怜婿恶侄之心理一变而怜侄恶婿。步步写来，极有层次。元曲喜剧大都浅薄，如此剧则真不愧为高等喜剧（High-Comedy）了。其《生金阁》系包龙公案，又露通俗文字本色，无甚价值。

纪天祥，大都人。其《赵氏孤儿》一剧，于一七六二年为法国耶稣会传教士 DuHalde 译为法文。大文学家伏尔太（Voltaire）非常激赏。王国维先生亦谓其为伟大悲剧。但原文除程婴用药囊盗儿出宫描写略为细腻外，馀无甚可取。以上为第一期作家

郑光祖，字德辉，平阳襄陵人，曾为杭州路吏。其所作以俳谐为多，是一位喜剧家。平生所作曲十九种，存者有《倩女离魂》《王粲登楼》《㑇梅香》《周公摄政》四种。其《倩女离魂》第三折：

空服遍暝眩药不能痊,知他这腌臢病何日起,要好时直等的见他时,也只为这症候因他上得。得。一会家缥缈呵,忘了魂灵;一会家精细也,使着躯壳;一会家混沌呵,不知天地。(【醉春风】)日长也愁更长,红稀也信尤稀,春归也奄然人未归。我则相别也数十年,我则道相隔着数万里。为数归期,则那竹院里刻偏琅玕翠。(【迎山客】)

王国维先生谓此种词如弹丸脱手,后人无能为役,惟南曲中《拜月》《琵琶》差能近之。郑为四大家之一,涵虚子《词品》亦列之为上品十二人之列。并云郑德辉如"九天珠玉"。

宫天挺,字大用,大名开州人,为钓台书院山长。作曲六种,今存二种。《范张鸡黍》系叙范巨卿与张元伯生死不渝的交情,《七里滩》则叙严子陵与刘文叔富贵不易操之友谊。《七里滩》第一折【混江龙】:

自从夏桀将禹丧,独夫殷纣灭成汤。丕显立吊民伐罪,丕承立守绪成康。刚四十垂拱严郎朝彩云,第五辈湘流中淹杀昭王。自开基起运,立国安邦,坐筹帏幄,竭力边疆。百十万阵,三五千场。满身矢镞,边体金疮。尸横草野,鸦啄人肠。未曾立两行墨迹在史书中，却早卧一邱新土在邙山上。咱看这富贵如蜗牛角半痕涎沫，功名似飞萤尾一点光芒。

陈斠玄师称其雄健浑朴，不在关、白、马、郑之下。（《中国韵文通论》）

乔吉甫，字梦符，太原人，号笙鹤，又号惺惺道人。旅居杭州，擅长小令。作曲十一种，今存三种：《金钱记》《扬州梦》《两世姻缘》。尝云："作乐府亦有法，曰凤头，猪肚，豹尾六字是也。大概起要美丽，中要浩荡，终要响亮。尤贵在首尾贯穿，意思清新，能若是，斯可以言乐府矣。"（《辍耕录》）涵虚子《词品》称乔如"神龟鼓浪"。

张可久，字小山，庆元人。以路吏转首领官，有乐府盛行于世。又有《吴盐苏堤渔唱》等曲，编于《隐语》中。《太和正音谱》评其词曰"清而且丽，华而不艳"，今观其秋日宫词《一半儿》：

花边娇月静妆楼。叶底沧波冷翠沟。池上好风闲御舟。可怜秋，一半儿芙蓉，一半儿柳。

数层秋树隔雕檐，万朵晴云拥玉蟾。几缕夜香穿绣帘。

等潜潜,一半儿开门,一半儿掩。

明李中麓刻梦符、小山两家小令,以方唐之李、杜。王骥德谓"李则实甫,杜则东篱始当。乔、张盖长吉、义山之流。"然乔多凡语,不如小山更胜。以上为第二期作家。

第六章 南曲作家与作品

南曲在元末明初方渐发达，所以作家之可称述者甚少。

今所存元曲为"荆，刘，拜，杀"。或与《琵琶记》合称为"荆，刘，拜，杀，蔡"。或去"拜"而称为"荆，刘，蔡，杀"。然以作家时代论，则当曰"拜，刘，杀，荆"。

《拜月亭》，一名《幽闺记》。相传为元施惠作。施惠，字君美，一云沈姓，杭州人。或以为即作《水浒传》之施耐庵，然无可考。《录鬼簿》云，施尝居吴山城隍庙前，以书贾为业，巨目美髯，好谈笑，诗酒之暇，唯以填词和曲为事。其生平仅此而已。《拜月亭》故事为元曲最喜采取之题材，王实甫曾作"才子佳人拜月亭"，关汉卿亦曾作"闺怨佳人拜月亭"，然皆杂剧性质。施君美之《拜月亭》则扩充为四十出，变为传奇。

《刘知远白兔记》，一名《白兔记》，乃元末无名氏所作，大约与《拜月亭》产生之时代相去不远。全曲共三十三出。

《杀狗记》，作者相传为徐㽦，字仲田，淳安人。元人萧德祥曾作《杀狗劝夫》杂剧，徐扩充之为三十六出。剧中人物亦增加不少，情节亦较为复杂，而描写亦较萧作高明。

《荆钗记》，或以为元柯丹邱作，实为非是，乃明宁王朱权作也。权号丹邱子，又号涵虚子，为明太祖第十七子。精于音律，曾著《太和正音谱》。本是明初人，不当划入元代，然世既以荆、刘、拜、杀并称，惟有合论。《荆钗记》共四十八出，乃咏王十朋事。

明人推此数种以为高压群流，李开元、王世贞辈议论亦大略如此。以其指事道情，能与人说话相似，不假词采绚饰，自然成韵，且词皆协律，可以上台表演之故。

然王骥德《曲律》云："世称曲手，必曰关、郑、白、马，顾不及王，要非定论。称戏曲曰荆、刘、拜、杀，益不可晓，殆优人戏单语耳。"又曰："古戏如荆、刘、拜、杀，传之或二三百年，至今不废，以其时作者少，又优人行，此世数之变也。"盖荆、刘、拜、杀，虽较北曲为进步，而其词尚甚质朴，又常有鄙俗粗浅处，不合文士眼光，故他们不满。

高明字则诚，温州瑞安人。元至正中进士，授处州录事，辟丞相掾。后避乱居鄞，作《琵琶记》，共四十二出。

其故事以赵五娘为主。五娘为蔡邕妻，邕到京应举，中状元，牛太师爱其才，强妻以女。五娘在家侍奉翁姑，备尝艰苦，至食糠充饥。翁姑卒后，弹琵琶乞食至京觅其夫，与牛小姐及夫同归共享安乐。故事即此作结。

相传高则诚此剧乃讽刺其友王四之作。毛德音评《琵琶记》引《大圜索隐》云："高东嘉名则诚，元末人，与王四为友。王四亦当时名士，后以显达改操，遂弃其妻周氏，而坦腹于时相不花家。东嘉欲挽救不可得，乃作此以讽。而托名蔡邕者，以四少贱，常为人佣菜。赵五娘者，以姓字书自赵至周而适五也。牛丞相者，以不花家居牛渚也。记以琵琶名，则以琵琶上有四王字也。"相传明太祖微时极赏此剧，即位后知为王四作，乃捕而置之重典，并召高则诚欲官之，则诚托疾不赴。然太祖仍爱其曲，命人抄录一部置左右曰，四书五经，如寻常布帛菽粟；《琵琶记》则如富贵人家珍羞，亦不可少。

又有指此为唐时蔡生弃妻周而婚于宰相牛僧孺故事。

见《说郛》。然宋陆放翁（或云刘后村）诗云："斜阳古柳赵家庄，负鼓盲翁正作场。身后是非谁管得，满村听唱蔡中郎。"陶九成《辍耕录》称元人杂剧亦有"蔡伯喈"，则高氏之《琵琶记》或承宋元旧本而作。其影射王四，固不可知；即谓为实，亦无害于事。

则诚此剧乃呕心之作。《雕邱杂录》云："则诚作《琵琶记》，闭阁谢客，极力苦心，讴咏久则吐涎沫不绝，按节拍则脚点楼板皆穿。"《书影》云："虎林召庆寺僧舍中有高则诚为《中郎传奇》时几案，当拍处痕深寸许。"《静志居诗话》称："则诚填词烧双烛，至吃糠一出，'糠与米本一处飞'，双烛光变为一。"吴舒凫《长生殿传奇序》亦谓："则诚居栎社沈氏楼，清夜按歌，几上蜡炬二枝，光交为一，因名其楼曰瑞光。"此虽近附会之谈；但《吃糠》一出，自来评文者皆誉为神来之作，引之如下：

（【双调过曲】【孝顺歌】）（旦）呕得我肝肠痛，珠泪垂，喉咙尚兀自牢嗄住。糠哪，你遭砻被椿杵，筛你簸扬你，吃尽控持。好似奴家身狼狈，千辛万苦皆经历。苦人吃着苦滋味，两苦相逢，可知道欲吞不去。（外净潜上觑科）（前腔）（旦）糠与米本是相依倚，被簸扬作两处飞。一贵与一贱，好似奴家与夫婿，终无见期。丈夫，你便是米呵，米在他方没处寻；奴家恰似糠呵，怎的把糠来救得人饥馁？好似儿夫出去，怎的教奴供膳得公婆甘旨。（外净潜下科）

《琵琶记》与《西厢记》合称南北二大作品。陈眉公曰："《西厢》是一幅着色牡丹，《琵琶》是一幅水墨梅花。《西厢》是一幅艳装美人，《琵琶》是一幅白衣大士。"李卓吾曰："《西厢》是化工。《琵琶》是画工。"毛声山曰："王实甫之《西厢》，其好色而不淫者乎？高东嘉之《琵琶》，其怨诽而不乱者乎？《西厢》近于风，而《琵琶》近于雅。《琵琶》之胜于《西厢》也有二：一曰情胜，二曰文胜。《西厢》之情，则佳人才子，花前月下，私期密约之情也；《琵琶》之情，则孝子贤妻，敦伦重谊，缠绵悱恻之情也。夫是之谓情胜也。《西厢》为妙文，《琵琶》亦为妙文，然《西厢》文中，往往杂用方言土语，而《琵琶》无之，夫是之谓文胜也。"王骥德曰："古戏必以《西厢》《琵琶》称首，递为桓文；然《琵琶》终以法让《西厢》，故当离为双美，不当合为联璧。"又曰："《西厢》组艳，《琵琶》修质,其体固然。何元朗并訾之,以为《西厢》全带脂粉,《琵琶》专弄学问,殊寡本色。夫本色尚有胜二氏者哉?过矣!"

第七章 元人小说

自唐人创为传奇之后，短篇小说已立其基础。宋太宗时修《太平御览》《文苑英华》各一千卷。又以野史传记小说诸家成书五百卷，目录十卷，为《太平广记》。惟《广记》都是晋、唐以来的短篇小说，无宋人自己创作，且为文言；不能算是元小说的真正祖祢。

元人小说之祖祢为唐代通俗文字，如《唐太宗入冥记》《孝子董永传》《秋胡小说》。不过文白杂糅，而且描写极其陋朴，想作者本欲以文言写小说，而文理不通，时时杂以俗语，所以弄成这样四不像的体裁了。到了宋代则有"说话"，执此业者名"说话人"，其性质与今日"评话""大鼓书"相似。孟元老《东京梦华录》谓说话有合生、小说、说诨话、说三分、说五代史的几种。吴自牧《梦粱录》则谓有四科：一曰小说，又名银字儿，专讲烟粉，灵怪传奇，公案，扑刀，杆棒，发迹，变态之事。二曰谈经，演说佛书，是宣传佛教的作用。三曰讲史书，说通鉴、汉、唐及历代故事。四曰合生，讲自成片断的故事。

这类说话人用的底本叫做"话本"。近来缪荃孙先生发现了宋人"京本通俗小说"，是中国文学史一件大事。今已印出八种：（一）《碾玉观音》（原第十卷）（二）《菩萨蛮》（原第十一卷）（三）《西山一窟鬼》（原第十二卷）（四）《志诚张主管》（原第十三卷）（五）《拗相公》（原第十四卷）（六）《错断崔宁》（原第十五卷）（七）《冯玉梅团圆》（原第十六卷）（八）《金虏海陵王荒淫》（原第二十一卷）。看了卷第，我们可以想见当时这种小说的数量之多，但可惜其余都不可见。也许将来会像敦煌遗书一般从地中出现吧？但我们不能预说。

这八种话本，据胡适考证，确系宋人所作。其产生时代，则约在南宋末年，当十三世纪中期以后。其中也许有稍早的，但至早的不得在宋高宗崩年（一一八七）之前，最晚的也许在蒙古灭金（一二三四）以后。

这些话本大半用白话描写，委曲琐细，人物与对话都富有生气，与唐时通俗文字大不相同，白话文学到这时可谓大进步了。

宋代还有长篇的章回小说。一为《大唐三藏取经诗话》（又有《大唐三藏法师取经记》三卷，内容与此相同），流传入于日本，中国反没有。民国四年，罗振玉和王国维在日本三浦将军处借得这书，影印行世。书凡三卷，卷末有"中瓦子张家印"六字。王先生考定中瓦子为宋临安府的街名，乃倡优剧场的所在，因定为南宋"说话"的一种。书共分十七章，每章各有题目。又有诗有话，故名"诗话"。此书描写技术甚为幼稚，但为明代《西游记》之祖。二为《宣和遗事》，这部书鲁迅《小说史略》疑为元人所撰，但胡适则谓书中记宋徽宗、钦宗二帝被虏后的事，记载得非常详细，显然是种族之痛最深时的产物。书中采用的材料大都是南宋人的笔记和小说，采的诗也没有刘后村以后的诗，故可断定为南宋时民间通行的小说。（《胡适文存》卷三）书分前后二集，始于称述尧舜而终于高宗之定都临安，按年演述，体裁甚似讲史。其中有数节为文言，余为白话，可见非出一人之手。此书之第四节则叙梁山泊聚义本末，为元代《水浒传》之祖。

尚有新编《五代史平话》，共分五代，每代两卷。卷前列子目，字句参差，中间多附诗词。今本已不全，但可以确定为宋人作品。又有最近在日本发现之元刊本平话，自《武王伐纣》书至《三国志平话》共五种，则不知是否宋人所作。

自唐到宋，白话小说酝酿了三四百年，到了元代，白话文学的运动甚为剧烈，当然要产生长篇的章回体小说了。我们现在要先叙那有名的《水浒传》。

本书版本最多，文辞结构亦各异。胡适已作了好几篇考证来说明他。胡氏最初考证，不信元代能产生《水浒传》，故定施耐庵为明代人。不过宋人《京本通俗小说》，描写技术已很高明，胡先生后来意见也许有点改变了，所以他的《水浒传后考》把《水浒传》原本的著作权给了罗贯中了。罗氏是元末的人，明初尚存，则《水浒传》是元人作品。罗贯中名本，元武林人。他也是一个杂剧家，所作有《宋太祖龙虎风云会》。

照我的意思，原本的《水浒传》一定是罗贯中与施耐庵合作的。第一，今所传一百十五回，一百十回，一百二十四回的《忠义水浒传》，都署名"东京罗贯中编辑"。又有一百回的残本，亦名《忠义水浒传》，署名为"钱塘施耐庵的本，罗贯中编次。"又有一百二十回本，名《忠义水浒传》，全书亦署"施耐庵集撰，罗贯中纂修"。

五本《水浒传》不拉关汉卿，不拉马致远，单单都拉了两个杂剧界不甚出名的罗贯中和施耐庵，这不能说是明人附会的了。

施耐庵有人说即是元代杂剧家施君美。君美是杭州人，此署钱塘人，相合之点一。施时代较罗为前，相合之点二。宋人已有许多《水浒》故事流行，元人又有许多关于《水浒》的杂剧，据胡适之先生统计，现发现者已有十九种。

施君美集合许多零碎材料结构而为整个《水浒传》，故曰"的本"曰"集撰"。草创时文辞不甚完美，罗贯中又从而润色之，故曰"编次"也。第二，明中叶人如郎瑛、田叔禾、沈德符、李贽都谈到《水浒》，李贽还批过《水浒》，如这书是本朝人所作，岂有不知？但他们都信为元人作，甚至疑及宋人。所以说施耐庵是明人，是靠不住的。

次则我们要叙那通俗性最大的《三国志演义》。三国之成为通俗故事，来源也很久，李商隐《骄儿诗》亦云："或谑张飞胡，或笑邓艾吃。"张飞、邓艾正是三国人物。《东坡志林》云："王彭尝云：途巷中小儿薄劣，其家所厌苦，辄与钱，令聚坐听说古话。至说三国事，闻刘玄德败，频蹙眉，有出涕者。闻曹操败，即喜唱快。是以知君子小人之泽百世不斩。"《东京梦华录》又有"说三分"

的"说话",则三国在宋已成为重要的平话书了。但此类话本今均不传,日本出的《三国志平话》,我们又不敢相信,则不得不推罗贯中本为集本中之最古者了。

《三国志演义》共一百二十回,回分上下,得二百四十卷。起于汉灵帝中平元年,终于晋武帝太康元年,首尾共有九十七年(一八四—二八〇)事实,皆排比陈寿《三国志》及裴松之注,间采稗史,及杂以臆说而成。此书是文言的,但也杂以白话,在明代即不甚为人所重。胡应麟云:"《三国演义》绝浅陋可嗤!"又说此书与《水浒》"二书浅深工拙,若霄壤之悬!"谢肇淛亦以为"太实则近腐!"金圣叹在《水浒传凡例》也说它像法庭上传话的差役,不敢增减一字;又骂它转折不灵。清章学诚也病其"七实三虚,或乱观者"。但历史小说要顾全事实本不易写,西洋历史小说也少有免去这项弊病的。《三国志演义》写九十多年的历史,几百个人物,无数变化的事迹,而写得有条不紊,有色有声,真不容易。尤其《三顾草庐》《火烧赤壁》《荆州入赘》《秋风五丈》几段文字更有精采,便是《水浒传》也寻不出这样好文章。

《隋唐志传》,相传也是罗贯中作的。清康熙十四年长洲褚人获有改订本,易名《隋唐演义》。序有云:"《隋唐志传》肇自罗氏，纂辑于林氏，可谓善矣。然始于隋宫剪彩，则前多阙略……"今本共一百回，以隋主伐陈开篇，次为周禅于隋，隋亡于唐，武后称尊，明皇幸蜀，杨妃缢于马嵬，既而恢复两京，明皇退居西内，令道士求杨妃魂，得见张果老，知明皇为炀帝后身，而杨妃则为朱贵儿，而书于是结束。凡隋唐间英雄如秦琼、窦建德、单雄信、王伯当等，皆于前七十回穿插出之。所采材料一一皆有来历，不亚《三国志演义》。在旧小说中这部书倒是值得一看的。后人从这部书里演出《唐传》，更演出《扫北》《征东》《征西》，那就成了很下流作品了。

总之《水浒》《三国》《隋唐》的传说，都有几百年的历史，到元末而集合成为整部的小说，但文字则均甚幼稚，结构亦甚杂乱；其成为今日状况，则不知经过明清人几十次修改了！这是我们应当知道的。

鸠那罗的眼睛

鸠那罗的本事

（《法苑珠林》卷第一百十，
《赏罚篇》第九十一，"引证部"）

《阿育王经》云：昔阿育王娶归莲华夫人产一子，面貌端正，目似驹那罗眼，因字驹那罗。王甚爱敬，长为娶归，字真金鬘。后共王至鸡头摩寺，到上座所。上座耶奢知必失眼，常为说法：眼无常相。王大夫人帝失罗叉见眼端正，染心逼之，子闻掩耳，不顺其志。夫人嗔恚，常求其短，欲挑其眼。时北方乾陁罗国，城名得叉尸罗，人民叛逆，王遣镇之。后时王病，口中粪臭，身诸毛孔粪汁流出，无人能治，敕唤驹那罗，欲绍王位。帝失罗叉闻已念言：彼若为王，我无活理。即作方便而白王，言我能治王。即敕国内似王病者皆敕将来，我为治之。时有一儿，有如此病，妇为问医，医语将来为汝治之。既至医所，即送与夫人。夫人煞之，破腹见虫，上去粪堕，下行亦尔，与种种药，不能令死，后乃与葱，虫便即死。以是因缘，劝王食葱，王食，虫死逐粪道出，王病得差。语夫人言，欲得何愿，答言欲七日作王，王即听之。既得王已，诈作王书，语得义人云驹那罗有大罪过，急挑眼出。诈作书已，竟向王眠睡偷王齿印。王罗惊觉，语夫人云：梦见二鹫，欲挑我子驹那罗眼。言已还眠，复梦觉语夫人言：梦见驹那罗头发甚长，在地而坐。夫人安慰，王复还眠。眠已，夫人得印，印书遣使赍去，王复梦见牙齿堕落，晓召相师占梦吉凶。师言此梦必是王子失眼之相。王闻合掌归命四方护佛道神，信法僧者，愿护我子。书至彼国，驹那罗得书，即信其语，雇㳺陁罗使挑其眼，无肯挑者。但缘业熟，自然有人面十八丑来求挑眼。王语丑人，先挑一眼，着我手中。举刀向眼，一切人民称怨，大唤怪哉，苦哉，啼哭懊恼，不能自胜。又付法藏传云：求一恶人，令出右眼，置掌观之。便念耶舍本所劝诫，而作是言，说眼无常，犹如幻化，昔时奇妙，今观何爱；当舍危朽之法，专求最胜清净慧眼。作是观时，得须陁洹。更出一眼，重深思察，厌恶情至，得斯陁舍。其妻金鬘，闻夫挑眼，号哭雨泪，惊泣而来，见已闷绝，良久乃苏。时驹那罗以偈晓之曰：

昔吾为恶业　今日还自受　一切世间苦
恩爱会别离　汝当谛思维　何应大啼哭

又《阿育王经》云，时驹那罗王答妇，我等自造，今日受之，恩爱会离，何为啼为？使人驱出，夫妇相将弹琴歌乞，以自存活。辗转而行，归还本国，欲入王宫，门人约之。即至门外象厩中宿，向晓弹琴，自宣苦事。王闻琴声，情切忆子，即遣人唤。既至王所，王见眼盲，形容瘦恶，衣裳弊坏，都不识别，见少形相，寻即问言，汝是我子驹那罗不？答言我是。王闻其语，闷绝躄地，水洒乃苏，抱著膝上，手摩拉眼，啼泣而言，汝眼本似驹那罗，故遂为字，今悉无有，何以为名。谁挑汝眼，使汝苦辛憔悴乃尔？速疾语我。我今见汝形体憔悴，譬如猛火，烧我身心，都悉坏尽。子语王言，愿勿忧恼，我自造业，不可怨他。得父王书，齿印敕挑。王立誓言：若我敕挑，当自截舌；若与齿印，当拔我齿；若我眼见，自挑其眼！王后推察，知是罗叉作书遣挑，王呼骂曰：不吉恶物，何地载汝！汝于今者，不自陷没，汝实我怨，诈为亲附。种种骂讫，积胡胶火，而烧煞之。又《付法藏传》云：时驹那罗王子起大悲心，而白父言：今若加报于彼，必当累劫，共为怨害，譬如因声,即有响应;亦如婴儿,未识义理,骂辱父母,无谦敬心,而此父母,岂于其儿起嗔恨耶?一切众生,亦复如是,常为烦恼之所覆蔽,愚痴无智,犹如小儿,云何仿彼,而生瞋恚。王心毒盛,不受其语,大积薪油,而焚煞之。又《阿育王经》云:尔时诸比丘见而问尊者优波毱多有何因缘?尊者答曰:驹那罗往昔波罗奈国作一猎师,于山窟中得五百鹿。若都杀者,肉则臭烂,挑其眼出,日食一鹿。从是已来,五百身中,当被挑眼。又于过去拘留孙佛入涅槃后,时有国王,名曰端严,为起石塔,七宝庄严。王死之后,有一恶王,名曰不信,坏塔取宝,唯留土木。驹那罗尔时为长者子,还以七宝,修治此塔,复造大像共佛斋等,设誓愿言:使我来世,如似此佛,得胜解脱。录本造塔,生尊贵家。由昔作像,常得端正,以发愿故,今获道迹。又依王玄策《西国行记》云:其王心知继室奸宄,饮气而怒,剧加刑继室,是时辅佐并流雪山东北碛卤不毛之地。摩诃菩提寺圣僧名宴沙大阿罗汉,王闻高德,携盲子具白前事,垂哀眼明。僧受王请,普告国家,吾明晨说深法,人持器来,以承涕泪。是日道俗竞驰远赴,闻说十二因缘,时众悲伤泣血,而已收泪总置金槃。师立誓曰:向所说法,其理若当,愿以众泪洗王子目,令得复明;

理若不当，盲目如故。于是将泪洗眼，眼遂平复。时王及子，不胜喜庆，时众咸悦，皆称善哉，圣力乃尔。王子即是驹那罗王，于今塔犹存焉。

鸠那罗的眼睛

（三幕剧）

唉！
你总不许我亲你的嘴，约翰。
好！现在我可要亲它了。

/王尔德《莎乐美》/

人物

国王　阿输迦　　　王后　净容　　　太子　鸠那罗
王妃　真金鬘　　　首相　耶奢　　　御医　恒知子
宫女　摩登伽　　　内侍　数人　　　卫队长　一人
卫士　四人

时间

佛灭度后二百数十年

地点

中印度摩揭陀国首都华子城

/ 第一幕 /

　　阿输迦王的御花园。满眼树木蒙密幽翳，参差高下。其中有几种热带产生的名贵的种类：即是牛首栴檀，金银栴檀，满缀红花的无忧树，郁然作橘香的迦淡闻；又有最大的菩提树一株，茏苁茂挺，浓阴四布，枝叶直绿了半边天。据说这就是释迦牟尼在它下面得道，转法轮，入般涅槃的；而阿输迦王以他无比的权力，把它由尼连禅河畔连根移植于自己御园里；又以千金银瑠琉盛牛乳灌溉，作种种彩衣被覆，散种种香华供养的那株世界闻名的大树王。园的各处，细草绵芊，平铺如茵褥。玫瑰、茉莉、郁金香、苏合香、曼陀罗、优钵罗……千名百种的香花，开得烂若云锦；芬芳随风四溢，使诸天闻之，也要为之醉心。华子城原以香花出名，王宫里花多，当然更不必说。

园的东隅有大池一口，是想象着西方极乐世界八功德水形式而建筑的。池旁护以白玉栏杆，雕镂各种花样，玲珑可观。池底铺以金砂，杂以五色卵石，并种有青白莲华，虽然不能大如车轮，也十分亭亭可爱。池的四周，以精铜铸成各种龙鼋水族，鳞甲飞动，栩栩如生，口中各吐泉水，互相喷射，有如海龙王高兴，召集龙宫族类在那里大张水嬉。池的中间，则有一座小石山，一条大龙，半身没在水里，半身蜿蜒石上，与石上立着的一只奋翼努喙的金翅鸟在搏斗。龙首上仰，吐出一道喷泉，上达天空数丈，又霏霏下落，如灵珠碎玉之四散，映日闪闪作虹霓光。池旁又有一个高约八尺的细雕铜座，座上有一尊云母石琢成的三眼八臂，跨着大白牛的大自在天神像。像的每只手都执持法宝一件，一手持一箭箙，内盛箭五根，这就是那象征爱欲，中人则起大烦恼，足以障碍佛法的"华箭"。阿输迦王虽然皈依佛教，不废固有的天祠；何况王后又是有名的外道，所以御园中可以容许这类神像的存在。

当这个故事开端时，园中景色已入夜分。万物淹没于月儿幽辉中，景象朦胧不甚可辨。树林深处，露出一座印度特有的木质镀金、带着无数尖顶的大宫殿。这时瑶窗四辟，灯火粲然，因风传出一阵阵喧笑欢呼之声，似乎宫中正在举行着一个盛大的宴会。

　　幕开时，王后净容正浴着银色的月光，倚傍大自在天石坐着。这是个明眸善睐、仪态万方的美人，身着白色冰绡衫子，胸前宝石璎珞，价值连城。腕和胫都御有嵌镶绝大金刚钻的宝钏。赤足，御金纽拖鞋，纽的正中，也嵌有大金刚钻二颗。满身宝气珠光，一行动则光华射目。她此时玉颜微酡，星眼迷离，似乎不胜酒力，手里拿着一把金翠辉煌的孔雀羽扇，连扇不息。

王后　醉了。醉了。好热。刚才若不托故逃席，不知还要被他们灌多少呢。（回望金宫的灯光，若有所盼）我叫摩登伽去饯别宴上，宣召太子来园中一叙，今晚不知他肯来不肯来？他明日即亲统四兵，出征德义尸罗城，这是我向他表示蕴藏多时心事的最后一个机会，我不能轻轻放过。我今晚定要拿点勇气出来……啊！鸠那罗，我也是个有主意的女人，但不知为什么见了你那双美目就不能自主，我真成了你那双眼睛的俘虏了啊！（忽闻一种幽美的琴声起于宫中座间，喧笑声一时并寂，好像座客都在倾耳静听，王后不觉点头微笑）这是鸠那罗弹的一弦琴，我一听就听出来了。(倾耳听了一会)弹得真好。我听见说古代有个乾闼婆王,弹琴时,河山大地都作琴声,迦叶尊者也为之起舞。太子的妙技,想也和他不相上下吧。想不到他这双具有射穿铜鼓搏狮伏象之力的手,竟又能在一条弦上奏出这样六十四种微妙声音。太子,你莫非是北斗七星的第八星,你莫非是下凡的月天子?你这样一个人,如何能叫我不爱?……(琴声忽转了调子,依稀缥缈,宛转哀愁,闻之欲令人嘘唏泣下)咦!他明日出兵去打仗,琴中不作发扬蹈厉之音,反这样缠绵幽怨,是何缘故?……啊!太子,我知道了。你虽是一个英武的青年王子,你却具有一副哲学家悲悯的胸襟,你不像你父王那么残暴,一味贪爱杀伐……你灵魂深处潜伏着一份忧郁,一份诗人和艺术家天性带来的忧郁……(王后心腹宫婢摩登伽上)

摩 奴婢奉王后旨意,到席上宣召鸠那罗太子。他本想立刻跟我来的,谁知大王喝醉了,高兴起来,要太子当众献他琴艺,奏他新谱的《长寿王受难曲》——王后听这铿锵顿挫的不是?——想他奏完琴就会抽身前来了。

王后　他今日忽慨然肯来，一改平日固执的态度，却也可怪，莫非……摩登伽，你看我今夜晚装怎样，你觉得美不美？

摩　王后本来美绝人寰，严装起来，风韵更倾倒一世了。啊！尊贵的主母，请恕你婢女笨拙的形容，我觉得你是美的集合体：你的眼光闪动处，犹如破晓时的明星，你的笑犹如春波之映朝日，又像娇花之盈盈承露。你行走时，长裙扬起香尘，飘逸得像青天中风送过一朵彩霞；谁想不投到你的裙幅之下，一亲你的玉趾？你的满头卷发，好像一簇镶着日光的云，丝丝发亮。鸠那罗王妃的头发，在印度女人中已经够黄，所以她小名叫做"真金鬘"，不过哪里能及得王后的？今晚宴会之上，王后一颦一笑，更觉神采焕发，就使忉利天天女下凡，见了你，怕也要自惭形秽哩……

王后　够了，够了，你这旃陀利的女儿，从哪里学来了这一套伶牙俐齿？要知道阿谀固可以讨人欢喜，太过了，就会变成难受的讽嘲了。你说我的头发比金鬘王妃美，这就是一句谎话。王妃的幸福在全印女人里也挑不出第二个，我拿什么比她？不说别的，我的丈夫是个白发苍苍、出名丑陋的老头，她的却是个风流美貌的青年王子，她岂不高过我百倍？

摩 奴婢的话本是由衷之谈，谁知王后反疑我阿谀，岂不冤人！王后的美丽，全国臣民谁不称颂，一个卑贱的宫女，还能再赞一辞吗？今晚王后的容光照耀在那盛筵以上，就如重云间涌出一轮皓月，谁的眼睛不霍然一亮。王后你觉得不觉得：首相耶奢一双眼只在你身上旋转；应对大王的问话，屡次弄得牛头不对马嘴；同僚和他攀谈，他也只唯唯否否，那模样就像个傻子似的，真好笑！

王后 也许是"迷丽耶"美酿上了他的头吧？

摩 我想他不是喝得太多，恐怕倒是被王后惊人的容光迷醉了哩。

王后　别再胡说了,你这个多嘴的丫头。这耶奢首相自恃他老子成护拥戴的大功,位极人臣,国家大权一半操在手里还不知满足,居然向我作起非分之想来。我不是不能告诉大王,让他知道一点利害,不过……(遥见一个人影分花拂柳而来)呀,想必鸠那罗太子来了,你且退到林子后面去,不奉宣唤不要上来。

摩　领旨。(下)

太子　(御极华贵的金彩晚礼服,自一株满缀玉蕊的琼树后出现)啊,王后,我最敬爱的妇人,我来迟了,请你恕罪。

王后　(起身表示欢迎)请你坐在这石头上,我们好从容容地谈话。

太子　我明日清晨便得统领大军出发。今晚散席回去,还有许多事务等我料理,所以我不能在这里耽搁得太久。

王后　我可怜的太子,一年三百六十天,只看见你匆匆忙忙，不是帮助你父王处决军国大事；便是将身子埋在一堆贝叶经文里；再不然就在后园练习你的骑射和筋力。我想同你谈谈，你总推说没有闲工夫。明天你要统军出征，更难怪你满口叫忙了。我且问你，你这一次出兵征伐德义尸罗，什么时候可以回来？

太子　打仗的事，哪里有什么准儿，少则三个月，多则说不定要一两年。听说德义尸罗人很是勇悍，又复叛乱成性，战平之后，父王要我坐镇石室城，那我一时就不能回来了。

王后　照你说这别离是很长久的了。今晚你忍心不陪我多坐一会儿？况且我还要问你讨取一点东西，我想你一定慷慨应许的。

太子　王后无论什么使命，我敢不竭诚办理，只请你吩咐。（坐下）

王后　这样才是个好孩子。

太子 大约王后想我到德义尸罗替你带点土产吧。恐怕东西太多,我记不清楚,叫宫女拿纸笔来开个清单才好。

王后 不必,我问你讨取东西,仅仅一件,无需乎清单,也不必到德义尸罗去带。

太子 这东西不难得吧?

王后 这东西说难得呢,就难于登天;说容易得呢,就易于反掌。只在太子一点真心罢了。

太子 王后问我要的究竟是什么?我不惯猜哑谜,请明白宣示。

王后 听我说,太子。(故意以诗的口吻,在美丽神秘月光中,叙述以往的故事)当我幼小时,有人献了我父王一只产自雪山的鸠那罗鸟,父王就赏赐了我。这鸟真好看极了,浑身洁白如雪的羽毛,红如珊瑚的嘴和爪,都是鸟类中所不常见的。但最美的还是它那双眼,这鸟虽然不能说话,它那双眼却能说话,常常与我作肺腑的密谈。我们中间那一种无言的了解，精神的潜通，灵魂深处的款洽，我在同类伴侣中那时还没有经验到呢。我将它栖息在一座七宝装成的象牙架子上，玛瑙为其食器，碧玉为它水缸，每天亲自喂食洗浴，简直一天也离不开它。它成了我童年时代惟一精神上的情人了。（语至此略停）

太子 后来呢？

王后 后来吗？它死了，我哭得如醉如痴，寝食皆废，竟至害了一场大病。一个天真烂漫的女孩，失去她的心爱，失去她的朝夕不离的良伴，你说伤心不伤心？

太子 每个小孩对于心爱的玩物，尤其是小动物，差不多都有这么一段可笑的浪漫史，我也曾经有过。——但是，现在王后问我索取的就是这种鸟儿吗？

王后 我现在不再是小女孩了，有人更送给我这样的鸟儿，也许不会爱得那样发疯……不过，你要明白，我亲爱的王子，儿童时代的恋爱是神奇的，强烈的；儿童时代恋爱印象之深印心头，是犹如白布染着靛青，再也拂拭不去的。我于今在一个青年男子的脸上发现一双比我童时的爱鸟更好看的眼睛，难怪我要失去自制的功夫了。太子，我向你要的正是这个……

太子　（明白了她的用意，脸上飞来一阵羞红，但犹故作不解）这……这……这样的眼睛向哪里去寻呢？王后，你给我的题目太难，我怕要交白卷哩。

王后　你方才不允许我，无论我有什么使命，都竭诚去办吗？

太子　你是我的王后，又是我的母亲，你的言语便是我的法律。只要你的使令是人力可以办得到的，我当然去办。

王后　"母亲？"你为什么这样喊我？怪讨厌的，以后不许这样了。

太子　我不喊你为母亲，喊你为什么呢？

王后　"净容，"我的名字。

太子　做儿子的如何敢直斥母亲之名？罪过，罪过。

王后　什么儿子母亲，你简直故意同我开玩笑，我俩年龄岂非相差不远吗？我好像记得你还比我大几个月呢。

太子　年龄没有关系，名分要紧。

王后　名分，名分，好迂腐的口吻，你的俊俏脸庞同你的思想，太不相称吧。而且你想火热的爱情，是不是这样空洞名词所能束缚得住的？……（愈说感情愈觉热烈，不觉从石凳上立起身来，向太子走去）

太子　（起身后退）你今晚说的话，我一句也不懂。

王后　你真不懂？别装傻了，我的王子。我就是爱着你的眼睛，你这双像雪山鸟似的眼睛！你这双你父王的心肝，全印的骄傲，人世的奇珍的眼睛！

太子　母后，请你尊重些。这样信口乱说，被宫女们听见，还成什么话！（转身想逃）

王后　（过去拦住他）不要走，鸠那罗。我爱慕你多时了，今晚绝不容你令我失望。

太子　你是有了什么孽障，竟会生起这种乱伦的念头来，不怕将来地狱恶报吗？

王后　（手指大自在天神像）我被他的华箭射着，我的心已经在地狱烈火里焚烧了，还等得将来的恶报？我亲爱的王子，天堂的光明在你双眼中闪耀，请你援一援手吧。

太子　（慌张失措之极，变为愤怒）你真是个无耻的女人！我告诉你，你不知自爱，我可还要自爱，我不能背叛父王，冒天下万世的唾骂，同你干这样下流的勾当。

王后　太子，你生气的模样更比平时媚妩百倍：你那微颤的身体，好像清风摇撼中的妙华树；你那苍白的脸色，比如香象王口中的玉牙；侮辱无礼的言辞，从你甜蜜的舌头吐出，反成了一串银铃似的悦耳的赞颂。更可爱的还是你这双冒火的眼睛，正如被绛红夕阳所燃烧的大海；又似闪于重云之中的电光。啊！王子，我亲爱的天眼王子，来吧，用你紫金柱似的臂膀拥抱我，珊瑚似的嘴唇亲吻我。我愿意死在你醉人的眼波里，直到形销骨化……

太子 你疯了！今晚定有什么魔鬼附着在你身上。我还有事，不能尽同你歪缠，放我去吧！（冲王后下）

王后 （张两臂茫然向空乱捉）啊！鸠那罗，我最爱的人儿。你竟忍心抛了我去吗？唉！唉！我做了多时的好梦，化成一缕随风四散的轻烟了！怀抱多时希望，跌成为一堆的发光的碎琉璃了！我虽然富于医药的知识，能治世间百病，却疗不了自己的心伤，只好宛转痛苦而死了！啊！鸠那罗，鸠那罗，你这双迷人的眼睛，我竟没福得着它吗？（抬头望大自在天神像）天尊，你是三千大千世界的主人，万物的孕育者，你的权力是无边广大的。你既以你的华箭射着我，为什么不帮助我满足心愿？……咳！我痛苦极了，我就死在你跟前也罢。（以手攀池边石栏欲下跃，忽转念）不，不，我不该这样轻易死，我应当活着报仇，鸠那罗，你这毫无心肝的小子，你太轻视我了。你等着……你等着，看我的手腕究竟怎样？我是一定要得着你那双眼睛的！你知道一个女人的心被爱欲的火正燃烧得通红时，忽被淬在寒泉里，就会一下子又硬又冷，变成铁石的！……（又转身向大自在天神像）天尊，我的痛苦都在你洞鉴之中，我今晚要严重地向你宣誓。（举手向神像）你，欲界的天子，你，爱染的明王，请你高高在上听我誓言：我若不能取得太子鸠那罗的眼睛，愿生生世世永堕罗刹恶道……（一个人影从树后转出）

影子　王后，你错了。你得不着他的心，徒然得着他的眼睛，这于你有什么用？

王后　（吃了一惊，定睛一看，神魂始定）呀，我说是谁，原来是耶奢首相。……请问首相，深夜潜身宫苑，窃听我的祈祷，是怀着什么意思？难道你连礼法都不懂？

首相 我也不过为恋爱所驱使而已。一个人当恋爱时，不知什么叫名分，当然也不知什么叫礼法了。

王后 （无话可说）你究竟想怎样？

首相 王后，我对你怀诚不止一日，你是明白的。今晚在这园中相会，真可谓天假良缘……我……

王后 你身为人臣，如何敢作这种僭越之想？

首相 （一句刻薄的反嘲话，到了唇边，又咽了回去，微微笑着）王后，这些话且不必说吧。我也知道自己这种念头未免太僭越，不过阶级、种姓等等的分别，是不能在爱情字典里存在的。我们不能叫葵藿不倾向太阳，你又何能禁止我向你的倾慕？

王后 （无言）

首相 啊！王后，你的美丽，好像帝释的金刚杵，摧碎我的心；你的温柔，又有如因陀罗的宝网，使我陷身其中不能挣脱；你的颦笑，譬似醍醐甘露，润泽我焦枯的心；你的声音，更似微妙的天乐，震动我灵魂的节奏。……唉！王后，我为你受苦多时了。于今再也不能忍耐了。慈悲的天女，请你俯鉴我一片丹忱，垂怜垂怜吧！（跪了下去）

王后　（慨然）首相，我不是一个无所知觉的人，你对我的热情，我未尝不明白，也未尝不感动；不过，不幸我不爱你。

首相　（迫切地）你今晚再拒绝我，我只好自杀在你足前了！

王后　这又何必。而且即使这样，也没有益处。首相，告诉你：当我在本国做公主时，父王太宠爱我了，所以自幼养成我一种娇贵的脾气，想干的事非干不可，想要的东西非入手不肯罢休，长大后对于恋爱也天然取了这种态度：我爱那个人，即使是个首陀罗，我也可以拥之怀抱。我不爱那个人，便是天帝释下凡，也不足动我盼顾。我要爱，便径行直遂地向前爱，礼法不能限制我，教义不能拘束我，利害也不能打动我。不爱,那便谁也不能勉强我了。首相,我请你不必再对我这样痴心,那不什么都完结了吗?

首相 (起立,满脸失望的神情)你太残忍了。咳!尊贵的妇人,你有孔雀一般的华丽,也有孔雀一般的骄傲。不过你才说一个女人的热爱受人冷淡,可以变成铁石心肠,难道一个因爱情而失望的男子,不能……今晚你和太子的事假如大王得知呢?……

王后 哈!奸徒,你居然想到大王前告发我?

首相 不敢,不敢。不过王后须知一个痛苦于失恋的男子,是常常不能保持他理性的平衡的呀!

王后 随便你运用怎样的阴谋诡计,我都不怕。

首相 (尚欲有言,摩登伽仓皇上)

摩 大王散席了,宣召王后归寝。我寻找遍了,王后原来在这里,请由奴婢伺奉着去吧。(拥王后下)

首相 （恨恨自语）摩登伽，这狡婢，这小狐狸精，居然敢同我弄手段，倒看她不出。……不过王后啊王后，我已捉住你的把鼻了，少不得你有入我掌握的一天，等着瞧吧。（下）

附　注

阿输迦（Asôka）此言"无忧"，或作阿恕迦，又作阿育，以阿育为最普遍，但译音欠准确，玄奘《大唐西域记》已矫正其误，为孔雀（Maurya）王朝之建立者，在位于公元前二百七十二至二百二十六年间，乃印度古代名王。

阿输迦王第一夫人名微沙落起多（Tisyaraksita）见《阿育王经》（以下简称经）。但《阿育王传》（以下简称传）作帝色罗叉，译言光护，《阿育王息坏目因缘经》则译曰净容。

鸠那罗（Kunala）　一作驹那罗，一作拘那罗，为雪山美眼之鸟。阿输迦王太子眼似之，故以为名。太子原名达磨婆陀那（Dharmavardhana），此言法益，见经。又作达摩跋檀那，见《释迦谱》引《阿育王造八万四千塔记》。太子妃名曰千遮那磨罗（Kancana-mala），见经。以头发黄如金，又名真金鬘，见经传。

大臣耶奢（Yasas）　因鸠那罗太子于其入朝时戏击其首，中怀恼恨，与王后净容合谋陷害太子。见《坏目因缘经》。又《阿育王譬喻经》亦有耶奢名字，可见实有其人，唯与王后实无恋爱关系。

恒知子（Atreya）为印度有名医生。《阿输明论》曾及其名。其时代虽不可考，但《阿输名论》渊源于吠陀（Veda）时代。而印度吠陀文学在阿输迦王尊重佛教时才完成。则时代与阿输迦王当相差不远。所以借用。

净容王后有婢为旃陀利（Candala）下姓之女，见经，传则云婢名摩登伽（Matangi）。

阿输迦王之国名，或作波吒利弗多，见经。或作巴连弗色，见法显《佛国记》。皆系以城名为国名之误。《西域记》则谓其国名为摩揭陀（Magadha），在中印度。

华子城一作华氏城。梵名波咤梨那（Pataliputra）。或波吒厘子，《西域记八》曰"唐言香花宫城，王宫花多，故以名焉"云云。阿输迦王供养菩提树故事，见经《供养菩提树因缘品》第三。

大自在天梵语曰摩酰湿伐涅（Mahesvara）在色界之顶，为三千界之主，乃外道之主神，常作男根形。《续高僧传·玄奘传》:"至劫比他国(Kapitha),俗事大自在天,其精舍高者百余尺。中有天根,谓诸有趣,由此而生。王民同敬,不为鄙耻。"可证。印度人又说大自在天现种种之形、有种种之名,大神毗纽及爱神那罗延(Narayaha)亦其常现形貌之一。《智度论》五曰:"诸外道人辈言是名欲主,亦名华箭,亦名王箭,破种种善事,佛法中名为魔罗"(Marah),盖那罗延以其华箭射人,则使人生爱染心,与希腊爱神丘比特,多少相似。

阿输迦王于佛、婆罗门、禅那教等,同等保护。

夫人为外道,见《西域记》。

印度古代以象、马、车、步为四种兵,简称"四兵"。

《智度论》十曰:犍闼婆(Gandharva)"王至佛所弹琴赞佛,三千世界皆为震动,乃至摩诃迦叶(Mahakasyapa)不安其座"。《慧苑音义》曰:"西域名乐人为乾闼婆。"

鸠那罗太子善弹一弦琴,能作六十四种技,变弄殊绝。太子风姿明雅,有文武称。均见《释迦谱》引《法益经》。

忉利天　梵语曰:怛利耶怛利奢(Trayastrimast deva),此言三十三天,为印度理想界高山须弥山(Sumeruh)顶部中央之天城,帝释(Indra)所居,总数有三十三处。

《佛本行经瓶沙王问事品》第十三:"得无是北斗,七星第八者";"视菩萨行步,如月天子降。"盖皆形容青年男子俊美之辞。

《俱舍论》十四曰,酝食成酒名"窣罗"(Sura),酿余物所成名"迷丽耶"(Maireya)。按余物似指果品药草等。

成护本为阿输迦父频头娑罗(Bidusara)之大臣,以有私憾于太子修私摩(Susmna),拥护阿输迦篡位。见经、传。与耶奢实无父子关系。

德义尸罗(Taksasila)原意为"石室",故又意译为"石室城"。阿输迦王为王子时曾征服其地。后复叛乱,乃命太子鸠那罗讨之。

雪山即喜马拉雅山。摩揭国境在山之阳。

《坏目因缘经》云,太子法益号曰"天眼"。

首陀罗一作首陀(Sudra),印度第四种姓,即农人奴隶之俦。见《西域记》及《慧琳音义》。

/ 第二幕 /

离开太子出征的两年以后，一个夏末秋初的时候。

华子城外，建筑在松河北岸，风景最优胜处的一座精丽幽窈的离宫，从前是阿输迦王避暑的地方，现在则成为他养病之所。离宫的型式，看去带着大部分波斯的风味。这难怪，摩揭陀国原与波斯相邻，她们从前有过许多军事上的交通，于今商业上的来往，更频繁之至，那个东方最繁华的古国建筑艺术，当然是由波斯介绍进来了。

我们现在只能看见这离宫的内部的一间寝殿。四面墙壁深湛作碧玉色，不知是什么质料所制。玛瑙、天蓝玉、翡翠、截肪，琢成人物鸟兽的浮雕，很适宜地嵌在四周围墙上；柱子是整块云母石水磨成的，羊脂玉的莹澈可爱，看去叫人觉得一股清凉，直沁心田。柱础作方形，四角金铸四个象头，红宝石作象眼。天花板中间和四角都是浮雕莲华图案。悬一盏大金灯，玲珑剔透的水晶，琢成千叶莲瓣，每瓣可燃一烛。明珠为穗，沉沉下垂。地面用青黑色云石片砌成，铺着一袭编织精良的龙须草席，免得行走时滑脚。殿中间设御榻一顶，榻后有一便门接连套房一间，为王后和宫女侍病退休之所。这便门与寝殿进口相对，不过因它隐在床帐后面，所以不大看得出。御榻前置一金药炉，正煎着药，药气缕缕上腾。左边靠窗下设一紫檀细雕的几案，并有椅子数张，案上设文房用具和一些尊罍之属。

  这寝殿是为避暑用的，一切布置，富贵而不华丽，堂皇却仍幽雅，所以居住其中者神经颇能感觉安静。加之现在住了病人，为避免光线的刺激，窗幕四垂，阳光不能射入，殿中空气更觉暗淡阴沉，天然形成一种病室的情调。

  幕开时，那御榻的圆顶锦帐，一半下垂，一半挂在金钩上，我们可以看见形容枯瘦、病入膏肓的阿输迦王睡在帐中，伸出一只左手给王舍城他妻舅遣来的御医恒知子诊脉。首相耶奢偕内侍数人肃立榻前。沉默地伺候着。

医　（诊了左手的脉，又换右手脉诊了一会，好像很失
　　望似的离开御榻，到一座小几前开方。首相走近他，

同他轻声谈着话）

首相　大王的病，今天有没有起色？

医　（摇头）没有。我自从行医以来，所诊断的奇奇怪怪的病也算不在少数，像大王这样的病却还是第一次碰见。半月以来，悉心下药，病不见减退半分。我现已经是技穷力索，再也想不出什么办法了。

首相　听说你祖父耆婆是王舍城瓶沙王御医，曾治愈释迦牟尼佛祖的病。你也深得你祖父秘传。大王虽然尊贵，到底是个凡夫，佛祖的病可以治好，凡夫的病反治不好，我可有点不信。

医　大丞相，你要知人身不过是风地水火四种原质组合而成。创造人类的梵天，分配这四种原质的分量异常平均，多一分不得，少一分也不得；否则风寒疾病就来了。药石的力量，无非在调剂那失常的四大，使之归于平衡而已。病原不在四大之内的，即使是最好的医生也无从下药，我细察大王的病象，正是这无从下药的一类……

首相 谁同你背医经呀，我只问你大王的病于他的生命有没有危险？

医 病已到了这步田地了，危险的话还待问。

首相 我真不明白。我觉得大王自起病以来，身体虽一天天憔悴，精神却丝毫不见衰弱，这两天似乎更好起来。想病情不见得像你所说的严重吧。

医 华灯将烬，光焰蓦然上腾；暮色垂合，晚霞更见灿烂；春尽忽寒，秋终忽熟，都不是好现象，病人又何能例外？我看大王的病情之可忧，正在这儿。

首相 照你说，这病已是无救了。不过几天内不致有什么变故吧？

医 今天的脉象又起了变化，很觉可虑。我怕明天早晨，这座须弥山王便不能接受它第一道阳光的觐礼了。

（二人正在密谈，不意最后一句话，竟漏入御榻上垂死国王的耳朵里）

王　什么？我的生命竟不能延长到明天了吗？（二人失惊，停止谈话）

首相　（走到御榻前以温言慰他）陛下，医生的话，也未必可信，且请宽心静养。

王　我的病我自己明白。三个月以来，诊遍了帝国的医生，尝够了"药藏"的药，病像毒蛇似的缠得我更紧。不过我还有一线细若如藕丝的希望，悬挂在医圣耆婆后人恒知子三个指头上，谁知又被横风吹断。唉！……唉！……

首相　（与御医内侍等均俯首无言，寝殿空气暂为沉寂）

王　（自己悲凉一会，忽兴奋起来，推枕坐起，狂叫）死！死！我不信你有这样权力！你居然连印度的孔雀朝阿输迦王都能打倒！想我阿输迦一生功德巍巍，英豪盖世，到头来仍不免一抔黄土，天呀！人生的意味果然是这样空虚吗？……

医　陛下，请镇静些，这样兴奋，是于病体有碍的。

王　你已宣布我活不到明天了，我已是死人了，还问病体有碍无碍？垂死的雄狮，悲啸中有它过去光荣的回忆，你让我说下去吧……想我阿输迦少年时失爱父王、提着数万器械不全的残兵老卒，讨伐德叉尸罗，居然一战而胜，建立不世奇勋。即位以后，亲统四兵，纵横宇内，旌旗所指，望风降服。我的铭功石柱，遍立大雪山南北数千里以内，我的威棱詟服印度帝国以外的国家。那位高坐尼罗河上游，托庇金字塔光影下的太阳之子；那位以文学艺术称于天下的耶婆那国王；那位称雄一方的马其顿王；都争先恐后地遣使与我修好，归顺我的教化。我的雄图大略，举世君王无与伦比。我的丰功伟烈，应用金字写在历史上。我就是这样高高踞坐在光荣的巅顶，过了一生……当我少时，有个相师相我，应为"四分转轮圣王"，后来果然都应验了。不，相师所言，还不足以尽我，我所拥有的版图，又何止大地四分之一？以我教化之四播，声威之远届而论，竟可以说是整个阎摩提世界的主人翁呢。想我父王从前嫌我貌丑：不唯不要我承继大业，反想将我去掉，谁知他丑陋儿子居然替他挣了这样一副大家业，想父王地下有知，也要自悔以貌取人的失误吧……哈……哈……哈……我真高兴，我真得意啊！（正醉梦似的夸张自己过去的光荣，忽然想到医生的话，不觉从快乐的峰顶，一交跌入悲伤的深渊）啊！医生说我活不到明天了，什么宝位、财富、权威、荣誉，一切一切都与我无干，还说它做什么？我死了，一切都完了！天……天哪！（哽咽）

首相　陛下不必这样悲伤，人力所不能挽回的，神力也许可以挽回。自从圣躬有恙以来，全国臣民，谁不为陛下祈请。所有陛下威力所庇护的境土内，成千累万的伽蓝宝塔，无不堆满香华，燃遍明灯。微臣今天来宫，打从镇国佛舍利子宝塔面前走过，看见那塔四周围绕着数千男妇，念诵的经声佛号，简直响彻了云霄。当中有一个人，正在燃烧他的臂膀，代陛下供养药师琉璃光佛哩。万姓如此虔诚,岂有不能上格苍穹之理。所以陛下的病是不用忧虑的。

王 （微唱）祈祷、吁请、号呼、眼泪……又哪能减少我身体里痛苦万分之一？想我自皈依三宝以后,宣扬正法,真可谓不遗余力：我曾在领土以内,建立了八万四千宝塔供养佛舍利；我曾于一天之内,斋供三十万阿罗汉；我曾巡视佛祖初生、得道、转法轮、入般涅槃的圣地,各施当地僧家十万金。我又曾以一切大地、宫人、大臣、太子鸠那罗和自己的身体,布施鸡头摩大寺,再拿无量数金钱赎回。我因见佛灭度后经典的散佚,教义的纷歧,曾在鸡头摩寺集合一千比丘,请目犍连子帝须为上首,将所有佛典集结一次,调和了东西二派之争。我的传教师的足迹北至婆那婆私、罽宾、健陀罗、臾那世界；南至摩醯婆、曼陀罗、狮子国；东至金地并及震旦；西至摩诃刺陀。使大地纵横数万里内的一切有情,都遵依象教,随顺正法。我有如此功德,佛祖尚不肯怜悯我,那些不相干的庶民的祈请,又有什么用？

内侍之一 陛下如觉得宗教仪式无用,奴婢认识一位仙人,他曾在恒河畔森林里修道四十年,获得五通神力,又能以咒语治百病。也许他能治好陛下的贵恙,陛下愿意宣召他来吗?

首相 听说修行的仙人,每怀秘术,陛下何妨宣他来试试看?

王 什么仙人,左右离不开那一套不灵的法术、无耻的谎话、欺骗的行为。上次不是有个假梵志骗了我许多金宝去,薰呵、灼呵,反叫我吃了许多无谓的苦头,我宁死也不愿再见这些光棍了。

首相 (觉得无话可说,只好强作宽慰)陛下的病虽说巫医无灵,静养也是会好的。臣见过许多这样情形的病人,后来竟都没事了。

王 你们不必拿这空虚的话来安慰我,我死是死定的了,于今预备后事要紧。首相,你且先送医生到驿馆,派人好好护送他回王舍城,然后替我草一道诏书,宣召太子鸠那罗回国承继大位。诏书草完后，拿来给我过目，让我盖上"齿印"发出。

医 （向王行告别礼）外臣深愧才疏学浅，不能替大王效劳，请大王恕罪。

王 恒知子医士，辛苦了你半个月，多谢了。我的死是运命所定，我不怪你。你回王舍城多多拜上我那妻舅大王，请他以后看他亡妹莲华夫人之面，好好照顾他外甥鸠那罗，我死在九泉之下也瞑目了。

医 是，是，外臣一定会将陛下的话达到。（正欲与首相同下，王后自御榻后便门上场）

王后 陛下且慢宣召太子，你的病实在还没有到这样不可挽回的地步。现在你所信任的恒知子医生已无能为力，又何妨试试我的药呢？

王 自从我得病以来，你也曾自荐过几次。我想全国名医还探索不出我的病原，我又何敢拿我宝贵的生命，来做你们妇道人家那点可怜医药常识的试验？不过于今我的病已到了水尽山穷的地步，就投下你那最后的一颗骰子吧。

王后　这个骰子，定可以将陛下从前所输的，全盘赢回来。

王　也许连我看囊的一文钱都输去。现在就请拿你的骰子来。（王后下取药品）

首相　陛下，太子到底宣召不宣召呢？

王　先送医生回驿馆，这句话迟一刻再说。

首相　领旨，但愿王后奏功。臣转身再来伺候。（与医生同下）

王后　（自后面取来药品多种，并应需各物。将药换入殿中那小药鼎中，以扇扇火）我这药都是曾经分别制炼过的，现在将它们混合一处，只须一会功夫就可以煮好了。

王　你敢说你的手段胜过当代神医恒知子，我实在不能信任你。

王后　（一面慢慢扇着药炉，一面回答）陛下，人身的原质，与宇宙万物的原质，都不出四大范围，方才恒知子说得并不错。但他不知道世界上的原质有递相克制的功能：风能播土，土能阻水，水又灭火，这是显而易见的事。不过宇宙原质的配合大都很复杂，可知的功能也精微奥妙，千变万化，只有能知道它们秘密的人，才能控制得住它们。人的疾病好像一把锁，医生用药像是一把钥匙，医道不在乎高明不高明，药用得对，就可以医好病。那个恒知子的钥匙，怕没有合上陛下的锁眼吧。

王　你说的话倒也像有点道理。但不知你这些药品又是什么？

王后　我才说万物有互相克制的功能，所以我们常见的树皮草根，金石骨角，牛溲马渤，都可以当药，但真难治疗的疾病，则又非有待于珍贵的药品不可了。

　　　　我这药共集合三十七种材料，其中最难得的是雪山婆诃香草，永安灭老的甘露药，闻香触身即可愈病的大药王的根株。

王　　这许多贵重的药品，倒亏你能够采集得来。

王后　我采集这些药，真不知费了多少心思气力，但不知将陛下的病医好后，陛下拿什么谢我？

王　　嘻！好一个女耆婆，病还没有替我医，先就同我讲起报酬的条件来了。谁不知印度阿输迦大王富甲天下，连大海里广财龙王都会自愧不如。你若能将我的病治好，金银、珍宝、彩缎、雕刻、名香、末药……随你的意思，到我藏珍库里去选择与取携好了。

王后　实告陛下，大地一切奇珍，我都不爱，我只想向你要求一件东西，不知你允许不允许？

王　　除了我的头颅，和我儿子鸠那罗的眼睛而外，无论你要求什么，都可以给你。

王后　（带笑）假如我所要的正是你儿子鸠那罗的眼睛呢？

王　哈，哈，王后，这不是说笑话的时候。你究竟同我要什么？快说出来吧。

王后　王权，我要求的是王权。

王　你想我传位给你吗？别说我的儿子鸠那罗尚在，印度也没有妇女为王的前例啊！

王后　我不爱永久为王，只想借你七日的王权。我渴盼能坐一次你那庄严的宝座，启用一次你那灿烂的齿印，模仿一次你那发号施令的威风。

王　你真像个又天真又淘气的小女孩，可爱极了。好吧，只须这药吃下见效，就让你做几天印度的主人，又有何妨。

王后　（侧首看一看所煎的药，知道火候已到，就御几上取过一个羊脂白玉杯，倾药于中，双手捧到御榻前献于王）药已煎好了，请陛下趁熟服下。你看这药色若醍醐，香逾兰麝，不足保证它的功能吗？

王　　（接杯在手）我闻得这药的气味，先就神清气爽了。（一饮而尽）

王后　　（接过药杯放在案上）陛下服药后可静睡片时，使药力达到全身。一觉醒来，你的病便会霍然了。（引被覆王身，王初略转侧，旋即面朝着床里，沉沉睡去。王后趁这时，取过案上纸笔，写一道敕书。写时脸上的表情是一会沉思，一会微笑，一会又踌躇不决。到后来，放下笔在殿中闲踱几回，忽然自言自语）要行的事就行了吧，这机会是难得的。我不能忘了向大自在天发的严重誓言。（走回案前将敕书写完藏在怀里，然后走到御榻前，以手轻拍王肩）陛下，陛下，你可以醒来了。

王　　（欠身而起，以双手揉揉眼睛）好药！好药！我的病完全去了，我再也不觉得身体里有什么痛苦了。王后，你的药竟比仙丹还灵，我真感谢你。你算是从死神的铁爪中将我抢夺回来了。

王后 陛下,我不欺骗你吧。于今只须到御园呼吸一点新鲜空气,让药力散一散,便可完全恢复原状了。

王 三个月以来躺在这张可厌的床上,浑身躺得又发胀,又疼痛,正想到外面去舒畅舒畅。不过久病新愈,这双脚还轻飘飘的没气力,内侍们,你们可去将我御舆备了来。

内侍 颁旨。(齐下)

王后 陛下应许我的话,不可忘记呀!

王 (笑)谁忘记了?你这性急的孩子!要知道王位虽然荣耀,却也是个难以摆脱的沉重的负荷,我早对它烦腻了,你还以为有趣,这样急迫地想得到它。也好,现在就让你去尝一下这好滋味(从贴肉处摸出一个锦囊,内盛金钥一枚,掷给王后)金齿印藏在我枕边七宝小箱里,你拿这钥匙自己去开。

(首相上)

首相　我是来打听消息的,不知陛下服下了王后的药,功效如何?

王　病全好了。首相,你也应当感谢王后才是。她用药之妙,直可说是一个奇迹,她救了你的主人了。

首相　(向王鞠躬致贺)陛下的病好得这样快,臣不胜欣慰庆贺之至!王后医术这样高明,不愧是个女医王。印度有这样人才,真是印度帝国无上的荣幸。请陛下将这件事的经过,宣付史臣,叫他们用金字写下,留作永久的纪念,岂不是好。

王　这话自然要实行的,过会儿再说吧,现在我已将王权暂时许给王后,当作她替我治病的报酬。现在你可以会同王后,在这殿里将所有压积的国务,清理清理,我病后也正想借此休息几天呢。

(内侍上)

内侍　陛下,御舆已备好在宫门外了。

王 扶我出去。(内侍们上前扶王下)

王后 (提过御榻枕畔七宝印箱,以适才王给她的钥匙打开,取出一颗金光璀璨的齿印,托在手中反复看了一回)这颗小小金质的东西,便是那神圣的王权符号吗?这三十二颗深浅不同的齿痕,竟蕴藏着生杀予夺,使整个印度帝国震动的力量吗?吓,金印,想不到你今日也会落在我的手中!我用你来酬恩呢?还是用你来报怨?恩怨分明,不是人生的快事吗?……(怀中摸出那封才写就的敕书,盖上了齿印,封好。交给首相)首相,这里有一道敕书是给太子鸠那罗的,你今日便亲自赍送了去。

首相 (鞠躬)我很荣幸地得以秉承王后陛下的命令。但不知这封敕书里面说些什么话?与太子鸠那罗又有什么关系?

王后 到了石室城,这封敕书自然会告诉你。现在你却没有权力问它的内容。

首相　王后不宣布敕书的内容，恕微臣不能奉召。

王后　（声色皆厉）你怎敢？我现在是全印的主人了。只须嘴唇动一动，便能立刻叫你的头颅堕地，你知道吗？

首相　（很恭敬地鞠躬）王后何必如此动怒，你便没有王权，你还是我的主母，我敢不遵你的命令吗？不过太子是一国的储君，大王的爱子，假如王后这封敕书有不利于他的意思，我肩膀上负不起这个责任啊！

王后　（知道不能以权力压迫，遂改态度）首相，你不必故意与我为难。敕书是我下的，太子好歹归我负责，与你奉使大臣何干？你服从了我，将来自有好处。

首相　（叹了一口气）好处？你用得着我的时候，便拿这样的话来哄我；用不着我时，就像对待你那裙边小玉猧似的一脚踢开。罢！罢！王后，请你派别个大臣去吧。我的鼻子比灵鹫高峰的苍鹰还灵敏，早嗅出这封敕书里的怕人的尸气了。

王后　你何必再三推托,除了你又有谁能尽我这个使命。就说我真有不利于太子的心思吧,太子之不利,未尝不是你之利啊。于今太子以外,全印只有你的地位最高,权威最大。我年龄还轻,大王百年之后……

首相　(会意)只要王后不辜负我的一片赤心,叫我赴汤蹈火也愿意。(接敕书藏之怀中)

王后　你今晚就启程驰驿赴石室城,照敕书行事,不得有误。

首相　请王后容我一亲玉腕,好使我得着点勇气。(王后伸手给他,他屈一膝捧着亲过后,很得意地退场)

王后　现在我的仇恨应该可以报了。这仇恨两年以来,日夜像个锋利的毒刺,刺着我的心,一刻也不放我安宁,以后该可以拔去了吧。……不过,我这行为,究竟是为报仇,还是为了别的,连我自己也弄不明白。……咳!爱情的力量,咳!女人的心!

附 注

华子城位于流入恒河的松河（Son River）北岸，在今巴特拿（Patna）附近。

鸡头摩寺（Kurtutarama），又作鸡园寺。

耆婆（Jivak Jiva），又作耆域时缚罗。译曰"固活"、"能活"。为王舍城（Rajagriha）良医。其故事散见于《善见律毗婆沙》十七、《耆婆为医王因缘》、《佛说柰女耆婆经四分律》第十四、《毗柰耶杂事》第二十一。《宋史·艺文志》，有《耆婆脉经》三卷、《耆婆六十四问》一卷、《耆婆五藏论》一卷。

《佛说医经》："人身中本有四病：一地、二水、三火、四风。风增气起，火增热起，水增寒起，土增力盛。从此四病，又起四百四病。"印度谓人类与万物均为梵天所造。

《善见律毗沙》二："阿育王于四门立药藏，施药于一切比丘。"

阿输迦少时征伐德义尸罗，见经传。

玄奘《西域记》，游历印度时，见有无忧王所建窣堵波（stupa）多处，窣堵波即普通所谓宝塔。

阿输迦教化传于邻国,见阿育王建立第十三岩面敕文:所谓耶婆那(Yavana 即希腊)王恩提约科(Antiyoko)即西里亚王恩提科斯二世(Antiochos Theas);所谓条兰马亚(Tulamaya)即埃及王托勒密二世(Ptolemaios Philadephos);所谓恩底开尼(Antikine)即马其顿王恩底哥拉二世(Antigonos Gonatas);所谓亚历斯大(Allikyaxadale)即埃比罗斯(Epirus)王亚历山大(Alexandros);所谓摩迦(Maka)即西里尼(Cyrene)王摩迦(Magas)。

古代印度以轮宝为武器,有金银铜铁四种。有谓转轮王即指以武功著称之君主。有转轮圣王、转轮圣帝、轮王之称。相师相阿输迦的故事,见经传。

佛教经典之结集,共有三次,即王舍城结集,华氏城结集,迦湿弥罗城结集是也。

阿输迦王曾严四兵,至王舍城取阿阇世佛塔中舍利,作八万四千金银琉璃箧盛之。又作八万四千四宝瓶以盛此箧,又作无量百千幡幢伞盖使诸鬼神各持舍利供养之具。见《大阿育王经》,所作其余斋僧等功德,见经传。

《善见律毗尼沙》卷二,记阿输迦王派遣高僧大德至各处传扬佛教。以今地名对照于下:(一)遣未阐提

（Majjhanatika）到罽宾（Kasmir）、犍陀罗陀（Gandara）——今印度西北境。（二）谴摩诃提婆（Mahadeva）到摩醯沙末陀罗（Mahisamamandala）——今南印度孟索尔（Mysore）。（三）谴勒弃多（Rakkhita）到婆那婆私（Vanavasi）——今拉齐布达纳（Rajputana）。（四）谴昙无德（Dhamma-Rakkhita）到阿波兰多迦（Aparantaka）——今五河省（Punjab）西部。（五）遣摩诃昙无德（Maha Dhammarakkhita）到摩诃勒咤（Maharattha）——今中印西方。（六）遣摩诃勒弃多（Maharkkhita）到史那世界（Yonajoka）——今阿富汗北部及东部，当时为希腊人住处。（七）遣末世摩（Mojjhima）至雪山边国（Himaavanta-bhumi）——今尼泊尔国。（八）遣须那迦（Sanoka）及郁多罗（Uttara）到金地国（Suvanna-bhumi）——今缅甸。（九）遣摩哂摩（Mahinda）到师子国（Sihala）——今锡兰岛。

汉末朱士行《经录》谓："秦始皇时西域沙门宝利防等十八人赍佛经来咸阳，始皇投之于狱。"阿输迦与秦始皇同时，史学家谓彼时中印疑有交通。

太子鸠那罗之母曰钵摩婆底（Padmavati），译曰莲华夫人。太子失眼返国后，母尚在，见经传。阿输迦王于王舍城娶第二夫人，众相具足，相师观之云当为王生金色之子。见《阿育王造八万四千塔记》及经传，此与莲华夫人实另一人。今言莲华夫人为王舍城公主系为行文方便起见。

《佛本行经因缘品第一》："医合三十七，难药良神膏，宜以方便求，勤服以除患。"《降魔品》第十六："三十七种之神膏，欲为普世和神药。"

《涅槃经》二十五："雪山之上，有上香名曰'婆诃'，有人见之，得寿无量，无有病苦。"

《佛本行经因缘品第一》："佛以七觉意，慧力搅大海。围绕以灭定，引以精进力。致出甘露药，永安灭老病。最乐灭众苦，服者离生死。"

《观音玄义》："如《华严》云有上药树，其根深入，枝叶四布，根茎枝叶，皆能愈病，闻香触身，无不得益，菩萨亦如是……名大药王身。"

阿输迦以齿印为信。令出惟行，无敢违逆。见经传及其他关于他的经典。

第三幕

六个月以后。

阿输迦王的便殿,就是第一幕所述的那座金顶大宫的一部分。国王日常退朝后,就在这便殿里处决万机。所以里面装饰,庄重严肃之中,另有一种恬适的意味。中间设一金狮御座,镶嵌金、银、玛瑙、琥珀、车渠、朱珠、珊瑚,印度爱用的七宝。铺以很厚的绣垫。座前一七宝紫檀几,重重叠叠堆着无数文书,并唤人小金钟一架。地上铺着波斯最名贵的毡子,约有一尺多厚,织着赤白玫瑰花朵,镂金错彩,五色辉煌。左边靠墙有个整块的牛首檀根镂空的架子,高高下下摆设炝金瓶碗,和各种稀世的古玩奇珍。有一玲珑白玉胆瓶,插着几只黛色优昙钵花,娟媚入画。这是王后清晨亲自到御苑带露采来的。她不知为什么,近来就爱这种花。右手一个门，虚掩着。两扇高大的晶窗，悬着织金轻绡幔子，珊瑚钩高高挂起。我们眼光溜出这些窗子外去，那座水木清华的御园景物便一半入望：花草、喷泉、大自在天石像、浓碧的树影、白云舒卷的蓝天。苍冥深处更有一线蜿蜒明灭的银光——这就是落日光中美丽的松河。热带的光和影：澹丽的、明秀的、流转的、幻灭的，织成一个梦的网，无穷无尽地展开在宇宙里。这梦如其不醒，便有诗、有音乐、有长驻的青春、有情爱。有醇化了的，超凡入圣的情爱；如其一醒，便什么都消灭，只剩下一片永劫漫漫的黑暗和空虚。

　　幕开时，王后净容在便殿中间踱来踱去，这次穿的不过是家常便服，项上别无璎珞，只垂着纤巧的金链一条，链端系两颗龙眼大小的水晶丸。她一面踱，一面用手按搣。摩登伽侍立在一旁。

王后　（踱得有点疲乏了，就当中金狮御座坐下）啊！这就是他的眼睛，我最爱人儿的眼睛，我费了无穷的心血，冒了生命的危险，才取得来的，为什么现在竟变成这样呢？啊！眼睛，记得你们从前何等的玲珑，何等的光亮，真像两颗无价的宝珠。你们是那样深，深得像不可测的海水。你们是那样青，青得像碧琉璃，像雨过后的蔚蓝天。你们深深蕴藏着聪明、睿智、正直、勇敢，和青年人的天真纯洁与无邪。我对着你们便像展开了一部自然的奇书，这部奇书是无论什么博学的经师、论师、婆罗门的学者，也研究不透的；但我能读，我能在这里面读出宇宙的神奇，造化的奥旨，森罗万象的不可思议……（谛视）你们这一对狡狯的小仙人，你们从前会跳舞，会作迷人的笑，笑得可以叫人生，又能叫人死。你们会说情话，一串珍珠似的无声的情话从你们口中涌出来：有时缠绵、有时激昂、有时温柔、有时悲壮……啊！眼睛，我真爱你们。（以丸就口亲之）不过现在你们为什么这样沉默呢？你们为什么既不笑，也不跳舞了呢？咳！你们简直变成了死鱼的眼睛，连瞬都不瞬一下了。我讨厌你们了。去吧！（卸链用力向地上一掷）

摩　（从容走过去，将链拾起交还到王后的手中）主母，你将它们摔痛了。它们也怪可怜见的。

王后　它们变了,变得完全不像从前了。我不更爱它们。我还是欣赏还胆瓶中的优昙钵花吧。(走到花前)花儿,还是你可以象征从前的鸠那罗眼睛。你是如此娇艳,如此盈盈可爱。我从你得到的感觉是:清晨的爽气,初阳的温暖,青春的活力,好梦的乍醒……

摩　奴婢有句冒昧的话,可以说吗?

王后　什么话,你只管说。

摩　奴婢觉得鸠那罗太子对王后虽落落无情,王后对付他的手段,也未免过甚。不知那失去眼睛的可怜人儿现在怎样了?

王后　我管他现在怎样?

首相　(仓皇推门上)不得了,不得了,我们大祸到了!

王后　我们有什么大祸,你竟慌张得这样儿?

首相 昨天我上朝时，在宫门口遇见一对乞儿夫妇：那男的是瞎子，手里抱着一弦琴，很像鸠那罗太子，那女的又很像真金鬘王妃。他们坚持要进宫谒见大王，幸亏那个守门卫队长——那个可祝福的人——不为他们通报；并吆喝他们走开，他们才怏怏地离开宫门走了。不过他们还是要来的，这件事假如给大王知道了，我俩的性命岂不完了吗？

王后 我的性命早已置之度外了，不过你的却还是要保全要紧。这件事你现在打算怎样办？

首相 我昨晚踌躇了一夜，除非派人将他夫妇刺死，我们是不得安枕的。

王后 以这种手段对付失眼而又落魄的人，未免太卑怯了。我不愿意。

首相 我想这事迟早是要揭穿的。一揭穿，我固将举族齑碎，王后也保不住无事，于今我们只有偕逃为上策。我的家财已收拾停当了，请王后也将随身珍宝料理料理，我们今晚就离开这个行将爆发的火山口。要紧！要紧！

王后　偕逃？一个堂堂的王后同一个宰相偕逃，岂非印度有史以来未有的大笑话！

首相　王后，我渴慕你已有数年，又冒了身家性命的危险，替你办了那样大事，你对我仍然采取若即若离的态度，我总百般忍耐，希望你有回心转意的一天。谁知于今我们身体已被踹踏在醉象的蹄下，一转眼就要粉身碎骨，你还忍心说这样风凉话。……

王　（带着忧闷的表情登场，王后起身与首相迎接）王后同首相都在这里，很好。我有一件可疑的问题，正想找你们商量。（就刚才王后让开的御座坐下）

后相　（同声）陛下有什么可疑的问题？请说给我们听听。

王　太子鸠那罗坐镇石室城，从前是常有表章来请安的，半年以来，不知为什么竟渺无音信。昨夜我忽听得寝宫后马厩里发生一种一弦琴的声音，那调子如怨如慕，如泣如诉，并伴有女人唱歌之声，非常凄惨，使我一夜不得合眼。我记得太子鸠那罗统兵出征德义尸罗的前夕，我在饯别宴上曾叫他当着廷臣奏了个曲子。（瞑目略想）那曲子名字叫什么，我记不起来了。总之，很缠绵哀怨的就是。昨夜听见的琴声，音节依稀相似，难道我的儿子回国了吗？他既回国，为什么又不来见我？（相后彼此互视，知将有大变发生）

首相 这琴声微臣也曾听见过，是一个外方飘流到此的瞎丐弹的。还有个丐妇，想必他们是一对。这乞儿夫妇，居然敢在王宫附近弹琴唱歌：搅扰陛下清梦，实为可恶。容微臣叫人去访着他们，立刻将他们驱逐出境。（正言间，宫门外琴声忽起，并伴有悲哀激楚的歌声）

王 （变色。）这琴声的确是我儿鸠那罗的，可怪之至！我非宣这对乞儿夫妇进来一见不可。

首相　陛下堂堂万乘之主，宣见一个卑贱乞丐，恐怕有损尊严。况且这类游方乞食之人，踪迹不明，知道他们是个妖人，还是敌国遣来的刺客，我看陛下还是不要见他们为妙。

王　管他是妖人也好，刺客也好，我一定要见他，用不着你阻挡我。（取案上木槌击金钟三下，卫队长由宫门进来，向王行礼后，鹄立待命）你出去将宫门口弹琴唱歌的乞丐夫妇唤进来，我有话问他们。

长　领旨。（下。这时首相耶奢只好苍白着脸，等候他可怕的命运来临，王后虽也像有点不安，但神色之间反显得比平常还镇静。站在那里，手里撚弄那金钵。卫队长下去，没有片时，便领上了一对乞丐夫妇：形容憔悴、衣服褴褛。男丐瞎眼抱琴，如首相所言。女丐头包一块破布，微露不甚光泽之金发。）

王　（见这男女两丐过分寒酸落魄的样儿，反倒失去了预期的热情，以很冷淡的口吻问那个男丐）你便是昨夜在我马厩里弹琴的那个乞儿吗？你是哪一国的人,叫什么名字?

男丐 (十分动情,前进一步,跪抱王足)我的父王,难道你竟完全认不得你负罪的可怜的儿子鸠那罗了吗?

王 (惊得几乎跳起来)什么?你说你是我的儿子鸠那罗?天哪,没有的事。你的眼睛哪里去了?你好好坐镇石室城,为什么会变成乞丐?这到底是什么一回事?快说!快说!

男丐 (仓卒间摸不着头脑,起立发呆)

首相 如何?陛下。我说这些游方乞丐,最靠不住,他居然敢冒充起太子鸠那罗来了。那还了得!请陛下快下命令将他们带出去,重重惩办一下。

女丐 父王,你的儿子鸠那罗瞎了眼睛,形容大变,路上又感冒多了风霜雨露,嗓音发哑,所以你认他不出来了。但儿媳的容貌,想还记得。(卸破巾露出头发)你瞧,这一头卷发。我不是王妃真金鬘吗?

125

王　（迷惘地摇着头）你果然是我媳妇真金鬘。我认得。但说这男丐是我儿子鸠那罗，那就差得太远了；我只问他那一双可爱的眼睛，究竟哪里去了？

王妃　（也莫名其妙）父王，你想得了什么健忘病吧，你儿子的眼睛，是你亲下敕书叫人挑取的，何以现在竟像完全不知这回事呢？

王　我，你说敕书是我亲下的？这话我实在不懂。

太子　敕书上盖着父王的齿印，如何不是父王亲下的？

王　（现在认出那男丐是他儿子了。像疯狂似的一把抱住他，连连猛烈摇撼他，号哭着问）我？你说我亲自下了盖着齿印的敕书挑取你的眼睛？鸠那罗，我发誓，我敢向世尊释迦如来面前发誓：我若是传过这样旨意，立刻割断自己的舌头；我若在敕书上盖过齿印，就立刻拔掉自己的牙齿；我若看见过那敕书一个字，立刻也挖出自己的双睛。鸠那罗，我苦命的儿子，谁敢这样陷害你呢？我莫非在梦中吗？天，我一定是在做着噩梦吧！（释太子，以两手接连猛击自己的头颅。）醒来！醒来！醒来呀！你这可恶的梦境！

王妃 （向太子）当敕书传来时，我便疑心其中有诈，教你奏明父王，然后再服罪不迟，你坚执不听我的话。现在看父王这样情形，似乎他并不知道。我可怜的丈夫，你白白送掉一双眼珠了！（掩面欲泣）

太子 我何尝不觉得那敕书下得离奇，不过上面盖有父王齿印，又是首相耶奢亲自赍来，我如何敢不信以为真。

王 （咆哮向首相）敕书是你赍去的吗？你这万恶的囚徒！你这外貌忠良内怀奸诈的贼子！你为什么缘故要假传我的命令陷害太子？你到底安着什么心肠？说！

首相 （吓得面无人色，吃吃答不上来）

王 （从卫队长腰间，抽出宝剑抵住首相的胸膛）奸贼！你快快从实供来，若有半句俄延，立刻教你尝我剑锋的滋味！

首相 （知道无可抵赖，战兢地）陛下请息雷霆之怒，这件事与小臣实在无干，要问王后才可以明白。

太子 （恍然大悟）是了，是了，想起我出征德叉尸罗的前夕，王后将我从饯行宴上宣到御花园，逼我接受她的爱，被我拒绝了。当我转身走时，恰见首相也入园来，怕彼此觌面不便，我只得在树背后站立了一会儿，让他过去再走。隐约听得王后在那里对大自在天神像宣誓，一定要得着我的眼睛。那么，这个恶毒的玩笑，不是她同我开的还有谁？

王 （愈加愤怒，以剑指着王后的脸，咽喉为怒气所梗，几不成声）你！……你！……你！你这个淫妇，你这个无耻的淫妇，为你的那不义的情欲和那亵渎神明的邪念，竟陷害了我爱子的一生，加印度帝国以永不可补赎的损失。你从前阴谋用热牛乳浇死我最崇敬的菩提树，我宽恕了你，现在竟敢动摇国本起来了。我能饶你，印度帝国也不能饶你……这样可怕的阴谋，有谁能够想出，你的心肝究竟是什么做的，我恨不得将它掏出来看看……你……你……你哪里是个女人，你简直是森林里的大力毒蛇，你蜿蜒的行迹，可以焦枯一路的草木。你一滴口涎，可以毒化一条大河。你嘘一口气，可以杀人。甚至看一眼也可以杀人！……天呀，为什么不立刻将她收拾了去呢？……大地啊，为什么不裂开吞下这恶物呢？……你这妖妇……你这罗刹……等着，等着，我自有最好的方法处置你！……来，来，卫队长，你去吩咐他们预备干柴、胡胶、酥油；收拾那久经废置的"落可屋"，再唤几个人上来，我要把这从地狱里偷跑出来的魔女，再送回地狱去！

长　领旨。（下）

太子　父王，别让你神经这样激动，这与你年迈的身体是不相宜的。我现在替王后求情，请你饶她一命吧。

王　（诧异）怎么？你怎样会替这毒妇求情起来？你不是受了她最酷毒的陷害吗？

太子　她虽然害我，却由爱我而起。由爱情而来的罪恶，是多少可以原谅的。况且我的眼睛已经瞎了，烧杀了她，也不能使我重见天日。又何必多此一举？

王　鸠那罗，你的度量素有宽大之称，不过于今却宽大得有点不近人情了。你知道这不是以德报怨的事啊。

太子　（欲以因果动之）父王，并非我想以德报怨，只因这中间有一段因果。

王　你且将这段因果说一说。

太子　我自从眼睛被挑后，又被使臣照敕书所宣示，将我和妻子一同驱逐出宫，永不许再踏进摩揭陀国门一步。我只得与妻子弹琴乞食，糊口四方。一天遇着一位道行极高的僧人名叫优波毱多，谈起我的身世，他也为之十分感叹。我因无罪被刑，心里总有点不甘，请他入定探求前世的因果，原来有这样一回事……

王　是怎么样的一回事呢？

太子 原来我前身是波罗奈国一个猎夫。有一天我猎得一只母鹿。我想她长得肥胖些,好杀来作脯,便活活地挖了她的双眼,将她养在石窟里。这鹿死后转生为一妇人,也挖取我的双眼以报宿世冤仇。我以前没想到这妇人是谁,现在才知道她就是王后了。这样看来,冤冤相报,岂不可怕吗?父王,你若杀了王后,岂不替我那已解开的冤结又牢牢打上一纽?况且我佛如来曾垂宝训:要我们怨亲平等⋯⋯

王 哈!哈!鸠那罗,想不到你失眼以后,不独成为忍辱仙人,而且得证辟支佛果了,我佩服你。但是,我的好仙人,我的好辟支佛,请慢来宣扬你的因果吧。这个女人所犯的罪恶,简直为载覆所不容,神人所共愤,我们若容她生存在世上,将来不知她还要荼毒多少苍生哩。我除她,不单为你个人报仇,也是为维持正义与人道起见⋯⋯

王后 陛下,你要杀我,就干脆地说要杀我好了,何苦又抬出你那正义的人道的金字招牌,难道你们强者压迫弱者,总非有这一套玩意不可?况且你的正义和人道，我所知道的也很多了。为了想篡位：逼死老父，射弑长兄，迫弟出家；手斩五百违抗你的大臣，这就是你的正义。火烧嫌你貌丑不爱你的彩女，命旃陀耆利柯建造"爱乐狱"，一日之间杀死十万八千尼犍；征伐无辜的羯馂迦，俘虏十五万，屠戮十万，尸积成山，血流成海，这就是你的人道。我虽然使得一个青年男子丧了明，还没有害他的性命；你的"旃陀阿输迦"名字，却是用恒河沙数无罪羔羊的鲜血染成的。我的罪恶比你的究竟孰大孰小？孰重孰轻？

王　　（气得目瞪口呆，半晌才说）反了！反了！这贱妇竟敢这样当面顶撞我。你知不知道转眼间就要变为灰烬吗？（卫队长带四人上）

长　　陛下，一切都照吩咐预备了。

首相　　（要哭的声音）王后，你在九泉之下，不要怨我，我其实是实逼处此呀！

王后　　（轻蔑地看他一眼）我若怨你，那就太重视你了。

现在生命的悲剧正演到严重关头，你这情场小丑不来插嘴也罢。

王　（叱骂首相）奸贼，还敢多话！你也有你应得的罪，我少停会来好好收拾你。现在让我先办了这个女人再说。卫士们，带这女人下去！莫让她再在这里摇唇弄舌。拉出去,赶快呀！（卫士们向王后进前一步欲动手）

王后　且慢，（向太子含情嫣然一笑）太子，我对不住你，请你原谅。我现在要去死了，你这双眼睛若容我带在身边，作为殉葬之物，更感激你不尽。

王　（就后手中一把抢去金钵和水晶丸）这是什么？

首相　这就是太子鸠那罗的眼睛，王后叫臣挑取后，用药缩小泡制带回的。

王　（目击心伤,痛彻肺腑,不禁怒气冲天,两眼火出）怪不得常见这贱妇被人撚弄，原来如此。这样惨毒的手段，这样想入非非的恶作剧，真是从古未闻，亏她想得出，干得来！……（切齿）你这贱妇，你这狗彘不食的贱妇，我今天非亲手碎剐你，不消我心头之恨。（挺剑向王后猛扑，不意去势太猛，失足仆地，痰涌晕绝，手中剑也铿然滑出地上。众急向前将他扶上宝座，设法救护。王后趁扰乱中拾起地上剑，奔出殿门，摩登伽也急急跟了出去）

王 （被救略苏，坐着呻吟）嗳……嗳……跌坏我了！……气死我了！……那贱妇呢？……嗳哟……（摩登伽哭上）

摩 王后跑到大自在天神像脚下，用剑自刺死了！咳，真可惨啊！咳，真可惨啊！

相，妃 （无语）

太子 （失声）啊哟！可惜！

王 这贱妇自杀了吗？……唔！……唔！……太便宜她了。（哑场数秒钟，幕下）

附 注

优昙钵花（upala）又作优波罗、乌钵罗、沤钵罗、优钵剌。译曰青莲花、黛花。其叶狭长，近下小圆，向上渐尖，佛眼似之，经多为喻，见《慧苑音译》。此花似甚名贵，故《佛本行经》曰："优钵罗花，如花难遇，佛亦甚难。"《阿育王经鸠那罗因缘品第四》："我儿自端严，为功德所造。光明甚辉曜，如优钵罗华。以此功德眼，庄严于一面。其面貌端正，譬如秋满月。"

阿育王供养菩提树甚虔。夫人念言："王抚爱我，今舍我，至菩提树间。我方便杀树，王不得往，可得与我相娱。"乃与婢相谋，以热乳灌之，树枯叶落。王闻迷闷扑地，悲伤不已。王后不得以，复以冷乳灌之，树乃复生，倍复茂盛。此事见经、传及其他有关经籍。

《欲智度论》，"大力毒蛇以眼视人，弱者即死，以气嘘人，强者亦死。"

"落可屋"为烧焚罪人之所。阿输迦王常于此屋焚杀无数尼犍。

鸠那罗太子失眼后，高僧优波毱多（Upagupta）为说其前身为猎夫，挑五百鹿眼，故五百世身中常被挑眼因缘。见经、传。

频头娑罗病重时，欲由德义尸罗召太子修私摩还传位，而遣阿输迦王往代太子位。阿输迦王诈病不行，且服王服见父于病榻，父大恚忿，喷血而死。修私摩兴兵来伐，中成护之谋，坠火坑烧死。见经、传。

王弟毗多输柯（Vigatasoka）一作韦陀须、一作须陀输、一作帝须。以不信佛教，阿输迦王恐怖以七日为王，然后杀之，毗感悟出家。见《经毗多输柯因缘》。

阿输迦篡位后，有五百大臣于王起轻慢心。王语诸大臣："汝可折取华果树以护棘刺树。"诸臣答言："大王不尔，当折取棘刺树以护华果树。"王再三作前言，群臣不受其教。王瞋，即自拔刀斩五百臣首。见《经生因缘品第一》。

王国有树，名阿输柯树，生华叶。王见悦言，此树与我同名，是故欢喜。王身体粗涩，诸彩女等不欲近之。王园中眠，诸女人为欲令王不欢喜，故折树华叶至尽。王醒知其故，大怒。以竹箔裹诸女人尽行烧杀。以其恶故，时人谓为"旃陀阿输迦"（Candasoka），旃陀者凶暴之谓。此故事见经传及其他关于他的经典。

王欲使臣民惮己，访得一恶人名旃陀耆利柯者，作四方高墙，植种种华果并好谷池，庄严校饰，令人渴仰。内具地狱各种刑具，误入者即付刑，名之曰"爱乐狱"。法显《佛国记》亦载之。

尼犍（Nirgrantha）又作尼虔、尼干、尼健，六大外道之一。阿输迦大屠尼犍事见经、传。

羯迦（Kalinga）南印度孟加拉湾大国。阿输迦王征服其国，杀戮太甚，自此生忏悔心理，皈依佛教。见《阿育王建立第十三严面敕文》。

玫瑰与春

玫瑰与春

登场人物

春　　别名心，　少女

玫瑰　别名爱情，春的情人

惠风　别名同情，春的小友

春寒　别名自私，春的老友

布　景

　　一座极美丽的园林，地上锈满了绿茵似的细草，开满了深红浅紫的花。园的四周有许多合抱的老树和吐着鹅黄叶儿的新树。叶缝里漏进琥珀色的阳光。微风动处，碎金似的光波，在绿茵上荡漾不定，浑如碧流间泛着许多瞻波伽花瓣。

从树梢头望过去,穿了白衣的云儿,像仙子似的,携着手在蓝天空里结队徐行;又像一群绵羊,离开了牧人。在新鲜的空气里,沐浴着阳光,自由自在地吃草。

宇宙都在那里活着动着:不但光在绿叶和草上游嬉,云儿在天空中相逐,就是小小蝴蝶儿,也两两三三地在花枝间来去。蜜蜂嗡嗡采蜜,螳螂夺了斧头樵苏,蚂蚁忙碌地修缮它们的屋。至于风雅的鸟儿们,在摇荡的树枝头,各奏新制的歌曲,更不必说了。

这正是艳丽温暖的暮春天气!

幕开时,春穿了牛乳色的薄绸衫,袒着玉色莹然的两臂,很忙碌地在花坛边培植一株郁金香花。地上放着一把鸦嘴锄和一个喷壶。

园门开处走进玫瑰——一个青袴红帔的美少年,头戴鹅黄蕊帽,长的蕊儿,一直拖到背心。手里拿着一包东西。

玫瑰　亲爱的人儿,大清早起,又在忙什么?

春　(仰首显出欢乐的颜色,丢下工作,跑到他的身边)
你来得真早。我的手满是污泥,不能和你握了。

玫瑰 　（笑）你这淘气的孩子，一天到晚地种花种草，不知能干些什么用？草里满是露珠，朝雾也还没收尽她的面幕，你就到园里来，也不怕受了湿气。

春 　（天真地微笑）不要又唠唠叨叨的了。你手里是什么？打开来我看看。

玫瑰 　（将包裹放在石椅上）你自己去拆。

春 　别这样磨难我，你没有看见我手上的污泥么？

玫瑰 　谁叫你弄花儿草儿的？现在且将包裹放在这里，我们到屋里去坐吧。

春 　你难道不知我性儿急吗？（央求）好人，请将这包儿打开让我看看。

玫瑰 　（坐下）你难道不知我性儿慢吗？要看就自己去拆。

春 　（微嗔）你老是这么可恶！（转身跑入幕后，洗手出来）现在我的手干净了。

玫瑰　（笑）就是要你改过这些脾气。（打开包裹，里面是一叠白色轻纱，春帮他展开）

春　（欣喜）真精美的纱啊！你从哪里得来的？

玫瑰　（现得意之色，将纱搭在椅靠上）这东西，人间是得不到的，我为它，不知费了多少心了。去年的秋天，就想请纺织娘替我织一匹，但有人告诉我，她不过是个乡下大姑娘，只有摇摇纺车的程度，这样精细的东西是织不来的。直到今年春天，还没有找着能织的人。我因为佳期近了，心里非常着急。幸亏碰着一头好蜘蛛，他手段真高妙，只消一个早晨的工夫，就在画檐底下织成功了。

春　这位蜘蛛先生的手段真不错！

玫瑰　是呀。他平生好的工作还不少哩。让我来告诉你几件：你知朝阳是非常爱恋露珠的，但那妮子总是一味的羞怯，见了他情人的影儿就跑。蜘蛛便替朝阳织了一个精巧的网！——这或者就可以叫作情网吧——搁在半道儿里。一天清晨，露珠坐了花瓣船儿，在轻风里摇摆，不知不觉竟被风旋进那网儿里去了。于是那为相思而焦渴着的朝阳，便赶过去一把将她抱住。（一口气讲到这里，有点接不上来了，略息一息）

春　（听得津津有味）抱住后便怎样？快说下去！

玫瑰　（情不自禁地抱住她，连在她额上亲吻。）抱住后就像我们现在一样，热烈的，热烈的……（迷醉似的看着她的眼）朝阳蔷薇色的微笑，消融在露珠烟波里了！

春　（轻轻推开他）别混缠了。告诉我，这位蛛先生还做了什么工作？

玫瑰　他又曾替夏雨姑娘织过许多件缀满珍珠的轻衫，使雨姑娘穿了在彩虹光里回到天上去时，满身闪闪耀耀射出璀璨的光辉。但他最得意的工作，还要算这片轻纱呢。因为我常常容他在我枝头张罗设网，猎取过往飞虫；他感激我的情，所以特别加工来做。他曾取新蝉的翅儿做样，织出交错的花纹；又在春朝的微雨里漂洗过几次。你看这纱不是雪似的白么？

春　不但白，而且又软，正如天上飘着的一朵云。啊！我还形容得不像，它的薄处，又像透明的水，被清风吹着，网起一层层的条纹似的。

玫瑰　你将它披起来，不知是怎样一位美丽新嫁娘哩！现在你那亲手绣的一套白绸纱，总该完工了吧？你知道离开我们的婚期，只差三天了。

春　快完工了。不过我现在忙着别的事，恐怕再没有功夫绣它呢。

玫瑰　（笑）哈哈！世上竟有像这样一位新嫁娘的！我看你将来临上花车的一分钟前，还有心情玩去呢。到底忙的是什么事，告诉我听听。

春　我忙着做医生和看护呢。

玫瑰　做医生和看护，谁病了？

春　我昨日走过荒山，在人间疆界边，看到一只被由"生活之崖"坠下之石压伤的鹿。

玫瑰　（皱一皱眉自语）天哪！不要让她又和这伤鹿发生问题吧！（问她）你看见这鹿怎样？

春　那鹿才可怜哩！一大块崩崖的石，压住她的一双腿上，使她动弹不得。见我过去时，张开她那痛苦的充满了血光的眼，呆呆地对我望着，像求救似的。我走近她的身边，才看见伏在腹下的还有两只小獐似的乳鹿。我替她移开压着的石块，咳！可惨，腿骨已经断折了！鲜红血流满了绿草，那伤势真不轻呀！

玫瑰　（咕哝）生活的崖石，压着人自然不轻的，但我们又奈它何？

春 这三只鹿同我很面熟；好像曾在哪里看见过似的。后来我仔细一想，他们似是水仙的伴侣呢。有一幅名画，画名叫作《水仙之梦》，你也曾经见过，是不是？一只大鹿，两只没有长角的小鹿，守在水仙身边，正和我现在看见的三只一模一样。想水仙那妮子自经画家写照后，睡到今天还没有醒，她的伴侣都饿了，乱冲到人间的疆土，所以遭了这场横祸。（略一停顿）现在我已经把那大小三只鹿都带回来了，你可以到屋后去认一认，看像不像那画上的？

玫瑰 我想你又在那里附会吧，哪里就恰巧是水仙的鹿？若是水仙的鹿，应当让水仙去管，与你什么相干？你这个人太缺乏理智了，你应当多听春寒老姑娘的教训才好。

春 水仙如果是在醒着的，也不会让她的鹿出了岔儿了，我们到哪里去找这梦人说话呢？横竖她和我原有通家之谊，代她疗养这几只鹿，想也不要紧。春寒虽年纪长我几岁，富有人生经验，但她的话我有时很不爱听。

玫瑰　我们这样园亭，只好让鸟儿们来歌舞歌舞，哪里住得下那一大群的鹿儿呢？亲爱的人，听我一句话，别去多管这些闲事了，你还是去完成你那绣花衫儿要紧，不要耽误了我们的佳期吧。

春　　那些鹿太可怜了，我定要医治好他们。

玫瑰　请问，在治疗期内，你将什么去喂养他们？

春　　（踌躇起来）我储蓄的东西也不多了。昨天虽想出一点头绪，但又失败了。

玫瑰　昨天你想出了什么头绪？

春　　那后边草地上长着一大片青草，我天天到清泉汲水灌花时，总顺手浇溉他们一下。这片草场从前很憔悴，现在一天天发荣滋长，倒是一碧油然了。我想我对他们有这点小恩惠，或者他们肯施舍几口草给我鹿儿吃的。谁知草儿很可恶，昨天和他们商量时满口答应，今早带着鹿去，却被他们拒绝了。

玫瑰 （显出可怜她的神气）我想不到你竟这样愚昧的可怜，这草儿一类的东西，都同他们开起口来，无怪乎你要讨个大没趣了。不过这话可以丢开不谈，但问，食料毫无着落，你放着三头鹿，怎样打算？

春 这里得不到喂鹿的食料，我想到别处求去。

玫瑰 （大惊）到别处求去？你不怕误了佳期吗？谁教你这样的主意？

春 惠风教给我的。

玫瑰 （一听那个名字便大怒）惠风！又是那混账小子！我从前教你和他绝交，难道你没有听我的话？

春 （微恼）别样话可以听你，这却不能！

玫瑰 （愤然起身）那么，姑娘，我们撒开手吧！我将来不能和那顽皮东西同住。

春　（惊起拦他）有话好好儿商量，别这样动气！

玫瑰　要我在这里，你就得赶走那惠风。

春　（吃吃地说）这……这可太难了。……

玫瑰　请了！（头也不回地走了）

春　（颓然倒在石靠椅上）掩面哭泣。

　　　台上暂为静默。

　　　春寒走上，她是一个四十来岁服饰素雅的老处女，眉目间显露她过人的理智，但气宇凛然，望之令人生畏。

春寒　（冰冷的口吻）怎么了？我刚在园口遇见玫瑰，他气冲冲地说已同你决裂了。我问他什么缘故？他说问你便知道。我想你们两个也是马上就要结婚的人儿了，还是一时好，一时闹，像小孩子似的，难道不怕人家笑话吗？

春　（啜泣不答）

春寒　（坐在石靠椅上与她面对）告诉我呀！天下事不是一哭所能了的，你只管这样伤心干吗？告诉了我，或者大家能商量一个处置的法儿啊！

春　（拭泪，微抬其首）就是我上次曾同你谈过的那些鹿的问题，你说怕玫瑰反对，果然不出你之所料，而且他还要我逼走惠风。我才一迟疑，他就跑了！（哭失声）我的世界里花草虽多，但玫瑰是我灵魂惟一的主宰，若没有了他，我活着也乏味了。

春寒　这件事若叫我来批评，我也要说你的不是，难怪玫瑰要和你决裂。你知道玫瑰是怎样的爱你，他爱你，你就应该爱他，应该时时刻刻体贴他的意思，不要故意与他为难……

春　（连忙打断他的话）天可以替我做见证，我从没有与他为难过一次。每次我们拌嘴，都是他太多心的缘故。你知道玫瑰虽好，他的刺也真太多呀！

春寒 虽然没有与他为难，但你与自己为难，也就是一样。

春 你的话我不很明白。

春寒 你只听惠风撺掇，一天到晚，寻找许多无意义的工作来做。看见一朵芙蓉花不红，赶紧替她涂上些胭脂，一朵紫罗兰不香，又倾注香水。整天忙着种花培树，收起花瓣和花种又来转赠他人，自己倒不大舍得用。你知道这种工作会损害你的健康，你若病了，叫玫瑰心里怎样过得去？这样就是与他为难了。现在你又要为一只伤鹿，耽搁结婚的佳期，不是更是无意义中的无意义吗？

春 这也不过是助人罢了，助人总不能算是坏事。

春寒 不适当的助人可以毁了自己，这就是坏事了。

春　这话怎样解释呢?

春寒　你从前曾渡两只小兔儿过一条河,因此很受人们的嘲笑是不是?

春　(不愿意提起似的说)事是有这件事。去年春天,我在"古河"边看见一对小白兔痴痴地望着对岸,红宝石似的眼睛里满含着泪。我问他们要什么?他们说想看看隔河奇幻的风光,但没有桥渡不过去。我那时同玫瑰呕了气,正在"古河"里游泳解闷,便轻轻托着他们顺便将他们送过河。但当我上岸时,人们忽然改变了对我的态度,好像我做了什么错事似的。颇使我难堪。

春寒　这就是一个好教训,教你从此不要多管闲事。

春　(不服)人们大都是残酷褊狭,不讲理的。他们只因不欢喜那古河,便连我帮助白兔的善行也一笔抹煞。他们有一种到死也不能更改的偏见,凡是属于现代的,都是好的,属于古老的,便都成了咒诅。

那条古河慈祥圣洁，从前不知慰解多少疲乏于人生旅途者的烦渴；她两岸茂密的树影，不知替多少苦于热喝的人遮过荫；直言之，她曾救渡千千万万的苦恼众生诞登彼岸。但因为她有了差不多二千年的生命，大家谥之为古，便从此受人厌恶了。难道是她本身的罪恶吗？

春寒 对呀，我的孩子，你因此更应当认识时代的权威。你知道天有四时，时有代谢。牡丹只能在阳春三月，竞艳争妍，到了秋天她还想开放，那就要受严霜的摧折了。菊花生性孤高，也只有清冷的秋季与他相宜，如他开到牡丹时代来，谁又能容他的傲骨？譬如人间的法律，视恋爱不忠实为罪恶，但听说现在有许多女郎一会儿和人山盟海誓，一会儿又反眼不相识？许多男子为了攀附势利的卑鄙动机，弃糟糠之妻如陌路，而与别人结婚。只要时代允许，谁敢评批他们半句？又如欺诈贪婪，也是不良的习惯，但这个时代，偏偏是这种人得势，那些居心忠厚，诚实做人的人，反而潦倒终身，受尽痛苦。你想反乎时代而行，无非是葬送自己的前途罢了。

春　　你今天说的话？很有些不入耳之谈。我们立身行事，只要对得住自己的良心，对得住自己的人格，何必管别人的意见？况且叫我投降"时代"，那是无论如何做不到的。

春寒　（自语）说她不动，让我再想几句话出来激她一下。（大声）可是，我听见你渡过去的兔儿也在埋怨你呢。

春　　（惊起）兔儿也怨起我来了吗？不见得吧，这原是他们自己要求我帮忙的啊！

春寒　他们不过是好奇的孩子，听见对河风光好，便想过去玩玩，其实不是真的要去。你一时奋勇，使她们回不得家乡，见不到爹娘，不怨你怨谁？

春　　（沮丧的样子，低头寻思一会）兔儿的事，我也有些后悔自己的卤莽了。不过鹿的问题，却和这个不同。

春寒　（自语）我一拳打到她的痛处了，须再攻进一步。（惋惜似的）你又糊涂起来了，这原是一样的。你现在决心要到别处为他们寻求食料；无论你这样纤弱，禁不起跋涉之劳，就寻了点东西回来，也不足供鹿们一饱。你本是好心，却反而延长他们的痛苦，那又何必？

春　（不觉倾听起来）你的话十分有理，现在听从你的劝告了。但要请你告诉我怎样处置这些鹿？

春寒　那很容易，将他们都拖到原来的地方，不出四五天，他们都在天国里安息了——这叫长痛不如短痛。

春　（摇头）这太残忍了！不但我不肯，惠风听了也要哭，而且怕他从此和我吵闹不休。

春寒　（大声）你还想到惠风吗？连他也该撵走。玫瑰不是对你说过，惠风若在，他就永远不回来吗？——你知道玫瑰为什么这样恨惠风？无非因你过于听他怂恿，不顾惜自己罢了。即如我也十分嫌他，我从来没有见过人像你们两个在一处时淘气的可怕。不是我跟在你们后边，随时吹过一阵寒风，或结上一层薄冰，天地间的元气，怕都被你们发泄尽了哩！

春　　（默然）

春寒　我和你原是朋友，况且年齿差长，好像你的老姊姊一般，有扶持引导你的义务。你们青年感情太盛，往往自寻烦恼，我不得不将我过去的经验指示给你。我和玫瑰虽无何等交情，但你们既然恋爱，我也希望你们能够结合。本来说我们商议一个挽回玫瑰的办法，现在讨论正题了。你到底想他回来不想？

春　　怎么不想？如能得他回来，我愿意牺牲一切。

春寒　牺牲是要彻底的，不但你以为恶的应当牺牲，就是你以为善的也应当牺牲，那样才叫作真爱。

春　　（失了决断力似的。）我听你的话，我听你的话。

春寒　你愿意赶走那鹿了？

春　　愿意的。

春寒　也原意赶出惠风了？

春　　如果他在这里妨碍玫瑰的回来,我也只好忍心叫他走。

春寒　这样才不失为一个聪明人。鹿的事,交给我办,至于惠风,等他回来时,你自己叫他走。

春　　我无颜同那孩子说话了。还得请你去对他说一声,叫他今晚就离开这里。

春寒　那孩子太讨嫌,我见不得他的面,见了就不由得生气要走……（正言间,一个天真烂漫笑嘻嘻的年约七八岁的孩童,从园外跃入。春寒见之,显出十分憎恶的颜色,立刻立起身）那顽童来了,我且到林间散步一回,你和他交涉去,千万不要忘了我的话。

（暂下）

惠风 姊姊，我今天在外边游玩了一整天，又看见许多好玩的事情了。那蔷薇花的蓓蕾对我说，他在那绿外套里睡了一冬，很觉得气闷，想看看外边的美丽世界，还有在淡青卵壳里的小百灵，也这么说。不过他们力量都太弱，不能将自己解放出来，还得姐姐明天去助他们一臂。更有可笑的事，那河旁的一棵老柳树，至少活了一百年，已经老得不像样了，听说姊姊明天要去，也想生出嫩芽儿哩。还有……

春 惠风，不必胡扯了，我有正经话要对你说。

惠风 姊姊有什么吩咐？

春 （眼光注地，力制其内愧之容）我……我要叫你今晚就离开这园子。

惠风 （摸不到头绪）怎么？今晚不许我在园里睡吗？外边春寒老姑娘专爱和我做对头，夜间更作践我厉害，我怕。等天气暖和时再说好不好？……

春　　我的意思是要你永远离开这园子，不止今天一晚。

惠风　　（大惊）这不是要赶我走吗。

春　　若说是赶，也未尝不可。

惠风　　我到底犯了什么过失？也得请姊姊说明。

春　　（无言可对）

春寒　　（忽然恶狠狠地从林间奔出指春说）我早知你是没有刚断的，还得我亲自出马，（一手揪住惠风的耳朵）小东西，快滚罢！（力拽之下，幕后闻惠风且走且悲啼，渐远渐不可闻）

春　　（自语）好了，惠风走了，那孩子也可怜……但是为了玫瑰，我只好这样办了。我现在应当怎样请他回来呢？（想了一会）得了，让我去折下一片白莲花瓣儿，用木笔蘸着我的泪——点点红冰，人们叫作血的——写一封情书，用缠绵不断的藕丝束了，请一个蜜蜂儿替我送了去。他自会顺着芬芳,寻路到他跟前的。

(取纸笔作写信状,写毕持入内,旋即复出)信寄去了。想玫瑰居处原和我不远,读了这封信,不一会儿就会回来了。(徘徊园中片晌,面现微笑)啊,玫瑰,你的色香一向可爱,你的性情却未免过烈过偏,你只要完完全全地占住我,便不惜排斥我周围的一切。
倘若你能容惠风住在这里,共干我那最喜欢的工作,把这个干枯清冷的世界,化为温和快乐,锦天绣地的乐园,那又多么好呢!……但是,你是永远不能了解我的心性,赞同我的行为的。为这些事,你一味同我呕气,甚至不惜将你的刺伤我,使我流血。我受你的痛苦也不少了,这一次决裂而去,更使我伤心达于极点。现在你该原谅我罢。咳,玫瑰,我的爱人,为了你,只好牺牲我的意见,正如春寒所说,善的和恶的都牺牲,来表示我对你彻底的爱……
(幕后鹿鸣,春闻之变色)呀!他们这样悲鸣,难道已经听见我和春寒的决策了吗?可怜的东西!不过我现在哪能顾到你们呢？（鹿鸣更悲，春掩耳不欲闻）罢罢！这世界原是一个悲惨的世界，靠我一个人济得甚事？你们便饿死了也不必怨我，因为我不能从井救人啊！（一头小鹿从屋后走上，依依春脚下，春抚摸其首）嗨！温柔的小生物，你饿了吗？（摘叶饲之）吃点叶儿吧！（鹿不食，舐春之手，并衔其衣角，似欲拽之入内）我懂得你的意思了，你说你的母亲想同我一谈吗？好，我同你到园后走走。（同下）

（台上暂空数分钟，春与玫瑰同上）

玫瑰 亲爱的人儿，我接到蜜蜂带去的信，恨不得像紫燕般，长出两个翅膀，一剪就来。（与她亲吻）你信里曾说："黄鹂宁死，不愿哑了他的歌喉。花儿可以给风拉了去，不能澹了她的娇红。流星在蔚蓝天空坠下时，还闪射一道最后的美丽光芒。嫩碧的溪流，将干涸时仍幽咽着他琤琮的歌调。我宁可失却世界，不愿失却你……"啊！这几句沉痛的话，真教你卤莽的情人，感动得下泪了。我甜蜜的小心，你以为我当真会忘了你吗？那是永远不会有的事呀！但是刚才我来到园里寻你不见，你却在那一群鹿儿处。我再三向你赔礼，你只是无精打彩，待理不理的，难道还生着我气吗？

春　我倒不是生你的气，不过也用不着你赔的礼，我就要走了。

玫瑰　（失惊）当真吗？到哪里去？

春　到人间疆土去。

玫瑰　为什么？

春　为可怜的鹿寻求食料。

玫瑰　我们的佳期呢？

春　只好让他耽搁着了。

玫瑰　（寻思不解）你适才给我的信，不是明明白白地说：已经将惠风驱逐出园，那鹿也不管了吗？怎么又变起卦来？

春　我听春寒的劝告，虽一时这样做了。但刚才目击那母子三鹿的惨状，耳听他们的哀诉，我的心又动了。况且自从惠风走后，我便爽然如有所失，才知道我是始终离不开惠风的，也是不能眼巴巴地看着那些不幸者在我面前死亡的。所以立即幡然变策，仍照从前的计划做去，或者将来仍可以将惠风找回来。

玫瑰　你口口声声的惠风，难道我献致于你的爱情，还抵不过你们间的同情吗？

春　爱情我也要，同情我也要，没有同情的爱情，在我是非常乏味的。

玫瑰　你决定了？

春　决定了。

玫瑰 （爽然）我不是恨惠风，不过恨你太爱听他的撺掇罢了。你身体这样不济，偏偏要做许多工作。你知道当我看见你脸上褪了朝霞时，我是怎样的担忧？你喊一声头痛，我的心也痛了！现在又要跑到人间的疆土去，万一生活的危崖也压着你，又叫我如何？（合两手作恳求状）嗳！我最爱的人儿，不要去吧，请你容纳我这个诚恳的祈求啊！

春 不能，有一种莫名其妙的热力驱迫着我，我自己也不能做自己的主。

玫瑰 （低头半晌，忽慨然长吁一声）天啊，我为什么要和你认识呢？当我未和你相逢时，冷清清地住在冰天雪窖里，我不去寻找世界，世界也不来寻找我。没有快乐，可也没有痛苦。自从见你以来，虽然蒙你给我一个光明璀璨的新生命，但同时也给我以极大的不宁……罢！罢！快乐就是痛苦的源泉，恨就是爱的反面，我现在觉悟了。我拿这生命还了你，仍旧回到我那冰天雪窖里去了，（脱下帽子，掼在地上）我要这芬芳何用？（扯碎红帔）我要这美色干吗？我走了！我这回真的永不回来了！

春　　（凝凝儿望着他的举动，毫无表示，忽见他真的要走，便失了知觉似的，一把扯住他）不要走！亲爱的，不要走！我们可以想出一个调和的办法……

玫瑰　（极力推倒她）没有调和的余地，你说我性情烈，我就这样一个烈性的人。况且我们在一处，结果总是我痛苦，或者你痛苦，不如今天就痛痛快快地让我走！（下）

春　　（倒在地上大哭……哭定立起，拾着玫瑰的冠帔又哭，在上面亲吻）唉！唉！这就是他所给我的伤心纪念吗？他是非常执性的人，说永远不回来，定然真的不回来了！从此我的生活将变成怎样的凄凉呢？……唉！与爱人同坐垂杨下听夜莺唱歌的梦是消灭了，以后不过那啼血的杜鹃，在冷月空山中哀诉我的心绪罢了！……铺满莲馨花的芳径啊！我和你永别了！以后我所走的只是荆棘崎岖的山道了！嗳！我为什么要无端把自己的幸福摧毁了，把自己的繁华生活，把自己旖旎的前途完全灭掉了呢？爱人啊，你回来，万一你可以回来……（将冠帔温在心坎上，傍着石椅跪下，肝肠断绝似的像要晕去。片时间忽若有所悟，挺然立起身来）我错了！这样悲伤是不应该的。我是春，我不能忘记我的惟一工作，是要使万物从冬的权威中解放出来而欣欣向荣；我的惟一使命，是灭亡自己而教万物得着生命。我以后要勇敢地向前奋斗，在我尚未灭亡之前，不但不再叹一声气，再流一滴泪，而且脸上还要永远浮漾着温和愉快的微笑。玫瑰，你究竟太自私，你不配做我理想的伴侣。去吧，永远去你的吧！（一掷将玫瑰冠帔掷于脚下）从此我是脱然无累，可以安心干我所要干的工作了。不过，我还怕我力量过于薄弱，支持不了自己。宇宙的大神啊！望你鼓励我，扶助我，使我能够走上成功的道路！（举手向天，如祈祷状。阳光自叶罅下射，恰恰照在她的脸上，显出她满脸虔肃威毅的神采）

幕徐徐下。